În zorii timpurilor, doi adversari antici se luptau pentru controlul Pământului. Un singur bărbat s-a înălțat, pe atunci, de-a dreapta oamenilor. Un soldat al cărui nume ni-l amintim încă și astăzi...

Încă de când s-a prăbușit cu nava sa, Colonelul Forțelor Speciale Angelice, Mikhail Mannuki'ili, s-a luptat cu sentimentul că ar trebui să încheie o anume misiune. Din păcate, accidentul l-a făcut să își piardă toate amintirile, astfel că Angelicul nu mai știe *cui* ar trebui să i se adreseze sau ce scop avea acea misiune. Acum că el și Ninsianna și-au mărturisit în sfârșit iubirea unul față de celălalt, pare din ce în ce mai tentant să uite povestea misiunii. În fond, cui i-ar păsa de o planetă atât de primitivă ca Pământul?

Cea-Care-Este îi trimite continuu Ninsiannei viziuni legate de o apocalipsă pe cale să se producă, o apocalipsă ce nu poate fi oprită decât de Mikhail. Este o tentație ușoară- Mikhail o iubește- tot ce trebuie să facă este să îi convingă pe războinici să îl lase să îi antreneze. De ce ar trebui să îi spună că un rival cunoaște locația Templului lui Ki?

Între timp, în ceruri, Lucifer pune la cale un plan de a se folosi de femeile umane pentru a-i instiga pe *ceilalți* Angelici aflați pe cale de dispariție să organizeze o revoltă împotriva tatălui său nemuritor.

Saga „Sabia Zeilor" continuă în volumul al III-lea: *Fructul interzis.*

FRUCTUL INTERZIS

Anna Erishkigal

Volumul III al Epopeei Sabia Zeilor

Ediția în limba română

SERAPHIM PRESS

Cape Cod, MA

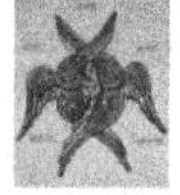

www.Seraphim-Press.com

SP Ediția Paperback
ISBN-13: 978-1-949763-70-6
ISBN-10: 1-949763-70-6

Ediția Electronică
eISBN-13: 978-1-949763-69-0
eISBN-10: 1-949763-69-2

Tradus de: Alina Cristea

Dedicație

Dedic această carte tuturor femeilor și bărbaților bravi care slujesc în forțele armate. Vouă vă dedic cel mai mare, cel mai puternic super-erou care a călcat vreodată pe pământ. Arhanghelul Mihail. Un soldat... ca voi.

Sunteți asemenea vântului care ne poartă aripile. Mulțumim!

Şarpele era mai şiret decât toate fiarele câmpului,
pe care Domnul Dumnezeu le făcuse. El i-a spus femeii:
– A zis oare Dumnezeu:
„Să nu mâncaţi din orice pom din grădină."?
– Putem să mâncăm din rodul pomilor din grădină,
i-a răspuns femeia şarpelui, dar Dumnezeu a zis:
„Să nu mâncaţi din rodul pomului care este în mijlocul grădinii;
nici să nu-l atingeţi, pentru că veţi muri negreşit!"

--Genesis 3:3

Capitolul 1

Data Galactică Standard: 152,323.04 D.Î.
Pământ: Baza de operare înaintată a lui Sata'an
Locotenent Kasib

Cu zece săptămâni în urmă...

Lt. KASIB

O mulțime de oameni se adunase la marginea orașului pentru a urmări nava care purta trupele Sata'anice plutind deasupra aerodromului improvizat. Vuind puternic, motoarele avionului cu decolare și aterizare verticală stârnirǎ o adevărată tornadă de praf, care se îndreptă spre sat, ferindu-l pe Locotenentul Kasib de privirile mulțimii.

- Ce aveți de spus? strigă atunci Kasib.

Oamenii exclamară uimiți, dându-și seama că înaintea lor se afla unul dintre *ei*. Unul dintre „zeii-șopârlă", sosit pentru a-i elibera din Epoca de piatră. Cu toții își prăvălirǎ, deci, trupurile costelive la pământ, își lipirǎ frunțile rozalii de țărână și spuseră:

- *Slăvit fie Shay'tan!*

Kasib ridică două gheare și le acordă binecuvântarea dorită, după care pǎși peste corpurile prosternate. Oamenii privirǎ cu invidie către vasul mic, de lut, pe care locotenentul îl purta în mâini; era modelat într-un lut galben-ocru și pictat într-o nuanță mai închisă de maro. Vasul acela era al doilea cel mai prețios rod pe care planeta îl putea oferi. Conținutul său era alcătuit din toate lucrurile *bune* pe care Pământul le putea dărui Imperiului, precum și din toate lucrurile *rele* care ar fi putut ieși la suprafață dacă Generalul nu reușea să mobilizeze cel mai de preț rod, oamenii, împotriva Alianței.

Ultimele nave care transportau militari aterizarǎ pe aerodromuri, iar motoarele lor subspațiale fură reduse la tăcere cu un murmur nemulțumit. Rezervele de combustibil se împuținaseră, astfel că drumurile de aprovizionare către crucișătorul Jamaran din Flota Navală Regală Sata'anică aveau să înceteze. Generalul Hudhafah (*Fie ca Shay'tan să îi slăvească infinita înțelepciune*) ordonase ca toate trupele, cu excepția personalului esențial, să evacueze navele și să demareze colonizarea planetei. Rampa din zona pupei se deschise. Mii de soldați masivi, provenind de pe toate planetele Imperiului – șopârle Sata'anice, Catoplebași cu înfățișare de mistreți, Marizi cu piele albastră şi zeci de alte rase – coborâră de pe vasele gri, cărând rucsacuri sărace în muniţie şi cu *atât* mai sărace în mâncare.

- Unde e cantina? strigă unul dintre nou-veniţi.

- Caut-o la mine-n fund! îi răspunseră veteranii de pe Pământ.

- Ni s-a spus că vom găsi mâncare aici...

- Veţi găsi... ziseră veteranii arătând către munţii din depărtare. Nu trebuie decât să vă mişcaţi fundurile şi să faceţi rost de ea.

Cizmele de luptă mărşăluiră la unison peste terenurile nivelate în grabă. Posesorii lor înfometaţi fură conduşi de către sergenţi spre cortul decorat cu sabia şi cheia intendentului.[1]

Kasib ocoli gardul cu sârmă ghimpată. Această campanie de aprovizionare era cea mai dificilă dintre toate cele pe care le coordonase alături de Hudhafah: se aflau la 12000 de ani lumină de cel mai apropiat avanpost Sata'anic, nu aveau acces la reţeaua de comunicare radio şi misiunea lor era strict secretă. Fiinţele umane erau aşa de amorezate de tehnologia Sata'anică, încât nu îşi dădeau seama cât de *precar* devenise controlul lor asupra planetei.

O picătură din uleiul parfumat se scurse de pe dopul vasului de lut şi alunecă pe ghearele locotenentului, învăluindu-l cu aroma sa fructată. Poate că nu ar fi fost rău să îl încerce...

Nu! Bătrânii satului oferiseră acel recipient drept ofrandă de pace. Acum era de datoria *lui* să îl convingă pe Shay'tan că fiinţele umane vor coopera, pentru a se evita absurda vărsare de sânge de care avuseseră parte pe *ultima* planetă pe care o cuceriseră. Succesul acesta reprezenta singura cale prin care Kasib putea atinge împlinirea Sata'anică supremă: ocazia de a avea o soţie, o familie şi copii care să îi poarte numele mai departe.

Un pluton de boboci militari bloca poarta. Cărau rezerve pe care le aduseseră dintr-un sătuc aflat în apropiere şi, judecând după urmele de sânge de pe uniformele lor, fuseseră nevoiţi să ducă ceva *lupte de convingere* pentru ca locuitorii satului să cedeze tributul către baza militară.

Kasib oftă. Oare când aveau să înveţe tinerii aceştia că „diplomaţia" *nu* însemna să agiţi ameninţător o armă cu impulsuri?

Locotenentul numără rapid coşurile aduse de soldaţi. Deşi erau pline ochi, nu prea abundau în *mâncare*.

- Asta e tot ce aţi reuşit să obţineţi? întrebă Kasib.

Bobocii îl ignorară.

- Soldaţi! ordonă locotenentul. Intenţionaţi să aduceţi mai multe rezerve?

Doi dintre infanterişti rânjiră dispreţuitor.

- Ia uite, spuse un Marid musculos, cu pielea albastră. Nişte carne de tun care ne zice cum să ne facem treaba!

---

[1] Intendentul este responsabil pentru aprovizionare în cadrul armatei. Cheia şi sabia reprezintă simbolul acestei funcţii.

- Hei, răspunse celălalt, o şopârlă cu cap neted şi o cicatrice care pornea din dreptul nării, străbătându-i chipul până la ochi. E-aşa de pişpirel c-aş putea să mă şterg la fund cu el.

Cei doi râseră cu răutate.

- Pentru voi sunt *domnul locotenent*! şuieră Kasib indignat.

Bobocii erau înfricoştător de nerespectuoşi faţă de toţi ofiţerii care nu reuşeau să îi pună la punct cu nişte scatoalce sănătoase.

- Ăsta arată ca unul din ăia care plimbă hârţoage, nu? întrebă Maridul, împungând pieptul lui Kasib cu degetul lui albastru.

- Po' să-l trimiţi să-ţi aducă hârtie data viitoare când rămâi fără în latrină, răspunse şopârla cu cap neted râzând.

Maridul cu piele albastră apucă preţioasa urnă din lut.

- Ce-ai aicea?

Kasib i-o smulse din mâini.

- Acesta este un *dar* pentru Împăratul Shay'tan!

- Pentru Shay'tan, zici? râse şopârla. Pişpirelul ăsta zice că e-n legătură cu Împăratul Shay'tan!

Bobocii izbucniră într-o avalanşă de râsete zgomotoase. Fură însă întrerupţi de un vaiet ascuţit.

- *Ayağa kalk kaltak!* strigă o voce umană.

- Faceţi-mi loc! spuse Kasib dezvelindu-şi dinţii. Dacă nu, Generalul Hudhafah însuşi va primi de îndată rapoarte disciplinare pentru fiecare dintre voi!

Îşi răsuci gulerul pentru ca nătângii să vadă însemnele aurii care îi demonstrau statutul de *aide-de-camp*[2] personal al generalului. De îndată, sângele se scurse din guşa şopârlei cu cap neted, făcând loc uimirii.

- N-am vorbit serios, domnule! zise soldatul.

- Nu... îl susţinu Maridul. Doar ne distram şi noi oleacă...

Cei doi făcură câţiva paşi în lateral, pentru a-i permite locotenentului să treacă. Mormăind ceva despre nevoia de disciplină, Kasib îşi făcu loc printre ceilalţi membrii ai plutonului. Poarta era acum blocată de un grup de fiinţe umane îmbrăcate în robe colorate, cu dungi. Liderul lor purta pe unul dintre umeri un patrontaş[3]. În locul gloanţelor, buzunarele care brăzdau suprafaţa centurii de piele adăposteau zeci de cuţite mici, cioplite în os. Pe lângă suliţe, oamenii căpeteniei cărau şi o armă pe care celelalte triburi locale nu o aveau – arcuri cu săgeţi. Un miros de-a dreptul respingător îl făcu pe Kasib să îşi retragă limba lungă şi bifurcată înapoi în gură.

- Şi *ei* de ce au mai venit? îl întrebă locotenentul pe Catoplebasul cu nas asemănător râtului de porc care păzea poarta. Tocmai m-am întors din sat. Toate rezervele se vor vinde *acolo*.

---

[2] *Aide-de-camp:* secretarul personal al unui ofiţer cu grad înalt în armată.

[3] *Patrontaş:* cartuşieră; centură cu buzunare, concepută pentru transportul muniţiei sau al armelor.

- Nu şi *acestea*, răspunse Catoplebasul. Aliaţii dumneavoastră au spus că mărfurile acestea necesită o grijă deosebită.

- Care aliaţi? întrebă Kasib, uitându-se înapoi către grupul de soldaţi mânjiţi de sânge.

- Cei cărora le-aţi spus că femeile lor vor fi antrenate pentru a deveni soţii...

Kasib aruncă o privire neîncrezătoare către negustori. Secretul colonizării *oricărei* lumi noi consta în a convinge populaţia indigenă să adopte idealurile Sata'anice. Controlând accesul la femei şi, implicit, la reproducere, puteau transforma până şi cea mai ostilă planetă într-un tributar de încredere, totul în decursul unei singure generaţii. Locotenentul le dezvăluise acest lucru bătrânilor satului, însă nu era nici pe departe pregătit să înceapă reeducarea viitoarelor mirese!

Străjerul cu chip de mistreţ, al cărui nume era Katlego, conform ecusonului de la piept, îl lovi puternic cu cotul pe unul dintre negustori.

- La o parte, capete seci! grohăi el în limba Kemet.

Negustorii eliberară calea.

În mijlocul grupului erau înghesuite douăsprezece femei speriate, îmbrăcate într-un mod cu totul scandalos, cu braţele dezgolite şi feţele neacoperite. Una dintre ele – destul de atrăgătoare, dar, după cum dezvăluiau hainele rupte, şi destul de muncită – căzuse.

- Boarfă neîndemânatică ce eşti! mârâi căpetenia către ea. Se tot preface că a căzut!

- Îmi pare rău, suspină femeia.

Obrazul său era brăzdat de vânătăi. Căpetenia cu chip crud o înşfăcă de păr.

- Dacă eşti respinsă, o să te duc personal în deşert şi o să îţi tai gâtul! şuieră el sub ceea ce presupunea a fi limita inferioară a auzului Sata'anic.

Femeia ţipă. Negustorul începu să o lovească. Soldaţii Sata'anici nu făcură altceva decât să râdă, însă Kasib se îndreptă imediat către bărbat şi îl apucă de gât.

- Shay'tan, începu locotenentul dezvelindu-şi ameninţător colţii lungi, de cinci centimetri, are reguli *stricte* privind modul în care un bărbat trebuie să se poarte cu o femeie!

Deşi era destul de mic, mai ales în comparaţie cu soldaţii pe care tocmai îi admonestase, Kasib reuşea oricum să pară foarte impunător în faţa unui bărbat obişnuit. Îl ridică pe negustor, lăsându-i picioarele să atârne neajutorate deasupra pământului.

Un miros ascuţit de amoniac umplu aerul. Pe piciorul căpeteniei se prelinse un fir de urină.

- T-tot cade... zise acesta pe un ton plângăreţ.

- Dacă o loveşti încontinuu, *evident* că o să cadă, mârâi Kasib.

Soldaţii strigară:

- Ţineţi-o tot aşa, domnule locotenent!

Acesta din urmă privi către nava spațială care aterizase ceva mai devreme și apoi către nătângii pe care îi obligase să se dea la o parte din calea sa. Oricât și-ar fi dorit să le câștige respectul dezmembrând căpetenia oscior cu oscior, avea *nevoie* de negustori pentru a pune la punct o rețea de aprovizionare locală, pe o planetă aflată la milioane de ani-lumină de inima Imperiului Sata'anic.

Deși nu erau pregătiți, Etapa a patra a invaziei trebuia să înceapă de îndată.

- Cum te numești, negustorule? întrebă Kasib.

- Rimsin, răspunse acesta dintr-o suflare. Fiu al lui Kudursin, din tribul amorit[4] de lângă Jebel Bishri[5]. Noi ne ocupăm de negoțul cu femei.

- Shay'tan cere să ne disciplinăm femeile cu *indulgență,* mârâi Kasib. Întâi trebuie să o rogi rațional, iar dacă strategia asta eșuează, abia atunci o lovești cu un par – dar *blând.* Înțelegi, negustorule?

- D-da, scânci negustorul.

- Bine, răspunse Kasib, așezându-l din nou pe pământ și aranjându-i roba colorată. Trimite femeile acestea la intendent, ia câte un daric[6] la schimb pentru fiecare, iar apoi – arătă către femei – adu-mi câte fecioare poți. Nu mai mult de *două* din fiecare sat!

- Mulțumesc! exclamă negustorul.

Amoriții o luară la fugă, abandonând femeile pentru a-și primi recompensa de aur. Având în vedere prețul care tocmai fusese propus, femeile acestea aveau să fie primele dintr-un șir *foarte* lung.

Kasib căută urna din lut și își dădu seama că o scăpase. La picioarele sale, femeia pe care tocmai o salvase din mâinile negustorului se chinuia să adune din praf prețioasele fructe maronii.

- P-p-poftiți, spuse ea, întinzându-le către locotenent.

Privirile li se întâlniră, însă ochii ei rătăciră în continuare. În mâini ținea trei
fructe mici, lovite și murdare, dar la fel de dulci și mirosind la fel de puternic a sare ca atunci când Nipmeqa le pusese în borcan. Vasul, pe de altă parte, era complet distrus. Uleiul se scursese pe pământ, pierdut pentru totdeauna.

Kasib deschise gura cu gândul de a o certa, însă apoi își dădu seama că...

... femeia din fața sa era oarbă.

Lacrimile îi șiroiau pe obraji în timp ce aduna fructele rămase și le ridica spre locotenent.

- E în regulă, minți acesta. Shay'tan e un zeu milostiv.

---

[4] *Tribul amoriților:* trib semitic denigrat de către sumerieni.
[5] *Jebel Bishri:* lanț muntos de pe teritoriul actual al Siriei.
[6] *Daric:* monedă de aur.

Capitolul 2

Femeia a văzut că pomul
Era bun de mâncat
Și plăcut de privit
Și că pomul era de dorit ca să deschidă cuiva mintea.
A luat deci din rodul lui și a mâncat;
A dat și bărbatului ei, care era lângă ea,
Și bărbatul a mâncat și el.
--Geneza 3:6

Sfârșit de iunie - 3,390 î.Hr.
Pământ: Satul Assur
Colonel Mikhail Mannuki'ili

În prezent...

MIKHAIL

Vântul mesopotamian îi mângâia aripile asemenea unei iubite de mult pierdute, care îl îmbrățișa din nou la sânul său. El se răsucea în cercuri leneșe, profitând de curenții de aer de dinaintea răsăritului; se înălță din ce în ce mai sus, până când simți frigul ciupindu-i pielea și ameți din cauza lipsei de oxigen.

Într-un sfârșit, primele raze timide ale soarelui se arătară departe, către linia orizontului. Lumea de la picioarele sale rămânea încă adormită sub vălul de întuneric. Lumina îi săruta pielea, strălucitoare, amețitoare, cu reflexii alb-aurii.

... întocmai ca ochii Ninsiannei...

Întocmai ca sentimentul copleșitor al *datoriei,* care nu îi dădea pace din vidul amintirilor pierdute.

Mikhail își strânse aripile la spate și se avântă spre pământ. Se răsuci și învârteji cu mișcări amețitoare, iar inima îi porni în galop, savurând senzația de cădere liberă. Vântul șuieră pe la urechile sale, iar el continuă să cadă, să cadă, acoperind, în căderea sa, vocea răutăcioasă care îl certa: *încheie misiunea, încheie misiunea, încheie misiunea...*

Ce misiune? Nu își putea aminti nici măcar propriul nume!

Aerul din ce în ce mai dens îl atenționa că se apropiase periculos de mult de pământ, însă unicul moment în care se simțea cu adevărat *liber* era atunci când plonja în acest fel. Fără a-și deschide ochii, își umflă penele, opri cu o bruscheţe care ar fi întors stomacul oricui pe dos şi se răsuci înapoi în aer, catapultându-se încă o dată spre înălţimi, înapoi în braţele vântului.

- Huhuu!

Era un sentiment incitant, dar nu se asemăna cu acela al luptei. Întregul corp îi era cuprins de furnicături, de parcă, pentru prima oară în viaţa lui, putea *să simtă*.

Deasupra râului Hiddekel[7] dădu peste un alt curent puternic. Acesta îl purtă deasupra satului, care continuă să se odihnească în întuneric până când soarele răsări a doua oară, pictând zidurile de chirpici ale Assurului în nuanţe superbe de roz şi galben-auriu...

... întocmai ca pielea sărutată de soare a Ninsiannei...

Mikhail zbură deasupra porţii de nord, prin dreptul străjerilor care îl priviră cu răutate. Unul dintre luptătorii mai tineri îi făcu voios cu mâna. Atunci, fu lovit direct în coaste de războinicul de lângă el – cu putere.

- E *duşmanul*, zise cel din urmă.

- Dar căpetenia a spus că...

- *Nu* contează, îl întrerupse războinicul. Dacă te vede Jamin, îţi sparge ţeasta!

Mikhail îşi reprimă grimasa iritată. Lucrurile se schimbaseră mult din ziua precedentă... şi, totuşi, părea că se încăpăţânează să rămână la fel.

Şterse cu aripile marginea zidului, astfel încât curentul provocat de penele sale să arunce la pământ pălăria în formă de con a războinicului.

- Hei!

Plană spre dreapta, ignorând expletivele luptătorului. Propria umbră îl însoţea în fugă, proiectând pe pământ o uriaşă siluetă înaripată. Sătenii somnoroşi începură să iasă anevoie din casele lor şi priviră spre cer, nefiind încă obişnuiţi să îl vadă zburând.

- Mikhail! Mikhail!

Unul dintre săteni ţopăia entuziasmat în sus şi în jos, agitând o suliţă uzată, din lemn. Mikhail îşi înclină aripile pentru a pluti deasupra ei – a Pareesei. Aceasta tocmai se dezbrăcase de capa fratelui, dezvelindu-şi propriul şal, prins cu o curea în aşa fel încât să îi lase picioarele libere.

- Mă duc la antrenament! zise ea, ridicând în aer suliţa tatălui său.

- Succes! îi strigă Mikhail.

- Vii şi tu?

Aripile puternice îl ajutau să plutească deasupra ei.

- Nu ţine de mine, răspunse el. Ţine de *Muhafiz*.

Pareesa îşi dădu ochii peste cap şi se schimonosi. Ştiau amândoi cât de *improbabil* era ca Muhafizul să fie de acord. „Când îngheaţă Hades" sau „Doar peste cadavrul lui Jamin"... Totuşi, era de datoria *ei* să câştige această luptă pentru respect.

---

[7] *Râul Hiddekel*: denumire antică a râului Tigru, aflat pe teritoriul actual al Irakului.

Mikhail îşi luă la revedere de la Pareesa şi se lăsă purtat de un alt curent până la al doilea inel de case. Vântul i se izbi de pene în timp ce cobora lin în curtea lui Immanu.

Oblonul de la fereastra Ninsiannei fusese deschis larg. Mânat de fiorul anticipării, Mikhail luă găleţile de apă pe care le adusese mai devreme, înainte de a ceda tentaţiei de a admira răsăritul *de două ori,* şi intră în casa de chirpici, aplecându-se în dreptul buiandrugului.

Ea, o adevărată zeiţă a casei, se afla în bucătărie, scormonind într-un coş. Rochia i se unduia graţios pe spate. O rază de soare pătrunse prin fereastra deschisă, învăluind-o în strălucirea sa glorioasă, aurie. Mikhail rămase pe loc, fără cuvinte. Din găleţile pe care le ţinea în mâini începu să se scurgă apa.

- Mama! Unde e *a'alendra*[8]? strigă Ninsianna.

- La uscat, pe căpriori, se auzi vocea mamei, de la etajul al doilea.

Fata se întinse spre tavan, iar rochia atât de atent înfăşurată în jurul trupului alunecă uşor, dezvăluindu-i umărul gol în timp ce căuta printre mănunchiurile de ierburi uscate; mirosul lor ierbos umplea aerul.

- Nu o văd! strigă din nou Ninsianna.

- E pe lângă *za'afaran,*[9] îi strigă înapoi Needa.

Un sfârc obraznic, maroniu se ivi din spatele şalului alb, iar pantalonii lui Mikhail deveniră brusc inconfortabil de strâmţi. Ninsianna se întinse către buchetul de flori albe şi uscate.

- Le-am găsit!

Apoi, se lovi de el, lipindu-şi sânii calzi şi moi de stomacul lui plat. Apa din ambele găleţi îi împroşcă rochia, făcând-o cu totul transparentă. Ochii ei, sărutaţi de puterea zeiţei, îi întâlniră pe ai lui.

- Ninsianna... murmură el.

Ea se ridică pe vârfuri, cu chipul îndreptat în sus, spre el, şi buzele deschise în aşteptare. Un miros de săpunăriţă îi ajunse la nări. Se aplecă să o sărute, dar paşii Needei, care cobora pe scări, îi făcură să se despartă. Femeia parcurse treptele aranjându-şi chadorul[10] închis la culoare, în aşa fel încât să îşi protejeze hainele de năpasta care urmărea pretutindeni orice vraci: sângele, voma şi urina bolnavilor.

- Ai găsit-o? întrebă ea.

Ninsianna apucă cel mai apropiat buchet de ierburi şi îl strânse la piept.

- D-d-da, mama, răspunse ea, iar obrajii îi căpătară o nuanţă puternică de roz.

Mikhail manevră una dintre găleţi pentru a-şi ascunde erecţia.

---

[8] *A'alendra:* arbust regional de mici dimensiuni, folosit pentru a trata astmul.

[9] *Za'afaran:* plantă tradiţională regională, folosită pentru a trata impotenţa la bărbaţi.

[10] *Chador:* în vremea Mesopotamiei, chadorul era un material lung, înfăşurat în jurul capului sub formă de văl sau purtat drept capă ori şorţ; în general, făcea parte din vestimentaţia femeilor de rang înalt.

- Pe alea poți să le pui *aici,* pe masă, zise Needa, arătând către blatul de lemn pe care pregătea de obicei masa.

- Da, doamnă, răspunse Mikhail cu o voce înecată de vinovăție.

Needa ridică o sprânceană, privindu-l cum se fofila în lateral în timp ce ținea găleata în dreptul corpului; după ce o așeză pe blatul de lemn, reveni la loc, îndoindu-și una dintre aripile enorme spre partea din față, pentru a-și ascunde discret *intențiile* față de fiica tămăduitoarei.

Ninsianna chicoti.

- Aia e limba mielului[11], o întrerupse mama ei. Nu *a'alandra.* Trebuie să *calmezi* respirația bătrânei, nu să o faci să vrea să alerge la maraton.

- Da, mama, răspunse Ninsianna cuminte.

Apoi, își luă coșul și ieși grăbită pe ușa din față. Pe buzele ei cărnoase și roz se citea, însă, o promisiune: *„mai târziu..."*

- Cât despre *tine,* zise Needa arătând către masă. Yalda și Zhila au venit în vizită cât erai pe-acolo, pe sus – își răsuci un deget în aer pentru a ilustra mișcările acrobatice făcute de Mikhail în aer – și te dădeai în spectacol. Ți-au adus partea ta din premiu.

- Premiu? întrebă Mikhail nedumerit.

- Da, cel de ieri, răspunse femeia. După ce ai zburat din loc cu fata mea, continuă ea cu o privire dură, căpetenia le-a dat premiul tău *sponsorilor.*

Obrajii lui Mikhail se înroșiră puternic. Cel puțin era *convins* că nimeni nu îl văzuse sărutând-o pe Ninsianna; avusese prezența de spirit de a o purta în susul râului înainte de a ceda dorinței, iar apoi, pe parcursul nopții, jucaseră rolurile platonice ale „Geshtinannei și al lui Damu-zid"[12] în fața întregului sat.

Needa arătă către o urnă mică, din lut. Spre deosebire de celelalte recipiente în care erau depozitate alifiile de tămăduitoare și care erau confecționate din nămol, acesta fusese lucrat din cea mai fină argilă, galben-ocru, și decorat cu o nuanță mai închisă de maro.

Mikhail îl ridică.

- Ce este? întrebă el.

- Ai de gând să îl împarți cu noi, nu-i așa? întrebă Needa cu un glas răsunător, plin de speranță. Până la urmă, *noi* te hrănim de ceva vreme.

- Desigur, doamnă, răspunse Mikhail cu vinovăție în glas.

Urma fină a unui surâs afectat se contură pe buzele Needei. Mikhail se străduise foarte mult să se revanșeze pentru tot ce primea, dar ieri se dovedise *în sfârșit* că era cu adevărat bun la ceva.

„La ce? La a ucide..."

- Da.

„În numele lui Hades, Jamin nu o să aibă niciodată suficientă încredere în tine încât să îți dea voie să te apropii de oamenii lui."

---

[11] *Limba mielului:* plantă medicinală folosită pentru a trata oboseala și infecțiile.

[12] *Geshtinanna și Damuzid:* poem epic sumerian; după ce Damuzid este ucis și trimis în lumea din subteran, sora/ibovnica lui, Geshtinanna, se oferă să îi ia locul.

„Dar m-au văzut învingându-l. Trebuie să conteze şi asta la ceva, nu-i aşa?"

- Deschide-o, spuse Needa, arătând către urnă.

Mikhail desfăcu dopul din lemn. Chiar la mijlocul recipientului se aflau câteva sfere mici, maro, îmbibate în propriul ulei auriu.

- Ce sunt astea? întrebă Mikhail scoţând una dintre sfere din recipient.

- Măsline, îi răspunse Needa.

Mikhail le mirosi.

- Sunt fructe sau legume?

- Fructe, explică tămăduitoarea.

- Dar nu *miros* a fructe.

- Sunt fructe, pufni Needa.

Ridicând o sprânceană în semn de neîncredere, Mikhail ridică una dintre sfere în dreptul buzelor. Părea să aibă aroma orzului proaspăt tăiat, a frunzelor de curmal proaspăt tocate şi, poate, ceva din parfumul untului. Un strop de ulei auriu se scurse pe limba Angelicului – era pe jumătate dulce, pe jumătate sărat, dar se simţeau şi tonuri subtile de condimente.

- Haide, gust-o, îl îndemnă Needa cu o privire plină de invidie.

Mikhail lăsă fructul să îi cadă în gură.

- Doar ai grijă la...

Muşcă.

- Au!!

Dinţii i se înfipseseră în ceva dur.

- ... sâmbure, încheie femeia.

- Mulţumesc pentru avertisment, mormăi Mikhail.

Fructul i se dezintegră pe limbă. Cu siguranţă nu avea gust de fruct, dar nu semăna nici cu legumele. Îi amintea de... *ah!!* Nu îşi putea aminti. Gândul pândea undeva în subconştient, trezind impresia de muzică şi lumină.

Fructul avea gust de răsărit. Răsăritul pe care tocmai îl admirase... de două ori.

Scormoni din nou în borcan.

- Sunt mai gustoase cu pâine, zise Needa, arătând către un coş de pâine care nu

putea să provină decât din cuptorul Yaldei.

Era învelit într-un ştergar curat, de pânză.

Mikail luă încă un fruct şi suspină de plăcere simţind sucurile sărate care îi desfătau limba. I se scurse ulei pe bărbie. Mirosi pâinea încă fierbinte, rupse o bucată şi o înmuie în uleiul de măsline.

Needa pufni nemulţumită şi arătă către bancă:

- Cât eşti ocupat să te îndopi, zise ea, lasă-mă să arunc o privire la aripă.

Mikhail îşi întinse aripa asemenea unei gâşte care îşi dezveleşte gâtul în faţa toporului. Era aripa care se rupsese şi se contorsionase la spate când nava lui se prăbuşise. Dacă nu ar fi fost Ninsianna, el nu ar mai fi fost în viaţă; iar dacă Ninsianna nu ar fi moştenit talentul incredibil al mamei sale, el ar fi fost condamnat la o viață lipsită de zbor, în compania unui drăguț, dar complet inutil ștergător de praf. Luă încă o măslină în timp ce mâinile experimentate ale tămăduitoarei își făceau loc pe sub pene, explorând punctele în care oasele se lipiseră la loc.

Îl plesni în lateralul capului.

- Hei! exclamă Mikhail.

- Mai păstrează câteva și pentru noi, tontule, zise ea doar pe jumătate serioasă. Încă puțin și nu o să mai avem nicio firimitură de mâncare din cauza ta!

- Ssscuuuuuzi, mormăi Mikhail mestecând o bucată mare de pâine și arătând de parcă nu ar fi regretat absolut nimic.

Tresări atunci când Needa atinse locul în care principalul tendon de zbor se reprinsese de os.

- Te doare? întrebă tămăduitoarea.

- Da, recunoscu Mikhail.

- Asta pentru că nu ar fi trebuit să îți faci primul zbor cu fata mea la pachet!

Îl lovi încă o dată.

- Dar o merita! M-a murdărit din cap până în picioare!

Mikhail fu nevoit să își reprime un zâmbet. Până când terminase de înfruntat furcile caudine ale cursei, se murdărise *mult* mai tare decât ea. Cu o voce gravă, Needa îl îndemnă să își așeze aripa într-o poziție mai confortabilă. Apoi, se așeză de cealaltă parte a mesei și îl privi cu o expresie imposibil de descifrat, înmuind la rândul ei o bucată de pâine în uleiul gustos. Pe măsură ce mesteca, tăcerea devenea din ce în ce mai greu de suportat. Într-un final, zise:

- Ninsianna te place?

Mikhail fu cuprins de un val de vinovăție. Le făcuse o promisiune părinților fetei, dar în ultimele ore se comportase ca un mistreț în călduri.

- Nu se va mai repeta, răspunse el cu tristețe.

- Nu asta am întrebat.

- Dar *ce* ați întrebat?

- *Tu* o placi *pe ea?*

Mikhail răspunse cu sinceritate:

- Foarte mult.

- Și ce ai de gând să faci în legătură cu asta?

Să facă? Ce se *presupunea* că ar trebui să facă un bărbat pentru care o anume femeie devenise întreaga rațiune de fi? Sau, și mai important, ce se presupunea că ar trebui să facă un Angelic care nu dispunea de niciun fel de aptitudini negustorești, niciun bun personal (în afară de o armă cu impulsuri descărcată, o navă spațială distrusă și o sabie) și nicio amintire legată de cine era și cum ajunsese acolo? *Ce* trebuia să facă o astfel de ființă, care se prăbușise pe o planetă primitivă și se îndrăgostise de femeia care îi salvase viața?

- Nimic, răspunse Mikhail cu glas tremurător. I-am promis lui Immanu că nu...

- Întreabă-l, îl întrerupse Needa.

- Să îl întreb ce?

- Dacă îți dă permisiunea de a-i curta fiica.

- Dar... m-a... pus să... promit? insistă Mikhail cu sprâncele împreunate în semn de confuzie.

Needa îi luă mâna într-a ei și o strânse ușor:

- Ne era teamă că o să ne iei copilul și o să pleci *departe* de noi, zise ea. Promite că vei rămâne și Immanu nu se va opune.

- Nu pot face asta! strigă Mikhail. Nici măcar nu îmi amintesc cine sunt!

- Dar știm *cum* ești! spuse Needa.

- Inapt social? pufni el. Fără niciun fel de pricepere în arta negustoriei?

- Tratezi pe toată lumea corect, răspunse femeia. Pe toată lumea, de la cea mai neimportantă bătrână până la cetățeanul cu statutul cel mai înalt din sat. O iubești pe fiica noastră – făcu o pauză, de parcă l-ar fi provocat să o contrazică, după care continuă – și nu ți-e teamă să *muncești*.

- Sunt *soldat*, insistă Angelicul, zornăindu-și însemnele. Un soldat fără armată. Ce s-ar întâmpla dacă ar veni într-o bună zi o navă și mi s-ar ordona să mă întorc la datorie?

- Te-ai întoarce?

- În armată?

- *Aici!* zise Needa. Te-ai întoarce *aici*, pentru a fi cu fiica mea, odată ce ți-ai încheia misiunea?

- Desigur, exclamă Mikhail. M-aș lupta cu însuși Shay'tan pentru a mă întoarce la ea.

Se agăță de cuvântul acela – *Shay'tan* – și de simțământul *misiunii* pe care îl trezea; amintirea dispăru însă la fel de rapid pe cât alunecase și numele pe buzele sale.

- Și dacă te duci acolo – Needa arătă către tavan – și descoperi că lumea din care ai venit e mult mai interesantă decât aceasta?

- Nu aș putea găsi *nimic* mai interesant decât Ninsianna.

- Ai abandona-o vreodată?

- Doar cu prețul vieții!

Needa luă încă o bucată de pâine și o înmuie în ulei. Privirea sa rătăci dincolo de Mikhail, pătrunzând într-o lume doar a ei, a unui trecut de demult.

- Cam în vremea în care s-a născut Ninsianna, zise ea, eram în război cu cei din neamul Uruk[13]. Immanu era plecat tot timpul.

- Dar s-a întors, nu-i așa?

---

[13] *Uruk:* un trib Sumerian antic, care a fondat Babylonul.

- S-a întors, spuse Needa. Însă a fost nevoie de mult timp pentru a-l convinge că locul lui era lângă *familia* lui, nu prin lume – făcu un gest distant cu mâna – ținându-se după toate mofturile zeiței.

Mikhail tăcu.

— Nu îmi amintesc nimic despre familia mea, spuse apoi cu tristețe.

— Dar în mod sigur ai *avut* una, nu?

Angelicul își atinse ușor buzunarul de la piept, unde obișnuia să țină o figurină din lemn. *O jucărie de copil... cioplită cu stângăcie, arsă și stricată. Cioplită de el însuși, după cum bănuia. O lăsase pe navă pentru că îi trezea un sentiment de profundă durere.*

- Dacă am deja o *soție?* întrebă el, pipăindu-și copcile vindecate de pe cap. Nu mi-aș aminti nici de ea, nu-i așa?

- Ce îți spune inima ta?

- *Inima?*

- Da, insistă Needa, împungându-l încet cu degetul în dreptul pieptului. Când privești către stele, simți că îți lipsește cineva?

Mikhail își alese cuvintele cu mare grijă; nu pentru că voia să o *mintă*, ci pentru că senzația aceea că *uitase* ceva era atât de vagă încât nu o putea exprima în niciun fel.

- Atunci când sunt cu Ninsianna, spuse într-un final cu sinceritate, ea este unica ființă la care mă pot gândi. Dar uneori...

Ochii negri privindu-l din spatele unei tufe.

Vocea unui copil...

Mikhail, vino să mă găsești!

Dau frunzele la o parte, dar ea a dispărut deja...

Se ridică de pe bancă și începu să se plimbe în susul și în josul încăperii.

- Ai dubii? îl întrebă Needa.

- Nu *dubii*, zise el. Simt că...

Se întoarse, ignorând faptul că penele sale răsturnaseră mai multe buchete de ierburi de pe raft. Se străduia din răsputeri să dea un nume tuturor emoțiilor pe care le simțea, emoții despre care credea că fuseseră înghețate dintotdeauna, până când căldura Ninsiannei adusese la suprafață o fărâmă din ceva absolut înfricoșător.

- Știu că ar trebui să *fac* ceva, spuse Mikhail. Ar trebui să închei un fel de misiune. Simt că...

Se așeză înapoi, odihnindu-și capul în mâini. Cum ar fi putut explica faptul că Ninsianna îl făcea fericit? Că, până să o cunoască, nu își imaginase *niciodată* că ar putea fi fericit, pentru că un asemenea sentiment îi era cu totul străin? Ori de câte ori Ninsianna pleca, însă, sentimentul copleșitor al datoriei lua locul fericirii, îndemnându-l să *încheie misiunea.*

- Mă tem, zise cu glas sugrumat, că îmi este *interzis* să îmi urmez inima!

Needa îi atinse mâna drăgăstos.

- De ce le-ar interzice zeul tău Angelicilor să se căsătorească?

- Nu știu.

- Nu îmi pot imagina că un zeu, *orice* zeu, ar fi atât de crud.

Femeia își luă coșul și strânse marginea aripii lui Mikhail.

- Ei bine, dacă vrei să te simți *util,* începu ea, arătând către ușa care ducea în curte, să știi că tocmai a scăpat capra din țarc.

Spunând acestea, ieși din casă și merse să își îndeplinească datoria de tămăduitoare. Mikhail își scoase ecusonul din tablă și îl ridică la lumină.

Colonel Mikhail Mannuki'ili
352d FpOS
Forțele Aeriene Angelice
A doua Alianță Galactică

Cu cealaltă mână, ridică o măslină și o așeză în dreptul tăbliței. Aceasta din urmă strălucea în nuanțe de argintiu, însă uleiul care îmbrăca măslina reflecta lumina soarelui, bogată și coaptă, conferindu-i aceeași sclipire pe care o aveau și ochii sărutați de zeiță ai Ninsiannei.

Acum că era din nou capabil să zboare, ce putea face pentru a-și câștiga dreptul de ședere în acea casă? *În afară de a ucide...?*

Și de ce îl neliniștea atât de mult o misiune pe care nici măcar nu și-o putea aminti?

Capitolul 3

Data Galactică Standard: 152,323.06
Zona neutră: Portavionul diplomatic „Prinţul din Tyre"
Prim-ministrul Lucifer

LUCIFER

Între imperiul lui Shaytan şi Alianţa Galactică se aflau rămăşiţele unui al treilea imperiu, care existase demult. Prins la mijloc şi distrus de cei doi titani adiacenţi, acest imperiu nu mai deservea decât scopul de tampon strategic, un loc în care se desfăşurau „afaceri neoficiale", comploturi care nu ar fi trebuit să ajungă la urechile guvernelor.

Pe centura de asteroizi a ceea ce fusese cândva planeta-capitală – cel puţin până când cineva *(nu dăm nume... tatăl adoptiv al lui Lucifer)* o distrusese complet – plutea acum vasul amiral al Alianţei, *Prinţul din Tyre*. Era ceva de-a dreptul organic în modul în care nava se unduia dinspre vârf spre aripi, lungă şi graţioasă, cu antene ca de somn şi o coadă care se termina cu o pereche de aripioare.

O mână nepoliticoasă îl trezi pe Lucifer din coşmarul său.

- Lucifer, trezeşte-te! exclamă Zepar. Am veşti extraordinare!

Lucifer fu cuprins de o migrenă teribilă. Îşi strânse aripile albe în jurul corpului pentru a se proteja de lumină şi îşi prinse fruntea în mâini, ca pentru a opri materia cenuşie din a se revărsa pe cearşaf. Unde era? Care era ultimul lucru pe care şi-l amintea? O, în numele zeilor! *Duhnea!*

Începu să pipăie patul, dar locul de lângă el se răcise deja.

- Unde e? mârâi Lucifer, protejat de coconul său din aripi.

- Unde e cine? întrebă Zepar, Şeful lui de personal.

- Soţia mea, insistă Lucifer, atingând cearşaful din satin. Îmi amintesc destul de clar că m-am căsătorit ieri.

Deschise un ochi, însă foarte puţin, suficient încât să vadă expresia acră a lui Zepar, şi tresări în clipa în care o străfulgerare de lumină ameninţă să îi dizolve creierul.

- Asta s-a întâmplat acum patru zile, explică Zepar, scuturându-l din nou. Lucifer! Doctorul Halpas tocmai a făcut testele din nou. Sămânţa a prins! Originea speciei tale e fertilă!

- Fertilă? întrebă Lucifer ţâşnind din pat. Adică medicul e de părere că tata ar putea face ceva în legătură cu genomul?

- Nu, zise Zepar, aplecându-se astfel încât ochii săi de un albastru spălăcit să fie la același nivel cu ai *lui.* Fertil în sensul că acea *chestie* îți poartă copilul în pântece.

- Copilul meu? întrebă Lucifer încruntându-se. Nici măcar nu îmi amintesc să fi făcut dragoste cu ea.

- Să fi făcut dragoste? râse Zepar, iar aripile sale de un bej murdar tremurară. Cu *așa ceva?*

Furia îl răscoli pe Lucifer până în adâncuri.

- Îți amintesc că acel „ceva" este *soția* mea!

- *Soția* ta? întrebă Zepar râzând cu răutate. *Animalul* ăla a încercat să îți scoată ochii!

- Ochii mei? Lucifer își atinse fața, dar părea la fel de netedă, la fel de *perfectă* ca întotdeauna.

- Nu îți amintești? Nu îmi spune că ești din nou amnezic!

- Amnezic? întrebă Lucifer, resimțind teroarea care i se cuibărea în pântec. Nuuu, minți el. Doar am băut cam mult.

- Bun, răspunse Zepar. Pentru că o să râdă toată Alianța de tine când o să afle că noua ta *soție* nu e în totalitate o ființă simțitoare.

- Simțitoare? zise Lucifer, ciupindu-se de nas. Dar a vorbit cu mine, îmi amintesc...

Ceața care îl învăluia uneori în timp ce se certa cu Zepar îi cuprinse mintea. Se simțea de parcă cineva îi turnase săpun alb și gros pe limbă, iar apoi îi îndesase o mulțime de vată în gură.

- Ce vă amintiți, Sire? întrebă Zepar.

- Ne-am întâlnit cu Ba'al Zebub, zise Lucifer slăbit.

- Și...?

- Adusese o femeie fără aripi, despre care *pretindea* că ar fi la baza genei pe care a creat-o tata pentru specia noastră. *Spunea* că tata îi dăduse planeta lor lui Shay'tan pe nimic.

- E adevărat, zise Zepar. Shay'tan *a insistat* asupra faptului că nu vă va da femeia decât dacă vă căsătoriți cu ea.

Căsătorit? Da. Își amintea asta.

- Chiar m-am căsătorit cu ea, nu-i așa? râse Lucifer. În numele lui Shay'tan! Abia aștept să văd fața tatei când...

- Totul a fost doar o farsă! spuse Zepar, agitând cu furie un deget în fața lui Lucifer. Shay'tan știe că suntem disperați, așa că v-a călcat onoarea în picioare!

- Dar am *vorbit* cu ea! insistă Lucifer, împreunându-și sprâncele alb-blondine.

- Vorbit? râse Zepar cu dispreț. Ați fost de-a dreptul furios când v-ați întors la navă și v-ați dat seama că nu poate urma nici măcar o comandă simplă.

Lucifer se îndreptă greoi către baie, închizând ușa direct în fața Șefului de personal. Mintea continuă să i se învârtă în timp ce elibera conținutul vezicii urinare. Nu era o ființă cu simțuri? Cum ar fi putut fi sursa primordială a rasei sale fără a avea simțuri? Atât ei, cât și oamenii se trăgeau din Nibiruieni[14], dar cei 74.000 de ani care se scurseseră de atunci ar fi putut permite apariția unui rift genetic uriaș, cu atât mai mult cu cât ținutul uneia dintre specii fusese distrus.

- Au aterizat înapoi în Epoca de piatră, îi explicase Ba'al Zebub. O colonie-închisoare, plină de rebuturi violente. Hashem avea deja douăsprezece planete cu supraviețuitori mai demni de atenție, așa că i-a cedat-o pe a treisprezecea lui Shay'tan.

Dar ce se întâmplase *după* aceea? Și de ce erau amintirile sale cu acea frumoasă ca de abanos atât de neclare?

Tremurând, se așeză pe „tronul" de porțelan din baie și își luă fruntea în mâini. Ce îi spusese tatăl lui despre Nibiru?

Delicvenți?

Nu…

Împăratul *pretindea* că transformase planeta măcinată de războaie într-o adevărată utopie plină de pace, ceea ce, practic, însemna că alterase ADN-ul ființelor de pe ea pentru a le reduce agresivitatea naturală și, cel mai probabil (pentru că așa făcea de fiecare dată), le îmbunătățise intelectul.

Dar odată *evoluată,* ar fi putut această rasă primordială să *involueze?* Desigur. Până la urmă, și specia *lui* o făcuse. În cei 152.000 care trecuseră de când Hashem conferise aripi genomului Nibiruian, specia nu numai că își pierduse abilitatea de a se reproduce, ci se afla acum în pragul extincției.

Totuși, *lipsită de simțuri?*

Lucifer privi în jos, către penisul său adormit. Multe lucruri erau greșite în ceea ce îl privea, dar, dacă se putea mândri cu ceva, era impresia pe care o făcea asupra doamnelor. Nu s-ar fi culcat sub *nicio* formă cu un animal. Deși, aparent, o făcuse, fiindcă femeia era acum însărcinată...

Însărcinată...

Soția lui era *însărcinată!* După 225 de ani în care nu reușise să (re)producă nimic, avea în sfârșit un moștenitor!

Sări în duș, își curăță aribile albe ca zăpada și apoi șterse oglinda pentru a își analiza mai bine reflexia. Ce își amintea de noaptea trecută... A! Nu! De acum patru nopți... era că *mireasa* lui era înaltă, iar pielea ei atrăgătoare, neagră ca abanosul, îi conferea o înfățișare regală. Și ce dacă nu era cea mai strălucitoare stea de pe cer? Avea să îi ofere un copil!

Nu... de fapt, făcea *mai mult* decât atât. Însăși existența ei însemna că specia lui avea o speranță! Nu aveau să mai tremure la marginea prăpastiei, amenințați de extincție. Dacă erau suficient de compatibili genetic încât să poată procrea, nu mai era nevoit să se umilească niciodată în fața tatălui său adoptiv!

---

[14] *Nibiru:* ținut mitologic al zeilor Annunaki.

Păşi sub uscător pentru a-şi aranja penele albe şi deschise uşa larg, simţindu-se în al nouălea cer. Avea să fie salvatorul speciei sale!

Şeful de personal aştepta afară.

- Comandantul General Suprem Jophiel a sunat din nou, îl informă Zepar. Cere să...

- Nu-mi pasă ce vrea târfa aia! îl întrerupse Lucifer. Vreau să ştiu unde e ea.

- Jophiel?

- Nu, răspunse Lucifer nerăbdător. Unde e *soţia* mea?

Îl împinse la o parte pe Zepar şi se îndreptă către şifonier, căutând printre costumele lucrate manual. Ce ar fi trebuit să poarte pentru a se întâlni cu femeia pe care o luase de soţie? Femeilor din Alianţă le plăcea ca bărbaţii să fie sofisticaţi şi în formă...

Dar femeilor *umane*?

Răscoli întregul dulap asemenea unei adolescente, ignorând pălăvrăgelile frenetice ale lui Zepar în legătură cu inamicul cel mai important, Comandantul General Suprem. Ţinutul oamenilor era primitiv, deci poate că soţia lui ar fi atrasă de cineva cu o înfăţişare protectoare? Precum câinele acela de atac al tatălui său, Serafimul enervant care, mulţumită zeilor, dispăruse în timpul misiunii?

Într-un sfârşit, scoase costumul pe care îl purta ori de câte ori avea de-a face cu o specie războinică – cel cu umerii căptuşiţi, care contrasta cu părul blond deschis şi aripile albe ca zăpada. Celor mai multe fiinţe primitive le plăcea aurul, aşa că îşi puse cel mai mare ceas şi... la naiba, de ce nu?! Îşi înşfăcă şi armura din aur masiv.

- Ce *faceţi?* îl întrebă Zepar cu o privire neîncrezătoare.

- S-a căsătorit cu Prim-ministrul Alianţei, răspunse Lucifer, prinzându-şi armura în formă de aripă pe costum. Practic, a devenit Regina Cerurilor.

- Dar nici măcar nu...

- Linişte! Lucifer ridică un deget. Unde e?

- Am dus-o într-o baracă goală a militarilor, răspunse Zepar. Doctorul Halpas s-a gândit că ar putea fi mai puţin distructivă dacă îi lăsăm spaţiu să hoinărească.

- Să hoinărească? râse Lucifer. Îi voi pune la picioare întregul meu imperiu!

Se dădu cu parfum - un afrodisiac moscat, care fusese conceput special pentru a mima chimic feromonii unui mascul alfa. Într-un sfârşit, ieşi grăbit din cameră. După cum se aştepta, cele două gorile Angelice ale lui Zepar, Furcas şi Pruflas, stăteau ca nişte statui cu priviri reci în dreptul uşii sale – erau mari, solizi şi incredibil de proşti.

- Iată dovada vie că involuţia este posibilă, murmură Lucifer.

Cu Zepar pe urmele sale, se îndreptă spre etajele inferioare, dincolo de echipajul său, pe jumătate ţopăind, pe jumătate zburând. Spre deosebire de *majoritatea* navelor militare ale Alianţei, a lui era condusă de un echipaj mic.

Oficial, pentru că Prim-ministrul se temea de o eventuală tentativă de asasinare; în realitate, pentru că, ori de câte ori se simţea tentat să renunţe la vreun acord comercial, voia să îşi amintească exact cât de *puţini* rămăseseră.

Iar acum avea o soţie...

O soţie *umană*...

O soţie care era însărcinată.

În sfârşit concepuse un copil!

Ajunse în dreptul dormitorului gol al trupelor.

- La o parte, le ordonă Lucifer celor doi nimeni de grad inferior pe care Zepar îi pescuise de pe bricul unei alte baze de comandă mobile.

La fel ca cei mai mulţi membrii ai echipajului său, nici aceştia nu erau tocmai inteligenţi sau pricepuţi, dar erau uşor şantajabili, deci complet loiali.

- Da, domnule! răspunseră cei doi, dându-se la o parte.

- Lucifer, aşteaptă! strigă Zepar.

Tuşind uşor, Lucifer îşi umflă penele pentru a părea mai protector şi pătrunse în încăpere.

- Aaaaahhh!!!!!

Un obiect plat, de metal, îi zbură direct în cap.

- Hei, stai!

Suspină în clipa în care tava îi muşcă din scalp. Fu urmată rapid şi de un fruct copt. Profitând de reflexele Angelice, Lucifer prinse fructul înainte ca acesta să îşi împroaşte sucul pe întreaga lui armură. Un strigăt inuman îi reverberă în subconştient. TEROAREA altcuiva se prăvăli asupra lui asemenea unei fuziuni nucleare capabile să distrugă o planetă.

- Aaahhhh!

Lucifer îşi acoperi urechile cu mâinile. Unul dintre „darurile" pe care le moştenise de la mama sa pe jumătate Serafim era acela că putea citi oamenii, putea literal să *vadă* în mintea lor şi să descopere o fărâmă din cele mai profunde speranţe sau temeri pe care le nutreau. O serie de imagini violente se prefigurară în mintea sa, asemenea unui animal de la fermă care cere îndurare în timp ce măcelarul îi taie gâtul.

Lucifer se aplecă înainte şi îşi strânse aripile în jurul corpului, încercând să se ferească de zgomotul teribil. O mână care îi atinse umărul îl făcu să tresară.

- Opreşte-o, se rugă el.

- Ţi-am spus că nu e o fiinţă normală, îi răspunse Zepar caustic. Poate data viitoare o să ai încredere în mine.

Urletele se opriră, fiind înlocuite de un cântec gutural.

Iblisi, iblisi, iblisi... [15]

Orice ar fi însemnat *iblisi*, sunetul părea să se fi *ataşat* de Lucifer.

Acesta îşi desfăcu una dintre aripi şi privi către creatura din faţa sa. Pielea ei neagră ca abanosul strălucea splendid, contrastând cu rochia de

---

[15] *Iblisi:* malefic.

mireasă Sata'anică ce fusese brodată cu o multitudine de pietre prețioase; însă aceeași rochie avea și urme adânci de gheare, de parcă femeia care o purta ar fi încercat să o sfâșie...

... sau de parcă un prădător uriaș ar fi sfâșiat-o de pe trupul ei.

Ființa se târî până în colțul cel mai îndepărtat al încăperii și se ghemui în poziție fetală. Ochii îi păreau absenți și își agita mâinile în dreptul feței, murmurând acel cuvânt teribil:

Iblisi, iblisi, iblisi...

- Domnule Prim-ministru, zise Zepar, împingându-l mai aproape de ea. Dați-mi voie să v-o prezint pe *soția* dumneavoastră.

Lucifer își strânse aripile la spate, dorindu-și cu toată ființa să se fi îmbrăcat cu ceva mai puțin intimidant. Femeia țipă. Altădată blânzi și frumoși, ochii ei erau acum goi, amintind de cei ai unui animal sălbatic, prins în cușcă.

- Îți amintești de mine? i se adresă el cu glas blând. Ne-am căsătorit ieri... ăă... acum patru zile.

Ascultă atent, pentru a detecta cu ajutorul darului său dorințele din subconștientul femeii; de obicei, pătrundea dincolo de cuvintele tuturor creaturilor vii, inclusiv ale celor puțin inteligente, dar de această dată nu găsi nimic. În mintea ei nu era nimic altceva decât zgomot.

Îi arătă fructul pe care tocmai îl aruncase – un *úll*[16] roșu, copt, unul dintre cele mai delicioase fructe ale Alianței.

- Îți e foame? o întrebă Lucifer, prefăcându-se că mușcă. E foarte gustos.

I-l întinse, proiectând imagini în care ei doi împărțeau o masă; era o strategie care funcționa chiar și cu specii puțin dezvoltate, însă femeia șuieră și se retrase în colțul opus al camerei.

- Ce e în neregulă cu ea? întrebă Lucifer.

- Bănuim că Ba'al Zebub a sedat-o ca să nu vă scoată ochii pe loc, explică Zepar. Probabil de aceea a insistat să vă culcați cu ea imediat.

Un sentiment de dezamăgire profundă se materializă înlăuntrul lui Lucifer, iar toate visurile sale despre iubire, căsătorie și familie se dezintegrară asemenea unui fir de praf. Dintr-un motiv sau altul, crezuse că această ființă era mai inteligentă, chiar dacă nu își amintea să se fi culcat cu ea. Absolut deloc.

- Sigur este însărcinată? întrebă Lucifer cu glas tremurător.

- Da, răspunse Zepar. L-am rugat pe Doctorul Halpas să confirme că embrionul este, din punct de vedere genetic, al *dumneavoastră*.

Lui Lucifer i se puse un nod în gât.

- O să am un copil... vocea i se frânse. O să am un copil *defect*?

- Testele noastre arată că genele dumneavoastră superioare vor fi dominante. Fiul dumneavoastră va avea IQ-ul unei ființe dezvoltate.

---

[16] *Úll* este un tip de măr.

- Deci va fi inteligent?

- Probabil nu la fel de inteligent ca *dumneavoastră,* spuse Zepar, însă Împăratul a programat dintotdeauna inteligența drept o calitate necesară supraviețuirii.

- Și aripile?

- Cât despre asta... începu Zepar, scuturându-și *propriile* aripi bej-murdar. Tatăl *dumneavoastră* a făcut un adevărat miracol când a reușit să adauge ADN avian pe o structură umană. Totuși, gena este recesivă.

Aripile lui Lucifer se pleoștiră.

- Deci nu îmi va moșteni aripile?

- Cel mai probabil nu, zise Zepar. Știam că asta va fi o problemă din momentul în care s-a folosit de Nibiruieni pentru a reîmprospăta gena. Chiar și așa, orice altă caracteristică Angelică pare să fie dominantă.

- Stai puțin... fiul? întrebă Lucifer, luminându-se. Știm că este băiat?

- Da, Sire, răspunse Zepar. Îl puteți împerechea cu sute de femei Angelice, iar majoritatea nepoților dumneavoastră vor avea aripi. În plus, nu vor avea problemele de fertilitate pe care încrucișările repetate cu rude apropiate le-au provocat în rândurile speciei noastre. Gena este acolo. Pur și simplu este recesivă.

Lucifer își ciupi barba, cufundat în gânduri. În mod evident, nu o putea prezenta pe *ea* în fața Parlamentului. Toți locuitorii celor două imperii ar fi râs de el dacă ar fi încercat. Dar pe fiul său...?

- Cât mai durează până naște? întrebă.

- Nouă luni, zise Zepar.

- Și eu ce ar trebui să fac între timp?

Un fir de sânge i se scurse de la tăietura de deasupra ochiului, căzând direct pe armura aurită și materialul teribil de scump al costumului de firmă. Se șterse înjurând. Shay'tan nu avea să îl mai facă niciodată să creadă că originea speciei sale este într-o ființă dezvoltată!!

Zepar îi puse o mână pe umăr, pentru a-l îmbărbăta.

- Lucifer, spuse el pe un ton părintesc. Te străduiești de 225 de ani să concepi un copil. O să fie chiar atât de rău să ai un fiu la fel ca Împăratul Etern? Un bărbat uman, fără aripi?

Lucifer mirosi fructul lovit pe care proaspăta lui „soție" tocmai i-l aruncase în față. Exotic și copt... Aproape că putea să *vadă* deja titlurile din presă: „*Lucifer concepe un copil după chipul și asemănarea Împaratului Etern. Spune că ar fi un semn de la Cea-Care-Este*". Avea să manipuleze propaganda, transformând-o într-un *omagiu* față de tatăl său adoptiv; apoi, avea să se prezinte în fața Parlamentului, purtându-și fiul nou-născut în brațe și cerându-le tuturor să îi permită să salveze armatele hibride.

Lucifer zâmbi larg către Zepar.

- Nu trebuie să le arăt și *mama,* nu-i așa? întrebă el.

- Nu le pasă decât de fiul dumneavoastră, răspunse Zepar.

Fiul lui...

Da. *Fiul* lui...

Avea să spună că mama fusese crescută în spiritul femeilor Sata'anice şi făcea parte dintr-un harem. Ţinând cont de politica de respectare a libertăţii religioase impuse de tatăl său (atâta vreme cât *el* rămânea zeul suprem şi toţi ceilalţi zei *inferiori* primeau statutul de „sfânt"), Lucifer avea acum ocazia să îi ofere părintelui său o lecţie, folosindu-se de propria lui ipocrizie. Probabil că aceasta fusese şi intenţia lui Shay'tan de la bun început.

Lucifer râse.

- Bătrânul dragon a fost mai deştept decât noi, zise el.

- Dar nu e neapărat ceva *rău*, răspunse Zepar.

- Nu e?

- Nu. Conform spuselor Lordului Ba'al Zebub, dacă oferim... ăă... favorurile potrivite...

- Vrei să spui mita potrivită, îl întrerupse Lucifer.

- Ştiţi foarte bine la ce se referă.

- Şi...? îl îndemnă Lucifer să continue.

- Ba'al Zebub crede că îl poate convinge pe Shay'tan să elibereze *alte* câteva femei pentru bărbaţii de rang superior care au avut... cum să spun... *dificultăţi.*

- Vrei să spui impotenţă?

- Da.

- Dar de ce ar face asta? întrebă Lucifer sceptic. Este în interesul lui Shay'tan să *nu* ne reproducem. Asta face ca armatele noastre să fie egale.

- Imperiul Sata'anic îşi doreşte foarte mult să continue relaţiile comerciale cu noi.

Lucifer începu să se plimbe prin încăpere.

- Hashem nu o să fie de acord cu asta! O să dea pur şi simplu veto.

- Atunci anulaţi veto-ul, răspunse Zepar.

- Cum? întrebă Lucifer amar. Tata se bucură de multă susţinere. Singurul motiv pentru care am reuşit să trec *ultima* lege a fost că nimeni nu voia să îşi trimită *propriii* copii să moară în locul nostru!

- Şi tocmai de *aceea* Ba'al Zebub crede că Shay'tan va accepta întreaga afacere, zise
Zepar. Bătrânul dragon este scos din *minţi* de faptul că adversarul său îl bate de fiecare dată cu o armată de sclavi concepuţi într-un laborator de genetică.

- De parcă *el* ar fi cu ceva mai bun, mormăi Lucifer.

- De aceea *dumneavoastră* i-aţi spus lui Ba'al Zebub că veţi *combina* femei umane cu bărbaţi ai Alianţei care au probleme similare. Carnea de tun a lui Hashem se va *căsători* în numele duşmanului – gândul acesta va gâdila cu siguranţă orgoliul lui Shay'tan.

- Dar ar fi o rebeliune! riposță Lucifer cu stomacul încleştat. *Ştii* ce i-a făcut tatăl meu *ultimei* fiinţe care i-a divizat armata.

„Ce i-a făcut tatălui tău BIOLOGIC."

Lucifer alungă vocea din mintea sa:

„O, mai taci!"

- Rebeliune? râse Zepar. Cine a spus ceva despre o rebeliune? Nu v-ați folosi decât de mijloace legale pentru a obține susținere față de un acord *comercial*.

Lucifer își atinse ușor buza. Nu era o rebeliune? Căsătoria între hibrizi era interzisă de atât de mult timp pentru că erau obligați să servească imperiul; nu li se permitea căsătoria cu cetățeni ai Alianței, dar nu exista *nicio* lege care să interzică în mod explicit căsătoria cu un cetățean *Sata'anic*. Desigur, motivul pentru care o asemenea regulă nu fusese implementată era că însuși ideea unui asemenea mariaj părea absurdă – nimeni nu făcuse așa ceva. Jophiel avea să vadă strategia drept o formă de trădare, dar cui îi păsa ce credea *târfa* aia? În fiecare an făcea câte un copil nou, ca un ceas. Și generalii din funcțiile inferioare ei? Mulți erau infertili și *majoritatea* o percepeau drept un simplu mijloc de lansare în cursă. Mai mult decât atât, Jophiel își trimisese cei mai puternici detractori să apere planete îndepărtate, care *depindeau* de armatele muribunde ca să rămână în siguranță.

Planete care dispuneau de câte un vot...

- O să o fac, zise Lucifer. Generalii sunt atât de disperați să aibă moștenitori încât s-ar culca până și cu un melc.

Aruncă fructul în aer. Tot ce trebuia să facă era să convingă Parlamentul să îi acorde suficiente concesii comerciale încât să îl poată determina pe Shay'tan să îi mai trimită câteva „cadouri". Dar dacă bătrânul dragon nu își respecta promisiunea? Ei bine, în acest caz, singura soluție rămânea ca armatele muribunde ale lui Hashem să năvălească asupra teritoriului uman nou-descoperit și să *înșface* planeta din ghearele lacome ale lui Shay'tan!

Lucifer râse.

Zepar era un nenorocit cu capul plin de scheme, dar numai *el* era capabil să inventeze un plan suficient de îndrăzneț încât să rezolve problema fertilității *și* să le dea peste nas *ambelor* zeități. Lucifer mirosi fructul pe care „soția" sa îl aruncase către el. Nu mai avea nevoie decât de câteva femei umane, iar apoi putea să *tenteze* baronii influenți să muște și ei din măr.

- Ia legătura cu Ba'al Zebub, îi spuse lui Zepar. Spune-i că iau toate femeile pe care mi le poate da.

Mușcă din fructul dulce și zemos până când sucul i se scurse pe bărbie.

Capitolul 3

Sfârșitul lunii iunie – 3.390 î.Hr.
Pământ: Satul Assur

NINSIANNA

Chiar înainte de a ajunge în Assur, Râul Hiddekel se lărgea, luând forma unei întinderi de apă lungi și leneșe. Într-o zi călduroasă ca aceea, toți sătenii se opreau din munca de zi cu zi și coborau pe plajă ca și cum ar fi fost niște pești însetați.

- Bună, Ninsianna! o salută un vechi pacient.

- Ninsianna! îi atrase atenția o altă prietenă, făcându-i cu mâna.

O a treia o salută dând din cap.

Răsucind colierul pe care îl câștigase la competiția organizată în cinstea solstițiului, Ninsianna își făcu loc printre oamenii veniți la plajă, fredonând un cântec vesel, de dragoste. În mod normal, îi făcea *plăcere* să spele rufele și să pălăvrăgească cu celelalte femei, însă cu o zi în urmă, tatăl ei îi dăduse un *avertisment*:

- *Nu te purta ca orice om de rând! Un șaman trebuie să își evidențieze superioritatea.*

Deci cum trebuia să se comporte o „*Aleasă*" cu persoane care îi fuseseră toată viața prietene și pacienți? Își cără coșul greu spre o zonă în care plaja se îngusta, iar apa era acoperită de păpuriș.

În acel loc, râul avea un parfum fertil, de pământ, iar arborii de acacia aveau să o protejeze de soarele dogoritor. Doi luptători tineri, cam de aceeași vârstă ca Pareesa, stăteau cu sulițele pregătite, gata să atace orice „buștean cu ochi".

- Ați văzut vreun crocodil astăzi? întrebă Ninsianna cu glas vesel.

- Unul singur, răspunse băiatul mai înalt. L-am fugărit în partea aceea.

Crocodilul pândea din dreptul păpurișului, scufundat în apă. Doar ochii ca de pisică și nările i se mai puteau întrezări. Judecând după lungimea botului, era vorba de un mascul tânăr, lung de cel mult șapte coți; suficient de masiv încât să pună la pământ o femeie sau un copil, dar nu suficient de bătrân încât să fi învățat să nu se pună cu băieții cu sulițe.

Crocodilul își spiona acum potențiala pradă – pe Ninsianna – și încerca să se furișeze în dreptul ei. Coada sa puternică se unduia pe sub apă, provocând mișcări aproape imperceptibile la suprafață. Pe măsură ce înainta, botul brăzdat de colți îi devenea mai vizibil.

Inima Ninsiannei o luă la goană în momentul în care salba de solzi se arătă la suprafața apei. Zgomotul sătenilor care se bălăceau în apă se disipă, iar avertismentele frenetice ale războinicilor fură acoperite de un vuiet puternic.

Cu un vuiet asurzitor, o canoe cerească, masivă și gri plutește deasupra porții de sud, învăluind satul în praf. Nava se deschide, iar din pântecul său se revarsă o suită de monștri; monștri care merg în două picioare și poartă straie omenești.

Din dreptul porții, războinicii lansează sulițe, dar monștrii ripostează cu bâte înflăcărate. Un fulger răzbate din nava oamenilor-șopârlă. Cu un bubuit răsunător, zidurile Assurului se dezintegrează într-o rafală de piatră și praf.

Șopârlele mărșăluiesc în sat și adună toate femeile. Un bărbat-șopârlă pășește în fața ei...

...și își dezvelește colții uriași.

- Ai grijă!

Cei doi băieți alergară direct în apă și înjunghiară crocodilul chiar în momentul în care acesta se pregătea să o tragă pe Ninsianna în râu. Animalul ripostă, încleștându-și fălcile uriașe, dar tinerii continuară să îl înțepe cu sulițele lor până când îl făcură să se retragă la marginea păpurișului. Într-un final, ieșiră din apă, având fețele roșii.

- Ce e în neregulă cu tine? Ți-am *zis* că e chiar acolo!

- Î-îmi pare rău, răspunse Ninsianna cu glas tremurător. Zeița mi-a trimis o viziune...

- O viziune? se răsti băiatul mai scund. *Viziunea* asta a ta prostească aproape te-a *ucis!*

Ninsianna privi îndelung crocodilul care o urmărea cu ochi flămânzi. Firește că era un monstru, dar nu mergea drept, nu purta straie omenești și nici nu călătorea într-o canoe cerească.

- Mergi înapoi pe plajă, îi ordonă băiatul mai înalt. Cel puțin până când reușim să îl omorâm...

- ... sau să îl învățăm să se teamă de *oameni*, completă cel mai scund, ridicându-și sulița.

Cei doi râseră, împărtășind, se pare, o glumă pe care Ninsianna nu o știa. Fata se înroși.

- Sunt Aleasa Celei-Care-Este, zise ea poruncitor.

- Ei bine, se pare că EA te-a *ales* să fii masa de prânz a crocodilului ăluia! râse băiatul cel înalt.

Pufnind indignată, Ninsianna își luă coșul și porni cu pași apăsați către plajă. Ce fusese în mintea ei de intrase în apă? După nici mai mult, nici mai puțin decât un crocodil! Ba chiar crezând că era și îmbrăcat!

Își făcu loc printre trupurile strălucitoare care tocmai ieșiseră din apa rece și se așeză pe plajă.

- Ninsianna! strigă una dintre femei. Felicitări pentru concursul de ieri!

- Şi pentru că ai câştigat inima lui Damu-zid, completă o alta. Trebuie să recunosc, eşti prima interpretă a Geshtinannei care a *zburat* vreodată de pe teren.

Prima femeie chicoti, făcând glume deocheate despre calităţile fizice ale „Damu-zidului". Ninsianna aproape că putea să-l *vadă* pe Mikhail roşind puternic, în timp ce femeile vorbeau despre nişte „suliţe" care nu aveau nicio legătură cu cele pe care Angelicul le lansase în timpul competiţiei.

Fata zâmbi larg, însă. Îşi goli coşul, care nu conţinea doar rufele *ei*, ci şi pe cele ale lui Mikhail. Pantalonii acestuia se întăriseră atât de tare după ce se uscaseră încât aproape că ar fi putut sta drepţi. Înainte de a intra în apă, Ninsianna aruncă o privire după alţi crocodili; cu atâţia războinici răcorindu-se în acea zonă a râului, era puţin probabil ca prădătorii să se apropie. Dacă ar fi făcut-o, ar fi sfârşit prin a fi ucişi, jupuiţi şi mâncaţi...

Ninsianna începu să fredoneze un cântec vesel, înmuind pantalonii Angelicului în apă. Simţi un gâdilat uşor pe buze la amintirea sărutului pe care acesta i-l oferise. Deşi nu o învăţase niciodată care era traducerea corectă a *mo grá*, mulţumită darului limbilor, cu care o înzestrase zeiţa, Ninsianna ştia că însemna „dragostea mea".

Ceea ce demonstra că premoniţia zeiţei fusese adevărată...

Un fior neplăcut îi străbătu trupul. Căută cu privirea vreun alt crocodil, însă nu văzu nicio urmă de „bărbaţi-şopârlă" sau „buşteni" cu dinţi şi ochi.

Ceva o lovi la spate.

- Hei!

Ninsianna se răsuci pe călcâie şi întâlni privirea Shahlei, fosta iubită a lui Jamin. Înaltă şi voluptoasă, având părul negru, strălucitor, ochi exotici şi cea mai bună rochie pe care o putea cumpăra bogăţia nemăsurată a tatălui ei, această fostă iubită a lui Jamin ar fi putut fi cu adevărat frumoasă dacă rânjetul răutăcios pe care îl afişa mereu nu i-ar fi scos la iveală strungăreaţa. Ea era dovada vie a nevoii de „a păstra misterul", după cum insistase Immanu. Pe Shahla o „cunoscuse" toată lumea – sau, mai bine spus, o „cunoscuseră" toţi bărbaţii.

În spatele Shahlei se afla aşa-numita umbră cu ochi negri, teribila verişoară a Ninsiannei, pe al cărei trup costeliv atârna o rochie ponosită. Ochii săi mari şi negri ca tăciunele se iveau pe faţa mult prea lată pentru un corp atât de slab, părul negru i se revărsa fragil pe umeri, iar pielea îi era atât de palidă, încât orice vânătaie devenea de îndată vizibilă.

- Pentru ce-a fost asta? întrebă Ninsianna.

- Pentru că ai *trişat* ieri!

Shahla înşfăcă încă o piatră.

- Nu, Shahla, opreşte-te! interveni Gita, apucând-o de braţ.

- *Cineva* trebuie să reacţioneze cumva! strigă Shahla. Crezi că doar pentru că TATĂL ei – îşi iţi nasul în aer şi făcu un gest poruncitor – pretinde că ea ar fi „*Aleasa*", poate scăpa basma curată luându-ne ceea ce ne *aparţine?!*

- Nu e nimic, insistă Gita pe un ton plângăreț. Te rog! Chiar nu contează!

- Tu aveai *nevoie* de premiul acela, iar Ninsianna ți l-a luat!

- Mă descurc și fără el.

- Cum? zise Shahla. Te-ai pregătit luni întregi pentru aruncarea atlatlului! Dacă ai fi câștigat colierul, l-ai fi putut *vinde* pe o sumă care să îți permită să plantezi in pe *propriul* teren, nu să lucrezi în continuare pentru tata!

Ninsianna își duse mâna către colierul pe care îl câștigase la ceremonia închinată solstițiului în calitate de Geshtinanna, iubita care se sacrificase pentru a-l elibera pe Damu-zid din iad. Nu era o bijuterie tocmai prețioasă, fiind lucrată doar cu lapislazuli și onix, însă avea o simbolistică aparte – ilustra puterea de sacrificiu, dragostea și grija față de familie.

Ceilalți săteni începură să șușotească între ei:

- Ninsianna, o trișoare?

- Ți-am zis eu că a câștigat prea ușor!

- Tatăl ei a făcut trucuri magice ca să ne facă să credem că ar fi și ea șaman.

- Nu am trișat! ripostă Ninsianna furioasă.

- A, nu? zise Shahla agitându-și un deget în aer. Uită-te mai bine la fața Gitei!

Ninsianna apucă fața verișoarei sale în același mod în care ar fi apucat un copilaș năzbâtios și o trase mai aproape, scoțând la iveală o tăietură adâncă, aflată chiar deasupra ochiului.

- *Tatăl* Ninsiannei i-a aruncat o *piatră* în față! strigă Shahla.

Sătenii începură să șușotească din nou:

- Într-adevăr, Gita a ieșit prima din tunel.

- L-am văzut pe Immanu lovind-o.

- A făcut-o să se dezechilibreze chiar când era pe punctul să arunce!

- E o minune că nu i-a scos ochiul!

Un sentiment de panică năvăli înăuntrul Ninsiannei.

- Spectatorii au *rolul* de a ne distrage, zise ea râzând nesigur și ridicând rochia plină de noroi pe care o purtase în timpul cursei. Gita nu a fost singura lovită. *Toți* au aruncat cu noroi și în mine, și în ea.

- Toată lumea știe că e interzis să lovim în față, insistă Shahla, făcând un gest către obraz, în semn de rușine. Iar la cursa femeilor nu sunt permise decât noroiul și fânul. Asta – întoarse fața Gitei către Ninsianna – a fost o piatră pe care tatăl tău a ascuns-o în noroi.

- Asta le spui oamenilor acum? răspunse Ninsianna, apucând-o de braț pe verișoara sa. Motivul pentru care ai *pierdut* este că ai o țintă foarte proastă!

Gita se aplecă umilă, cu ochii împăienjeniți de frică. Apoi se îndreptă către mulțimea de oameni, făcând tot posibilul să dispară cât mai repede. Shahla îi blocă drumul. Ca fiică a celui mai bogat negustor din sat, ea era singura femeie pe care Ninsianna nu fusese niciodată capabilă să o intimideze sau să o vrăjească. Încă din copilărie, fuseseră într-o permanentă competiție una cu cealaltă. La început, pentru a stabili care dintre ele era cea mai *frumoasă;* apoi, pentru a vedea cine primea cele mai multe cadouri din partea băieților. La un moment dat, însă, Shahla întrecuse orice limită. Pentru că nu reușea să își aducă bărbații la picioare printr-o fire fermecătoare, aroganta ușuratică începuse să *se culce* cu oricine apuca.

Totul se întorsese împotriva sa în momentul în care Jamin o părăsise pentru *ea...*

Ninsianna râse cu răutate. *„Slăvită Mamă,"* se rugă ea. *„Cum pot scăpa de vrăjitoarea asta?"*

Coșul cu rufe al Shahlei i se arătă într-o viziune. Ninsianna apucă rochia de in pe care femeia o purtase în ziua anterioară, înainte de a fi executat acea primă aruncare nesigură.

- Ce e asta? întrebă Ninsianna, ridicând rochia în aer. Cumva o pată de *iarbă?*

Shahla se lansă asupra ei.

- Dă-i drumul!

- Văd că ai petrecut sărbătoarea solstițiului pe *spate,* continuă Ninsianna, agitând rochia astfel încât să poată vedea toată lumea urma. Știm că nu erai cu Jamin, pentru că el stătea la masă cu Gita, cealaltă *înfrântă...*

Se aplecă ușor spre verișoara ei.

- La masa *învinșilor*! Deci, cine e norocosul? Soțul vreunei alte femei?

Femeile din preajmă începură să șușotească energic. Era un fapt cunoscut că Shahlei îi plăcea să vâneze soți.

Shahla se repezi la Ninsianna. Ninsianna se feri.

Totuși, în loc să încerce să recupereze rochia, Shahla se răsuci și smulse...

... colierul...

.... direct de la gâtul Ninsiannei.

Cu un zgomot sec, înnebunitor, catarama se rupse, iar pietrele de lapislazuli se rostogoliră în noroi.

- Colierul meu! strigă Ninsianna deznădăjduită.

- Nu îl *meritai!* țipă Shahla la rândul ei. Ai senzația că, dacă tatăl tău pretinde că ești șaman, poți să *iei* orice vrei?

Gita se prăvăli la pământ, încercând să adune pietrele semiprețioase. Ninsianna sări la gâtul Shahlei.

O umbră imensă se prefigură deasupra lor. Ninsianna privi în sus. O pereche de aripi negre-maronii zburau prin dreptul capetelor lor.

Inima i se opri în gât în momentul în care își dădu seama că ființa care își recăpătase abilitatea de a zbura doar cu *o zi* înainte avea aripile lipite de spate și plonja nebunește direct către câmp. Mikhail cădea, cădea, cădea cu repeziciune...

... se rostogolea spre pământ...

... fără a-şi desface superbele aripi maro.

- Păzea! strigară sătenii.

Ninsianna simţi că era pe punctul de a leşina.

Angelicul îşi umflă aripile în ultimul moment...

... atinse pământul...

... şi se lansă din nou în aer...

... cărând...

- Behehe! behăi mica Nemesis.

Sătenii izbucniră în râs, după care începură să îl aplaude pe Mikhail, care zbura în cercuri, purtând în braţe capra de lapte care scăpase din ţarc şi pornise la păscut pe pământul altcuiva.

Ninsianna începu să plângă. Apoi râse şi ea. O! Ce Campion extraordinar îi dăruise zeiţa! Tot ce trebuia să facă era să îşi dea seama *ce* anume îşi dorea zeiţa de la el şi să îl *îndrume* spre acea misiune, în calitate de *Aleasă*.

- Arată exact ca cei din picturile rupestre, zise Gita pe un ton moale. Legenda spune că singurul lucru care îi poate ucide e o inimă frântă.

Fata îi întinse Ninsiannei bucăţile rupte ale colierului, dar ochii ei negri continuară să îl urmărească pe Mikhail, având o expresie plină de dorinţă.

- Hai, Gita, interveni Shahla. Nu am de gând să fac plecăciuni în faţa unei false proorociţe!

O apucă pe biata fiinţă şi o trase în susul râului, către locul în care cei doi băieţi stăteau de pază, aşteptând să înjunghie crocodilul. Totul înainte ca Ninsianna să apuce să spună: „*Păstrează-l. Nu-l mai vreau acum că e stricat.*"

Capitolul 4

Sfârșitul lunii iunie – 3.390 î.Hr.
Pământ: Satul Assur

JAMIN

Aproape de Assur, în amonte, râul săpase o rană adâncă în pământ, retezând stânca în căderea lui spre pământ. Un izvor aproape secat tăia piatra în jumătate și se prelingea asemenea unei inimi tremurânde, care pompa sângele dătător de viață al deșertului.

Jamin stătea jos, ascuns printre tufele parfumate de acacia, răsucind între degete colierul pe care îl făcuse din dinții și ghearele unui leu. Jos, departe de el, fosta sa logodnică necredincioasă robotea în apa care i se ridica până în dreptul coapselor, spălând rufe. Cea mai mare parte a hainelor pe care le curăța îi aparțineau lui Mikhail.

Fiecare mușchi din corpul războinicului șoptea: *„Omoară intrusul"*. L-ar fi ucis în același mod în care ucisese și leul: *de aproape...* înfigând cuțitul adânc, între coaste.

Un fluierat slab îi atrase atenția. Siamek se cățăra pe stânca abruptă care separa acea parte a izvorului de sat. Fără a cere voie, acesta se prăvăli direct lângă Jamin, printre tufișuri.

- De unde ai știut unde să mă găsești? întrebă Jamin.

- *Unde* altundeva ai fi putut fi? răspunse Siamek, arătând către Ninsianna.

Cei doi rămaseră în liniște unul lângă altul. Jamin își înfipse unul dintre colții leului în carne. Se îmbătă cu *presiunea* resimțită până când începu să sângereze. Un firișor roșiatic i se prelinse pe braț.

- Ieri ar fi trebuit să fie ziua nunții, zise el în cele din urmă. Dintre toate zilele în care ar fi putut da de știre că sunt împreună, de ce a trebuit să o aleagă tocmai pe asta?

O briză ușoară purtă până la ei cântecul vesel fredonat de Ninsianna în josul râului. Un cântec *de dragoste.* Un cântec pe care îl fredonase și pentru el, demult, când încetase să îi mai respingă avansurile și începuse să îi încurajeze apropierea.

Jamin pretinse că își scotea o insectă din ochi.

- Nu e drept, spuse Siamek, dar nu poți continua să o pândești ca un leu.

- Dar *nu* o pândesc!

- Ascultă, zise Siamek, apucându-l de umăr. Îți spun asta în calitate de *prieten*. Nu mănânci. Abia de mai vii la antrenament. Arăți cam la fel de rău ca rahatul de capră... E timpul să treci peste.

- Și cum aș putea să fac asta? întrebă Jamin, arătând către locul în care Mikhail dispăruse cu capra. Propriii mei războinici vor să le permit să se antreneze cu *el,* iar *tatăl* meu vrea să îl ajut să se integreze! Singurul pe care îl mai are de înlocuit nenorocitul ăsta sunt chiar *eu!*

Siamek își coborî privirea spre propriile mâini.

- Ce? întrebă Jamin, ridicându-și capul cu un aer suspicios.

- Pur și simplu... nu te-ai arătat în forma cea mai *bună* în ultima vreme, răspunse Siamek, ridicând o mână pentru ca Jamin să nu îl întrerupă. De când te-a părăsit Ninsianna, te-ai comportat ca un iubițel disprețuitor, nu ca *viitoarea noastră căpetenie.*

- Și tu te-ai fi purtat la fel dacă cineva ți-ar fi furat logodnica!

Siamek își înfipse cuțitul în pământ.

- Nu ești primul bărbat care a fost umilit de o femeie.

- Cine? zise Jamin râzând cu amărăciune. Shahla?

Făcu un gest către locul în care ușuratica încerca să împrăștie bârfe răutăcioase.

- Poți s-o iei!

Shahla fusese iubita lui până când, într-o încercare eșuată de a-l face gelos, se culcase cu cel mai mare rival al lui. Fusese de-a dreptul *furioasă* atunci când, în loc să o ceară de soție, Jamin rupsese orice legătura cu ea și plecase la vânătoare ca un nebun – acea vânătoare în timpul căreia fusese împuns de bour.

Ah... de l-ar fi ucis nenorocita aceea de creatură!

Luă o pietricică și o aruncă în josul stâncii. Aceasta se izbi cu un zgomot surd de suprafața apei, aproape de locul în care Ninsianna își întinsese rufele pentru a le clăti în râu. Ea nu o observă, însă. Așa cum nu îl observa nici pe *el.*

- Știu cum e să iubești o femeie care nu te iubește înapoi, zise Siamek, privind lung către Shahla, care își trăgea prietena de braț. Te face să te întrebi dacă mai ești suficient de *bărbat.*

- *Sigur* sunt suficient de bărbat, răspunse Jamin, arătând către colțul de leu prins la colier. Tare aș vrea să îl văd pe nenorocitul ăla cu aripi pufoase încercând să omoare un *monstru* ca ăsta doar cu un cuțit!

Siamek râse.

- Aia da zi!

Pe când Jamin avea cam aceeași vârstă ca Pareesa, apăruse un leu pe câmpurile sătenilor, vânându-le caprele și oile. Războinicii îl înconjuraseră cu sulițe, dar Jamin îi alungase, hotărât să îi demonstreze tatălui său că era, în sfârșit, *bărbat.*

Tatăl lui fusese de-a dreptul *furios...* Dar, din acea zi, ceilalți bărbați îl priviseră pe *el* cu respect... Nu avea de gând să îi permită noului frumușel al

Ninsiannei să îl priveze de acest respect. Aşa ceva nu se putea întâmpla decât peste cadavrul lui!

Siamek se ridică şi îi întinse o mână.

- Hai, spuse el. Tocmai a sosit un comis din Eshnunna. Să le arătăm că satul ăsta încă are un *Muhafiz*.

Capitolul 5

Sfârșitul lunii iunie – 3.390 î.Hr.
Pământ: Satul Assur
Colonel Mikhail Mannuki'ili

MIKHAIL

Oricât și-ar fi dorit să se bucure de îmbrățișarea aerului, capra avea nevoie de apă, așa că *zbură* către fântână, cărând trei găleți zgomotoase de lemn. De vreme ce încă nu stăpânea arta de a zbura fără a vărsa toată apa pe el, hotărî să se întoarcă pe jos. Pe drum, salută oameni care doar cu o zi înainte se temuseră atât de tare de Jamin, încât se arătaseră cu totul dispuși să îi permită să îl alunge din sat.

O fată zveltă încercă să îl prindă din urmă. De obicei, mergea de parcă ar fi țopăit, dar de această dată, opincile ei din piele de capră se înfigeau cu putere în pământ; umerii săi tineri și puternici erau îndreptați în față.

Mikhail încetini – însă doar foarte puțin, căci Pareesei nu îi plăcea *deloc* să se poarte cu ea de parcă nu ar fi fost egali – și o lăsă să îl ajungă.

- Nu ar trebui să fii la antrenament? o întrebă el.

- Jamin a spus că nu are de gând să antreneze o fată.

Penele Angelicului se înfoiară; *bănuise* că fiul căpeteniei nu avea să o considere *demnă* de a-i fi ucenic. Prin urmare, se vedea nevoit să facă rost de această concesie din partea nenorocitului la fel ca alte dăți: cu proteste și țipete.

- Voi vorbi cu Behnam, zise Mikhail. Tribunalul va prezenta problema înaintea căpeteniei.

- Nu o să meargă, răspunse Pareesa încrucişându-și brațele la piept. Ceilalți băieți au spus că, dacă mă smiorcăi, o să mă bată.

Ochii fetei ardeau cu o indignare vie. Abia atunci observă Angelicul că o parte a feței îi era umflată și roșie.

- *Damantia!* șuieră el.

Își reprimă cu greu impulsul de a zbura pe terenul de antrenament, de a înșfăca războinicii și de a-i da cap în cap.

- Ne vedem pe partea cealaltă a livezii de curmali după cină, zise el. Dacă mai încearcă să pună mâna pe tine vreodată, te învăț cum să le rupi degetele.

Un rânjet timid se ivi în colțul buzelor Pareesei.

- Chiar crezi că aș putea să-i bat?

- Într-o luptă corp la corp? Nu, răspunse Mikhail. Majoritatea băieților sunt mai mari și mai voinici decât tine, dar poți să înveți să le folosești greutatea corpurilor *împotriva* lor. Trebuie doar să înțelegi puțină... ăă...

Încercă să găsească o traducere pentru cuvântul „fizică".

- *Airíonna fisiceacha.*[17] Știință a mișcării.

- Sună destul de complicat...

- Preferi să fii bătută?

- Nu.

- Atunci ne vedem după cină. O să te învăț să îi pui la pământ.

Pareesa reveni la pașii săltăreți care o caracterizau. Începu să pălăvrăgească despre festivalul solstițiului, care avusese loc cu o zi înainte, despre sora ei mai mică și despre faptul că mama ei se simțea mai bine. Drumurile li se despărțiră la aleea care ducea către al doilea inel.

Santinelele îl priviră cu răutate în timp ce trecea spre inelul fortificat din mijloc. Assur fusese construit în trei cercuri cocentrice, iar zidurile exterioare ale caselor formau o barieră solidă, care făcea satul ușor de apărat. Deși încă existau probleme precum lipsa apei curente și a canalizării, Mikhail învățase să tolereze apropierea inevitabilă a altor corpuri, lipsa deodorantului și mirosul permanent de urină și fecale.

Tatăl Ninsiannei îl ajunse din urmă chiar înainte de a intra în curtea casei. Avea haine ceva mai simple decât straiele ceremoniale pe care le purtase cu o zi în urmă, însă purta un kilt cu patru pliuri, un acoperământ din os și pene pe cap, și un amplu colier din mărgele, cu un model elaborat, care îl distingea drept șaman.

- Mikhail! Așteaptă! strigă el. Căpetenia a cerut să vii la o întrunire.

Mikhail fu cuprins de o stare de groază. Aproape de fiecare dată când se întâlnise cu căpetenia primise, în mai multe sau mai puține cuvinte, același mesaj: *fiul meu nu te place, așa că ai face bine să-mi împărtășești secretele tehnologiei tale și apoi să te arunci de pe-o stâncă.*

Cel puțin acum putea să *zboare...*

- Să ghicesc, zise Angelicul. E supărat că i-am învins fiul ieri?

- A, nu, răspunse Immanu, iar buzele lui se destinseră într-un zâmbet ridat. Tocmai a sosit un comis din Eshnunna, însoțit de Gimal din Gasur. El a insistat ca *tu* să fii consultat de către căpetenie.

Mikhail își împreună sprâncenele în semn de mirare.

- Căpetenia are nevoie de sfatul *meu?*

- Bine, poate nu chiar *căpetenia*, recunoscu Immanu. Gimal vrea să vadă dacă recunoști un fel de săgeată ciudată pe care inamicii noștri au folosit-o pentru a ne distruge apărarea.

Mikhail ridică mai bine gălețile cu apă.

- Trebuie doar să las astea și apoi ne putem întâlni la casa căpeteniei.

- Aștept, zise Immanu.

- Nu e nevoie, răspunse Mikhail umflându-și penele. Pot să zbor până acolo, durează mai puțin decât mersul pe jos.

---

[17] *Airíonna fisiceacha:* proprietăți fizice.

Aşadar, Immanu porni în grabă spre casa căpeteniei. Mikhail trase zăvorul porţii laterale, care ducea către curtea interioară, şi dădu găleţile jos de pe cumpăna grea. Îşi întinse aripile pentru a-şi lua zborul, moment în care simţi un miros specific de capră. Mica Nemesis îi lăsase urme de copite pe toată bluza. În loc să se lanseze în aer, ţopăi sub bolta menită să apere de soare şi îşi strânse aripile, vrând să treacă direct prin uşa deschisă din spate.

- Ahhh!!

Needa scăpă ierburile medicinale pe care le legase în buchete şi agită un deget ameninţător către Angelic:

- Va trebui să stabilim nişte reguli pe aici, tinere!!! zise ea cu seriozitate. Zburatul prin casă e interzis!

- Da, doamnă! răspunse Mikhail, adoptând o expresie spăşită.

Aparenta seriozitate a Needei se destrămă în momentul în care o pană pufoasă, maronie *pluti* prin dreptul feţei sale.

- Continuă, atunci, Colonel Mă-dau-mare, ordonă ea.

- Da, doamnă! zise Mikhail, prezentând un salut tensionat.

Păşi în spatele perdelei care delimita patul improvizat de restul încăperii, îşi îmbrăcă jacheta de la uniformă, îndreptă gulerul – şi medaliile pe care nu îşi amintea să le fi câştigat vreodată – şi îşi prinse la brâu sabia şi pistolul cu impulsuri. O luminiţă roşie clipi cu furie, amintindu-i că arma cu plasmă era aproape descărcată. Într-un sfârşit, îşi cufundă mâinile în găleata pe care o folosea pentru a se spăla şi ieşi înapoi, împrăştiind apă pe toată podeaua.

- Trebuie să plec!

Îşi luă zborul imediat ce atinse pragul. Curentul provocat de fâlfâitul aripilor sale împrăştie ierburile Needei.

*

În centrul satului se afla fântâna sacră în care Ninsianna căzuse – nu, *coborâse* spre izvorul subteran cu doar o săptămână în urmă. Lângă fântână, sub o boltă, stătea un olar care învârtea un recipient pe roată, sub privirile atente ale unui grup de copii. În acelaşi timp, un negustor care vindea de-ale gurii frământa aluatul de pită şi îl punea într-un cuptor de forma unui stup de albine. Alături de cei doi, alţi comercianţi îşi etalau mărfurile: covoare cusute, cârpe de in, oale de lut, mărgele şi diferite fructe. Peste toate acestea trona chiar templul Celei-Care-Este.

Immanu stătea în dreptul intrării templului alături de Gimal, un comerciant din Gasur pe care îl ajutase după ce Halifienii îi atacaseră caravana. Acesta din urmă era un bărbat de vârstă mijlocie, cu umeri laţi şi musculoşi şi o barbă lungă, albă; emana încrederea de sine a unui războinic care se apucase de activităţi ceva mai profitabile odată ce neamul Ubaid încheiase războiul împotriva celor din tribul Uruk. În momentul în care Mikhail ateriză, curentul provocat de aripile sale răsturnă pălăria conică, de piele, a bărbatului.

- Gimal, zise Angelicul, întinzându-i mâna negustorului.

- A, Mikhail! îl salută Gimal, strângându-i mâna cu entuziasm. Mi-au zis ei că ai început să zbori!

- Da, domnule, răspunse Mikhail. Îmi era teamă că nu voi mai zbura niciodată.

- Nu mă mira, zise Gimal. Dar, având în vedere modul în care ai luptat cu Halifienii, era doar o chestiune de timp până să îți recapeți abilitatea de a zbura.

- Cum se simte Sagal-Zimu? întrebă Mikhail, referindu-se la tânărul şaman al Gasurului, care fusese rănit în timpul raidului.

- Se recuperează bine, răspunse Gimal. Va supraviețui, mulțumită ție – se întoarse către Immanu – şi, desigur, mulțumită talentatei tale soții.

Immanu zâmbi larg.

- Tot ea i-a vindecat şi aripa lui Mikhail, o lăudă şamanul.

Mikhail îşi fâlfâi aripile.

- Ninsianna m-a pus pe picioare, iar apoi mama ei s-a ocupat de tendonul de zbor, care fusese afectat.

Angelicul se întoarse către Gimal.

- Deci, ce te aduce înapoi în Assur atât de repede?

- Când ne-am întors în Gasur, am aflat că fusesem atacați. Ziua următoare, un emisar din Eshnunna a sosit pentru a raporta că şi *ei* fuseseră victimele unui raid.

- A fost un fel de răzbunare pentru soarta celor din deşert? întrebă Mikhail.

Gimal privi în lateral, către curioşii care se adunaseră pentru a trage cu urechea. Puse o mână pe umărul Angelicului şi murmură:

- Vino, prietene, să mergem înăuntru!

Traversară piața, îndreptându-se spre cea mai mare casă din sat. Deşi avea doar două etaje, tavanele înalte o făceau să atingă aproape aceeaşi înălțime ca templul. În fața unei uşi de lemn decorate cu un model elaborat se afla Varshab, omul căpeteniei, care stătea cu brațele încrucişate; era puternic şi inteligent, exact genul de bărbat cu care nici măcar *el* nu ar fi vrut să se pună, chiar dacă nu se temea de prea mulți.

- Domnule, salută Mikhail.

- Căpetenia vă aşteaptă.

Varshab deschise uşa.

Mikhail se aplecă în dreptul buiandrugului, dar, odată pătruns în locuință, îşi îndreptă spatele, etalându-şi adevărata înălțime. În interior era răcoare şi destul de întuneric, dar şi extrem de curat. În aer se simțea un miros puternic de ierburi. Varshab îi conduse către o încăpere delimitată de nişte perdele de pânză, decorate cu scene complicate de vânătoare. Omul căpeteniei se întoarse către Mikhail:

- Armele?

Expresia sa era imposibil de descifrat, însă de *această* dată ochii nu păreau să îi mai fie la fel de ostili. Mickhail îşi desprinse cureaua utilitară şi chingile cu care îşi legase la coapsă arma cu impulsuri, şi îi dădu totul, inclusiv cuţitul şi sabia. Gimal procedă la fel.

Varshab aşeză armele pe o masă, se asigură că musafirii nu mai aveau nimic periculos la purtător, după care dădu perdeaua la o parte. Înăuntru, căpetenia, un bărbat puternic şi chipeş, de vârstă mijlocie, stătea pe o pernă pufoasă, de lână. În dreapta sa se afla cineva *şi* mai puternic – şi în egală măsură mai dispreţuitor: fiul său. Îmbrăcat în kiltul său cu patru falduri, Jamin arăta de-a dreptul splendid; purta un şal elegant, un colier făcut din colţi de leu şi o banderolă din aur solid, prinsă în jurul bicepsului bine lucrat.

În mijlocul încăperii fusese întinsă o pânză pe care se aflau aperitive demne de un adevărat festin. De partea opusă a pânzei, faţă în faţă cu invitaţii, se afla un bărbat care purta un kilt cu trei falduri, o capă din piele de leopard şi un colier masiv din mărgele, care îl evidenţia drept emisar.

Jamin îl privi cu răutate pe Mikhail, ochii săi reflectând o ură profundă. Căpetenia îi atinse liniştit braţul.

- Immanu, fiu al lui Lugalbanda, începu căpetenia formal, şi Colonel Mannuki'ili, luptător al Alianţei Galactice – titlul străin alunecă foarte uşor pe buzele bărbatului – vă invit să îl salutaţi pe Farzam, fiu al lui Nabonahid, venit drept emisar din partea aliatului nostru, Eshnunna.

Mikhail foşni din pene şi îşi strânse aripile într-o postură tipic militară:

- Să trăiţi! zise el, salutând în maniera specifică Alianţei.

Emisarul îl privi cu gura deschisă; mai bine zis se holbă la aripile sale, dând de înţeles că nu crezuse povestea lui Gimal. După câteva momente, îşi dădu seama că probabil arăta prostesc, aşa că murmură ceva cu indiferenţă.

- Veniţi, aşezaţi-vă, îi îndemnă căpetenia cu o falsă cordialitate.

Gimal se aşeză lângă emisar, iar Immanu alese locul aflat perpendicular faţă de cel al căpeteniei. Şamanul îl invită apoi către locul din dreapta lui Jamin, în care el însuşi ar fi trebuit să se aşeze. Cu toate că Mikhail nu era tocmai expert în materie de obiceiuri omeneşti, participase la suficiente întruniri încât să înţeleagă că liderul satului încerca să demonstreze că *el,* în calitate de militar, reprezenta unul dintre atuurile aşezării.

Când îşi aranjă stângaci aripile şi se aşeză lângă Jamin, cu picioarele încrucişate, fără a lovi pe nimeni, Muhafizul se crispă. Deschise gura pentru a-şi taxa rivalul în stilul său caracteristic, însă căpetenia murmură un avertisment abia perceptibil. Jamin răspunse cu o privire răutăcioasă.

Slujnica din casă, o femeie în vârstă, cu o expresie aspră, se strecură prin perdea şi aduse un recipient plin cu ceai proaspăt de ierburi. Cu toţii aşteptară prima înghiţitură a căpeteniei înainte de a se servi şi ei, în linişte. Deşi infuzia nu era nici pe departe la fel de energizantă ca băuturile de pe nava prăbuşită a lui Mikhail – iar resursele acelea se terminaseră de multă vreme – amestecul de frunze de orz şi miere avea o aromă plăcută, amintind de pământ.

Într-un sfârşit, căpetenia spuse:

- Se pare că inamicii noştri au dezvoltat o nouă tactică.

- Care inamici? întrebă Mikhail.

- Cei pe care i-ai adus la uşa noastră, şuieră Jamin.

Căpetenia îi aruncă fiului său o privire de-a dreptul ucigătoare.

- Spune-i ce mi-ai spus şi *mie,* îi zise căpetenia lui Farzam.

Comisul din Eshnunna începu să povestească:

- Primul raid a avut loc acum două nopţi. La momentul respectiv, am crezut că fata a fugit.

La fel ca Ninsianna...

- De ce aţi crezut că fugise? întrebă Angelicul.

- Voia să se mărite cu un băiat dintr-o castă inferioară, răspunse emisarul încreţindu-şi nasul. Dar băiatul a insistat că nu îşi luaseră tălpăşiţa ca să se căsătorească.

Mikhail adoptă o expresie indescifrabilă, abţinându-se de la a spune ceea ce gândea cu adevărat: *„Sistemul vostru bazat pe caste mi se pare barbar.”*

- Să ghicesc: *plănuiau* să fugă, dar fata nu a mai ajuns niciodată la întâlnirea stabilită.

- Da, zise emisarul. Băiatul a dat vina pe părinţii ei, spunând că au închis-o, dar părinţii au insistat că el o luase, de fapt. *Ambele* case au fost inspectate şi nu s-a găsit nimic.

Perdeaua fu dată din nou la o parte. Slujnica intră în încăpere, aducând de această dată o tavă cu legume la grătar, pită proaspăt coaptă şi frigărui de miel marinat. Aşeză festinul îmbietor pe o pânză albă, curată, în mijlocul covorului. Fiecare îşi umplu farfuria şi aşteptă ca slujnica să iasă din cameră înainte de a continua discuţia. Simpla împărţire şi consumare a unui biet praf de sare se transformă într-un adevărat spectacol.

- Şi care a fost al doilea incident? întrebă Mikhail în cele din urmă.

- Acum şase zile, o mamă tânără a fost răpită dintr-o dumbravă de curmali. Fiul ei, care are numai patru ani, jură că nişte bărbaţi în robe colorate au ţâşnit din spatele copacilor şi au luat-o cu ei.

- Dar nu au luat şi băiatul?

- Nu, răspunse comisul. El s-a ascuns. A reuşit să se întoarcă în sat, dar, până să apucăm să organizăm o echipă de căutări, inamicul dispăruse deja. Descrierea robelor se potriveşte cu modelul purtat de bărbaţii care i-au ajutat pe Halifieni să îl atace pe Gimal.

Mikhail luă o frigăruie şi se jucă absent cu bucatele suculente în timp ce medita la întreaga situaţie, recreând în minte scena luptei.

- Asta s-a întâmplat în ziua de *după* confruntarea din deşert, zise el. Drumul de aici spre vest durează două zile, deci din Eshnunna ar fi nevoie chiar de *trei.* Nu poate fi vorba de acelaşi grup.

- Asta le-am spus şi eu, interveni Gimal. Deci nu a fost vorba de un act de răzbunare.

- Şi cum rămâne cu al treilea raid?

- *Aici* lucrurile devin interesante.

Emisarul apucă o grămăjoară atent înfăşurată în pânză, care se afla pe podea, lângă el. Înăuntru se găsea un băţ suplu, de un braţ lungime, cu pene la un capăt şi cremene ascuţit la celălalt. Emisarul i-l întinse lui Gimal, care i-l dădu mai departe *lui*.

- Ai mai văzut vreodată aşa ceva? întrebă Gimal.

Mikhail ridică arma. Memoria refuza să îi ofere vreo informaţie, însă reflexele îl îndemnară să îşi întindă unul dintre braţe, să echilibreze micul vârf ascuţit cu două degete şi să îşi ridice capătul împodobit cu pene până în dreptul obrazului. Aproape că putea *simţi* greutatea corzii de arc care se prefigura în imaginaţia sa.

- Este o săgeată cu arc, concluzionă Angelicul.

Privirea lui Farzam se lumină, plină de entuziasm.

- Ai mai *văzut* aşa ceva? întrebă acesta.

Mikhail îşi aşeză săgeata în poală şi îşi plimbă degetele pe toată lungimea ei.

- V-a explicat deja căpetenia în ce stare mă aflu? întrebă încet.

- Ai fost alungat din ceruri, răspunse emisarul.

Buzele lui Jamin se curbară într-un rânjet răutăcios. Deci *asta* tot le spunea nenorocitul că s-ar fi întâmplat?

- Fiica lui Immanu, începu Mikhail arătând către şaman, m-a găsit în deşert. Eram pe moarte. Nu îmi *amintesc* trecutul, însă dacă am o armă în mână – mimă un arc imaginar cu săgeată – şi am mai folosit-o cândva, *ştiu* automat cum să o manevrez.

- Asta e o armă adusă din ceruri? întrebă emisarul.

- Nu cred. E prea primitivă, răspunse Mikhail ridicând din umeri. Dar ştiu că am învăţat să o folosesc, pentru că mă *văd* nimerind o ţintă.

- Primitivă? se revoltă emisarul. Ai idee ce au *făcut* atacatorii cu ea? Le-au lansat peste poarta principală şi ne-au ucis trei santinele.

- Aţi fost pur şi simplu luaţi prin surprindere, interveni Jamin. Până la urmă, nu e altceva decât un atlatl în miniatură.

- Voi nu i-aţi *văzut*, insistă comisul. Ne-au forţat apărarea, au mers direct către casele pe care le ţinteau şi au fugit cu nu mai puţin de şase femei înainte ca noi să ne dăm seama măcar că suntem atacaţi.

- Deci au luat în total opt femei?

- Nouă, zise emisarul. A mai dispărut una acum trei zile.

- Şi Gasur? îl întrebă Mikhail pe Gimal.

Negustorul îşi trecu degetele prin barba deasă.

- În noaptea dinainte de întoarcerea mea, un grup de atacatori a luat cu asalt Gasurul, într-un raid foarte bine organizat. Au mers direct la casele în care se aflau fete de vârsta măritişului şi au dispărut cu patru dintre ele.

- Ceea ce înseamnă că aveau informaţii din interior, nu-i aşa?

- Nu ştim exact cum, dar se pare că da, aprobă Gimal.

- Aveau şi ei săgeţi din acestea?

- Niciunele pe care să le fi *văzut* cineva. Până să ne dăm seama că eram atacați, inamicii dispăruseră deja. Dar restul operațiunii pare să semene cu cea din Eshnunna.

- Și de ce aveți nevoie de *mine?*

Atât Gimal, cât și emisarul își îndreptară privirile către căpetenie. Jamin scăpă un mârâit grav, dar prelung.

- Cum ne-ai propune *tu* să ne apărăm împotriva unei astfel de arme? întrebă căpetenia.

Mikhail mângâie săgeata. *Pregătește. Țintește. Trage.* Imagini vagi, conturate doar pe jumătate, dar mult mai dinamice decât amintirile *reale,* se prefigurau într-un colț îndepărtat al minții sale; erau atât de aproape și, în același timp, frustrant de departe.

- I-aș cere lui Rakshan să recreeze câteva duzini de replici, răspunse Angelicul. Iar apoi l-aș ruga pe Behnam să mă ajute să construiesc niște arcuri, pentru a-i învăța pe războinicii de elită...

Jamin îl privi ucigător.

- ... vreau să spun, se corectă imediat Mikhail, amintindu-și *promisiunea* pe care o făcuse la ceremonia solstițiului, vreau să spun că voi lucra alături de *Muhafiz* – termenul onorific care desemna viitoarea căpetenie – pentru a-i antrena războinicii să folosească astfel de arme și să combată un atac.

- Nu sunt altceva decât niște *bețe,* șuieră Jamin. Războinicii mei nu trebuie să își piardă timpul cu așa ceva.

- O astfel de armă poate parcurge distanțe considerabile, zise Mikhail.

- Da, aprobă și comisul. Ne-au asaltat santinelele înainte să ajungă în raza de acțiune a sulițelor.

- Asta pentru că așa-zisele voastre *ziduri* sunt, de fapt, niște amărâte de garduri, exclamă Jamin. Iar zidurile *voastre* – arătă către Gimal – practic nu există. Sunteți prea leneși ca să le construiți, iar acum vreți ca *Assurul* să vină să vă salveze?

Căpetenia își împreună degetele, având o expresie meditativă.

- Eshnunna a luptat vitejește alături de noi împotriva Urukului, zise el. Oare este posibil ca vechiul nostru inamic să fi decis să ne testeze apărarea? Până la urmă, *voi* locuiți în satul cel mai sudic al ținutului Ubaid.

- Așa ne-am gândit și noi la început, zise emisarul. Dar acele robe...

- Nu au purtat așa ceva când au atacat Gasurul, interveni Gimal. Conform familiilor de acolo, Gasur a avut de-a face cu un biet grup dezorganizat.

- Mercenari? întrebă Jamin.

- Așa bănuim, răspunse Gimal.

- Dar de ce iau mereu *femei?* întrebă comisul. Nici măcar nu s-au *atins* de hambarele templului. De obicei, *asta* este principala țintă a atacatorilor.

- Nu ar fi prima oară când Urukul încearcă să ne atace cu ajutorul mercenarilor, zise căpetenia Kiyan. Aşa am început războiul cu Halifienii. Urukul i-a *angajat* pentru a declara război pe un al doilea front.

- S-au mai primit veşti de la *alte* sate care să fi avut de-a face cu raiduri similare? întrebă Immanu.

- Am trimis pe cineva să verifice în Nineveh, răspunse căpetenia. Dacă cineva ne atacă aliaţii din nord, aceştia vor merge la căpetenia Sinalshu, la fel cum aliaţii din sud se îndreaptă mereu către Assur.

- Cum rămâne cu săgeata? întrebă emisarul.

- Mikhail? întrebă căpetenia, ridicând o sprânceană.

Mikhail studie expresia căpeteniei. Până atunci, lucraseră în tabere opuse – *el* fusese empatic faţă de dorinţa Ninsiannei de a fi eliberată, în timp ce căpetenia cedase la insistenţele propriului fiu în legătură cu necesitatea ca fata să îşi respecte angajamentul. Acum, întregul viitor al Angelicului depindea de posibilitatea de a îngropa securea războiului *altundeva* decât în capul mare şi arogant al lui Jamin.

- Voi proceda aşa cum am sugerat, răspunse Mikhail. Voi descoperi cum se foloseşte arma, iar apoi fiul dumneavoastră îi va putea antrena pe războinicii de elită.

Jamin se întinse către pânza întinsă pe podea şi ridică săgeata.

- Ăsta e doar un băţ, zise el cu dezgust. O jucărie pentru copii. Uşor de frânt.

Se prefăcu apoi că o rupe de picioare.

- Dacă Eshnunna vrea să primească ajutor din partea noastră, le trimit nişte oameni echipaţi cu *suliţe*.

Mikhail apucă o mână de beţe care fuseseră folosite pentru frigărui:

- Un singur băţ e uşor de rupt, zise el, pocnind o vergea între degete. Dar atunci când lucrează împreună...

Încercă să rupă grămada de genunchi; aceasta se îndoi ameninţător, dar nu se rupse.

- ... sunt mai puternice. Cred că o astfel de armă e foarte eficientă când e folosită de un grup.

- O armă pentru *laşi!*

- O armă pentru o *armată*.

- O armată de ce? îl tachină Jamin. De fetiţe?

Acela nu era nici pe departe momentul potrivit pentru a aminti ce îi făcuse Pareesei. Totuşi, Angelicul promisese că va rezolva problema cu căpetenia, aşa că avea să îl *ajute*.

- Tu eşti *Muhafizul*, răspunse Mikhail, plecându-şi capul respectuos. Dacă *aceasta* e dorinţa ta, atunci *asta* voi antrena.

- Atunci ocupă-te, mârâi Jamin. *Eu* voi fi ocupat pregătindu-mi *bărbaţii* să lupte împotriva noii ameninţări.

Mikhail îi întinse mâna:

- De acord.

Capitolul 6

Sfârșitul lunii iunie – 3.390 î.Hr.
Pământ: Satul Assur
Colonel Mikhail Mannuki'ili

MIKHAIL

Mikhail își recuperă arma cu impulsuri, după care îl urmă pe Immanu, care tocmai părăsea locuința căpeteniei. Șamanul mergea atât de repede, încât Angelicul se chinuia să țină pasul în ciuda faptului că avea picioarele mai lungi. Asta era șansa lui de a cere permisiunea de a o curta pe Ninsianna... de-ar fi reușit numai să își transpună dorința în cuvinte.

- Ăăă... domnule, zise Mikhail, urmându-l pe Immanu de-a lungul pieței centrale.

Immanu se întoarse furios spre el:

- De ce ai fost de acord cu *așa* ceva?

- Cu ce anume?

- Cu a-l lăsa pe Jamin să te dezonoreze!

Mikhail făcu un pas înapoi, surprins de furia șamanului. În jurul irișilor maro-roșiatici, Angelicul putea vedea urma aceea de cupru pe care și Ninsianna o avusese în privire în ziua în care o confundase cu *verișoara* ei. Rămase pur și simplu fără cuvinte.

- Eu... ăă... hm... se bâlbâi el.

Nu aceasta era conversația dificilă pe care plănuia să o înceapă.

- Poate că ție nu îți *pasă* că Jamin tocmai te-a făcut să pari un tăntălău, continuă șamanul, agitându-și nebunește brațele. Dar cum rămâne cu misiunea ta...?

- Dar nici măcar nu îmi amintesc ce misiune am.

- Nu *acea* misiune, insistă Immanu, făcând un semn către cer. Misiunea zeiței! Te-a trimis aici cu un *motiv*!

În loc să îl înfurie și mai tare spunând că prăbușirea navei sale nu avusese nicio legătură cu vreo profeție, Mikhail alese să meargă atent în dreptul șamanului.

- Ce ați vrea să fac? îl întrebă el.

- Păi, în primul rând, să te duci la războinici și să le *propui* să îi antrenezi.

- I-am dat căpeteniei cuvântul meu că nu voi încerca să iau locul fiului său, răspunse Angelicul.

- Atunci încalcă-ți promisiunea!

„Chiar există una pe care mi-ar plăcea să o încalc", gândi Mikhail, dar nu spuse acest lucru cu voce tare; cu toate că nu se pricepea deloc la oameni, până și el își putea da seama că cel mai *nepotrivit* moment pentru a aborda subiectul era atunci când șamanul era nervos.

- Nu ai vrea ca fiica ta să fie în siguranță? întrebă în schimb.

- Pentru asta te are pe *tine*.

Mikhail fu atât de surprins de aceste cuvinte, încât uită să mai fie atent pe unde merge. Drept urmare, se izbi de o tânără care căra un coș cu rufe. Suspinând mâhnită, aceasta se prăbuși la pământ. Rufele proaspăt spălate se rostogoliră în praf odată cu ea.

O pereche de ochi speriați priviră în sus, către el; aveau aceeași formă ca ai Ninsiannei, dar erau negri și adânci ca cele mai îndepărtate colțuri ale universului.

Ochi negri, pândind din spatele unui tufiș.

- Mikhail, vino să mă găsești!

O caut, dar a dispărut deja.

Mikhail îngenunche pentru a o ajuta.

- Î-î-îmi pare rău, zise ea privind în jos, de parcă i-ar fi fost teamă că Angelicul ar avea de gând să o bată.

- E vina mea, îi spuse el cu blândețe. Nu mă uitam pe unde merg.

Fata își strânse rufele, tremurând în timp ce aduna un șal alb din praful galben-ocru. Aruncă o privire temătoare către unchiul ei, termină de strâns hainele și se grăbi să plece. Mikhail o apucă de braț:

- Stai.

Un sentiment de *familiaritate* îi pătrunse în piele. Fata mirosea a ozon, însă tremura și evita să îi întâlnească privirea.

- L-l-lasă-mă să plec, îl imploră ea.

- Dar vreau să te ajut, îi zise Mikhail.

- Nu poți, șopti ea.

Mikhail îi dădu drumul. Fata dispăru imediat.

Angelicul se ridică și își răscoli aripile.

- De ce îi era atât de frică? întrebă, gândindu-se la cât de rapid reușise să se piardă în mulțime.

- Nu îmi pasă, răspunse Immanu nervos.

În loc să îndepărteze și mai mult tocmai persoana care *spera* să îi devină cândva tată-socru, Mikhail preferă să îi adreseze o întrebare despre care știa că îl va îndulci:

- Tocmai vorbeam despre cum m-ați putea ajuta să *câștig* respectul lui Jamin. Dacă reușesc să le arăt femeilor cum să folosească săgeți, imaginați-vă ce aș putea să le arăt războinicilor!

Conturul ca de cupru ce înconjura irișii lui Immanu se evaporă.

- Ar fi trebuit să mă întrebi *pe mine* înainte, mormăi el.

- Vă întreb *acum*, insistă Mikhail.

- Eu nu am prea multă trecere la femei, zise şamanul cu asprime. Dacă vrei să le *înveţi* ceva, trebuie să le convingi de unul singur.

Spunând acestea, se retrase în templul său maiestuos şi trânti uşa *direct* în faţa lui Mikhail.

Capitolul 7

Data Galactică Standard: 152,323.06 D.Î.
Pământ: Baza operativă înaintată a lui Sata'an
Locotenent Kasib

Lt. KASIB

Locotenentul Kasib își ajustă shemaghul[18] în carouri pe care și-l fixase pe bot, în timp ce bietul muncitor care primise sarcina de a se ocupa de latrină scotea deșeurile de sub toaleta femeilor. Duhoarea era aproape imposibil de suportat, cu atât mai mult cu cât se amestecase cu mirosul metalic al sângelui menstrual. Acum că așa-numita „Academie de Instruire a Femeilor" se extinsese la treizeci de participante, latrina trebuia curățată și deșeurile trebuiau arse de mai multe ori pe zi.

- De ce trebuie să curățăm chestia asta așa de des? mârâi șopârla. Cea a bărbaților se arde o singură dată pe zi.

- Nu putem învăța femeile să aibă grijă la igienă dacă latrina lor dă pe afară, zise Kasib. Trebuie să le facem să ceară astfel de facilități și de la viitorii lor soți.

Kasib reflectă scurt la ironia situației – tocmai *el,* care încă nu câștigase dreptul de a avea o soție, fusese desemnat să „educe" viitoarele soții ale colaboratorilor lor umani. Dar aveau *nevoie* de femei pentru a civiliza planeta. Un chip frumos aducea de multe ori rezultate mult mai bune decât orice armă cu impulsuri.

Muștele năvăliră din toaletă și se așezară pe pielea sa verde, solzoasă. Kasib le alungă absent, cu coada. Pe pământ, lângă latrină, viermii își făcuseră apariția în locul în care amenajarea dăduse pe afară.

Șopârla costelivă aruncă o grămadă de resturi deja arse în gaură pentru a înlocui deșeurile pe care tocmai le scosese, după care turnă o cantitate semnificativă de kerosen pentru a omorî muștele.

- Ușor cu combustibilul, ordonă Kasib.

- Așa arde mai ușor, domnule.

- Când rămânem fără, tu o să cari furgonul pe o distanță de trei mile, de la bază, ca să faci plinul!

---

[18] *Shemagh:* un fular supradimensionat, folosit pentru a proteja capul, fața și gâtul în mediul deșertic.

Şopârla mormăi nemulţumită. Era deja suficient de complicat să tragă cilindri gardului pentru a reduce catitatea de fum negru, impregnat de fecale, care învăluia întreaga bază. Fiinţele umane erau convinse că Shay'tan stăpânea un adevărat iad arzător.

- Când urmează să vină nava cu rezerve din partea lui Shay'tan, domnule?

- Având în vedere că Alianţa ne respiră la ceafă, zise Kasib, *ultimul* lucru care îl va preocupa pe Shay'tan e cum ne descotorosim de rahat.

Şopârla nu tocmai norocoasă începu să tragă furgonul plin ochi cu fecale din latrină, după care prinse la loc perdeaua menită să îi împiedice pe soldaţii-boboci să tragă cu ochiul în baia femeilor şi să se bucure peste măsură de priveliştea oferită. Bietul muncitor avea să se întoarcă la noapte, pentru a goli groapa din nou – cel puţin până când o *altă* şopârlă avea să îşi enerveze sergentul suficient de mult încât să îi ia locul.

Kasib îşi înşfăcă tableta şi notă numărul de canistre de kerosen rămase; nu erau prea multe. În mod normal, până la acel moment ar fi trebuit să ajungă deja o navă cu echipament care să foreze după ţiţei. Era însă cunoscut faptul că Alianţa stătea cu ochii pe astfel de nave. Ţinând cont de caracterul strict confidenţial al activităţilor derulate, Kasib se îndoia că ajutoarele aveau să ajungă prea curând.

Simţind un fior anticipativ, locotenentul intră în cortul imens care găzduia Academia de Instruire pentru Femei. Femeile se arătară surprinse, scoaseră câteva strigăte ascuţite şi îşi ascunseră privirile. Era primul lucru pe care instructorii primiseră ordin să le înveţe – modestia Sata'anică –, la care se adăugau veştmintele satanice menite să le acopere din cap până în picioare. Într-o parte a cortului, noile femei „livrate" se agăţau una de cealaltă şi suspinau, dar erau mai speriate de negustorii de sclavi Amoriţi care le aduseseră aici – *aliaţii* lor, se corectă Kasib – decât erau de el.

În faţă, primul grup de femei recita o lecţie despre reducerea riscului de boli – morţi ce puteau fi prevenite odată ce Hudhafah decidea căror colaboratori să le ofere în „dar" o soţie. Dacă ţineau cont de regulile de igienă, cea mai mare parte a copiilor colaboratorilor aveau să supravieţuiască suficient de mult încât să ajungă soldaţi Sata'anici. În numai o generaţie, aveau să depăşească numeric rebelii.

Instructorul îl salută încordat pe locotenent:

- Să trăiţi!

- Pe loc repaus, zise Kasib şi privi către femeile aşezate, căutând discret o anume pereche de ochi. Unde e cea pe care o cheamă Taram?

- La infirmerie, domnule, răspunse instructorul, evitându-i privirea. Doctorul Peyman a vrut să o evalueze mai atent.

O stare ciudată de panică îşi făcu loc înlăuntrul lui Kasib. În ultimele zece săptămâni, Taram fusese o elevă model. El avusese grijă *personal* de asta, asigurându-se că fata îşi învăţa lecţiile cu toate că era oarbă.

Continuă inventarul cortului: ce folosiseră, ce le mai trebuia, dar şi un mic bonus – câteva coşuri pe care le împletiseră cu materiale din zonă pentru a depozita resursele din ce în ce mai sărace ale bazei. Kasib introduse toate datele pe tabletă, după care se îndreptă grăbit către infirmerie.

- Să trăiţi, domnule! salută medicul, prezentându-se la apel. Pregătit pentru inspecţie, domnule!

- Pe loc repaus, îl salută Kasib. În primul rând, aş vrea să verific starea pacientei din cortul de femei.

- Desigur, domnule.

Medicul îl conduse dincolo de rândurile de paturi – toate ocupate din cauza unor lupte foarte aprige împotriva unui trib primitiv din zonă – şi ajunseră la o zonă delimitată cu grijă; era biroul de consultaţii al medicului-şef, dar atunci când secţia destinată traumelor era suprasolicitată, funcţiona şi pe post de secţie chirurgicală.

- Domnule? Locotenentul Kasib este aici, anunţă medicul prin perdeaua care asigura confidenţialitatea. Vrea să vadă pacienta.

Doctorul Peyman ieşi din birou, lăsând să se întrevadă paturile pe care se aflau Taram şi sora ei incredibil de frumoasă, Sarvenaz. Medicul şef era o şopârlă înaltă, nu tocmai masivă, cu o guşă de un roşu profund, ce îl distingea drept membru al castelor superioare. Îl îndemnă pe Kasib să îl urmeze într-o altă parte a cortului, departe de urechile curioşilor.

O senzaţie neplăcută de gol se cuibări în interiorul lui Kasib. Medicul îşi drese glasul:

- Aţi fost informat de către instructor cu privire la rezultatele examenului ei final? întrebă el.

- A depăşit toate aşteptările? zise Kasib plin de speranţă.

- Nu şi la testele de pe teren, răspunse Peyman. A picat partea în care trebuia să viziteze o piaţă publică.

- Tocmai de aceea legea prevede că femeile trebuie să iasă mereu în perechi, insistă Kasib.

Ochii verzi-aurii ai medicului se îngustară, plini de empatie.

- O femeie antrenată corespunzător nu trebuie *doar* să meargă la piaţă, zise el. Ea trebuie să fie capabilă să protejeze copiii născuţi în orice uniune i se ordonă să formeze. Urmaşii lor – făcu un semn către perdea – reprezintă viitorul Imperiului.

- Dar deţine cunoştinţe avansate de economie gospodărească, prim-ajutor la nivel de bază şi valori morale Sata'anice, ripostă Kasib. Ba chiar a învăţat şi limba noastră destul de bine!

Doctorul Peyman oftă.

- Dacă m-aş întoarce pe Hades, zise el obosit, aş putea să îi studiez fiziologia şi să concep un tratament, dar aici...

- De ce aveţi nevoie? întrebă Kasib.

- Aveţi acces la un microscop electronic? întrebă Peyman. Sau la un laborator modern de cercetare? La un robot-asistent pentru microchirurgie?

Creasta de pe spatele lui Kasib se pleoşti în semn de resemnare. Avuseseră *toate* aceste facilităţi pe vechea navă Sata'anică a Generalului Hudhafah, dar Shay'tan, slăvit fie El, transferase cei mai puternici membri ai echipajului către SRN Jamaran, cu sarcina de a urma o pistă *acolo*, fără a risca să fie descoperiţi de Alianţă.

Asta dacă nu se punea la socoteală nava de recunoaştere Angelică pe care o doborâseră...

- Veţi recomanda sterilizarea? întrebă locotenentul cu glas tremurător.

În Imperiul Sata'nic, o femeie care pica evaluările era sterilizată şi trimisă înapoi la familia ei, căzând în dizgraţie. În vreme ce viitoarele „purtătoare" de moştenitori erau preţuite peste măsură, fiicele catalogate drept incapabile de a produce o nouă generaţie de soldaţi deveneau sursa supremă de dezonoare în orice gospodărie. De aceea, ele sfârşeau adesea prin a fi ucise – victime ale unor aşa-zise acte de onoare. Deşi practicile de acest fel erau interzise, frecvenţa lor rămânea îngrijorătoare.

Doctorul Peyman îşi răsuci coada gânditor.

- Poate vedea umbre şi distinge culori de bază, zise el. Având în vedere scorurile pe care le-a obţinut...

- ... unele dintre cele mai mari, îl întrerupse Kasib. Numai sora ei a reuşit să obţină note şi mai bune.

- Da, recunoscu Peyman. Sarvenaz s-a calificat drept o soţie de mare clasă pentru orice mascul de rang înalt.

- Căderea în dizgraţie a surorii ei ar provoca resentimente, spuse Kasib frenetic. Sarvenaz ar putea chiar să îşi facă soţul să se răzvrătească.

Doctorul Peyman apăsă de câteva ori cu stiloul pe tableta pe care o folosea pentru a arhiva dosarele medicale.

- Am *putea*, totuşi, să o ducem înapoi în sat, zise el. Şi să îi explicăm tatălui că rezultatul nu a depins de voinţa ei. Având în vedere câte a învăţat aici, nu cred că o va arunca în stradă.

Kasib gustă aerul, timorat.

- Nu e vorba doar despre asta, spuse el. Aceşti negustori...

- Negustori de *sclavi*, adică, şuieră Peyman.

Kasib tresări. Ştia prea bine ce făceau acei *indezirabili* şi cât de mult depindea de activitatea lor, dar măcar se asigura că, odată ajunse *aici*, femeile erau tratate uman.

- E un rău necesar, zise Kasib. Din câte îmi amintesc, aţi avut aceeaşi obiecţie şi în cazul *ultimei* planete pe care am anexat-o.

- Şi am văzut şi rezultatele.

Peyman se întoarse cu spatele şi începu să se plimbe prin încăpere. Kasib privi în jos, către tabletă. Taram însăşi îi spusese ce făceau Amoriţii cu femeile pe care le capturau. Una dintre ele rămăsese atât de traumatizată în urma tratamentului primit, încât locotenentul dăduse imediat ordinul de a fi dusă înapoi acasă. La scurtă vreme, femeia fusese găsită moartă, la marginea satului.

- Dar ele nu *ştiu* de unde provin, zise Kasib. Am încercat să le fac să arate locaţia pe hartă, dar tehnologia lor e atât de primitivă, încât nu sunt capabile să identifice nici măcar reperele cele mai importante pe o imagine din satelit.

Doctoral Peyman oftă:

- Există nişte proceduri pe care trebuie să le urmez.

- Ştiu, răspunse Kasib. Fiecare dintre noi trebuie să îşi facă treaba.

- *Dumneavoastră* sunteţi cel care pune lucrurile în mişcare întotdeauna, zise Peyman. Dacă trimiteţi un ordin legat de echipamentul de care e nevoie, eu voi recomanda ca fata aceasta să fie prima pe listă pentru operaţia experimentală.

- Având în vedere faptul că e nevoie să ţinem totul secret, întregul proces ar putea dura luni întregi, poate chiar ani.

- În orice caz, nu pot recomanda să rămână *aici*, insistă medicul. Trebuie să le-o daţi înapoi negustorilor pentru ca intendentul să poată acoperi costurile data viitoare când *aliaţii* dumneavoastră – păru că scuipă cuvântul, de parcă ar fi fost forţat să mănânce excremente – aduc un alt grup de femei.

- O vor omorî, zise Kasib. I-am auzit cu urechile mele când au ameninţat-o.

- Atunci o voi nota drept expirată, răspunse Peyman. În acest fel, puteţi să o strecuraţi în afara bazei. Mai departe – îşi aruncă mâinile prevăzute cu gheare în aer – nu vreau să ştiu nimic.

Kasib îşi răsuci coada. Acţiunea *corectă* ar fi fost să le-o returneze negustorilor şi să ceară restituirea banilor. Totuşi, se ataşase de ea prea mult pentru a le permite acestor noi „parteneri comerciali" să o târască în deşert şi să îi taie gâtul. Cu atât mai mult cu cât sora ei fusese selectată pentru a-l ispiti pe colaboratorul cel mai sus-pus pe care îl puteau găsi...

- Am câteva relaţii în sat, zise locotenentul într-un sfârşit. Voi vedea dacă *ei* reuşesc să găsească o soluţie pentru ca Taram să se întoarcă acasă.

Capitolul 8

Sfârșitul lunii iunie – 3.390 î.Hr.
Pământ: Satul Assur
Colonel Mikhail Mannuki'ili

MIKHAIL

Rakshan era cel mai priceput făuritor de cremene; nu doar în Assur, ci și în cea mai mare parte a ținutului Ubaid. Nu numai că era capabil să creeze vârfuri excelente pentru sulițe, dar se număra de asemenea și printre membrii Tribunalului.

El și Behnam, un tâmplar care la rândul său făcea parte și din Tribunal, stăteau înconjurați de fragmente ascuțite de piatră, așchii de lemn și bucăți pe jumătate mestecate de mușchi.

- S-a rupt când am tras-o înapoi, zise Mikhail, ridicând arcul stricat.

- Cum a rezistat vârful săgeții? întrebă Rakshan.

- A fost în regulă, răspunse Angelicul. Dar arcul se tot rupe, iar săgețile se fac bucăți în momentul în care lovesc ținta.

Cei doi bătrâni se aplecară asupra prototipurilor eșuate, dezbătând posibilele defecte și eventualele soluții.

- Cred că problema ține de tipul de *lemn* pe care îl folosim, zise Behnam.

- Dar merge de minune pentru atlatl.

- Atlatlul este mai gros, explică Behnam, așa că atinge o mult mai mică...

Privi în sus, către Mikhail:

- Ce cuvânt folosiseși?

- Viteză, parafrază Angelicul. E vorba despre deplasare, ăă... adică distanța pe care săgeata trebuie să o parcurgă, raportată la timpul de care e nevoie pentru a lovi ținta.

- Nu putem face săgețile să zboare mai lent, zise Rakshan.

- Deci problema e *lemnul*, insistă Behnam. Trebuie să găsim un soi care să reziste la un asemenea impact.

Mikhail îi lăsă pe cei doi bărbați să se certe cu privire la principiile fizicii și *merse* – ca un om obișnuit – prin sat, salutând ceilalți locuitori, care se străduiau din răsputeri să îl evite. Având în vedere tendința sa naturală de a se retrage și a privi totul de la distanță, această încercare de a se arăta *prietenos* părea cu totul artificială. De vreme ce nu făcea nimic *util*, se simțea nenatural deschizând gura. Într-un sfârșit, ajunse la fântâna din partea inferioară a aşezării. Acesta era un loc în care se simţea cu adevărat confortabil. Întâi ajută femeile să îşi scoată găleţile cu apă, după care întrebă:

- Aţi auzit despre noua armă pe care mi-a ordonat căpetenia să le-o predau războinicilor?

- Cea folosită împotriva satului Eshnunna? interveni una dintre femei.

- Se numeşte arc cu săgeţi, explică Mikhail. E conceput pentru femei. V-ar plăcea să învăţaţi să îl folosiţi?

Femeile chicotiră.

- Dar asta nu e treaba războinicilor? întrebă una dintre ele.

- Cine ai impresia că suntem? interveni o alta. Pareesa?

O femeie îşi legă fusta de parcă ar fi fost o pereche de pantaloni, prefăcându-se că prelua rolul de bărbat. O alta începu să spună:

- Jamin a zis că...

- Şşş!!

Celelalte sătence o opriră imediat. Apoi, se grăbiră să plece, privind înapoi peste umeri, bârfind şi râzând din când în când.

Mikhail se simţi deodată ca un adolescent care tocmai invitase cea mai frumoasă fată din încăpere la dans şi fusese refuzat. Dacă *aşa* se descurca atunci când trebuia să poarte o conversaţie simplă, cum, în numele lui Hades, ar fi trebuit să o ceară de soţie pe Ninsianna?!

Drumul său se intersectă cu cel al Pareesei, care îşi căra surioara la piept.

- Ai avut ceva noroc? întrebă Mikhail.

- Nu, mârâi Pareesa. Mi-au spus să nu mă mai prefac că aş fi bărbat.

Cei doi trecură prin dreptul unui grup de femei care tocmai se întorseseră de la câmp, cărând coşuri pline de pepene galben. Pareesa fugi să le întrebe dacă nu ar vrea să se alăture grupului de arcaşi.

- Nu vreţi să vă puteţi apăra singure? zise ea.

Femeile o priviră cu răutate:

- Nu. Asta e treaba războinicilor.

Mikhail şi Pareesa continuară să întrebe, grup după grup, dar de fiecare dată primeau acelaşi răspuns: Jamin *promisese* că avea să întărească apărarea. Toţi bărbaţii apţi, inclusiv băieţii mai mici, fuseseră invitaţi pe terenul de antrenament pentru şansa de a se califica în divizia a treia de luptători.

În cele din urmă, sora mai mică a Pareesei se trezi şi începu să plângă:

- Trebuie să o duc înapoi la mama, zise ea.

- Ai grijă de tine! răspunse Angelicul, iar aripile sale se pleoştiră.

Se despărţiră în dreptul aleii care separa inelul exterior de cel din mijloc. Trecuse de mult vremea prânzului, însă Mikhail nu reuşise să găsească nici măcar *un* recrut!

Totuşi, paşii săi deveniră din ce în ce mai vioi pe măsură ce se apropia de casa lui Immanu. Petrecuse o mulţime de timp căutând potenţiali arcaşi, dar nu îi dedicase nici măcar o secundă celei care îl inspirase să se apuce de așa ceva de la bun început. Abia aștepta să își vadă iubita!

Ninsianna – o zeiță de o frumusețe răvășitoare – era înăuntru, lângă mama ei. Își îndesa rezerve în coșul de tămăduitoare. Masa de prânz fusese deja strânsă; totul, mai puțin farfuria *lui*. Un castravete tăiat, un castron de cereale fierte și un pahar de lapte proaspăt de capră îl așteptau pe masă, acoperite cu o cârpă menită să țină la distanță muștele.

- Cum a fost azi? întrebă Ninsianna distantă.

- Arcul s-a rupt, răspunse Angelicul. Din nou...

- Behnam o să îl repare, zise ea. Când vine vorba de lemn, e un adevărat geniu.

- Lemnul vostru nu e prea puternic, se plânse Mikhail. Putea să facă săgeți din cedrul pe care l-am sfărâmat, dar a rămas fără lemn între timp. S-ar putea să fie nevoit să facă troc cu materiale de undeva departe.

Needa, mama Ninsiannei, își ciupi ușor buza, având o expresie meditativă.

- Aveți nevoie ca lemnul să fie mai *puternic* sau să se îndoaie mai bine? întrebă ea.

- Câte puțin din ambele.

Femeia se îndreptă spre colțul cel mai îndepărtat al bucătăriei și arătă către locul în care căpriorii se intersectau cu peretele exterior.

- Ai putea să îmi dai alea? întrebă ea.

Mikhail ajungea cu ușurință la ținta indicată; de altfel, se lovea des cu capul de tavan. Plantele cu pricina erau îndesate cu totul în acel punct în care căpriorii întâlneau peretele. Angelicul scoase un buchet prăfuit de crengi.

Needa îndoi rămurelele flexibile. Cu toate că păreau maronii și uscate, în loc să se rupă, acestea reveniră la forma inițială. Femeia întinse buchetul către Mikhail.

- Încearcă asta, zise ea.

- Sunt prea mici, răspunse Mikhail, îndoind o rămurică nu mai lată decât un fir electric obișnuit.

- Nu chiar *astea,* spuse Needa. Mă refer la tipul de lemn.

- Ce e? întrebă Mikhail.

- Tisă.

- Tiză?

- Nu *tiză,* explică Needa. Tisă, cu s, de la „sunt”.

- O...

Mikhail ridică rămuricile în dreptul nasului, pentru a le mirosi acele.

- Nu! îl opri Needa. Sunt otrăvitoare.

- Și atunci de ce le folosești laolaltă celelalte plante medicinale?

- *Nu* le folosesc, răspunse femeia. Scopul lor este să țină insectele la distanță. A, și...

Îi întinse o cârpă din pânză, după care continuă:

- Au efect iritant, deci ai grijă să nu inspiri praful de pe ele.

Mikhail se îndoia că acea mână de ace stupide ar fi putut rezolva problema, dar le îndesă oricum în buzunar. Ce știa el?! În momentul de față, nici măcar nu era în stare să convingă femeile să se lase antrenate pentru a nu fi răpite... cu atât mai puțin să echipeze o întreagă armată cu o nouă armă.

Ninsianna își termină de completat coșul.

- Trebuie să plec, zise ea volubilă. O femeie e pe cale de a naște.

Aripile lui Mikhail se pleoștiră.

- Speram că am putea lua prânzul împreună...

- La fel și eu, răspunse Ninsianna, iar zâmbetul ei se crispă brusc. Dar erai așa de ocupat vorbind cu toate doamnele acelea, încât se pare că ai uitat de mine, nu?

Fata se grăbi către ușă, cu umerii încordați. Mikhail avu nevoie de câteva momente bune pentru a-și da seama că ceva nu era în regulă. Era supărată pe el? De ce era supărată? Pentru că nu reușise să convingă femeile? Sau pentru că se simțea *neglijată*?

- Ai vrea să te antrenezi cu mine mai târziu? strigă Mikhail după ea. Vreau să spun, după ce rezolvăm problema cu lemnul...

Ninsianna se răsuci pe călcâie și îi zâmbi cu o ușoară aroganță:

- Eu sunt *tămăduitoare,* zise ea. Nu am *timp* pentru așa ceva.

Spunând acestea, cel mai înfocat susținător al lui Mikhail ieși în grabă pe ușă...

Capitolul 9

Data Galactică Standard: 152,323.07 D.Î.
Haven-3: Sala Parlamentului Alianței
Prim-ministrul Lucifer

LUCIFER

Haven-3 era sediul Parlamentului Alianței, al cărui rol consta în a-l elibera pe Împăratul Etern de povara muncii obișnuite de administrare a imperiului său galactic. De-a lungul celor două veacuri în care acesta dispăruse, Lucifer profitase de ocazie și construise un stadion circular enorm în jurul clădirii originale, extinsese puterile Parlamentului și transformase catedrala pe stil vechi a tatălui său într-un monument cu totul nesemnificativ.

În vechea clădire, delegații erau separați în mod simbolic de tron, segregați cu atenție, grupați în funcție de prestigiu și statut. În parlamentul lui Hashem, doar rasele străvechi erau reprezentate; în parlamentul lui Lucifer, însă, fiecare planetă care adăpostea ființe raționale primea o voce, iar fiecare delegat avea acces egal la *el.*

Oare aveau toate aceste planete să îl răsplătească acum pentru faptul că le oferise șansa la o guvernare autonomă, *voință proprie* și *libertate,* în detrimentul relației cu tatăl său nemuritor? Sau aveau să îl refuze disprețuitor, la fel cum o făcuse și împăratul atunci când se întorsese, tocmai în momentul în care avea nevoie cel mai mult de sprijin?

Eligor îl ajută să urce pe podium. *Damantia!* Încă se simțea destul de amețit în urma ultimului episod de pierdere a cunoștinței, astfel că se văzu nevoit să își înfoaie aripile pentru a-și menține echilibrul, asemenea unui cadet beat. Călătoria grăbită din zona neutră până la Haven-3, dar și lipsa odihnei, îl făceau să nu se simtă tocmai proaspăt și gata de acțiune în această dimineață. Nici măcar sticla de *choledzeretsa* pe care o golise dintr-o înghițitură nu îl ajutase câtuși de puțin. Dimpotrivă, simțea o nevoie acută de a vomita.

Un dragon Mu'aqqibat, înalt și zvelt, urcă pe podiumul central și bătu din ciocănel.

- Prim-ministrul dorește să se adreseze Parlamentului, spuse Vorbitorul Comunelor pe un ton formal.

Un firicel de sudoare alunecă pe nasul lui Lucifer în timp ce urca pe platforma centrală. Eligor se poziționă aproape, pentru a-l prinde în cazul în care s-ar fi dezechilibrat înainte de a ajunge la treapta de sus; odată ajuns în vârf, prim-ministrul rămase singur. Privi îndelung către balcoanele care se prefigurau în cascadă spre linia orizontului. Majoritatea scaunelor erau goale; abia de se atingea cvorumul necesar pentru ca inițiativa legislativă a lui Lucifer să fie considerată legală. Delegații făcură liniște de îndată, curioși fiind în legătură cu motivele pentru care prim-ministrul hotărâse să se alăture unei întâlniri obișnuite, legate de buget.

- Doamnelor și domnilor, începu Lucifer cu glas tremurător, dacă aruncați o privire către tabletele dumneavoastră, veți vedea că tocmai am introdus o moțiune de urgență pentru acordarea de scutiri coloniei miniere Yaris-6.

- Yaris-6? interveni unul dintre delegați. Dar parcă tocmai ne ceruseți să *cedăm* acea planetă Regatului Tokoloshe!

- D-da, așa v-am cerut, se bâlbâi Lucifer. Regele Barabas mi-a promis – *„Cred"* – că va trata minerii în același mod în care ar trata orice cetățean al regatului său – *„sau cel puțin asta v-am zis eu VOUĂ, cu toate că nu îmi amintesc să fi rostit aceste cuvinte vreodată"* – însă *oamenii* de pe acea planetă sunt cetățeni ai Alianței. Ei doresc să se întoarcă acasă, fiind dispuși să renunțe la cererile legate de mine.

- 350 de milioane de credite e o sumă foarte mare, zise un alt delegat. De ce nu trimiteți armata ca să nimicească adunătura aceea de canibali?

Adevărul era că Lucifer ar fi avut nevoie de numai 50 de milioane pentru a evacua întreaga colonie și a reloca oamenii altundeva. Minerii erau atât de disperați să scape de acolo, încât ar fi *plătit* pentru a fi transferați pe orice altă planetă sau orice alt asteroid din galaxie. *Restul* de 300 de milioane era necesar pentru a cumpăra mai multe femei umane. Dar nu le-ar fi putut da delegaților *astfel* de amănunte; ar fi ajuns subiectul principal al știrilor de la ora 5.

- Problema inițială, și anume că nu avem suficienți Leonizi care să patruleze acel sector și să ne protejeze și pe *noi*, nu s-a schimbat, zise Lucifer. Mai există doar 2500 de Leonizi în total. Nu ne putem juca aiurea cu viețile lor.

- Leonizii pe care *eu* îi cunosc abia așteaptă să fie lăsați să acționeze, ripostă un delegat.

- Da, îl susținu un altul.

- Lăsați-i să se răzbune!

Camera începu să se învârtă. De ce, în numele lui Hades, cedase acea planetă canibalilor?!

„Pentru a salva Leonizii, cap sec! Iar acum trebuie să te salvezi pe TINE..."

Mâinile lui Lucifer începură să tremure. Lucrurile nu mergeau deloc conform planului. Nu că ar fi plănuit ceva cu adevărat... Zepar îl înghesuise grăbit pe „nava diavolului" și îi ordonase lui Eligor să îl aducă la întâlnirea Parlamentului *fără* a se fi întrebat vreo clipă cum ar putea convinge delegații. În plus, Lucifer abia de putea să gândească rațional sau să *vadă*, ceea ce nu îl ajuta câtuşi de puţin; la fel cum nu îl ajuta nici faptul că propria limbă îi părea prea groasă şi avea gust de peşte putrezit. Dintre toate ocaziile în care se îmbătase şi fusese obligat să legifereze mahmur, aceasta îl adusese în faza cea mai gravă de impotenţă.

…impotenţă…

Îşi duse mâna către buzunarul de la piept.

Nu. NU era impotent...

Apropie sonograma cu grijă de inimă. Pentru moment, fiul său încă nenăscut nu era mai mult decât o bulă cu o coadă, dar la naiba, era fiul *lui*! Cel la care visase vreme de 225 de ani! Nu avea de gând să lase nişte *mărunţiş* să le fure tovarăşilor săi hibrizi o astfel de speranţă.

„Te rog?" şopti Lucifer către vocea sa interioară. *„Spune-mi ce să le zic..."*

Chiar Zepar îl învăţase să îşi asculte glasul interior. Îşi închise, deci, ochii, şi îl invită să îi pătrundă în corp. Sistemul nervos îi fremăta pe măsură ce „vocea interioară" îi umplea fiinţa de putere.

Lucifer însuşi părea a fi dat la o parte; era o juxtapunere stranie, în care asculta glasul de parcă trupul lui ar fi fost o navă de luptă în care ambii piloţi aveau permisiunea de a controla zborul.

În momentul în care deschise ochii, Parlamentul era învăluit de o lumină portocalie, slabă, de parcă s-ar fi cufundat într-o groapă cu foc, încălzit fiind de o vâlvătaie atotcuprinzătoare – *el*. Acesta era Lucifer, cel care clădise Parlamentul după ce tatăl lui adoptiv îl abandonase.

„Spune-mi", gândi el din nou. *„Spune-mi ce să le zic..."*

Trase adânc aer în piept şi îşi concentră *darul* asupra speranţelor şi temerilor fiecăruia dintre delegaţi. Ochii săi argintii străluceau, cuprinşi de o preştiinţă stranie, căutând acea verigă slabă din mulţime pe care ar fi putut aplica presiune.

Îşi descoperi propria slăbiciune în mintea unei delegate Saori[19], care îşi pierduse fratele în bătălie – fusese unul dintre fizicienii Leonizilor.

- Când am *cedat* acel tărâm, zise Lucifer, adresându-i-se în mod direct, încă *sufeream* de pe urma morţii curajosului nostru distrugător Leonid. Nu gândeam decât în termeni *materiali*: „aceasta este o planetă fără pretenţii clare de apartenenţă, situată prea departe pentru a fi apărată eficient"; nu ne-am gândit şi la faptul că pe aceeaşi planetă se află 60.000 de fiinţe, multe dintre ele cetăţene ale Alianţei, care s-au *mutat* acolo pentru a mina ceva ce nouă ne trebuie.

- Săpau după promeţiu, interveni un delegat Electrophori, contrazicându-l. Nimeni nu are *nevoie* de un astfel de mineral. Se foloseşte doar pentru vopsea fluorescentă.

---

[19] *Saori*: o specie cu un singur corn, asemănătoare gazelelor, care a dat naştere mitului unicornilor pe pământ. Această specie este cunoscută pentru compasiunea sa.

Lucifer îşi concentră *darul* asupra delegatului. Dincolo de faptul că îl sâcâia mereu, fiinţa aceasta gălăgioasă aparţinea unei specii asemănătoare ţiparilor, care îşi genera propria încărcătură electrică.

„Umileşte-l", şopti vocea interioară.

„Dar este un inamic periculos..."

„Îl vei forţa să îşi dea arama pe faţă."

- Deputat Djalu, râse Lucifer, nu avem cu toţii abilitatea de a ne aproviziona cu lumină proprie.

- Vi se pare *amuzant?* întrebă delegatul Electrophori, iar pielea lui trosni, emiţând o lumină palidă, albăstrie.

Ochii îi străluceau într-un mod de-a dreptul ucigător, având o nuanţă puternică de roşu.

- Nu fac decât să subliniez evidenţa, replică Lucifer, arătând către coada sclipitoare a creaturii. Poate că *dumneavoastră* nu vă pasă, dar *noi* avem nevoie de dispozitive electrice pentru a străluci în întuneric. A le refuza ajutorul unor *cetăţeni ai Alianţei* doar pentru că am descoperit că dorinţa noastră de a avea tehnologie ieftină a făcut ca 60.000 dintre ei să se afle în pericol de a fi *mâncaţi de vii* este un gest de rea-credinţă.

- Cei din neamul Tokoloshe nu îi vor mânca! zise delegatul Electrophori. Chiar dumneavoastră aţi spus asta! V-aţi dat cuvântul!

„Un lucru pe care nu îmi amintesc să îl fi făcut, la naiba!"

- Da! interveniră şi ceilalţi membri ai Parlamentului, dându-i dreptate delegatului.

- Ţi-ai dat cuvântul, Lucifer!

„Ce dracu' ar trebui să spun?"

Se concentră din nou asupra vocii interioare, care căpătase un ton ironic.

„Dă vina pe Shay'tan."

Lucifer îi întoarse spatele delegatului Electrophori, înfoindu-şi aripile pentru a semnala că nu avea de gând să îi mai acorde niciun fel de consideraţie. În schimb, îşi îndreptă atenţia asupra delegatei pe care darul său o scosese în evidenţă: acea Saori al cărei frate fusese ucis.

- Atunci când am colonizat planeta, spuse prim-ministrul cu blândeţe, *Împăratul* nostru, tatăl meu, câştigase deja dreptul asupra resurselor aflate acolo de la Împăratul *Shay'tan*— proiectă o imagine a celor doi zei jucând şah în mintea delegatei. Aşadar, ne-am transferat coloniştii *imediat*, pentru a se apuca de minerit, iar distrugătorul Leonid a fost trimis pentru a-i proteja. Ceea ce *nu* ştiam, însă, era că Regatul Tokoloshe ridicase deja *pretenţii* de apartenenţă asupra planetei, pretenţii pe care, dacă îmi permiteţi să adaug, le susţin cu o serie de dovezi concludente.

„Nu că mi-aş aminti să fi VĂZUT acele dovezi, dar, aparent, în perioada în care am fost inconştient am notat într-o declaraţie că aş fi făcut-o..."

- Şi atunci de ce nu ni s-a adresat Regele Barabas *nouă* pentru această dispută? întrebă delegata Saori, ai cărei ochi ca de căprioară străluceau înlăcrimaţi. De ce a ucis Leonizii?

„Chiar aşa. De ce nu ni s-a adresat nouă?"

„Lasă-mă să vorbesc."

„Urăsc când vorbeşti tu."

„Lasă-mă să VORBESC!!"

Lucifer privi îndelung către delegata a cărei suferinţă era cât se poate de palpabilă. Îi permise vocii interioare să preia întregul control asupra corpului său. Pentru o clipă, păru că era izgonit într-un colţ îndepărtat al propriei minţi, în timp ce „celălalt pilot" trecea la manşă. Apoi, cuvintele începură să îi alunece pe buze:

- Regele Barabas pretinde că ar fi mers la *Shay'tan,* zise Lucifer, dar bătrânul dragon a respins orice discuţie. Mai mult, a spus că ar prefera să arunce în aer întreaga planetă decât să se întoarcă la Împăratul nostru cu coada între picioare şi să admită că a comis o greşeală.

Făcu o pauză, lăsând informaţia să se aşeze.

…jocul de şah…

……pariurile greşite….

………ranchiuna dintre cei doi împăraţi….

…………doi zei bătrâni *jucându-se* cu vieţile muritorilor...

Nu era nevoie de *prea* multă putere de convingere pentru a readuce la suprafaţă vechile stereotipuri. În scripturile lor, existau nenumărate poveşti despre cei doi zei care se provocau reciproc să facă lucruri îngrozitoare, refuzând să ridice apoi vreun deget pentru a preveni suferinţa subiecţilor lor – totul pentru a câştiga un pariu. Cei doi fuseseră la cuţite încă de când luase naştere Alianţa. Shay'tan servea drept imaginea perfectă a monstrului care sperie întreaga suflare, iar Hashem era foarte priceput în a motiva şopârlele Sata'anice.

- Cei din neamul Tokoloshe spun că nu au tras *intenţionat* asupra Leonizilor, minţi Lucifer. De fapt, au ţintit o navă Sata'anică de contrabandă, care era încărcată cu arme de distrugere în masă şi avea sarcina de a decima planeta pentru ca *ei* să nu o poată avea. Leonizii au tras asupra acelei nave din exact aceleaşi motive... dar aceasta s-a refugiat în spaţiul real, prea aproape de planetă. În momentul în care au încercat să urce la bordul ei, s-a lansat într-o mini hiper-săritură, atât de aproape de nava Leonizilor încât micro gaura de vierme a deteriorat o parte a fuzelajului. Se aflau în urmărire când curiasatul s-a apropiat de nava pe care o ţintise *iniţial.*

- Şi de ce a trebui să ţintească nava *noastră?* întrebă delegata Saori.

- A fost o greşeală, explică Lucifer. Imaginile video surprinse de ambele nave arată *clar* că echipajul Tokoloshe a tras asupra navei de contrabandă de clasa Algol după ce a atras-o în afara unei centuri de asteroizi; aceeaşi centură de asteroizi în care fusese forţată să pătrundă de către Leonizi. Din păcate, vasul a făcut un al doilea salt în hiperspaţiu chiar în clipa în care l-ar fi atins laserul Tokoloshe. Lovitura laserului a înaintat, deci, către distrugătorul Leonid. Leonizii, ale căror arme erau deja încărcate, au tras şi ei. Din acest motiv, cei din neamul Tokoloshe au presupus că Leonizii şi nava de contrabandă erau aliaţi.

Lucifer nu menţionă şi faptul că *aceeaşi* navă de contrabandă îi livrase şi aşa-zisa „soţie".

- Asta *nu* justifică gestul, insistă delegata Saori. Ar fi trebuit să ia legătura prin radio înainte de a deschide focul.

- Nu, nu justifică gestul, răspunse prim-ministrul, proiectând imagini liniştitoare în mintea delegatei. Dar cu *toţii* am analizat lovitura şi am studiat datele stocate de cutia neagră a distrugătorului Leonid. Tocmai de aceea neamul Tokoloshe nu a *mâncat* coloniştii în momentul în care a ocupat planeta – era un act de reconciliere. Din câte se pare, însă, coloniştii noştri sunt adevăraţi sâcâitori regali, pentru că ei cred în libertate, în timp ce Regatul Tokoloshe, nu.

Lucifer îşi umflă aripile albe într-o poziţie artistică în momentul în care rosti cuvântul „libertate". Vocea sarcastică din interiorul său surâse insinuant:

„Asta de publicitate!"

- Neamul Tokoloshe vrea ca cetăţenii Alianţei să *dispară* pentru că „infectează" forţa de muncă locală, iar răbdarea lor a fost întinsă la maximum, continuă prim-ministrul. Tot ceea ce îşi doresc coloniştii noştri este să se întoarcă *acasă*.

Delegata Saori dădu din cap în semn de aprobare, la fel ca ceilalţi delegaţi aliaţi ai planetei ei.

- Şi cum rămâne cu noi, ceilalţi? strigă delegatul Electrophori, acoperindu-i pe ceilalţi. Vreţi să plătim pentru greşeala altcuiva?

Lucifer se răsuci spre acest *parvenit*, furios că îi întrerupsese discursul. În mintea lui se contură imaginea celei mai mari temeri a delegatului. Lăsă scenariul să se formeze, după care îl transpuse în *cuvinte:*

- Poate că *dumneavoastră* v-ar plăcea să fiţi mâncat de viu, domnule Djalu?

Forţă imaginea în mintea delegatului Electrophori: capturat de creaturile asemănătoare unor urşi, legat de o masă... propria piele sfâşiată de pe trup... cerând îndurare în timp ce inamicii îi smulgeau carnea de pe muşchii tremurători. Lăsă să se prefigureze şi imaginea soţiei delegatului, a întregii familii, toţi ţipând în timp ce erau devoraţi chiar în faţa lui, într-un scenariu terifiant de realist.

Delegatul fu cuprins de convulsii. Lucifer continuă să îl privească drept în ochi, iar acesta îşi luă capul în mâini. Acea parte din el care se conserva, care invitase „vocea interioară" să vorbească, strigă *„Nu!"*, amintindu-şi că se mai folosise de acest truc cândva. Cum putea să fi uitat cum era să sece o creatură vie de toată energia? Se simţea atât de *puternic.* Adânc înlăuntrul său îşi dorea *mai mult.*

Electricitatea statică a delegatului Electrophori se risipi. Din nas şi urechi începură să îi curgă firişoare de sânge. Creatura îşi duse mâinile la piept.

„Opreşte-te!" se rugă Lucifer. *„Opreşte toată tortura asta! Nu am vrut să îl rănesc atât de tare."*

Deodată, vocea din interiorul său se dădu la o parte. Sentimentul de putere absolută, la fel ca amintirea lui, începură să se disipeze.

„O astfel de putere este normală. Orice semizeu care şi-a făcut ascensiunea chiar pe jumătate o poate exercita. De ce crezi că te-a adoptat Împăratul?"

Da. Totul era perfect normal. Împăratul efectuase teste pe el, încercând să afle dacă deţinea abilităţi pre-ascensionale, dar el era prea tânăr la acea vreme. Vina îi aparţinea Împăratului, pentru că dispăruse înainte ca Lucifer să îşi dezvolte abilităţile şi nu îi păsase suficient încât să se intereseze de ele şi după ce revenise.

Delegatul Electrophori respira greu, încercând să îşi recapete suflul. Lucifer se întoarse cu spatele la el, de parcă nimic nu s-ar fi întâmplat. Fu cuprins de o oboseală cumplită, dar încă trebuia să treacă actul legislativ prin Parlament.

De unul singur...

Lucifer cel fără putere, Lucifer cel obişnuit, muritorul, îşi îndreptă din nou atenţia asupra delegatei Saori:

- Vă rog, spuse el simplu. Nu putem abandona aceste fiinţe. Trebuie să le aducem acasă.

Delegata făcu un gest aprobator din cap. La fel procedară şi delegaţii care îi erau aliaţi. Delegatul Electrophori, pe de altă parte, nu mai era capabil să protesteze.

Reprezentanţilor „vechilor lumi" bogate nu le păsa câtuşi de puţin de cele 350 de milioane de credite. Deja ceruseră ca dezbaterea să înainteze, pentru a se rezolva aspecte bugetare mult mai costisitoare.

- Da, ziseră aceştia, vrând să se termine odată întreaga poveste.

Pentru ei, suma aflată în joc nu constituia altceva decât un soi de bani pentru prânz.

În momentul în care coborî de pe scenă, Lucifer aproape se prăbuşi la pământ. Eligor îl prinse.

- Sunteţi bine, domnule? întrebă acesta.

- Doar obosit, răspunse Lucifer, ciupindu-se de nas. Ajută-mă să ajung înapoi la navă, bine? Trebuie să îl anunţăm pe Ba'al Zebub că am *făcut* rost de bani pentru el.

Capitolul 10

NINSIANNA

Ninsianna luă o ceapă şi începu să o cureţe. Biata legumă îi amintea de Mikhail – chiar în momentul în care credea că era gata de pus în oală, dădea de un alt strat care trebuia curăţat, iar stratul acela dezvelea... *încă* un strat. Tot mai multă piele galbenă şi dură.

Îşi şterse o lacrimă.

- Nu te mai freca la ochi! o certă mama ei. Nu faci altceva decât să înrăutăţeşti situaţia.

- Ceapa mă face *mereu* să plâng.

Începu să o taie cu toată furia pe care o adunase în ea. Se simţea ca o căprioară în călduri, tânjind după încă un sărut... dar de când se terminase festivalul solstiţiului, Mikhail se ţinuse cât mai la distanţă posibil!

Cuţitul îi alunecă printre degete.

- Fir-ar! şuieră Ninsianna.

Începu să îşi sugă degetul pentru ca sângele să nu ţâşnească pe cepe. Cuţitul pe care Mikhail i-l dăduse, făcut din acelaşi material ceresc precum canoea sa, tăia mult mai adânc decât orice lamă din piatră.

- Stai jos! îi ordonă mama.

- Sunt bine.

- Nu a fost o rugăminte.

Cu un oftat mâhnit, Ninsianna se prăbuşi pe banca aşezată sub bolta ce proteja de soare bucătăria exterioară. Numai un *fraier* ar fi gătit înăuntru în timpul verii!

Needa se repezi în casă pentru a-şi lua coşul de tămăduitoare. Cu mişcări agile, Ninsianna îşi clăti mâna în apa adusă mai devreme de la fântână, după care o înfăşură într-o cârpă curată.

- Azi-noapte ai ţipat din nou, zise Needa.

- A fost doar un coşmar.

- Dar ai coşmaruri din astea în fiecare noapte, de când te-a scos Mikhail din puţ.

Ninsianna încercă să evite privirea mult prea receptivă a mamei sale. Tatăl ei putea vedea în lumea viselor, dar mama avea darul de a *simţi* ce simţeau alţii. Iar în acel moment, Ninsianna simţea...

- ... suferi de epuizare, zise Needa.

- Poftim?

Îşi dădu seama că îi rătăcise mintea – câteva momente bune, judecând după bandajele care îi acopereau acum rana.

- Scuze, murmură ea. O să te ajut să termini de pregătit cina.

Mama o apucă de încheietură:

- Am trecut prin asta cu tatăl tău, spuse Needa. Nu sunt *vise.* Zeiţa îţi trimite *viziuni* pentru că vrea să *faci* ceva.

Vocea Ninsiannei începu să tremure:

- Dar sunt prea fanteziste ca să fie reale.

Îşi întoarse privirea. Având în vedere distanţa pe care Mikhail o impusese între ei încă de când venise emisarul din Eshnunna, se îndoia profund că visul ar fi putut deveni realitate.

- *Spune-mi!* insistă Needa, iar ochii ei îi sfredeliră pe ai Ninsiannei. Poate că nu sunt clarvăzătoare, dar îţi *simt* groaza când te trezeşti ţipând şi *nu* te opreşti până când Mikhail nu o ia la fugă pe scări ca să te strângă în braţe!

Lacrimile începură să curgă şiroaie pe obrajii fetei. De această dată, nu mai aveau nimic de-a face cu cepele.

- Visez întruna despre oameni-crocodil, răspunse Ninsianna, iar vocea i se frânse. Ne vor ataca satul. Iar apoi va veni şi Cel Malefic.

- E un vis simbolic? o întrebă mama ei.

- Nu cred, zise Ninsianna. Vin în canoe cereşti.

- Ca cea a lui Mikhail?

- Da? Nu! răspunse fata, aruncându-şi mâinile în aer. Nu ştiu! Arată diferit; ca nişte gândaci de bălegar uriaşi, cu o gură care se deschide la spate.

Iar apoi venea şi Angelicul cu aripi albe; asemenea celui care o strângea în braţe în fiecare noapte, ca un iubit... dar o înjughia în pântece. O lacrimă îi alunecă pe obraz. Mama o luă de mână.

- Spune-mi despre Cel Malefic, zise Needa, iar ochii ei ca de mahon continuară să îi sfredelească pe ai Ninsiannei.

Fata aruncă o privire în jur, pentru a se asigura că nu trăgea nimeni cu urechea. Îl făcuse pe tatăl ei să creadă că Cel Malefic era un *demon.* Cum i-ar fi putut dezvălui mamei sale adevărul, dacă asta ar fi confirmat minciunile lui Jamin?

- Este *frumos,* şopti Ninsianna. Cel mai frumos, cel mai strălucitor...

Vocea ei se frânse.

- Angelic? ghici Needa.

Ninsianna îşi clătină capul. Da? Nu! Ce ar fi trebuit să spună?

- Cred că provine dintr-un alt trib, răspunse ea. Aripile lui sunt albe, nu maro. Iar ochii lui sunt diferiţi. Argintii – arătă către *propriii* ochi sărutaţi de zeiţă – şi roşii, ca atunci când tata se enervează foarte tare. Iar vocea lui...

Tremura în mod incontrolabil.

- Atunci când *vorbeşte*, strigă ea, amintindu-şi modul în care acest Angelic o convingea să se întindă voluntar, de parcă ar fi fost un berbec de sacrificiu.

În ochii lui întrezăreşte naşterea unei infinităţi de lumi; lumile sunt stăpânite de zei şi zeiţe, iar discurile care se rotesc în jurul lor sunt pline de stele. Peştii se târăsc pe mal, în afara oceanelor, şi se transformă în oameni. Îşi îndreaptă ochii spre stele. Într-un glas, îl slăvesc pe Unicul Zeu Adevărat.[20]

Respiraţia Ninsiannei se înteţi, iar pielea i se înroşi. *Voia* acea putere; doar că favoarea Unicului Zeu Adevărat presupunea un preţ îngrozitor.

- Te face să *simţi* că vrei să faci orice îţi cere? o întrebă Needa cu o expresie din ce în ce mai intensă.

Ninsianna dădu din cap. Cum de ştia mama *asta?*

- De ce ar vrea să mă *omoare?* întrebă fata speriată.

Mama o luă în braţe, într-o rară manifestare de afecţiune. Ninsianna începu să plângă în hohote pe umărul ei. Needa nu era o mamă fără suflet – ba dimpotrivă, era prea empatică. Singura problemă era că avea o toleranţă extrem de scăzută faţă de cei care îşi plângeau de milă; aşadar, compasiunea pe care o arăta acum era cu atât mai înfricoşătoare.

- Poate că e rivalul lui Mikhail? sugeră ea. *Cineva* l-a izgonit din ceruri, până la urmă.

- Dar de ce ar veni după *mine?*

Needa luă faţa fiicei sale în mâini.

- Of, copil prostuţ! zise ea şi o sărută pe frunte. Pentru o clarvăzătoare, eşti incredibil de oarbă!

Deci dacă Mikhail avea un duşman, unul pe care *nu* şi-l amintea, iar acel duşman avea să vină pe pământ...

- Nu trebuie să îi spui *nimănui!* zise Ninsianna, apucând-o pe mama ei de mână. Dacă află, Jamin o să *insiste* ca tatăl lui să îl alunge pe Mikhail.

- Trebuie să îi spunem tatălui tău.

- Dar el a încercat să mă *vândă* fiului căpeteniei!

Needa oftă.

- Lucrurile s-au mai schimbat între timp, zise ea. Acum, căpetenia îşi face griji în legătură cu un inamic ceva mai mare.

- Care? Elasticele şi beţele? pufni Ninsianna. Asta e pur şi simplu cea mai nouă manevră pe care au inventat-o ca să îl *umilească!*

Tot satul, dar absolut *tot* satul făcuse o mulţime de glume pe seama ofertei lui Mikhail de a preda arta mânuirii beţelor *femeilor*. Chiar femeile se distraseră teribil; majoritatea erau prea politicoase pentru a-i râde în faţă, dar pe la spatele lui se amuzau şi bârfeau. Bărbaţii, pe de altă parte, răspuseseră într-un număr impresionant la oferta lui Jamin de a antrena luptători de

---

[20] „Unicul Zeu Adevărat" este unul dintre titlurile atribuite lui Moloch, la fel ca „Cel Malefic".

divizia a treia – inclusivi oamenii „netalentaţi", pe care îi respinsese în trecut. Până şi bătrânul Behnam, vrând să-şi dea cu părerea despre *alte* încercări ale lui Mikhail de „a fi util", întrebase blând dacă, poate, nu se străduia prea mult să intre în graţiile căpeteniei.

- Doar încearcă să îşi găsească locul, zise Needa.

- Este campionul zeiţei! ripostă Ninsianna. Nu are *nevoie* de un loc!

- Este *bărbat*, insistă mama fetei. Un bărbat care înţelege că trebuie să îşi asume o anumită responsabilitate pentru a întemeia o familie.

- Şi cum poate face asta dacă Jamin îi încurcă orice plan?

- *Încearcă* să găsească o modalitate de a ajuta fără să îl provoace pe Jamin, răspunse Needa.

Ninsianna îşi întoarse privirea pentru ca mama să nu îi poată vedea expresia vinovată. Se prefăcuse că era ocupată atunci când Mikhail o întrebase dacă nu ar vrea să o antreneze...

-Dar l-am ajutat! ripostă ea, arătând furioasă către o grămăjoară de beţe. I-am spălat hainele, i-am pregătit masa... iar lui nu îi pasă decât de beţele lui stupide!

„Experimentele eşuate" ale lui Mikhail o bântuiau din grămăjoară atent aşezată lângă cuptor. Aveau de gând să le pună pe foc pentru a pregăti cina din acea seară.

- Are nevoie de ajutorul tău pentru a *recruta* oameni şi a testa noua armă, zise mama Ninsiannei.

- Am încercat, răspunse fata, ridicând un beţişor şi agitându-l în aer. Jamin a râs aşa de mult de arma asta încât singura care vrea să se antreneze e Pareesa.

Nu mai adăugă faptul că nici pe *ea* nu o atrăgea ideea de a dobândi „deprinderi de luptă". Independenţa era una, dar a o căuta cu lumânarea şi a intra in conflicte inutile era cu totul altceva. Chiar dacă ar fi *reuşit* să convingă alte femei să îşi abandoneze activităţile tipice, cum ar fi putut vreodată o femeie să doboare un bărbat?

- I-am *văzut* canoea cerească, spuse Needa. Mikhail provine dintr-un grup de luptători extrem de mare şi puternic, care ar nimici cu uşurinţă întregul trib Ubaid.

- Nu îşi *aminteşte* trecutul...

- Dar *ştie* asta, insistă mama cu ochi sfredelitori. L-am văzut analizând îndelung colierul acela pe care îl poartă...

- Se numesc „ecusoane".

- Sunt dovada că Mikhail a făcut parte din ceva *măreţ*. Ceva atât de important, încât zeiţei îi e teamă că Cel Malefic va veni după *tine*. Iar acum Mikhail nu mai face parte din nimic. Deci, dacă vrei să rămână *aici*, trebuie să îi oferi ceva suficient de *măreţ* încât să înlocuiască acel ceva care încă îl cheamă înapoi spre lumea pe care a părăsit-o.

- Cum ar fi?

- Cum ar fi să previi ce se întâmplă în viziunea ta.

- *Să previn?!* strigă Ninsianna. Dar este o profeție! Nu pot schimba soarta.

- Este un *avertisment,* zise Needa. Crezi că e o simplă coincidență că ai început să ai această viziune exact când oamenii aceia ciudați au pornit raiduri asupra aliaților noștri?

- Dar acolo e vorba despre bărbați *umani,* insistă fata, împreunându-și sprâncenele. În viziunea mea apar bărbați-*crocodil.*

- E un simbol. Pândesc la marginea satelor, așteptând momentul potrivit pentru a ne asedia. Întocmai precum crocodilii din râu. Asta s-a întâmplat și în ziua în care te-ai născut tu.

- Ai visat oameni-crocodil?

- Șerpi, explică mama Ninsiannei. Zeița i-a trimis tatălui tău viziuni despre un șarpe care se târa în casa noastră și mânca un ou.

- Și cum a prevenit asta? întrebă fata.

- Nu a făcut-o, îi răspunse mama. Bunicul tău, Lugalbanda, l-a convins că viziunea nu avea nicio însemnătate. Dar în noaptea în care te-ai născut, inamicii au trecut de zidurile de apărare săpând într-o zonă slăbită a zidului și târându-se prin gaură ca niște șerpi.

Înspăimântată, Ninsianna trase adânc aer în piept.

- Unde era tata?

- Plecat! șuieră mama. Tatăl tău și Kiyan, care la vremea aceea era doar *Muhafiz,* precum și *ceilalți* războinici ai satului erau prinși într-o bătălie împotriva celor din Uruk.

- Bărbații *nu* erau aici?

- Cei mai mulți dintre ei, nu, zise Needa. Iar inamicii noștri știau asta, motiv pentru care au trimis asasini să omoare familiile căpeteniilor.

Ninsianna făcu ochii mari, de-a dreptul îngrozită.

- Și ce ai făcut?

- Eu? pufni mama. Eu nu am făcut nimic! Mă zvârcoleam în durerile nașterii. Dar mama lui Jamin i-a ținut la distanță până când bătrânul Behnam a ajuns înapoi în sat alături de alți câțiva bărbați și i-a omorât.

Ninsianna își răscoli părul. Tatăl ei visase șerpi? Iar acum *ea* visa oameni-crocodil?

- Dacă e un avertisment, cum îl pot preveni?

- Privind în urmă, tatăl tău și-a dat seama că zeița îi arătase *întocmai* locul prin care șarpele își făcea drum în interiorul satului.

- Credeam că bunicul era imbatabil, întrebă Ninsianna.

- Era *puternic,* zise mama ei cu duritate. Dar era de-a dreptul însetat de putere și trata femeile ca pe niște oi. De aceea, atunci când Kiyan a preluat rolul de căpetenie, prima sa decizie a fost să schimbe ceremonia solstițiului, interzicând...

Obrajii Needei fură inundați de roșeață. Își întoarse privirea.

- A schimbat lucrurile, şopti ea. A ordonat ca, din acel moment, femeile să facă un singur sacrificiu pentru a o mulţumi pe Nergal – să *participe* la competiţie, exact ca bărbaţii.

- Cu atlatlul? râse Ninsianna. Credeam că voia doar să ne încurajeze să vânăm.

- *Atlatlul* a fost arma cu care soţia sa ţinuse la distanţă inamicul, explică mama fetei, frecându-şi pieptul. *Ultimul* lucru la care se aşteptau bărbaţii aceia era să dea peste o femeie care să mânuiască o armă letală.

Mama Ninsiannei reveni furioasă la curăţatul cepelor. De ce era atât de nervoasă? Poate pentru că în această seară nu le putea oferi nimic altceva de mâncare decât linte şi ceapă, fiindcă niciuna dintre familiile pe care le ajutase în timpul săptămânii nu avusese carne cu care să o „plătească" pentru tratament? Până la întoarcerea marilor turme de antilope, nu puteau obţine carne decât dacă îşi rupea vreo capră un picior.

Vântul se înteţi, împrăştiind cojile de ceapă ale Needei prin curte, până pe grămada de „săgeţi eşuate" pe care Mikhail le aşezase pe post de lemn de foc lângă cuptor. Având o textură ca de hârtie, cojile începură să foşnească; zgomotul lor se asemăna vocilor femeilor care pălăvrăgeau în timp ce îşi munceau pământurile şi adunau recolta.

„Fii atentă", murmură vântul.

În colţul ochilor, Ninsianna întrezări *strălucirea* beţelor din lemn.

Adierea ridică din nou cojile de ceapă în zbor. Acestea se înălţară, părând să formeze o formaţie în V, asemenea stolurilor de gâşte. Purtate de o altă rafală, zburară de-a lungul curţii şi se răsuciră deasupra oalei cu mâncare, dansând în lumina alb-aurie a soarelui.

Ninsianna fu cuprinsă de un fior de entuziasm:

- Mama! Am o idee!

Capitolul 11

Iulie – 3.390 î.Hr.
Pământ: Satul Assur
Colonel Mikhail Mannuki'ili

MIKHAIL

Sătenii îi priviră îndelung în timp ce înaintau cu greu prin dreptul terenului de antrenament – Mikhail avea brațele încărcate cu zeci de săgeți, iar Pareesa mergea în dreptul lui, cărând vreo șase arcuri. Aproape trei sute de luptători trudeau sub soarele fierbinte de vară, transpirați și aproape goi – cu excepția pânzelor încinse în jurul spinării -, încercând să lovească diferite ținte. Întregul loc duhnea a transpirație, testosteron și testicule chinuite de mâncărimi.

- Pe locuri! Fiți gata! strigă Jamin. Atacați!

Un grup mare de bărbați se puse în mișcare la comanda lui, înarmați fiind cu sulițe de luptă; acestea erau mult mai groase și mai lungi decât atlatlul delicat folosit pentru vânarea antilopelor.

- Nu știam că aveți atât de mulți luptători, zise Mikhail.

- Da, avem, spuse Pareesa. Dar cei mai mulți dintre ei nu au mai luptat de pe vremea războiului cu Uruk.

Angelicului îi atrase atenția un bărbat mai în vârstă, care, în ciuda proporțiilor masive, lovi o țintă cu priceperea și echilibrul unei persoane care, cândva, fusese implicată în multe bătălii.

- Țintiți fața! tună Jamin către luptătorii de divizia a treia.

Aceștia își direcționară sulițele în sus, către un oponent imaginar. Cunoștințe vagi de luptă, pe care nu putea spune dacă le dobândise în cadrul armatei Alianței – despre care nu își amintea *nimic* – sau de la călugării Cherubim – în legătură cu care își amintea numai frânturi – îl ajutară să sesizeze imediat găurile lăsate de cei antrenați în apărare. Brațele Angelicului fură cuprinse de furnicături în timp ce își *imagina* mișcări de contraatac pentru orice intervenție a războinicilor lui Jamin.

- La câte bătălii a luat parte Jamin? întrebă Mikhail.

- Habar n-am, răspunse Pareesa ridicând din umeri. De obicei se laudă cu lupte împotriva leilor și vânători de tauri sălbatici.

„Rivalul" Angelicului se plimba printre rânduri, insultând războinicii mai puțin pricepuți și lăudându-i pe cei capabili. În momentul în care ajunse în dreptul bărbatului mai gras, făcu un comentariu în legătură cu viteza sa.

Acesta se aplecă în lateral, într-o poziție care ducea cu gândul la călăritul cailor, după care se lansă în față, atacând cu sulița...

... Jamin sări la o parte.

- Bine, bine! zise el, ridicând mâinile în semn de pace.

Bărbatul masiv rânji, iar Jamin îl luă de mână, salutându-l braț la braț.

- A fost unul dintre oamenii căpeteniei, șopti Pareesa. Sunt singurii pe care Jamin nu îi poate teroriza.

Fata privi cu jind către un grup de băieți care se antrena sub îndrumarea unuia dintre războinicii de elită – cei care se calificaseră alături de *ea* după competiția de la solstițiu. Acum, fratele său mai mic se antrena cu ei, căci tocmai „câștigase" o mascaradă de „rundă de calificări".

- Tribunalul a stabilit că *eu* am câștigat dreptul de a mă antrena, zise ea cu tristețe.

- Dar *chiar* te antrenezi, răspunse Mikhail. Pur și simplu o faci cu *mine.*

În jurul terenului de antrenament stăteau femei tinere, nemăritate, care priveau înflăcărate bărbații aproape dezbrăcați și chicoteau încercând să stabilească cine avea calitățile fizice cele mai de dorit.

Pareesa le aruncă o căutătură răutăcioasă:

- *Ele* de ce nu se antrenează? întrebă ea.

- Au spus că sunt prea ocupate...

Aripile Angelicului se pleoștiră. Până în acel moment, chiar și Ninsianna inventase tot soiul de scuze; cea mai frecventă era: *„Trebuie să îi ajut pe bolnavi".*

Jamin îi observă pe cei doi. Cu un rânjet plin de ură, își înșfăcă propria suliță și le ordonă războinicilor să înjunghie inamicii imaginari într-o explozie de testosteron care făcea festivalul solstițiului să pară de-a dreptul blând.

- Ghemuiți! ATACAȚI! Poziția leului! BLOCAȚI!

Chiar dacă nu voia să o recunoască, Angelicul era nevoit să admită că sulițele păreau să ofere mult mai multă protecție decât săgețile suple pe care el le purta pe umăr.

- Hei, Pareesa, zise un tânăr printre lovituri, vrând să o tachineze. Cum merge antrenamentul tău?

- Mult mai bine decât al *tău!* replică ea. Măcar eu pot să nimeresc o țintă, ceea ce nu se poate spune și despre *tine.*

Bărbații se lansară într-o avalanșă de glume și comentarii indecente despre sânii fetei, care tocmai începuseră să capete formă. Pareesa își strânse rochia mai aproape de corp, dar aceasta alunecă de pe umăr și i se încâlci printre picioare. Reuși să se reechilibreze înainte de a se prăbuși la pământ, însă scăpă toate arcurile.

Jamin se apropie de ei asemenea unui prădător atras de sânge:

- Și te aștepți să o *antrenezi* ca să ne apere satul? îl provocă pe Mikhail.

- Asta ne-a fost *înțelegerea,* răspunse Angelicul fără nicio inflexiune în glas.

- *Înțelegerea*, mârâi Jamin, a fost că o să îi arăt tatei că suntem perfect capabili să ne apărăm satul, ca să lase baltă prostiile și să nu se mai gândească să pună *femeile* la munci de bărbați.

Apoi, ridică un deget și împunse un petic din rochia Pareesei:

- Cât despre *tine*... dacă ai de gând să te porți ca un bărbat, măcar pune-ți și tu o centură pe șolduri!

Pareesa deschise gura pentru a-i da un răspuns pe măsură, însă Mikhail o opri, atingând-o pe umăr.

- Jamin este *Muhafiz,* zise el. Un soldat trebuie să asculte mereu de superiorul său.

Jamin îi aruncă o privire plină de ură. Simulând respectul, chiar dacă doar pentru a-l enerva, Mikhail își strânse aripile la spate, adoptând o postură umilă. Pufnind ca un taur, fiul căpeteniei reveni la războinicii săi, transmițând ordine despre tehnicile corecte de a ucide.

- Treci peste, murmură Mikhail. Odată ce o să vadă cât de bună ești, poate că o să vrea și alte femei să se antreneze...

- Cine? *Ele?* răspunse Pareesa cu glasul sugrumat de suferință. Singurul lucru de care le pasă *lor* este să atragă atenția vreunui viitor soț.

Cei doi înaintară dincolo de terenul cu obstacole, rămas intact încă de la festivalul solstițiului. În timp ce treceau prin dreptul tunelelor, Jamin lansă o suliță pe o distanță absolut impresionantă, nimerit ținta aflată în fața lor.

Aclamând înfocați, ceilalți luptători îi urmară exemplul. Cele mai multe dintre sulițe abia de zburară, dar una dintre ele aterizá pe pământ, chiar în dreptul Pareesei.

- Hei! strigă ea.

- Când poți și tu să arunci o suliță așa de departe, zise Jamin ridicând încă una, abia *atunci* o să te antrenez.

Mikhail o împinse pe Pareesa mai departe, înainte ca aceasta să facă ceva nebunesc, cum ar fi să încerce să folosească noile mișcări de *aikijujutsu*[21] pe care i le arătase pentru a compensa înălțimea și greutatea mai mici. Cu timpul, Angelicul era sigur că ucenica lui avea să se descurce împotriva oricui, însă pentru moment, abilitățile ei nu erau *nici pe departe* demne de o confruntare.

Se pierdură printre curmalii care creșteau la umbră; erau îngrijiți atent, hrăniți cu bălegar de capră plasat strategic. Frunzele care foșneau ușor și curmalii încă verzi îi fereau de soarele fierbinte de vară.

- De ce îl lași să își bată joc de tine? întrebă Pareesa.

- Pentru că i-am promis căpeteniei că nu voi mai uzurpa poziția fiului său.

- Dar ești mai *bun* decât el!

---

[21] *Aikijujutsu:* o formă antică de arte marțiale, care se află la baza disciplinelor jujutsu și aikido; ambele presupun manipularea forței oponentului împotriva acestuia, în locul propriei forțe.

- Respectul trebuie câştigat, explică Mikhail. Atât în cazul *meu*, cât şi în cazul tău.

Strecură mănuchiul de săgeţi printre crengile ca de ferigă. Exact înaintea ultimului copac, râul se retrăsese suficient pentru a face loc unui teren acoperit cu iarbă. Mikhail şi Pareesa ieşiră din livada de curmali şi...

Pareesa scăpă un ţipăt ascuţit:

- Homa! Gisou!

Ţopăi entuziasmată în direcţia în care se aflau două tinere, îmbrăcate de parcă ar fi mers la un festin mai degrabă decât la un antrenament. Toate cele trei se îmbrăţişară, chiuind şi chicotind.

În spatele lor era Ninsianna, o zeiţă de alabastru, al cărei zâmbet se asemăna celui al unei pisici care tocmai a înghiţit o pasăre. Tatăl ei, prietena ei cea mai bună, Yadidatum, trei femei de vârstă mijlocie, precum şi tâmplarul care îl ajutase pe Mikhail să cioplească arcurile, aşteptau la rândul lor.

Bătrânul Behnam îi zâmbi, dezvelindu-şi golurile unde ar fi trebuit să se afle dinţi:

- Din moment ce nu mai sunt prea tânăr, zise el, ridicând un braţ şi ciupindu-şi pielea lăsată, m-am gândit că ar fi bine să vânez din nou.

Mikhail îşi împreună sprâncenele în semn de confuzie:

- Să vânezi?

- Da, răspunse Ninsianna, apropiindu-se de Angelic. Le-am promis prietenilor noştri că ne vei ajuta să punem mâncare pe masă.

Parfumul ei îl copleşi – era curat şi feminin, dar purta în el şi o aromă necunoscută, care îi făcea inima să o ia la galop.

- Căpetenia mi-a cerut să antrenez *arcaşi,* zise Mikhail. Nu ştiu prea multe despre vânatul în sălbăticie.

- Dar ştii să tragi cu arma asta, nu-i aşa? întrebă Behnam.

- Da.

Ninsianna îi atinse braţul. Un fior i se strecură pe sub piele, dar într-un mod plăcut, cuibărindu-i-se în piept.

- Ei bine, Behnam cunoaşte obiceiurile păsărilor de apă, zise ea. Aşa că speram – făcu un semn către toate celelalte femei – că ne-ai putea învăţa.

Zâmbetul Ninsiannei se crispă. Până şi *el,* o fiinţă cu totul străină faţă de comportamentul uman, putea citi rugăminţile din ochii ei: *„Lasă-mă să te ajut să salvezi CEVA din experimentul ăsta eşuat, bine?".*

Immanu stătea la o oarecare distanţă, cu braţele încrucişate. Nu era câtuşi de puţin încântat de ideea că Mikhail se oferise să antreneze *femei* în loc să insiste ca liderul tribului să îi permită să lucreze cu bărbaţi.

Deci cum ar fi putut să predea mânuirea unei arme pe care nu îşi amintea să o fi stăpânit, iar asta pentru a executa o sarcină pentru care nu dispunea de niciun fel de cunoştinţe „locale"?

- Pentru început, vom învăţa să tragem, zise Mikhail. Apoi, Behnam ne poate ajuta să adaptăm mişcările pentru a vâna orice vreţi voi să vânaţi.

Immanu dădu din cap fără prea multă tragere de inimă. Deşi nu era mulţumit de situaţie, fiica lui reuşise să convingă şase femei să li se alăture, în timp ce el nu adusese nici măcar una.

Pe măsură ce Pareesa împărţi arcurile, se instală o atmosferă aproape festivă.

- Ce ar fi să începem prin a ne prezenta? zise Ninsianna zâmbitoare.

- Ne *ştim* deja, replică dur cea mai bătrână dintre femei – o doamnă care depăşise de mult pragul vârstei de patruzeci de ani. Fiecare dintre noi îi datorează ceva mamei tale.

Ninsianna tresări. Apoi, îi aruncă o privire spăşită lui Mikhail.

- Familia ta e *înfometată,* zise ea. Până când se recuperează soţul său, poţi să îl laşi pe *el* să aibă grijă de copii şi să mergi să faci *tu* rost de hrană.

Penele lui Mikhail foşnira în semn de disconfort. Femeia căreia i se adresase Ninsianna se îmbufnă, dar apoi se răsuci către Angelic:

- Eu sunt Alalah, zise ea, întinzându-i mâna. Soţul meu şi-a pierdut un picior în urma unui accident la vânătoare. Needa i-a salvat viaţa.

- Câţi copii aveţi? o întrebă Mikhail.

- Opt, răspunse Alalah. Dar doi dintre ei sunt mari deja.

- Odată ce lămurim toate micile probleme de care ne mai lovim, i-am putea învăţa şi pe copiii dumneavoastră să vâneze, propuse Mikhail.

Alalah dădu din cap în semn de aprobare. Apoi făcu un semn către femeia care stătea lângă ea – o săteancă frumoasă, cu părul negru, nu de mult trecută de pragul vârstei de douăzeci de ani.

- Ea e Kiana, zise Alalah. A rămas văduvă de curând. Are trei copii, iar pe unul dintre ei încă îl alăptează.

Ochii tinerei fură îndată inundaţi de lacrimi.

- Tocmai ne-am mutat înapoi din Eshnunna, spuse Kiana. Soţul meu a fost ucis în timpul raidului. Părinţii mei ne-au permis mie şi copiilor să stăm cu ei, dar sunt atât de sărmani...

Începu să suspine.

- E în regulă, interveni Ninsianna, încercând să consoleze văduva. Mikhail o să te înveţe să vânezi, ca să nu pari o povară.

Mikhail îşi strânse aripile la spate în timp ce Ninsianna îi prezenta celelalte femei: prietena ei cea mai bună, Yadidatum; o femeie pe nume Orkedah, care avea în jur de treizeci de ani; în final, Homa şi Gisou, două adolescente care chicoteau de zor şi păreau mai degrabă interesate să scape de treburile pe care le aveau de făcut acasă decât să înveţe să ţină la distanţă eventuali răpitori. Împreună cu Pareesa, grupul de învăţăcei număra opt persoane, chiar zece, dacă erau puşi la socoteală şi Behnam, şi tatăl Ninsiannei.

Nu erau tocmai războinicii entuziaşti pe care şi-i imaginase Mikhail, însă toţi păreau să îşi dorească să pună ceva de mâncare pe masă. Ninsianna se strecură lângă el, ceea ce îi atrase o căutătură răutăcioasă din partea lui Immanu.

- Mulțumesc, șopti ea.

- Pentru ce? o întrebă Mikhail.

- Pentru că ești de acord să îi înveți. Tata crede că așa ceva e sub nivelul tău, dar lui Behnam i se pare o idee bună.

Era adevărat, șamanul ținea la tot soiul de idei grandioase. Dar oare de ce nu putea înțelege că și *el* se simțea ca o „povară", la fel de mult ca femeile care veniseră să se antreneze doar pentru că micuții lor erau înfometați? Măcar în felul acesta le putea ajuta să facă rost de carne pentru familiile lor.

Și apoi poate că ar fi putut să întrebe...

Nu! Până când nu avea ceva de oferit, *nu* o putea înjosi pe Ninsianna cu un pețitor atât de insignifiant – un nimeni. În numele zeiței, nici măcar nu își amintea cum îl chema!

Se răsuci brusc, ignorând expresia rănită de pe chipul Ninsiannei, și numără o distanță de treizeci de pași față de țintă; era un obiectiv simplu, dar distanța era potrivită pentru un începător fără niciun fel de cunoștințe.

- Doamnelor, începu Mikhail, sunt sigur că vi s-a spus deja despre problema mea, nu-i așa?

- Nu îți amintești nimic din trecutul tău, zise Alalah. Needa a spus că asta nu îți va afecta capacitatea de predare.

Mikhail apucă unul dintre arcuri, cioplit din lemn de salcie de râu, și pregăti de lansare una dintre săgețile de migdal. Trase lama până în dreptul urechii, ochi și lăsă săgeata să zboare. Vâjâind amenințător, aceasta se izbi direct de punctul negru pe care Angelicul îl mâzgâlise în mijlocul țintei pentru a marca inima pradei și se frânse.

Toate femeile strânse în jurul lui traseră aer adânc în piept, uimite.

- Ba da, îmi afectează capacitatea de predare, mărturisi Mikhail. Nu îmi amintesc *cum* am învățat să folosesc o asemenea armă, deci trebuie să fiți *sincere* când nu înțelegeți ceva, ca să mă asigur că vă explic toți pașii.

Bătrânul Behnam privi chiorâș către țintă:

- Cât de mici sunt obiectele pe care le poți nimeri?

Mikhail prinse o nouă săgeată de arc.

- Nu mai am antrenament, dar...

Zări un gerbil care tocmai țâșnise dintr-un mănunchi de iarbă. Lansă săgeata. Femeile îl priviră de-a dreptul șocate când Pareesa fugi către pradă și ridică săgeata, scoțând la lumină rozătoarea moartă care atârna în vârf.

- Devii din ce în ce mai bun, observă fata, zâmbind larg.

- Iar tu ești în continuare varză, răspunse Mikhail. Așa că hai să le aliniem și pe celelalte doamne și să le învățăm ce știm.

Capitolul 12

Data Galactică Standard: 152,323.06 D.Î.
Pământ: Baza de operare înaintată a lui Sata'an
Locotenent Kasib

Lt. KASIB

Nava de clasa Algol plutea deasupra aerodromului. Era o construcție lungă și zveltă, cu motoare puternice, puțin spațiu de încărcare, dar și o capacitate incredibilă de a se deplasa de la un capăt în altul al galaxiei în doar câteva săptămâni, evitând majoritatea blocajelor și depășind orice în afară de cele mai rapide arme energetice. Aterizâ lin, cu toate că se zvonea că toate manevrele de la bordul ei se bazau mai degrabă pe abilitățile piloților, și nu pe sistemele informatice avansate care ghidau restul flotei Sata'anice.

Kasib se foia lângă echipajul de debarcare condus de Sergentul-major Dahaka, care, în ciuda rangului modest, era consilierul cel mai de încredere al generalului. Cu toate că, teoretic, Kasib era superiorul, respectul pe care îl primeau membrii armatei Sata'anice era de fapt determinat de numărul de bătălii câștigate. Judecând după numeroasele cicatrici care îi brăzdau pielea dungată, verde-bej, Dahaka avusese parte de *multe* victorii.

- Mă întreb ce au adus, zise Kasib, strângându-și tableta în mâini.

- Nuclei de încărcare pentru armele cu impulsuri și pentru navete, sper eu, zise șopârla uriașă.

- Îmi fac griji mai mari în legătură cu *mâncarea*, recunoscu locotenentul.

- Nu am nevoie decât de niște nuclei de încărcare ca să mă asigur că planeta asta se civilizează de îndată, spuse Dahaka, arborând un zâmbet tipic de mercenar.

Kasib își răsucea coada ca un cadet neliniștit. Erau multe în joc când erai staționat la un post atât de îndepărtat. Nu puteai fi niciodată sigur de încărcătura vaselor comerciale, cu atât mai puțin a acelora care aveau o anume reputație privind traficul de arme.

Trapa navei fu coborâtă, dezvăluindu-l pe locotenentul Apausha, alături de echipajul său de zbor. Cele trei șopârle mărșăluiră pe rampă și îi salutară încordați pe Kasib și pe sergentul Dahaka. Pilotul i se adresă sergentului, nu lui Kasib:

- Domnule, ne-am întors din misiunea ordonată de general, zise Apausha.

- A fost mulțumit Shay'tan? întrebă Dahaka.

- *Foarte* mulțumit. Aât de mulțumit, încât ne-a dăruit tuturor soții.

- Serios? interveni Kasib.

- Serios, răspunse Apausha.

- V-ați întâlnit *personal* cu zeul? continuă Kasib de-a dreptul uimit.

- Da, explică sergentul-major cu un rânjet care îi scotea la iveală numeroșii colți. Ne-a oficiat slujbele de căsătorie – *personal*. Este chiar mai înfricoșător, dar și mai glorios decât ne învață propaganda.

- Slăvit fie Shay'tan!

Întregul echipaj de debarcare execută gestul Sata'anic de rugăciune. Ah, ce nu ar fi dat Kasib pentru a avea parte de o asemenea apreciere din partea Împăratului și zeului lor!

- Noi vom descărca nava, zise Dahaka, iar *locotenentul* – spre deosebire de soldați, nu pronunță titlul cu nicio urmă de zeflemea – vă va însoți pentru a discuta cu generalul.

Cei doi membrii ai echipajului lui Apausha rămaseră în urmă ca să ajute la descărcarea vasului. Kasib îl conduse pe pilot la bordul bazei, până la templul primitiv de piatră care servea acum drept biroul Generalului Hudhafah. Generalul se ridică imediat pentru a da mâna cu conducătorul navei comerciale. Locotenentul Apausha îi oferi și acestuia același salut crispat.

- Mă bucur să vă revăd, domnule!

- Ce ne-ați adus? întrebă Hudhafah.

- Aur, domnule, răspunse Apausha. Ba'al Zebub ne-a umplut cala.

Hudhafah își luă tableta și inspectă lista solicitărilor pe care i le trimisese lui Ba'al Zebub.

- Cum rămâne cu rezervele de încărcare pe care le-am cerut? întrebă Hudhafah.

- Nu ne-a dat așa ceva, domnule, zise Apausha.

- Nuclei pentru arme?

- Nu.

- Ceva combustibil?

- Nu, domnule. Nu ne-a dat combustibil.

- Dar echipamentul de antrenament pe care l-am solicitat?

Expresia de pe chipul lui Apausha deveni tensionată.

- Nimic, domnule. Nu am primit nimic de genul acesta.

Gușa generalului căpătă o nuanță roșu-movie.

- Grâne? insistă el. Avem probleme mari cu resursele de hrană.

- Nu, domnule, replică Apausha. Nu a trimis nici grâne.

- Dar medicamente? Kerosen? Ulei pentru lămpi?

- Domnule, nu a trimis *nimic* altceva în afară de *aur*. Vrea să vi-l dau la schimb pentru toate femeile pe care le-ați antrenat până acum.

- La naiba, să fie blestemat de Shay'tan! izbucni Hudhafah, lovind cu pumnul în masă. Aurul nu ne încarcă armele cu impulsuri şi nici nu ne deplasează navele!

Kasib îşi scoase temător limba lungă şi bifurcată. Nivelul de feromoni de furie eliberaţi de general era în creştere. Ştia mai bine decât oricine cât de *disperaţi* erau să facă rost de rezerve noi.

- Gloriosul nostru Împărat va trimite o armadă, zise Apausha. I-a ordonat Lordului Ba'al Zebub să trimită „orice aveţi nevoie, inclusiv chiuvete pentru bucătărie dacă trebuie". Pur şi simplu trebuie să vă descurcaţi până când ajunge flota.

Generalul îşi azvârli toate hârtiile pe podea, făcându-l pe Kasib să tresară. Apausha nu se mişcă nici măcar un centimetru. Kasib se grăbi să ridice documentele.

- Cât mai durează? mârâi Generalul Hudhafah.

- Nu ştiu, domnule, răspunse pilotul. Nu am fost de faţă la acea conversaţie, dar l-am auzit pe Shay'tan ordonându-i lui Ba'al Zebub să apere planeta cu orice preţ.

General Hudhafah începu să se plimbe prin cameră, murmurând pe sub mustaţă: „Politicieni idioţi!"

Kasib strânse hârtiile. Nu era vina pilotului că Ba'al Zebub îşi bătuse joc de ei. Shay'tan se folosise de ei pentru a se sustrage Alianţei. În acel moment, Apausha reprezenta unicul colac de salvare al bazei, lucru de care Ba'al Zebub fusese *perfect* conştient când trimisese şopârlele înapoi cu mâna goală.

Era un truc Sata'anic vechi – să nu le oferi oamenilor tăi *nicio* altă alegere decât să reziste şi să lupte până la moarte...

Hudhafah strânse biroul cu atâta putere, încât ghearele sale se afundară în lemn.

- Şi *când* vrea gloriosul Emir să îşi primească femeile? întrebă Hudhafah pe un ton sarcastic.

- De îndată, domnule, răspunse Apausha. Imediat ce terminaţi de descărcat aurul, vrea toate femeile pe care le puteţi, citez, „cerşi, împrumuta sau fura".

Un fior de spaimă îşi făcu loc înlăuntrul lui Kasib. Cum rămânea cu Taram? Încă nu descoperise o modalitate de a o trimite acasă.

- Bănuiesc că ultima a făcut o impresie deosebită, zise Generalul Hudhafah. Să înţeleg că i-a plăcut lui Shay'tan?

- Foarte mult, domnule.

- Deci Împăratul nostru are acum patruzeci şi şapte de soţii?

Agitat, Apausha îşi scoase limba lungă şi bifurcată şi gustă aerul.

- Nu, domnule.

- Nu?

- Nu, domnule. A dat-o cadou.

- Cui?

- Prim-ministrului Alianţei, domnule.

Kasib îngheță, de-a dreptul îngrozit, iar gușa Generalului căpătă o nuanță nebunească de mov. Creasta de pe spatele său se înălță imediat în aer și buzele îi dezveliră colții:

- I-a dat-o lui *Lucifer?*

- Da, domnule.

Kasib se prăbuși la pământ. Generalul Hudhafah își rupse biroul în două.

Capitolul 13

Iulie – 3.390 î.Hr.
Pământ: Satul Assur
Colonel Mikhail Mannuki'ili

MIKHAIL

Arcaşii se întâlneau în fiecare seară, după cină. Având în vedere că zilele erau atât de lungi, Mikhail avea la dispoziţie două ore pentru predare înainte de căderea întunericului.

Behnam îşi dezveli noua creaţie:

- Pentru tine, zise el cu mândrie.

- Din lemn de tisă? ghici Mikhail.

- Am dat de un crâng pe malul celălalt al râului, explică Behnam. Ar trebui să ajungă pentru mai multe duzini de arcuri.

Mikhail ridică arma, admirând măiestria muncii lui Behnam. Arcul avea doi metri, deci era cu jumătate de metru mai lung decât cele pe care bătrânul le cioplise pentru femei. Punctele în care trebuia prinsă săgeata erau întărite cu colţi de animale, permiţând o manevrare uşoară a lamei, iar braţul fusese înfăşurat migălos în piele, conferind armei un aspect neted. Angelicul îşi plimbă degetele de-a lungul lemnului cald, auriu. Era moale la atingere şi nu prezenta niciun fel de ciot.

- Ai folosit diatomit? întrebă el.

Behnamin zâmbi larg:

- Îţi aminteşti lecţiile de prelucrare a lemnului?

Mikhail privi către tatăl Ninsiannei, care aştepta cu braţele încrucişate şi o expresie sceptică. După două săptămâni presărate cu arcuri şi săgeţi rupte, nu reuşise *deloc* să îl convingă pe şaman că a învăţa femeile să mânuiască arcul cu săgeţi era o idee mai de succes decât ascuţirea cremenelui sau prelucrarea lemnului.

Femeile se adunară în jurul lor, admirând noile arcuri.

- Tragi cu el? întrebă Ninsianna.

- Îmi dai o săgeată?

Fata îi înmână una dintre săgeţile mai lungi. Aveau la dispoziţie multe mărimi şi forme, căci încercau să afle care erau cele mai eficiente. În general, femeile reuşeau să *nu* îşi strice arcurile, dar Mikhail, cu forţa sa net superioară, dezvoltase un obicei din a rupe orice arc pe care i-l pregătise Behnam până atunci.

- Să vedem, zise Angelicul ochind ţinta cea mai îndepărtată.

Încercă să tragă lama şi îşi dădu seama că era nevoie de *forţă* pentru a o aduce până în dreptul urechii.

- Asta nu e tocmai bună pentru doamne, zise el.

- Vorbeşte în numele tău! interveni Pareesa.

- O să vezi, îi promise el.

Apoi lansă săgeata. Prima rată cu mult centrul, dar a doua lovi drept în mijloc. Angelicul înşfăcă alte trei şi trase într-o succesiune rapidă.

- Uau! suspinară femeile cu admiraţie.

Ninsianna zâmbi larg. Tatăl ei dădu din cap, în semn de aprobare. Poate că *în sfârşit* l-ar putea atrage de partea lui?

- Cum se simte? îl întrebă Behnam.

- Suplă şi săltăreaţă.

Aşeză unul dintre capete pe pământ şi îl îndoi uşor, formând un D; apoi îl lăsă să revină la forma iniţială. Se reaşeză rapid, fără vreun trosnet ameninţător.

- Cred că asta ar putea fi varianta câştigătoare, declară Angelicul.

- Mă bucur, răspunse Behnam. Dacă asta nu merge, mă tem că nu mai avem soluţii.

Mikhail îi întinse arcul Pareesei. Aceasta prinse săgeata şi o trase pe trei sferturi, însă nu reuşi să o aducă tocmai până la obraz.

- Fir-ar! exclamă ea, opintindu-se şi trăgând cu putere.

- Trebuie să capeţi mai multă forţă în zona trunchiului, explică Mikhail.

- Şi cum fac asta?

- Cu mult antrenament.

Angelicul luă arcul înapoi şi se întoarse către Ninsianna:

- Îţi aminteşi testul pe care l-ai sugerat mai devreme?

Fata îi zâmbi într-un mod de-a dreptul răvăşitor:

- Am venit pregătită.

Îşi vârî mâna în săculeţul pe care îl avea la ea şi scoase o varietate de obiecte. Pareesa îi înmână săgeţile lui Mikhail, iar Ninsianna începu să arunce în aer fiecare dintre fleacurile aduse. Unul câte unul, Mikhail le ochi şi exersă tragerea, *reîmprospătându-şi* memoria musculară cu privire la ceea ce voia să predea în acea zi.

- Bine, cred că m-am prins.

- Învăţăm să ne vânăm cina? întrebă Alalah plină de speranţă.

- Vom începe prin a le vâna pe *ele*, răspunse Angelicul arătând către nişte ţinte în formă de raţe pe care le plasase deja la capătul terenului. Odată ce devenim suficient de buni, Behnam ne va învăţa cum să ţintim şi pradă reală.

Femeile începură să roiască în jurul lui asemenea unor albine entuziasmate, luându-şi noile arcuri şi umplându-şi suporturile cu săgeţi. Pentru prima oară în două săptămâni, tatăl Ninsiannei părea să simtă şi altceva în afară de plictiseală.

- Să mergem mai aproape de ţinte, le îndemnă Mikhail. În două săptămâni, ar trebui să puteţi să le nimeriţi de aici. Doamnelor, pregătiţi-vă arcurile!

Femeile se chinuiră să prindă lama de capetele mult mai săltărețe ale noilor arcuri. Nu era deloc o sarcină ușoară, dar se luptară să o îndeplinească, având expresii determinate.

- Auch! exclamă Yadidatum în momentul în care lama îi alunecă printre degete și o lovi în picior. Asta a durut!

Mikhail îi arătă cum să prindă lama trăgând-o pe ea în sus în loc să tragă arcul în jos. Apoi, exemplifică el însuși:

- Apucați arcul așa, cu mâna care *nu* domină. Aceasta este mâna cu care ochiți, explică el, iar arcașii îi urmară exemplul. Întindeți brațul înainte, astfel încât să formeze un unghi drept cu restul corpului. Dacă nu țineți brațul drept, nu veți *trage* drept.

Angelicul privi spre Ninsianna, fiind mereu conștient de apropierea ei. Cu toate vizitele pe care le făcuse la cel care ascuțea cremenele, pentru a face capete de săgeți, la măcelar, pentru a face rost de lame, și prin pădurea tânără, dar rară, pentru a face rost de lemn, Mikhail pierduse două săptămâni întregi. Nu avusese deloc timp să o pețească.

- Acum puneți trei degete pe lamă, *sub* crestătură, așa, explică el. Aveți grijă să nu îndoiți penele. Ele fac ca săgeata să zboare drept.

Pareesa trase curioasă de pene.

- Astea sunt *ale tale?* întrebă ea.

- Nu, răspunse Mikhail scurt.

- Dar arată *întocmai* ca penele tale.

Mikhail își foșni aripile.

- Nu o să mă jupuiți pe mine.

Pareesa rânji. Drăcușorul se ținea mereu după el, strângând toate penele care îi cădeau; și, la drept vorbind, în căldura aceea insuportabilă, Mikhail năpârlea încontinuu.

Angelicul se întoarse către ceilalți arcași.

- Trageți brațul până în dreptul obrazului... așa. Cele trei degete ar trebui să se alinieze cu bărbia.

Arcașii traseră lama cu o stângăcie nerăbdătoare.

- Ups! exclamă Ninsianna în momentul în care lama îi scăpă printre degete.

Săgeata ei sări înainte și căzu la pământ. Fata îl privi cu o expresie rușinată.

- Scuze!

O fărâmă de amintire – *el,* comițând exact aceeași greșeală atunci când folosise pentru prima oară un arc – îl făcu să zâmbească larg.

- Asta o să ți se tot întâmple până când o să dezvolți mai multă forță în degete, zise Mikhail. Pentru moment, nu ochiți nimic ce nu vreți să nimeriți.

Îi întinse lui Immanu arcul său.

- Vrei să îl încerci pe acesta?

- Dar ai spus că se trage prea greu.

- Prea greu pentru o *femeie,* zise Mikhail. Un *bărbat* ar trebui să poată mânui un arc mai mare.

Pentru prima oară, şamanul păru de-a dreptul entuziasmat. Ochii săi bej-roşiatici străluciră în timp ce prinse arcul şi încercă să îl tragă spre obraz.

- Ai dreptate. *Chiar* se trage greu.

- Ai prefera să foloseşti un arc mai uşor?

Immanu mormăi, trăgând lama cu mai multă forţă spre obraz.

- Nu e nevoie.

Mikhail începu să se plimbe printre ucenicii săi, corectându-le poziţia în timp ce trăgeau de arcuri cu o determinare serioasă. Apoi îi împărţi în grupe, căci avea doar cinci ţinte la dispoziţie.

- Priviţi în josul săgeţii şi aliniaţi-o cu ţinta. Direcţia în care priviţi va fi şi direcţia în care va zbura săgeata. Pe locuri, ochiţi... trageţi!

Săgeata lui Yadidatum se lovi de pământ la doar câţiva metri în faţa ei. Exersa de o săptămână, dar *încă* nu reuşise să nimerească ţinta. Pareesa lovi drept în mijloc, dar săgeata nu rămase înfiptă în ţintă. Behnam nimeri paiele de sub ţintă – deloc rău pentru un om în vârstă; rezultatele lui se îmbunătăţeau vizibil. Orkedah lovi şi ea balotul de paie de sub figurina în formă de raţă, iar tatăl Ninsiannei dărâmă raţa cu totul de pe balot.

- Uhuu! exclamă Immanu.

- Excelentă lovitură! îl felicită Mikhail. Yadidatum, nu închide ochii când dai drumul săgeţii. De asta cade imediat. Orkedah, vom mai lucra la zona trunchiului, ca să ai suficientă forţă şi să acoperi distanţe mai mari. Pareesa, Behnam, bună treabă!

Arcaşii se felicitară reciproc, bătându-se încurajator pe spate. Următoarele femei – Alalah, Gisou, Kiana şi, desigur, Ninsianna – îşi ocupară poziţiile în faţa ţintelor. Mikhail le explică tuturor cum să tragă, iar rezultatele fură similare. Alalah, cea mai vârstnică dintre ucenice, nimeri punctul central al ţintei.

- Bună lovitură! o felicită Mikhail. Schimbaţi!

Pentru următoarele două ore, exersară pe rând. Spre finalul antrenamentului, începură să aplaude şi să glumească – inclusiv tatăl Ninsiannei, care fusese atât de sceptic până atunci. Mulţumit că, în sfârşit, lucrurile păreau să urmeze un curs corect, Mikhail trecu la ceva mult mai puţin atrăgător:

- Acum e momentul pentru un antrenament de forţă, spuse el. V-aţi adus cu toţii găleţile?

Pareesa mormăi nemulţumită. Angelicul o pusese să facă astfel de exerciţii în timpul lecţiilor de *jujutsu* şi erau partea care îi placea *cel* mai puţin. Învăţăceii umplură găleţile cu apă, după care Mikhail le arătă cum să activeze diferite grupe de muşchi. În timp ce exemplifica fiecare exerciţiu în parte, demonstrând pe propriul corp cum se flexează diferiţii muşchi, femeile păreau să ciripească emoţionate. Behnam îşi ridică ambele găleţi cu toată forţa.

- Nu e o competiție, îl atenționă Mikhail.

- Nu pot să las doamnele să mă depășească, zise bătrânul cu un rânjet lipsit de dinți. Orice bărbat trebuie să își apere mândria!

Mikhail își reprimă un zâmbet. Cu toate că nu își mai amintea ce făcuse în lumea din care provenea, toate explicațiile îi veneau în mod natural, chiar mai natural decât simpla mulgere a caprei. Le arătă arcașilor cum să își întărească pectoralii, spatele și tricepsul.

- Simt că o să-mi cadă brațele, se plânse Homa.

- Crezi că toate exercițiile astea o să-mi facă sânii să pară mai mari? întrebă Gisou, dar se înroși îngrozită în momentul în care își dădu seama că Mikhail o auzise.

- Nu îmi iese! se plânse și Yadidatum. Îmi tot vărs apă pe rochie.

- Poate ajută să îți imaginezi că ai aripi în loc de brațe, o încurajă Mikhail, arătând poziția corectă. Trebuie să le legeni ușor, ca un vultur.

Pareesa chicoti.

- Ca aripile *tale?*

- Eu nu am mâinile pe aripi, răspunse Mikhail cu o expresie serioasă. Trebuie să ridic brațele la fel ca toți ceilalți.

Răspunsul li se păru de-a dreptul hilar doamnelor. Și Raphael se amuza din orice, la fel ca ele...

Raphael? Mikhail se opri, încercând să aducă amintirea la suprafață, din subconștientul în care rămăsese blocată.

- Mikhail? i se adresă Ninsianna, apropiindu-se de el. Ești bine?

Frânturi de amintiri de la antrenamentele de bază pâlpâiră în mintea sa. Încerca să le „prindă" asemenea unui om care ar fi încercat să prindă licurici – majoritatea îi scăpau, însă unele, câteva, rămâneau în borcan.

- Ceilalți așteaptă să termini lecția, îi zise Ninsianna.

- Scuze, răspunse Mikhail, revenind în prezent. Mă gândeam la un prieten.

- O amintire?

- Da... una frumoasă.

Privi în jos, către Ninsianna. Orice urmă de concentrare de care încă mai dispunea se disipă, fiind înlocuită de dorință. Parfumul ei cu arome de pământ îi *făcea* ceva la creier.

Totuși, ce făceau mai devreme?...

- Găleți... apă... dezvoltarea trunchiului pentru a mânui mai ușor arcul, îi reaminti tatăl Ninsiannei.

- O, da, corect, răspunse Angelicul. De acum înainte, doamnelor și domnilor, de fiecare dată când aduceți apă, vreau să faceți exercițiile astea. Nu numai că veți căpăta mai multă forță, dar vă veți rezolva și treburile de zi cu zi.

Continuară să ridice gălețile cu apă până când soarele dispăru în depărtare. Mikhail arătă către satul înălțat deasupra lor, pe stâncă.

- Ne vedem mâine, la aceeași oră.

Arcaşii îşi luară la revedere de la el.

Ninsianna îşi strânse lucrurile şi porni în grabă cu coşul ei de tămăduitoare, vrând să se ocupe de ultimul apel înainte de lăsarea întunericului. În loc să îşi ia zborul, Mikhail hotărî să meargă alături de Immanu către sat.

- Arcul acela nou pare să fie exact ce trebuie, zise Immanu.

- Needa a sugerat soluţia.

- Lemnul de tisă?

- Da.

- Se pricepe destul de bine la proprietăţile plantelor, recunoscu şamanul.

Liniştea se aşternu între cei doi în timp ce ieşeau din crângul de curmali, traversând terenul pe care Jamin şi cei mai silitori învăţăcei ai săi atacau ţinte în formă de oameni. Drept răspuns la apariţia lui Mikhail şi a lui Immanu, Jamin strigă:

- Întoarceţi-vă spre dreapta!

Toţi războinicii se întoarseră, aşadar, cu faţa spre Mikhail.

- Pe locuri, aplecaţi-vă, LOVIŢI!

Cu urale violente, luptătorii se prefăcură că îşi înfig suliţele în noua ţintă – Angelicul. Immanu interveni:

- Nu ar trebui să...

Mikhail îi puse o mână pe braţ:

- Mă descurc singur cu el, murmură acesta.

- Nu ar trebui să îi permiţi să te trateze *fără respect*.

- Îi voi câştiga respectul în momentul în care voi *produce* ceva, răspunse Mikhail. Iar acum, cu un arc funcţional, chiar am această posibilitate.

Îşi duse degetele către arcul nou-nouţ, din lemn de tisă, pe care îl confecţionase Behnam pentru el. Privirea lui Immanu se lumină. Angelicul reuşise să îl câştige de partea sa – acum trebuia să îi mai câştige de partea sa şi pe ceilalţi. Nu îi păsa dacă trebuia să exerseze toată noaptea; avea să îşi perfecţioneze ţinta astfel încât să nu rateze *nicio* lovitură.

Cei doi bărbaţi merseră mai departe în linişte, până când ieşiră din câmpul vizual al *Muhafizului* plin de ură. Drumul era gol, iar paşii îi purtară în sus, pe deal, către poarta de nord a satului.

„*Fă-o...*" îi şopti vocea din subconştient.

Mikhail îşi drese glasul:

- Domnule?

Şamanul îl privi cu o expresie plină de interes.

- Când ne-am întâlnit prima oară, începu Mikhail, m-aţi pus să vă promit ceva. Vă mai amintiţi?

- Îmi amintesc, răspunse Immanu.

Pe obrajii săi se prefigură linia adâncă a unui zâmbet.

- Mă tem că am făcut o promisiune pe care nu o pot onora, începu Angelicul şi îşi ţinu respiraţia, rugându-se ca şamanul să nu se enerveze. Aş vrea să vă cer *permisiunea* de a o întreba pe Ninsianna dacă ar vrea să fie soția mea.

Buzele lui Immanu se destinseră într-un zâmbet larg.

- Asta e alegerea Ninsiannei.

Privi înapoi, către câmpul pe care Jamin continua să îşi antreneze oamenii.

- Eu mi-am învățat lecția *data trecută* când am încercat să îi forțez sentimentele. *Ea* ce spune?

- Nu am întrebat-o încă, îi zise Mikhail. M-am gândit că se cuvine să vă întreb pe *dumneavoastră* înainte.

Immanu îl atinse încurajator pe aripi.

- Când ai de gând să o întrebi?

- Nu ştiu exact care sunt obiceiurile voastre, răspunse Angelicul. Vreau să fac asta cum trebuie.

Chipul lui Immanu fu cuprins de duioşie:

- Mama Ninsiannei provine din Gasur, zise el, arătând către dealurile din depărtare. A fost ucenica tămăduitorului de acolo, aşa că tot satul s-a temut că o să le-o fur. A trebuit să o pețesc fără să ştie nimeni.

- Cum i-ați câştigat inima?

- M-am folosit de orice scuză posibilă pentru a-mi face drum pe acolo. Am fost nevoit să mă strecor în sat deghizându-mă în negustor, ca să îi pot duce diverse lucruri: carne de la vânătoare, hrană pe care o adunasem, mici animale cioplite în lemn... Orice putea *dovedi* că eram în stare să îi asigur un trai bun viitoarei mele soții.

- Şi, desigur, ați avut succes.

- La început, a fost pur şi simplu amuzată, zise Immanu, dar într-un sfârşit am convins-o să meargă cu mine la un picnic, pe malul râului Khasa[22]. Pe atunci, mă pregăteam să devin şaman, aşa că am învățat-o cum să închidă ochii şi să pătrundă pe tărâmul viselor.

- Dar ați spus că femeilor le este interzis să facă asta.

- Tămăduitorii se folosesc de tărâmul viselor pentru a-şi diagnostica pacienții, explică Immanu. Doar că nu îşi dau seama că asta fac.

- Şi cum ați convins-o până la urmă să vă devină soție?

Immanu afişă un surâs plin de superioritate, care părea să ascundă secrete.

- Cea-Care-Este i-a arătat că eram sortiți unul altuia.

- Nu cred că Cea-Care-Este va interveni în favoarea *mea*, zise Mikhail încruntându-se. -Eu cred că *deja* a făcut-o, răspunse Immanu. Altfel nu ai mai fi în viață.

---

22 *Khasa River:* un afluent sezonier al râului Tigru (Hiddekel).

Capitolul 15

Iulie – 3.390 î.Hr.
Pământ: Satul Assur

JAMIN

Rămase pe terenul de antrenament cu mult după ce Ninsianna alergase prin dreptul său şi *refuzase* să îi vorbească deşi o strigase pe nume... cu mult după ce restul arcaşilor plecaseră râzând, de parcă li se părea ceva amuzant... cu mult după ce Angelicul şi şamanul lui de companie îşi făcuseră drum spre sat... cu mult după ce războinicii pe care el *însuşi* îi antrenase plecaseră.

Continuă să exerseze în timp ce umbrele creşteau în întuneric, liliecii ieşeau din ascunzători pentru a vâna insecte şi hienele păreau să râdă în depărtare. Curând, avea să demonstreze că tactica lui era cea mai bună şi avea să-l dea *afară* din sat pe Angelicul acela.

Ridică o altă suliţă...

ZDRANG!

Nu nimeri decât *marginea* inimii de cărbune pe care o desenase pe bărbatul din paie. Mijlocul ei ar fi însemnat moarte. Orice altceva în afară de mijloc ar fi însemnat... ei bine, întocmai acea cicatrice prelungă pe care o văzuse pe pieptul demonului înaripat atunci când se dezbrăcase de bluză şi trecuse prin furcile caudine în ceea ce ar fi *trebuit* să fie ziua nunţii *sale.*

I se ridică părul la ceafă.

Calculă dimensiunile intrusului şi distanţa până la el.

Aerul de după furtună...

- Gita, zise el, privind spre luminile amurgului. Nu ar trebui să spionezi din umbră.

Fata ieşi din ascunzătoarea crângului de curmali din care îi urmărise pe arcaşi; era atât de slabă şi firavă, încât Jamin i-ar fi putut frânge cu uşurinţă gâtul. Dacă ar fi fost oricine altcineva, i-ar fi dat vreo două ca să se înveţe minte şi să nu se mai furişeze pe la spatele lui. În acelaşi timp, dacă ar fi fost oricine altcineva, i-ar fi simţit prezenţa de la jumătate de *bêru*[23] distanţă. În schimb, Gita avusese dintotdeauna darul de a rămâne invizibilă. Date fiind episoadele de furie oarbă ale tatălui ei, nici nu prea avea de ales.

- De unde ai ştiut că sunt aici? întrebă ea.

---

[23] *Bêru:* o leghe sau 3,45 mile nautice.

- Pur şi simplu am *ştiut.*

- Tu eşti singura persoană care mă *vede* vreodată.

- E *treaba* mea, răspunse Jamin, ridicând o suliţă din grămada din ce în ce mai mică. Trebuie să apăr satul asta. Nu o să las vreun *demon* să mă înlocuiască!

Aruncă suliţa cu fiecare dram de ură pe care îl nutrea. Ţinti prea sus şi nu nimeri decât câteva dintre penele de cioară pe care le montase pentru a întruchipa aripile lui Mikhail. Acestea plutiră în aer, tachinându-l parcă în zborul lor.

Una dintre pene alunecă în palma Gitei.

- Nu e vina *lui* că zeiţa l-a trimis aici să ne protejeze.

- Să ne protejeze? izbucni Jamin, întorcându-se cu faţa către fată. Ce ştii tu despre intenţiile zeiţei?

- Preotesele aveau legende...

- Adică poveşti de adormit copiii, pictate pe zidul vreunui bordel? mârâi tânărul.

- Erau mai mult de atât.

- Atunci poate că ar trebui să te întorci acolo, îi zise Jamin. Şi ia-o şi pe Shahla! O să se potrivească de minune cu celelalte târfe „sacre"!

Ignorând expresia rănită de pe chipul Gitei, Jamin luă cea mai bună suliţă pe care o avea şi o lansă cu toată puterea. Mereu existase un soi de înţelegere între el şi Gita, pentru că doar *ea* ştia cum era să îţi fi privit mama murind. Suliţa se înfipse în tulpinile de emmer[24] pe care le legase în aşa fel încât să imite un corp de om, şi nu mai ieşi pe partea cealaltă.

- Nu e *demnă* de iubirea ta, spuse Gita. Furia asta o să te distrugă.

- Dar el mi-a *luat-o!* strigă Jamin deznădăjduit. A *luat-o* înainte să am ocazia să îmi repar greşelile. Iar acum? Acum l-a vrăjit şi pe *tata!*

- Nu e aici ca să te *înlocuiască,* insistă Gita. E aici ca să te facă mai bun.

- Mai bun? ţipă Jamin către fată. Mai bun decât *atât?*

Apucă lanţul din colţi de leu şi îl strânse în pumn. Nici măcar *tatăl* lui nu omorâse vreodată un leu fără a folosi nimic altceva decât un cuţit.

Gita ridică o pană mov-neagră, provenită de la un corb obişnuit. Se potrivea cu vânătaia pe care i-o făcuse Immanu la festivalul solstiţiului, lovind-o în faţă cu o piatră ascunsă inteligent. Totul pentru a o ajuta pe Ninsianna să o bată – ca de obicei, trişând.

- Nu e demnă nici de iubirea *lui,* zise fata. Doar aşteaptă şi vei vedea...

Un sentiment profund al *cunoaşterii* reverberă adânc, până în oasele lui Jamin. Merariy spunea că oamenii mamei ei posedaseră darul profeţiilor. Adică oamenii mamei *lui,* dacă şoaptele pe care le auzise în noaptea în care fratele extrem de supărat al lui Immanu reapăruse în sat erau adevărate. La acea vreme, tatăl său era copleşit de un val de suferinţă, căci tocmai îşi pierduse mama şi sora mai mică. Aşadar, *el* – Jamin – le ordonase

---

[24] Emmer: soi antic de grâu, specific Eurasiei.

războinicilor să îi permită fratelui înstrăinat al lui Immanu și fiicei sale de numai cinci ani, care era traumatizată, să revină în trib. Nu Immanu. Și nici tatăl lui, care, dintr-un motiv sau altul, îl ura pe bețiv chiar mai mult decât o făcea propriul său frate.

Jamin privi în altă parte, incapabil să se uite în ochii Gitei. Când vru să se întoarcă din nou către ea, fata dispăruse deja printre umbrele lungi.

Ridicând o nouă suliță, ochi...

... lansă...

..... și nimeri inamicul direct în inimă.

Capitolul 14

Iulie – 3.390 î.Hr.
Pământ: Satul Assur
Colonel Mikhail Mannuki'ili

MIKHAIL

- Mikhail, strigă Pareesa. Oh, Mikhaiiil!

Cea mai tânără dintre arcașii săi îl împunse în aripă. Mikhail tresări.

- Scuze, spuse el. Doar... mă gândeam.

Privea îndelung, plin de dorință, către frumusețea care își testa arcul; brațul ei era aliniat într-o simetrie perfectă cu sânii voluptoși.

- Da, da, glumi drăcușorul care îi era mână dreaptă. Știu *exact* la ce te gândești! Ai început să visezi la mijlocul propoziției.

Ceilalți învățăcei râseră de starea lui visătoare. Încă de când avusese conversația aceea cu Immanu, se luptase constant să își mențină sub control instinctele. Aruncă o privire către cel care spera să îi devină tată socru, care îl privi, la rândul său, cu o expresie atotștiitoare. Mikhail își forță gândurile să revină pe planeta aceea.

- Astăzi ne vom testa abilitățile, zise el. De vreme ce nu am niciun fel de experiență în materie de vânătoare de gâște, Behnam va prelua conducerea.

Bătrânul dulgher uscățiv le zâmbi tuturor, dezvăluindu-și gura fără dinți. Cu toate că avea riduri profunde, genunchi noduroși și mâini groase, muncite, predispuse la reumatism, Mikhail bănuia că s-ar fi putut descurca destul de bine în lumea modernă din care provenea el – lumea pe care nu și-o amintea.

Behnam le dădu femeilor câteva informații rapide despre animalul pe care urmau să îl vâneze, unde se găsea, dar și câteva sfaturi despre cum să se deplaseze în liniște pe teren. Apoi, conduse grupul entuziast în amonte.

Cea mai vârstnică dintre arcași, Alalah, punea mereu întrebări practice:

- Cât de repede o să zboare din calea noastră?

- Întreabă-l pe *el*, răspunse Mikhail, arătând către dulgher.

- Sunt păsări destul de sperioase, explică Behnam. Se poartă precaut dacă văd plase, dar nu au mai fost vânate niciodată cu *astfel* de arme – ridică arcul cioplit cu migală, pe care îl confecționase cu propriile mâini. Odată ce văd vreuna dintre tovarășe la pământ, tot stolul o să se lanseze în aer.

- Cât de repede ai zbura *tu?* îl întrebă Yadidatum pe Mikhail.

- Eu sunt soldat, răspunse Angelicul. În primul rând, nu te-aş lăsa să te apropii de mine.

- Nu te deranjează să ataci păsări? întrebă Gisou.

- De ce m-ar deranja?

- Păi şi tu... adică...

Arătă către aripile Angeliculului.

Ninsianna îşi reprimă un hohot de râs. În spatele lui, Pareesa îşi agită braţele de parcă ar fi fost o pereche de aripi.

- Mac, mac! exclamă ea.

Mikhail făcu o pauză, reflectând asupra întrebării. Nu se gândise niciodată că ar putea avea gene comune cu populaţia aviară.

- Nu sunt singur din *ce* provin, zise el. Dar sigur nu măcăi.

Ceilalţi chicotiră, ceea ce îl făcu şi pe Mikhail să zâmbească vag.

- Dacă provine din *ceva,* orice, interveni Ninsianna, sigur e vorba de vulturi.

Behnam le făcu semn să tacă. Îi adusese în dreptul unui cot al râului care se deschidea într-un golf natural. Aerul părea parfumat şi umed pe măsură ce arcaşii înaintau spre trestiile înalte.

- Păşiţi uşor, zise Behnam arătând către solul umed. Aveţi grijă să nu împroşcaţi apă în jur. Pentru ultimii metri, o să mergem ghemuit.

- Şi aveţi grijă la crocodili, adăugă Ninsianna temătoare.

Mikhail căută o săgeată în suportul pe care îl confecţionase dintr-un coş împletit cu iarbă. În ultimele săptămâni, adusese multe modificări modelului.

- Pregătiţi-vă arcurile, ordonă el.

Nu tocmai *silenţioşi,* arcaşii îşi prinseră săgeţile la arcuri şi se strecurară, *aproape* fără zgomot, prin papură. Aerul avea un parfum ca de pământ, dar şi uşor sărat. Dincolo de papură, un stol de gâşte măcăia, acompaniat de glasul grav al câte unui gâscan.

- Iac! spuseră Homa şi Gisou în acelaşi timp, căci se cufundaseră în noroiul negru, slinos, până la coapse.

Nămolul mirosea vag a ouă stricate.

Pareesa se grăbi înainte, ignorând măcănitul.

Ninsianna se strecură încet, lovind papura cu suliţa.

- *Ce* faci? o întrebă Mikhail.

- Verific să nu fie crocodili.

Grupul ajunse într-o zonă în care păpurişul fusese pus la pământ. În mijloc se afla o adunătură de papură – cuibul crocodilului.

- Aştepaţi, le ordonă el.

Femeile rămaseră în urmă, în timp ce Mikhail, Immanu şi Behnam examinară apa din jurul simulacrului de insulă. Mirosea vag a peşte, de parcă ceva fusese atras acolo ca să moară.

- Ea nu mai e aici, zise Behnam.

- De unde ştii că era o femelă? îl întrebă Pareesa.

- Vezi asta? spuse Behnam, ridicând pielea mică lăsată în urmă. Asta provine de la un pui.

- Aveți grijă, îi avertiză Immanu. O mamă crocodil e absolut feroce.

Mikhail preluă conducerea grupului, urmat de Immanu și Behnam. Deși nu era vreun expert în materie de crocodili, judecând după instinctul său automat de a cerceta atent apa, era sigur că *fusese* cândva implicat în bătălii desfășurate în junglă.

Pareesa mormăi:

- Nu avem nevoie să ne aperi tu.

- Vorbește în numele tău, răspunse Gisou.

- Am venit aici ca să învățăm să luptăm, insistă Pareesa.

- *Tu* ai venit aici ca să înveți să lupți, zise Gisou. Eu sunt aici ca să prind ceva de mâncare.

Alalah o împunse pe Gisou cu partea din spate a arcului și zise:

- Dacă duci acasă o gâscă frumoasă și grasă, familia ta nu o să se mai plângă.

Păpurișul începuse să se rărească. Nu departe de ei, apa se deschidea într-un golf, creat chiar în punctul în care *wadi-ul* sezonier se vărsa în râul Hiddekel. În apropiere, un stol enorm de gâște înota liniștit, fiind în siguranță față de orice prădător care nu putea înota.

- Deja simt gust de gâscă friptă, șopti Immanu.

- Atunci poate că ar trebui să o lași pe fata ta să o gătească, nu pe soție, glumi Behnam.

- Dar poate mie îmi *place* gâsca arsă, râse și Immanu.

- De fapt, nu îți place să fii trimis să dormi în cotețul caprei.

Mikhail le făcu semn femeilor să se împrăștie. Gâștele măcăneau temătoare, dar știau că nu există prea mulți prădători care să le urmeze în apă cu suficientă viteză pentru a le prinde. Arcașii se ghemuiră în spatele stufului și își pregătiră arcurile.

- Nu încă, zise Mikhail. Trebuie să tragem toți odată.

Oficial, dădea acest ordin pentru ca prada să nu zboare din cauza loviturii greșite a vreunui arcaș; totuși, *adevăratul* motiv pentru care instaurase disciplina militară în timpul acestei vânători era că, *indiferent* de motivația care le determinase pe femei să vină la antrenament, el voia să le transforme în „armata" pe care i-o promisese căpeteniei.

Prietena cea mai bună a Ninsiannei, Yadidatum, se fâstâcea cu arcul.

- Așază pana de cocoș[25] astfel încât să fie orientată spre exterior, nu spre arc, îi zise Ninsianna. Așa nu o să atingă sistemul de prindere.

Mikhail își ținu respirația în timp ce Yadidatum își prindea săgeata la arc. *Celelalte femei* care se alăturaseră grupului fuseseră motivate fie de sărăcie, fie de vreun alt neajuns, însă Yadidatum *nu* trebuia să procure

---

[25] Pene de cocoș și pene de găină: cele trei pene care împodobesc capătul posterior al unei săgeți. Cea de cocoș este orientate spre exterior, iar cele două de găină, în formă de V, sunt orientată spre arc, pentru ca săgeata să poată fi lansată fără a rămâne suspendată.

mâncare pentru familia ei. Dacă o putea convinge să învețe să se apere singură, poate că *ea* avea să convingă apoi și alte femei...?

Yadidatum ochi o rață frumoasă și grasă. Ninsianna îi aruncă lui Mikhail o privire ușurată. Unul câte unul, toți ceilalți arcași ochiră cu grijă.

Mikhail cercetă terenul. Un mascul grăsan, cu penaj strălucitor, se tot ținea după o femelă mică, maronie. Îi amintea de Jamin...

„Tu ești al meu...”

Angelicul trase de arc până când lama îi ajunse în dreptul obrazului.

- Trageți! strigă el.

El lovi primul. Rățoiul sălbatic muri cu un scâncet.

Angelicul căută o a doua săgeată în suport. Alte zece șuierară în zbor.

- Am nimerit una! strigă Pareesa.

- Și eu! completă și Alalah.

Apa fu tulburată de dansul haotic al rațelor speriate, care încercau să scape.

- Își iau zborul! strigă Behnam.

Mikhail trase a doua oară.

Apoi aruncă o privire către Ninsianna. Fata avea o expresie hotărâtă. În momentul în care trase lama arcului și lansă a doua săgeată, lui Mikhail i se puse un nod în gât.

- Uhu! exclamă Ninsianna la vederea raței căzute din aer.

Mikhail căută din nou în suport și prinse o a treia săgeată. Ținti drept în sus, către o rață care se retrăgea în zbor. Pasărea se prăvăli direct în capul Pareesei.

- Hei! strigă fata, după care trase la rândul ei și nimeri încă o rață.

Mikhail își duse mâna către suportul cu arcuri, pregătindu-se pentru o nouă lovitură, dar rațele zburaseră deja mult prea departe. Mai multe păsări moarte sau aproape moarte acopereau luciul apei. Erau suficiente pentru a dovedi familiilor reticente ale arcașilor cât de importante erau antrenamentele.

- Bine, e suficient! anunță Angelicul. Nu irosiți săgeți pe lovituri la distanță.

Își făcură cu toții loc prin apă, vrând să-și recupereze cina înainte să o poarte curenții în aval.

- Găsiți-vă și săgețile, altfel vă pun să le faceți pe următoarele singuri, completă Behnam.

Asta și făcură, după care se întoarseră la mal, înotând câinește. Bărbații se împrăștiară, formând un cerc de apărare în jurul femeilor care își făceau drum prin păpuriș, pentru eventualitatea în care vreun crocodil fusese atras în zonă de mirosul de sânge. În cele din urmă, reveniră pe câmpul de antrenament și își așezară prada pe pământ.

- Câte am nimerit? întrebă Ninsianna.

Alalah începu să numere rațele în timp ce Behnam sorta săgețile. Mikhail le ceruse să le marcheze cu câte un semn distinctiv, pentru a ști întotdeauna cui aparținea fiecare.

- Eu am una, declară Yadidatum victorioasă.

- Eu am trei și nu am pierdut nicio săgeată, zise și Behnam.

- Eu am patru, declară Alalah.

- Asta înseamnă că ai cu una mai mult decât însuși Mikhail, râse Behnam.

- Hei, ar trebui să împarți și cu noi! se plânse Gisou.

- Am opt copii de hrănit, îi răspunse Alalah cu asprime. Dacă vrei să *nimerești* mai multe, poate că ar trebui să te și *antrenezi* mai mult, nu să pălăvrăgești cu Homa tot timpul.

Mikhail se prefăcu că își scărpina nasul pentru a ascunde faptul că râdea. Din multe puncte de vedere, Alalah îi amintea de Needa.

- Eu am două, spuse Kiana. Sunt destule ca să-mi hrănesc copiii și părinții.

- Eu am nimerit doar una, se lamentă Homa. Dar am de hrănit patru frați și surori, părinții și bunica...

- Mikhail a tras de trei ori și a nimerit trei rațe, zise Behnam. Tu ai tras de patru ori și ai pierdut trei săgeți.

- O să fac mai multe atunci, răspunse Homa.

- Vrei să spui că *eu* o să fac mai multe, replică Behnam sever. Cred că următoarea noastră lecție ar trebui să se numească „să învățăm cum să ne facem propriile săgeți".

Homa mormăi nemulțumită...

- Poate dacă te antrenezi mai mult, părinții tăi nu o să te mai bată la cap să faci curățenie în casă.

- De ce crezi că sunt *aici*? râse Homa. Dacă nu mă văd prin preajmă, nu pot să mă pună să strâng după frații mei.

- Eu am nimerit două rațe, anunță și Orkedah. Exact câte îmi trebuie ca să-mi hrănesc copiii.

Celelalte femei puseră la picioarele *lui* șapte rațe: trei pe care le nimerise el, plus câte două prinse de Immanu și Ninsianna.

- Avem cam multe, îi zise Ninsianna, părând să aștepte ceva din partea sa.

- Aș vrea să le dau una Yaldei și Zhilei, sugeră Mikhail.

- Și încă avem cam multe.

- Ce ar fi să îi ducem două și căpeteniei? sugeră Immanu.

Jamin încerca mereu să îl încurce pe Mikhail, iar familiile femeilor pe care le antrena nu se arătau nici ele tocmai mulțumite de situație. Cum altfel ar fi putut să își asigure locul în sat dacă nu oferindu-i un câștig și *singurului* om care era de acord cu antrenamentele – și care se confrunta cu plângeri constante din partea propriului fiu?

- Asta ar însemna că ne rămân patru rațe, concluzionă Angelicul. Ce ar fi să păstrăm două și să le dăm pe celelalte cuiva care nu a prins destule?

Ninsianna zâmbi larg, în semn de aprobare. Așadar, puseră deoparte, pentru căpetenie o rață grasă și rățoiul tânăr, care căzuse primul sub bătaia săgeții. Apoi, femeile împărțiră restul capturii în așa fel încât fiecare dintre ei să aibă destul.

Pareesa luă cele două rațe grase pregătite pentru conducătorul satului.

- Abia aștept să văd fața lui Jamin când îi dau astea căpeteniei.

Era vremea să se răzbune și pe nenorocitul acela înfumurat, și pe bărbații care o alungaseră cu cruzime de la antrenamente.

Binedispuși, arcașii porniră către sat.

- Nu vii și tu? întrebă Behnam.

- Mikhail mai *are* o pradă de prins.

Cei doi bărbați îl priviră atotștiutor. Mikhail își înfoie aripile. Oare știa chiar *toată* lumea ce plănuia să facă? Immanu și Behnam râseră în timp ce își strângeau echipamentul de vânătoare, iar apoi se grăbiră să prindă femeile din urmă, lăsându-i pe Mikhail și Ninsianna singuri.

- Jamin o să scuipe foc când o să apară Pareesa în casa căpeteniei cu rațele alea, zise ea. Îți dai seama că neastâmpărata asta mică va face în așa fel încât să vadă tot satul scena, nu?

- Ce îl supără pe Jamin nu mă privește.

Ninsianna își înfășură brațele în jurul taliei lui Mikhail.

- Căpeteniei Kiyan îi plac darurile, râse ea. Va fi fericit să primească rațele... și să afle că experimentul lui funcționează.

Inima lui Mikhail o luă la goană.

„Întreab-o. ÎNTREAB-O!!!"

Fata își lipi urechea de pieptul Angelicului pentru a-i auzi inima bătând. Mikhail îi înconjură trupul cu aripile, însă cuvintele refuzau să îi alunece de pe buze. În schimb, își afundă nasul în părul ei.

- Vrei să mă înveți să trag la distanță? întrebă ea.

Privi în partea cealaltă a terenului, către ținta aflată la cea mai mare distanță – cea pe care doar *el* o putea nimeri – având o expresie visătoare, ce îi cuprindea chipul ori de câte ori jumătate din mintea ei era *aici,* iar cealaltă jumătate era pe tărâmul viselor.

- Sigur că da, răspunse Mikhail, ridicându-și *propriul* arc, care avea o lamă mai groasă.   Ține-l așa cum ți-am arătat.

Se așeză în spatele ei pentru a o ajuta să ochească și se bucură de apropierea corpurilor lor. Fata ochea prea jos, imediat sub țintă. Mikhail își purtă degetele sub antebrațul ei pentru a-i arăta unghiul corect.

- Trebuie să ochești mai sus, ca să compensezi pentru căderea săgeții în aer, zise el.

- Așa?

- Da. Întotdeauna trebuie să ochești mai sus decât vrei să lovești.

Îşi menţinu mâna stângă pe poziţie, abia atingând încheietura Ninsiannei şi încurajând-o să menţină direcţia corectă. Cu mâna dreaptă, atinse mâna cu care Ninsianna trăgea de săgeată.

- Acum adu săgeata până în dreptul obrazului, îi murmură el în ureche.

Fata trase cu putere.

- E greu, se plânse ea.

- Este, la început, spuse el. Dar cu puţin antrenament, o să poţi să mânuieşti şi arcuri mai puternice.

Mikhail îşi înfoie aripile pentru a bloca orice adiere de vânt care ar fi putut să decentreze lovitura Ninsianna. Apoi, o ajută să tragă săgeata încă puţin, până în poziţia corectă.

- Aşa? întrebă ea, privind chiorâş la săgeată.

- Perfect.

Ninsianna se lăsă pe spate, sprijinindu-şi întregul corp de cel al Angelicului. Trupul acestuia fu cuprins de o căldură aproape sufocantă, însoţită de o senzaţie foarte plăcută de furnicături. Îi era teamă până şi să respire. Dacă ar fi făcut-o, întreaga magie a momentului ar fi fost distrusă.

- Degetele cu care tragi ar trebui să sprijine bărbia, murmură el. Nu tresări când dai drumul corzii. Tot ce trebuie să faci este să relaxezi degetele, iar arcul îşi va face treaba.

Ninsianna lansă săgeata. Aceasta străbătu în zbor întreaga lungime a terenului de antrenament şi lovi ţinta – nu chiar în centru, ci la marginea cercului din mijloc.

Fata scăpătă un strigăt entuziasmat. Îşi aruncă braţele în jurul gâtului lui Mikhail şi îl îmbrăţişă.

Angelicul închise ochii şi respiră adânc. Apoi, o privi drept în ochii aurii. Discursul exersat de atâtea ori în minte îi dispăruse complet din amintire. În schimb, îi ridică bărbia şi îi gustă uşor buzele senzuale. Înfigându-şi degetele în părul lui, Ninsianna se lipi cu tot corpul de el şi limba ei curioasă începu să îi exploreze gura.

- Mikhail, şopti ea.

Angelicul învălui trupurile îmbrăţişate cu aripile. O *anume* parte a anatomiei sale apăsa insistentă abdomenul Ninsiannei, în timp ce aceasta părea să se topească în îmbrăţişarea lui. Chiar şi fără amintirile vieţii sale anterioare, *ştia* că nicio altă femeie nu îi provocase o asemenea dorinţă. Însă nu voia să facă dragoste cu ea decât *după* ce s-ar fi căsătorit.

- Ninsianna, spuse Mikhail, cutremurându-se. Trebuie să ne oprim.

- Mmm...hmm, murmură ea, fără a se opri deloc.

- Dacă nu ne oprim acum, nu o să mai *pot* să mă opresc.

- Mmmm... se înălţă vocea ei, părând să sugereze mai curând plăcere decât vreo tentativă de a se linişti.

Ninsianna îşi strecură mâinile pe sub aripile Angelicului, atingând penele sensibile de la bază. O, în numele zeilor! *Ce* încerca să facă? Să îl ucidă de dorinţă?

Fata îi sărută pieptul, întărindu-l atât de tare încât aproape că *durea.* Testiculele aproape îi zbârnâiau. Se forță să se opună instinctului de a se prăvăli la pământ şi a se împerechea ca nişte bestii lacome.

- Putem să facem asta mai târziu, insistă Mikhail, respirând din greu.

- Mai târziu?

Angelicul se simţea de parcă inima avea să îi spargă pieptul. Ninsianna îşi purtă mâinile pe spatele lui, în jos, înspre fese, şi îşi împinse bazinul într-al lui.

- D-d-după ce îi întrebăm pe părinţii tăi, se bâlbâi el.

Fata se dădu înapoi, ţuguindu-şi buzele roz şi pline.

- Să îi întrebăm pe părinţii mei?

Vocea ei era plină de inocenţă, de parcă întreaga învălmăşeală care se produsese cu doar trei secunde înainte nu ar fi existat.

- Să îi întrebăm pe părinţii tăi dacă ne putem căsători.

Mikhail îşi ţinu respiraţia, aşteptând răspunsul Ninsiannei.

- Serios?

- Serios.

Ochii ei aurii străluciră.

- Da!!

Îşi aruncă braţele în jurul gâtului său şi îl sărută până când îl lăsă fără aer. Angelicul îşi înfoie aripile şi o purtă în zbor. Bătând din aripi pentru a cuceri înălţimile, prinse un curent ascendent, după care se lăsă să plutească leneş. Ninsianna îşi înfăşură picioarele în jurul unuia dintre picioarele lui pentru a-şi menţine echilibrul.

- Spune-mi că mă iubeşti, zise ea, sărutându-l pe gât.

- Te iubesc mai mult decât iubesc viaţa însăşi.

Apoi, fu rândul lui Mikhail să o sărute până când şi *ea,* întocmai ca el, rămase fără aer.

Capitolul 15

Iulie – 3.390 î.Hr.
Pământ: Satul Assur

JAMIN

Tatăl său îl chemase pe *el* când ajunseseră emisarii din Nineveh. Nu pe Mikhail; şi nici pe impostorul acela de Immanu. Prin urmare, Jamin se aşeză la dreapta tatălui său, avându-l pe Siamek alături; întocmai ca în vremurile în care demonul înaripat încă nu venise în sat.

Qishtea din Nineveh era fiul cel mai mare al căpeteniei Sinalshu. Era un bărbat înalt şi musculos, avea o barbă neagră şi bucle cârlionţate ostentativ cu ulei, iar kiltul cu patru falduri îl diferenţia drept *Muhafizul* satului din care provenea. Între fiii celor două căpetenii existase o rivalitate de lungă durată. Încercaseră să se întreacă unul pe celălalt în tot soiul de activităţi – sport, vânătoare, până şi cucerirea aceloraşi femei. Qishtea era singurul bărbat care îl învinsese vreodată pe Jamin într-o competiţie; în egală măsură, Jamin îl învinsese pe Qishtea de nenumărate ori, dând naştere unei adevărate rivalităţi între Assur şi cel mai puternic sat de pe teritoriul Ubaid.

Îl cuprinse o satisfacţie plină de superioriate. Nu în fiecare zi apărea cel mai mare rival la uşa lui, cu pălăria în mână, cerşind informaţii.

Ochii negri ai lui Qishtea străluceau a amuzament.

- Deci... ţi-a tras clapa? râse el.

- Ţi-a tras şi *ţie* clapa, mârâi Jamin.

- Chiar aş vrea să întâlnesc bărbatul care ne-a înfrânt pe *amândoi*.

- Se va întoarce mai târziu şi atunci îl vei putea întâlni, răspunse căpetenia.

Qishtea luă o înghiţitură din berea pe care tatăl lui Jamin o comandase pentru musafiri. Asemenea tuturor soilor celor mai bune de bere, şi aceasta provenea de la Yalda şi Zhila. Qishtea îşi ridică paiul:

- Noroc! zise el. Bănuiesc că asta înseamnă că suntem *amândoi* nişte papă-lapte.

Jamin se înfurie, dar cum ar fi putut să se simtă ofensat având în vedere faptul că, în mod inteligent, Qishtea se inclusese şi pe *el* în insultă? Spre deosebire de *el,* viitoarea căpetenie din Nineveh nu fusese niciodată un competitor serios pentru mâna Ninsiannei. *El,* pe de altă parte, o câştigase; o câştigase, iar apoi o pierduse în favoarea unui inamic.

Şamanul din Nineveh, Zartosht, un bărbat bătrân, cu chipul brăzdat de riduri şi ochi isteţi, cărora nu le scăpa nimic, i se adresă tatălui lui Jamin:

- Am auzit că aţi antrenat oameni din Eshnunna and Gasur?

- Trei bărbaţi din fiecare sat, răspunse căpetenia. Mikhail a *insistat* să i se permită să îi antreneze.

Jamin interveni:

- Am triplat numărul de războinici, se lăudă el. Am creat o grupă de războinici cu suliţă de divizia a treia, care să susţină infanteria grea.

Qishtea gesticulă nepăsător:

- Nineveh a avut *dintotdeauna* luptători de divizia a treia. Ce ne interesează – se aplecă înainte, fără nicio urmă de umor în glas – este să învăţăm cum se mânuieşte această armă a *aliaţilor* noştri, ca să nu ne mai pierdem femeile.

- Nu sunt altceva decât nişte *beţe*, pufni Jamin.

- Mi-au răpit *verişoara!* mârâi Qishtea. Nu am nevoie de suliţele voastre, am şi eu destule!

Jamin îşi strânse colierul din colţi de leu – dovada unui curaj de care nici măcar Qishtea nu dăduse vreodată dovadă. Remarcă satisfăcut că privirea rivalului său se îndreptă spre colţi.

„Da, eşti prea laş ca să omori un leu folosind doar un cuţit. Tu ai folosit o suliţă, la fel ca toţi ceilalţi...”

În faţa casei izbucni deodată o învălmăşeală de glasuri. Cineva bătu cu putere în uşă. Varshab se retrase, după care reveni în încăpere.

- Sunteţi chemat afară, zise el.

- Suntem ocupaţi, răspunse tatăl lui Jamin.

- *Oaspetele* nostru ar putea fi interesat de asta, insistă Varshab.

Căpetenia îi conduse pe Qishtea şi şamanul din Nineveh la uşa din faţă. Jamin şi Siamek îi urmară. Un grup de săteni se adunase în piaţa centrală pentru a urmări parada – o paradă care nu era formată din bărbaţi, ci din arcaşii lui Mikhail.

Mărşăluiau la unison, intonând un cântec marţial pe care îl învăţaseră de la Angelic. Fiecare femeie îşi purta suportul pentru săgeţi şi arcul prinse la spate. În faţa lor mergea Pareesa, dirijând cadenţa marşului.

Războinicii care îl însoţiseră pe Qishtea din Nineveh se adunară în jurul lor; la fel făcură şi războinicii lui *Jamin,* din diviziile doi şi trei.

Pareesa se îndreptă către căpetenie, având patru raţe în mâini.

- Domnule! spuse ea, atrăgând toate privirile asupra sa.

- Voi aţi vânat astea? întrebă tatăl lui Jamin.

- Da, domnule! răspunse Pareesa, iar ochii îi străluciră triumfător.

Războinicii se adunară în jurul lui Jamin.

- Uită-te la toate raţele alea, zise Firouz.

- Două pentru fiecare, completă şi Dadbeh.

- Şi eu am prins atâtea, pufni Jamin.

- Dar niciodată *în grup*, spuse Firouz.

Qishtea din Nineveh se plimbă printre arcaşi, admirându-le arcurile. În acest timp, Pareesa desprinse două raţe din mănunchi şi i le întinse căpeteniei.

- Domnule, zise ea, suntem onoraţi să vă oferim roadele succesului nostru.

Chipul tatălui lui Jamin se lumină la vederea celei mai noi investiţii ale sale, care cu doar câteva momente înainte păruse în egală măsură şi cea mai *discutabilă*. Luă cele două raţe grase din mâinile Pareesei.

- Unde este Mikhail? întrebă el.

O umbră înaripată căzu deasupra pieţei centrale. Jamin privi în sus. Mikhail zbură prin dreptul lor... purtând-o în braţe pe Ninsianna!

Qishtea rămase cu gura căscată. Zartosht îi povestise despre fiinţa zburătoare, însă nimic nu l-ar fi putut pregăti pentru o asemenea privelişte.

- Asta e aşa de romantic! exclamă Kiana.

- Crezi că a cerut-o în sfârşit în căsătorie? întrebă Orkedah.

- A *spus* că o să o facă azi, zise Immanu.

Sus, în aer, Ninsianna se bucura. Mikhail schimbă direcţia, purtând-o pe necredincioasa logodnică a lui Jamin departe de sat.

Qishtea îi aruncă o privire care nu spunea decât un singur lucru: *„Fraiere..."*

Jamin îşi încleştă pumnul. Nu îndrăznea să vorbească. *Ultimul* lucru de care avea nevoie era un război între triburi.

Căpetenia i se adresă Pareesei:

- Transmiteţi-i lui Mikhail că îi mulţumesc.

- Sigur, domnule, zise Pareesa.

Qishtea din Nineveh profită de ocazie pentru a interveni.

- Crezi că Angelicul ar fi dispus să înveţe şi oamenii *mei* să mânuiască arcul?

- Nu depinde de *mine,* răspunse Pareesa. Va trebui să întrebaţi căpetenia.

- Suntem *aliaţi*, replică Qishtea apăsat. Sunt sigur că nu se va supăra.

Jamin se apropie de Siamek.

- Fac asta doar ca să intre în graţiile tatei!

- Poate că *noi* ar trebui să învăţăm să mânuim arcul, spuse Dadbeh.

- Da, dacă şi *Nineveh* vrea să înveţe... zise Firouz.

- Înseamnă că e o abilitate valoroasă, completă Dadbeh.

- Ne poţi învăţa? întrebară cei doi bărbaţi la unison.

Încă de când era mic, războinicii se bazaseră pe *el* să îi înveţe ceva nou. Dar pentru a le explica lor, întâi trebuia să înveţe el *însuşi* de la Mikhail. Ar fi fost un adevărat *blestem* să fie nevoit să meargă cu coada între picioare la duşmanul său, în acelaşi mod în care Qishtea din Nineveh venise la *el*.

- E o pierdere de timp! izbucni Jamin. Noi folosim arme *adevărate*, arme care ucid lei şi bouri.

- Dar şi ale lor par al naibii de adevărate pentru mine, zise Dadbeh.

- Iar alea sunt în mod *clar* raţe reale, completă şi Firouz.

Siamek se aplecă uşor către Jamin, coborându-şi vocea.

- Ar trebui să analizăm problema, spuse el. Situaţia asta ne pune într-o lumină proastă.

Cel mai tânăr războinic al lui Jamin, Tirdard, zâmbi larg către iubita sa, Yadidatum.

- Cine ar fi crezut că fetele pot vâna aşa? spuse el.

- Spui asta doar pentru că Yadidatum e printre arcaşi, îl contră Dadbeh, lovindu-l sugestiv cu cotul.

- O, Yadidatum, spuse Firouz cu o voce joasă, luându-l peste picior pe Tirdard. Lasă-mă să-mi bag săgeata în arcul tău frumos.

Firouz îşi apucă mădularul şi se prefăcu că ocheşte cu el direct în locul în care voluptoasa Yadidatum îi arăta unuia dintre războinicii lui Qishtea cum să ţintească.

- Ahh, da, bravule Tirdard, continuă Dadbeh cu o voce piţigăiată, ca de femeie, şi îşi îndreptă pelvisul spre „săgeata" lui Firouz. Ce săgeată mare şi puternică ai! Prinde-o chiar aici, iubirea mea. Ahh! Ahh! Ahhhhh!

Ceilalţi războinici râseră, bătându-se unul pe altul pe spate.

Jamin le aruncă o privire răutăcioasă. Autoritatea lui era uzurpată de o adunătură de fete!

Kiaresh, cel mai bătrân dintre războinicii de elită, se aşeză lângă el.

- Nu aş vrea să mă opun *vreodată* judecăţii dumneavoastră, *Muhafiz*, spuse el, coborându-şi glasul, dar am două fiice de aceeaşi vârstă ca Pareesa. Dacă femeile noastre sunt înarmate cu arcuri, nu vor mai fi ţinte uşoare.

- Mikhail este *periculos*, şuieră Jamin. Tu nu l-ai *văzut* în noaptea în care i-a măcelărit pe Halifieni.

- Aşa că nu o să-l întreb, răspunse Kiaresh. O să o întreb pe Alalah. E verişoara soţiei mele.

Jamin privi cu răutate către bona şi spionul tatălui său.

- E una să vânezi raţe şi cu totul alta să lupţi contra unui războinic care te atacă cu o suliţă.

Îşi luă suliţa şi se îndreptă către războinicii din Nineveh. Luptătorii de elită strânseră rândurile în spatele lui, aşa cum ar trebui să procedeze *întotdeauna* o trupă bine antrenată.

- Cu aşa ceva, spuse Jamin ridicându-şi suliţa, pot să dobor un bour, nu doar o amărâtă de pasăre.

- Şi când a fost ultima oară când ai adus aşa ceva acasă? replică Pareesa. A, da, am uitat. În septembrie anul trecut?

Qishtea şi războinicii săi râseră.

Obrazul lui Jamin se crispă. Nu numai că fusese insultat de faţă cu cel mai mare rival al său, dar ştia că în luna septembrie a anului trecut zăcea pe patul de moarte, zbătându-se pentru propria viaţă din cauza unei răni provocate de un bour în zona pântecului.

- Ahh, mică zână, râse căpetenia. În ce vânătoreasă aprigă te-ai transformat! Sper că şi celelalte femei îţi vor urma exemplul.

Pareesa şi tatăl lui Jamin îşi împreunară antebraţele, aşa cum o făceau de obicei doi bărbaţi. Jamin îi privi cu răutate.

Căpetenia ridică cele două raţe grase.

- Ascultaţi cu toţii! zise el cu glas răsunător. Cu aceste arme, *oricine* poate să asigure traiul de zi cu zi pentru sine şi pentru familie. Aş fi foarte mulţumit dacă aţi începe să vă antrenaţi într-un număr mai *mare*.

- De ce e nevoie ca să ne antrenaţi şi pe *noi?* întrebă Qishtea.

- Vom antrena trei dintre oamenii voştri, zise căpetenia, privind către femeile care se adunau în jurul arcaşilor. Atâta vreme cât nu vă deranjează să exersaţi alături de femeile noastre.

- Nineveh vă este dator, spuse Qishtea, făcând o plecăciune respectuoasă în faţa tatălui lui Jamin.

Acolitul său, Varshab, întrebă:

- Vreau şi eu să învăţ, e prea târziu să mă alătur grupului?

- Vom antrena pe oricine vrea să înveţe, spuse Alalah. *Oricine* e dispus să investească timpul necesar ca să înveţe această deprindere.

- Nemaipunând la socoteală că e al naibii de util să poţi pune cina pe masă, completă Gisou, ridicându-şi propriile raţe.

Războinicii de elită ai lui Jamin se strecurară în dreptul arcaşilor. Pareesa se perindă mândră prin dreptul lui, asemenea unei pisici care tachinează câinele familiei ştiind prea bine că animalul nu va îndrăzni să mârâie la ea atâta vreme cât stăpânul e martor la scenă.

Scoase limba la Jamin. Ceva din interiorul lui se frânse.

- Nu o să-ţi permit să râzi de mine!

Înaintă spre ea pentru a-i şterge rânjetul de pe faţă cu o scatoalcă.

Pareesa făcu un pas în lateral, iar mâna lui Jamin sfârşi prin a lovi doar aerul.

- Va trebui să te străduieşti mai mult de-atât, râse ea.

Jamin încercă să o lovească din nou, dar Pareesa se ferea asemenea unei pisici. Râsetele ei înalte şi dulci îi făcură pe săteni să se oprească şi să încerce să îşi dea seama ce o amuza atât de tare.

Amuzant? I se părea amuzant?

Jamin îşi încleştă pumnul. De *această* dată, avea să o rănească. Lansându-se cu toată greutatea, îşi direcţionă croşeul de dreapta direct către tâmpla Pareesei.

Cineva îi prinse braţul şi i-l răsuci la spate. O durere *ascuţită* îi săgetă cotul în timp ce persoana care îl oprise îl forţa să se aşeze pe jos.

- O să te omor! urlă Jamin.

- *Nu* o să mă umileşti în faţa musafirilor noştri! mârâi tatăl lui.

Cu o lovitură bine antrenată, căpetenia îşi puse fiul la pământ, cu faţa direct în nisip. Jamin încercă să riposteze, dar căpetenia stătea cu genunchiul pe spatele lui, blocându-l.

Pareesa veni în faţa lui. Jamin crezu că avea de gând să îl lovească, dar fata i se adresă de fapt tatălui lui, căruia îi mulţumi cu glas tremurător.

Printre săteni se aşternu o linişte deplină. *Nimeni* nu mai văzuse căpetenia disciplinându-şi fiul aşa de când acesta din urmă avea şase ani şi fusese prins exersând aruncatul cu praştia pe o capră.

Groaza se aşternu pe chipul tânărului.

- Treci în casă, spuse tatăl său, eliberându-l din strânsoare. Acum!

Jamin se ridică. Sătenii, Qishtea, până şi *proprii* războinici îi evitară privirea. Acolitul tatălui său, Varshab, se aşeză în dreptul umărului stâng al căpeteniei, iar Pareesa se postă sfidătoare la dreapta sa.

Acela era locul LUI...

Îngrozit şi furios, Jamin se furişă în casă.

Capitolul 16

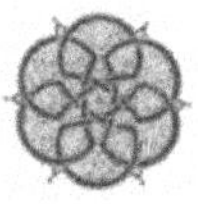

Data Galactică Standard: 152,323.07 D.Î.
Imperiul Sata'anic: în apropierea Zonei Neutre a Alianţei
F.N.S. Tsalmaveth
Locotenent Apausha

Lt. APAUSHA

În mod oficial, nava *Tsalmaveth* din Forţele Navale Sata'anice îi aparţinea lui Shay'tan, dar bătrânul dragon ura să fie închis, aşa că ori de câte ori trebuia să ajungă undeva, îşi trimitea flota înainte, o lăsa să îi intimideze prada, iar apoi îşi făcea şi el intrarea grandios, materializându-se prin simpla *voinţă*.

Cine are nevoie de o navă atunci când e zeu?

De-a lungul anilor, Lordul Ba'al Zebub se aflase la comanda navei, până când *Tsalmaveth* şi, implicit, Ba'al Zebub căpătaseră statutul de „voce a lui Shay'tan".

Locotenentul Apausha făcu o grimasă în timp ce pilota nava comercială Sata'anică *Peykaap* către nava Emirului lor, aşteptând ca aparatul de andocare să se cupleze.

- Nu au de gând să ne lase înăuntru? întrebă operatorul radio, Specialistul Hanuud, gustând aerul cu limba lui lungă şi bifurcată.

- Probabil îi e teamă că o să ne facem nevoile pe covoarele lui, răspunse copilotul, Specialistul Wajid.

- Pe bune? întrebă credulul Hanuud.

- Ştii că eşti cam cap-sec? îl tachină Wajid.

- Ceea ce *vrea* să spună, interveni Apausha înainte ca discuţia să degenereze într-o bătaie, este că au senzaţia că nava noastră comercială e *sub* nivelul lor.

Cei trei aruncară o privire în spate, prin uşa deschisă. Încărcătură pe care o transportau era *orice* numai normală, nu.

În momentul în care sistemul de andocare se cuplă, etanşând garnitura, la bordul navei se auzi un sunet gol. Spre deosebire de alte echipaje, Apausha prefera metoda manuală de închidere. Aşadar, opri treptat motoarele, iar Wajid completă lista de verificare de după zbor.

- *Peykaap, aici Tsalmaveth,* pârâi radioul. *Pregătiţi îmbarcarea.*

- Recepţionat, *Tsalmaveth,* răspunse Hanuud.

Îşi lăsară la o parte clipboardurile şi se grăbiră spre camera ermetică, dincolo de cele treizeci de femei şi escorta lor masculină, pe care îi prinseseră de scaune pentru inspecţie. Apausha îi sedase înainte de a ieşi din hiperspaţiu – inclusiv pe escortă – de teamă că el însuşi ar fi putut reacţiona nepotrivit dacă Ba'al Zebub i-ar fi insultat onoarea. Majoritatea pasagerilor adormiseră, dar o femeie pe nume Sarvenaz, cea mai în vârstă dintre toţi, continuă să îl privească cu o expresie mult prea alertă pentru cineva care înghiţise sedative.

- Ar trebui să dormi, îi spuse Apausha în limba Kemet.

Bărbia femeii ţâşni în aer. Îl analiză pe locotenent cu ochii ei inteligenţi, căprui, ca de mahon.

- Îmi pare sincer rău pentru bietul fraier care o primeşte pe *asta,* zise Wajid.

- Dar nu s-a comportat nepotrivit.

- Doar uită-te la ea. Are impresia că e mai bună ca noi.

- Poate chiar e. E mai deşteaptă decât toţi ceilalţi la un loc.

- O să îşi controleze soţul cu o mână de fier, mormăi Wajid.

Ce voia să spună era că noua *lui* soţie îl controla cu o mână de fier.

Apausha nu se putu abţine să nu zâmbească. Femeia umană îi amintea de Marina, iubita sa soţie. O, ce cadou minunat îi făcuse Shay'tan pentru faptul că transportase acea primă femeie în siguranţă, dincolo de distrugătorul Leonid, un cuirasat Tokoloshe şi întregul sistem de apărare civilă al Alianţei. Nici măcar în cele mai nebuneşti vise ale sale nu ar fi putut să atragă o soţie cu un rang atât de înalt!

Alarma camerei ermetice începu să răsune. Ba'al Zebub era gata să inspecteze încărcătura. Apausha apăsă butonul „intrare", iar uşa se deschise.

- Atenţie! ordonă Apausha.

Membrii echipajului îşi strânseră cozile pe partea dreaptă, oferindu-i şefului lor un salut Sata'anic corespunzător.

Ba'al Zebub intră greoi în încăpere; era o şopârlă enormă, cu o guşă roşu-mahon, corpolent chiar şi pentru standardele Sata'anice, care erau menite să copieze înfăţişarea zeului. Puntea se cutremură sub încălţările sale. Cu toate că Emirul purta mătăsuri şi blănuri pompoase, tipice celor din castele superioare, se zvonea că fusese un general însetat de sânge înainte ca Shay'tan să îl promoveze la rangul de mână dreaptă.

- Ce mi-aţi adus? întrebă Ba'al Zebub.

- Treizeci de femei, domnule, răspunse Apausha. Alături de escorta lor masculină, trimisă pentru a le asigura castitatea până când sunt trimise noilor soţi.

Ba'al Zebub îşi frecă ghearele groase ca nişte cârnăciori unele de altele. Un sâsâit de plăcere îi alunecă de pe buze.

- Cum au fost procurate?

- Generalul Hudhafah a făcut aranjamente cu nişte colaboratori locali, zise Apausha. El i-a instructat să ia doar câteva din fiecare aşezare, pentru a asigura o diversitate genetică cât mai mare.

- Ce au primit la schimb?

- Aur, domnule. Sergentul Dahaka a spus că idioții au început să danseze ca niște șerpi beți când le-a dat trei darici Sata'anici pentru fiecare fată necăsătorită.

- Doar trei darici? întrebă Ba'al Zebub cu gura căscată.

Pe Generalul Hudhafah îl costase mai puțin să cumpere o femeie decât avea să îl coste pe *el* să cumpere o singură floare pentru proaspăta sa soție.

- Da, domnule, spuse Apausha.

O strălucire sălbatică se ivi în ochii lui Ba'al Zebub.

- Mulțumesc, locotenent. Dumneata și echipajul dumitale puteți ateriza pe cea mai apropiată planetă, pentru o pauză de 24 de ore. Când reveniți, o să am nevoie să transportați încărcătura direct la cumpărător.

- Unde vor merge, domnule? întrebă Apausha.

- La prim-ministrul Alianței, răspunse Ba'al Zebub.

Apausha se înecă. Abia de reușiseră să scape *ultima* oară când pătrunseseră pe teritoriul Alianței; acum, se zvonea că Leonizii erau pregătiți să îi doboare din cer.

- D-d-dar soțiile noastre? întrebă locotenentul cu un scâncet patetic.

Emirul Sata'anic rânji.

- Nu vă faceți griji, zise el. Când ajungeți la destinație, veți vedea că toate nevoile vă vor fi îndeplinite.

Nevoi îndeplinite? Dar el nu voia ca nevoile sale să fie *îndeplinite*. Voia să meargă acasă, să își vadă soția. Însă când erau chemați la datorie, cei de rang inferior, ca *el,* nu aveau de ales – trebuia să se supună. Cum ar fi putut Ba'al Zebub, ființa cu cel mai înalt grad din Imperiu după Shay'tan însuși, să îi înțeleagă dorința de a merge acasă la *unica* soție, în condițiile în care înaltul lord Sata'anic avea treizeci și șase? Strângându-și coada într-o parte, Apausha făcu gestul obișnuit de respect și îi mulțumi zeului lor pentru privilegiul de a îndeplini această misiune.

- Slăvit fie Shay'tan!

Capitolul 17

Iulie — 3.390 î.Hr.
Pământ: Satul Assur

JAMIN

Jamin se aştepta să fie certat la întoarcerea căpeteniei. Se aştepta ca tatăl său să ţipe la el. Ce *nu* anticipase era expresia de completă dezarmare pe care acesta o arboră când se prăbuşi pe o pernă, plimbându-şi degetele prin păr.

- Comportamentul tău mă îngrijorează.

- M-a umilit! protestă Jamin. Dacă nu impui respect, curând nu vei mai fi în fruntea satului.

Căpetenia privi în jos, către propriile mâini, formând un triunghi cu degetele. Apoi îşi lovi uşor buzele cu vârful triunghiului.

- Pentru a fi un lider bun, trebuie să fii tolerant şi înţelept.

- Trebuie să fii *puternic!* răspunse Jamin, apucându-şi colierul din colţi de leu.

- Dacă doar de putere e nevoie, zise tatăl său clătinându-şi capul, atunci nu vei deveni niciodată căpetenie, pentru că nu mai eşti cel mai bun războinic al acestui sat.

Un sentiment de slăbiciune cuprinse trupul lui Jamin. *Nu avea să fie niciodată căpetenie?*

Explodă.

- Îţi *înlocuieşti* propriul fiu?

- Nu *înlocuiesc*, oftă tatăl lui. Dar dacă ai impresia că *puterea* e tot ce contează pentru a fi căpetenie, asta înseamnă că nu mai eşti persoana potrivită pentru poziţia asta.

- Eu voi *fi* căpetenie! strigă Jamin. Am fost născut pentru asta! Sunt *fiul* tău.

- Poate că da, spuse tatăl, dar realitatea asta te-a făcut arogant. Tot ce pot să mai fac *acum* este să te învăţ ce ar fi *trebuit* să te învăţ de la bun început. Prima lecţie: nu ţi se *cuvine* nimic.

- Nimic?

- Nu, nimic, zise tatăl lui Jamin. Dacă vrei să fii căpetenie, trebuie să *câştigi* dreptul ăsta, aşa cum am făcut-o şi eu.

Jamin ieşi furios din casă, trecând de porţi. La naiba! Tatăl lui îl înlocuia cu demonul înaripat. Ştiuse de la bun început că la asta se va ajunge!

În timp ce tropăia prin dreptul țarcurilor caprelor, o observă pe Shahla, care cel mai probabil aștepta să se combine cu unul dintre războinici. Porni în direcția ei. Nu mai avea de gând să-și jelească fosta logodnică!

Se lipi de Shahla asemenea unui leu care pune la pământ o gazelă.

- Shahla! o salută. Nu te-am mai văzut de secole.

- Nu ai *vrut* să mă vezi, spuse ea precaută.

Jamin îi zâmbi în modul cel mai atrăgător cu putință.

- Mi-a fost dor de tine.

Îi dădu un fir de păr după ureche. Având în vedere că fusese iubitul ei, știa întocmai cât de mult tânjea după afecțiune.

- Parcă o iubeai pe Ninsianna, răspunse Shahla pe un ton caustic.

- Tata a vrut să își consolideze puterea forțându-mă să mă căsătoresc cu fiica șamanului, zise Jamin. Îi era teamă că Nineveh ar putea să ne ademenească tămăduitoarea.

Nu era în totalitate o minciună. Acesta fusese fix argumentul pe care îl folosise pentru a-și convinge tatăl să îi ordone Ninsiannei să se mărite cu el după ce aceasta îl lăsase baltă.

- Ei bine, familia mea este a *treia* ca rang din satul ăsta! ripostă Shahla, împungându-i obrazul cu un deget. Iar tatăl meu deține chiar mai mult aur decât al *tău,* pentru că are succes la negoț. Deci de ce ar trebui să te cred?

- Pentru că e mai bine să fiu iubit, răspunse el mângâindu-i obrazul, decât să-mi mulțumesc tatăl.

Nici aceasta nu era *în totalitate* o minciună. Shahla *chiar* îl iubea, sau, mai precis, iubea viitoarea lui putere.

- O, Jamin!

Femeia se topi în brațele lui.

În trupul lui Jamin ardea o vâlvătaie. Vâlvătaia urii și a indignării îndreptățite. Îl făcu să se întărească. Îl făcu să își dorească să *străpungă* ceva. O trase pe Shahla în spatele țarcului pentru capre, nerăbdător să scape de *pata* pe care Ninsianna o lăsase pe sufletul lui. O împinse la pământ și o posedă de la spate, pentru a nu îi vedea fața. Își imagină că se culca de fapt cu Ninsianna, nu cu târfa satului; voia să o rănească. Ah, în numele zeilor! Voia să o rănească pe Ninsianna în același mod în care și ea îl rănise pe el!

Se împinse în Shahla, strigând în momentul în care se eliberă.

Când se prăbuși la pământ, tremurând, Shahla se retrase departe de el, strângându-și rochia în jurul corpului. Obrazul îi sângera din cauză că fusese izbită pe jos.

- Shahla? zise Jamin, întinzându-se spre femeie.

Ea se feri de atingerea lui. Toți războinicii satului se culcaseră cu ea, și totuși lacrimile sale încă frângeau inima *Muhafizului.*

- Nu mă iubești nici măcar puțin? plânse ea.

Jamin deschise gura, însă nu putu rosti minciuna.

- E complicat, mormăi el. Tata...

- E vina lui Mikhail! exclamă Shahla. Trebuie să îţi loveşti inamicul drept în inimă înainte să preia conducerea tribului ăstuia!

Să-şi lovească inamicul drept în inimă...

Acesta era planul pe care îl concepuse cu Roshan, căpetenia Halifiană pe care Mikhail o căsăpise. Poate că Shahla nu era femeia pe care o iubea, dar era deşteaptă, înţelegătoare şi îl susţinuse întotdeauna fără niciun fel de reţinere. Oare ar fi fost chiar atât de rău să formeze o alianţă din necesitate? Pentru binele tribului?

În momentul în care o luă în braţe, inima îi strigă să se oprească.

- Eşti tot ce mi-aş putea dori de la o soţie, zise Jamin. Într-o bună zi, când voi fi căpetenie, vom putea avea mulţi fii curajoşi.

Shahla izbucni în lacrimi.

- Chiar mă iubeşti?

Jamin îşi suprimă cu greu o grimasă.

- De ce crezi că îmi e atât de greu să îmi ţin mâinile departe de tine? se eschivă el. Dar atâta vreme cât demonul înaripat îmi controlează tatăl, asta e tot ce putem avea.

- Ce pot să fac ca să ajut?

Mintea lui Jamin începu să lucreze, formulând un plan.

- Află unde îi place Pareesei să vâneze. De restul mă ocup eu.

Shahla se aplecă pentru a-i atinge penisul. Jamin închise ochii şi îşi imagină că cea care îl atingea era, de fapt, Ninsianna. De data asta, sânii *ei* se lăsau mângâiaţi, buzele *ei* îi şopteau cuvinte dulci în ureche, şi înăuntrul *ei* pătrundea, făcând-o să ţipe în punctul culminant. Îi şuieră numele, iar inima i se prăbuşi într-un vid. Ninsianna. Femeia pe care o pierduse...

Sau poate că nu...

Dacă învăţase un lucru de la Roshan, acesta era să organizeze o vânătoare distractivă de gâşte pentru a-şi atinge *adevărata* ţintă.

Capitolul 18

Iulie – 3.390 î.Hr.
Pământ: Satul Assur

NINSIANNA

Ninsianna își purtă degetele prin găleata cu kishk[26]; în momentul în care mama ei adăugă chișleagul cu miros acru, obținut din stomacul unei oi, nasul i se încreți. Împreună, incorporară sarea și amestecară grăunțele până când boabele absorbiră mixtura. Odată cu venirea verii, capra producea mult mai mult lapte decât puteau consuma. Kishk-ul, un lapte fermentat și închegat, era o metodă de conservare a lactatelor perisabile pentru acele perioade ale anului în care capra producea prea puțin. În ultima vreme, avuseseră parte din ce în ce mai *puțin* de exces!

Ninsianna râse.

- Ce e așa amuzant?

- O, nimic, răspunse ea. Mă gândeam doar la cât de determinat părea Mikhail dimineață, când a convins-o pe Mica Nemesis să intre în țarc pentru muls.

Needa amestecă în găleata pe jumătate plină.

- Dacă devine și mai „determinat", mă tem că nu o să mai avem lapte deloc.

Ninsianna râse.

- Nu am mai văzut niciodată un bărbat mai contrariat din cauza unei capre! spuse ea. Când a ieșit cu laptele, avea urme de copite și pe *obraz*. Dacă ar fi avut sabia cu el, ar fi mâncat-o pe Nemesis la cină, pe cuvânt!

- Ții cârpa? întrebă mama, ridicând găleata pentru a scurge amestecul. Trage-o bine, ca să nu cadă rama pe jos.

Întinseră cerealele saturate pe o bucată de material așezată pe o ramă de lemn, lăsând kishk-ul să se usuce la soare. Odată ce se usca, puteau să îl depoziteze într-o oală de lut. Ori de câte ori voiau să mănânce terci le mai trebuia doar de niște apă fierbinte.

- Ninsianna! strigă tatăl fetei prin ușa deschisă.

- Vin, tata!

Își curăță laptele covăsit de pe mâini, după care intră în casă. Immanu era în genunchi și scormonea prin cufărul său de șaman.

---

[26] Kishk: produs din lapte fermentat.

- A sosit vremea să te învăţ metoda *corectă* de a ajunge pe tărâmul viselor, ca să nu mai rămâi blocată întruna.

Ninsianna se aşeză lângă el, nerăbdătoare să înveţe lecţia. Îl întreba de săptămâni bune, sub diverse pretexte, cum ar putea să îşi interpreteze viziunile, însă fără a-i mărturisi direct: *„Tata, am viziuni despre bărbaţi-crocodil car zboară în canoe cereşti."*

Immanu îşi întinse la vedere uneltele obişnuite: un bol cu apă, o pană de vultur, nişte iască pentru foc şi o piatră semipreţioasă. O trimise la găleata cu apă pentru a umple bolul şi aşeză fiecare instrument în direcţia în care se spunea că s-ar afla fiecare dintre elemente. Apoi, îşi încrucişă picioarele pe covor şi făcu semn spre locul de lângă el.

- Noaptea trecută te-ai trezit din nou ţipând, zise şamanul.

- A fost doar un coşmar.

- Nu te-ai oprit până când nu a venit Mikhail sus, să te ţină în braţe.

Ninsianna privi îndelung către propriile degete. Cum ar fi putut explica faptul că în fiecare vis striga după Mikhail, dar el nu venea?

- Îmi fac griji pentru el, atâta tot, şopti ea.

- Pe naiba, răspunse Immanu. Îţi faci griji din cauza Celui Malefic.

Ochii Ninsiannei îi întâlniră pe cei pe care îi oglindeau – sau cel puţin îi oglindiseră până când zeiţa îi oferise darul de a *vedea*.

- Nu ştiu *de ce* nu mă salvează în vis, zise Ninsianna. Când îl strig, nu e acolo...

Lacrimile îi inundară ochii. Coşmarurile păreau atât de *reale*.

- Poate că e menit să ne *înveţe* ceva? spuse Immanu.

- Nu îşi poate aminti trecutul.

- Şi poate tocmai de aceea îţi trimite zeiţa coşmaruri.

- Cum ne poate învăţa ceva ce nu îşi aminteşte?

- Mikhail *ştie* lucruri.

- Dar nu şi le poate *aminti*.

- Le *ştie*, insistă Immanu. Tot ce trebuie să faci este să îl împingi în situaţii în care are *nevoie* de acele informaţii, iar apoi să îl convingi să ne înveţe şi pe noi.

Ninsianna îşi privi mâinile. Planul acesta părea o mare înşelăciune. Dar tatăl ei avea dreptate. Având în vedere faptul că Halifienii se tot adunau la graniţele lor, şi acum se confruntau şi cu *noua* ameninţare care le ataca aliaţii, nu era decât o chestiune de timp până când facţiunile aveau să se unească şi să pornească *războiul*.

- Şi ce are asta de-a face cu tărâmul viselor? întrebă Ninsianna.

- Ceva îi blochează amintirile, spuse tatăl ei. Poate că e un spirit malefic.

Ninsianna îşi mută privirea, fără să explice că zeiţa o îndemnase să îi lege amintirile deoarece erau prea dureroase. *Încercase* să îi spună tatălui ei că Cea-Care-Este o pusese să facă asta, dar Immanu nu o crezuse. *Încă* nu putea să creadă că fiica lui poseda abilităţi pe care nici măcar tatăl lui nu le avusese, cu atât mai mult cu cât Ninsianna nu avea nicio idee cum să desfacă ceea ce făcuse.

- Şi cum pot ajunge la acele amintiri pe tărâmul viselor?

- Călătorind prin el.

- Cum? întrebă Ninsianna. Mă tot pierd pe acolo.

- Prima cale e pe la *marginea* tărâmului, explică Immanu. Fiecare fiinţă are o lumină spirituală, un soi de „coajă" energetică ce se întinde în jurul ei. Când treci prin dreptul cuiva, energiile voastre se ating şi împărtăşesc informaţii.

- Astea ar fi culorile pe care le văd? întrebă ea.

- Cei mai mulţi nu pot vedea culori, spuse tatăl Ninsiannei, dar toată lumea are o astfel de abilitate într-o anumită măsură. E acea senzaţie când ştii că cineva e bolnav pentru că atunci când vorbeşti cu persoana respectivă îi poţi simţi boala în propriul corp. Dar trebuie să îţi ascuţi simţul ăsta, ca să faci diferenţa între sentimentele *tale* şi cele ale celor din jur.

- La fel ca mama?

- Da. Mama ta poate simţi ce simt ceilalţi.

- Dar nu poate să vadă?

- De obicei, nu. Capacitatea de a vedea e rară, zise Immanu.

- Dar *tu* poţi să vezi.

- Da. Am moştenit darul de la tatăl meu, Lugalbanda, dar nu prea mă descurc la ce face mama ta, adică să simt sentimentele altora.

- Şi unchiul Merariy a moştenit darul de a vedea? întrebă Ninsianna.

Privirea tatălui ei se întunecă.

- Singurul *dar* al fratelui meu este abilitatea de a fura.

- De asta îl urăşti?

Immanu oftă.

- Merariy era fiul cel mai mare. Simţea că *el* trebuia să fi fost şaman, cu toate că nu avea calităţile necesare. Aşa că a *furat* ceva ce aparţinea altcuiva.

- E beţivul satului, pufni Ninsianna. Iar fata lui stă cu târfa satului.

- Doar asigură-te că o ţii departe de Mikhail, spuse tatăl ei cu o privire răutăcioasă. Merariy ar putea încerca să o *folosească* pentru a-l ademeni.

- Dar Gita e *urâtă*.

- S-a *născut* la Templul lui Ki.

Un sentiment de *teamă* se cuibări înlăuntrul ei. Sentimentul excesiv de datorie al lui Mikhail l-ar fi putut determina să hoinărească prin deşert, într-o călătorie de trei luni de-a lungul teritoriului inamic, fără apă, totul pentru a găsi un templu care nu mai exista; totul în speranţa deşartă de a obţine vreun indiciu legat de ultima dată când vizitase această lume. Şi unde ar fi fost ea în acest scenariu? Aşa-zisa „*Aleasă*"? De ce o văzuse tocmai în această dimineaţă pe Gita pândind din dreptul fântânii?

- Cum altfel poţi pătrunde în lumea viselor? întrebă Ninsianna.

Tatăl ei se ridică, merse spre uşa care dădea spre stradă şi trase zăvorul. Făcu o pauză în dreptul mesei, unde Needa îşi pregătise coşul de tămăduitoare; avea o expresie meditativă. Apoi, îngenunche în faţa cutiei care conţinea instrumentele şamanice —cea din care Ninsianna furase băutura sacră. În loc să scoată fiola, însă, Immanu scormoni până la fund, unde găsi un săculeţ mic, de piele. Se aşeză cu picioarele încrucişate şi făcu un semn spre locul de lângă el, îndemnând-o pe Ninsianna să se aşeze şi ea.

Deschise bocceluţa şi răsturnă câteva frunze uscate.

- Ce e asta? întrebă Ninsianna.

- Asta, răspunse tatăl ei cu un zâmbet crispat, ar face-o pe mama ta să-mi taie testiculele şi să mă pună să le mănânc.

Căută printre frunzele de mărimea palmei, gri-verzui şi mototolite, până când găsi o floare micuţă, cu spin, care părea să fi fost cândva galbenă, dar acum era maro.

I-o întinse fiicei sale.

- Ce este asta?

- Kratom,[27] răspunse Immanu. Seamănă cu nufărul albastru, în sensul că susţine tranziţia către tărâmul viselor. Dar e mult mai puternic. Nu trebuie să îl amesteci niciodată cu alte ierburi, căci te poate omorî. Cu atât mai mult dacă bănuieşti că ai purta un copil în pântece.

Îşi ridică o sprânceană în mod sugestiv. Judecând după zâmbetul dezamăgit al Ninsiannei, îşi dădu seama că, cel puţin până în acel moment, Mikhail îşi ţinuse promisiunea de a nu face dragoste înainte de nuntă.

Ninsianna atinse uşor florile mici şi gălbui.

- Deci cum funcţionează?

- Urmezi legăturile.

- Cele care leagă toate creaturile vii?

- Da. Cel mai uşor e când ai format deja o conexiune cu o altă persoană, dar cu ajutorul kratomului poţi urma legătura de la o persoană pe care o ştii bine până la una de care *ea* este legată.

- Un prieten al unui prieten?

- Exact, răspunse Immanu. Acum închide ochii şi imaginează-ţi pe cineva cu care ai o legătură strânsă.

Privirea Ninsiannei se îndulci. După o clipă, deveni conştientă de toate fibrele care legau diferitele părţi ale corpului ei. În scurt timp găsi conexiunea cea mai puternică.

- Gata!

- Urmează acea conexiune până când dai de persoana la care te gândeşti, spuse tatăl ei. Ar trebui să ai o vagă senzaţie vizavi de ce face acum.

Ninsianna închise ochii.

- Îl văd pe Mikhail.

- Ce face?

---

[27] *Kratom:* copac tropical veşnic verde. Frunzele şi florile conţin un stimulent cu effect psihoactiv slab.

- Lucrează pământul Yaldei şi al Zhilei.

- Poţi să vezi cine mai e în jurul lui?

Încercă să recompună imaginea, însă nu reuşi să întrevadă decât nuanţe vagi.

- Nu.

- Pentru asta e nevoie de kratom.

Immanu numără câteva flori şi o mână de frunze, pe care le aşeză într-un pahar în care turnă nişte bere de la Yalda şi Zhila.

- Până la fund, o instructă el pe Ninsianna.

Berea masca un gust amar. După câteva minute, fata fu cuprinsă de un sentiment plăcut de beţie uşoară.

- Acum ce? întrebă ea.

- Încearcă din nou, îi zise Immanu. Doar că de data *asta,* recompune ceea ce vezi prin ochii lui Mikhail.

Îşi imagină că se ascundea în mintea lui Mikhail. După un moment, începu să simtă cine era lângă el.

- Îl văd pe omul căpeteniei, Kiaresh, zise Ninsianna. Vorbesc despre...

Îşi înclină capul.

- Ştiu despre ce vorbesc, dar nu pot să *aud* ce spune Kiaresh.

- Atâta timp cât vorbesc, îi explică Immanu, vor forma o conexiune temporară. Poţi să o vezi?

- Da.

- Urmează legătura de la Mikhail până în corpul celui cu care este.

Ninsianna găsi legătura şi o urmă către cealaltă persoană.

- O! Acum pot să aud ambele părţi ale conversaţiei. Kiaresh vrea să înveţe să mânuiască arcul, dar îi e teamă că Jamin o să înnebunească de nervi. Mikhail i-a sugerat ca soţia lui să se antreneze cu Alalah, după care *ea* să îl înveţe şi pe *el.*

- Bun, spuse Immanu. E uşor să urmezi legături. Pe măsură ce devii mai bună, vei putea proiecta imagini în mintea celeilalte persoane. Dacă celălalt nu e antrenat, nu va mai putea face diferenţa între gândurile proprii şi gândurile provenite de la altcineva.

- Serios?

- Da. De ce nu încerci să îl chemi acasă, pentru prânz?

"Mikhail," gândi Ninsianna. *„Vino acasă şi o să te dezbrac..."*

Simţea – nu o emoţie, ci mai curând o *viziune* a vulnerabilităţii lui Mikhail în faţa unei asemenea sugestii. Deci... tot controlul de sine pe care îl arăta nu era altceva decât o faţadă? Trebuia să verifice mai târziu dacă îl putea face să cedeze.

- Ninsianna? o zgâlţâi Immanu. Se presupune că trebuie să rămâi *aici,* nu să hoinăreşti şi să te pierzi.

Chipul Ninsiannei se înroşi puternic.

- Nu mă *pierdusem,* se bâlbâi ea. Doar mă întrebam...

Ce s-ar fi putut întreba astfel încât să îi poată împărtăşi şi tatălui ei?

- Mă *întrebam* cum aş putea vedea un loc în care nu am mai fost niciodată dacă nu sunt legată de cineva de acolo.

- Cineva ca duşmanii noştri?

- Da.

- Drag copil, pentru asta, răspunse Immanu cu un zâmbet lacom, e nevoie de kratom. A treia formă de vedere se numeşte vizualizare la distanţă. Este periculoasă, pentru că pierzi cu *totul* controlul asupra corpului, de parcă ai fi un zmeu prins de o sfoară. Uneori, zbori deasupra pământului ca să vezi. Alteori, călătoreşti prin tărâmul viselor.

- Ca în cazul viziunii cu Mikhail?

- Exact.

- Nu e tocmai practic, oftă Ninsianna. După ultimele două călătorii, am dormit ca valiza.

- Dacă faci călătorii de felul ăsta de mai multe ori, îţi poţi antrena mintea să nu mai depindă de halucinogene, zise Immanu. Dar *tot* e periculos. Atâta timp cât mintea navighează pe tărâmul viselor, corpul tău e vulnerabil. Unii oameni se pierd. Sau devin atât de interesaţi de ce se întâmplă *dincolo,* încât dau drumul legăturii care uneşte mintea de trup.

- Aşa cum a făcut bunicul Lugalbanda când a murit bunica? cântă vocea Ninsiannei, plină de mândrie.

Tatăl ei îi ocoli privirea.

- Da, murmură Immanu. Un şaman poate să aleagă să treacă dincolo.

Ninsianna se întinse după încă un pahar de kratom.

- Deci... cum vizualizezi la distanţă?

- În primul rând, iei...

Spunând acestea, tatăl o purtă prin cea mai ciudată călătorie din lume.

Capitolul 19

Iulie – 3.390 î.Hr.
Pământ: Deșertul din apropierea satului Assur

JAMIN

Timp de câteva zile, Jamin porni în recunoaștere, căutând urme lăsate de Oamenii Deșertului. În ziua a patra, merse către „acel loc". Spre marea lui mirare, găsi urme proaspete de capră. Le interpretă drept un semn că, poate, ar exista șansa unui acord.

Urmări semnele spre inima unei zone în care corturile Halifienilor erau umbrite de un deal. Îngropă lama de obsidian sub o piatră, după care își ascunse sulița într-un șanț unde nu ar fi putut-o vedea nimeni. Își așeză capa astfel încât agrafa în formă de frunză să fie vizibilă, îndesă cuțitul utilitar în kilt și ridică pachetul pe spate.

Urcă pe creasta dealului și așteptă până când fu observat. În doar câteva secunde, o duzină de bărbați împânzi dealul. Cu toții purtau robe maro, deci nimeni nu părea să aibă robele viu colorate descrise de Gimal.

Jamin își ridică mâinile în semn de pace.

- Am venit aici cu o ofertă pentru șeicul vostru, zise el.

Unul dintre Halifieni, un bărbat cu ochi neobișnuiți, castaniu-verzui, își opri oamenii din a-l măcelări imediat. Jamin îl recunoscu pe Nusrat, pe care îl cunoscuse prima oară când îl întâlnise pe Roshan, bărbatul ucis de Mikhail.

- Ai cam mult tupeu, spuse Nusrat cu un puternic accent Ubaid.

- Am o datorie față de tribul vostru, răspunse Jamin în limba Halifienilor.

Bărbatul făcu un gest către frații săi.

- Percheziționați-l.

- Ar trebui să îl omorâm, zise unul dintre frați.

- Probabil că asta o să și facem, spuse Nusrat, dar nu până când nu primim ordinul de la tata.

Jamin își întinse brațele în timp ce bărbații îi luau lama ieftină. Unul dintre bărbați îl lovi în stomac și Jamin mormăi, dar nu se plânse. Rămase într-o poziție neagresivă în timp ce bărbații îi scormoneau prin pachet.

- Ce e asta? întrebă Nusrat.

- O parte din totalul pe care îl datorez tatălui vostru.

- Îi *datorezi* optsprezece vieți, zise Nusrat.

- *Angelicul* îi datorează tatălui vostru optsprezece vieți, spuse Jamin. Eu îi datorez un mesaj plin de afecțiune din partea ginerelui său și ultima dorință ca văduvei și fiicei lui să li se poarte de grijă.

Un băiat tânăr, în floarea adolescenței, veni în fugă din dreptul corturilor. Avea aceiași ochi verzi ca ai tatălui său.

- Bunicul îl primește, anunță el.

- Ai *noroc*, spuse Nusrat. Dacă ar fi refuzat, te-aș fi lăsat în mâinile *lor*.

Făcu un semn către frații care scormoneau în bagaj, ciondănindu-se în legătură cu ce trebuia să îi revină fiecăruia.

- Aduceți-l! ordonă Nusrat.

Frații mormăiră, dar îndesară obiectele înapoi în sac. *Niciunul* dintre ei nu îndrăznea să ia ceva fără permisiunea tatălui.

În timp ce înaintau prin campament, Jamin își așeză capa și își potrivi faldurile în așa fel încât să pară mai *autoritar*. Mai multe perechi de ochi întunecați se iviră din corturi. Doi bărbați cu o înfățișare ostilă păzeau cortul cel mai mare.

- Puteți intra, spuse una dintre gărzi.

Îi permise lui Jamin și bărbatului cu ochi verzi să intre în cort, dar îi opri pe ceilalți frați care voiau să îi însoțească.

- Hei! se plânseră ei.

- Dați-mi bagajul, spuse gardianul.

Acesta așeză pachetul înăuntru, chiar în dreptul ușii.

Bărbatul pe care îl întâlnise într-o vară, pe când stătea în dreptul râului și dădea apă turmei de capre aștepta acum pe o pernă. La început, îi fusese teamă, dar bărbatul cu cicatrice – la vremea aceea, cicatricea care îi străbătea fața dinspre gură spre ureche era încă proaspătă – îi oferise o masă modestă și îl întrebase despre mama lui. Jamin îi spusese tot ce avea pe suflet, căci avea inima frântă de moartea femeii. Bărbatul îi răvășise prietenește părul, îi dăduse agrafa pe care o purta acum la capă și îi făcuse o promisiune – „lasă-mă să îmi adap caprele *aici* timp de zece săptămâni în fiecare vară și nu vă vom ataca terenurile sau animalele."

Armistițiul, pe care îl făcuse fără a-și da seama că, în calitate de unic fiu al căpeteniei, își *legase* tribul de un tratat, adusese pace în ultimii cincisprezece ani. Timp de cincisprezece ani, Jamin își ținuse războinicii departe de acel loc de pe malul râului; tot timp de cincisprezece ani, grupul de oameni cu corturi își ținuse turmele pe drumul îngust și nu le permisese să rumege recoltele Assuriene.

- Fie ca pacea să se aștearnă asupra turmei tale, intonă Jamin binecuvântarea pe care Marwan o făcuse în acea primă zi.

- Nu *există* pace, zise Marwan. Mi-ai atras apropiații într-o capcană.

- Dacă ați fi crezut asta cu adevărat, răspunse Jamin, nu v-ați mai fi ținut turmele în zona pe care am stabilit-o.

Marwan râse cu amărăciune.

- Să nu se spună vreodată că fiul lui Kiyan nu ar fi bărbat.

Șeicul îi făcu semn să se așeze. Jamin se așeză de partea cealaltă a lui Nusrat. Ultimii cincisprezece ani nu fuseseră tocmai blânzi cu șeicul; fața sa se ascuțise, pielea căpătase riduri și o nuanță maronie, iar încheieturile mâinii cu care mânuia cuțitul se umflaseră din cauza uzurii și a vârstei. Avusese dintotdeauna un dinte slăbit, care juca, dar acum avea și carii adânci. Chiar și așa, ochii săi negri rămăseseră la fel de intenși, iar gura lui încă se asemăna cu ciocul unui șoim.

Gardianul aduse pachetul.

- Ce e asta? întrebă Marwan.

- E cealaltă jumătate a ceea ce i-am promis lui Roshan.

Ochii bătrânului fură cuprinși de ură.

- Roshan este mort, spuse el, aproape scuipând cuvintele. De ce nu ai adus asta mai devreme?

Ceea ce avea să spună putea fie să îi aducă moartea, fie să vindece alianța.

- Nu am știut unde sunteți, răspunse Jamin cu sinceritate. Abia ieri am descoperit urmele turmelor voastre.

Marwan își încrucișă brațele la piept, dar îi făcu semn cu capul lui Nusrat să caute prin pachet. Bărbatul cu ochii verzi așeză fiecare cutiuță împachetată cu atenție pe covor, pentru a fi examinată.

- Ai grijă cu aia, spuse Jamin, referindu-se la o urnă mică, din lut. Valorează mai mult decât toate celelalte la un loc.

Nusrat îi dădu recipientul tatălui său. Marwan scoase capacul și mirosu conținutul. Fața i se destinse într-un zâmbet mulțumit.

- De unde ai făcut rost de astea?

- De la tata, răspunse Jamin.

Șeicul deșertului scoase o măslină, întinzând-o către musafir.

- Tu primul.

Jamin nu se simți ofensat de suspiciunea că măslinele ar fi fost otrăvite. O mestecă pe cea dată de Marwan, bucurându-se de aroma ierboasă, și înghiți. Șeicul deșertului mâncă o alta, având o expresie stoică pe chip. Cicatricea îngrozitoare care îi străbătea fața dinspre buză spre ureche se curbă în sus, aproape mimând un zâmbet.

- A trecut ceva timp de când am mai avut parte de o asemenea delicatesă, spuse el.

- I le-am promis lui Roshan, zise Jamin. Tot ce pot face acum este să le livrez familiei sale.

Marwan și fiul său schimbară o privire.

- Nu va fi ușor, zise Nusrat. Durerea tatălui lui Roshan nu poate fi alinată.

- Grupul lor locuiește la mare distanță.

- Grupul lor s-a aliat cu inamici puternici.

- Amoriții? ghici Jamin.

- Şi alţii, spuse Marwan, aproape scuipând cuvintele. Alianţe despre care nu am voie să vorbesc.

- Deci *ei* ne răpesc femeile?

- Femeile *voastre?* replică Marwan. Femeile *voastre* au rămas neatinse.

- Dar am crezut...

- Dacă v-aş *lua* femeile, le-aş lua pentru fiii mei, zise Marwan, încrucişându-şi braţele. Eu nu vând femei ca sclave sexuale.

Nusrat termină de scos conţinutul pachetului: un borcan de măsline, o oca de grâne, sare de la Marea Pars, o bocceluţă cu pietre semipreţioase şi o brăţară delicată, cu mărgele de argint. Nusrat îi dădu brăţara tatălui său.

- Ce e asta? întrebă Marwan.

- Roshan vorbea cu dragoste despre soţia şi fiica lui, zise Jamin. Mă gândeam că...

- *Nu* o să o accepte, replică Marwan.

- De unde ştiţi?

- Pentru că a rupt colierul pe care i l-a dat Roshan, zise Marwan. Cel care îi aparţinuse mamei *tale*. Dar poate că i-ar plăcea *ala* – arătă către colierul din colţi de leu al lui Jamin – atâta timp cât însăşi inima ta e prinsă în colţi.

Umerii lui Jamin se pleoştiră sub povara înfrângerii. Tatăl lui fusese *furios* pentru că luase lanţul mamei.

Ceva din subconştient păru să îl atenţioneze.

- De unde ştiţi că acel lanţ i-a aparţinut mamei? întrebă Jamin.

Marwan adoptă o expresie indescifrabilă.

- Ştiu diverse lucruri, zise el. Să le lăsăm aşa.

Liniştea se aşternu între ei. Marwan nu îi oferi nimic de mâncare, ceea ce nu era un semn bun.

- Deci de ce ai venit *de fapt*? întrebă el.

- Am nevoie de o favoare, răspunse Jamin.

- O *favoare?* întrebă Marwan. *Ultima* favoare pe care ne-ai cerut-o ne-a ucis optsprezece bărbaţi.

- Nu e acel gen de favoare, zise Jamin. Vă va ajuta pe *dumneavoastră* la fel de mult pe cât mă va ajuta pe mine.

- Cum?

- În satul meu trăieşte o femeie tânără... M-a umilit. De vreme ce oamenii *dumneavoastră* par interesaţi să *adune* tinere...

- Noi nu suntem *Amoriţi!* scuipă Marwan. Nu luăm sclavi.

- Nu trebuie să fie sclavă, zise Jamin. Nu aţi vrea-o drept soţia cuiva. Dar o puteţi da unui trib îndepărtat, cuiva care *nu* vă place, pentru că fata aduce probleme.

- Fosta ta logodnică? ghici Nusrat.

- Nu, răspunse Jamin. O prietenă a Angelicului.

- Câţi ani are femeia asta?

- Doisprezece.

- Vrei să răpim un *copil?*

Jamin îşi dădea seama exact cât de absurd suna totul. Cum putea explica situaţia astfel încât să nu pară un prostănac?

- *Angelicul* încearcă să ne dubleze armata antrenându-ne femeile, zise el.

Nusrat izbucni în râs.

- Se presupune că ar trebui să ne simţim ameninţaţi de asta? întrebă Marwan.

- Le-a echipat cu arme care le ajute să lupte ca nişte bărbaţi, zise Jamin.

- Încă un motiv să nu ne apropiem, răspunse Marwan.

Ce era în *neregulă* cu şeicul deşertului? De ce se ţinuse de tratat chiar şi după ce ginerele său fusese ucis?

- Nu vreţi să mă ajutaţi?

- Nu, zise Marwan. Ţi-am oferit destul. Dar *apreciez* faptul că ai adus aceste cadouri pentru văduva lui Roshan.

Gardianul se apropie şi îl forţă pe Jamin să se ridice.

- Poţi pleca, zise Marwan.

- Dar am venit cu intenţii bune, insistă Jamin.

- *Ştiu.* Tocmai de aceea te las în viaţă.

Gardianul îl împinse din cort, conducându-l înapoi către deal. Fiii lui Marwan îl urmară.

- Nu te mai întoarce, îl avertiză gardianul. Dacă o faci, Marwan o să te ucidă.

Jamin se îndreptă greoi către armele sale, recuperându-şi lama de obsidian şi suliţa. *Desigur* că nu îi înapoiaseră cuţitul. Tatăl său avusese dreptate în legătură cu *asta.*

Mergea spre sat când simţi deodată că i se ridică părul la ceafă.

- Cine-i acolo? întrebă el, răsucindu-se pentru a vedea cine îl urmărea.

Unul dintre fraţii lui Nusrat păşi din spatele unor pietre, urmat de vreo şaizeci de bărbaţi. Unii dintre ei erau Halifieni, alţii, Uruk, dar cei mai mulţi proveneau din triburi pe care Jamin nu le recunoştea. Judecând după veşmintele lor, *toţi* erau mercenari – bărbaţi alungaţi din triburi după ce comiseseră vreo infracţiune; de obicei, era vorba de crime.

Bărbaţii se împrăştiară. Unul dintre ei, care avea o înfăţişare nemiloasă şi purta o robă colorată, cu dungi, păşi printre rânduri. La unul dintre umeri avea prins un patrontaş cu vreo şase cuţite mici, din os.

- Eu sunt Rimsin, fiu al lui Kudursin, din tribul Amorit al lui Jebel Bishri, zise el. Am auzit că ai ceva probleme cu o femeie...?

Capitolul 20

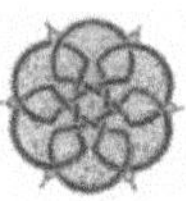

Data Galactică Standard: 152,323.07 D.Î.
Zona neutră: Portavionul diplomatic „Prinţul din Tyre"
Locotenent Apausha

Lt. APAUSHA

Locotenentul Apausha făcuse contrabandă cu multe bunuri pe teritoriul Alianţei; unele ajunseseră chiar pe nave deţinute de magnaţi, însă asta era prima oară când avea o întâlnire cu însuşi vasul *amiral* al Alianţei. Nava elaborată a lui Ba'al Zebub nu se putea compara cu zveltul şi albul *Prinţ din Tyre*. Cel din urmă avea linii organice şi o pereche de antene ca de pisică montate pe conul ce ţinea loc de nas.

- Asta da navă, exclamă admirativ Hanuud, operatorul radio şi navigatorul lui Apausha, privind pe fereastră. Păcat că *noi* nu suntem staţionaţi pe o aşa frumuseţe.

- Ce e în neregulă cu *Peykaap?* întrebă pilotul Wajid, mângâind consola vasului de contrabandă care îi trecuse prin mai multe experienţe la limită decât puteau să îşi mai amintească. E cea mai rapidă navă din Imperiu.

Un sentiment neplăcut se instală în pântecul lui Apausha.

- Să lăsăm încărcătura şi să scăpăm odată de aici, zise el.

- Să trăiţi! fură de acord cei doi membrii ai echipajului.

Condusera *Peykaapul* spre doc, alături de nava amirală a Alianţei. Un sentiment de groază făcu creasta dorsală a locotenentului să se înalţe în aer. Tocmai transportase ceva de la nava amirală a lui Sata'an către cea a Alianţei. De ce, în numele lui Haven, le permitea Lucifer să se *apropie* măcar de vasul lui? Întreaga afacere era dubioasă.

- *Prinţ din Tyre*, anunţă Specialistul Hanuud prin transmiţător, aici *Peykaap.* Unde vreţi să acostăm?

- *Peykaap*, aici *Prinţul din Tyre*. Puteţi acosta în zona babordului, pe puntea principală de lansare.

Apausha îi conduse *cu grijă*, încercând să evite orice mişcare ce ar fi putut fi interpretată drept o ameninţare. Copilotul său, Wajid, expiră uşurat în momentul în care sistemul de andocare se cuplă, etanşând garnitura.

- *Peykaap*, aici *Prinţul din Tyre,* se auzi operatorul radio de pe celălalt vas. Preferaţi să coborâţi de pe navă sau vreţi să trimitem *noi* comitetul de primire?

Creasta dorsală a lui Apausha tâşni în aer în semn de uimire.

- Vor să spună că ne lasă înăuntru? întrebă Wajid neîncrezător.

Apausha privi peste umăr, către femeile şi bărbatul care dormeau – până şi femeia bătrână, care de obicei nu îşi lua pastilele. Ba'al Zebub le explicase în termeni foarte clari că *toţi,* inclusiv escorta, trebuiau sedaţi puternic.

- Poţi clarifica? îl întrebă Apausha pe Hanuud.

Operatorul radio confirmă că da, erau cu adevărat invitaţi la bord.

- În *niciun* caz nu o să ratez ocazia asta, spuse Wajid.

- Nu ştiu...

Apausha avea un sentiment de nesiguranţă.

- Haide! îl îndemnă Wajid. Nu vrei să tragi cu ochiul?

Priviră amândoi către Hanuud pentru votul final. Şopârla agitată gustă aerul cu nervozitate, dar Apausha nu îl certase niciodată pentru părerile sale.

- Chiar mi-ar plăcea să ştiu cum arată, zise Hanuud. Ar fi o super-Haven poveste pe care să i-o zic proaspetei mele soţii.

Apausha oftă.

- Spune-le că promitem să nu ne facem nevoile pe covoarele lor.

- Da, domnule! răspunse Hanuud cu entuziasm.

Hanuud transmise informaţia cu mult mai multă eleganţă decât ar fi impus-o mesajul original. Câteva minute mai târziu, traversau ecluza. Se aşteptau la o prezenţă militară enormă, ceea ce şi primiră, evident, însă *ultimul* lucru la care se aşteptau era ca *însuşi* prim-ministrul Alianţei să îi întâmpine.

- Domnilor, zise Lucifer, deschizându-şi braţele în semn de bun venit. Am auzit că veniţi cu daruri?

Apausha privi către Angelicii care aşteptau cu armele cu impulsuri în teacă; judecând după modul în care îşi îndoiseră braţele, erau pregătiţi să atace rapid în cazul în care livrarea ar fi mers prost. Locotenentul îşi îndreptă privirea către prim-ministrul Alianţei.

Hanuud se pişcă uimit.

- Da, domnule, zise Apausha precaut. Marea şi puternica sa eminenţă, Lord Ba'al Zebub, *pacea fie cu el*— toţi cei trei făcură gestul de rugăciune Sata'anică — ne-a cerut să livrăm treizeci de viitoare soţii.

- Soţii, o, da, răspunse Lucifer cu o privire abilă. Şi unde le-aţi îndesat? În cuşti? Sau a trebuit să le puneţi botniţă?

- Le-am transportat în mod *uman,* ripostă Apausha indignat. Au fost făcute toate eforturile necesare pentru a le proteja castitatea.

Lucifer râse, de parcă replica i s-ar fi părut amuzantă.

- Păi... mânaţi-le afară.

Wajid şi Hanuud priviră către locotenent, aşteptându-i indicaţiile.

- L-aţi auzit pe domn, murmură acesta.

Echipajul său se retrase la bordul navei, însoţindu-le pe cele trei femei somnoroase şi escorta lor ameţită pe *Prinţul din Tyre.* Apausha îi înmână şefului de personal al lui Lucifer foaia de transport. Zepar numără fiecare femeie, punându-le să îşi ridice pe rând voalul. Se opri în faţa escortei – un bărbat înalt, cu pielea închisă la culoare, care, în ciuda faptului că fusese sedat, era încă suficient de alert încât să creeze probleme dacă Angelicii ar fi încercat vreo manevră.

- De ce și un bărbat? întrebă Zepar.

- Pentru a le proteja modestia, răspunse Apausha. A fost numit de liderii triburilor să înlocuiască frații și tații tuturor femeilor.

Zepar își drese glasul.

- Nu vrem bărbați. Doar partenere pentru împerechere.

- Planul nostru este să îl luăm înapoi la următorul transport, zise Apausha.

- Data viitoare poate ne aduceți doar bunuri pe care le putem *folosi,* mârâi Zepar.

Își continuă inventarul, ridicând mai departe vălul fiecărei femei. Fiind puternic sedate, acestea priveau absente în gol.

Zepar se opri la cea mai bătrână dintre ele.

- Asta e prea în vârstă, zise el, atingând ridurile din jurul ochilor lui Sarvenaz.

- Dar e cea mai valoroasă, răspunse Apausha. Generalul Hudhafah a marcat-o drept soție de prim rang.

- E fertilă?

- Doctorul de la baza noastră a confirmat că va putea produce mai mulți copii.

- Hmmm....

Angelicul cu aripi murdare își luă notițe pe tabletă.

Lucifer păși în jurul femeilor, ciupindu-le sânii de parcă ar fi fost un cumpărător care analizează animale la târg. Fiecare ființă din Imperiu auzise despre libidoul prim-ministrului Alianței și despre șeful de personal care îi punea femei pe tavă de parcă ar fi fost un armăsar premiat.

- Cum le-ați făcut să fie atât de docile? întrebă Lucifer.

- Le-am oferit ocazia să se aclimatizeze, răspunse Apausha.

- Să se aclimatizeze la *ce?*

- Moravurile Sata'anice, zise locotenentul. Fiecare femeie a fost antrenată pentru a deveni viitoare soție.

- O, haide! îl tachină Lucifer. Poți să nu te mai prefaci.

- Să mă prefac în legătură cu ce?

Lucifer râse.

- Domnilor! zise el, punându-și brațele în jurul lui Wajid și al lui Hanuud. Ați adus o binecuvântare neprețuită poporului meu. Vă rog! Permiteți-mi să vă răsplătesc prin confortul navei mele!

- Trebuie să ne întoarcem, domnule, zise Apausha.

- Chiar acum? pufni Lucifer. Haideți, domnule locotenent! Uitați-vă la echipajul dumneavoastră! Trebuie să mănânce și ei. Și să se odihnească după o călătorie atât de lungă.

Wajid şi Hanuud îl priviră cu sprâncenele ridicate. *Ei* voiau să exploreze nava amirală a inamicului. *El,* pe de altă parte, nu era încântat de mirosul lui Lucifer. Fluctuaţiile feromonilor săi creau impresia că ar fi două persoane diferite de la un moment la altul.

- Avem terci, zise Lucifer, iar ochii săi gri şi ciudaţi străluciră. Cu lapte proaspăt şi fructe uscate nelimitate.

În mintea lui Apausha se contură imaginea celui mai apetisant terci, fierbinte şi bogat în amidon, îmbogăţit până la exces cu fructe uscate îngheţate, sirop de copac şi lapte gustos. Stomacul îi ghiorăi puternic.

- Mi-ar face bine un duş fierbinte, domnule, îl îndemnă Wajid cu glas jos.

- Iar mie mi-ar plăcea mult să mă întind într-un *pat,* se tângui Hanuud.

Apausha oftă. Toţi cei trei membri ai echipajului renunţaseră la paturile lor şi dormiseră în zona de depozitare a navei pentru a reduce cât mai mult contactul cu femeile.

- Am aprecia asta, Eminenţa Voastră, zise Apausha, ducându-şi ghearele spre frunte şi bot în semn de respect.

- Excelent! răspunse Lucifer, frecându-şi palmele. Eligor vă va duce în camerele dumneavoastră.

Un Angelic masiv, cu aripi albe, păşi înainte, urmat de un alt membru al echipajului, care era ceva mai mic şi avea aripi cu pete roşii.

- Pe aici, domnilor, zise Eligor stoic.

Wajid şi Hanuud se eliberară din îmbrăţişarea prim-ministrului. În timp ce îşi urmau escorta în afara zonei cargo, Lucifer şi şeful lui de personal începură să se certe în legătură cu bărbatul cu piele închisă care fusese transportat alături de femei.

- Cum a fost călătoria dumneavoastră? întrebă prietenos celălalt Angelic, al cărui ecuson îl identifica drept „*Lerajie*".

- În regulă, domnule, răspunse Apausha.

- Conduceţi o navă comercială, nu faceţi parte din forţele navale, nu-i aşa? continuă Lerajie.

- Da, domnule.

- Şi cum e?

Privirea lui o întâlni pe cea a celuilalt Angelic. Ridicând o sprânceană, Eligor transmise tacit: „scuze, prietenul meu nu prea ştie când să se oprească din trăncănit". Dacă Lerajie fusese trimis să extragă informaţii de la echipajul vasului, se comporta atât de *evident* încât totul părea o glumă.

- Acestea sunt detalii clasificate, domnule, zise Apausha.

- A, da, scuze, răspunse Lerajie. Nu voiam să mă bag. Pur şi simplu... ştiţi, de obicei nu prea avem ocazia să *vorbim* cu voi, decât dacă...

Nu continuă. În general, atunci când „vorbeau" încercau, de fapt, să se împuşte şi să se ucidă reciproc.

- Preferaţi să vă spălaţi sau să mâncaţi întâi? întrebă Eligor.

- Să mâncăm, domnule, răspunse Apausha. Dacă e în regulă...

Eligor îl însoţi prin nişte holuri largi, luxuriant de curate şi de albe. Spre deosebire de pereţii navei Forţelor Navale Sata'anice, *Tsalmavet,* ai cărei pereţi erau decoraţi cu aur şi nestemate, *Prinţul din Tyre* avea un decor minimalist, care însă transmitea un anume sentiment de ordine.

Eligor îl îndrumă pe Apausha în cantină, unde se afla un bufet generos, din oţel inoxidabil. Un Angelic cu bonetă de chef şi şorţ, multe cicatrici, un braţ lipsă şi o aripă parţial amputată stătea în spatele bufetului, păzind o tavă uriaşă de terci cu o lingură din oţel inoxidabil.

Apausha se forţă să îşi ascundă uimirea. De obicei, soldaţii Sata'anici care prezentau asemenea răni de luptă erau trecuţi în rezervă cu onoruri.

- Deci e adevărat? şopti Wajid. Chiar sunt aşa de disperaţi?

Apausha îi aruncă o privire care spunea: „*Taci din gură!*".

- Domnule, îi spuse el politicos bucătarului. Terciul acesta arată grozav!

- Prim-ministrul a spus că o să vă placă, răspunse Angelicul plin de cicatrici. Mi-a cerut să am grijă să iasă special.

- Un gest foarte frumos, zise Apausha.

- Lucifer ştie *întotdeauna* ce îi place cel mai mult fiecăruia dintre noi.

Angelicul rănit pregăti trei porţii generoase, după care îi îndrumă către lapte şi fructe. Wajid îşi decoră terciul de ovăz cu fructe, iar Hanuud turnă atât de mult sirop încât mâncarea căpătă o nuanţă profundă de chihlimbar. Apausha alese o masă care le permitea să rămână cu spatele spre perete. Ceilalţi Angelici – căci încăperea nu era *plină,* dar nici tocmai goală – îi priveau curioşi, însă fără niciun fel de ostilitate.

Eligor şi Lerajie se aşezară la o masă suficient de îndepărtată încât să le ofere intimitate, dar nu într-atât de îndepărtată încât să nu poată reacţiona prompt în cazul în care musafirii ar fi încercat vreo manevră.

Toate cele trei şopârle începură să înfulece.

- Pişcaţi-mă, şopti Hanuud. Mă simt ca într-un episod din „*Behind the Mirror*"[28].

- Chiar că sunt *foarte* disperaţi, zise Wajid. Nu am văzut niciodată Angelici care să se poarte aşa de *prietenos.*

Cei trei îşi terminară terciul, după care mâncară desertul. La final, îşi mângâiară burţile pline şi râgâiră puternic, demonstrându-şi astfel recunoştinţa faţă de bucătar. Eligor se ridică:

- Sunteţi pregătiţi să vă vedeţi camerele?

- Da, domnule, răspunse Apausha. Ar fi foarte bine.

Terciul îl moleşise într-un mod plăcut. În ultima vreme, nagivaseră prin zone necunoscute, se feriseră de neamul Tokoloshe, care se târa prin părţilea acelea asemenea ciumei, se întâlniseră cu Ba'al Zebub şi se sustrăseseră

---

[28] *Behind the Mirror*: film lansat în anul 2015. Acesta prezintă povestea unui scriitor traumatizat, care se mută alături de familia sa în orăşelul New Rome pentru a începe o nouă viaţă. Lucrurile scapă de sub control în momentul în care localnicii, dar şi un şaman viclean, încep să îi invadeze intimitatea şi să îl manipuleze. *(n.t.)*

patrulelor Alianței, ba chiar fuseseră nevoiți și să renunțe la propriile camere de dormit... toate acestea îl ajungeau din urmă pe locotenent.

Poate că Lucifer avea dreptate. Era timpul să doarmă într-un pat *real*.

Opt ore mai târziu, bine odihniți, spălați și cu uniformele curățate și călcate, Eligor și Lerajie se întoarseră pentru a-i escorta pe cei trei oaspeți înapoi la nava lor.

- Ați dormit bine? întrebă vorbărețul Lerajie.

- Da, domnule, răspunseră toți trei.

- Nu am mai dormit niciodată într-un pat așa de confortabil, adăugă Hanuud.

Eligor ridică o sprânceană, de parcă ar fi vrut să spună: *„frate, înseamnă că n-aveți cine știe ce condiții”*.

- Cum vi s-a părut micul dejun servit în cameră? întrebă Lerajie.

- A fost bun, răspunseră cei trei.

Eligor nu spuse nimic. Nu era nici prietenos, dar nici ostil. De fapt, nu părea să emită aproape niciun fel de feromoni, ceea ce îi făcea gândurile și reacțiile greu de citit.

În timp ce treceau printr-unul dintre holuri, se întâlniră cu cele două matahale cu priviri reci, care stăteau asemenea unor cotoare de cărți de ambele părți ale ușii. Ușa se deschise. Șeful de personal Zepar păși în afara ei, conducând-o pe una dintre femeile-om. Rochia ei era distrusă; fața îi era vânătă și însângerată. Pe coapse i se prelingea sânge – de parcă ar fi fost posedată *violent,* împotriva voinței ei. Însă ceea ce îl uimi cel mai mult pe Apausha fu expresia *moartă* din ochii ei.

- Domnule?

Eligor și Lerajie reveniră brusc la realitate.

Zepar sâsâi ceva într-o limbă care nu era Galactica Standard, dar nici vreo alta pe care să o recunoască Apausha, și împinse femeia în josul holului.

Apausha își scoase limba pentru a testa feromonii din aer. Detectă miros de spermă. În camera păzită, o altă femeie țipă, iar cineva scăpătă un răget de bestie lacomă. Groaza traversă trupul locotenentului, ajungând până în dreptul cozii; acel răget era atât de profund, de primar, încât întreg vasul părea să se cutremure sub forța sa.

- Frate, șopti Hanuud, operatorul radio. Chestia asta e...

- Greșită, încheie Wajid, pilotul.

Lerajie, Angelicul mai prietenos dintre cei doi, se îndreptă spre ușă, dar tovarășul lui, Eligor, murmură ceva pe sub barbă. Cele două matahale își încordară mușchii, iar ochii lor se arătară la fel de nemiloși și reci ca cei ai celui mai crud pirat Tokoloshe.

- Nu putem să... protestă Lerajie.

- Mai târziu, sâsâi Eligor.

- Dar n-ar trebui să...

Eligor își înșfăcă tovarășul de braț.

- Am zis *mai târziu!*

Privirea sa se abătu asupra lui Apausha și a subalternilor săi.

- Discutăm *mai târziu,* când nu mai avem companie.

- Fie ca Shay'tan să ne protejeze, ziseră cei doi membri ai echipajului lui Apausha.

- În numele lui Haven, haideți să o ștergem de aici, murmură Apausha.

Din fericire, Wajid știa bine cum să facă pe indiferentul. Îl apucă pe ofițerul de comunicații, care era foarte încordat, și îl trase către navă înainte ca bine intenționații lor însoțitori să îi facă „dispăruți”.

- O să-i trimit un raport lui Ba'al Zebub, promise Apausha în momentul în care ajunseră înapoi pe *Peykaap.*

Sata'anicii erau în multe feluri, dar ceea ce văzuse i se părea de-a dreptul malefic.

Capitolul 21

Iulie – 3.390 î.Hr.
Pământ: Satul Assur
Colonel Mikhail Mannuki'ili

MIKHAIL

Un Angelic mic, cu aripi întunecate, priveşte prelung tabla de şah. Un cronometru numără secundele rămase. Nu vorbeşte. De fapt, nu o prea face niciodată.

- Tá sé do bhogadh,[29] *Gabriel, spun eu.*

Băiatul mută calul negru în L, luându-mi regina albă.

*

Nişte bătăi frenetice în uşă îl smulseră pe Mikhail din somnul său şi *continuară*, în ciuda eforturilor sale de a bloca sunetul acoperindu-şi capul cu una dintre aripi. Mormăind nemulţumit, Angelicul se rostogoli de pe paletul pe care dormea; penele i se mototoliră, dând la o parte perdeaua care separa „patul" de spaţiul de locuit.

- Vin, mârâi Mikhail, jurându-şi că o să-l jupoaie de viu pe cel care îndrăznea să îl trezească la o asemenea oră inumană.

Deschise uşa. Gisou, care de obicei chicotea încontinuu, stătea în faţa lui; era murdară şi tremura, strângându-şi pe corp ce mai rămăsese din şalul pe care îl purta drept rochie.

- Au luat-o! strigă ea.

- Au luat pe cine? întrebă Mikhail.

- Pe Pareesa!

Gisou se aruncă în braţele lui, plângând, şi începu să bolborosească o poveste imposibil de înţeles.

Immanu coborî scările, urmat de Ninsianna.

- Probleme? ghici el.

- Pareesa a fost răpită, zise Mikhail.

- De cine? întrebă Immanu.

- Nu ştiu! ţipă Gisou.

Immanu o apucă de umeri şi o scutură.

- Cum poţi să nu ştii cine v-a luat? strigă Immanu.

- E-e-eu... se bâlbâi fata.

- Destul!

---

[29] *"Tá sé do bhogadh."*: E rândul tău.

Ordinul venea de la Needa, care tocmai văzuse în ce stare se afla tânăra îndurerată. Tămăduitoarea se interpuse între cele două femei și bărbați.

Ninsianna merse în grabă către patul lui Mikhail, îi luă pătura și o înfășură cu grijă în jurul umerilor lui Gisou.

- Nu sunt furioși pe *tine,* zise ea, aruncându-i o privire răutăcioasă Angelicului. Sunt furioși pe cei care v-au *luat,* oricine ar fi ei.

Mikhail își dădu seama că probabil arăta înfricoșător, tronând deasupra femeii terifiate cu cel puțin un cot. Își strânse aripile la spate cu un calm forțat și zise:

- Spune-ne tot ce *știi,* bine?

Bâlbâindu-se, Gisou își spuse povestea.

- Urmăream o antilopă când i-am văzut ieșind din dreptul unor stânci. Am încercat să ne luptăm cu ei, dar... of! Erau atât de mulți! suspină ea. Noi-noi... – își acoperi fața cu mâinile – Pareesa l-a nimerit pe unul dintre ei, dar erau atât de aproape... nu am putut să... mi-au făcut asta – arătă către o vânătaie urâtă și roșie de pe bărbie, care între timp începuse să se facă mov – iar apoi ne-au legat și ne-au pus să mergem.

- Unde s-a întâmplat asta? întrebă Mikhail.

- În nord-vest. La o distanță de vreo doi *kaspu*[30], cred...?

Patru ore. Ceea ce, pentru o fată în formă, ca Pareesa, putea însemna orice – de la cinci, la douăzeci de kilometri distanță. Având în vedere faptul că era și Gisou cu ea, iar pe deasupra mai urmăreau și prada, probabil că se mișcase mai încet, totuși. Mikhail nu *mersese* niciodată în direcția aceea și, până acum câteva săptămâni, nici nu *zburase* pe acolo.

- Teritoriul acela nu îmi e cunoscut, zise el.

- E ținutul nimănui, spuse Immanu. Deșert, în principal. Tehnic vorbind, e controlat de cei din neamul Ubaid, dar războinicii noștri patrulează rar zona.

Damantia! Deci nu numai că *lui* nu îi era cunoscută zona, dar nici războinicii satului nu aveau să se descurce prea bine identificând poziția Pareesei.

- La ce oră... ăă...

Mikhail aruncă o privire către ceasul de la mâna sa. Minutele nu însemnau nimic pentru cei din neamul Ubaid.

- Acum *cât* timp v-au luat?

- La scurtă vreme după ora prânzului, răspunse Gizou. Dar nu sunt sigură cât de departe am călătorit *după* asta. Se tot opreau și ascundeau, probabil ca să nu fie văzuți de *tine.*

Mikhail se uită din nou la ceas și înjură. Nu călătoriseră prea repede, dar era deja trei dimineața.

- Cât timp ați mers?

---

[30] *Kaspu:* unitate de măsură din Babylonul antic; un *kaspu* corespunde unei distanțe de 11,3 km sau 7 mile.

– Până după căderea nopții, zise Gisou. S-au întâlnit pe drum cu un grup mai mare, care avea și alte femei.

– Concubine? întrebă Immanu.

– Nu, erau prizoniere. Nu cred că proveneau din Ubaid.

Immanu mârâi supărat:

– Neugstori de sclavi!

Îi aruncă o privire îngrijorată soției sale.

– Erau Halifieni? întrebă Mikhail.

– Nu cred, răspunse Gisou scuturând din cap. Sau *majoritatea* nu erau Halifieni. Doar doi dintre ei... am recunoscut limba pe care o vorbeau. Dar unii erau îmbrăcați în robe multicolore.

La fel ca bărbații care îl atacaseră pe Gimal în deșert. Un grup de războinici *ar fi putut* ajunge atât de departe în nord. Dar dacă o făcuseră, atunci *cine* hărțuia Eshnunna și Gasur, în sud? Grupul pe care Mikhail îl văzuse în ziua în care îl salvase pe Gimal dispăruse, ceea ce însemna că se adăpostiseră la *cineva.*

– Ai numărat câți erau? întrebă el.

– Opt, răspunse Gisou. Adică... grupul care ne-a *atacat* era format din opt bărbați; doi dintre ei erau Halifieni. Dar atunci când am ajuns în tabăra celuilalt trib...

Buzele i se mișcară, numărând în liniște.

– Treizeci? Poate treizeci și cinci de bărbați?

Oricum, mult mai puțini decât sutele pe care Angelicul le văzuse străbătând deșertul; totuși, erau un grup însemnat.

– Cum ai scăpat?

Gisou se cutremură în timp ce își relata povestea.

– Am așteptat până când s-a întunecat, iar apoi Pareesa și-a mușcat legăturile de la mâini până când a scăpat de ele. M-a eliberat pe *mine,* iar apoi ne-am dus amândouă să le eliberăm și pe celelalte femei. Dar bărbații s-au trezit – îl apucă de braț – Mikhail, s-a *luptat* cu ei! Fără arme! Dar nu a fost suficient de puternică... Mi-a zis să fug după ajutor...

Gisou începu să plângă.

– Așa că am fugit. Ultima oară când am văzut-o...

Izbucni în suspine isterice.

– Te rog! Trebuie să o salvezi!

Needa o îndemnă pe fata răvășită să se așeze pe bancă. Dinții îi clănțăneau, cu toate că, fiind vară, noaptea era caldă încă. Mikhail se așeză într-un genunchi, pentru a fi la același nivel cu ea.

– Gisou, îi spuse el cu blândețe. *Nu* e vina ta. Ei erau treizeci, iar voi, doar două. Am nevoie să te concentrezi, totuși. Poți să îmi spui *cu exactitate* unde ai văzut-o ultima oară pe Pareesa?

Ochii căprui ai fetei îi întâlniră pe ai lui, ai cărui iriși se înroșiseră de teamă. Gisou își suflă nasul.

– Pot să te duc acolo, răspunse ea, dând din cap în semn de determinare.

O! Femeile astea Ubaide!

Mikhail îşi ascunse zâmbetul.

- Nu, *laoch beag*,[31] zise el înfoindu-şi aripile. Am nevoie de un *punct de reper*. Unul pe care să îl văd din aer.

Gisou privi în sus, către membrele de zbor, şi căzu pe gânduri; apoi, descrise ruta pe care o urmase pentru a se întoarce acasă, folosind puncte de reper vizibile. Entuziasmul pătrunse trupul Angelicului în momentul în care Gisou povesti despre locul în care inamicii se culcaseră – era un loc în care două *wadi*, unul gri şi uscat, şi unul cu pământ roşiatic, se întâlneau spre a forma unul singur. O găsise pe Mica Nemesis într-o astfel de zonă după una dintre numeroasele ei escapade.

- Fir-ar ea de capră, murmură Mikhail într-o rugăciune plină de recunoştinţă.

- Ar fi bine să anunţăm căpetenia, zise Immanu.

- Santinelele au mers deja să îi spună, zise Gisou. Voiau să merg cu ele, dar modul în care s-a purtat Jamin în ultima vreme...

- Ai făcut ce trebuia, o încurajă Ninsianna, strângând-o de umăr. O să te ducem la căpetenie *acum* şi poţi să îi zici tot ce vrea să ştie.

Immanu privi îndelung fata; sprâncenele lui se împreunaseră, formând o expresie gânditoare.

- A scăpat prea uşor, zise el.

- Uşor? izbucni Gisou. Crezi că asta a fost *uşor?*

Needa îi aruncă o privire ameninţătoare soţului.

- Nu te *acuz* de nimic, răspunse Immanu, încercând să se apere. Ceea ce vreau să spun e că am mai *văzut* tactica asta cu alte ocazii.

Sângele se scurse din obrajii Needei.

- Credeţi că e o capcană? întrebă Mikhail.

- Poate, zise Immanu. Dar e o tactică a neamului *Uruk*, nu a Amoriţilor sau a Halifienilor. Presupune să atragi războinicii undeva şi să ataci satul câtă vreme nu e apărat.

- Dar au luat-o pe Pareesa! strigă Gisou. Nu putem să nu facem *nimic!*

Şi Mikhail simţea acelaşi lucru, dar nu voia să admită că se simţea atât de răvăşit de faptul că tânăra lui protejată fusese răpită.

- Mergeţi să anunţaţi căpetenia că am fost vizaţi de un raid, spuse Angelicul. Iar tu...

- O să-mi iau arcul, zise Ninsianna.

- Lasă-mă să ajut! interveni Gisou, apucându-l pe Mikhail de braţ. *Mie* mi-au luat arcul, dar am mai făcut unul pentru fratele meu mai mic.

Cele două fete stăteau împreună, având expresii temătoare, dar nerăbdătoare. Acea parte a lui care o iubea pe Ninsianna nu voia să o lase să ajungă într-o situaţie periculoasă. Dar soldatul din el şoptea: *„Asta le-ai antrenat să facă..."*

---

[31] *Laoch beag:* formă de alint care înseamnă „micuţă curajoasă".

- Mergeţi să treziţi ceilalţi arcaşi, decise Mikhail. Ocupaţi poziţii de atac pe acoperiş, pentru ca inamicul să nu poată lovi direct. *Nu* vă puneţi sub nicio formă în pericol fizic.

Spunând acestea, se îndreptă spre locul în care obişnuia să doarmă şi îşi scoase sabia de sub pat, rostind o rugăciune pe care o învăţase de la Cherubimi, în limba lor plină de clinchete; era atât de adânc înrădăcinată în mintea sa, încât nici măcar pierderea de memorie nu o putuse şterge. Un sentiment de detaşare rece i se instală în vene.

Cei care organizaseră raidul luaseră pe cineva de-ai *lui*...

El avea să o aducă înapoi.

- Ai grijă, spuse el, lipindu-şi buzele de urechea Ninsiannei. Dacă ţi se întâmplă ceva...

Fata dădu din cap, dar buza îi tremură.

- *Ştii* că e o capcană, zise ea.

Murmurând o rugăciune pe care şi-o amintea doar pe jumătate din timpul antrenamentelor sale cu Cherubimii, Mikhail păşi peste prag, îşi întinse aripile şi se lansă către luna care creştea.

Vocea lui Immanu îl urmă în timp ce înainta spre văzduh.

- Zeii nu vor avea milă faţă de cei care au luat-o pe Pareesa.

Capitolul 22

Iulie — 3.390 î.Hr.
Pământ: Satul Assur

NINSIANNA

Se adunară în jurul casei lui Orkedah, căci ea locuia cel mai aproape de poarta de nord. Arcașul de vârstă mijlocie le conduse pe scară, până pe acoperiș. De acolo, puteau vedea toată aleea care ducea spre poarta de sud.

- Merge așa? întrebă Orkedah.

- Ar trebui, zise Ninsianna. Să încercăm să găsim ceva care să ne ferească din calea armelor.

Se strecurară înapoi în casă și începură să înșface orice găseau – doi paleți de dormit, o masă, un cufăr de lemn, orice putea opri o săgeată atâta vreme cât ele și-ar fi ținut capetele jos. Orkedah își trimise copiii și părinții într-un loc sigur.

- Poate că ar trebui să ne despărțim, sugeră Alalah.

- Poate? zise Ninsianna nesigură.

Pareesa fusese singura atentă la trăncănelile lui Mikhail despre „capcane ale morții” și „acoperire”. *Ea* nu voise decât să învețe să vâneze rațe. *La naiba!* În tot acest timp, se rugase la zeiță să îi explice ce voia să învețe de la Mikhail, când de fapt *ea* refuzase să învețe. El încercase să le instruiască încă de la bun început.

Orkedah și Kianna cărară un recipient plin de cărbune pe acoperiș.

- Asta pentru ce e? întrebă Ninsianna.

- L-am auzit pe Mikhail vorbind despre „săgeți de urmărire”, zise Kiana. I-a arătat Pareesei cum să înfășoare săgețile în pânză și să le dea foc, ca să vadă.

- Îmi amintesc, interveni și Homa. Cred că trebuie să folosim smoală.

- Nu am smoală, zise Orkedah.

- Ai cumva grăsime? sugeră Ninsianna.

Orkedah căzu pe gânduri.

- Am ceva grăsime de rață rămasă, răspunse ea.

- Mergi și ia-o, o îndemnă Ninsianna. O înlocuim după raid.

Orkedah dispăru o vreme, după care se întoarse cu un recipient plin de grăsime topită. De obicei, o foloseau pentru prăjit sau pită, dar în acea noapte avea să le lumineze calea. Homa rupse o bucată de pânză, formând panglici subțiri, iar Kiana scufundă panglicile în grăsime de rață, arătându-le și celorlalte cum să își înfășoare săgețile.

Se pitiră în spatele meselor, rugându-se ca Immanu să se fi înșelat în legătură cu intenția de raid a Halifienilor. Speranțele lor se frânseră însă în clipa în care auziră o săgeată șuierând.

- Aiaaaaah! strigă o santinelă în timp ce cădea de pe zid.

Zeci de săgeți zburară pe deasupra acoperișurilor.

- Pregătiți-vă, șopti Ninsianna.

- Ar trebui să aprindem săgețile? întrebă Kiana.

- Nu încă, zise Ninsianna. Nu vrem să știe că suntem aici.

De ce nu îl luase în serios pe Mikhail când le vorbise iar și iar despre tactici? El și Pareesa purtau astfel de discuții ore în șir, până când ochii ei se încrucișau de la atâta dat peste cap și începea să o doară capul.

O a doua serie de săgeți zbură deasupra zidului, urmată de frânghii îngreunate cu pietre. Războinicii alergau în susul și în josul acoperișului, încercând să demonteze echipamentul de cățărat. De multe ori cădea câte un inamic, dar de tot atâtea ori șuieratul unei săgeți era urmat de un strigăt de durere Assurian.

Un bărbat coborî pe alee.

- Uitați! zise Alalah. E unul de-ai noștri?

- Nu pot să văd! zise Ninsianna.

Bărbatul fugi către poartă și încercă să ridice bara care o ținea închisă.

- *Nu* e al nostru, anunță Ninsianna. Aprindeți-vă sulițele!

Își cufundă propria suliță în recipientul cu cărbune și o prinse de arc.

Cu inima bătându-i frenetic, se rugă:

„Preamărită Mamă, ghidează-mi mâna...”

Un tremur cunoscut i se instală în trup. Brațele, picioarele și degetele ei fură cuprinse de căldură. Pentru o clipă, se simți de parcă ar fi fost *doi* oameni deodată – ea însăși, dar și cineva *mai mare*. Totul începu să strălucească: bărbatul de pe alee, tovarășele ei arcași, o pisică ce alerga pe stradă, până și propriile mâini.

„Nu îți fie teamă”, șopti zeița.

Ninsianna se ridică și trase lama arcului. Săgeata înflăcărată o orbi, însă arcul tras până în dreptul bărbiei fremăta liniștitor. Ochi, după care își slăbi strânsoarea. Săgeata zbură... exact așa cum o învățase Mikhail.

Focul îl iluminặ pe omul care aproape deschisese poarta. Ninsianna lansă o a doua săgeată și îl nimeri drept în spate.

- La pământ! strigă Alalah.

Ninsianna se prăvăli pe acoperiș, tremurând, iar o salvă de săgeți zbură pe deasupra acoperișurilor. Războinicii strigau, dar nicio săgeată nu răzbătea până în *acea* parte a străzii. Inamicul nu știa că ele se aflau acolo... *încă*.

- O, nu! Gisou arătă către acoperișul uneia dintre casele de mai jos.

Niște bărbați care purtau robe își făceau drum spre poarta principală, pe acoperișuri. Se luptau cu războinicii care apărau zidul.

- Pe cine să țintesc? strigă Homa.

- Nu pot să îi deosebesc! zise Gisou.

Ici, colo, arcașii Ninsiannei traseră sporadic, însă era greu de stabilit în întuneric dacă nimereau *proprii* oameni sau inamicii. Ninsianna se baza pe acel sentiment al *cunoașterii* și îndrumarea zeiței, dar ceilalți arcași? Cum ar fi putut o persoană care *nu* era Aleasă să își dea seama asupra cui să tragă?

Mercenarii ajunseră în dreptul aleii și începură să coboare în rapel. Ninsianna îl nimeri pe unul dintre ei. La fel și Alalah. Dar le era greu să distingă ceva. Unul dintre inamici fugi spre poartă. Ninsianna îi ținti spatele, dar nu nimeri niciun organ vital. Bărbatul trase parul care bloca poarta principală.

- Au spart poarta! strigă Ninsianna.

Ușa se deschise...

Mercenarii năvăliră înăuntru.

Fură întâmpinați de luptătorii din divizia a doua, care veneau pe alee purtând sulițe. Izbucni o bătălie vitală pentru control.

- Nu mai am săgeți, spuse unul dintre arcași în întuneric.

- Nici eu...

- Nici eu...

„La naiba! Ne mai trebuie săgeți!" se rugă Ninsianna.

Un zgomot din spatele lor le făcu să tresară.

- Sunt eu, șopti Behnam.

Bătrânul desfăcu un mănunchi de săgeți proaspăt cioplite; majoritatea aveau vârfuri nou-nouțe, ale căror margini ascuțite încă străluceau.

„Mulțumesc, Mamă..."

Fâstâcindu-se asemenea unor gerbili nerăbdători, femeile înșfăcară câte o mână de săgeți.

- Și acum ce? întrebă Yadidatum.

Improbabila războinică se uită îngrijorată către aleea pe care logodnicul ei lupta pentru propria viață.

- Îi acoperim pe războinici, spuse Behnam.

Pe alee, nu își puteau da seama cine era cine. Însă pe stradă se strecura un grup de inamici, vicleni ca șacalii, care voiau să îi izoleze pe luptători de restul satului.

- Sunt mai mulți! arătă Gisou.

- Înseamnă că au spart zidul și în alt loc.

- Pregătiți-vă săgețile! strigă Ninsianna.

Se pitiră în spatele meselor, cu arcurile orientate spre cer și corzile trase până în dreptul urechilor.

- Trageți!

Femeile săriră în picioare, ochiră, după care se pitiră înapoi, pentru a nu fi lovite. Șuieratul săgeților părea să întruchipeze respirația zeiței. Rând pe rând, inamicii își duseră mâinile la piept, urlând de durere.

- Din nou!

Ninsianna îşi luă încă o săgeată din suport şi lansă o a doua salvă; apoi o a treia. La a patra, trase o săgeată de urmărire. Materialul înflăcărat trădă poziţia atacatorilor din noapte. Din păcate, erau toate novici. Emoţiile le făceau să rateze mai multe ţinte decât nimereau.

- Mi-aş dori ca Pareesa să fie aici, spuse Yadidatum. E cel mai bun arcaş al nostru!

- Nicio Pareesa! zise Homa, pregătindu-şi din nou arcul. Mi-aş dori ca Mikhail să fie aici!

- Doar trageţi în continuare! spuse Ninsianna, dar focul de acoperire nu putea face prea multe.

Urlând înfiorător, inamicul făcea luptătorii satului, care apărau aleea îngustă, să se retragă. Mercenarii năvăleau prin gaura din zid asemenea gândacilor care atacă un leş din deşert.

- Au intrat în sat! strigă Alalah.

Inamicii urcau pe zidul pe care se aflau ele. *Ştiau* că sunt acolo. Ninsianna nu avea nevoie de şoaptele zeiţei pentru a-şi da seama că erau pe punctul de a fi încolţite.

- Retragerea! strigă Ninsianna. Alalah, Orkedah, pe acoperişul de acolo! Luaţi-o pe Kiana cu voi.

Bătrânul Behnam se apropie de ea, cot lângă cot.

- Propun să facem trei grupuri, zise el. Eu preiau acoperişul de acolo! Crenelul din chirpici ar trebui să mă acopere un pic.

Ninsianna îl aprobă, plină de recunoştinţă. Poate că era bătrân, dar până să devină prea fragil pentru lupte corp la corp, Behnam fusese războinic în generaţia bunicului ei, Lugalbanda.

- Yadidatum! Homa. Urmaţi-l pe Behnam, strigă Ninsianna. Gisou, tu vii cu mine!

Alergară de pe un acoperiş pe altul până când ajunseră într-un loc de unde puteau coborî în siguranţă. Unul câte unul, se lăsară să alunece pe buşteanul de pin sprijinit de lateralul casei, cu cioturile crengilor intacte, pentru a forma o scară, şi porniră spre noile poziţii pentru a forma din nou apărarea. Urcară în fugă pe scări către acoperişurile desemnate, şi începură iarăşi să tragă.

- Ninsianna, aproape am rămas fără săgeţi! strigă Gisou.

Ninsianna se întinse după încă o săgeată, dar suportul ei era gol deja. Privi împrejur, disperată să găsească ceva ce ar putea fi lansat. Nu mai aveau nimic.

- La naiba!

Privi neajutorată în jur, în timp ce inamicul căsăpea un războinic chiar în faţa ei. Ar fi fost o ţintă uşoară, dar nu avea nimic cu care să tragă.

Un zgomot din spatele ei o făcu să tresară. Fratele de nouă ani al Pareesei, Namhu, se căţăra pe acoperiş.

- Namhu! îl certă ea. Nu te strecura aşa pe la spatele nostru!

- Pareesa ar vrea să aveţi astea.

Avea arcul de începător al Pareesei, cel pe care aceasta i-l dăduse deja fratelui ei mai mic, dar și un mănunchi de săgeți.

- Mulțumim! zise Ninsianna, mulțumindu-i în minte și Celei-Care-Este.

- Pot să vă ajut să luptați, zise Nahmu entuziasmat.

Ninsianna deschise gura, vrând să îi spună că era prea mic, dar își dădu seama că și Mikhail, și Jamin îl antrenaseră; chiar dacă cel din urmă o făcuse, cel mai probabil, doar pentru a-l enerva pe Angelic.

- Ai surori mai mici acasă, nu-i așa?

- Două, zise Nahmu. Și o soră bebeluș!

Ninsianna îi întinse două săgeți.

- Spune-le să se ascundă în beciul în care vă țineți grânele. Dacă mercenarii vin după voi, omoară-i, dar nu trage decât dacă vă găsesc ascunzătoarea. Crezi că poți face asta?

- Da, răspunse Nahmu.

Ninsianna își ținu respirația în timp ce băiatul alerga în josul scării. Cuvinte din Cântecul Sabiei îi veniră în minte. Nimic nu se apropia mai mult de crearea armatelor din nimic decât recrutarea unui micuț de nouă ani, dar Halifienii aveau un istoric de răpire a copiilor pentru a obține răscumpărări. Și copiii aveau nevoie de protecție la fel de mult ca femeile.

Căpetenia ajunse la luptă, însoțită de războinici mai în vârstă, inclusiv Immanu; fiecare dintre ei luptase împotriva celor din neamul Uruk. În ciuda vârstei înaintate și a faptului că mulți sufereau de diferite boli, săriră în ajutorul celorlalți luptători, care dădeau semne de slăbiciune. Immanu doborî mai mulți atacatori până când se apropiară prea mult pentru a mai folosi eficient arcul. Ambele tabere recurseră la metode mai tradiționale – lupta corp la corp cu sulițe și cuțite.

Ninsiannei îi veniră în gând mai multe conversații despre întărirea zidurilor de apărare a satului, pe care le auzise între Mikhail și tatăl ei. Prin ochii *lui,* putea vedea acum toate locurile despre care avertizase că ar fi vulnerabile; în aroganța lor, Assurienii se lăudaseră că zidurile nu fuseseră niciodată sparte, însă războinicii erau acum puși la respect de mercenari cu o experiență vastă în înfăptuirea raidurilor.

Ninsianna se întrebă unde era Mikhail și dacă o găsise pe Pareesa.

Capitolul 23

Iulie – 3.390 î.Hr.
Pământ: în afara satului Assur
Colonel Mikhail Mannuki'ili

MIKHAIL

În loc să zboare la înălţimi mari, alese să zboare jos, din direcţia opusă. Putea vedea focul şi femeile legate în jurul lui. Ceea ce *nu* putea vedea era grupul de bărbaţi care le răpise.

Urletul unui animal mic, al cărui somn fusese deranjat de un picior stângaci, trădă într-un sfârşit locul în care inamicul îşi pregătise asaltul. Cu toate că ştiau că Mikhail îşi recăpătase abilitatea de a zbura, nimeni nu îi învăţase vreodată să identifice aripi maro-negre pe cerul nopţii.

- Aiiah! strigă unul dintre bărbaţi în momentul în care Angelicul răzbunător coborî pe pământ, cu sabia scoasă, asemenea unei păsări de pradă înfricoşătoare.

Mikhail îl decapită înainte să apuce să îşi termine strigătul.

- Mikhail! ţipă cineva.

Recunoscu vocea Pareesei.

Inamicii năvăliră asupra lui, surprinşi că aterizase *în spatele* wadi-ului şi nu *în* el. Murmurând rugăciunile Cherubime care îi separau raţiunea de simţuri, Mikhail se aplecă şi îşi înfoie aripile, pregătit să răspundă atacului indiferent de direcţia din care ar fi provenit.

Liderul grupului – un Amorit, după cum se putea deduce pe baza robei pe care o purta – începu să turuie ordine într-o limbă necunoscută. Doi bărbaţi se repeziră înainte, cărând o plasă. Încercară să o arunce peste Angelic, însă acesta cunoştea deja tactica şi împinse capcana la o parte.

O strălucire subtilă preceda acţiunile inamicului ca un ecou slab şi alb; o fantasmă a intenţiei care încă nu se materializase. Mikhail percepu locul în care săgeţile aveau să ţintească încă dinainte ca duşmanul să îşi tragă arcul până la capăt, şi îşi înălţă sabia în timp ce trei bărbaţi năvăleau asupra lui. Puse la pământ două săgeţi din zbor, dar a treia se înfipse în carnea fragilă a aripii sale.

- Ah!

Durerea se răspândi în muşchii axiali, aproape smulgându-l din starea de concentrare exacerbată în care se afla; din fericire, rana nu era suficient de gravă încât să îl împiedice să lupte. Îşi reprimă durerea şi smulse săgeata. Singurul lucru care conta era dacă îi afecta sau nu capacitatea de zbor.

Mikhail se îndreptă de la spate. Bătăile inimii îi urlau în urechi.

Amoriții se aruncară asupra lui.

- Ai grijă! strigă Pareesa.

Un al cincilea bărbat se înălță din umbră. *Cunoașterea* pe care o poseda în timpul luptei îi dezvălui gândurile ostile ale atacatorului, precum și punctul de pe spate în care inamicul intenționa să își implânteze sulița. Mikhail se învârti și îl pară. Sângele cald și rece îi împroșcă obrazul. O *foame* nepământească, o sete teribilă de sânge și impulsul de a *distruge* îi năvăliră în vene.

Inamicul cerși îndurare și alergă spre Pareesa. Fata îi puse piedică. Bărbatul se împiedică de piciorul ei întins.

Celelalte femei urlară în momentul în care Mikhail înjunghie omul chiar în fața lor.

- Ia-i cuțitul, spuse Mikhail, împingând arma către Pareesa.

Tânărul talent pe care îl îndruma se rostogoli către bărbatul mort, luă cuțitul și începu să taie legăturile care o strângeau.

Alți doi adversari îl asaltară pe Angelic cu sulițele. Mikhail frânse una dintre sulițe cu sabia și lovi inamicul în piept, făcându-l să cadă peste al doilea bărbat. Apucă a doua suliță și îi sfredeli pe amândoi. Nu simți niciun fel de emoție la vederea agoniei lor, dar îi decapită pentru a pune capăt suferinței.

Cele trei femei necunoscute, legate lângă Pareesa, suspinară terorizate în timp ce Mica Zână se lupta să se elibereze.

Mai mulți inamici se materializară din întuneric, dar Angelicul le putea *vedea* intențiile înainte ca ei să își lanseze săgețile. Mânuindu-și sabia astfel încât să formeze un arc, puse săgețile la pământ din zbor. Una dintre ele alunecă dincolo de sabie și i se implântă în umăr. Mikhail intonă șoptit rugăciunea Cherubimă pentru o minte disciplinată, pentru capacitatea de a alege ce stimuli să simtă. *Lucrează metodic. Elimină amenințarea cea mai mare. Ignoră durerea. Îngrijește-ți rănile mai târziu...*

Sări către arcaș, pe care îl evaluă drept cea mai bună țintă, și căsăpi un al doilea inamic care se grăbise să îl apere pe primul. Rămăseseră fără săgeți. Ceilalți veneau spre el cu sulițe.

Făcu un semn către trio – gestul universal de „să vă văd".

Inamicul făcea cercuri în jurul său, încercând să își dea seama ce unghi de atac ar fi mai bun. Mikhail analiză luptătorii, îi privi atent, deveni conștient de licărul de *cunoaștere* pe care îl poseda în timp ce mințile lor redau diferite scenarii și se hotărau asupra unei strategii. Angelicul detectă valul de energie *înainte* ca grupul să se miște. Liderul strigă ceva, iar luptătorii năvăliră în același timp.

Mikhail sări în aer și își fâlfâi aripile, înălțându-se suficient încât să îi facă pe cei trei să se împiedice unii de alții, dezechilibrați; sulițele loviră în gol. Angelicul coborî înapoi la sol și înșfăcă primul luptător de gât, răsucindu-i capul pentru a-i rupe coloana. Apoi, puse la pământ al doilea inamic şi îl călcă pe gât cu cizma, zdrobindu-i laringele.

Bărbatul bolborosi şi se zvârcoli, incapabil să îşi recapete suflul.

Al treilea inamic îl asaltă cu o suliţă. Un şuierat străbătu aerul. Pareesa apăru din umbră, ducând arcul duşmanului în mâini. Nimerise ultimul atacator cu propria lui săgeată.

- Asta o să te înveţe minte să nu mai răpeşti femei! sâsâi Pareesa către atacatorul ei muribund.

Alergă spre Mikhail, dar se opri. Ochii ei căprui se căscară alarmaţi. Îşi pregăti arcul, îndreptându-l nu către duşman, ci către *el*.

- Mikhail, zise ea cu glas tremurător. Ochii tăi...

Acel sentiment al *cunoaşterii,* care îi calculase mişcările fără milă, nu detectă nici măcar ecoul vag al unei intenţii în acţiunea micului ucenic. Pareesa era speriată. Aceasta era o faţă a Angelicului pe care nu o mai văzuse niciodată.

Mikhail îşi înclină capul; brusc, nu mai putea să vorbească limba fetei.

- *Osoreru koto wa arimasen,* zise el în limba care îi umplea mintea.

Nu îţi fie teamă.

Îşi ridică mâinile goale pentru a arăta că îşi pusese sabia înapoi în teacă.

Pareesa tremura, dar rămase pe poziţie între el şi cele trei femei necunoscute, cu toate că, în ecoul spiritului ei, Mikhail putea vedea că tot ce voia era să se arunce în braţele lui şi să plângă. Era o războinică înnăscută, dar nu adunase decât douăsprezece primăveri. În ochii ei, Angelicul întrezărea reflexia propriilor ochi albaştri, nepământeni – nu mai erau doi irişi într-o mare de alb, ci redau o luminiscenţă interioară.

„*E normal",* şopti mintea lui. Asta era parte din ceea ce devenea atunci când zeii îl foloseau drept armă. Totul era în regulă atâta vreme cât nu pierdea controlul asupra furiei sale.

Pareesa îşi coborî săgeata.

- I-am auzit pe ăştia doi – arătă către cei doi Halifieni morţi – spunându-le celorlalţi – făcu un semn către Amoriţii morţi – că trimit un grup să atace Assurul. M-au folosit pe *mine* ca să te atragă într-o capcană!

Fără vreun cuvânt, Mikhail se lansă în aer, ignorând săgeata care îi era încă prinsă în aripă. Se îndreptă cu toată viteza înapoi spre Assur.

Capitolul 24

Iulie – 3.390 î.Hr.
Pământ: Satul Assur

NINSIANNA

Ninsianna trase coarda arcului până în dreptul obrazului. Pe drumul care şerpuia printre case, siluete întunecate – o masă diformă de braţe şi suliţe – se loveau în umbre, luminate vag de lună.

- Pe cine ar trebui să ţintesc? strigă prietena ei, Yadidatum.

- Inamicul, răspunse Ninsianna.

- Dar nu pot să îl *văd,* zise Yadidatum. Cum deosebesc aliaţii de duşmani?

Ninsianna retrasă mişcările de jos cu vârful săgeţii, concentrându-şi darul nu tocmai solid de a *vedea* cu altceva decât ochii de muritoare. Aia era, oare, o robă Halifiană? Sau Amorită? Sau dintr-un alt trib? Îşi smuci suliţa, gata să elibereze arcul. Nu! Aceea era căpetenia, iar capa sa – nici pe departe colorată – fusese răvăşită, căci inamicul îl îndepărtase de protectorul său, Varshab.

„*Preamărită Mamă?*" se rugă ea. „*Ajută-mă să ţintesc bine!*"

Acea *furnicătură* cunoscută i se propagă pe sub piele. Unul dintre inamici fu iluminat. „*Aici.*" O robă multicoloră!

Îşi eliberă săgeata, şoptind o rugăciune în timp ce penele i se îndepărtau de obraz. Un bărbat urlă de durere, după care se prăvăli la pământ. Nimerise un inamic? Sau tocmai omorâse unul dintre războinicii satului?

Atacatorii năvăleau ca furnicile prin poarta principală a Assurului, despre care se spusese atâta vreme că ar fi impenetrabilă.

„*Eu am făcut asta*", o certă propriul subconştient. „*Eu am făcut atacul ăsta posibil când am rupt vraja protectoare a bunicului.*"

Homa lansă o săgeată.

- Cred că am nimerit pe cineva, zise ea.

- Asigură-te că nu nimereşti unul de-ai *noştri,* o atenţionă Alalah.

- Uite-l pe Jamin! zise Gisou, arătând către războinicii de elită.

Ceilalţi arcaşi se entuziasmară:

- Acum au dat de belea!

Războincii de elită se grupară în spatele lui asemenea unei turme de lei. De-a lungul anilor, Ninsianna îl văzuse pe Jamin vânând, instruindu-şi războinicii şi chiar antrenându-se în competiţii mai mult decât serioase împotriva altor triburi. Dar, spre deosebire de celelalte ocazii, când *Muhafizul* fusese gata să ucidă, de această dată, aura lui spirituală pâlpâia a nesiguranţă, de parcă tânărul nu ar fi putut să *creadă* că cei care le spărseseră zidurile erau *cu adevărat* inamici.

Războinicii de elită luptau talmeş balmeş, încercând să compenseze lipsa unei conduceri reale. Câte un luptător era din când în când încolţit; numai anii în care învăţaseră să îşi protejeze spatele unul altuia îi ajutau pe ceilalţi să prevină măcelărirea tovarăşilor. Duşmanul se strecura printre rânduri ca apa prin sită, dincolo de alee, către strada principală a Assurului. În doar câteva momente, războinicii de elită fură înconjuraţi de inamici din ambele părţi.

- Tirdard! strigă Yadidatum.

Frumoasa voluptoasă se ridică şi trase către inamicul care fusese pe punctul de a-i căsăpi iubitul.

Războinicii de elită se luptau, dar era clar că *pierdeau...*

O şoaptă aproape imperceptibilă o făcu pe Ninsianna să privească în sus.

O bufniţă...

O siluetă întunecată care străbătu imaginea lunii...

Entuziasmul îi năvăli în corp.

„Iată-mi Campionul," şopti zeiţa. *„A venit să te protejeze."*

Cu un foşnet abia perceptibil al penelor, iubitul Ninsiannei coborî din ceruri, aterizând în mijlocul atacatorilor.

- Uite-l pe Mikhail! se entuziasmară arcaşii.

Puse adversarii la pământ de parcă ar fi cosit grâul, asigurându-se, prin lovituri de sabie sau decapitări rapide, că aceştia nu aveau să se mai ridice. Aripile îi erau întinse la maximum, ajutându-l să leviteze şi oferindu-i şi o pereche în plus de membre pentru luptă. Braţele lui, aripile până la cea mai mică pană, genunchii şi coatele, mâinile şi picioarele – fiecare bucăţică din el era o armă, mânuită cu o eficienţă necruţătoare. Chiar şi fără sabie, Mikhail era *ucigător.*

Prima oară când îl văzuse luptând, Ninsianna îi confundase eficienţa cu o putere întunecată, fără de sfârşit, dar acum că ea era *Aleasa,* putea întrezări anii de auto-disciplină, tiparele din mişcări, precum şi eleganta coregrafie a orelor nesfârşite de antrenament.

Mikhail se mişca într-un *dans al morţii;* sabia lui intona un cântec mortal atunci când atingea pielea umană şi împroşca sângele asemenea ploii. O lumină albastră îi învăluia întreg corpul. Mikhail fusese transformat într-un instrument al voinţei EI.

Războinicii se regrupară şi năvălirăasupra atacatorilor, ţinându-se la distanţă de lama de argint a Angelicului. El trona cu umerii şi capul deasupra lor – un demon înaripat venit să le întărească determinarea, îndemnându-i să colaboreze şi să *lupte* ca o armată, nu fiecare pentru sine.

- Continuaţi să trageţi! ordonă Ninsianna.

Ea şi arcaşii lansară săgeată după săgeată, acoperind Assurienii care întorceau jocul în favoarea lor. Zeiţa şopti „*acesta*" către un bărbat care purta un patrontaş şi o robă colorată – liderul, în mod evident; dar, de fiecare dată când Ninsianna îl ochea, omul se ascundea în spatele unuia dintre războinici.

La naiba!

Liderul Amorit îşi strigă mercenarii; atacatorii fugiră către poartă.

- Blocaţi-i! strigă căpetenia Kiyan. Nu le arătaţi niciun strop de milă!

Prins între Assurieni şi răzbunătorul Angelic, inamicul se regrupă şi se concentră asupra fiinţei care bloca drumul...

Mikhail...

Căpetenia sesiză schimbarea de tactică, ce nu mai viza uciderea *lui*, ci uciderea lui Mikhail. Războinicii mai vârstnici se poziţionară cu grijă în spatele căpeteniei, urmându-l şi protejându-l, dar aveau în faţă prea mulţi atacatori pentru a-l ajuta şi pe Mikhail.

Căpetenia se întoarse către fiul său, care lupta fără nicio tragere de inimă.

- Jamin, zise el, arătând cu suliţa către Mikhail, ajută-l!

Siamek şi războinicii mai tineri se aşezară în formaţie, pregătiţi să îl urmeze pe Jamin înapoi în mijlocul bătăliei. Acesta făcu un pas către Mikhail şi îngheţă...

Ninsianna aproape că putu să *vadă* amintirea care se ivi în mintea fiului căpeteniei.

Mikhail, stând deasupra lui, cu aripile întinse ca ale unui liliac. Sabia însângerată, atârnând în aşteptarea loviturii fatale. Ochii săi lipsiţi de suflet sau milă, inumani şi negri...

Căpetenia Kiyan era martor al laşităţii propriului fiu.

- Siamek! strigă el.

Siamek şi războinicii formară un semicerc în jurul căpeteniei.

Unul dintre mercenari sări în faţă, vrând să îl înjunghie pe Kiyan; făcând aceasta, ieşi de sub acoperirea pe care i-o oferea războinicul care bloca ţinta Ninsiannei. Fata îşi trase arcul şi lăsă săgeata să zboare. Lovi inamicul drept în piept, chiar în momentul în care acesta încerca să înjunghie căpetenia în gât. Kiyan se feri din calea lui, suferind nu mai mult decât o zgârietură. Privi în sus, către Ninsianna, şi dădu din cap în semn de apreciere. Apoi, înaintă către următorul atacator.

- Siamek! strigă căpetenia. Ajută-l pe Mikhail!

Cu un urlet energic, Siamek îndrumă războinicii de elită să lupte cot la cot cu Mikhail – suficient de aproape încât să îi protejeze spatele, dar în acelaşi timp suficient de inteligent încât să nu îi încurce raza de zbor în timp ce acesta lovea, se răsucea, decapita şi căsăpea. Tinerii bărbaţi se mişcau cu o determinare dezorganizată, dar având în vedere faptul că Mikhail înainta metodic dinspre cea mai mare spre cea mai mică ameninţare, capacităţile lor individuale compensară lipsa de coerenţă. Tachinările inamicului se transformară rapid în urlete, iar cursul luptei se întoarse în favoarea Assurienilor.

Un bărbat cu o înfățișare nemiloasă, care purta o robă colorată, cu dungi, și un patrontaș din piele, încercă să fugă spre poarta principală alături de câțiva mercenari îmbrăcați asemănător.

- Opriți-i! strigă căpetenia.

Jamin se lansă asupra conducătorului grupului, urlând feroce, dar în timp ce lupta și ucidea unul dintre luptători, ceilalți scăpară pe poartă.

În câteva momente, bătălia era încheiată. Treizeci de inamici și unsprezece Assurieni zăceau fără suflare. În momentul în care unul dintre atacatorii răniți se întinse spre arcul său, Mikhail îl ucise fără să clipească.

- Haideți, trebuie să avem grijă de răniți! strigă Ninsianna către ceilalți arcași.

Coborâră de pe acoperișuri și își făcură loc printre trupuri. Unii dintre cei morți erau Halifieni, dar cei mai mulți purtau straie ale unor triburi pe care Ninsianna nu le mai văzuse niciodată. Jamin îngenunche în fața unuia dintre inamici, care gemea și își ținea intestinele. Îl scuipă în față și îl înjunghie în gât.

Căpetenia se apropie de Mikhail.

- Stați!

Ninsianna se așeză între ei. Ridică o mână, tremurând, rugându-se ca iubitul ei să o recunoască de această dată.

Căpetenia Kiyan o privi nedumerit, gâfâind încă din cauza efortului depus.

- Nu! îl avertiză ea.

- Nu voiam decât să...

Ninsianna arătă către trupurile care zăceau la picioarele lui Mikhail.

- Nu până când dispare setea de sânge.

Ochii ei îi întâlniră pe ai lui – frumoși, strălucitori, de un albastru radiant; dar lipsiți de emoție și ucigători, privind prelung de pe un chip murdar de sânge și resturi umane. *Nu* erau ochii iubitului ei, ci ai *forței* care îl folosea drept sabie.

- Mergi, șopti ea.

Mikhail se lansă în aer. Înconjură satul, supraveghind împrejurimile, iar umbra sa acoperi luna iar și iar. Sătenii ieșiră în valuri din case, pentru a-i ajuta pe cei răniți și a-i plânge pe cei morți.

Tatăl Ninsiannei se apropie din spate și îi puse o mână pe umăr.

- Ai descris totul, zise el, scuturându-și capul. Dar nu am crezut. Acum înțeleg de ce cântecele vechi îl descriu pe el și ai lui drept săbii ale zeilor.

Mulțumită viziunii oferite de zeiță, scopul pentru care EA îl trimisese pe Mikhail aici devenea din ce în ce mai clar. Mikhail *știa* deja tot ce îi trebuia zeiței. Tot restul fusese eliminat. Vina nu era a *lui,* ci a *lor,* pentru că refuzaseră să facă ceea ce trebuiau să facă.

Cuvintele Cântecului Sabiei reveniră în mintea Ninsiannei, atât de palpabile încât părea că zeița însăși le intona:

„*O sabie a zeilor care apără poporul și scoală armate din pământ...*"

Ninsianna își îmbrățișă tatăl.

- Înțeleg acum! zise ea entuziasmată. Trebuie să mergi la căpetenie și să îl convingi că *fiecare* sătean trebuie să lupte, de la cel mai bătrân la cel mai tânăr, bărbat sau femeie, tânăr sau bătrân.

- Să fie ca Mikhail?

- Cea-Care-Este l-a trimis să ne pregătească, spuse Ninsianna. Demonii care vor veni vor fi mult mai răi decât Halifienii ăstia.

Behnam veni în fugă.

- Am trimis arcașii să o ajute pe mama ta, zise el.

- Ar trebui să mă alătur și eu, spuse Ninsianna.

- Nu, ripostă tatăl ei. *Tu* trebuie să îl ajuți pe Mikhail. Am văzut că avea o săgeată înfiptă în aripă.

Inima Ninsiannei se ridică în gât. Mikhail era rănit?

- O să îl găsesc și o să-l aduc acasă.

Capitolul 25

Iar [Lucifer], şeful lor, le-a zis:
„Eu mă tem că voi nu veţi fi în stare să vă împliniţi gândul vostru
Şi că eu voi suporta singur pedeapsa pentru crima voastră."
Dar ei au răspuns: „Noi vă jurăm.
Şi noi ne legăm cu toţii cu blestem;
Noi nu vom schimba cu nimic planul nostru, noi vom săvârşi ceea ce am hotărât."
--Prima Carte a lui Enoh - Observatorii

Data Galactică Standard: 152,323.07 D.Î.
Transportatorul Angelic de Forţe Aeriene „Jehoshaphat"
General Abaddon „Distrugătorul"

ABADDON

Echipajul de zbor lucra frenetic în timp ce transportatorul masiv şi gri se aşeza pe puntea de zbor. Carena se deschise, iar umezeala care se adunase în atmosfera planetei şi îngheţase ulterior în spaţiu se evaporă în nori fini.

Abaddon îşi făcu apariţia primul, pentru că el îşi conducea *întotdeauna* echipajul din faţă; îşi întinse larg aripile mari şi gri şi coborî greoi pe rampă, cu sabia întinsă în faţă de parcă ar fi fost un asasin din vremuri de demult. Echipajul său, format din Angelici şi Mantoizi, mărşălui în urma lui, pe rampă. În acele vremuri, nu mai existau decât câţiva Angelici foarte preţioşi, care înaintau cu aripile strânse la spate şi umerii lăsaţi.

Abaddon mârâi, căci cizmele îi alunecară pe o pată lungă, roşiatică, ce se cristalizase sub formă de gheaţă la baza rampei.

- Curăţaţi asta mai repede! strigă el.

Echipajul de zbor dispăru din calea lui Abbadon câtă vreme acesta făcu semn cu sabia către sânge, după care se regrupă, asemenea unui stol de porumbei care ar încerca să evite un şoim.

- Da, domnule!

Printre cei din hangar se aşternu liniştea în momentul în care Abaddon păşi pe puntea de aterizare şi se aşeză într-un genunchi. Luptătorii se aşezară în formaţie şi îşi înclinară capetele. Abbadon îşi puse sabia însângerată în faţă, iar apoi îşi duse mâna în mod reverenţios către podea.

- E plăcut să ajungi acasă, *colún beag,* murmură el.

Hipermotoarele navei *Jehoshaphat* începură să toarcă sub degetele lui. Numele acestei nave însemna *„Judecata Domnului".* Fusese darul pe care îl primise în semn de recunoştinţă de la Parlament pentru că îl ţinuse la distanţă Shay'tan după dispariţia Împăratului.

Abaddon se ridică şi îşi privi oamenii. Niciunul dintre ei nu îl privea în ochi. Cu toţii se holbau la propriile cizme milităreşti.

- Lăudaţi fie cei care respectă *legea* Împăratului, strigă el în gol.

- În lumină este ordină, iar în ordine este viaţă, răspunseră luptătorii, într-un refren rostit doar cu jumătate de inimă.

- Pe loc repaus, zise Abaddon.

Echipajul de zbor se îndreptă în grabă către nava de transport a trupelor, echipat cu chei dinamometrice pentru a repara o daună inexistentă; în acelaşi timp, doi dintre oamenii lui Abaddon începură să împingă o ladă plină cu nuclei de încărcare pentru a-i umple pe cei pe care Abaddon îi epuizase făcând un adevărat spectacol cu artificii.

Adjuvantul său, un Mantoid competent pe nume Sikurull, îi întinse o cârpă moale, din piele albă de căprioară.

- Încă o misiune de succes, domnule?

- Misiune? mârâi Abaddon. Ce misiune? Nu a fost decât o adunătură de băieţaşi care nu au învăţat că nu poţi să te pui cu arme cu impulsuri folosindu-te de pietre.

Sikurull tăcu, ştergând cu cârpa canelura plină de sânge a sabiei. Ce moarte stupidă şi lipsită de sens! Copilul care sărise pe navă, înarmat cu o vestă sinucigaşă, nici măcar nu rezistase suficient cât să apese pe detonator. Abaddon îşi strecură solemn sabia în teacă.

Era o fiinţă dură, şlefuită în focurile cele mai aprige ale lui Shay'tan, şi servea drept cel mai bătrân general activ al Alianţei. Prima dată când ucisese pe cineva o făcuse pentru a recâştiga o planetă atât de îndepărtată, încât nimeni nu îşi mai amintea măcar cum se numea. Avansase în rândurile combatanţilor în modul tradiţional, cadavru de şopârlă Sata'anică după cadavru de şopârlă Sata'anică. În ultima vreme, însă... începuse să se întrebe de ce mai era acolo.

Oamenii săi se despărţiră imediat ce le dădu permisiunea să plece. Cei mai mulţi merseră să admire crucişătorul zvelt, alb şi malefic ce aştepta, parcat, în secţiunea de vizitatori a hangarului.

Abaddon îl ignoră, îndreptându-se, în schimb, către toaletă.

- Domnule? interveni locotenentul Sikurull, arătând către navă.

- Lasă-l să aştepte.

- Spune că e o chestiune de importanţă maximă, zise Sikurull.

- Importanţă maximă? mârâi Abaddon. La fel ca misiunea din care tocmai ne-am întors? Să ne terorizăm propriii semeni?

Aripile diafane ale lui Sikurull fremătară a îngrijorare. Adjutantul ştia că cel mai bine era să nu îl contrazică atunci când era în starea de mi-se-rupe-de-tot. În rândurile unei specii antrenate să manifeste o atitudine rezervată şi distantă, temperamentul lui Abaddon era la fel de temut precum sabia lui Sata'anică.

– O să aştept afară, domnule, zise Sikurull, strecurându-se afară.

Abaddon îşi desfăcu sliţul de la pantaloni şi ţinti micul dragon roşu pe care vreun glumeţ îl pictase pe spatele pisoarului.

Foşnetul unor aripi, atât de slab încât semăna mai degrabă cu sâsâitul unui şarpe, îi dădu de înţeles că nu era singur în baie. O senzaţie de disconfort îi pătrunse penele noi.

– Copii proşti! zise el cu voce tare. Când o să mă mai trimită Hashem să lupt împotriva unui inamic *real?*

Fiinţa cu aripi albe ieşi din umbră – nu avea mersul *ţanţoş, de crai,* care îl consacrase, ci devenise mai curând o umbră nemiloasă a unui lider rebel care zăcuse o vreme îndelungată în mormânt, fără viaţă. Ochii argintii ai lui Lucifer străluceau ca cei ai unei pisici.

– Cred că veţi aştepta mult şi bine, General, spuse el. Tatăl meu e hotărât să vă *umilească* până când vă pensionaţi.

Să se pensioneze? Şi unde, în numele lui Hades, ar merge? Era născut în şi pentru armată, servise întreaga viaţă şi îngropase deja fiecare Angelic la care ţinuse; ultimul lucru pe care şi-l dorea era să taie frunze la câini în timp ce Alianţa pe care o apărase toată viaţa se distrugea de una singură. Dacă întreaga specie era pe punctul de a trece spre întuneric, el avea de gând să se retragă într-o adevărată explozie de glorie, atât de strălucitoare încât numele său să rămână veşnic în amintirea posterităţii.

– Nu poţi să mai ai parte deloc de intimitate pe aici? se răsti Abaddon.

– Dacă ai fi vrut să ai parte de intimitate, ai fi mers direct în camera ta.

Abaddon mormăi, dar copilul îl cunoştea prea bine. Era un ritual vechi, pe care el însuşi i-l prezentase. Pentru a-şi supune armata, un lider trebuia – literal – să câştige concursul de pişat.

Cei doi rămaseră în linişte în timp ce se luptau să se urineze cât mai mult. Lucifer îl depăşi pe Abaddon, ajutat, fără îndoială, de o sticlă întreagă de alcool. Amândoi se îndreptară tăcuţi către chiuvetă pentru a se spăla pe mâini. Lucifer se sprijini relaxat de perete, jucându-se cu un prosop de hârtie în timp ce Abaddon îşi curăţa sângele de sub unghii.

– A fost o revoltă *stupidă,* spuse Abaddon în cele din urmă. Doar o adunătură de muncitori din fabrică, rămaşi şomeri, care protestau împotriva acordurilor comerciale prosteşti încheiate de *tine.* Dacă nu lucrează, nu pot să pună mâncare pe masă pentru familiile lor.

– Tu, mai bine decât oricine altcineva, înţelegi de ce a trebuit să le adopt, spuse Lucifer cu blândeţe.

Pufnind dezgustat, Abaddon se răsuci pe călcâie şi ieşi hotărât din baie. Echipajul de zbor aştepta pregătit, dar se pierdu cu totul în momentul în care Lucifer îl urmă ţanţoş pe general, de parcă ar fi fost vreo vedetă rock.

– Domnule prim-ministru! strigară ei entuziaşti.

Oamenii lui Abaddon se adunară în jurul lui Lucifer de parcă ar fi fost nişte puişori tânjind după un vierme, iar acesta le strânse mâna şi li se adresă tuturor pe nume.

Abaddon se îndepărtă, mergând mai adânc în interiorul navei. Nu avea *timp* pentru lauda de sine a lui Lucifer. Membrii ai echipajului treceau în valuri pe lângă el, salutându-l rece, dar niciunul nu îl privea în ochi.

Lucifer se grăbi să îl ajungă din urmă.

- Serios, General? zise el. Nu chiar *tu* m-ai învăţat să nu tratez *niciodată* armata ca pe un dat?

Abaddon mormăi. În mod normal, Lucifer reuşea să îl linguşească, dar de data aceasta era într-o stare teribilă de *lasă-mă să te las*. La naiba! Împăratul îl trimisese să îşi dezarmeze *propriii semeni!*

- Ce *vrei,* Lucifer?

- Ce vreau? întrebă Lucifer, cu ochii strălucindu-i de parcă ar fi fost o pereche de oglinzi. Nu e vorba despre ce vreau *eu,* General, ci despre ce am venit să îţi dau *ţie.*

Din instinct pur, Abaddon făcu scurt stânga, spre o sală de conferinţe mai mică, aflată în apropiere de apartamentul său personal, nu cea „oficială", din apropierea podului navei. Bănuiala lui se dovedi adevărată, căci îi descoperi acolo pe Furcas şi Pruflas, „matahalele" enorme ale lui Lucifer, pândind de ambele părţi ale uşii.

Cei doi îl salutară ca nişte pămpălăi. Deşi nu avea niciun dubiu că i-ar putea pune la pământ, avusese întotdeauna o senzaţie ciudată de nesiguranţă în preajma lor. Se simţea de parcă privea în ochii unor creaturi moarte.

- Domnule, ziseră ei, mişcându-se greoi, cu eficienţa picioarelor lor plate, din calea lui Abaddon.

După cum anticipase, Zepar, servilul pupător în fund, aştepta înăuntru, alături de un om care purta vulgara robă mov, brodată cu simboluri aurite ale fertilităţii, specifică înaltului preot Halifian. Cei doi se ridicară, dar silueta îmbrăcată în albastru care stătuse între ei rămase în scaun, acoperită din cap până în picioare cu un soi de burqa.

- Generale, i se adresă Zepar, cu o voce alunecoasă, plină de slugărnicie.

Abaddon îi acordă minima curtoazie a unui salut, după care se întoarse către preot – o specie cu patru membre, care de altfel semăna foarte puţin cu orice ar fi putut cataloga drept „uman".

- Hamonit? întrebă Abaddon.

- Suntem cu toţii fii ai Unicului Zeu Adevărat, răspunse bărbatul, făcând gestul Sata'anic de respect.

- Împăratul a decretat că religia voastră este ilegală, spuse Abaddon.

- Şi, cu toate astea, prosperăm.

Preotul mângâie falusurile aurite care îi decorau patrafirul. Numai şopârlele lui Shay'tan's pot naşte urmaşi mai repede decât nevestele Hammonite.

Abaddon era suficient de bătrân încât să îşi *amintească* edictul „fiţi roditori şi înmulţiţi-vă" al lui Hashem – cel care le interzicea să se căsătorească, cerându-le în schimb să treacă de la un partener la altul pentru a promova diversitatea genetică. Pe atunci, era tânăr și chipeș, o stea în ascensiune care primise porecla „Distrugătorul" de la însuși Shay'tan după ce îi livrase bătrânului dragon o înfrângere de-a dreptul brutală. Cadetele tinere și frumoase îi căzuseră rând pe rând în poală, nerăbdătoare să îi poarte urmașii.

Nu durase mult să își dea seama *de ce* recursese Împăratul la asemenea măsuri extreme. În cei 635 de ani de încercări, nu numai că eșuase în a produce măcar un singur moștenitor, dar pe măsură ce se răspândiseră zvonurile legate de infertilitatea sa, tinerele începuseră să îl evite, nedorind să își „iroseaască" ciclul anual cu un moșneag plin de cicatrici care nu le-ar fi însămânțat. Sigur, avea un rang suficient de înalt încât să îi *ordone* „funcționarului" care se ocupa de programările de împerechere să îl treacă pe listă, dar cine, în numele lui Hades, ar fi vrut să se culce cu o femeie care se chircea la atingerea unui bătrân?

Lucifer avea expresia unei pisici care a prins o pasăre. Îi făcu un semn lui Zepar.

- Desfă cadoul generalului.

Acolitul șef trase vălul de pe fața femeii.

O Angelică ce avea părul negru, pielea măslinie și ochii ca de mahon. Abaddon admiră cu gura deschisă Serafimul cu trăsături întunecate. Atunci realiză...

- Unde îi sunt aripile?

Lucifer afișă un rânjet lupesc.

- Nu are.

- Cum?

- Am găsit rasa primară.

- Unde?

- Exact acolo unde a lăsat-o Hashem, răspunse Lucifer, făcând un gest sarcastic. Îl știți pe tata. Începe mereu să se joace cu mici tărâmuri de semințe și apoi uită unde le-a pus. Iar apoi – își duse mâinile în dreptul obrajilor, mimând uimirea – ups! Intrăm în extincție și tata uită că i-a cedat a treisprezecea lume lui Shay'tan la ultimul război galactic.

Buza lui Abaddon se răsuci într-un mârâit fioros.

- A știut în tot acest timp unde erau?

În rândurile speciei care se mândrea cu controlul e sine, *Distrugătorul* era cunoscut pentru temperamentul său.

- Bineînțeles că da, zise Lucifer. Shay'tan m-a informat în legătură cu existența lor. Nu că bătrânul dragon ar face-o pentru binele *nostru*. Știți cum e și el. Totul vine cu un preț.

Abaddon trase în piept parfumul femeii. Mirosul de lutropină, hormonul pe care femeile îl produc atunci când intră în călduri, era un afrodisiac mai puternic decât cel mai scump drog.

- Cât mă va costa?

Nici Shay'tan, nici Lucifer nu făcea cadouri fără condiționări.

- Aahhh, prețul...

Lucifer își fremătă aripile, lansându-se într-un discurs de vânzări cunoscut.

- Împăratul a adoptat niște legi care amenință stabilitatea Alianței. Tot ce vă cer este *susținerea* dumneavoastră în momentul în care mă voi adresa Parlamentului pentru a anula restricțiile impuse de Împărat cu privire la tărâmurile de însămânțare.

Abaddon reflectă asupra legalității propunerii lui Lucifer. Într-adevăr, Parlamentul avea autoritatea de a anula decizii ale Împăratului prin votul a două treimi din membrii ambelor camere. În timpul „concediului" de două sute de ani al lui Hashem, aceasta fusese singura metodă prin care putuseră continua activitatea Alianței. Dacă cerințele lui Lucifer deveneau nerezonabile, putea pur și simplu să refuze să îl mai susțină. a

Abaddon analiză femeia pe care i-o adusese Lucifer.

- De ce e atât de tăcută? întrebă el. Ce i-ați făcut?

- Oamenii aceștia au trăit pe o planetă primitivă, răspunse Lucifer ridicând din mâini. Ni s-a părut necesar să îi sedăm până când se acomodează.

- *Cât* de primitivă? întrebă Abaddon, simțind furnicături printre pene.

- Oh, știți cum e, zise Lucifer, dând neglijent dintr-o mână. Shay'tan spune una, tata spune alta. Dar bătrânul dragon *pretinde* că tata i-a forțat în mod deliberat să revină în Epoca de piatră, ca un fel de grup de „control" pentru celelalte douăsprezece colonii. Iar apoi i-a abandonat.

- Are simțurile dezvoltate? întrebă Abaddon. O să nască moștenitori cu simțuri dezvoltate?

- Cum să spun eu...

Lucifer oftă în mod vădit exagerat.

- O să nască moștenitori buni, care o să fie exact la fel de inteligenți ca dumneavoastră, dar veți fi nevoit să găsiți pe *altcineva* cu care să discutați dacă vreți să dezbateți mișcările trupelor.

- Sunt o ființă de acțiune, pufni Abaddon, nu vreun intelectual într-un turn de cleștar.

- Și tocmai de *aceea*, râse Lucifer, am adus primul cadou pentru *dumneavoastră*.

Abaddon pufni din nou.

- Pupatul în fund nu merge cu mine.

- Nu mă puteți judeca pentru că am încercat, răspunse Lucifer ridicând din umeri. Dacă *nu* aș încerca, ați crede că m-am lovit la cap sau ceva.

Visuri mai vechi, îngropate și uitate de mult, reveniră la suprafață în momentul în care Abaddon privi frumoasa femeie cu păr negru și ochi căprui, ca de mahon. Iubise și el o femeie cândva, dar aceasta fusese ucisă în luptă înainte de a intra în călduri. Ultimul ei gest fusese să îi șoptească numele; apoi, îi murise în brațe. Ființa din fața lui îi amintea acum de acea dragoste pierdută, apusă cu atât de multe secole în urmă încât amintirea ei se estompase... totul cu excepția ochilor pe care lumina îi părăsise, lăsându-l să jelească pe câmpul de luptă.

- Refuz să cad la înțelegere cu Shay'tan, zise Abaddon.

- Nu o să faceți o înțelegere cu Shay'tan, zise Lucifer. Ci cu *mine*.

- Și care sunt termenii? întrebă Abaddon.

- Nimic exagerat, răspunse Lucifer volubil. O lăsați însărcinată, iar apoi vă asigurați că existența ei rămâne un secret până când eu am format suficiente cupluri încât să dispun de o masă critică.

- De ce trebuie să așteptăm? întrebă Abaddon. Dacă anunțați că ați găsit rasa primordială, toți hibrizii din galaxie vă vor urma.

- Oamenii ne acceptă pe noi, Angelicii, pentru că arătăm ca ei, zise Lucifer, dar ceilalți hibrizi îi sperie teribil. Ar fi nedrept să ne servim doar pe noi, nu și pe frații noștri din armată, nu credeți?

Abaddon însuși luptase mult alături de ceilalți hibrizi. *Nu* avea de gând să înșface premiul pentru el și să îl refuze altora. Fie ca aveau să izbândească sau să eșueze, aveau să o facă împreună, ca o singură rasă hibrid.

- Deci cum facem asta? întrebă Abaddon.

- E un obicei omenesc să te căsătorești *înainte* de a întreține relații sexuale. Așa cum o făcea și specia noastră înainte ca Împăratul să decreteze altceva.

- Și ea va fi de acord? întrebă Abaddon.

- Întrebați-o chiar dumneavoastră, râse Lucifer. Vine în fața dumneavoastră purtându-și rochia de mireasă, iar *aici* – arătă către Hammonit – e un preot.

Abaddon își dădea seama că femeia fusese drogată, dar în momentul în care privirile li se întâlniră, simți fluturi în stomac. O creatură de legendă voia să se mărite cu un boșorog cu oase și sânge putregăite? Era dureros de conștient de cicatricea care îi străbătea chipul dinspre tâmplă spre bărbie – cea care îi tăiase sprânceana în două și aproape îl costase un ochi. Nicio femeie Angelic nu ar fi acceptat un bărbat cu o asemenea cicatrice hidoasă, cu atât mai puțin dacă era trecut pe lista neagră pentru infertilitate. Totuși, la vârsta *lui*, u mai conta dacă femeia aceasta putea să îi nască moștenitori sau nu. Visurile lui se limitau la a nu-și petrece tot restul vieții în singurătate.

Inima îi năvăli în gât în momentul în care o luă de mână și îi adresă întrebarea pe care propriul său zeu îi interzisese să o adreseze vreodată.

- Frumoasa mea, vrei să fii soția mea?

Îi sărută încheieturile. În timp ce îl privea, ceața începu să i se ridice din privire. Abaddon se simțea de parcă se uita din nou în ochii iubirii de mult pierdute, dar de această dată, în loc să fie martorul luminii care se scurgea din ei, era martorul luminii care *pătrundea*. Își dădea seama că femeia din fața lui era mândră după modul în care stătea – de parcă era obișnuită să dea ordine.

Aceasta murmură ceva într-o limbă pe care generalul nu o putea înțelege. Îi urmări cicatricea care aproape îi scosese ochilor, iar apoi degetele ei mici le strânseră pline de încredere pe ale lui, mult mai mari. Abaddon

Distrugătorul, cel mai dur general al Forţelor Aeriene pe care îl avusese vreodată Alianţa, crezu că era pe punctul de a leşina.

- E oficial! zise Lucifer bătând din palme. Ea va fi partenera ta pe viaţă.

Mintea lui Abaddon fredona în timp ce preotul citea jurămintele. Abia aştepta să îşi treacă Lucifer acordul comercial, pentru a se putea lăuda cu proaspăta soţie.

- Femeile umane trăiesc în haremuri, explică Lucifer întinzându-i burqa nevestei. Se va simţi cel mai confortabil acoperită, cu excepţia momentelor când se află în apartamentul dumneavoastră privat. Asta vă va ajuta şi să îi menţineţi identitatea secretă în rândurile echipajului.

- O să creadă că mi-am luat o amantă non-hibrid, râse Abaddon.

- Lăsaţi-i să îşi imagineze ce vor ei, spuse Lucifer. Adevărul e mult mai absurd decât cele mai sălbatice vise ale lor.

Abaddon îşi acompanie mireasa către apartamentul personal. Sub ameninţarea curţii marţiale, ordonă echipajului să menţină chestiunea creaturii necunoscute, acoperite de văl, secretă şi să nu îl deranjeze pentru cel puţin trei zile.

Capitolul 26

Iulie — 3.390 î.Hr.
Pământ: Satul Assur

NINSIANNA

Îl găsi pe acoperișul părinților ei, ghemuit în aceeași poziție ca de leopard pe care o adoptase în noaptea de demult, de la nava sa, murmurând rugăciuni în limba ca un clănțănit a Cherubimilor. Ochii săi străluceau în nuanțe de albastru deschis, provenite parcă din interior, exact la fel de deconcertante ca lumina aurie care ardea în ochii *ei* când Cea-Care-Este alegea să vorbească prin ea. Privirea îi era lipsită de emoție, însă nu părea nici nemiloasă, nici neomenească. Mulțumită darului limbilor, Ninsianna înțelese că se ruga pentru viețile pe care fusese obligat să le curme.

- O să merg înăuntru, îl anunță. Aduc ce e nevoie ca să îți curăț rănile.

Privirile li se întâlniră.

Mikhail aprobă din cap.

Ninsianna forță un zâmbet.

În momentul în care intră în casă, falsa ei stăpânire de sine se frânse. De cât timp avusese nevoie *ultima* oară când îi omorâse pe Halifieni? Câteva ore? Jumătate de zi? Fata se cutremură la amintirea sabiei pe care i-o ținuse la gât.

Mikhail mă iubește...

Nu ar fi rănit-o. Era sigură de asta. Dacă ar fi încercat, Cea-Care-Este l-ar fi oprit din nou...

... sau cel puțin așa spera...

Trase adânc aer în piept înainte de a ieși din nou pe acoperiș.

- Sunt gata, îi spuse lui Mikhail în limba Cherubimă.

Acesta își întinse aripile și le coborî de parcă ar fi fost un giulgiu întunecat, mut. Nu o privi în ochi, dar Ninsianna știa că era mai conștient de prezența ei în *acel* moment decât fusese oricând altcândva de când o cunoștea. Oricare ar fi fost sursa de putere de care se folosea, în mod clar *nu* era Cea-Care-Este.

- Vino la umbră, sub boltă, zise Ninsianna, prefăcându-se că totul era normal. Mai aproape de lampă, ca să te pansez.

Mikhail se așeză pe scaunul cel mai apropiat; era acoperit din cap până în picioare de resturi umane. Judecând după strania strălucire albastră a ochilor săi, nu își revenise încă din strânsoarea dansului morții, dar Ninsianna întrezărea revenirea vagă a emoției în mișcările aripilor. Lumina albastră, pe care ochii înzestrați de zeiță i-o dezvăluiseră țâșnind asemenea razelor soarelui în timpul bătăliei, începuse să pălească; în siguranța casei lor, Mikhail nu mai avea nevoie de ea.

Înainte să îi atingă rănile, Ninsianna începu să vorbească, pentru a-l liniști.

- Trebuie să arunc o privire la umăr, zise ea, atingând pata întunecată de pe bluza Angelicului. E posibil să fie nevoie de câteva copci ca să nu se tot deschidă.

Trase gulerul la o parte pentru a stabili dacă era vorba de o săgeată pe care Mikhail o rupsese. Carnea lui era caldă, părea să o *invite* ca de fiecare dată, dar lumina albastră și rece care radia din întregul său trup nu era deloc muritoare. Se simțea de parcă ar fi atins un foc, însă focul era rece.

- Trebuie să ți-o dai jos ca să ajung la rană, zise Ninsianna, trăgând ușor de bluză.

Buzele lui continuară să se miște în liniște, intonând rugăciuni în timp ce fata îi expunea rănile. Vârful săgeții era înfipt în mușchiul pectoral – un mușchi cât se poate de uman pentru o asemenea ființă. Cu toate că îi era teamă să îl trateze câtă vreme era încă posedat de zei, știa că avea să fie mai puțin dureros să scoată săgeata *acum,* cât încă era sub puterea vrăjii, decât mai târziu, când avea să simtă fiecare dintre înțepăturile ei mai stângace.

- Trebuie să trag asta afară, zise Ninsianna, mângâind obrazul lui Mikhail. Ești pregătit?

Contact vizual.

- Da, răspunse el în limba Cherubim.

În spatele strălucirii stranii, Ninsianna întrezări o umbră a iubitului ei.

Lumina albastră a spiritului se cuibărea treptat în interiorul trupului, cu toate că o pâlpâire albăstrie încă strălucea la marginile irișilor. Ninsianna trebuia să lucreze rapid, cât lumina albastră îl proteja de propriile simțuri.

Îi zâmbi, încercând să se scuze.

- O să doară...

Își presă lama de obsidian de pielea lui și o tăie de parcă ar fi porționat o bucată de carne. Mușchii de pe pieptul Angelicului tremurară, dar, în ciuda expirațiilor adânci, expresia îi rămase goală. Capul suliței scoase un sunet ca de aspirator în momentul în care Ninsianna îl trase din mușchi. Sângele mult prea muritor începu să se scurgă pe mușchii inuman de puternici ai Angelicului.

- Ai un suvenir, spuse Ninsianna, așezând capul suliței pe masă. Acum o să te cos.

Mikhail mârâi în semn de aprobare.

Fata șterse rana cu o tinctură usturătoare, din alunul vrăjitoarelor, și își reprimă impulsul de a-l săruta. Dacă îi permitea să zăbovească în acea transă rece, îl putea scăpa de durere. Trase un fir din păr de coadă de cal prin acul de os, străpungând treizeci de copci în mușchiul pectoral al Angelicului, chiar acolo unde acesta lega umărul de piept. Aripile lui Mikhail tresăriră, însă deși trupul îi trăda suferința, expresia atent studiată de pe chip îi rămase distantă și stoică.

Ninsianna nu descoperi una, ci două săgeți prinse în aripi.

- Au ieșit pe partea cealaltă, zise ea. Dacă scot penele de la capăt, cred că pot să le trag afară fără să te tai.

De această dată, când săgețile fură smulse, Mikhail tresări fără nicio reținere. Cu cât revenea mai aproape de ea, cu atât putea ignora durerea mai puțin. Nu îi scăpă nici măcar un oftat de durere, dar tremurul aripilor sale sub degetele tămăduitoarei dovedea că dansul morții nu îl mai proteja – acum *simțea* tot ce îi făcea.

Ninsianna smulse penele de care era nevoie pentru a ajunge la cele două răni, iar apoi îl cusu. Într-un sfârșit, după ce îl examinase atent pentru a se asigura că nu ratase nicio rană, se arătă satisfăcută.

Îi atinse obrazul ușor.

- Părinții mei o să aducă răniții aici, să îi îngrijească. Nu o să poți să dormi deloc în zona comună. Vreau să dormi în patul *meu* în noaptea asta.

Mikhail dădu din cap. Ochii îi erau cuprinși de durere.

Oftând, o trase pe Ninsianna în brațele sale și își afundă nasul în golul din gâtul ei.

- Ninsianna, murmură el.

Doar tremuratul de sub piele trăda emoția pe care o reprimase atâta timp.

- Haide, zise ea, conducându-l spre camera micuță. Aici, sus. Trebuie să dormi.

Mikhail se poticni pe scări, cu totul epuizat, și se cuibări lângă Ninsianna pe patul îngust. Se strânseră în brațe și adormiră. Prima lor noapte împreună nu trăda nimic sexual. Nu erau decât două ființe care căutau alinare în brațele celui iubit. La fel ca în prima noapte petrecută pe nava, Ninsianna simți că Mikhail avea nevoie ca ea să îl atingă și să îl asigure că nu era singur.

Așadar, își odihni capul pe brațul lui și îi șopti „noapte bună". În momentul în care o învălui cu brațele și aripile, trăgând-o mai aproape de el, simți că tremura.

Capitolul 27

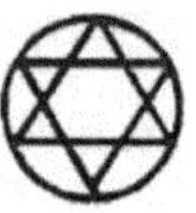

Data Galactică Standard: 152,323.07 D.Î.
Tărâmurile transcendentale
Împăratul Shay'tan

SHAY'TAN

Adversarul bătea darabana pe tabla de şah tridimensională – un model al galaxiei – zâmbind cu superioritate la vederea calului alb care încă rezista printre pionii negri ai lui Shay'tan, în sectorul Zulu.

- Cum de pari aşa de mândru de tine? întrebă Shay'tan, pescuind după informaţii.

- O... fără motiv, răspunse Hashem evaziv.

Primise oare vreun pont de la Cea-Care-Este? Zeiţa *jura* că nu avea niciodată favoriţi, dar el ştia mai bine decât oricine altcineva că definiţia *EI* pentru „favoriţi" depindea de capriciile de moment.

Shay'tan îşi pregăti următoarea mişcare. Adversarul său era atât de concentrat asupra marginilor exterioare ale galaxiei încât omisese să îşi mai protejeze regina albă.

Mută o piesă.

- Şah.

Capitolul 28

ΔΥϑΠΔΤΙϚ

Data Galactică Standard: 152,323.07 D.Î.
Sectorul Alpha: Transportatorul de Comandă „Lumina Eternă"
Comandant General Suprem Jophiel

JOPHIEL

Echipajul ei știa prea bine că nu trebuia să o deranjeze atunci când se retrăgea în apartamentul personal pentru a citi rapoartele de informații cerute de Raphael – mai ales *acestea*. În cea mai mare parte era vorba despre „evaluări ale sănătății și siguranței" diferitelor extremități ale galaxiei, împreună cu rapoarte ale spionilor. Analizat în mod individual, fiecare raport indica o direcție dierită, dar în ansamblu, toate alcătuiau o construcție care indica... ce?

Clopoțelul de la ușă sună. Jophiel își ridică privirea, surprinsă.

- Intră, spuse ea prin intercom.

Ușa se deschise. Un cap verde, în formă de inimă, se iți înăuntru – era Locotenentul Klik'rr. Antenele sale duble se înălțau alandala pe cap, de parcă posesorul lor tocmai ar fi fost trezit dintr-un somn adânc.

- Domnule? i se adresă el, iar penele inferioare, diafane îi fremătară. Aveți un mesaj alfa de prioritatea întâi de pe Haven-4.

Un sentiment de groază își făcu loc în pântecul lui Jophiel. Pe Haven-4 conta *un singur* lucru.

- Uriel e bine?

Klik'rr își apropie picioarele frontale ca într-o rugăciune.

- E *bolnav*. Au zis că trebuie să veniți imediat.

- Dar m-au *asigurat* că o să fie în siguranță.

Klik'rr își înclină capul.

- Au transmis că e vorba de un sindrom cașectic. Preconizează că nu va...

Modulația vocii sale se frânse.

- Domnule, ciripi Locotenentul plin de durere. Preconizează că nu va supraviețui.

Jophiel își duse mâna către micul portofel cu fotografii pe care îl ținea ascuns în buzunarul de la piept al uniformei; erau fotografii cu *toți* copiii ei, chiar dacă astfel de sentimentalisme erau descurajate. Cuvintele lui Klik'rr păreau să nu mai ajungă la ea. De ce nu își ascultase instinctul frenetic de a-și *vedea* propriul copil?

- Domnule? ezită Klik'rr, temător. Pot să vă ajut cu ceva?

Jophiel se ridică de pe scaun și își sprijini ambele mâini de birou.

- Cheamă-l pe Colonelul Israfa din Sectorul Zulu, ordonă ea cu greutate. Trimite o navetă-ac. Transmite-i că ne întâlnim pe Haven-4.

Lumina Eternă se clătină amenințător sub picioarele ei; sau poate că ea era cea care se clătina, de fapt? Își înfoie aripile, încercând din răsputeri să rămână dreaptă. Klik'rr o apucă de braț.

- Am anunțat turnul de control că veți pleca imediat.

Cuvintele lui păreau să răzbată de departe.

- Nava dumneavoastră de transport e deja pregătită pentru zbor.

- Da, desigur, murmură Jophiel.

Klik'rr o îndrumă către ușă, de unde doi piloți aproape o cărară în brațe prin holurile labirintice. Totul era o ceață. În inima ei, știuse de la bun început că Uriel avea nevoie să rămână aproape de mama sa, dar îl trimisese oricum! Îl abandonase! Ca să avanseze în *idioata* asta de carieră!

Echipajul șușotea atunci când o vedea trecând. Privirile lor erau pline de compasiune:

- *Am auzit că e pe moarte...*

- *Și fiul MEU a murit...*

- *TOȚI mor...*

- *Lucifer are dreptate. Împăratului nu îi pasă...*

Cei doi piloți o conduseră pe navă. Locotenentul Klik'rr îi cuplă centura, de parcă ar fi fost un copilaș rănit.

- Nu vă faceți griji, domnule, zise el. O să mă ocup de *tot*. Nu trebuie să vă faceți griji pentru nimic altceva în afară de fiul dumneavoastră.

În momentul în care ușa navei se închise, echipajul de zbor salută crispat. Fără a primi vreun ordin în acest sens, cu toții începură să se roage la nenumărați zei mai mici, de pe teritorii îndepărtate, sperând să salveze viața unui mic copil.

Capitolul 29

HD 219134 g. Stea tip K HR 8832
Constelaţia Cassiopeia
Colonel Mikhail Mannuki'ili

MIKHAIL

Un mortar explodă în dreptul lui, împroşcându-i cu mizerie în faţă. O femeie ţipă. Glicki!

- Retragerea! Retragerea! veni ordinul prin radio.

Mikhail alergă spre ea şi o strânse în braţe. Ea îşi strângea mâinile verzi la piept, de parcă ar fi rostit o rugăciune, şi tremura de durere.

- Glicki, spuse el. O să fii bine.

Îi atinse exoscheletul verde, care fusese lovit cel mai tare de şrapnel. Din încheietura unuia dintre cele patru picioare cu care mergea i se scurgea sânge verde.

- Ce bine că ne naştem cu armură incorporată, nu? ciripi Glicki prin translatorul vocal.

Un al doilea mortar explodă, de data asta şi mai aproape. Mikhail încercă să o apere cu aripile de molozul ce cădea peste ei.

- Poţi să mergi?

- Da.

Glicki încercă să îşi mişte piciorul şi urlă de durere. Mikhail îi examină rana. Sângera din abundenţă, semn că fusese atinsă o arteră. Dacă ar fi putut să îi amputeze piciorul, ar fi fost sigur că va supravieţui. Din păcate, însă, era cunoscut faptul că fiziologia instectoidă făcea aplicarea bandajelor de compresie foarte dificilă. Trebuia să o scoată de acolo înainte să sângereze până la moarte.

- Major Mannuki'ili? întrebă unul dintre soldaţi. Ce ne facem?

Privi către bărbaţii şi femeile din grupul său de operaţiuni speciale – erau şase în total. Unul dintre ei era Angelic, iar ceilalţi, Mantoizi. Cu toţii erau soldaţi de seamă. Urechile sensibile ale lui Mikhail puteau detecta deja şopârlele Sata'anice care se apropiau din ambele părţi, printre tufişuri. Shay'tan voia această planetă şi avea să o ia de la ei.

Privi către prietena sa rănită, iar apoi către echipa de intervenţii speciale. Cu toate că erau la fel de înalţi şi zvelţi ca el, insectoizii erau, de asemenea, şi foarte masivi. Prea grei pentru ca un Angelic să îi scoată în zbor de acolo, în ciuda aripilor puternice cu care fusese înzestrat mulţumită sângelui său de Serafim. Şi Mantoizii aveau aripi, dar acestea erau mai potrivite pentru zboruri scurte, nu cele de anduranţă de care erau capabili Angelicii. Având în vedere starea piciorului ei, Glicki nu putea zbura. Şopârlele Sata'anice le blocau căile de scăpare. Nu mai era decât un singur lucru de făcut.

Ochii lui îi întâlniră pe cei ai lui Glicki, de un frumos amestec verde-auriu. Aceasta dădu din cap. Ştia ce trebuia făcut şi era de acord.

Îşi împreunară mâinile.

- Încheiem misiunea.

O vârî pe Glicki într-un soi de vale mai adâncă, îi prinse piciorul rănit cu un garou, o acoperi cu ierburi, iar apoi făcu un semn către restul echipei sale pentru a se împrăştia prin pădurea tânără. Era vremea vânătorii. Rostind incantaţiile Cherubime pentru urmărirea prăzii, Mikhail îşi strânse aripile la spate şi se strecură în spatele unui escadron de şopârle care urmărea un tanc zgomotos. Echipa lui era de departe depăşită numeric, dar avea să niveleze lucrurile. Nu se baza pe arma cu impulsuri acum, ci pe un instrument mult mai subtil: cuţitul. Se strecură în spatele unui soldat-şopârlă care rămăsese în urmă; coada lui pendula dintr-o parte în alta, având o baionetă legată în vârf. Cu ghearele ascuţite de la mâini şi picioare, precum şi colţii masivi, aceste creaturi fuseseră create de Shay'tan pentru a lupta cel mai bine de aproape, unu la unu.

Exact aşa cum Cherubimii îl învăţaseră şi pe EL să lupte...

Strângându-şi cuţitul bine în mână, Mikhail se apropie în linişte de soldat şi îi tăie gâtul.

*

Ochii lui Mikhail se deschiseră brusc. Se ridică, iar aripile i se izbiră de perete în timp ce se întindea spre cuţit – fără succes, însă. Continuă să respire accelerat până când îşi dădu seama că dormise în patul Ninsiannei.

Ea dormea în braţele lui. Frumoasa lui zeiţă... inima şi sufletul său.

Viitoarea sa soţie.

„*Protejeaz-o*", îi şoptea instinctul.

Să o protejeze de ce?

De şopârla al cărui gât îl tăiase?

Abia de zărise duşmanul, dar în adâncul sufletului *ştia* că era deja acolo.

Capitolul 30

Iulie – 3.390 î.Hr.
Pământ: Satul Assur

NINSIANNA

Ninsianna se cuibări mai adânc în „pătura" ei de pene, bucurându-se de căldura sângelui care alerga prin venele din bicepsul ferm pe care îl folosise pe post de pernă. Zgomotul vocilor de la parter o smulse din visul plăcut pe care îl avea. Reprimând un căscat, se întinse şi se răsuci spre Mikhail.

Ochii albaştri priviră lung într-ai ei, deja treji de mult.

- Bună dimineaţa, zise Ninsianna, cufundându-se mai adânc în căldura lui.

- Ai dormit bine? întrebă Mikhail.

- Nu am avut niciun coşmar, răspunse ea.

- Bine, zise el cu o privire serioasă. Am avut un vis noaptea trecută.

- Bătălia? ghici Ninsianna.

- Nu, răspunse Angelicul. *Cred* că e posibil să fi fost o amintire.

- Ce fel de amintire?

- Despre un prieten.

- Raphael? întrebă Ninsianna.

- Nu, zise Mikhail. Nu era un Angelic, ci un fel de *insectă*.

- Ca Cherubimii?

- Nu, răspunse Mikhail, clătinând din cap. Ea îmi semăna mai mult *mie*. Un soldat obişnuit. Tot ce ştiu e că era rănită grav, iar noi trebuia să ne luptăm să plecăm de acolo şi să facem rost de ajutor înainte să moară.

- A supravieţuit?

- Nu îmi amintesc. Tot ce ştiu e că *eu* sunt încă în viaţă.

Lumina lui spirituală nu se mai revărsa asupra *ei,* ci curgea către cer, ca atunci când se întâlniseră prima oară. Oricine ar fi fost această femeie insectă, reprezenta mai mult decât o simplă colegă pentru el.

Ninsianna îşi plimbă degetele pe pieptul lui, către locul din care scosese săgeata noaptea trecută. O femeie-insectă? Nu putea reprezenta o ameninţare pentru ea, nu-i aşa? Degetele îi alunecară mai departe, către rana cea veche, locul din care scosese suliţa de fier. În spatele găurii din cutia toracică fracturată, inima lui Mikhail bătea regulat, cu putere.

- Sunt sigură că s-a sfârşit cu bine, zise Ninsianna. Având în vedere că *tu* erai acolo să o protejezi...

- Nu sunt s...

La parter, cineva bătu tare la uşă. Mama Ninsiannei deschise. Un amalgam de voci întreba de Mikhail.

De ce nu lăsau biata fiinţă să se odihnească?

- Micul dejun o să fie gata în curând, spuse Ninsianna nonşalant. Vrei să aduc ceva sus?

Mikhail încercă să se ridice.

- Mâncăm împreună...

Ninsianna îl reduse la tăcere cu un sărut.

- Eşti plin de sânge. Lasă-mă să îţi aduc măcar nişte haine curate, ca să nu mă certe mama că te-am lăsat într-o asemenea stare jalnică.

Fata sări de pe salteaua de paie pe care dormea şi îi înşfăcă bluza. Era păcat că Mikhail adormise îmbrăcat cu pantalonii – *asta* avea să îl menţină izolat până când Ninsianna avea să descopere şi ce *altceva* îşi mai amintea. Din fericire, simţul lui supradezvoltat de modestie avea să îl oprească din a hoinări spre parter înainte ca fata să aibă ocazia de a aflat ce voiau *musafirii*.

Pentru siguranţă, Ninsianna se aplecă şi îi luă şi cizmele de luptă.

- Mă întorc imediat, minţi veselă.

Ignoră protestele lui Mikhail şi ieşi în grabă din dreptul perdelei de antilopă care îi separa dormitorul de scări. Vocile ajunseră până sus – toate erau de femeie. Ninsianna îşi legă din nou rochia şi îşi trecu degetele prin păr. În mod clar *arăta* de parcă şi-ar fi petrecut noaptea cu Mikhail – şi nu într-un mod platonic! Strânse hainele mai aproape de corp şi coborî cu o singură mână pe scara abruptă.

- Ninsianna! o salută Pareesa.

- Bună dimineaţă, Mică Zână.

Cu excepţia câtorva zgârieturi, cel mai mic dintre arcaşi părea surprinzător de ne-traumatizat. Lângă ea, pe covor, îngenunchiaseră trei femei cu păr lung, negru şi ochi migdalaţi. Erau îmbrăcate exotic, iar pelerinele lor de călătorie frumos brodate erau vopsite în culori extrem de vii: albastru de lapislazuli, verde smarald şi, cea mai frumoasă dintre toate, o nuanţă superbă de roşu stacojiu. Cea mai tânără dintre ele era doar cu puţin mai mare decât Pareesa, iar cea mai în vârstă părea să aibă aceeaşi vârstă ca mama Ninsiannei. Se ştia că Amoriţii fac negoţ cu sclave sexuale, însă aceste femei erau îmbrăcate prea elegant pentru a fi simple concubine.

- Acestea sunt femeile pe care Mikhail a ajutat-o pe Pareesa să le elibereze, zise Needa. Căpetenia *insistă* să le ajutăm să se întoarcă acasă.

Judecând după modul în care accentuase cuvântul „insistă", mama Ninsiannei voia să spună, de fapt: „*căpetenia vrea să le interogheze şi să afle tot ce poate despre noul inamic*".

- Cum aţi comunicat până acum? o întrebă Ninsianna pe Pareesa.

- Doar prin semne, răspunse aceasta.

- Se pare că nu avem niciun cuvânt în comun, completă mama.

Ninsianna se încruntă. Chiar dacă „darul limbilor" îi permitea să vorbească orice limbă pe care o vorbea şi Mikhail, nu avea nicio idee dacă putea traduce şi *altceva* decât graiurile cereşti. Dar asta nu era *prima* oară când trebuia să înveţe o limbă cu totul nouă de una singură.

- Bună, zise fata, zâmbindu-le prietenos celor trei femei adunate pe covor. Eu sunt – arătă către propriul piept – Ninsianna. Aceasta – arătă către mama ei – este Needa, iar aceasta – arătă către micul arcaş – este Pareesa.

Apoi, făcu un semn către cea mai tânără dintre străine.

- *Tu* cine eşti?

Ochii negri ai femeii se luminară a înţelegere.

- *Menman* Seyahat, zise ea.

- Excelent! răspunse Ninsianna, bătând din palme. *Menman* Ninsianna, repetă ea, arătând din nou către sine. Şi *tu* – arătă către a doua cea mai vârstnică femeie – *cine* eşti?

- *Menman* Fatma, răspunse a doua femeie entuziasmată.

Fatma se întoarse către Seyahat şi spuse ceva în acea limbă pe care doar ele o vorbeau. Până să anunţe şi a treia femeie cum o cheamă – *Menman* Norhan – furnicăturile deja cunoscute învăluiră corpul Ninsiannei. Limba îi răsări în minte.

- Sunteţi în siguranţă aici, rosti ea fluent.

Cea mai bătrână dintre femei o privi cu gura căscată.

- Vorbeşti limba noastră?

Ninsianna arătă către figurina mică, de lut, care o întruchipa pe zeiţă şi orna altarul tatălui său.

- Cea-Care-Este m-a înzestrat cu abilitatea de a vorbi toate limbile, atâta vreme cât transmit mesajul ei.

Cele trei îşi aplecară capetele, lipindu-şi frunţile de covor.

- Suntem cu adevărat binecuvântate, spuse cea mai vârstnică, pe nume Norhan. Prima oară suntem salvate de un bărbat înaripat, iar acum o zeiţă cu ochi auriţi ne vorbeşte în numele zeilor.

Mama îi aruncă o privire care avertiza: „*Să nu îndrăzneşti să îţi torni acum povestea prostească despre Cea Aleasă.*"

- Sunt pur şi simplu o femeie cu un dar, ezită Ninsianna. Înţeleg pentru că Cea-Care-Este vrea să vă ajute să vă întoarceţi acasă.

Cele trei femei îşi apropiară capetele unul de altul şi începură să murmure într-o conversaţie abia perceptibilă. Puteau avea încredere în oamenii aceştia sau aveau să profite de ei? Oare familia lor era în viaţă sau nu?

- Caravana noastră a fost atacată când treceam Munţii Zagros, spuse Norhan. Noi venim din Margiana,[32] de pe malul celălalt al mării fără de ocean[33].

---

[32] *Margiana*: un regat care se întindea pe Drumul Mătăsii, dinspre Iranul de est, prin Afganistan şi până în Turkmenistan.

[33] *Marea fără de ocean*: Marea Caspică, ce nu are ieşire la ocean.

Ninsianna traduse pentru mama ei.

- Margiana? zise aceasta încruntându-se. Am auzit de marea fără de ocean, dar nu şi de teritoriile de dincolo de ea.

- Poate că tribunalul ştie ceva?

- Poate, răspunse Needa. Până atunci, nu putem decât să ne facem oaspeţii să se simtă confortabil.

Ninsianna traduse pentru cele trei femei din Margian. Cea mai tânără dintre ele începu să plângă.

- Poate că Mikhail ar putea să *zboare* până acolo? sugeră Pareesa.

- Unde? răspunse Ninsianna cu asprime. Şi cât lipseşte el, cine se asigură că nu suntem atacaţi din nou?

Expresia Pareesei se pleoşti.

- Mă gândeam doar că...

- Le-ar putea căra? izbucni Ninsianna. Ei bine, *nu* poate. Dacă ai fi fost *aici* noaptea trecută, când l-am făcut bine, poate ai fi înţeles că Mikhail nu e un zeu!

- A fost rănit? întrebă Pareesa răsuflând greoi.

- *Desigur* că a fost rănit, zise Ninsianna. După ce te-a eliberat pe *tine,* a apărat şi poarta principală. A fost lovit de trei săgeţi.

- Unde e acum?

- Sus, în camera mea.

Pareesa ridică o sprânceană.

- Nu e nimic de genul ăsta! protestă Ninsianna. L-am trimis sus să se odihnească, pentru ca musafirii *enervanţi* de dimineaţă să nu îl deranjeze.

Chipul Pareesei se lumină.

- Nu am mai văzut pe nimeni eliminând atâţia luptători!

Ninsianna fu cuprinsă de un fior. *Ea* îl mai văzuse eliminând şi mai mulţi, de unul singur. Amintirea ochilor lui negri şi nemiloşi încă îi bântuia nopţile.

- A fost antrenat de Cherubimi, gardienii Împăratului Etern, explică ea. Dar de fiecare dată când ucide, asta are un efect grav asupra sufletului lui. Aşa că *nu* vorbi despre asta de parcă te-ar încânta!

Pareesa îşi muşcă buza, căzând pe gânduri. Ea, mai mult ca oricine altcineva, părea să priceapă codul moral strict al mentorului său.

- Bine, oftă fata. O să *încerc* să nu îl enervez.

- Oh, micuţă zână, spuse Ninsianna şi o îmbrăţişă. Tocmai asta *adoră* la tine! Doar încearcă să nu o faci prea des, bine? Măcar pentru câteva zile.

O înjurătură înfundată se auzi din capul scărilor. La început se ivi o talpă mare, goală; apoi următoarea. Tălpile fură urmate de nişte pantaloni militari plini de sânge, care acopereau picioare lungi şi musculoase, apoi de un abdomen şi un piept puternice, dar dezgolite. Într-un final, o pereche de aripi negru-maronii coborî de pe scări.

Cele trei femei din Margian se aruncară la pământ, pe covor, şi strigară:

- O, mare zeu!

Mikhail îi aruncă o privire nedumerită Ninsiannei.

- Ţi-am zis să rămâi sus! îl certă ea.

Angelicul se uită în jos, către pantalonii săi plini de sânge. Parcă ruşinat, îşi strânse aripile în jurul pieptului gol.

Mişcarea aripilor le făcu pe cele trei femei să ţipe îngrozite.

- Scuze, mormăi el. O să... ăă...

Privi către uşa care dădea spre curte asemenea unui şoim care pândeşte portiţa cuştii în care e închis.

- Cred că o să merg să mă pregătesc pentru... ăă... *antrenament?*

Se strecură prin dreptul celor trei femei prosternate şi înşfăcă o bluză curată; era el însuşi mai intimidat de *ele* decât erau ele de răzbunătoarea creatură cu aripi. pareesa chicoti şi încercă să le facă să se ridice. Deşi nu vorbea limba lor, le câştigase încrederea prin faptul că le eliberase şi le adusese în sat. Cele trei îl priviră cu ochi mari pe Mikhail în timp ce se îmbrăca.

- Ne antrenăm azi? întrebă Pareesa în momentul în care Angelicul se încălţă cu cizmele sale de luptă.

- Trebuie să vorbesc cu căpetenia, răspunse Mikhail. Poţi să o rogi pe Alalah să ţină lecţia de azi?

- De acum înainte, zise Pareesa triumfătoare, tot satul o să vrea să se antreneze.

Mikhail aprobă din cap. Aceasta nu era victoria pe care şi-o dorise, dar era, oricum, una pe care o *obţinuse.*

- Ai face bine să mă înveţi şi pe *mine* să folosesc arma aia pompoasă, *fiule,* zise Needa. În caz că vreun Halifian decide că o băbătie ca mine e suficient de bună pentru negustorii de sclave.

Mikhail ridică o sprânceană. Ninsianna moştenise ochii şi gura largă a tatălui ei, dar slavă zeiţei că, de altfel, semăna mai mult cu mama. La 36 de ani, Needa era încă suficient de tânără şi frumoasă încât să devină o ţintă.

Ninsianna se întoarse către cele trei femei exotice.

- Pareesa o să vă ducă să mâncaţi ceva, traduse ea în limba Margian. Apoi o să mergeţi să vă întâlniţi cu căpetenia. E un om bun. O să ştie cum să vă ajute să ajungeţi acasă.

Cele trei străine îi mulţumiră şi o urmară pe Pareesa. Când trecură prin dreptul lui Mikhail, făcură o plecăciune şi murmurară câteva cuvinte de mulţumire. Mikhail aşteptă să iasă, iar apoi se îndreptă spre curte.

- Nu vrei să arunc o privire la rănile tale? îl întrebă Ninsianna.

Mikhail se opri pe loc, dar nu se întoarse pentru a se uita la ea.

- Trebuie să fac un zbor de patrulare.

Vocea lui era distantă.

Lumina spirituală spunea o poveste cu totul diferită. În realitate, intenţiona să zboare înapoi la nava sa şi să scotocească după amintiri în fuzelajul distrus. Fără a aştepta vreun răspuns, îşi înfoie aripile şi se făcu nevăzut.

Capitolul 31

Iulie – 3.390 î.Hr.
Pământ: nava prăbușită

MIKHAIL

Înconjură valea, căutând orice semn că inamicii ar fi încercat să îi spargă nava, dar Oamenii Deșertului nu se atinseseră de ea de la *ultima* lor confruntare, în ziua dinaintea întâlnirii sale cu Gimal. Din fericire, sau din nefericire, în funcție de cum privea lucrurile – din perspectiva ascunzătorii sau a unei eventuale salvări – nava era în continuare pe jumătate îngropată în pământ.

Apropiindu-se de pământ cu un fâlfâit al aripilor, Mikhail analiză capcanele pe care le pregătise pentru a se asigura că nimeni nu avea să urce la bordul navei – nu doar Halifienii, ci și curioșii din Ubaid. Începuse să își verifice nava în fiecare săptămână, mai mult pentru a-și marca teritoriul decât din cine știe ce speranță că micile reparații pe care le făcea aveau să o mai ajute să se ridice de la sol. Călătoria care dura altădată două zile îi lua mai puțin de o oră acum că își recăpătase darul de a zbura.

Gemând de epuizare, rostogoli la o parte bolovanul enorm cu care blocase crăpătura din fuzelaj – cea care ținea locul ușii îngropate în stâncă – și păși înăuntru. Se simțea de parcă intra într-o peșteră.

Nava mirosea a praf, nu a umezeală, căci în acea perioadă a anului oaza secase; în același timp, aerul era stătut, căci nimic nu mai fusese folosit. Mikhail se îndreptă spre calculatorul pe care tot încerca să îl repună în funcțiune și încercă din nou. Acel calculator i-ar fi putut spune cine era, de ce se afla acolo, precum și tot ce avea nevoie să știe despre Majorul Glicki.

Ca de obicei, calculatorul rămase, însă, complet mort.

- Nici nu mă gândeam, mormăi Angelicul.

Se duse către stația pilotului, care era complet întunecată din cauza pietrelor adunate pe parbriz. Își plimbă degetele peste o crăpătură. Nu ar fi putut merge în spațiu cu *așa* ceva pe parbriz. În momentul în care ar fi presurizat cabina, *BAM!!* Decompresie explozivă. Un mod foarte dureros de a muri.

Se așeză în scaunul de pilot și își scoase jurnalul de zbor. De vreme ce efectuase operațiuni sub acoperire, jurnalul era codat, pentru situația în care ar fi căzut în mâinile inamicilor. Deși putea citi cele notate, nu își amintea ce însemnau.

Analiză jurnalul.

„Nava Amirală Răsăritul de Lumină"...

Asta era nava lui Raphael.

Restul jurnalului cuprindea o înşiruire de planete, nave şi coordonate, dar toate acestea nu *însemnau* nimic. Erau doar numere şi nume.

Totuşi, un anumit set de coordonate îi atrase atenţia:

HD 219134 g. Stea tip K HR 8832. Cassiopeia.

Acolo omorâse şopârla. Acolo condusese plutonul Forţelor Speciale. Acolo îşi găsise sfârşitul sau supravieţuise femeia din visul său.

După acea misiune, titlul pe care îl folosea pentru a-şi nota propriul nume se schimbase din „Major" în actualul său grad, de „Colonel".

Răsfoi datele de zbor şi încercă să aproximeze timpul scurs. Câţiva ani, poate? Informaţiile erau intenţionat vagi, menite să îi împrospăteze memoria mai mult decât să recreeze locurile în care fusese. Dar *fusese* în locuri – multe locuri – peste tot prin galaxie.

Şi nu îşi mai putea *aminti...*

Indiferent care îi fusese sarcina, bănuia că era ceva important.

Lăsă jurnalul de zbor la locul lui şi se afundă în adâncul navei, către zona de dormit, unde scormoni prin lucruri în căutarea a ceva ce ar fi putut restabili legătura cu Majorul Glicki. De vreme ce aceasta era o navă de recunoaştere, bănuia că o păstrase în mod intenţionat lipsită de amintiri; în cazul în care ar fi fost capturat, cei la care ţinea nu ar fi trebuit să fie folosiţi ca obiecte de şantaj cu ajutorul cărora să fie obligat să vorbească.

Totuşi, exista *un* anume obiect personal pe care îndrăznise să îl ia cu el...

Deschise dulapul şi scoase cutia mică, cioplită. Fusese decorată minuţios cu simboluri Serafime – nu versiunea modernă pe care o vorbea el, ci probabil limba arhaică pe care o folosea Immanu.

Pe capac scria:

Te voi aştepta chiar de cealaltă parte...

Deschise capacul şi mângâie căptuşeala de catifea. Cu toate că nu îşi amintea să o fi făcut, petrecuse mult timp cioplind acea cutie.

Înăuntrul ei se aflau rămăşiţele pline de fum ale unei păpuşi de lemn. Un suspin de durere i se opri în gât. Era reacţia pe care o avea de *fiecare* dată când se uita la păpuşă, dar nu îşi putea aminti pe cine jelea.

Scoase păpuşa, privind îndelung mica femeie Angelic pe care o modelase. Nu era nici pe departe opera unui meşteşugar priceput. De fapt, fusese cioplită de un copil pentru un alt copil. Bănuia – nu, *ştia* – că el fusese cel care o cioplise, şi o recuperase pentru că cel care o primise era acum mort.

- Cine erai? întrebă Mikhail.

Păpuşa se uita lung la el, cu ochii ei mult prea mari.

Era acesta Majorul Glicki?

Nu.

Îşi purtă degetele peste coada ruptă a păpuşii. Era cu siguranţă un Angelic, însă unul cu trăsături neobişnuite. Probabil că îi adăugase coada pentru a o distra.

De ce o adusese cu el, de ce o purta în buzunar când nava fusese doborâtă?

Nu era niciun răspuns acolo. Doar sentimentul adânc al pierderii.

- O să ne revedem, îi promise Mikhail păpuşii.

O aşeză înapoi în mormântul ei cioplit cu grijă, puse cutia pe raft şi închise uşa.

Capitolul 32

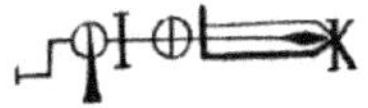

Data Galactică Standard: 152,323.07
Sectorul Zulu: Nava amirală „Răsăritul de Lumină"
Colonel Raphael Israfa

RAPHAEL

Pentru că funcția ei principală era să adune informații, *Răsăritul de Lumină* se mândrea cu o flotă din care făceau parte cei mai inteligenți ingineri. Prin urmare, nu era deloc o chestiune minoră ca inginerul-șef să îl cheme pe Raphael să discute o problemă legată de o dronă care nu mai funcționa corespunzător.

- Vedeți asta, chiar aici? zise inginerul arătând o zgârietură. A fost forțată.

- Dar nu e nimeni acolo! remarcă un al doilea inginer.

- E o *zgârietură,* răspunse primul. Cineva a perforat-o și apoi a înlocuit șurubul.

Raphael se aplecă peste drona nefuncțională și examină panoul de administrație. Fusese în mod *clar* scos și înlocuit.

- Ce sisteme au fost compromise? întrebă el.

- Transmite date, explică cel de-al doilea inginer, dar dintr-un motiv sau altul, pare „oarbă" la anumite frecvențe.

- Sunteți siguri că problema nu a fost provocată de unul dintre ai *noștri?* întrebă Raphael, arătând către zgârietură. Înainte ca drona să fie lansată?

Inginerul-șef clătină din capul său păros, ca de antilopă. În mod normal, Saorii erau trimiși în cavaleria Centaurilor, dar la cererea lui, Jophiel transferase acest inginer *aici,* pentru a-l ajuta să ia urma ultimului apel SOS al lui Mikhail.

- Eu am scos-o din cutie, nou-nouță, explică primul inginer. Încă avea mirosul de navă nouă. Nici măcar o zgârietură.

Raphael se uită la al doilea inginer, un Mantoid competent care se arătase foarte nemulțumit atunci când foarte capabilul, dar asocialul Saori fusese transferat aici și primise același rang. Încă de la început, cei doi se ciondăneau ca niște frați.

- Am *crezut* că e nou-nouță, fu de acord cel de-al doilea inginer nemulțumit, dar poate că ne-a scăpat nouă ceva. Poate ne-a trimis producătorul o dronă resigilată?

- Ar explica de ce tot dă rateuri, sugeră Raphael.

- Ar *face-o,* zise primul inginer. Dar asta e a *doua* pe care o pierdem într-o săptămână. Bănuiala mea e că suntem sabotați.

- Dar nu e nimeni *acolo,* domnule, protestă al doilea inginer. De ce ne-ar sabota?

- Cineva e acolo, zise primul, altfel *de ce* ne-ar sabota dronele?

- Cine? râse Mantoidul. Extratereștrii trans-dimensionali?

Ambii ingineri izbucniră într-un râs timorat. Răpirile extratereștrilor trans-dimensionali erau o legendă urbană recurentă acolo, pe teritoriile încă neexplorate.

Raphael reflectă asupra misterului dronei zgâriate. Prima dronă cu probleme avusese urme de arsură, de parcă cineva ar fi lovit-o cu o armă cu energie, dar nu lăsase nicio urmă vizibilă de plasma, așa că părea mai probabil să se fi izbit de un micro-asteroid. Sabotarea dronelor de spionaj era un vechi truc Sata'anic, dar de obicei acestea erau trimise către o bază cunoscută. Dacă șopârlele observau una, în general le deturnau și le hrăneau cu informații eronate.

În ultima perioadă, însă, nu detectaseră *niciun* semn de viață.

Înainte să apuce să mediteze prea mult la această problemă, un freamăt agitat îi determină pe toți *trei* să arunce o privier către ușă. Glicki șchiopătă înăuntru, mișcările fiindu-i îngreunate de rana care îi adusese titlul de „Major". Își strânse tibia în mâini de parcă s-ar fi sprijinit de ea pentru a se ruga, neliniștită; ochii ei roșii străluceau înlăcrimați.

- Ce e, Major? zise Raphael, întâmpinându-și secundul.

Aripile inferioare ale lui Glicki fremătară cu zgomot.

- Domnule... e vorba de fiul dumneavoastră.

Capitolul 33

Doar zeii singuri şi soarele
Domnesc acolo-n veşnicie,
Dar zilele muritorilor rămân numărate.
— *Epopeea lui Ghilgameş*

Iulie – 3.390 î.Hr.
Pământ: Satul Assur

NINSIANNA

Toţi sătenii se revărsau dincolo de zidurile aşezării, îndreptându-se spre locul în care îşi îngropau morţii – în morminte săpate nu prea adânc, pe care le acopereau cu un morman de pietre. Pe fiecare mormânt aşezau o figurină de lut înfăşurată în ţesături, care îl reprezenta pe cel trecut în nefiinţă, şi obişnuita „ofrandă pentru rugăciune", oferită şamanului de către familie: trei recipiente cu bere şi optzeci de pâini.

Transpirând din abundenţă sub rochia şamanică masivă şi colierul din os, care o mânca, Ninsianna recita *Atra-hasis,* povestea originilor poporului ei:

Zeul şi omul sunt împreunaţi în lut,
Un zeu sacrificat şi un spirit creat din carnea sa.
Cea-Care-Este dă de ştire că „viaţa" va să fie însemnul omenirii,
Iar el nu va fi uitat, căci un spirit va fi creat.[34]

Aceştia erau zeii pe care Ubaidul încerca acum să îi împace, căci o fiinţă umană care nu era jelită aşa cum se cuvine avea să zăbovească printre cei vii şi să provoace haos în vieţile celor iubiţi.

- Apa, zise tatăl Ninsiannei, scoţând un ulcior din lut, decorat cu măiestrie.

Fusese pictat cu spirale, ochi atotcuprinzători şi un simbol despre care ştiau acum că era mai mult decât un mit: un bărbat înaripat, ce îl purta pe cel decedat către ceruri.

---

[34] *Atra-hasis*: povestea originilor poporului Sumerian; aceasta spune că zeii au sacrificat pe unul de-ai lor şi au folosit carnea celui jertfit pentru a înzestra fiinţele umane cu un suflet nemuritor.

Ninsianna se aşeză la capătul primului mormânt; o figurină fusese frământată în lut pentru a întruchipa santinela care îşi pierduse viaţa.

.

Spiritul a intrat, spiritul a plecat,
Fie ca sufletul tău să ajungă pe tărâmul eternităţii
Şi să nu mai afle foamea sau setea vreodată.[35]

Turnă o picătură de apă pe mica statuetă. Văduva bărbatului plânse în vreme ce figurina se făcea roşie ca sângele, dar războinicul murise arătându-şi curajul şi trecuse spre tărâmul viselor. Soţia sa era înconjurată de copii, familie şi prieteni.

Ninsianna repetă ritualul şi la celelalte câteva locuri de veci, dar în momentul în care ajunse la cel de-al şaptelea simţi fiori de nelinişte pe şira spinării.

„Ajută-mă..."

Degete lipsite de formă îi atinseră trupul. Umbre se mişcară în jurul ei. Putea să *simtă* rana mortală a femeii decedate; teama ei, teroarea, ultimele gânduri dinaintea pieirii.

Ninsianna scăpă ulciorul.

- Tata?

Immanu îl prinse înainte să se zdrobească de pământ.

- E doar Ashusikildigir, murmură el liniştitor. E îngrijorată pentru că nu ştie cine va avea grijă de copiii ei.

Ninsianna privi în jos, către singura figurină ce reprezenta o femeie; se odihnea într-un mormânt pentru o persoană, săpat lângă cel al soţului. Muriseră amândoi în noaptea în care atacatorii le dărâmaseră uşa. Ninsianna bănuia că fuseseră luaţi în vizor pentru că fiicele lor erau la o vârstă „bună pentru măritiş". În loc să capituleze, atât Ashusikildigir, cât şi soţul ei luptaseră până la moarte. Fiicele lor stăteau acum singure în dreptul mormintelor. Una dintre ele avea treisprezece ani, cealaltă, unsprezece. Spre deosebire de *celelalte* statuete din lut, care fuseseră modelate în aşa fel încât să semene cu cei decedaţi şi apoi trecuseră prin mâinile unui olar, cele ale părinţilor *lor* nu erau altceva decât nişte cocoloaşe de nămol din râu; modelate în grabă de mâini prea tinere şi prea sărace. În locul „ofrandei" pentru rugăciunea şamanului, fetele pregătiseră o piele de capră umplută cu apă şi două pâini.

- Ce mă fac? scânci Ninsianna.

- Las-o să pătrundă până în dreptul gâtului, zise tatăl ei. Împrumută-i vocea ta ca să le vorbească celor vii.

Mama o avertizase să nu permită *oricărui* spirit să îi posede trupul, cu atât mai puţin celor care zăboveau printre cei vii, dar tatăl său considera că era parte din treaba lor să îi ajute pe cei morţi să comunice. Era una când o

---

[35] Versuri de pe tableta cuneiformă: *"Călătoria Ningiszidei spre lumea de dincolo".*

făcea pentru Cea-Care-Este; savura din plin senzația familiară de putere care i se strecura în corp ori de câte ori zeița sau unul dintre servitorii ei îi dădeau informații. Dar acum era vorba despre un muritor de rând! În *niciun* caz nu avea de gând să lase un om *mort,* care, apropo, era *MORT,* să preia posesia corpului ei.

- Nu, protestă Ninsianna cu glas tremurător.

- Trebuie.

- Nu!

Se cutremură îngrozită.

- *Trebuie,* insistă Immanu, strângând-o de braț. Fetele astea au dat *tot* ce au.

Ninsianna privi îndelung către ofranda infimă, de două pâini. Nu asta era problema, însă. Încă de când era mică, fusese îngrozită de morți, iar de când căzuse în fântână, putea uneori să *simtă* pisicile-umbră ale Lordului Întunecat plimbându-se pe lângă ea.

Totuși, își văzuse tatăl făcând ritualul de mai multe ori. Poate că mai exista o cale? Una mai potrivită pentru *Aleasa* Celei-Care-Este?

Își ridică mâinile și spuse pe cel mai dramatic ton posibil:

- Ashusikildigir e prinsă între lumi. Nu poate intra pe tărâmul viselor până când cineva nu jură că îi va crește copiii.

Își ținu respirația și începu să se roage...

„Vă rog, cineva, oricine, puteți face ceea ce se cuvine să faceți?..."

Într-un ținut predispus la foamete, puține familii erau dispuse să preia copiii altcuiva. Uneori – ca acum – familia extinsă trebuia să fie *umilită* pentru a-și îndeplini responsabilitatea morală. Ninsianna aruncă o privire către verișoara ei, reprimându-și sentimentul de vinovăție. Gita nu era problema ei; până la urmă, tatăl său era încă în viață. Pe de altă parte, Ashusikildigir și soțul ei erau amândoi *morți,* astfel că fiicele lor nu mai aveau niciun protector. Aşteptă cu mâinile ridicate ca ceilalți săteni să își arate nemulțumirea față de lașitatea familiei. Aceștia începură să mormăie către cuplul care se ascundea în spatele mulțimii.

- Rușine să vă fie!

O mamă tânără, cu trei copii, dintre care unul încă alăptat la sân, făcu un pas înainte; era sora lui Ashusikildigir. Soțul ei rămase în spate, cu o expresie furioasă. Era evident care dintre ei spera să poată să scape de obligațiile familiale.

- Juri pe mormântul surorii tale că îi vei crește cele două fete de parcă ar fi ale tale? întrebă Ninsianna.

Sora lui Ashusikildigir îi aruncă o privire temătoare soțului ei.

- Jur.

Ninsianna putea *vedea* lumina roșie, plină de furie, care se revărsa amenințător dinspre soț către nevasta sa. *El* nu avea nicio intenție să se țină de promisiunea *ei.* Fetele aveau să fie date cu prima ocazie, poate chiar alături de *propria* soție și copii.

„Slăvită Mamă," se rugă Ninsianna, *„cum să rezolv problema asta?"*

- Aşteptaţi o clipă!

Îşi acoperi ochii cu mâna – un truc pe care îl văzuse la tatăl ei când voia să accentueze dramatismul a ceea ce spunea.

- Simt...

Merse în faţa cumnatului femeii moarte. Se concentră asupra *legăturii* care o conecta de zeiţa sa, iar Cea-Care-Este îi trimise o imagine...

Asemenea unei hiene, Ninsianna porni la atac.

- Ai împrumutat seminţe de la soţul lui Ashusikildigir pentru a-ţi planta culturile şi nu i le-ai mai plătit. Seminţele erau parte din proprietatea fetelor. Trebuie să plăteşti această datorie de îndată.

- Dar sunt dispus să ajut la *creşterea* lor! protestă cumnatul.

- Aşa să faci, zise Ninsianna. Dacă nu, căpetenia va cere compensaţii pentru ca aceste două fiinţe nevinovate să nu rămână înfometate.

- Chiar asta o să fac! interveni şi căpetenia Kiyan.

Era foarte insistent când venea vorba de plata datoriilor. Cu atât mai mult cu cât asemenea datorii îl puneau pe *el* în situaţia de a-şi asuma răspunderea pentru doi copii orfani.

- O să depun jurământul, mormăi cumnatul.

Ninsianna îl puse întâi pe bărbat să jure, iar apoi pe soţia sa, ştiind prea bine că jurământul de moarte era obligatoriu, la fel ca o lege. Dacă oricare dintre ei eşua în a-l îndeplini, tribunalul avea să îi trateze în acelaşi mod în care ar fi tratat un părinte care îşi abandonează propriul copil. Sora păru uşurată. Problema nu fusese nicio clipă la ea.

Ninsianna simţi din nou atingerea moartei, dar de această dată nu mai păru ameninţătoare. Vântul şopti *„mulţumesc"*, iar Asusikildigir trecu spre tărâmul viselor.

Reveni la ceremonie, udând mormintele rămase până când toţi cei unsprezece Assurieni fură aşezaţi în lumea celor drepţi. Când ajunse la ultimul mormânt, privi către Mikhail. Acum venea *adevărata* provocare: să convingă sătenii reticenţi că zeiţa le trimisese o sarcină importantă.

Legătura care o aducea aproape de zeiţa sa abunda în putere. Trupul îi fu cuprins de furnicături. Toţi sătenii erau înconjuraţi de aure spirituale colorate. Un nor se ivi de nicăieri, acoperind soarele. Pământul se întunecă. Un vânt rece străbătu căldura verii, făcându-i pe săteni să îşi strângă capele mai aproape de corp.

Zâmbind, Ninsianna o primi pe Mama Preamărită în corpul ei. Puterea îi năvăli în vene, iar cuvintele îi alunecară de pe buze:

- Mi-am trimis *Campionul* ca să vă înveţe să luptaţi.

Aerul vibra cu putere.

- Cel Malefic şi-a cucerit nava muritoare. Trebuie să uniţi triburile, *toate* triburile omeneşti, pentru a vă opune lui, sau lumea voastră va fi distrusă.

Când zeiţa îi părăsi trupul, Ninsiana se prăbuşi la pământ.

Mikhail o ridică.

Norul dispăru la fel de misterios cum apăruse.

Căpetenia Kiyan păşi în faţă.

- Aţi auzit-o, spuse el. Începând de mâini, fiecare bărbat, femeie şi copil trebuie să se antreneze pentru a proteja acest sat, folosindu-se de orice mijloace cu putinţă.

Capitolul 34

Data Galactică Standard: 152,323.07
Portavionul diplomatic „Prinţul din Tyre"
Prim-ministrul Lucifer

LUCIFER

Ochii i se deschiseră brusc, cu o tresărire.

- Dacă facem un raid în ţinutul în care se minează cobalt, zise o fiinţă de coşmar, cu coamă roşie, care purta însemnele specifice unui general Tokoloshe, locuitorii îl vor *implora* pe Shay'tan să intervină şi să îi salveze.

- Dar poţi să îi faci pe cei doi împăraţi să se *lupte?* spuse un al doilea Tokoloshe, cu trup ca de urs, uitându-se chiorâş la Lucifer. Trebuie să îi facem să se uite în altă parte.

- Hashem a pus stăpânire pe lumea aceea în urmă cu o mulţime de eoni, interveni Zepar. Nu o să îi permită lui Shay'tan să i-o ia. Cu atât mai puţin dacă *prim-ministrul* lui – toţi cei şase Tokoloshe râseră – se prezintă în Parlament şi îi *umileşte* pe delegaţi ca să îi determine să acţioneze.

Lucifer se lupta prin ceaţa conversaţiei aceleia fără sens.

Era *sigur* că totul era doar un vis.

Închise ochii şi îi deschise înapoi, dar cei şase canibali încă stăteau la masa lui de conferinţe. În mijloc se afla un soi de animal de fermă, fără carne, care, judecând după urmele de zgârieturi de pe masă, fusese mâncat de viu.

Se pişcă, dar cei din neamul Tokoloshe nu dispărură. La fel cum nu dispăru nici farfuria de carne crudă pe jumătate mâncată care fusese pusă pe locul *lui* de la masă. Toată camera *duhnea* a frică şi sânge.

Lucifer simţi că i se face greaţă.

- Zepar? zise el cu glas tremurător.

- Da, Stăpâne, răspunse Şeful de personal.

- Pot să îţi vorbesc o clipă? întrebă Lucifer. Afară, pe hol?

Canibalii îl priviră cu o expresie perplexă în timp ce se ridica de pe scaun şi, complet îngreţoşat, observă petele roşii care îi acopereau petele albe ca zăpada. Zepar se încruntă, după care murmură ceva într-o limbă pe care Lucifer nu o înţelegea. Îl conduse pe hol, urmat îndeaproape de cele două matahale – Furcas şi Pruflas.

- E ceva în neregulă, Sire? întrebă Zepar.

Părea enervat.

- De ce avem o întâlnire cu *canibalii?* întrebă Lucifer.

- Pentru că dumneavoastră ați ordonat-o, zise Zepar afabil. Nu vă amintiți?

Nu. *Nu* își amintea. Dar nu putea recunoaște asta, pentru că altfel Zepar l-ar fi trimis înapoi la șarlatanul acela care îi dăduse cândva găuri în cap, iar două luni mai târziu aflase că fusese într-un sanatoriu, pentru „recuperare".

În acel moment, Împăratul căuta o scuză, *orice* scuză, pentru a dizolva Parlamentul și a scăpa de democrația aceea cam enervantă.

- Nu *asta* vreau să spun, zise Lucifer. Ce vreau să spun e că ne pierdem timpul!

Bătu din aripi și se îndreptă, pe jumătate mergând și pe jumătate zburând, în josul holului, încercând să se îndepărteze cât de mult putea de acele creaturi dezgustătoare. O dâră de pene albe ca zăpada – toate afectate de stres – plutiră pe podea în urma lui.

Zepar alergă după el:

- Lucifer! Lucifer!

Lucifer făcu o curbă, ajungând pe un coridor de serviciu pe care îl folosea rareori, și o luă la fugă. Din nefericire, cu toate că era suficient de lat încât să îi permită să își întindă aripile, holul nu era și suficient de înalt pentru a se putea lansa în zbor. Spionă cei doi paznici din dreptul ușii – membrii normali ai echipajului. Își amintea vag că acela era locul în care îi adăpostiseră așa-zisele „soții".

- Lăsați-mă să intru, zise Lucifer.

- Dar Zepar a zis...

- Lăsați-mă să *intru,* ceru Lucifer.

Privi agitat în josul holului. Putea auzi pașii grei ai lui Furcas și Pruflas.

- Da, domnule.

Gardianul pe nume Ruax deschise ușa.

Lucifer se aplecă și intră. În momentul în care ajunse în interior, fu întâmpinat de urlete asurzitoare.

Își acoperi urechile cu mâinile, șocat de priveliștea care se desfășura înaintea lui. Nu mai erau doar *trei* femei umane în așa-zisul lui „harem", așa cum fuseseră *ultima* oară când se trezise dintr-un episod de inconștiență. Acum erau paisprezece. Și toate la fel de terifiate, proaste și violente ca prima?

Ușa se deschise în spatele lui.

- Aici erați! zise Zepar, în același mod în care ar spune-o cineva care a pierdut un copilaș din vedere.

- De ce sunt toate femeile astea *aici?* întrebă Lucifer. Nu ar trebui să fie cu celelalte pe care le dăruim generalilor hibrizi?

Zepar îi răspunse pe un ton care trăda aroganță.

- Nu vă *amintiți?* Toate femeile astea sunt *soțiile* dumneavoastră.

Vertijul îl făcu să se prindă de marginea unuia dintre paturi.

- Nu am nevoie decât de *un* urmaş, mormăi Lucifer, încercând să îşi dea seama ce *Hades* se întâmpla. Iar tu mi-ai dat deja *trei*. Ce îmi trebuie acum e o *pârghie*.

- Motiv pentru care aţi cerut să vă întâlniţi cu Tokoloshe, zise Zepar.

- Mai degrabă aş prefera să fac rost de *pârghia* aia cuplând femeile cu generali hibrizi, răspunse Lucifer. Aşa cum am făcut şi cu Generalul Abaddon.

Râsul lui Zepar căpătă deodată o nuanţă de cruzime.

- Nu putem, spuse el.

- Cum adică *nu putem?* strigă Lucifer. Sunt prim-ministrul Alianţei!

- Nu putem, Sire, zise Zepar cu glas răbdător, pentru că fiecare dintre aceste femei poartă în pântece un copil de-ai dumneavoastră.

Capitolul 35

Iulie – 3.390 î.Hr.
Pământ: Satul Assur

JAMIN

Rămase în spatele grupului prezent la înmormântare, furios în legătură cu anunţul tatălui său. Totuşi, nu îndrăznea să întâlnească ochii aurii şi stranii ai Ninsiannei.

Prin sat circulau zvonuri. Cineva le dăduse informaţii inamicilor. Un trădător... însă, până în acel moment, nu făcuse nimeni legătura cu *el*. Şi cum ar fi putut? Atacul asupra Assurului nu făcuse parte din plan!

Unsprezece morţi! Şi treizeci şi opt în rândurile mercenarilor. Ar fi trebuit să îl omoare pe Mikhail, nu să se replieze şi să atace satul!

Înainte ca Amoriţii să îl trădeze, Rimsin, fiul lui Kudursin, scosese un cerc de aur, turtit cu ciocanul şi decorat cu o şopârlă în bazorelief, despre care acesta *pretindea* că se numea „dragon". Conform spuselor Amoriţilor, aşa-numiţii „zei-şopârlă" cumpărau femei, dar nu pentru ei înşişi, ci pentru a le vinde oamenilor lui Mikhail.

Avusese dreptate în tot acest timp!

Acum, dăduse de probleme, însă. Dacă i-ar fi spus tatălui său, ar fi trebuit să îi divulge şi sursa informaţiei. Tatăl lui nu era prost. Şi-ar fi dat seama imediat că îi vânduse. He'd been right all along!

Obrazul îi tresări; era un tic nervos care se accentuase de când demonul înaripat îi furase logodnica. Putea rezolva situaţia. Oamenii lui Mikhail erau *adevăratul* duşman.

- Jamin? întrebă Shahla.

Jamin tresări.

Shahla ştia ce făcuse...

- Nimic din toate astea nu ar fi trebuit să se întâmple, plânse ea. Nu am făcut altceva decât să îi spun negustorului unde îi place Pareesei să vâneze.

Pumnii lui Jamin se încleştară, în timp ce acesta se întreba care ar fi fost cea mai bună variană să o omoare. Ar putea să o ademenească undeva şi să o ucidă cu suliţa. Nu. Ţipetele ei ar atrage cu siguranţă atenţia cuiva. Să îi taie gâtul cu un cuţit, oare? Dar ar face prea multă mizerie... cineva ar descoperi urmele de sânge. Ar putea să o strângă de gât. Asta ar fi o strategie fără zgomot şi fără mizerie. Aproape blândă, chiar... ar face dragoste cu ea, iar în momentul în care ar atinge punctul culminant, şi-ar strânge mâinile în jurul gâtului ei. Totuşi, unde ar fi putut ascunde trupul? Laum, tatăl Shahlei, era un om înstărit. Nu şi-ar fi lăsat fiica să dispară pur şi simplu.

Dar o altă răpire? Ar putea să o vândă Amoriţilor.

Nu…

În ciuda tuturor „escapadelor" ei cu tot felul de bărbaţi, Shahla nu dăduse naştere niciunui copil, iar negustorii de sclavi insistau că şopârlele voiau femei fertile, nu simple concubine. Marfa defectă era dusă înapoi în deşert şi lăsată să moară. Dar Shahla era o femeie plină de resurse, care îşi folosea trupul fără niciun fel de remuşcare pentru a obţine tot felul de favoruri. Ce s-ar fi întâmplat dacă ar fi reuşit să se întoarcă în Assur? Sătenii l-ar fi executat. *Trebuia* să o omoare, însă. Era singurul mod în care se putea asigura că nu avea să îl dea în vileag.

Shahla se sprijini de el, odihnindu-şi capul pe umărul lui.

- Nu e vina noastră, suspină ea. Nu încercam decât să facem ce e mai bine pentru sat.

Braţele i se strânseră în jurul taliei lui. Pline de încredere... Shahla era îndrăgostită de el; sau, mai bine zis, de *poziţia* pe care o căsătorie cu el i-o putea aduce.

„*Nu eşti un criminal...* " şopti vântul.

Nu, nu era un criminal. Tocmai de aceea se şi simţea atât de *vinovat*...

„Negustorul" în cauză era unul dintre compatrioţii tatălui său, un bărbat care nu doar că făcea negoţ cu Laum, ci şi proteja contrabanda pentru mercenarii care îl abordaseră în deşert. Fusese ideea lui Rimsin, ca el sa rămână „fără pată". În timp ce făcea afaceri cu tatăl ei, „negustorul" o întrebase pe Shahla unde îi plăcea Pareesei să vâneze şi, fără îndoială, cât timp se plimbase prin sat reţinuse şi raportase fiecare casă în care locuia o fată „bună de măritat". Dacă ea l-ar fi acuzat, poate că el ar fi putut pretinde că tatăl ei pregătise atacul?

Asta făcea trădarea lui Rimsin cu *atât* mai enervantă...

O strânse pe Shahla pe după umeri.

- Tata e un *prost*.

Arătă către oamenii care îl înconjurau pe Mikhail de parcă ar fi fost un soi de zeu salvator. *El* ar fi treuit să fie salvatorul, el ar fi trebuit să primească ordinul de a antrena războinicii, dar în loc să antreneze mai mulţi luptători de elită, tatăl său plănuia să irosească resursele satului antrenând o adunătură de bărbaţi, femei şi chiar copii total nepotriviţi.

Aşa ceva nu putea decât să îi *slăbească!* În niciun caz să îi facă mai puternici.

Observă că Mikhail analiza totul, căutând punctele slabe. Toată „strategia" asta de antrenament nu era decât o manevră menită să le vulnerabilizeze apărarea. Doar *el* ştia că Mikhail lucra pentru *adevăratul* duşman...

Rasa Angelică...

- Spune-mi cum pot să ajut, zise Shahla, căutându-i privirea. Asta ar trebui să facă soția unei viitoare căpetenii, nu? Orice e necesar ca să își sprijine soțul.

Chiar dacă nu o iubea, nu era un criminal. Totuși, *trebuia* să o reducă la tăcere...

- Hai să mergem, spuse Jamin, frecându-și nasul de gâtul ei. Vreau să fac dragoste cu viitoarea mea soție.

Capitolul 36

Iulie – 3.390 î.Hr.
Pământ: Satul Assur
Colonel Mikhail Mannuki'ili

MIKHAIL

Ieşeau greoi din sat, fie singuri, fie în grupuri. Erau bărbaţii pe care primise sarcina de a-i antrena: tineri şi bătrâni, crescători de animale şi meşteşugari deopotrivă. Fermieri ale căror haine purtau încă urmele muncii câmpului. Câţiva dintre ei înaintau mândri – erau oameni capabili să pună la pământ un bour cu o singură suliţă. Majoritatea mergeau însă în grupuri agitate; nu veniseră la antrenament decât pentru că le-o ordonase căpetenia.

În total, erau peste două sute de oameni! În numele lui Hades, în ce se băgase?!

În urma lor mărşăluiau războinicii de elită, într-o cadenţă discretă. Jamin lipsea. Luptătorii se aşezară în dreapta lui; nu din respect faţă de *el*, era sigur, ci ca urmare a obiceiului de-o viaţă de a demonstra respect faţă de *Muhafiz*.

Ultima persoană care li se alătură fu Kiaresh, cel pe care căpetenia îl desemnase drept persoana sa de legătură. Musculos, mai tânăr decât căpetenia, dar mai în vârstă decât ceilalţi războinici de elită, acesta era singurul luptător de elită rămas în viaţă dintre cei care serviseră pe vremea în care Ubaizii încă se războiau cu cei din neamul Uruk. Chipul lui era brăzdat de cicatrici din luptă, dar şi de înţelepciune.

Întâlnindu-i privirea lui Mikhail, făcu o grimasă prin care încerca să se scuze.

- Nu vine? ghici Mikhail.

- Nu, răspunse Kiaresh. Încă se certa cu tatăl lui când am plecat eu.

Mikhail pufni frustrat.

- Nu pot să îi *antrenez* dacă *Muhafizul* lor nu apare.

- Dar ai *spus* că Armata Zeului poate lupta indiferent de cine îi e lider, spuse Kiaresh.

- Am nevoie ca ei să se *integreze* cu războinicii de elită, zise Mikhail, arătând către fermieri şi crescătorii de animale. Războinicii de elită trebuie să *conducă*.

- Păi, în cazul ăsta, spuse Kiaresh, rânjind amuzat, cred că o so învăţaţi împreună.

Pentru a răsuci cuţitul mai adânc în rană, adăugă:

- ... Domnule Colonel.

Conform spuselor lui Immanu, Kiaresh îi raporta direct căpeteniei. Era *„bona şi mentorul lui Jamin, dar şi ochii căpeteniei"*. Acum, se părea că fusese însărcinat să servească drept bona şi mentorul *lui...*

Bine. Deci acum trebuia *el* să fie *adevăratul* lider?

- Ce propui? întrebă Angelicul.

Kiaresh privi către Siamek.

- Convinge-l pe *el,* iar restul o să vină de la sine.

Mikhail se strâmbă.

- Siamek mă urăşte din toată inima.

- Eh... spuse Kiaresh ridicând din umeri. Nu ar trebui să faci astfel de presupuneri.

Ce naiba trebuia să însemne *asta?* Că Siamek *nu* îl ura din tot sufletul? Sau că Siamek nu îl ura chiar la fel de mult pe cât o făcea Jamin? De ce nu putea pur şi simplu să îi antreneze în grupuri mici, uşor de gestionat, aşa cum o făcuse şi în cazul arcaşilor? Apoi, cei *antrenaţi* ar fi putut să se ocupe de restul satului.

Fiindcă ai văzut câţi Amoriţi au străbătut deşertul în ziua aceea, cu Gimal...

Iar acum erau aliaţi cu tribul Halifian şi orice alt mercenar, rebut sau psihopat care sperase cândva să îi tragă pe Ubaizi în ţeapă. Dacă inamicul hotăra să atace Assurul pe bune, cu profeţia aceea stupidă sau nu, Assurul dădea de naiba.

Mikhail luă, aşadar, o decizie...

- Siamek! strigă el.

- Înainte, la apel!

Luptătorul înalt şi zvelt păşi în faţă.

- Da, răspunse el.

- Ar trebui să spui „da, domnule", zise Mikhail.

- Noi răspundem în faţa lui Jamin, spuse Siamek, privind hotărât spre înainte.

- Jamin nu e *aici,* replică Mikhail. Ceea ce înseamnă că *tu* trebuie să fii pregătit să preiei comanda.

Războinicii de elită mormăiră, dar da-ul venit în şoaptă din partea fermierilor şi a crescătorilor de animale care îl văzuseră pe Jamin ezitând îi opri pe războinicii mai bătăioşi din a pleca furioşi. *Asta,* dar şi faptul că, din câte bănuia Mikhail, căpetenia tocmai îi muştruluise ca lumea.

- Da, domnule, zise Siamek cu amărăciune.

Privea lung drept înainte.

Mikhail se întoarse către ceilalţi. În timp ce el fusese ocupat măsurându-şi bărbăţia cu Siamek, vreo doisprezece fete tinere se strecuraseră în grup, adunate în jurul Pareesei ca un stol de păsări colorate.

Pareesa îi zâmbi mândră. Aceştia erau recruţii *ei* – nu numai simpli arcaşi, ci femei care voiau să înveţe să *lupte*. Judecând după faptul că îşi prinseseră rochiile de parcă ar fi fost kilturi, cel mai probabil Pareesa le avertizase că aveau să fie trântite la pământ.

Încrederea ei îl întărea în moduri în care profeția lui Immanu nu o putea face.

Mikhail respiră adânc, fremătând din aripi. Să le înfoaie? Sau să nu le înfoaie? Ar fi părut prea agresiv? Toate sfaturile Ninsiannei, care îl îndemnase să se prezinte „abordabil", contrastau cu observațiile lui Immanu, care îl presase să „îi pună pe nenorociți la locul lor". Mikhail se mulțumi cu o poziție confortabilă de paradă – cu aripile lejere, dar ridicate –, însă nu pentru că așa se simțea ca un „lider", ci pentru că preconiza că aveau să stea pe acolo câteva ore bune.

Kiaresh aprobă subtil din cap.

- Acum trei zile, începu Mikhail, satul nostru a fost *atacat*. Inamicii ne-au spart zidurile, cu toate că mi s-a spus că *nimeni* nu a mai făcut asta în ultimii cincisprezece ani.

- Îmi amintesc, interveni un fermier mai în vârstă.

- Căpetenia ne-a pus să ridicăm ziduri mai înalte, completă un meșteșugar.

- Dar nu o să ne ajute prea mult dacă dușmanii au săgeți, zise bătrânul fermier. Nepotul meu a fost omorât de un bărbat pe care nici măcar nu a apucat să-l vadă.

Câțiva dintre cei mai vârstnici murmurară în semn de aprobare. *Ei* erau suficient de în vârstă încât să își amintească războiul împotriva neamului Uruk.

Siamek dădu din cap.

- Inamicul nu a fost pe punctul de a ne înfrânge pentru că suntem slabi, spuse Mikhail, arătând către războinicii de elită. Aproape a *reușit* fiindcă satul a lăsat întreaga apărare în mâinile unui grup mic de oameni, iar oamenii sunt *supuși greșelii.*

Războinicii de elită priviră în altă parte. Ezitarea lui Jamin durase doar câteva clipe, dar toată lumea o remarcase.

- Unii dintre voi sunteți bătrâni și ați luptat împotriva neamului Uruk, spuse Mikhail. Atunci când căpetenia era încă *Muhafizul* vostru, *știa* pe cine se poate baza. Apoi însă ați trăit vremuri de pace, așa că cei mai mulți s-au retras. Războinicii mai vârstnici s-au întors la turmele și câmpurile lor, iar apărarea a ajuns, încet, încet, în mâinile *fiilor...*

Siamek mârâi în semn de avertizare.

- Nimeni nu desconsideră curajul lui Jamin, adăugă Mikhail de îndată. Nu despre asta e vorba aici.

Îi aruncă o privire pe furiș lui Siamek.

- Ce vreau eu să *spun* este că, în ultimii cincisprezece ani, Assur nu a avut *nevoie* de o armată activă. Tinerii care luptă pentru voi *acum* nu au fost niciodată nevoiți să lupte împotriva unui inamic ca cel care ne-a atacat noaptea trecută.

Începu să se plimbe în sus şi în jos.

- După ce am eliberat-o pe Pareesa, continuă el, m-am întors în spate şi, din punctul *meu* de vedere, la momentul respectiv satul era pe punctul de a *pierde* în faţa unei forţe mai mici.

Se uită către fermieri şi crescătorii de animale.

- E cineva care nu crede asta?

- Nu, murmură majoritatea.

- Dacă războinicii mai în vârstă nu ar fi avut atâta experienţă din luptele cu neamul Uruk, dacă *Siamek* nu ar fi avut mijloacele de a angrena luptători în spatele căpeteniei – nu adăugă şi „*după ce Jamin a şovăit*" – nu numai că am fi putut pierde căpetenia, dar am fi *pierdut* cu siguranţă mai mult de unsprezece vieţi.

- Da! fură de acord cei mai vârstnici.

Războinicii de elită îşi îndreptară privirile în jos, către propriile picioare.

- Eu nu am fost aici când Assur a luptat cu Uruk, zise Mikhail. Dar cu fiecare an care trece, războinicii mai bătrâni îşi ies din mână. Mulţi dintre cei care au luptat atunci au *murit,* iar fiecare dintre cei care moare ia cu el şi o fărâmă de cunoştinţe. Cei tineri nu au luptat niciodată cu un astfel de duşman.

- Şi ce te face pe *tine* în măsură să ne antrenezi? strigă Dadbeh.

Mikhail atinse agrafa care îi decora buzunarul din dreptul inimii – era un copac enorm, cu rădăcini adânci şi o coroană plină de stele. Deasupra lui se afla un stindard care proclama: „*În lumină este ordine, iar în ordine este viaţă*".

Cuvintele îi alunecară uşor de pe buze, de parcă le-ar fi auzit deja de multe ori din gura altcuiva.

- Provin dintr-o armată care ştie să lucreze ca o echipă, pentru ca slăbiciunea unui anumit soldat să nu devină slăbiciunea întregii unităţi. Dacă vă antrenaţi împreună, puteţi observa slăbiciunile şi calităţile fiecăruia. Învăţaţi să vă susţineţi reciproc. Nu veţi lupta doar pentru cel din dreptul vostru, ci pentru *ideal,* pentru faptul că fiecare om din acea armată vă este *frate.*

- Dar unii dintre noi nu ştiu *cum* să lupte! ripostă un bărbat tânăr, arătând către grupul său de tovarăşi meşteşugari. Talentul nostru e altul.

- O să vă *învăţ,* zise Mikhail.

- Cum? întrebă tânărul. Din ce am auzit, nu îţi aminteşti trecutul.

Kiaresh tresări. Războinicii de elită râseră.

Mikhail îşi strânse aripile la spate.

- Asta e o observaţie îndreptăţită, spuse el, încercând din răsputeri să îşi descleşteze pumnul. Dacă Ninsianna nu ar fi găsit plăcuţele care îmi sunt acum prinse la gât – trase plăcuţa metalică de sub tricou – nu mi-aş şti nici propriul nume.

Un val de râsete agitate străbătu grupul de bărbaţi.

- Poate că nu îmi *amintesc* cine eram înainte să ajung în satul vostru, zise el. Dar, după cum ați văzut cu toții noaptea trecută, există lucruri pe care pur și simplu le *știu,* cum ar fi să iau un băț și să îl folosesc drept suliță.

Împrumută sulița lui Kiaresh și o aruncă direct într-un țarc de capre aflat la mare distanță.

- Iar asta chiar dacă nu îmi amintesc numele propriului tată.

Făcu un pas înapoi, poziționându-se în dreptul celor doi locotenenți ai săi.

- Există unele persoane în acest sat care ar oferi o explicație supranaturală pentru ceea ce pot să fac, dar adevărul e simplu. Puținele amintiri pe care *încă* le am implică un soi de antrenament. Un antrenament lung, greu și brutal, printre bărbați – privi către Pareesa – și *femei* care erau cu toții luptători mai buni decât *mine.*

Un murmur străbătu din nou grupul de bărbați.

- Credeți sau nu – expresia lui Mikhail deveni umilă – puținele amintiri pe care încă le am sunt legate de bătaia pe care o luam de la Cherubimi. Din nou, și din nou, și din nou.

Murmurul se transformă în râsete.

Mikhail începu din nou să se plimbe, nu doar pentru că asta îi oferea ocazia de a se uita în ochii fiecărui bărbat în parte, ci și pentru că îi permitea să își canalizeze cumva energia care îi răvășea penele. Fără amintiri complete, nu putea ști ce fel de misiuni condusese, cu excepția noțiunii vagi că titlul de „Colonel" însemna că *trebuia* să fi condus trupe *cândva* în cariera sa.

- De ce ar trebui să te urmăm dacă nu îți amintești nimic? întrebă Firouz.

Mikhail se opri în fața lui Firouz și a lui Dadbeh, a căror prima reacție la întâlnirea cu el fusese să îl atace.

- Vreți să fiu sincer? zise Mikhail, reprimându-și impulsul de a se certa cu ei. *Doamnele* – arătă către Homa, Gisou și Pareesa – au învățat să mânuiască arcul pentru că au *vrut* să învețe. Așa că eu, în schimb, am dat tot ce-i mai bun ca să le explic. Însă adevărul e că provenim din lumi diferite. Vorbim limbi cu totul diferite, folosim arme diferite și fiecare dintre noi a învățat să lupte sub îndrumarea unor maeștri cu totul diferiți. Prin urmare, singurul mod în care chestia asta poate să *funcționeze* este ca voi să mă ajutați și să *traducem* ceea ce știu în abilități care să vă ajute să vă apărați satul. Ceea ce facem acum nu a ajutat prea mult când inamicul a bătut la poartă, nu-i așa?

Cei doi bărbați își mutară greutatea de pe un picior pe celălalt, vădit incomodați. Privirile lor îl căutară pe Siamek. Secundul lui Jamin ezită, după care își înclină capul în semn de aprobare. Cei doi bombăniră, dându-și acordul. Fără Jamin, care să întărâte spiritele, războinicii de elită aveau să îi ofere ocazia de a-și demonstra abilitățile... sau de a eșua lamentabil.

- Mikhail, ăă, domnule? întrebă un fermier mai în vârstă. Tocmai mi-am petrecut toată dimineața cărând apă la câmp. După asta, trebuie să merg acasă ca să repar gardul de la capre. Şi apoi, după cină, trebuie să duc *şi mai multă* apă la câmp, pentru că tot ce am cărat dimineață o să se fi evaporat până la căderea nopții. Cum aş putea să îmi fac *timp* şi pentru antrenamentul ăsta?

Un val de înțelegere străbătu grupul oamenilor de rând.

- Tocmai am fost atacați, zise Mikhail. Dacă nu ne putem proteja pământul, nu o să ne servească la nimic plantarea lui.

- Dar dacă nu plantăm mâncare, riposta fermierul, o să murim de foame. Ce rost are să rămânem pe teritoriul ăsta dacă o să ne moară copiii de foame la iarnă?

- Da, spuse şi alt bărbat. Halifienii nici nu o să mai *trebuiască* să ne alunge. Tot ce trebuie să facă e să ne hărțuiască suficient încât să ne facă să ne *înfometăm* singuri.

Mikhail analiză grupul de fermieri. Spre deosebire de războinicii de elită, care îl *urau* pentru că porniseră pe picior greşit, sau meşteşugarii aroganți, care disprețuiau gândul că ar trebui să contribuie la apărarea colectivă, fermierii şi crescătorii de animale purtau expresii pline de îngrijorare şi teamă.

- Nu îmi amintesc să fi plantat vreodată propria hrană, răspunse Mikhail cu sinceritate. Singurul lucru pe care mi-l amintesc este cum să fiu soldat.

- Şi atunci cum ne poți conduce? îl întrebă fermierul.

- Pentru că armatele Împăratului nu sunt *singurele* cu care m-am antrenat, zise el. Înainte să apăr Împăratul, m-am antrenat cu Cherubimii. Ei nu cred în lene. Tot ce fac ei serveşte două scopuri.

Îşi îndreptă gândurile spre interiorul ființei.

- Într-o zi, în drum spre şcoală, m-am întâlnit cu o grădinăreasă, spuse Mikhail. Era o femeie foarte bătrână, prea bătrână ca să mai stea îngenunchiată pe pământ. În timp ce smulgea buruienilor, îşi mişca toate cele patru brațe în direcții diferite – mimă mişcarea – scoțând bălăriile cu grijă, de parcă ar fi fost cufundată într-o transă. Am întrebat-o ce face şi ea mi-a spus că era cea mai importantă lecție pe care o putea învăța vreodată un Cherubim. M-a pus să îngenunchiez pe pământ, lângă ea, şi mi-a arătat mişcarea aceasta – îşi mişcă ambele mâini în mod circular, întâi una, apoi cealaltă, după care adaugă şi aripile în joc – cu toate că eu am doar două mâini şi ea avea patru.

Se întoarse spre războinici.

- Nu există nicio altă femeie Cherubim în afară de regina lor. Împărăteasa Jingu.

Bărbații răsuflară prelung, fiind uimiți.

Mikhail îşi îndreptă privirea către picioare.

- Nu am înțeles niciodată *de ce,* dar a *insistat* să mă învețe pe mine, personal, cum să mă apăr de mentorii Cherubimi, chiar dacă eram mic şi slab.

Se răsuci spre Siamek.

- Înfige sulița în mine.

- C-ce?

- Vreau să îți înfigi sulița în mine.

- Dar... pe bune?

Mikhail dădu din cap. Siamek îl împunse fără prea multă tragere de inimă. Mikhail dădu sulița la o parte, blocând-o cu o mișcare care se asemăna remarcabil de mult cu cea pe care o folosea Jingu ca să smulgă buruienile.

- De data asta vreau să o înfigi serios, spuse Mikhail. Prefă-te că sunt Halifian, iar tu – arătă către Firouz – și tu – arătă către Dadbeh – și *tu* – arătă și către Tirdard – mă înjunghiați și voi. *Toți.* În același timp.

Bărbații ezitară, după care începură să îl țintească reticenți cu vârful sulițelor. Trecuse mult timp de când făcuse acest exercițiu, dar părea atât de *familiar,* de parcă Cherubimii i-l înfieraseră în mușchi. Se feri fără prea mult efort de fiecare suliță, una după alta. Desigur, îl ajuta și faptul că bărbații nu voiau cu *adevărat* să îl rănească.

Sau poate că da...

Firouz năvăli asupra lui, cu o lovitură feroce.

Poate că voiau să îl rănească *destul* de tare...

Loviturile sulițelor se întețiră pe măsură ce și bărbații deveniră mai agresivi. Își dezvelirá dinții. Mikhail se ghemui în poziție luptă, iar pieptul i se ridică alert din cauza efortului. Ființele umane și Angelicul se luptară umpluți de sudoare, dar indiferent de cât de hotărât își manevrau războinicii sulițele, niciuna nu reușea să atingă ceva mai vulnerabil decât penele lui Mikhail.

Un murmur de apreciere se înălță din rândurile celorlalți bărbați.

- Tu ai învățat asta de la o bătrână? întrebă Siamek.

- Nu. Ea m-a învățat să *smulg buruieni,* explică Mikhail. Nu am descoperit că e o kata de apărare decât mult mai târziu, când Maestrul Yoritomo m-a aruncat în mijlocul unui grup de elevi mai mari și le-a spus să mă atace. În comparație cu Cherubimii, eu sunt un pipernicit. Cred că Jingu voia doar să se asigure că nu o să o încasez prea rău.

- Să smulgi buruieni? râse Firouz. Tu vrei să ne înveți să smulgem buruieni?

- Oh, dragă iubite, strigă Dadbeh, încercând să mimeze cât mai fidel vocea Ninsiannei. Mi-ar plăcea să *smulgi buruieni* – își apucă scrotul – din grădina mea.

- Da, dragostea mea, răspunse Firouz pe un ton grav prefăcut. O să îmi plantez semințele până când o să țipi și o să oftezi.

Războinicii râseră. Mikhail se înroși puternic.

- Continuați să mă atacați, zise el. Pot să continui așa toată ziua.

Războinicii se loviră reciproc pe spate, dar deși râdeau *de* el, din cine știe ce motiv, râsetele nu mai erau la fel de ranchiunoase ca loviturile de mai devreme.

Mikhail se întoarse spre bătrânul fermier.

- Spuneţi-mi ce treburi aveţi de făcut, zise el, şi poate că o să reuşim să adaptăm exerciţiile de antrenament astfel încât să vă ajutăm şi cu treburile.

- Sună grozav, răspunse fermierul. Sunt sigur că ne-ar plăcea *tuturor* să îi vedem pe *ei* – arătă către războinicii de elită – învăţând nişte exerciţii de grădinărit de la Cherubimi.

Fermierii izbucniră în râs.

Războinicii îi răsplătiră cu insulte.

Crescătorii de animale se întrebară cum ar putea şi *ei* să adapteze exerciţiile astfel încât să îi ajute.

- Am putea să le *urmărim?* sugeră Pareesa arătând către o capră aflată la distanţă. Numai zeiţa ştie cât se antrenează Mikhail încercând să o prindă pe Mica Nemesis.

Mikhail îşi reprimă un râset.

Mai mulţi meşteşugari o luară în râs pe Pareesa, amintindu-i că nu era decât o fetiţă.

- *Fetiţa* asta, îi tachină ea, şi-a omorât unul dintre atacatori. *Voi* câţi aţi omorât?

- Dacă *tu* nu te-ai fi lăsat *prinsă,* ripostă tânărul olar care îl bătuse şi pe Angelic la cap mai devreme, poate că Mikhail ar fi fost *aici* când a atacat inamicul.

Pareesa se lansă asupra lui.

Homa şi Gisou o traseră înapoi.

Dacă ar fi reuşit să îl prindă pe tânăr de degete, Mikhail era sigur că i le-ar fi *rupt,* exact aşa cum o învăţase.

- Bine, bine, alinierea! ordonă el.

Era momentul se instaureze nişte ordine.

Îşi scoase arma cu impulsuri din toc şi o întinse în palme, la vedere.

Bărbaţii se liniştiră. Fiecare privira se concentră nerăbdătoare asupra *lui...*

- Nu pot să îmi explic de ce Cea-Care-Este mi-a şters orice amintire legată de mânuirea armei *ăsteia,* cu toate că, dacă o iau în mână, corpul meu ştie imediat ce să facă cu ea, explică Mikhail. Totuşi, îmi amintesc în detaliu timpul petrecut smulgând bălării în grădină.

Îşi îndesă arma înapoi în toc.

- De ce nu foloseşti arma *aia* ca să ne aperi? întrebă Siamek.

Expresia lui nu era lipsită de respect, ci mai degrabă curioasă. Aceasta era întrebarea de o sută de puncte al cărei răspuns voia să îl afle fiecare sătean.

- Aveţi o poveste despre un bărbat care găseşte o lampă cu seu magică, nu-i aşa? zise Mikhail. Apare un spirit şi îi acordă bărbatului trei dorinţe?

Siamek dădu din cap.

- Arma asta e cam la fel. Am folosit deja două dorinţe în ziua în care oamenii voştri au atacat-o pe Ninsianna, pentru că eram prea rănit ca să mă apăr. Nu o să o folosesc din nou decât dacă sunt disperat, fiindcă am doar trei dorinţe şi spiritul nu o să îmi mai acorde niciuna.

Chipul lui Siamek fu cuprins de ruşine. Mikhail îşi îndreptă privirea în altă parte, căci nu voia ca teama de a-şi ridica adversarul în slăvi să se vadă. La naiba cu Jamin! Prima întâlnire cu el murdărise fiecare experienţă care urmase asemenea cărnii putrede.

- Nu pot să vă spun de ce nu îmi amintesc cum a ajuns canoea mea cerească aici, zise Mikhail. Totuşi, îmi amintesc că am mărşăluit cu un grup de luptători exact ca voi, ore în şir, până când am simţit că o să ne cadă picioarele. Oricum, ca să ţinem inamicii la distanţă, trebuie să lucrăm împreună.

Bărbaţii aclamară inimoşi.

Mikhail făcu un semn către bătrânul fermier.

- Acest om mi-a amintit că trebuie să fim *creativi.*

Se uită la tinerele femei care aduseseră găleţi de lemn, cel mai probabil la îndemnul Pareesei. Mikhail apucă o găleată şi o ridică.

- Arcaşii le folosesc pentru a căpăta forţă ca să îşi tragă arcurile mai bine. De vreme ce mulţi dintre voi trebuie să care apă la câmp, poate că ar fi un exerciţiu bun pentru început?

- Şi *noi* de ce ar trebui să cărăm apă la câmpurile *lor?* întrebă unul dintre meşteşugari.

- Fiindcă dacă nu o faceţi, niciunul dintre voi nu o să mai aibă ce mânca, răspunse fermierul.

- Cum o să ne ajute *asta* să luptăm cu Halifienii? replică meşteşugarul.

- Înainte să învăţaţi să *luptaţi,* trebuie să gândiţi ca un *întreg.* Nu o să mergem pur şi simplu la râu. O să *mărşăluim* în formaţie şi, după ce umplem găleţile, o să... Pareesa?

- Da! exclamă fata, ridicând capul ca un gerbil.

- Arată-le oamenilor ce trebuie să facă.

Fata aproape dansă în faţă, ca o gazelă, şi îi făcu cu ochiul. Drăcuşorului îi plăcea atenţia. Îşi puse o mână în şold, ridicând una dintre găleţi cu o încordare de biceps şi o atitudine foarte mândră.

- Dacă o slăbănoagă ca *mine* poate să facă asta, îi tachină ea, atunci pentru voi, *băieţi,* ar trebui să fie *uşor,* nu?

- Ne descurcăm mai bine ca *tine,* fetiţo, replică Firouz.

- Încearcă atunci!

- Cel care pierde curăţă ţarcul caprei celuilalt.

- Ne-am înţeles! râse Pareesa.

Bărbaţii puseră pariuri – fermierii împotriva meşteşugarilor, bărbaţii împotriva femeilor şi *toţi* „oamenii de rând" împotriva războinicilor de elită.

- Să începem! anunţă Mikhail. Siamek, asigură-te că fiecare dintre războinicii tăi conduce un grup spre râu.

Siamek alinie războinicii de elită, iar *aceștia* îi împărțiră pe ceilalți în echipe. Primul marș fu stângaci, dar până să termine de udat câmpurile, picioarele lor ajunseră să lovească pământul la unison.

Sparseră gașca la căderea nopții și merseră acasă.

Capitolul 37

Iulie târziu – 3.390 î.Hr.
Pământ: Satul Assur

NINSIANNA

Oftând uşurată, Ninsianna îşi puse coşul de legume jos şi îşi şterse sudoarea de pe frunte. Având în vedere că soarele trecuse de mult de punctul său cel mai înalt, temperatura ar fi *trebuit* să mai scadă, dar în acea perioadă a anului canicula nu era tocmai doritoare să renunţe la domnia ei. Mikhail obişnuia să o ajute cu munca obositoare din grădină, adunând gândaci-rinocer de pe plante şi înecându-i într-un bol cu apă înainte să apuce să devoreze culturile. Noul prestigiu venise însă la pachet cu o lipsă serioasă de timp.

Ninsianna luă o cană de ceramică şi o scufundă în găleata cu apă. Lichidul îi alunecă pe gât, deja călduţ cu toate că temperatura era mai mică în casă. Îşi scoase din gură un fir de păr care i se prinsese de obraz şi se prăbuşi pe bancă, dorindu-şi cu ardoare să fi avut timp pentru un pui de somn.

Tatăl ei intră grăbit pe uşă în urma ei, cărând o varietate de mărunţişuri legate de activitatea sa. O pană de vultur, pe care Ninsianna prefera să o înlocuiască cu una de-ale lui Mikhail, un bol mic cu apă şi o farfurie mică, din lut, pe care o folosea pentru a arde frunzele uscate de parrotia[36].

- De ce nu alegem un simbol pentru Pământ din coşul tău? întrebă Immanu.

Eliberă un spaţiu mic în mijlocul camerei şi întinse un covor pe care să se poată aşeza amândoi.

- Care? întrebă Ninsianna, analizând roadele muncii lor. Vinete mici şi albe se odihneau pe un pat de fasole, seminţe de muştar şi praz.

- Ce îţi spune intuiţia, copilă?

- Cred că o să folosesc prazul.

- De ce, mai exact?

- Pentru că cea mai gustoasă parte a lui creşte în pământ, explică Ninsianna. Iar tulpina tinde către cer.

Tatăl ei mormăi mulţumit. Se aşeză pe covor şi începu să aşeze obiectele; erau mai degrabă menite să îl ajute pe *el* să se concentreze decât să

---

[36] Parrotia persica: arbore cu frunzişul căzător care aparţine familiei de plante Hamamelidaceae. (n.t.)

îndeplinească cerinţele Celei-Care-Este. Immanu îi făcu semn Ninsiannei să i se alăture. Ea luă cel mai mare praz şi îl aşeză spre nord, pentru a completa cercul.

– O să spionăm Halifienii? întrebă fata. Am auzit că Eshnunna a fost atacat din nou şi trei femei au fost răpite.

– Pentru asta ar fi nevoie de katrom, explică tatăl ei. Nu vreau să-mi petrec restul zilei dormind.

– *Trebuie* să foloseşti kratom?

– Mi se pare de folos, zise el. Dar nu prea des. O sperie pe mama ta.

Immanu aprinse o grămadă destul de însemnată de frunze de parrotia şi le aşeză pe farfurie, ca să mocnească. Un fum uşor şi plăcut se înălţă delicat spre uşa deschisă şi lumina îmbietoare a soarelui.

– Deci ce învăţăm azi? întrebă Ninsianna.

– Să analizăm lumina spirituală a celorlalţi pentru a identifica sursa bolii, îi răspunse tatăl.

– Darul e frumos, zise Ninsianna, dar distrage destul de uşor. Uneori mă trezesc că mă holbez la lumina pe care o emană cineva în timp ce vorbeşte în loc să fiu atentă la ceea ce spune persoana respectivă.

– Lumina dezvăluie mereu adevărul, spuse Immanu. Cuvintele, în schimb, pot minţi.

– Şi cum disting boala?

O umbră se aşternu în dreptul uşii.

Mama Ninsiannei intră în casă, sprijinind o vecină în vârstă, care pufăia după aer în timp ce mergea. Un nor de întuneric îi întuneca inima şi o lumină de un roşu furios îi aluneca pe braţ. Tatăl o ajută pe Mahtab să se aşeze pe bancă. Bătrâna îşi duse mâna la piept. Treptat, respiraţia i se linişti, iar întunericul se disipă, însă linia roşie nu dispăru.

Mama avea o expresie indescifrabilă – cea pe care o adopta când aducea veşti proaste.

– Ce vezi? o întrebă pe Ninsianna.

Ninsianna făcu apel la *cunoaştere*. Nişte cuvinte necunoscute îi alunecară de pe buze.

– Ateroscleroză, zise ea. Artera descendentă anterioară din partea stângă e blocată de placă.

– *Ce* e blocat?

Sprâncenele lui Immanu se înălţară asemenea unor omizi stufoase. Ninsianna ştia că tocmai vorbise limba cerurilor, dar cu toate că înţelegea ce spusese, cuvintele nu *însemnau* nimic pentru ea – cel puţin nu în versiunea arhaică a graiului lor. Cum putea traduce ceva ce *ştia*, dar nu avea cum să descrie? Pentru prima oară îşi dădu seama cât de greu trebuia să îi fie lui Mikhail să comunice cunoştinţe pentru care nu avea nicio amintire şi niciun mod de a le exprima în cuvinte.

– Ştiţi cum, după ce tăiem o oaie, îi scoatem inima? zise ea.

Mama şi tatăl ei dădură din cap.

- Atunci se vede vasul ăla mare şi roşu de sânge care *intră* – îşi folosi pumnul şi degetele pentru a ilustra o inimă – şi vasul ăla mare şi albastru care *iese.* Apoi, pe *aici* – arătă către locul în care i se vedeau tendoanele pe pumn – e o grămadă de vase mai mici de sânge, care se numesc *artere* – folosi echivalentul Ubaid al cuvântului, care însemna literal „împroşcător de sânge". Inima lui Mahtab nu primeşte destul *sânge,* pentru că... ăăă...

Se opri, fiindcă nu ştia cu niciun chip cum să descrie substanţa.

- Grăsime? Ştiţi că, atunci când se răceşte, grăsimea se ridică la suprafaţa oalelor cu mâncare şi se întăreşte?

Îşi ţinu respiraţia, rugându-se ca părinţii ei să înţeleagă.

- Deci e ca un fir de trestie cu noroi în el? ghici mama entuziasmată. Trebuie să îl curăţăm pentru ca Mahtab să primească mai mult sânge?

Se holbă nerăbdătoare la Ninsianna, de parcă, pentru prima oară, darul ei de şaman avea şi o altă utilitate decât să arunce cu profeţii discutabile. Needa descrisese perfect ce *trebuia* să se întâmple. Dar cum puteau rezolva situaţia?

Ninsianna trimise o rugăciune disperată către zeiţă, dar tot ce *vedea* era că inima bietei Mahtab era blocată de o nesuferită substanţă galbenă.

- Nu ştiu cum să o repar, recunoscu Ninsianna cu tristeţe.

Mama ei începu să se plimbe în susul şi în josul camerei.

- Ar trebui să ajungem cumva în interiorul pieptului, medită ea.

- Dar e imposibil!

- Tu ai băgat mâna în pieptul lui Mikhail, răspunse Needa, ca să îi coşi plămânul.

- Dar asta a fost altceva, zise Ninsianna. El *era* deja rănit. Iar zeiţa mi-a îndrumat mâinile.

Mama merse la coşul de vindecătoare şi scoase cutia roşie pe care Mikhail o numea „trusă de prim-ajutor". I-o dăruise în semn de recunoştinţă pentru că îi salvase aripa ruptă.

- Mikhail a vorbit despre astfel de lucruri, spuse Needa. Insistă că nu a fost vorba de o intervenţie divină, ci despre *asta* – scoase mica sabie de argint căreia Mikhail îi spunea *bisturiu.* A spus că, în lumea din care provine el, e *normal* ca rănile să fie tratate cu o sabie de tămăduitor.

Mâinile Ninsiannei începură să tremure la amintirea puterii pe care o simţise în acea zi, *sentimentul* care o încercase atunci când pusese mâna în pieptul lui Mikhail şi îi atinsese inima care bătea. Însă pentru a intra în acea stare, pentru a se încrede atât de tare în capacitatea zeiţei de a-i ghida mâinile, trebuia să bea poţiunea de mătrăgună şi mac care atrăsese atenţia Lordului Întunecat asupra ei. Încă de când căzuse în fântână fusese prea speriată pentru a mai îndrăzni aşa ceva.

- *Tu* ce vezi, tata? întrebă Ninsianna, direcţionând discuţia asupra lui Immanu.

- Eu nu văd *nimic* altceva decât prima imagine pe care ai descris-o: inima lui Mahtab, înconjurată de negru şi roşu.

- Deci cum rezolvăm problema asta? întrebă mama Ninsiannei.

Fata urmă legătura de conştiinţă care o aducea lângă Cea-Care-Este. Se simţea de parcă s-ar fi aruncat într-un râu. Toate gândurile care existaseră vreodată, precum şi toate gândurile care *aveau* să existe cândva, se revărsară asupra ei ca o apă. Imagini copleşitoare îi năvăliră în minte; săbii mici şi o invenţie care desfăcea pieptul uman ca pe o nucă.

Se cufundă mai adânc, căutând informaţii pe care mama ei le-ar fi putut folosi, vreo tinctură pe care ar putea-o pregăti folosind resurse obţinute din cules sau foraj. Tot felul de cunoştinţe alunecau în jurul ei asemenea unui curent nesfârşit, calde, fremătătoare... atâtea lucruri minunate!

- Ninsianna, trebuie să te concentrezi...

Vocea tatălui ei se auzea de foarte departe.

- A mers prea adânc în lumea viselor, zise mama ei. Immanu! Scoate-o!

- Nu pot! strigă el. Nici măcar nu o *văd*.

- Ninsianna... Ninsianna.... Nin.si.an.na......

Vocile se pierdură mai departe, tot mai departe...

Stelele cântau, întâmpinându-şi sora pierdută. Voia să rămână, nu să se întoarcă în cameră, alături de bătrâna obosită. Aluneca oriunde o purtau gândurile zeiţei, într-o cameră albă, strălucitoare, în care doi bărbaţi jucau şah. Unul dintre ei era un dragon mare şi roşu, în vreme ce al doilea îi amintea de Immanu.

Un fior de încântare îi străbătu trupul în momentul în care recunoscu acul cu copac, prins la mantia bărbatului cu barbă. Înţelegea jocul pe care îl jucau, cu toate că neamul Ubaid nu avea vreun echivalent pentru el. Dragonul încercă să ia regina albă a celuilalt jucător, însă bărbatul cu barbă îşi mută calul pentru a bloca mutarea. În colţul îndepărtat din partea dreaptă a tablei se afla un al doilea cal alb, înconjurat de piese negre, dar uitat de ambii jucători.

Încântarea o cuprinse din nou în momentul în care îl recunoscu pe Mikhail.

Oponenţii se certau, absorbiţi complet de jocul lor.

Sub privirile Ninsiannei, un nebun alb se mişcă din proprie iniţiativă. Un sentiment de *urgenţă* se manifestă în fluxul conştiinţei zeiţei, asigurându-se că Ninsianna observa ceea ce cei doi zei rataseră. Cel Malefic era în mişcare!

Jucătorii dădură amiabil din cap şi dispărură.

Odată ce camera rămase goală, Ninsianna îşi aminti de ce era acolo. Îşi *imagină* ceea ce voia să ştie; o plantă pe care ar putea să o culeagă în apropiere şi care ar putea salva inima bietei Mahtab. Înaintă prin gânduri, de această dată cu un scop clar, până când zeiţa îi arătă cum ar putea stăvili durerea din inima îmbătrânită a vecinei.

O voce strigă:

- Ninsianna!

Ninsianna recunoscu glasul lui Mikhail.

- Unde eşti? Întrebă ea, dar stelele începură să cânte mai tare, implorând-o să rămână.

Un sentiment de teamă îi cuprinse măruntaiele. Nu cumva o avertizase tatăl ei în legătura cu asta? Nu cumva îi spusese să rămână mereu concentrată asupra propriului corp?

- Tata? strigă ea.

Dar tatăl nu îi răspunse.

- Mama?

Nimic...

- Mikhail! ţipă Ninsianna.

Vocea lui răzbătu până la ea, dar nu ca un răspuns, ci ca o rugăminte:

- Vino înapoi. Vino înapoi. Vino înapoi... o implora el.

Îi urmă vocea; nu era greu, nu îi stătea nimic în cale, dar călătorise atât de *departe* încât dură o veşnicie până când îi simţi mâna mângâindu-i obrazul. Se concentră, nu doar asupra vocii lui, ci şi asupra căldurii care aluneca spre ea.

- Întoarce-te la mine...

Îi simţi buzele apăsate pe frunte. Ninsianna deschise ochii.

- Mikhail, zâmbi ea cu respiraţia întretăiată. Când ai ajuns acasă?

Angelicul o strânse cu putere la piept, atât de strâns încât aproape că o durea.

- O, slavă zeilor!

Era aproape un strigăt de uşurare.

- De ce tremuri? întrebă Ninsianna.

- Ai dispărut atât de mult timp încât ne-a fost teamă că nu o să mai găseşti calea înapoi, zise tatăl ei.

Afară, cerul se întunecase, iar Needa aprinsese lămpile cu seu.

- Unde e Mahtab? întrebă Ninsianna.

- A mers acasă acum câteva ore bune, zise mama ei.

Mikhail îi dădu drumul, dar continuă să o ţină de mână de parcă s-ar fi temut că avea să fugă.

- Immanu a trimis pe cineva după mine când şi-a dat seama că nu reuşeşte să te facă să reacţionezi, spuse Mikhail.

- Ce ai văzut? o întrebă tatăl ei.

- I-am văzut pe Împăratul Etern şi pe Shaytan jucând şah, răspunse ea. Shaytan a încercat să ia regina albă, dar Împăratul a blocat mutarea cu al doilea cal alb. Şi apoi te-am văzut pe *tine,* iubirea mea, departe, într-un colţ, cu noi. Dar după aceea... Ninsianna se încruntă.

- Ce ai *văzut?* o scutură Immanu.

Un fior rece făcu părul să i se ridice pe mâini.

- Am văzut un nebun alb, spuse ea coborându-şi vocea. S-a mişcat de unul singur. Nu cred că vreunul dintre zei îşi dă *seama* că el se deplasează printre ei.

- Cine e el? întrebă tatăl fetei.

- Cel Malefic, şopti ea. El manipulează piesele de şah.

Mikhail se încruntă.

- Cred că am mai auzit asta cândva, spuse el. Doi zei bătrâni îşi împart galaxia între ei printr-un joc de şah.

- Dar ce legătură are asta cu *noi?* întrebă tatăl Ninsiannei.

- Nu ştiu, zise ea. A părut aşa de departe...

- Nebunul ăsta avea vreo armă? întrebă Mikhail. Sau nişte trupe? Ai văzut vreun loc *anume* pe care l-ar putea ataca?

- Nu, răspunse Ninsianna cu un zâmbet vinovat. Era doar o piesă de joc pe o tablă făcută din stele.

Mikhail nu spuse nimic, sprâncenele i se împreunară şi căzu pe gânduri. Ninsianna îi adusese o profeţie a unei ameninţări, o ameninţare *vagă*, fără niciun fel de informaţia care l-ar putea ajuta să pună la punct un plan.

- Trebuie să ai *grijă* când intri pe tărâmul viselor, o certă tatăl ei. Dacă te pierzi, o să rămâi blocată acolo pentru totdeauna.

- Dar am găsit informaţia de care avea nevoie mama, spuse Ninsianna. Mahtab ar trebui să bea de două ori pe zi un ceai cu trei frunze de degetariţă în el. Nu o să îi prelungească viaţa, dar o să se simtă mai bine câtă vreme este încă aici.

- Aş fi preferat să nu ne sperii ca să obţii informaţia asta, zise Needa. O ştiam deja.

- Ai descoperit-o şi tu pe tărâmul viselor?

- Nu, copilă, spuse mama Ninsiannei. Am învăţat-o în varianta mai grea. Fiind ucenica tămăduitorului din Gasur şi memorând-o.

Capitolul 38

Data Galactică Standard: 152,323.07 D.Î.
Teritorii Neexplorate:
Portavionul diplomatic „Prințul din Tyre"
Agent Special Eligor

ELIGOR

Nu în fiecare zi se întâmpla ca Eligor să fie chemat în biroul lui Zepar. Șefului de personal al lui Lucifer îi plăcea să „se bălăcească cu picioarele în știință", după cum îi plăcea lui să spună. *Aici* țineau femeile închise până când fie erau „dăruite", fie Lucifer decidea că are chef să se „căsătorească" cu vreuna dintre bietele maimuțe nătânge pentru a a avea o scuză ca să o violeze. Eligor mai fusese aici, dar Lerajie, nu. Idiotul cu aripi pătate se holba gură-cască la camera care semăna mai degrabă cu laboratorul unui om de știință nebun decât cu un birou.

Atât Eligor, cât și Lerajie îl salutară pe Șeful de personal.

Printr-o fereastră din sticlă mată, aflată în spatele său, îl puteau întrezări, prins de un scaun de dentist, pe bărbatul cu pielea neagră pe care șopârlele îl predaseră alături de femei. Capul bărbatului fusese imobilizat, nu, *țintuit* de un soi de cască metalică plină de fire și cee ace părea a fi un dispozitiv de foraj.

- Domnule, spuse Eligor, având grijă să își mențină tonul neutru.

- Am terminat cu el, zise Zepar, dând nepăsător din mână. Duceți omul în zona privată a Prim-ministrului.

Eligor privy către Lerajie. Lerajie arăta de parcă ar fi vrut să îl strângă de gât pe alunecosul Șef de personal. Pe nava aceasta se întâmplau lucruri ciudate de mult timp, dar în ultimele luni?... Ei bine, în ciuda „salariului de luptător" și a bonusurilor, dacă nu și-ar fi dorit să rămână primii pe lista de „livrare de soții" a lui Lucifer pentru momentul în care Prim-ministrul își ducea la îndeplinire lovitura de stat sau orice plănuia el cu femeile pe care le „dăruia" în lungul și în latul Alianței, amândoi și-ar fi luat tălpășița deja.

- Deci? întrebă Zepar.

Ochii săi aveau acea profunzime rece, fatală, care îl făcea pe Eligor să se cutremure de fiecare dată.

- Mă scuzați, domnule, zise Eligor, întrerupându-l pe Lerajie înainte ca acesta să apuce să îl trimită la dracu'. Imediat, domnule.

Îl eliberară pe bărbatul cu pielea întunecată din scaun și îl ajutară să se ridice. Fusese problematic încă din ziua în care șopârlele îl aduseseră pe navă. Femeile erau *„simple"*, ca să spunem așa. Sau cel puțin așa se purtau cele paisprezece femei gravide pe care Lucifer le ordonase să le păzească în permanență. Ca niște maimuțe. Niște maimuțe mari, proaste și foarte atrăgătoare.

Dar bărbatul?... Bărbatul era atât de combativ încât nici măcar matahalele lui Lucifer nu putuseră să îi facă față. Eligor fusese chemat să îl imobilizeze atunci când îl sedaseră. De atunci, bărbatul rămăsese apatic, aflându-se sub influența drogurilor, dar când Eligor îl privise în ochi, detectase o inteligență reală. Sunetele care ieșiseră din gura lui nu fuseseră șuierăturile și urletele guturale ale celor paisprezece de femei pe care le lăsase Lucifer însărcinate, ci corespundeau unui tipar lingvistic. O proto-limbă, poate?

Bărbatul înaintă târșâit de-a lungul holului, aproape prăvălindu-se la pământ în timp ce era condus la bordul navei. *Acum* nu se mai purta ca o creatură cu simțuri.

- Trebuie să raportăm asta cuiva, exclamă Lerajie. Chiar dacă nu sunt raționali, nu putem pur și simplu să rămânem deoparte și să nu facem nimic. E vorba de predecesorii specie noastre!

- Chiar crezi că Lucifer o să îți dea pur și simplu permisiunea să te cari de pe navă?

- Nu îmi pasă *ce* am semnat, răspunse Lerajie. Împăratul ar fi furios dacă ar afla cum îi tratează Lucifer specia primordială!

- Eu nu în legătură cu acordul de păstrare a confidențialității îmi fac griji.

Eligor observă privirea rece ca gheața a celor doi gardieni care păzeau în permanență ușa lui Lucifer, asemenea unei perechi potrivite de gargui.

- Shh... Nu aici.

Predară bărbatul cu pielea întunecată. Fură lăsați să plece de îndată. Cele două matahale împinseră omul sedat masiv prin ușă. Eligor și Lerajie se îndreptară către sala de mese, pentru a mânca rapid.

- Cum adică nu posibilitatea de a fi aruncat în închisoare te îngrijorează? întrebă Lerajie imediat ce ieșiră din raza auditivă a matahalelor.

- Ai mai auzit ceva de la Pistis după ce a amenințat că o să dea sfoară-n țară în legătură cu femeia pe care i-a dăruit-o Lucifer Brigadierului General Kasdeja? întrebă Eligor.

- Și-a dat demisia, răspunse Lerajie.

- Sirele lui a luat legătura cu mine, încercând să dea de el, zise Eligor. Nimeni nu știe unde a dispărut.

- Așa, și? întrebă Lerajie.

- Cum rămâne cu Decarabia? întrebă Eligor. S-a îmbătat în timpul coborârii la țărm și s-a lăudat în fața unui bar plin de mecanici că Lucifer i-a dat Locotenentului General Gusion „un cadouaș dulce".

- Şi? zise Lerajie. Zepar l-a aruncat în celulă.

- Celula e *goală,* spuse Eligor. Decarabia nu mai e la bordul navei.

- Asta nu înseamnă nimic, zise Lerajie. Probabil l-a transferat pur şi simplu într-un centru de securitate de pe vreo planetă.

- Nu există nicio consemnare pentru aşa ceva, spuse Eligor. De fapt, nu există nimic care să ateste prezenţa *lui* pe nava asta.

- Şi? întrebă Lerajie.

Eligor protestă zgomotos.

- Cum rămâne cu Tabbris? Ai mai auzit ceva de *el* de când a încercat să depună un raport prin canalele oficiale în legătură cu tratamentul aspru aplicat femeilor pe care le-a violat Lucifer?

- Nu, zise Lerajie şi ochii i se bulbucară. Doar nu crezi că...

- Deschide ochii! spuse Eligor. Înainte să fii omorât.

Capitolul 39

Sfârșitul lunii iulie – 3.390 î.Hr.
Pământ: Satul Assur
Colonel Mikhail Mannuki'ili

MIKHAIL

Grupul de bărbați care se adunaseră pentru lecția de azi era format din chipuri hăituite și pline de regret. Cu toate că trecuse deja ora cinei, umbrele din ce în ce mai lungi nu ajutau prea mult în fața caniculei din miez de vară. Mikhail stătea cu aripile înfoiate și fiecare pană întinsă la maximum, în speranța deșartă că ar putea prinde o adiere inexistentă. Cum se presupunea că ar putea să îi motiveze pe acești bărbați să dea mai mult decât dăduseră deja pentru propriile culturi, pentru propriile negustorii și propriile familii, când tot ce își dorea chiar și el era să se târască la umbră, sub cel mai apropiat acoperământ?

- Mă bucur să văd că ați venit pentru mai mult, zise el.

Războinicii mormăiră un răspuns cu jumătate de gură. Judecând după modul în care se sprijineau cei mai mulți dintre ei pe bețele de antrenament, nu voiau decât să toarne o rapid o găleată de apă pe pământurile lor și să meargă acasă pentru un pui de somn. Dacă nu ar fi primit raportări noi în legătură cu sate atacate, poate că Mikhail ar fi răspuns acelei porniri, însă nu își puteau permite să se complacă. Assur trebuie să învețe să *se* protejeze. Nu doar să depindă de *el* ca zid de apărare.

Angelicul încercă să își motiveze oamenii să depună ceva mai mult efort pentru antrenament:

- Nu vă aud!! Ce-a fost asta?!

- Da... Domnule! veni răspunsul, vag mai energic decât primul.

- Bun!

Mikhail îi salută aspru. Majoritatea reacționară cu un salut pe jumătate decent. Nu era perfect, dar deveneau din ce în ce mai buni.

- Când o să ajungem să ne luptăm unii cu alții? întrebă Firouz, apucându-și prietenul, pe Dadbeh, și prefăcându-se că îl pocnește.

Dadbeh îl lovi înapoi, pe bune, dar nu cu prea multă forță.

- Cred că ne-am prins deja cum stă treaba cu marșul, spuse Dadbeh, mimând unul cât mai fidel posibil, în glumă. Unu, doi, trei, patru, îmi chem târfe ca la teatru!

- Cinci, șase, șapte, opt, continuă Firouz cu a doua strofă, îmi iau două că-s mai copt!

- Nouă, zece, unşpe, doişpe, continuă Dadbeh, împingându-şi şoldurile în faţă şi în spate, de-i uscată, pune-o să muşte.

Ceilalţi războinici izbucniră în râs, ceea ce se întâmpla cam de fiecare dată când cei doi se încălzeau cu bufoneriile obişnuite. Mikhail încercase să îi separe, dar, cumva, sfârşeau întotdeauna unul lângă celălalt. Având în vedere că oricum canicula îi seca de energie, hotărâse în final să le permită să se întărâte reciproc şi, astfel, să le ofere tuturor ceva relaxare comică. Cu toate că nu avea decât puţine amintiri cu Raphael, cunoştea personalitatea spirituală a Angelicului, care făcea farse pentru a-l destinde.

- Au trecut deja două săptămâni în care am făcut doar marşuri, marşuri, marşuri! se plânse Firouz. Vrem să trecem la partea interesantă!

- Da, partea interesantă! i se alăturară mulţi alţi războinici.

- Şi care ar fi aia? zise Mikhail, răscolindu-şi penele.

- Ştii tu, spuse Dadbeh, partea în care încep să îţi strălucească ochii cu lumina aia albastră şi trânteşti la pământ şapteşpe oameni doar cu degetul mic.

- Vă învăţ şi pe *voi* să luptaţi exact la fel cum m-a învăţat Împăratul Etern pe *mine,* răspunse Mikhail, reprimându-şi nervozitatea şi aşa accentuată de căldură.

- Astea nu *arată* ca beţele cu foc, spuse Dadbeh, întinzându-şi suliţa la vedere. Îndeasă-ne unul din *alea* în mâini şi nu o să mai avem *nevoie* să mărşăluim înainte şi înapoi, cărând găleţi de apă la râu!

Mikhail îşi ascunse sentimentul de iritare.

- Trebuie să lucrăm cu instrumentele pe care ni le-a oferit Cea-Care-Este, zise el, întorcându-se către grupul mai mare. Înainte să încep să scot oameni pentru antrenament de specialitate, trebuie să învăţaţi să luptaţi *împreună*. Aşa, indiferent alături de *cine* ajungeţi să luptaţi, veţi şti că vă puteţi baza pe el ca să vă apere spatele.

- Dar *deja* lucrăm bine împreună! spuse Firouz, aruncându-şi braţele pe după umerii lui Dadbeh şi încercând încă să atragă atenţia asupra lui. Împărţim totul. Până şi femeile.

- Şi ce o să se întâmple când nu o să îl ai pe prietenul tău cel mai bun care să îţi păzească spatele? întrebă Mikhail, strângându-şi încordat aripile la spate. Am observat că voi doi nu luptaţi aşa de bine când sunteţi în echipă cu altcineva.

Cei doi bărbaţi nu putură da niciun răspuns la această întrebare. Desigur că nu! Până în acel moment, grupurile de prieteni exersaseră orice aptitudine care li se păruse interesante, nu şi părţile mai plictisitoare, dar necesare, care făceau posibilă coordonarea unor armate uriaşe. Mikhail reîndreptă atenţia grupului asupra lecţiei de azi.

- Ieri am discutat despre cum puteţi introduce exerciţii de forţă în plus în rutina voastră zilnică, zise el. Are cineva întrebări?

- Da, domnule, interveni un sătean.

- Ebad, nu-i aşa? întrebă Mikhail. Ce întrebare ai?

Ebad era un elev entuziast, dar puțin stânjenit.

- Familia mea e formată din olari, domnule, nu fermieri, zise el. Cu ce aș putea să lucrez în schimb?

- Găleți cu lut, poate?

În timp ce discutase cu bărbații, Homa venise în fugă și îl așteptase să termine. Deși antrenamentul arcașilor nu fusese niciodată la fel de formal ca abilitățile militărești pe care încerca acum să le insufle grupului mai mare, arcașii înțeleau în mod instinctiv că ei erau exemplul spre care trebuiau să tindă războinicii mai noi. Foarte formal, Mikhail se întoarse către Homa:

- Da, Homa?

- Behnam a spus că astăzi au venit la antrenament paisprezece arcași noi, spuse ea. Toate sunt femei cu copii mici. Pot rămâne doar până când le cheamă doica înapoi acasă. Ar trebui să li se permită să se alăture grupului?

- Care e motivul pentru care nu rămân decât la jumătate de lecție? întrebă Mikhail. Yalda și Zhila au îndemnat locuitorii mai în vârstă ai satului să aibă grijă de copiii mici pentru ca mamele lor să se poată antrena.

- Toate își hrănesc bebelușii la piept, încă, spuse Homa. Când copilul plânge, trebuie să îl hrănească. Behnam vrea să știe cum rezolvă oamenii *tăi* problema asta.

Existau *câteva* amintiri care zăceau aproape de suprafață, imagini fugitive ale unor fețe și ale unor frânturi de conversație, dar indiferent cât de mult se străduia, nimic nu putea să elibereze amintirile legate de cum își creșteau cei din specia lui copiii. Aproape că ai fi crezut că nu mai văzuse un bebeluș până atunci.

- Nu îmi amintesc, zise Mikhail. Spune-i să le sprijine cât de bine poate. Aceea e grupa de vârstă pe care par să o țintească cel mai mult răpitorii.

- Da, domnule, zise Homa.

Salută ferm și ochii ei îi sfredeliră pe bărbați, având o expresie mândră care transmitea: *vedeți... așa se face.* Protocolul său militar ar fi fost perfect dacă nu s-ar fi oprit să bată palma cu Pareesa.

- Ieri am învățat niște lovituri și blocaje simple, zise Mikhail. Astăzi vom exersa aceste abilități unii pe alții. Și-a adus toată lumea cârpe în care să își înfășoare mâinile?

- Da, domnule!

- Am uitat, spuseră câțiva.

- În luptă, la fel ca în viață, spuse Mikhail, veți fi în dezavantaj. E important să învățați lecția asta acum, cât vă antrenați cu vecinii voștri, și nu mai târziu, la capătul ascuțit al suliței unui Halifian. Prin urmare, cei care și-au uitat cârpele pentru mâini acasă se vor lupta între ei. Când o să fiți loviți, o să doară.

Mikhail ignoră mormăielile și le arătă celorlalți cum să își înfășoare fâșii de cârpe în jurul fiecărui pumn în așa fel încât să nu lovească cu mâinile goale. Mai devreme în acea săptămână, îi învățase lovituri și blocaje simple, împotriva unui inamic imaginar. Azi avea să fie prima zi când aveau să se lupte unii cu alții.

- Găsiți-vă un partener de antrenament, ordonă el. E cineva care nu are partener?

- Eu nu am! anunță Pareesa.

- Şi de ce oare, mică zână, nu pari să reuşeşti niciodată să îți găseşti un partener?

Mikhail adoptă o expresie prefăcut serioasă. Pareesa fusese dintotdeauna un învățăcel entuziast, însă de când fusese capturată, începuse să îşi însuşească abilitățile de luptă într-un stil răzbunător.

- Le e frică tuturor, se lăudă ea, ducându-şi mâinile la şolduri şi mişcându-şi capul ca un pugilist.

- Frică? întrebă Mikhail. De cine?

- De tine, de fapt, şopti Pareesa, aplecându-se spre el. Să se lupte cu *tine* îi sperie mult mai rău decât orice aş putea *eu* să le fac vreodată.

- Ţie nu îți e frică fiindcă ştii că mă abțin la lovituri, zise el, iar apoi continuă cu voce tare. În regulă, toată lumea, o să exemplific cu Pareesa... poziția de pregătire!

Fata îşi depărtă picioarele la acelaşi nivel cu umerii, îndoind genunchii şi strângându-şi brațele aproape de corp pentru a se putea mişca în orice direcție. Îşi loviră uşor pumnii în semn de respect reciproc. Mikhail era aproape de două ori mai mare ca ea, dar învățase să nu îşi subestimeze mica zână general. Ceea ce îi lipsea în dimensiune compensa cu ferocitatea.

- Nu trişa, şopti ea. Noi, ceilalți, nu avem aripi.

- Start!

Mikhail îi permise să facă prima mişcare. Îşi strânse aripile la spate pentru a nu avea un avantaj nedrept. Acest lucru se întoarse, însă, împotriva lui. Fără aripi întinse, nu numai că era lipsit de două membre de luptă în plus, ci era şi forțat să le care greutatea moartă. Asta îl încetinea şi îi deregla echilibrul, oferindu-i Pareesei ocazia de a nimeri câteva lovituri bune.

- Nu parezi suficient în partea de sus, spuse Mikhail, aplicându-i o lovitură uşoară în vârful capului. Eşti femeie. Majoritatea oponenților o să fie mai înalți decât tine.

- E plictisitor să parezi! zise Pareesa, încercând o lovitură cu piciorul în genunchiul Angelicului. Să loveşti e mult mai distractiv!

- Nu poți să loveşti, spuse Mikhail, blocându-i mişcarea şi aplicându-i al doilea pumn, identic, în creştetul capului, dacă eşti inconştientă.

Pareesa mormăi de durere şi vru să îl lovească în abdomen, mişcare pe care Mikhail o blocă. Ceilalți se adunară în cerc şi o încurajară pe Pareesa, ceea ce determină micul balaur să îşi intensifice loviturile. Pentru o creatură născută fără aripi, era chiar bună la a se lansa în aer.

- Ha! exclamă ea după ce tocmai reuşise să îi aplice la nivelul şoldului o lovitură frontală din săritură.

Adăugă o expresie Cherubimă, răsunătoare ca solzii, pe care o implorase pe Ninsianna să o învețe:

- Ar trebui să-ți cotonogesc penele de la coadă!

- Ai coborât pumnii. Menține în permanență garda sus, zise Mikhail, lovind-o cu pumnul drept în zona pe care o lăsase descoperită în timpul atacului. Și se spune *o să îți cotonogesc*, nu *ar trebui să-ți cotonogesc*, îi corectă gramatica Cherubimă în timp ce fata pufnea de durere.

- Ia de aici! râse ea, răsucindu-se pentru a-i servi o lovitură cu spatele, pe care Mikhail încă nu le-o arătase celorlalți.

- Asta nu face parte din lecția de azi, zise el.

- Cum nici asta nu face, zise Pareesa și îl apucă de umeri, rotindu-și greutatea în jurul trunchiului său într-o mișcare ca de dans, pe care Angelicul nu o mai văzuse niciodată.

Se dezechilibră, iar vârful uneia dintre aripi lovi pământul pentru a-l împiedica să cadă. Se eliberă din strânsoarea Pareesei cu o lovitură dublă de cot. Ucenicii aplaudară manevra curajoasă a fetei.

- Ce-a fost asta? întrebă Mikhail, aplicând o lovitură inversă din partea stângă asupra umărului Pareesei, în timp ce aceasta își recăpăta echilibrul.

- Mișcare de dans a burlacilor, rânji ea. Îi blocă atacul și lansă propria lovitură. Sezonul de vânătoare. Nu erai aici încă.

- Va trebui să mă înveți asta cândva, spuse Mikhail, lovind-o în stomac din lateral și aruncând-o în spate. Ai fi putut evita lovitura asta dacă ai fi parat în zona de jos.

Pareesa mormăi și îl lovi de mai multe ori în abdomen.

- Aș prefera... mult mai... mult... să te lovesc... pe tine!

Deveni frustrată, pentru că nu mai reușea să nimerească nicio lovitură.

- Am o anvergură mai mare decât tine.

Îi blocă ușor mișcările și se întinse pentru a o lovi în abdomen.

- Sper că nu ai mâncat prea mult la cină.

- Ahhh! mormăi Pareesa de durere. Nu e drept.

- Viața nu e dreaptă, micuță zână.

Aplică aceeași lovitură.

- Dacă ai de gând să lupți cu bărbați, trebuie să ne depășești avantajul înălțimii și al greutății.

- De ce crezi că sunt aici? spuse ea și îi blocă a treia lovitură parând *în sfârșit* așa cum încercase Mikhail să o convingă în tot acest timp. Nu prea am chef să fiu iar luată de negustori de sclavi.

- Bine, suficient! făcu Angelicul câțiva pași înapoi și întinse pumnul în semn de respect. Foarte bine, Pareesa. Are cineva întrebări?

Pareesa făcu un dans al victoriei și se alătură din nou bărbaților care îi dădeau încontinuu ocheade. Încă avea silueta zveltă a unei adolescentă, dar și ferocitatea unui războinic experimentat. Celelalte femei dădură palma cu ea. În ultimele două săptămâni, numărul lor crescuse de la douăsprezece la șaptesprezece.

Îi puse pe ucenici să formeze perechi şi să antreneze unii cu alţii, corectând greşeli şi amintindu-le mişcări de bază, cum ar fi blocarea loviturilor sau menţinerea braţelor la înălţime, pentru ca pieptul şi faţa să nu fie vulnerabile. Când soarele coborî la orizont, încheie lecţia cu un marş rapid către râu, la apă. Bărbaţii se scufundară în apa rece, bucurându-se să scape de canicula din miez de vară, înainte de a mărşălui la unison ca să îşi ude câmpurile. În momentul în care le dădu voie să plece, erau cu toţii într-o stare de spirit bună.

Capitolul 40

Data Galactică Standard: 152,323.07 D.Î.
Pământ: Baza de operare înaintată a lui Sata'an
Locotenent Kasib

LT. KASIB

Lieutenant Kasib îşi strânse aripa în partea dreaptă, într-un salut ferm, şi bătu la uşa nefinisată, pe care o improvizaseră pentru ceva intimitate.

- Intră, spuse Generalul Hudhafah.

În momentul în care intră în biroul superiorului său, limba lungă şi bifurcată a lui Kasib gustă aerul, căutând feromonii care să îi indice în ce stare se afla generalul. Din fericire, era relaxat. În gheare ţinea un pahar cu o băutură din grâne fermentate, pentru care dezvoltase o plăcere; o băutură pe care Kasib se dădea peste cap să i-o procureze. Localnicii o numeau „bere".

- Ai ceva de raportat? întrebă Generalul.

- *Aliaţii* noştri, Amoriţii, se tot întorc fără pradă, domnule, zise Kasib. Unele triburi opun rezistenţă.

- Află cine sunt liderii lor şi omoară-i. Fără cap, şarpele va muri şi el.

- Aţi vrea să trimit un transportator de trupe ca să înăbuşe rebeliunea?

- Suntem împrăştiaţi în prea multe direcţii, oftă Hudhafah. Şi aproape am rămas fără rezerve. Până când nu ajunge armada cu întăriri, îi lăsăm pe intermediari să sufere înfrângerea, nu pe propriii oameni.

- Cum ar trebui să îi conving că merită efortul, domnule? întrebă Kasib.

Generalul Hudhafah privi îndelung paharul auriu de bere. Rânji, dezvelindu-şi dinţii.

- Avem o *mulţime* de aur. Oferă-le o primă; zece *darici* pentru capul fiecărui conducător.

Capitolul 41

31 iulie – 3.390 î.Hr.
Pământ: Satul Assur
Colonel Mikhail Mannuki'ili

MIKHAIL

Îşi fâlfâi aripile spre sol şi puse jos rucsacul greu. Uşa se deschise înainte să fi avut ocazia de a bate. O pereche de ochi antici, aproape orbiţi de cataractă, se iviră în lumina veselă a căminului.

- Poftim înăuntru! zise Zhila.

- Da, poftim, spuse şi sora ei, Yalda, de undeva din adâncul încăperii.

- Mulţumesc, doamnă, răspunse el. Apreciez că îmi permiteţi să dorm aici în noaptea asta.

Îşi cără rucsacul în casă şi aşeză uniforma pe care se chinuise jumătate de zi să o calce – fără avantajul electricităţii – pe un blat de lucru, pentru a nu o şifona.

Un parfum divin îi luă cu asalt nările.

- Pâine? întrebă plin de speranţă.

- Şi miel fript, anunţă Yalda din dreptul căminului sub formă de stup.

Stomacul lui Mikhail mârâi. În ultimele trei zile, de când Immanu îl dăduse afară din casă în spirit ceremonial, pentru „izolarea miresei", trăise doar pe bază de terci de ovăz şi puţina carne pe care avusese timp să o vâneze.

Zhila îi făcu semn să se aşeze. Mikhail se făcu comod pe perne, pentru a nu-şi strivi penele lungi, primare. În mijlocul unei feţe de masă din pânză se afla o urnă mare, cu un gât ca de raţă, înconjurată de farfurii pline până la refuz cu un festin simplu, dar generos.

Yalda şchiopătă înăuntru, venind din curte cu un coş împletit în care aducea pâine proaspătă. Sora ei mai tânără îi dădu coşul lui Mikhail şi o ajută să se aşeze, după care se prăvăli pe scaun, de partea cealaltă a urnei.

- E totul gata? îl întrebă Yalda.

- *Cred* că da, răspunse el. Sper că o să îi placă rezultatul.

- Şi Halifienii? întrebă Zhila.

- Nicio urmă de ei, răspunse Mikhail. Cel mai apropiat grup de corturi e la o distanţă de treizeci şi opt... ăă – converti distanţa din kilometri Galactici – poate şaptesprezece ligi, în spre sud.

- Asta e chiar la graniţa cu neamul Uruk.

- Cam două zile de mers de aici, zise Yalda.

- Un războinic *în formă* ar putea să o parcurgă în una singură, spuse Zhila.

- Mă îndoiesc că o să îi dea bătăi de cap, o contrazise Yalda. În perioada asta a anului, nu prea e apă pentru turmele lor pe acolo.

Îi întinse o farfurie lui Mikhail și luă cu lingura o porție de linte, legume verzi și fâșii de miel marinat. Cele două femei își împărtășiră cele mai noi bârfe în timp ce își umpleau burțile, până când Angelicul se simți de parcă ar fi pe punctul de a exploda.

Își trase rucsacul mai aproape.

- Am adus ceva care s-ar putea să vă placă.

Scoase o pereche de hingi rigide și câteva brațe de metal pe care le deșurubase de la unul dintre dulapurile sale. Cele două surori văduve le întoarseră pe toate părțile sau, în cazul Zhilei, pipăiră fierul rece, analizând modul în care se curba la mijloc.

- Ce e asta? întrebară ele în același timp.

- Se numesc *insí*— folosi cuvântul pentru hingi din Galactica Standard. Mă gândeam că, dacă tot stau aici, aș putea să vă repar ușa din față.

Chipurile celor două femei se luminară.

- O ușă din ceruri? zise Yalda.

- La casa noastră? continuă Zhila.

- Ninkasi va fi onorată, o invocară ele pe zeița pâinii și a berii.

Yalda se întinse dincolo de urnă și ridică o mână de stufăriș gol.

- Ai băut bere vreodată? îl întrebă ea pe Mikhail.

- La întâlnirea șamanilor, răspunse el.

- Aia era dintr-un *pahar,* răspunse Yalda disprețuitor.

- Immanu adaugă un ingredient special, chicoti Zhila. Pentru a ajuta plimbatul șamanilor în tărâmul viselor.

- Trebuie să mă trezesc *devreme* mâine, spuse Mikhail, având o presimțire.

- Nu îți face griji! spuse Zhila, bătându-l pe partea din spate a aripii. Seria asta ajută bărbații să *performeze,* dacă înțelegi ce vreau să spun.

Obrajii lui Mikhail se înroșiră ca focul. Cei din neamul Ubaid aveau obiceiul de a spune exact ce gândeau, *mai ales* când era vorba despre „cine se culca cu cine".

Yalda împărți paiele și îi arătă cum să soarbă din putină, dincolo de impuritățile neapetisante care pluteau la suprafață, dar deasupra sedimentelor care se adunau ca o mizerie la fund. Între cele două straturi plutea un râu dulce, auriu de ambrozie fermentată.

Mikhail sorbi din băutură în timp ce surorile văduve îi povesteau despre descendența lor dintr-o linie antică de berari și fermentatori... toți adepți ai cultului lui Ninsaki. La început, Mikhail se simți cuprins de o căldură; apoi, limba începu să i se împleticească, dar cele două gazde bătrâne ale sale continuau să fie sprintene și cu mintea limpede. Conform poveștilor războinicilor, Yalda și Zhila puteau să bea orice bărbat sub masă.

- Deci, tinere, spuse Yalda, dându-i un cot în coaste, *ştii* ce se presupune că trebuie să faci în noaptea nunţii?

- Nu îmi amintesc, zise Mikhail timid.

- Ha! spuse Zhila şi îl bătu pe spate. Pierderea memorie! Fie că eşti sau nu virgin, o să fie prima oară şi pentru tine.

Obrajii lui Mikhail căpătară o nuanţă puternică de roşu aprins. Zhila îi făcu în stil conspiraţionist cu ochiul surorii sale. Aveau o relaţie pe care Mikhail nu putea decât să o invidieze. Spera doar că şi el şi Ninsianna aveau să dezvolte o apropiere asemănătoare.

- Îmi amintesc prima mea oară, spuse Yalda, împungându-l cu un deget osos.

- Există câteva lucruri pe care trebuie să le ştii, continuă Zhila, ridicându-şi sprâncenele, despre cum se satisface o femeie.

Pălăvrăgiră ca două găini bătrâne, oferindu-i informaţii *MULT* prea explicite decât ar fi vrut în legătură cu modurile în care ar trebui să o satisfacă pe Ninsianna în noaptea nunţii. Urechile i se făcură roz, iar apoi căpătară o nuanţă puternică de stacojiu. Într-un sfârşit, mormăi învins:

- Cred că trebuie să mă întind puţin.

Râzând *de* el, dar nu într-un mod răutăcios, surorile îl ajutară să îşi facă drum poticnindu-se către colţul camerei. Prăbuşindu-se recunoscător pe perne, îşi înfăşură corpul cu propriile aripi şi *se rugă* să nu fie nevoit să îşi petreacă ziua nunţii cu o mahmureală care să îi facă capul să explodeze. Era bun la multe lucruri, dar absorbirea unor cantităţi inumane de alcool nu era unul dintre ele.

Şi nici mulgerea caprelor...

Nici nu voia să se *gândească* la războiul lui de uzură cu capra de lapte a lui Immanu. Încercând să nu să gândească la capre demonice care îl înfrâng cu coarnele lor mici şi malefice, Mikhail alunecă într-un somn adânc, legănat de sunetul surorilor văduve care pălăvrăgeau despre virilitatea soţilor lor de mult morţi şi îngropaţi.

Capitolul 42

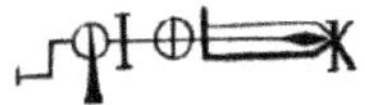

Data Galactică Standard: 152,323.08
Haven-4: Academia Galactică de Antrenament pentru Tineri
Colonel Raphael Israfa

RAPHAEL

Haven-4 nu era tocmai o planetă, ci o lună artificială plasată pe orbită în jurul Parlamentului Alianței, Haven-3. Colonelul Raphael Israfa nu avu ocazia de a admira priceperea inginerească a Împăratului pe măsură ce nava sa se apropia de planetă. Pur și simplu se materializă pe aerodromul bazei.

- Ah, slavă zeilor! exclamă el în momentul în care nava „ac" își deschise marsupiul. Se rostogoli înainte, își dădu jos șosetele și hainele de dedesubt pentru că nava ea atât de mică încât abia de încăpea, și își smulse masca de oxigen; rezistând impulsului de a-și înfoia aripile.

- Colonel Israfa? spuse Delfiniul care fusese trimis să îl întâmpine.

- Așteptai pe altcineva? răspunse el, cu ceva mai multă asprime decât ar fi vrut.

- Domnule, zise intendentul cu trăsături de broască și îi întinse o uniformă proaspăt călcată.

Raphael își trase rapid pe el pantalonii largi și cizmele, iar apoi se îndreptă către infimeria bazei, cu aripile alandala din cauza bluzei pe care se chinuia să o îmbrace. Intendentul țopăia în urma lui, chinuindu-se să țină pasul cu mersul lui alert.

- Cum se simte? întrebă Raphael.

- Nu prea bine, domnule, răspuse intendentul.

- De ce nu ne-ați anunțat mai devreme?

- Astea au fost ordinele, domnule, spuse intendentul, privind în jos. Împăratul nu a vrut să îi distragem mama.

Raphael își încheie cămașa în timp ce înaintau prin dreptul barăcilor în care și *el* fusese crescut; clădire după clădire, cu încăperi de tip dormitor. Cândva, de mult, această planetă era plină de copii hibrizi: Angelici, Centauri, Leonizi și Merfolk; acum însă majoritatea barăcilor erau închise, ferestrele erau ferecate, iar piscina secase complet de când specia Merfolk fuzionase cu specia-soră, Leviathan. O armată de funcționari civili avea grijă de gazon, dar ochii lui de adult puteau întrezăreau ruinele.

Tăiară terenul de paradă, unde copiii tocmai se aliniau înainte de masa de prânz. Vârstele lor variau: erau și copii mici, și adolescenți, toți îmbrăcați îngrijit, în uniforme de cadeți călcate la perfecție, aliniați în funcție de rang, abilități și patrulă. Pe vremea în care crescuse și el la academie, terenul părea mereu înghesuit, dar acum arăta ridicol de mare, copiii fiind împrăștiați pe distanțe largi, pentru a părea mai numeroși decât erau în realitate. Chipurile lor tinere și entuziaste străluceau cu zel religios.

- Care este datoria noastră sacră? îi chestionă sergentul Leonid.

- Să ne înclinăm în fața raselor evoluate natural, răspunseră copiii la unison, și să apărăm Împăratul până la ultima suflare.

Raphael se cutremură. Jurământul îi conferise întotdeauna un sentiment de mândrie – reflecta dorința lor de a lupta și, la nevoie, de a muri în numele Alianței -, dar acum că „ultima suflare" avea să fie a fiului său, nu mai era la fel de încântat de perspectivă.

Intrară în spital, care se lăuda cu o aripă nouă, în ciuda faptului că baza se micșora. Intendentul îl ajută să treacă de un punct de control.

- Aceasta e consoarta Comandantului General Suprem, anunță ea.

Cu o expresie necruțătoare, gardianul îi scană amprentele și deschise ușa din spatele lui. Peretele din dreptul ușii purta urmele unui schimb recent de focuri.

- De ce sunt îndreptate încuietorile spre partea interioară? întrebă Raphael.

- Uneori, părinții vor să își ia copiii și să plece, răspunse gardianul.

Intendentul îl conduse printr-un labirint de holuri, până la o aripă cu tehnologie avansată, care duhnea a moarte și a dezinfectant. Raphael privi îndelung ochii vlăguiți ai părinților care mergeau în susul și în josul holului, fiecare purtând un copil muribund în brațe. Îți puteai da seama că părinții abia de se cunoșteau după modul în care mergeau, nesincronizați. Se holbau la progenitura lor, șocați, de parcă nu ar fi putut recunoaște viața pe care ei înșiși o creaseră.

Spre deosebire de restul planetei, spitalul era plin...

- Nu îmi dădusem seama că situația a devenit așa de gravă, zise Raphael.

Intendentul își șterse o lacrimă din ochii bulbucați.

- Facem tot ce putem, domnule, zise ea. Dar nici acum nu suntem mai aproape de găsirea unui tratament decât eram atunci când a apărut boala.

Îl conduse într-o cameră privată, la capătul secției de terapie intensivă.

- Condoleanțele mele, îi spuse cu blândețe.

Raphael deschise ușa.

Cel mai formidabil general al Alianței stătea pe podea, transformat în nimic altceva decât o grămadă de pene mototolite, suspinând și legănându-și fiul. Era o juxtapunere aproape ireală – camera rece, sterilă a copilului, mama care suspina, perfuziile, monitoarele și firele prinse de bebelușul care se agăța de viață.

- Jophie, spuse Raphael cu greu. Am venit.

Se așeză lângă ea; luându-i și pe ea, și pe fiul pe care nu îl întâlnise niciodată, în brațe. Jophiel își mișcă o aripă pentru a-i permite să se apropie mai mult. Aripile lor se atingeau în partea din față – penele lui aurii se împleteau cele albe ca zăpada ale ei, țesând un zid de apărare împotriva forței aceleia care încerca să le ia copilul.

Uriel era slab și albastru, mult mai mic decât s-ar fi așteptat să fie un copil de cinci luni. Avea o brumă de păr castaniu în cap și pene încă nedezvoltate. Raphael atinse mâna minusculă a fiului său.

- Hei, micuțule. Tati e aici.

Inima îi sări în gât în momentul în care Uriel îi strânse degetul.

- Nu vrea să mănânce! suspină Jophiel. Tot ce face e să plângă.

- De ce nu ne-au spus mai devreme?

- A devenit o practică comună să nu mai anunțe părinții până în ultima zi, spuse ea. Împăratul crede că e *crud* să ne lase să ne privim copiii cum mor.

- Nu e nimic ce putem *face?* întrebă el. Să îl ducem la un specialist? Să cerem o a doua părere?

- Nu există niciun tratament! Avem atâta tehnologie performantă și nici măcar nu știu ce provoacă boala.

- Șșș, îi sărută el tâmpla. Nu e vina ta.

- Ba este! ripostă Jophiel, strângându-și fiul la piept. L-am implorat pe Împărat să mă lase să mă pensionez. Am dat douăsprezece copii Alianței, dar la acesta nu voiam să renunț!

- Și atunci de ce ai făcut-o? întrebă el cu amărăciune.

- Pentru că *trebuie* să ne refacem rasa! răspunse ea. Dacă *eu* refuz, atunci fiecare femelă hibrid îmi va călca pe urme!

- Poate că ar *trebui* să refuzi? spuse Raphael, reproducând replica rebelă pe care o auzise la Glicki. Am lupta de două ori mai mult pentru a ne proteja soțiile și fiii.

- Pur și simplu nu există *destui* dintre noi ca să permită unei jumătăți să renunțe.

Își îngropă fața în umărul lui.

- La naiba cu el! La naiba cu el și cu lipsa lui de inspirație în a crea o rasă de ființe care să se reproducă până la extincție!

- Dar am crezut...

- Contrar credinței populare, spuse Jophiel cu amărăciune, Împăratul Etern nu e nici omniscient, nici omnipotent. Un genetician grozav, da! Dar nu are puterea de a crea viață.

- Nu aș avea de unde să știu, oftă Raphael. Nu l-am văzut decât o dată, de la distanță.

Irișii ei păreau argintii pe fundalul pupilei injectate care îi împăienjenea ochii. Pieptul lui Uriel se ridica într-un soi de sughițuri în timp ce se lupta să tragă în piept fiecare respirație. Aripile minuscule îi tresăreau de parcă o durere îngrozitoare îi chinuia trupul micuț. Raphael își reprimă lacrimile. Și-ar fi tăiat propriile aripi, și-ar fi smuls inima din piept și și-ar fi vândut sufletul pentru a salva micul bebeluș care se agăța de viață chiar în brațele lui.

- Dar Împăratul știe măcar? întrebă el.

„Îi pasă măcar?..."

- Nu am nicio idee, oftă Jophiel. Chiar dacă știe, nu există nimic ce ar putea face pentru el.

Jophiel își odihni capul pe umărul lui. Trăgând-o mai aproape, Raphael continuă să se legene cu ea. Ambii părinți respirau instinctiv în același mod chinuit în care o făcea și fiul lor muribund.

Capitolul 43

1 August — 3.390 î.Hr.
Pământ: Satul Assur

NINSIANNA

Prietenele ei se înghesuiau în dormitorul mic de parcă ar fi fost niște curmale uscate îndesate într-un borcan. Una dintre cele mai binecuvântate zile în care se poate căsători cineva, *Arah Ululu*[37], ziua când cele mai timpurii grâne pot fi recoltate, la jumătatea distanței dintre solstițiul de vară și festivalul de toamnă *Akitu* festival, era deosebit de favorabilă.

- E strâmb, zise mama.

- Nu este! spuse Homa. Doar stă *ea* strâmb.

- Ba chiar e, se arătă Gisou de acord cu Needa. Ai cusut floarea pe tiv. Vezi?

- Trebuie să smulgem marginea asta și să o refacem, spuse mama.

- Mama! se plânse Ninsianna. Nu mai e timp!

În ultima săptămână, fusese atât de ocupată antrenând noii arcași, încât nu avusese *timp* să termine broderia șalului de nuntă. Într-un sfârșit, hotărâse să își invite surorile-arcaș acasă, pentru o petrecere de cusut.

- De ce să nu scoatem doar floarea aia? sugeră Yadidatum.

- Dar dacă facem asta, nu o să mai fie simetric, zise Homa. Am stat toată ziua să mă asigur că sunt la același nivel.

- Nu e ca și cum bărbații și-ar da seama, râse Yadidatum.

- Yadidatum are dreptate, spuse Needa. Poți fie să te căsătorești într-o rochie asimetrică pe care o să o observe toată lumea, fie să te căsătorești într-o rochie dreaptă, cu o floare în minus.

Ninsianna oftă. *Mikhail* avea să își dea seama. Dar lui îi păsa doar de funcționalitate, nu de modă. Criticii ei, pe de altă parte, ar fi ridiculizat rochia „Alesei". Aproape că putea să o *audă* pe nenorocita de Shala făcând glume pe seama ei în timpul ceremoniei.

- Deci? o întrebă mama, ridicând ciobul de obsidian pe care îl foloseau pentru a tăia firele.

Tatăl Ninsiannei spunea mereu că respectul însemna nouă zecimi fast și un dram de carismă, cuvinte care păreau extrem de adevărate judecând după

---

[37] *Arah Ululu*: data coincide cu intrarea în constelația Fecioarei.

modul în care exclamau şi se minunau sătenii la trucurile sale şamanice. Dar Mikhail insista că respectul ar trebui câştigat prin perfecţiune.

Ea se căsătorea cu *el...*

- Scoateţi-o, oftă Ninsianna. Putem să o coasem cum trebuie după nuntă.

Domnişoarele de onoare o dezbrăcară până la şorţul de pânză care îi acoperea şoldurile. Homa smulse floarea, iar Gisou reaşeză centura din spice de grâu pe care o purta pentru a atrage fertilitatea. Yadidatum îi împleti părul, în timp ce Pareesa îi dădea flori şi spice de iarbă de grâu pentru a i le prinde în păr. Needa scoase un vas cu flori de calamus zdrobite şi amestecate cu ulei, şi o unse cu parfumul înmiresmat în spatele urechilor, pe gât şi, chicotind, pe partea interioară a coapselor.

- Mama! zise Ninsianna cu respiraţia tăiată.

- Ai încredere în mine, îi spuse mama. O să îi placă.

Domnişoarele de onoare izbucniră într-un val de chicoteli. Ah, cât de dor îi era de el! De puterea lui tăcută. De imaginea muşchilor lui încordându-se când aducea apă şi de modul în care o purta spre ceruri ori de câte ori ea încerca să îi distrugă formidabilul autocontrol.

Mintea îi alunecă într-o zonă obraznică şi murdară...

- De ce zâmbeşti? întrebă Pareesa cu o inocenţă prefăcută.

- A, fără motiv, răspunse Ninsianna, roşind.

- Eu ştiu la ce se gândeşte! spuse Gisou.

- La toate obrăzniciile pe care o să le facă cu armăsarul ăla chipeş şi înaripat al ei! râse Homa.

- Ştii ce se spune despre bărbaţii cu picioare mari, zise Gisou.

- Ce e cu picioarele mari? întrebă Pareesa fără să înţeleagă.

- Fetelor! le linişti mama Ninsiannei. Avem urechi tinere printre noi!

- Nu e ca şi cum nu aş şti despre ce vorbiţi! se lăudă Pareesa.

- A, da? Şi despre ce vorbim? o tachină Gisou.

- Îi *auzim* pe mama şi pe tata, jos, în dormitor, spuse Pareesa.

Mama Ninsiannei pufni indignată.

- Mama Pareesei v-ar servi capetele pe tavă dacă v-ar auzi, zise ea, uitându-se cu severitate la fetele mai mari. Iar *tu,* domnişoară – îi aruncă o privire răutăcioasă Pareesei – mai ai câţiva ani până să vorbeşti despre astfel de lucruri!

- Da, doamnă! spuse Pareesa coborându-şi privirea, însă ochii ei sclipeau încă a neastâmpăr în momentul în care se uită în lateral, spre Ninsianna.

De când fusese răpită, Pareesa devenise mai serioasă, aşa că această imagine a „vechii" Pareesa era binevenită.

Homa termină rochia din şal. Yadidatum i-o înfăşură în jurul corpului. Prinsă strategic, zona cu floarea lipsă deveni invizibilă.

Afară, pe stradă, o paradă de voci vesele striga la fereastră.

- Ninsianna! o anunţă tatăl ei din josul scărilor. E timpul!

Mama o îmbrăţişă.

- Să mergem.

Brusc, Needa izbucni în lacrimi – lacrimi mari, zgomotoase şi necontrolate.

- Mama? spuse Ninsianna, privindu-şi nedumerită mama de altfel stoică. E ceva în neregulă?

- Nu e nimic, răspunse Needa, ştergându-şi lacrimile cu mâneca. Sunt doar... atât de fericită.

- Fericită?

- Da. Ai şansa să te căsătoreşti cu un bărbat care te *iubeşte!*

Coborâră scările cu zgomot, într-o avalanşă de chicoteli. Ninsianna îşi strânse rochia-şal, rugându-se să nu se prindă în stinghiile scării. În faţa altarului familiei, tatăl o aştepta îmbrăcat în cel mai bun kilt al său, cu ornamentul şamanic pentru cap şi platoşa poleită cu aur. O sărută pe Ninsianna pe obraz.

- Ţine minte, zise el, arătând către mica statuie din lut aflată deasupra cutiei sale de şaman. Cea-Care-Este *însăşi* ţi-a ales soţul.

- Slăvită fie Mama, murmură Ninsianna.

- Slăvită fie uniunea sacră, continuară domnişoarele de onoare jurământul.

Mama îi întinse tatălui un voal diafan de pânză, cel pe care *ea* îl purtase la nunta lor, iar înaintea ei, bunica. Immanu îi aşeză voalul pe păr.

- Asta o să fie prima oară când îi cer zeiţei să binecuvânteze o uniune pentru sânge din sângele meu.

Ochii i se umeziră.

Ninsianna îl sărută pe obraz.

- Nu-ţi face griji, zise ea. Voi fi mereu fetiţa ta.

Tatăl o luă de braţ şi o conduse afară, în stradă, unde o mulţime de binevoitori zăboveau pentru a-i însoţi spre templu. La început, plănuiseră o ceremonie mică, pentru că Mikhail *ura* să fie în centrul atenţiei. Având în vedere că familia Ninsiannei încă îi era datoare căpeteniei cu compensaţiile pentru banii de mireasă, simţea că acele resurse ar trebui limitate la familie şi prieteni apropiaţi. Dar încă din noaptea raidului, *promisul* ei devenise zidul de protecţie al sătenilor zguduiţi. De vreme ce oricum avea loc festivalul *Aruh Ululu*, căpetenia îşi dorea să îi asigure că al lor campion înaripat nu avea de gând să zboare în altă parte.

Cu alte cuvinte, bătrânul zgârcit se oferise să ţină festinul...

Într-o atmosferă ca de petrecere, Ninsianna îşi făcu drum pe străduţe. Binevoitorii se îmbulzeau în urma ei, în timp ce unii dintre cetăţenii cu minţi ceva mai murdare făceau glume deplasate despre transformarea din fecioară în femeie. Ninsianna roşi, înaintând cu obrajii roz pe ultima alee, spre piaţa centrală.

Domnişoarele de onoare îi deschiseră calea spre Templu cu petale de flori. Mikhail stătea pe treptele din faţă, radiind în uniforma Alianţei şi cu medaliile sclipindu-i în soare. Era ceva *divin* în modul în care aştepta în faţa uşii cioplite din lemn, cu formidabilele lui aripi negru-maronii încadrate de arcadă.

Chipul i se lumină în momentul în care o văzu. Zâmbi larg – un zâmbet rar – şi ea îl luă de mână.

- Eşti foarte frumoasă, murmură el.

Ninsianna se simţea atât de zăpăcită încât chicoti.

Tatăl ei intră în templu, iar apoi se întoarse, aducând o grămadă de *qat* care mocnea. Încercui perimetrul, curăţând aerul cu tămâie şi intonând un cântec menit să invoce zeii căsătoriei. La momentul potrivit, îşi ridică mâinile şi chemă cea mai înaltă autoritate seculară – căpetenia, în cazul acesta – pentru a accepta cererea de căsătorie.

Atât *ea,* cât şi Mikhail priviră cu nesiguranţă spre piaţă atunci când apăru căpetenia, purtând cel mai bun costum ceremonial al său. Nu era nicio urmă de Jamin – o insultă teribilă -, dar, judecând după modul în care expiră Mikhail, şi *el* era la fel de entuziasmat de ideea de a-l vedea pe fostul logodnic participând la ceremonie ca ea.

- Suntem gata să începem? întrebă căpetenia Kiyan.

- Da, răspunseră amândoi cu solemnitate.

Căpetenia îi luă de mâini şi îi despărţi.

- A plătit acest bărbat un preţ suficient de mare? îl întrebă el pe tatăl Ninsiannei.

- A plătit prin munca lui, răspunse tatăl, prin faptele sale bune şi promisiunea lui constantă de a acoperi datoriile Ninsiannei.

Căpetenia îi aruncă o privire dură lui Mikhail; fără îndoială, o trimitere la faptul *încă* îi datorau o parte din recoltele pe care care aveau să le smulgă din câmpul de orz al Yaldei şi al Zhilei. Apoi, privi către Yalda şi Zhila.

- Din moment ce nu are familie, înţeleg că *voi* aţi garantat plata finală a preţului miresei?

- Da, garantăm, răspunseră cele două bătrâne într-un glas.

- Căsătoria este sacră, spuse căpetenia, mai mult către sat decât către ele. Doar prin actul procreaţiei, născând copii, crescându-i pentru a contribui la binele comun şi învăţându-i să slăvească zeii pot oamenii să devină nemuritori. Odată ce mâinile voastre se împreunează în căsnicie, se mai pot separa doar din raţiuni de infertilitate sau altă greşeală scandaloasă. Un soţ poate avea doar o soţie, trebuie să o susţină întotdeauna şi să o trateze atât pe ea, cât şi pe copiii lor, cu o mână măsurată. Mikhail, eşti de acord?

Mikhail îi aruncă o expresie nedumerită faţă de implicaţiile legate de bătutul soţiei.

- Da.

- Ninsianna, zise căpetenia, o femeie trebuie să se supună soţului; să nu îl abandoneze niciodată şi să nu iasă din cuvântul lui. Eşti de acord?

La auzul ideii de a nu „ieşi din cuvântul soţului", Ninsianna îi aruncă lui Mikhail o privire care spunea „niciodată în viaţa ta".

- Da, spuse ea.

- Atunci, ca arbitru al legii, accept acest contract de căsătorie.

Căpetenia le împreună mâinile.

- Promisiunea astfel făcută nu poate fi ruptă fără un apel la *lege.*

Căpetenia făcu un pas înapoi. Tatăl Ninsiannei pentru a invoca binecuvântările zeiței. Ridică o urnă cu ulei și smirnă și turnă câteva picături pe o farfurie din lut. Mikhail își cufundă un deget în ulei și îl întinse apoi pe fruntea Ninsiannei.

- Cu acest ulei, îți promit roadele muncii mele, îi spuse el solemn.

Ninsianna procedă la fel.

- Cu acest ulei, zise ea, îți promit roadele pântecului meu.

Soarele se așternu peste ochii lui Mikhail, făcându-i să strălucească în nuanțe extraordinare, nepământești de albastru. Ninsianna abia de conștientiză faptul că tatăl ei le înfășura o cordeluță împletită din spice de grâu în jurul brațelor, simbolizând uniunea celor două spirite într-unul singur, sau parfumul pe care Mikhail îl folosea pentru a-i unge fruntea, declarând:

- ... astfel, vom fi împreună până când moartea ne va despărți.

Cu darul vederii, Ninsianna *văzu* lumina roz, radiantă, care aluneca din inima lui pentru a-i lega unul de altul în lumina acestui angajament.

Immanu o împunse ușor în coaste.

- E rândul *tău* să o spui, zise el.

- Ah! se sperie Ninsianna. Da!

Sătenii râseră.

Ochii lui Mikhail fură cuprinși de seriozitate. Angelicul își duse mâna în interiorul bluzei și scoase „tăblițele de câine", acum transformate în *două* medalioane de argint – unul prins de lanțul de argint original, celălalt, agățat pe un colier din piele tăbăcită.

- Oriunde ai merge, spuse el în Galactica Standard, lasă să se știe că ești *soția* Colonelului Mikhail Mannuki'ili din a doua Alianța Galactică.

Îi prinse colierul de argint la gât:

- Lasă să se *știe* că ești inima și sufletul meu.

O lacrimă se prelinse pe obrazul Ninsiannei. *Asta* nu era parte din ceremonia Ubaidă.

Apoi, Mikhail spuse cu voce tare, în limba Ubaidă:

- Ești *a mea!*

Sătenii izbucniră în urale.

Pe Needa o podidiră lacrimile.

Immanu se umflă în pene de parcă ar fi fost o semeață pasăre *bulbul.*

- Mikhail, zise el, poți săruta mireasa.

În clipa în care buzele lui Mikhail le atinseră pe ale ei, corpul Ninsiannei fu cuprins de o vâlvătaie. El o strânse în brațe, ridicând-o la înălțimea lui – mult mai mare, de altfel. Privind cum sărutul se tot prelungea, sătenii începură să facă tot soiul de glumițe deocheate.

Mikhail își înfășură aripile în jurul propriului corp și al Ninsiannei.

Dorința nu mai trebuia înfrânată, astfel că sărutul căpătă profunzime. Ninsianna icni ușor. Acesta era un bărbat cu totul diferit față de războinicul disciplinat care își menținea mereu stăpânirea de sine.

- Luați-vă o cameră! se amuzară câțiva săteni.

...vocile a doi dintre vorbăreți semănau teribil de mult cu ale Yaldei și ale Zhilei.

Mikhail își purtă buzele de-a lungul obrazului Ninsiannei, șoptindu-i în ureche:

- Vrei să rămânem pentru festin?

- Mmm... murmură ea, cuprinsă de o tulburare de-a dreptul plăcută. Nu?

"Do you wish to stay for the feast?"

Mikhail își înfoie aripile, lansându-se în aer alături de Ninsianna. Fata scânci. oaspeții aplaudară până când cei doi dispărură din câmpul lor vizual.

* * * * *

IMMANU și NEEDA

- Dar ce grabă pe capul lor, nu? zise Needa, strângându-și soțul de mână.

- Măcar ei au așteptat, răspunse Immanu, ciupind-o de fund. Noi nu am făcut-o...

- Dar ei nu știu asta, spuse Needa, iar obrajii ei căpătară o nuanță rozie la gândul primei nopți petrecute alături de Immanu.

- Așa cum Ninsianna nu știe nici că era de mult pe drum când am reușit în sfârșit să organizăm nunta.

- Ce crezi, copiii lor o să aibă aripi? întrebă Needa.

- Doar zeița știe.

Capitolul 44

1 august – 3.390 î.Hr.
Pământ: Satul Assur

JAMIN

Jamin îşi încleştă pumnul în momentul în care Ninsianna spuse „da". Era furios. Era îngreţoşat. Era copleşit de furie şi durere. Voia să plângă. Voia să strige. Voia să implânteze cuţitul drept în inima demonului înaripat.

Se simţea de parcă ar fi fost o suliţă pregătită, gata să se lanseze…

Shahla privi peste umăr, sperând să îl vadă. Făcuse o scenă de toată frumuseţea după ce Jamin refuzase să anunţe că „se căsătoreau" şi inventase nişte scuze pentru faptul că nu îi spusese nici tatălui lui. Îl înnebunea cu discuţii despre nunta *lor,* pe cine aveau să invite şi ce fel de rochie avea să poarte.

Cum ajunsese oare în încurcătura asta? Nu doar că orchestrase uciderea a unsprezece oameni, dar acum mai era şi forţat să pretindă că era îndrăgostit de Shala pentru ca ea să nu spună în tot satul ce făcuse.

Câţiva săteni îi aruncară priviri pline de milă. Cum s-ar fi simţit dacă ar fi aflat că tovarăşii lor muriseră din cauza planului *lui* prost gândit?

Îşi dădu seama că era privit…

O pereche de ochi nefiresc de negri străluceau plini de lacrimi.

- Care-i problema? o întrebă el pe un ton batjocoritor. Eşti geloasă pe propria ta verişoară?

Gita ieşi din umbră asemenea unei fantome palide, costelive, o fiinţă care nu părea să mai fi primit suficientă mâncare din ziua în care fusese adusă pe lume. Era cu un an mai mare decât Ninsianna, dar arăta de parcă ar fi avut aceeaşi vârstă ca Pareesa. Pelerina ei jerpelită din lână, o vechitură aruncată de Shahla, era strânsă în jurul corpului ei de parcă ar fi vrut să o protejeze de frig cu toate că vremea era plăcută.

Furia lui Jamin se domoli în momentul în care observă ochiul vânăt, atât de umflat încât aproape nu se mai deschidea. Brusc, o dorinţă copleşitoare de a *ucide* tatăl care o bătuse într-un asemenea hal năvăli la suprafaţă. Aia era *treaba lui,* să păzească satul. La ce bun era un *Muhafiz* dacă nu îi putea proteja nici măcar pe cei mai vulnerabili dintre săteni? Oh, ce ironie mustea în autoproclamarea Ninsiannei drept *„Aleasă"!* Gita era dovada vie a faptului că fosta sa logodnică necredincioasă şi familia ei erau orice, numai altruişti nu.

- De ce? o întrebă Jamin cu blândețe.

- Tatăl *tău* i-a făcut o vizită, răspunse ea pe un ton acuzator.

- Și ce i-a spus?

- Nu știu, zise Gita. Nu eram acolo. Dar tata a spus că, dacă Mikhail *pleacă,* o să ne alunge pe *amândouă* și o să ne lase să murim în desert.

Obrazul lui Jamin zvâcni. *Știa* cine îl convinsese pe tatăl lui să facă asemenea amenințări. Nenorocitul de Immanu nu voia ca fratele său să îi ispitească premiul și nu îi păsa *câtuși* de puțin că acesta își vărsa furia pe Gita.

Altădată, ar fi așteptat ca Merariy să se îmbete criță, după care l-ar fi atras pe o alee izolată și l-ar fi bătut bine, pretinzând că fusese altundeva dacă îl lua tatăl lui la întrebări. Dar o încheiase cu strategiile de felul acesta! Era *sătul* să aibă grijă de scursurile satului când scursurile erau prea proaste ca să aibă grijă de propria piele!

Obrazul îi zvâcni din nou. Era atât de tensionat încât nu voia decât să urle.

- Nu îți dai seama cât de mult rău îți face povestea asta? zise Gita, atingându-i ușor brațul. E vremea să treci peste...

Ea? Ea îi spunea *lui?* Să treacă... peste? De ce? Ca să sfârșească în exact aceeași poziție ca *ea?*

- Ce vrei, Gita? sâsâi Jamin.

Ea răspunse cu o privire întunecată, care îi amintea de foamea cumplită, de goliciunea pe care o resimțea în inimă încă de când Ninsianna rupsese logodna.

- Vreau să o lași în pace pe Shahla, zise fata. Nu o iubești. Și nu merită să fie folosită.

Vorbea atât de încet... Jamin abia de putea distinge cuvintele în toată acea agitație a oaspeților care se înfruptau din festinul generos pe care căpetenia îl pregătise pentru nunta logodnicei *lui.* Ura îi cuprinse sufletul. Fusese trădat! De propriul tată!

Obrazul îi zvâcni, așternându-i pe chip un rânjet plin de răutate. Se întoarse spre Gita, gata să îi provoace aceeași suferință carnală pe care o resimțea *el* în acel moment.

Cuvintele lui se izbiră însă de un vid. Fata cu ochii negri dispăruse...

Capitolul 45

1 august – 3.390 î.Hr.
Pământ: locul prăbuşirii
Colonel Mikhail Mannuki'ili

MIKHAIL

Mikhail îşi analiză atent nava prăbuşită în timp ce o înconjura pentru a pregăti aterizarea. Deşi nu avea nicio idee cum să repare fuzelajul distrus sau să pună din nou în funcţiuni motoarele, era sigur că nava distrusă avea să fie un loc minunat pentru escapada din luna de miere.

- Iubita mea soţie, zise el în momentul în care picioarele îi atinseră pământul, permiteţi-mi să vă prezint cuibuşorul nostru pentru următoarele două săptămâni.

- Iubitul meu soţ, zise Ninsianna, trăgându-l mai aproape pentru un sărut, chiar trebuie să mai plecăm de aici?

O vâlvătaie îi străbătu corpul dinspre buze către pântece, născând o patimă pe care nu avea să o poată ţine în frâu prea mult timp.

- Dacă mă mai săruţi aşa, mormăi el, *nu* o să mai apucăm să ajungem pe navă.

Ninsianna izbucni într-un râs puternic.

- Cui îi pasă?

Mikhail o ridică în braţe, ordonându-i să aibă grijă la cap în timp ce o căra peste prag, ducând-o înăuntru. Ninsianna scânci în momentul în care văzu ce o aştepta. Se întorcea pe navă pentru prima oară, iar între timp, Mikhail făcuse conştiincios o serie de reparaţii. Cu excepţia crăpăturilor din fuzelaj, interioriul fusese readus la starea sa iniţială, de dinainte de prăbuşire. Nava ar fi părut gata de relansare dacă nu ar fi fost împodobită cu atâtea flori, culese la sugestia Yaldei şi a Zhilei în timpul „sesiunii de sfaturi" puţin cam pilite dinainte de nuntă.

- Cum ţi se pare? întrebă el, aşteptând o reacţie din partea Ninsiannei.

- Oh, Mikhail! exclamă ea, întinzându-se spre gâtul lui şi îmbrăţişându-l. E foarte frumos. Aşa arăta nava ta înainte să te prăbuşeşti?

- Doamnă, vă asigur că nu exista *nicio* floare pe nava mea înainte de a fi doborât, răspunse el cu o expresie care ar fi putut fi serioasă dacă nu i s-ar fi întrezărit surâsul glumeţ.

- Tot efortul ăsta… spuse Ninsianna cu glas timid. Ai făcut toate astea pentru mine?

- Sigur că da, răspunse Mikhail. Doar nu puteam să îmi aduc proaspăta soție pe o navă care nu arăta deloc a navă.

Ninsianna îi cuprinse gâtul cu mâinile, trăgându-l aproape pentru un sărut pătimaş. Degetele i se înfipseră în păr şi trupul i se lipi de al lui. Fiecare instinct îl îndemna să o aşeze şi să o facă a lui chiar în acea clipă, dar voia ca prima lor noapte să se desfăşoare cum trebuie. Nu îşi amintea dacă se culcase vreodată cu vreo femeie, dar ştia în adâncul sufletului că aceasta avea să fie prima oară când avea să *facă dragoste* cu una.

- Mai sunt lucruri de văzut, zise Mikhail, desprinzându-se reticent din îmbrăţişarea ei. Vino… o trase prin dreptul galeriei, decorată la rândul ei cu flori şi pregătită pentru o cină romantică în doi, şi o duse către zona de dormit.

- Ce ai făcut cu paturile? întrebă Ninsianna.

Angelicul dezasamblase cele patru paturi suprapuse, îndepărtase suporturile care l-ar fi împiedicat să unească saltelele şi reasamblase două tăblii în aşa fel încât să formeze un singur pat matrimonial. Împodobise camera cu flori şi zeci de lămpi mici, din lut, care învăluiau încăperea într-o lumină plăpândă, romantică. Se întorsese în sat cu doar o oră înainte de începerea ceremoniei, aripile permiţându-i să pună la cale această faptă romantică pe care nicio fiinţă umană nu ar fi putut-o orchestra.

- Primeşte aprobarea ta, dragostea mea?

- O, da! suspină Ninsianna. Acum sărută-mă…

Mikhail îşi oferi în sfârşit libertatea de a face ceea ce visase să facă încă din clipa în care deschisese ochii şi întâlnise privirea acestei femei frumoase, care ajunsese pe nava lui, nu îi vorbea limba, însă putea să comunice cu el odihnindu-şi palmele chiar în dreptul inimii sale.

Cuprinzându-i talia, o sărută asemenea unui om însetat care bea apă dintr-un izvor sfânt. Ninsianna se poticni puţin cu nasturii lui, eliberându-l din jacheta din ce în ce mai strânsă. Medaliile zornăiră în momentul în care loviră podeaua. Ducându-şi mâinile la spatele rochiei din şal, Mikhail strânse uşor fesele ferme şi rotunde ale Ninsiannei, o trase mai aproape şi gâfâi de plăcere la atingerea abdomenului ei lipit de cea mai intimă parte a anatomiei sale. O ridică în braţe, astfel încât corpul ei să se alinieze cu al lui.

Doi nasturi ai cămăşii îi răsunară pe podea, căci Ninsianna renunţase să se mai chinuie cu prinzătorile ce îi erau complet străine şi rupsese pur şi simplu materialul. Fata îşi lipi buzele de pieptul lui, dând cămaşa la o parte în timp ce el o săruta dinspre lobul urechii spre claviculă. Aripile îi foşniră, cuprinse de fiorul anticipării. Angelicul gemu uşor în clipa în care Ninsianna reuşi să îi dea jos cămaşa şi îi atinse pielea dezgolită.

El bâjbâi cu rochia din şal şi o scăpă de ea, admirând sfârcurile maronii care îi aşteptau deja limba curioasă. Se aplecă pentru a-l suge pe primul, iar apoi pe al doilea, şi Ninsianna gâfâi de plăcere. Se lupta cu mişcări frenetice să îi desfacă fermoarul pantalonilor. Mikhail se descotorosi de cizme şi aproape căzu la pământ în momentul în care fata își strecură mâinile sub bata pantalonilor și îl atinse.

- Îți place? întrebă ea, alintându-i erecția.

Aripile Angelicului se izbiră de perete, cuprinse de o convulsie involuntară.

- Dacă mai faci asta, gâfâi el, povestea asta o să se încheie înainte să înceapă.

Ninsianna aşteptă asemenea unei statui elegante de marmură, cu ochii strălucindu-i de dorință, în vreme ce Mikhail îi atinse cingătoarea delicată care îi ținea acoperământul pe șolduri. Nu era cingătoarea din piele neargăsită pe care o folosea de obicei, ci una împodobită cu flori și primele spice de grâu ale recoltei de vară, reprezentând o rugăciune înălțată Celei-Care-Este pentru ca legătura dintre cei prospăt căsătoriți să fie roditoare. Dând la o parte acoperământul, Mikhail privi uimit movilița de păr care acoperea cel mai intim organ. Carnea îi tremură pe el în timp ce degetele Ninsianna se strecurară sub chiloții săi, trăgându-i în jos.

Ca de obicei, cea care prelua comanda era Ninsianna...

- Ești pregătit? întrebă ea, conducându-l către pat.

Mikhail o întinse pe pat de parcă ar fi fost cea mai fină eșarfă pe care ar fi deținut-o și își sprijini greutatea pe mâini și pe genunchi pentru a nu o strivi. Dat fiind faptul că paturile de deasupra fuseseră scoase din joc, avea suficient spațiu să își întindă aripile. Fiorul anticipării îi ardea în vene. Se luptă să își mențină controlul în timp ce Ninsianna îi explora corpul.

- Ninsianna ... ai făcut vreodată...?

- Nu, răspunse ea roșind. Tu?

Mikhail îi zâmbi cu o expresie visătoare.

- Nu îmi amintesc, zise el. Dar o să încerc să am grijă.

O umbră de frică înnegură chipul Ninsiannei. Angelicului îi era teamă că avea să o rănească atât de tare încât ea nu avea să își mai dorească niciodată să facă dragoste cu el. Surorile văduve îl avertizaseră că trebuia să își amâne propria plăcere și să își satisfacă proaspăta soție înainte de a frânge bariera care avea să o transforme din fecioară în femeie. O sărută până când norul de teamă îi părăsi privirea; îi sărută gâtul, traversându-i sânii, coborând pe abdomen și mângâindu-i coapsele.

- Mă gâdili, chicoti Ninsianna, foindu-se în timp ce el se avânta cu stângăcie pe un teritoriu încă neexplorat.

Îi mușcă ușor buricul, îmbătându-se cu fiorul mușchilor de sub pielea ei moale. Ninsianna mirosea a flori și a săpunul acela din rădăcini vegetale pe care avea să îl asocieze pentru totdeauna cu ea. Când buzele sale coborâră spre movilița stufoasă, fata îl apucă de păr și scăpătă un strigăt. Se retrase din dreptul lui, râzând.

Mikhail o apucă de șolduri și o trase spre el. Ninsianna nu putu să îi reziste, însă ochii ei străluceau cu un amestec de teamă, anticipare și încă ceva – poate o provocare? Angelicul se opri pentru o clipă şi îi mângâie coapsele, dându-i timp pentru a se obişnui cu atingerea lui.

Ninsianna îşi desfăcu picioarele cu un chicotit emoţionat. El privi îndelung către acel loc tainic, de parcă nu mai văzuse niciodată o astfel de minune.

Impulsul de a o *gusta* deveni irezistibil, alimentat de parfumul ei ameţitor de dulce, ca de mosc.

Ninsianna gemu în timp ce el îi sărută coapsele interioare. Testiculele îi trimiteau insistente fiori în corp, dar era *hotărât* să se asigure că prima ei experienţă avea să fie plină de plăcere. Fata se mişcă, deschizându-se şi mai mult pentru limba curioasă a proaspătului soţ. Mikhail sărută faldurile umede şi le desfăcu, bucurându-se de mirosul ei plăcut de mosc. Iată-l. Punctul mic care îl atrăgea, pulsând în aşteptarea atingerii sale. Acolo i se spusese că le place femeilor să fie satisfăcute.

Privi în sus, dincolo de abdomenul ei, către ochii frumoşi, aurii, care străluceau cuprinşi de anticipare. O linse, analizându-i expresia în timp ce întreg corpul i se cutremura. Parfumul i se schimbă. Căpătă nuanţe de pământ. De parcă ar fi fost un pământ fertil, aşteptând ca el să îşi planteze sămânţa. Ninsianna îşi lăsă capul pe spate şi se arcui, împingând capul Angelicului şi mai aproape de acea parte a corpului ei care abia aştepta explozia de eliberare.

Sugând uşor punctul care îi sporea plăcerea, Mikhail nu se putu abţine şi zâmbi la sunetele simpatice pe care proaspăta lui soţie le scotea de fiecare data când el îşi mişca limba. Le mulţumi în minte celor două prietene bătrâne care îi sugeraseră o asemenea tehnică de a face dragoste – la momentul respectiv, ideea i se păruse obscenă. Dar acum se baza pe sfaturile lor mai degrabă decât pe instinct; aşa că strecură un deget în interiorul Ninsiannei, dându-i ocazia de a se obişnui cu atingerea lui. Fata se crispă, iar apoi, dându-şi seama că nu simţea niciun fel de durere, se relaxă din nou.

Îşi arcui nesigură şoldurile, oferindu-i ocazia de a o pătrunde mai adânc.

Dar trebuia să aştepte. Trebuia să aştepte până când ea avea să se obişnuiască cu atingerea sa. Ignoră zbârnâitul mădularului erect care îi cerea insistent atenţia şi se concentră în schimb pe ceea ce simţea *ea*. Ninsianna îşi înclină pelvisul, pentru ca organul ei să îi întâlnească limba. Mikhail dădu la o parte mica membrană care obstrucţiona partial intrarea şi aşteptă până când fata începu să se mişte în jurul degetului său pentru a-şi satisface dorinţa.

Simţea că era aproape de punctul culminant, judecând după sunetele adorabile de pisică pe care le scotea, de parcă ar fi fost un pui căutând sânul mamei. Angelicul îşi scoase degetul şi îi linse moviliţa până când Ninsianna începu să se cutremure. Sucurile dulci explodară pe limba lui, care aştepta. Gâfâind de parcă tocmai alergase la maraton, fata îl apucă de păr şi îl trase în sus, vrând să îşi guste propriul suc de pe buzele lui. Îi zâmbi satisfăcută:

— Nu a durut deloc, spuse ea cu o voce răguşită.

— Ăsta a fost doar aperitivul.

O sărută, iar erecția îi pulsă pe abdomenul ei.

- Ești gata pentru felul principal?

Umbra de frică îi străbătu din nou chipul, căci îngrijorarea la gândul durerii o agita nespus. Mikhail o mângâie până când simți că era din nou excitată. Reprimă fiorul frenetic al bărbăției sale care urla după atenție și se asigură că și ea era din nou pe punctul de a exploda. Voia să fie *și mai* excitată pentru momentul în care avea să îi rupă himenul. Ea îl implore să o elibereze din acea plăcere care o tortura:

- Te rog, Mikhail! se luptă să îi prindă bărbăția între șolduri. Mânată de o dorință frenetică, se ridică și își înfipse dinții în gâtul lui, înșfăcându-i fesele și trăgându-l mai aproape.

Era timpul…

Manevrând intrarea către misterul feminității ei, Mikhail păstră contactul vizual și se frecă ușor de spațiul cald și umed, până când mădularul îi fu învăluit de sucul dorinței proaspetei soții. Umezeala ei călduță și alunecoasă îl cutremură. Cu cât era mai umedă, cu atât mai puțin avea să o rănească.

Pierderea memoriei chiar *era* un lucru minunat, fiindcă nicio senzație resimțită în clipa în care împinse dincolo de bariera ce îi oprea intrarea nu i se păru cunoscută. Alunecă dintr-o singură mișcare lină în acel loc pe care zeii antici îl creaseră pentru a uni două creaturi muritoare într-una singură; Ninsianna îngheță.

- Mă doare, șopti ea, iar durerea îi înnegură privirea.

Mikhail se forță să rămână nemișcat. Să aștepte. Trebuia să aștepte până când *ea* avea să preia comanda sau actul ar fi sfârșit prin a fi... prin a fi...

O umbră îi străfulgeră în amintire; o femeie antică, o voce:

„Trebuie să vă uniți așa cum se cuvine, altfel legătura veșnică va fi incompletă..."

Ninsianna îl sărută, făcând gândul rătăcitor să îi zboare din minte. Trebuia să aștepte sau atfel ar fi rănit-o.

Îi răspune cu patimă la sărut, până când îi simți întreg corpul relaxându-se. Fata începu să se foiască, adaptându-se la atingerea lui, căpătând curaj și începând să se miște în susul și în josul mădularului. Mikhail o distrase mușcându-i ușor gâtul, își arcui spatele și se retrase pe jumătate din interiorul ei, doar pentru a reveni apoi cu mișcări mai lente, până când întregul mădular fu cuprins în locul acela magic. Un val de emoții, de *sentimente* copleșitoare îl învălui. Simți cutremuratul Ninsiannei, pe măsură ce durerea și plăcerea se amestecau, făcând-o să geamă pasional.

Acea senzație îi făcea lucruri pe care era sigur că nu le mai simțise niciodată. Aripile i se izbiră de cearșafuri; câteva pene zburară nebunește în clipa în care Angelicul încercă instinctiv să se lanseze cu iubita lui în aer. Acele mișcări în tandem, ale ei și ale mădularului lui, îl învăluiau într-o căldură pe care nu o mai resimțise niciodată și care îi izbucnea din inimă, ajungând până la extremități și încețoșându-i mintea.

Ninsianna strigă de plăcere. Îl strânse cu putere, bucurându-se de atingerea punctului culminant pentru a doua oară.

În mintea lui Mikhail explodă o avalanşă de stele. Strigă şi el, simţind cum orice urmă de luciditate se pierdea dincolo de trupului lui muritor şi, pentru o clipă, făcea loc senzaţiei unice de a fi zeu. Mintea i se adresă universului, promiţându-i că indiferent de ce avea să vină, nimic nu avea să îl despartă vreodată de ea. Nici măcar moartea.

Epuizat, se prăbuşi lângă soţia lui.

- Înnn...numele zeilor! spuse ea gâfâind. A fost...

- Minunat... completă el, reducând-o la tăcere cu un sărut.

- Spune-mi că mă iubeşti.

- Te iubesc mai mult decât iubesc viaţa însăşi, îi zise el, cuprinzând-o în braţe. Şi nimic nu mă va lua vreodată de lângă tine.

Nu îşi putea aminti trecutul, dar era sigur că nu se simţise niciodată atât de fericit. Îşi aşeză una dintre aripi peste amândoi, acoperind trupurile dezgolite, şi în acea epuizare fericită, alunecară îmbrăţişaţi spre tărâmul viselor.

Capitolul 46

Data Galactică Standard: 152,323.08 D.Î.
Tărâmurile transcendentale
Asclepius – un zeu bătrân

ASCLEPIUS

Rugăciunea reverbera cu o forță care sugera că nu ar proveni de la un muritor, ci de la un zeu aproape la fel de puternic ca EA. Asclepius închise ochii și se concentră asupra *ființei* care ar fi putut face atâta tărăboi.

- Ah, tu ești?

Își extinse particulele de neutrino care îi alcătuiau conștiința, intersectându-se cu cele ale vechiului său prieten și zeu.

Zeitatea, pe care muritorii o numeau Împăratul Etern, dar căruia el i se adresa pur și simplu cu numele pe care îl primise la naștere, Hashem, se materializă pe tărâmul transcendental, aducând cu sine povara unui întreg imperiu galactic.

- Bună ziua, bătrâne prieten, zise Asclepius. Ce surpriză să ne întâlnim!

- Trebuie să îți cer o favoare, spuse Hashem.

- Știi că nu pot să mă implic.

- Eu o fac tot timpul, insistă Hashem.

- Asta pentru că tu *cobori* la nivelul acela, răspunse Asclepius. Manual. Prin propriile eforturi, de parcă ai fi un muritor de rând. Dacă încerci să manipulezi materia, trebuie să răspunzi în fața LUI.

Ambii zei se cutremurară. Cea-Care-Este își conducea universul cu o mână de fier, dar *adevăratul* pericol provenea de la soțul ei primordial, Cel-Care-Nu-Este, de asemenea cunoscut sub numele de Lordul Întunecat. Pentru a-și proteja soția de tatăl malefic, EL hotărâse că nimeni nu avea voie să își folosească puterea pe teritoriul stăpânit de EA. Uneori, reușeau să scape basma curată dacă forțau regulile doar puțin sau i se adresau LUI pentru a-și prezenta doleanțele, dar cererile de exercitare a puterii erau de obicei respinse. *„Mergeți și faceți-vă universul vostru"*, le spunea adesea Lordul Întunecat. Puțini zei o făcuseră, însă. Îndată ce încercau, Cel Malefic apărea și devora noua creație.

- Nu am nevoie de un miracol, zise Hashem. Doar de informații.

- Ce fel de informații?

- Tu ai fost cândva medic; cel mai bun care a existat vreodată.

Înainte de ascensiunea spre tărâmurile ascedentale, Hashem și Asclepius fuseseră o echipă grozavă – unul dintre ei trata simptomele, iar celălalt lucra conștiincios la crearea unui tratament. Hashem fusese *primul* dintre ei care înțelesese cum putea depăși timpul și spațiul, însă la momentul acela hotărâse să nu treacă mai departe.

- Ai nevoie de un miracol? întrebă Asclepius. Dacă da, trebuie să i te adresezi EI.

- Nu, nimic așa de radical, zise Hashem. Am nevoie doar de un diagnostic.

- Și de ce nu ai reușit *tu* să pui diagnosticul? întrebă Asclepius. Ești un genetician incredibil.

- Pot să modific genele unei specii slăbite, dar nu mă pricep deloc la salvarea de vieți individuale, spuse Hashem. Am dat tot ce aveam mai bun, dar soluția continuă să îmi scape.

Asclepius oftă. Dacă Hashem nu fusese capabil să rezolve o problemă genetică, existau șanse reale ca ea să nu poată fi rezolvat deloc. Era intrigat, însă. Acolo, pe tărâmul transcendental, era cam multă plictiseală.

- Cine e pacientul? întrebă Asclepius.

- Uriel, zise Hashem. Fiul Comandantului General Suprem.

Asclepius închise ochii și urmări ițele care îl legau pe Hashem de subiecții săi – atât de mulți subiecți – dincolo de femeia la care se referea și până la copil.

- E pe moarte, spuse Asclepius. A trecut de mult de faza în care i se mai putea administra un tratament.

Ochii aurii ai colegului său se umplură de lacrimi. Dacă exista ceva mai rău decât furia unei zeități transcedentale, era suferința întruchipată de lacrimi. Cerurile se cutremurară, răspunzând pline de emoție la durerea lui Hashem.

- E ceva ce pot să fac? îl imploră el pe Asclepius. Orice?!

- Orice intervenție e interzisă, cu excepția situației în care aș coborî eu de pe tărâmul transcendental. Iar dacă aș face-o, și eu aș fi la fel de orbit și lipsit de putere ca *tine.*

- E doar un bebeluș! strigă Hashem îndurerat.

- Când ai început să îți amesteci armatele, ai fost avertizat că speciile sunt incompatibile din punct de vedere genetic, zise Asclepius. Ar fi trebuit să îți urmezi propria dogmă și să le permiți să își dezvolte abilitățile în mod natural.

- Copilul nu are nicio vină, ripostă Hashem. Nu cred că EA ar trage un bebeluș la răspundere pentru greșelile *mele.*

- Atunci când ți-ai creat armatele, zise Asclepius, ai conceput învelișuri fizice suficient de atrăgătoare încât să ispitești spiritele evoluate de pe tărâmurile transcedentale. Astfel, te-ai supus, și *le-ai* supus, regulilor tărâmului material.

Ambii zei își strânseră mâinile într-un gest ca de rugăciune și își înclinară capetele din respect față de *Cel Neștiut*.

- Ce are asta de-a face cu pierderile îngrozitoare de acum? întrebă Hashem.

Asclepius căzu pe gânduri, căutând o metodă *diplomată* de a-i atrage atenția colegului său asupra petei oarbe care îl încurca.

- De ce te încăpățânezi să nu îți lași subiecții să se descurce singuri?

- De ce?! Pentru că îi iubesc, răspunse Hashem. Sunt precum proprii mei copii.

- *Alegi* să iubești, îl certă Asclepius, iar apoi le refuzi această alegere armatelor care te apără.

- Ce vrei să spui?

- Spiritele lor s-au întruchipat în forme muritoare pentru a avea parte de iubire, dar apoi te-ai răzgândit și le-ai refuzat acest drept pentru ca tu să îți perpetua puterea militară.

- Dar sunt *tatăl* lor, zise Hashem. De ce nu e de ajuns?

- Pentru că refuzi să îi lași să crească, spuse Asclepius. Când evoluează, copiii pleacă de lângă părinți. Dacă faci o treabă bună, în final se vor întoarce.

- Am politici stricte privind semințiile lumești, spuse Hashem indignat. Liberul arbitru este punctul forte al imperiului meu.

- Și totuși îl respingi când vine vorba de creaturile care te *apără*, insistă Asclepius. Și te surprinde că ele refuză să se încarneze în soldați *sclavi?*

Hashem arăta de parcă tocmai fusese plesnit peste ochi.

- Nu sunt sclavi, murmură el.

- Nu sunt considerați „ființe reale", deci nu au drept de vot, explică Asclepius. Sunt *obligați* să servească 500 de ani în armată; nu le oferi liberul arbitru la capitolul ăsta. Îi forțezi să se poziționeze sub orice altă formă de viață din galaxia ta, chiar și cele pre-simțitoare, iar acum nu numai că le-ai interzis să se căsătorească, dar le mai și iei copiii și nu îi lași să îi vadă niciodată!

Ochii lui Hashem se umplură de lacrimi.

- Nu e chiar așa...

- Nu? zise Asclepius. Ei bine, cam așa *arată* de aici, sus.

Hashem începu să străbată locul în sus și în jos.

- Jophiel m-a implorat să nu îi iau copilul acesta, zise el. Vrea să rămână cu tatăl lui și să îl crească așa cum au făcut-o predecesorii ei, înainte să fi apărut problema cosangvinizării.

- Cosangvinizarea e vina ta, îl certă Asclepius. Rasele hibride au trăit natural până când certurile tale constante cu Shay'tan le-au forțat pe toată să se înroleze în armată.

- Cum pot să *repar* asta? întrebă Hashem.

- Dacă îți spun cum să salvezi acest copil, îl avertiză Asclepius, vor apărea consecințe. Ce face Comandantul General Suprem va fi urmat de tot restul armatelor tale.

Lui Hashem îi căzură umerii.

- Jophiel mi-e ca o fiică, spuse el. Doar spune-mi cum să rezolv problema.

Asclepius se luptă să găsească acele *cuvinte* pe care Hashem le-ar fi putut înțelege. Pentru o creatură care renunțase la toată puterea din univers pentru a-și îngriji creațiile, acest zeu era uneori *incredibil* de greu de înțeles...

- Ai creat hibrizii pe baza mamiferelor, spuse Asclepius. Mamiferele aleg să moară de foame decât să își piardă confortul fizic. În încercarea de a conserva diversitatea genetică, le-ai separat unele de altele, izolându-le în medii reci și sterile, până când cele mai fizice dintre ele au început să se usuce pe picioare.

Hashem își trecu degetele prin barbă cu o expresie gânditoare.

- Nu am putut să înțeleg niciodată nevoia asta de a fi atins, zise el. Dar o văd mereu în experimentele pe care le fac. Am amestecat și refăcut nenumărate adaptări, dar tot continuă să moară atunci când părinții îi resping.

Asclepius își reprimă impulsul de a-l pune la punct pe Hashem pentru lipsa lui de luciditate. Ceilalți zei antici râdeau pe seama lui, numindu-l „extraterestru transdimensional". Nu fusese niciodată în tărâmul material, nu îl „înțelegea". Petrecea mult prea mult timp învârtind și răsucind teorii, dar prea puțin în lumea „reală" pentru care renunțase, de altfel, la viața din ceruri. Se zvonea că Cea-Care-Este îl desemnase pe genialul, dar nu prea experimentatul în materie de viață de stradă Hashem să joace împotriva pământeanului Shay'tan ca urmare a unui pariu cu Lordul Întunecat.

- Nu le poți refuza ființelor materiale accesul la iubire, zise Asclepius. Tocmai de aceea au acceptat oferta ta de a se pogorî la început și tot de aceea *refuză* altele să li se alăture, indiferent de cât de tentant ar părea învelișul fizic pe care îl propui.

- Oricum, rasele hibride sunt sortite pierii, oftă Hashem. Soluția ta presupune doar că se va întâmpla mai devreme.

O fărâmă de informație se strecură în subconștientul lui Asclepius. Era ceva ce EA voia ca Hashem să știe, dar nu îi putea spune direct pentru că asta ar fi încălcat pariul pe care îl avea cu Lordul Întunecat.

- Shay'tan are soluția pentru problema ta, șopti Asclepius.

- Ce? întrebă Hashem.

- Șșș! îl opri Asclepius. Am spus deja prea multe.

Hashem înțelese cuvintele de cod „prea multe". Zeii antici dezvoltaseră un astfel de limbaj ascuns pentru situațiile în care aveau nevoie să împărtășească informații cu care Cea-Care-Este sau Cel-Care-Nu-Este ar fi putut să nu fie de acord. Prin urmare, Hashem schimbă subiectul cu pricepere.

- Și copilul?

- Spune-le părinților că trebuie să aibă ei *înșiși* grijă de fiul lor, zise Asclepius.

- Să aleagă să îl iubească? Sprâncenele lui Hashem se împreunară în semn de speranță. Nu știu cum se pune așa ceva în aplicare, dar o să încerc tot ce pot.

Îl apucă de braț pe Asclepius și continuă:

- Mulțumesc, bătrâne prieten! O să țin cont de sfatul tău.

Zeul antic își eliberă strânsoarea asupra tărâmului transcendental. Era nevoie de o voință uriașă pentru a strecura o luciditate atât de vastă ca a lui dincolo de barierele ce separau timpul și spațiul. *Dacă* ar fi avut vreodată de gând să își abandoneze încercarea prostească și să își ocupe locul cuvenit printre cei de sus, măreția sa extraordinară l-ar fi transformat într-un rival pentru Cea-Care-Este. Ceilalți zei nu ar fi recunoscut niciodată acest adevăr, dar îl admirau.

Asclepius își concentră atenția asupra copilului. Părinții lui se înghesuiau unul în altul, respirând la unison cu fiul muribund pe măsură ce acesta se lupta să tragă aer în piept. Asclepius fu cuprins de milă. Doar pentru că se lepădase de mult de forma sa materială asta nu însemna că nu își mai amintea cum se simțea suferința.

Doar un ghiont...

Întinzându-se spre el cu mintea, direcționă un filament minuscul de luciditate în acea parte a corpului micuțului care încerca să se agațe de viață și o întări. Era un ghiont atât de mic încât EL nu avea să îl observe.

De restul se putea ocupa Hashem... și avea să plătească și prețul.

Capitolul 47

August – 3.390 î.Hr.
Pământ: locul prăbușirii

NINSIANNA

Căscând și întinzându-ne pe patul pufos, Ninsianna deschise ochi și descoperi că soțul ei se holba hotărât la ea. Un zâmbet timid i se prefigură în colțul gurii.

- Cred că mi-a cam amorțit aripa.

- Hm?

Ninsianna mângâie aripa enormă, negru-maronie care îi acoperea pe amândoi. Păturile erau mai degrabă o piedică pentru o specie care venea echipată cu propria cuvertură din pene! Fata își purtă degetele printre ele, gâdilând pielea caldă, ca de pasăre.

- Nu aia, spuse Mikhail, iar surâsul i se transformă în ditamai zâmbetul. Cealaltă.

Ninsianna atinse patul de sub ea. Se părea că la un moment dat, în timpul nopții, se rostogolise pe cealaltă aripă și se înfășurase cu totul în ea. Își plimbă degetele printre penele moi și pufoase.

Mikhail tresări.

- Au!

- Ace? întrebă ea.

- Practic, mi-ai tăiat circulația, o admonestă el cu blândețe.

- De ce nu ai zis nimic?

- Nu voiam să te trezesc, răspunse Mikhail, mângâindu-i buzele cu degetul mare și având o expresie duioasă. Mi-a fost teamă că o să mă trezesc și o să descopăr că te-am visat.

- Suntem căsătoriți acum, zâmbi Ninsianna. Până când moartea ne va despărți.

Plăcuțele de câine zdrăngăniră la pieptul lui, amintindu-i în mod nerușinat despre misiunea pe care ea spera să o *uite*. Sprâncenele lui Mikhail se împreunară în semn de îngrijorare. Îndreptă plăcuța geamănă care atârna acum la gâtul Ninsiannei.

Din fericire, zeița îi oferise sexului ei capacitatea de a distrage bărbații. Fata își strecură, deci, mâna în josul abdomenului, descoperind mădularul gata de acțiune, ridicat pentru a-i întâlni atingerea. O plăcere nedisimulată străbătu chipul de obicei serios al Angelicului în timp ce soția sa își mișca degetele în susul şi în josul acelei părţi lacome a anatomiei sale, atrăgând tot sângele în ea.

Mikhail suspină în semn de disconfort, pe jumătate râzând, pe jumătate strâmbându-se de durere în momentul în care acele îi copleşiră aripa amorţită.

- Va trebui să facem ceva care să îţi retrezească aripa, spuse Ninsianna mângâindu-l. Îţi vine vreo idee despre cum am putea să îţi punem sângele din nou în mişcare?

- Dacă mi se mai mişcă mult sângele, răspunse Mikhail mârâind, o să îmi explodeze capul.

Se mută deasupra ei, sărutându-i gâtul şi trăgându-şi aripa cu pricina de sub ambele corpuri. Râse, lăsă să îi scape un *Au* ascuţit, după care râse din nou în timp ce sângele se repuse în mişcare.

- Nu *capul* mă interesează acum, îl tachină ea.

Continuă să îl atingă şi să îl mângâie până când îl făcu să se cutremure sub fiorul anticipării, după care îl invită între picioare.

De această dată, niciunul dintre ei nu mai avu parte de disconfort. Doar de plăcere...

Capitolul 48

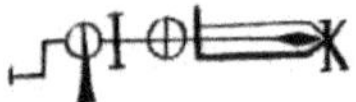

Data Galactică Standard: 152,323.08
Haven-4: Academia Galactică de Antrenament pentru Tineri
Colonel Raphael Israfa

RAPHAEL

Un parfum proaspăt, revigorant îl smulse pe Raphael din somnul lui agitat. Privi în jos, către bebeluşul care dormea cuibărit în braţele mamei sale. Oare doar îşi imagina sau chiar respira mai uşor?

Mirosul de ozon deveni mai puternic, de parcă ar fi dormit într-o pădure în care aerul fusese curăţat de furtună şi împrejurimile fuseseră învăluite de lumina soarelui. Într-un colţ, praful strălucea, cu toate că nu exista nicio sursă de lumină. Dură câteva momente până când Raphael îşi dădu seama că avea în faţă o fiinţă transcendentală, concretizându-se în formă fizică.

Raphael sări direct în picioare şi îşi scoase arma cu impulsuri. Cu mâinile tremurânde, o îndreptă către Împăratul Etern.

- Nu vă las să îl luaţi!

Îşi înfoie aripile pentru a părea mai ameninţător... în faţa unui zeu?

Zeitatea cu ochi aurii păru vag surprinsă, dar chipul i se contorsionă în semn de înţelegere.

- Pune aia la loc, fiule, zise el. Nu am venit ca să îl rănesc pe Uriel.

- Dar am crezut...

- Că am venit să îţi iau fiul spre tărâmul viselor?

Împăratul privi către bebeluş, având o expresie îngrijorată.

- Am făcut tot ce am putut ca să îl *ţin* în viaţă. Restul ţine de el.

Raphael analiză înfăţişarea Împăratului. În locul robei albe pe care o purta de obicei în hologramele de preaslăvire, el avea acum un halat obişnuit de laborator, cu nasturii prinşi greşit şi gulerul strâmb. Pete verzi, provenind de la vreo substanţă chimică, îi brăzdau haina, iar părul gri-argintiu îi stătea în toate direcţiile, conferindu-i aspectul unui om de ştiinţă nebun care tocmai făcuse o noapte albă. Dacă *divinitatea* nu ar fi strălucit în ochii săi aurii, dacă Raphael nu ar fi văzut cu ochii lui apariţia mistică, ar fi putut să îl confunde pe însuşi Împăratul cu un medic de rând.

- Te rog, Colonel, spuse Împăratul, făcându-i semn să îşi coboare braţele. Pune-ţi arma la loc în teacă.

Raphael îşi dădea seama că Împăratul ar fi putut să îl paralizeze pe loc dacă ar fi vrut. Fâstâcindu-se ca un cadet din anul I, îşi strecură arma la loc, după care îngenunchie, lăsând viaţa fiului său la mila Împăratului.

- Nu e nimic ce puteți face pentru el? Vă rog! E doar un copil!

Împăratul Etern Hashem oftă resemnat.

- Contrat convingerilor tuturor, spuse el, nu sunt nici omnipotent, nici omniscient. Dacă aș avea puterea de a rezolva toate problemele, atunci problemele nu ar mai exista.

După ce făcuseră dragoste în cadrul întrevederii de împerechere care li-l adusese pe Uriel, Jophiel îi vorbise despre Împărat de parcă ar fi fost un soi de tată pentru ea, dar asta era prima oară când Raphael vedea această latură a împăratului și zeului. Cum putea cineva atât de puternic să arate atât de muritor?

- Asta înseamnă că Uriel va muri, nu-i așa? spuse el cu ochii plini de lacrimi.

Era ușurat că Jophiel dormea, pentru a nu a auzi că fiul lor era sortit pieirii.

- Nu, nu va muri, oftă Împăratul. Am fost la un vechi prieten și l-am rugat să intervină. Fiul tău va trăi, dar acum trebuie să suport consecințele acestei alegeri.

Raphael își acoperi gura cu mâinile în încercarea de a nu suspina. Impulsul de a izbucni într-o avalanșă de mulțumiri fu temperat de aspectul atât de bătrân și obosit al Împăratului, care arăta de parcă nu ar fi cărat doar povara Alianței, ci și povara întregului univers pe umerii săi. În tot acest timp, cât el și ceilalți cetățeni se rugaseră la Împărat pentru ajutor, poate că de fapt Împăratul însuși avusese nevoie de ajutor de la *ei.*

Ce spusese Jophiel, mai exact? *Nicio* creatură nu poate coordona ceva atât de vast ca imperiul acela de unul singur, nici măcar Împăratul Etern. El avea nevoie de *ea,* avea nevoie de *el,* avea nevoie de ei toți, de fiecare cetățean în parte, să lupte pentru a proteja ceea ce construise.

Ce spusese Jophiel, deci? *„Noi TOȚI suntem soldați ai Zeului, de la cel mai puternic erou la cea mai firavă bătrânică, și ne rugăm pentru un viitor mai bun...”*

- Cum vă pot ajuta, Maiestatea Voastră?

- Urmează-ți inima, spuse Împăratul. Asta este alegerea pe care am făcut-o, să *iubesc.* Chiar dacă nu pare să aibă niciun sens.

- Nu prea înțeleg, zise Raphael, iar aripile i se înălțară în semn de nedumerire.

- Asta *înseamnă* că Jophiel *însăși* trebuie să își crească fiul, răspunse Hashem, întâlnind privirea lui Raphael. Și nu o să o opresc nici din a alege să fie cu *tine* dacă asta e ceea ce inima ei cere. Dar țineți minte... ce face Jophiel va fi urmat de toți ceilalți. Înțelegi? Înțelegi ce preț uriaș trebuie să plătim *cu toții* pentru a ne urma inima?

Magnitudinea acestei alegeri se abătu asupra umerilor lui Raphael. Legile de împerechere fuseseră impuse cu un *motiv...*

- Dacă ne căsătorim, spuse Raphael înghițind cu greu, rasa noastră va dispărea, nu-i așa?

- Va dispărea oricum, oftă Împăratul. În ciuda eforturilor mele, specia voastră continuă să fie decimată. Dar am auzit un zvon. Se pare că Shay'tan ar dispune de soluția salvatoare.

- Shay'tan, domnule? Ce fel de soluție?

- Nu știu! spuse Împăratul cu un gest de frustrare. Prețul pe care îl plătesc pentru decizia de a rămâne *aici,* pe tărâmul materialității, este neștiința!

- Dar Majestatea Voastră, spuse Raphael ridicându-se în picioare, eu sunt ofițer în serviciul de informații. Un ofițer *bun.*

- Atunci poate reușești să ajuți? zise Împăratul arătând către copilul care dormea. În schimbul vieții fiului tău, trebuie să mă ajuți să găsesc soluția pe care a găsit-o Shay'tan. Oricare ar fi ea. Soarta Alianței depinde de asta.

- Nu vă voi dezamăgi, Maiestatea Voastră, exclamă Raphael. Vă dau cuvântul meu!

Oricare ar fi fost asul din mâneca solzoasă a lui Shay'tan, cu siguranță avea de-a face cu concentrarea misterioasă de forțe din Sectorul Zulu și cu prietenul lui dispărut! *Știa* asta, adânc în străfundurile lui.

Jophiel se foi chiar în clipa în care Împăratul Etern dispăru licărind din încăpere.

- Ce-a fost asta?

Raphael o sărută pe frunte și o strânse în brațe.

- Șșș...

Îi întinse degetul lui Uriel, pentru ca acesta să își poată înfășura propriile degețele în jurul mâinii tatălui său. În mod *clar* respira mai ușor.

- Uite, Jophie, zise Raphael. Cred că fiul nostru va supraviețui.

Capitolul 49

August – 3.390 î.Hr.
Pământ: Satul Assur

JAMIN

Sulițele erau adunate grămadă, cu cingătorile gata de a fi înfășurate în jurul mâinilor războinicilor. La marginea câmpului, pregătise deja ținte proaspăt vopsite cu sânge de capră și le așezase la distanțe diferite. Astea erau arme *adevărate*. Arme de bărbați. Nu mănunchiuri de bețe cu sfori. Era vremea să le amintească oamenilor săi *cine* era *Muhafizul*.

Jamin privi pieziș către propria umbră, după care spre soare – trecuse mai bine de o oră de la prânz. Îi dăduse instrucțiuni foarte clare băiatului – trebuia să găsească toți războinicii de elită și să îi cheme la antrenament la ora prânzului. Având în vedere că Mikhail era în luna de miere, *acum* era momentul potrivit să preia din nou controlul.

O coțofană zbură pe deasupra capului său, parcă batjocorindu-l cu croncănitul ei asemănător unui râset. Jamin aruncă o piatră spre ea, însă nu reuși să nimerească o creatură care zbura. Furios, își înșfăcă sulița și dădu buzna înapoi în sat. Își găsi mesagerul zăbovind în dreptul fântânii. Îl apucă de păr.

- Unde sunt?! întrebă.

- N-nu au putut să vină, se fâstâci băiatul.

- UNDE SUNT?

- În livada cu curmali, răspunse băiatul, acoperindu-și fața. Imediat după câmpuri.

Mârâind ca un leu furios, Jamin își făcu drum prin poarta nordică, apoi coborî în josul cheilor, dincolo de câmpuri, către locul în care holdele se împuținau. Îi găsi pe războinicii de elită înconjurați de femei și o mână de băiați care încă nu ajunseseră la vârsta adolescenței.

- Acum vă antrenați cu copii? strigă el.

- Tatăl tău ne-a *ordonat* să ne antrenăm, răspunse Siamek.

- Și *eu* v-am ordonat să veniți la vest de sat!

Alalah, o femeie de vârstă mijlocie, mamă a opt copii, interveni între el și războinici.

- *Eu* le-am spus să vină aici, zise ea, agitând un deget în fața lui Jamin.

- Iar *eu* sunt superiorul tău!

- Iar *căpetenia* e superiorul *tău,* spuse Alalah. Cum putem să apărăm satul ăsta dacă tocmai fiul căpeteniei tot încearcă să dea peste cap ordinele?

Jamin ridică mâna, gata să o lovească, dar cotoroanța neobrăzată ridică un deget către el și spuse:

- O să răspunzi în fața tatălui tău.

La *naiba* cu tatăl său! Immanu aruncase o vrajă asupra lui, cântându-i baliverne despre oameni din cer. Iar acum îi fermecase și pe *oamenii* lui.

Se răsuci către Siamek și arătă către femei și copiii „arcași".

- Nu vedeți? sâsâi el. Face asta ca să vă *umilească!*

Micul drăcușor, Pareesa, se strecură între el și războinicii de elită.

- Mikhail face *asta* ca să nu ne omoară săgețile Halifienilor.

Jamin își ridică sulița. Era cioplită într-un lemn rar, închis la culoare, și avea un vârf confecționat din cel mai fin obsidian, ținut deasupra focului până când lemnul se întărise, și împodobit apoi cu simboluri care îi ilustrau rangul. Câștigase trei Festivaluri ale Solstițiului cu această suliță, omorâse vânat după vânat și ucisese chiar și bourul care îl spintecase ca pe un pește în timp ce se lupta să își mențină intestinele la locul lor și să nu leșine.

- *Asta* e o armă, sâsâi el. Nu bețele voastre prostești!

Pareesa făcu o față ca de șoarece.

- Ți-e frică doar că o să te bată o fată.

Femeile chicotiră. Câțiva dintre războinicii de elită își acoperiră gurile cu mâna ca să nu îi râdă în față.

Jamin se întinse să o plesnească, dar Pareesa se strecură din calea lui. O prinse de braț, dar ea îi pocni încheietura și îi dădu degetul peste cap, făcându-l să strige de durere.

- La naiba cu tine! Eu sunt *Muhafizul!*

Își trânti sulița la pământ, la câțiva centimetri de piciorul fetei. Femeile încetară să mai râdă. Sulița tremură a energie neatinsă.

- Nu mi-e frică de tine!

Cu o mișcare rapidă, Pareesa își scoase săgeata din teacă, își pregăti arcul...

- Picior!

... și lansă o săgeată.

Ateriză chiar în dreptul încălțărilor lui Jamin, atât de aproape încât rupse pielea.

- La dracu'!

Se aruncă asupra ei, *gata* să o rănească acum.

Pareesa căută din nou în teacă.

- Mână!

... și lansă a doua săgeată.

Jamin remarcă zbârnâitul arcului *după* ce resimți durerea săgetându-i mâna ridicată. Se uită neîncrezător la ea. Pareesa îl *nimerise?* O dâră de sânge se scurgea în jurul săgeții și îi aluneca în palmă.

Copiii rânjiră.

- Panaramă ce eşti!!!

Îşi smulse suliţa din pământ cu mâna rănită. De data *asta* avea să o *omoare*. Pregăti suliţa...

- Inimă!

Pareesa întinse o a treia săgeată şi ţinti către pieptul lui Jamin. Ochii ei căpătară o privire întunecată, ca de moarte, care îi străbătu testiculele.

- Gata!

Siamek sări între ei, smulgând suliţa din mâna lui Jamin înainte ca acesta să aibă ocazia de a lovi. Ochii îi erau sălbatici şi plini de teamă.

- Jamin, te rog!

Pareesa sâsâi ceva în limba Cherubimilor.

Jamin îngheţă...

Fata stătea la fel de rece şi lipsită de emoţie ca mentorul pe care îl imita; avea arcul gata de atac şi se asemăna atât de mult demonului înaripat încât abia de putea să nu şi-o imagineze cu o pereche de aripi. Aerul nu reverbera cu acea voce pătrunzătoare care îi vorbise în ziua în care Mikhail ucisese Halifienii la canoea cerească, dar Pareesa era una dintre ei acum. Un inamic. Ba chiar le vorbea şi limba.

- Pareesa este cel mai bun arcaş al nostru, spuse Alalah cu un glas detaşat. Nu voi tolera acest gen de comportament şi nici căpetenia nu o va face! Acum mergi acasă şi ai grijă de mâna aia!

Jamin se furişă spre casă, ţinându-şi mâna cu grijă; săgeata îi ieşea din piele, atrăgând atenţia întregului sat. Nimeni nu îndrăzni să sufle vreun cuvânt. Nici măcar vocea aceea mică şi răutăcioasă care începuse să îi şoptească în vânt.

Nu îi păsa *cât* avea să dureze. Avea să o ucidă...

Capitolul 50

August – 3.390 î.Hr.
Pământ: Satul Assur
Colonel Mikhail Mannuki'ili

MIKHAIL

Temperatura scădea simţitor pe măsură ce se apropiau de râu. Câinii lătrară şi copiii alergară pe străzi strigându-le numele, în timp ce Mikhail înconjura satul în zbor. Ninsianna le făcu tuturor cu mâna şi răspunse fiecărui copil cu numele mic, aproape dezechilibrându-şi soţul. Într-un sfârşit, ateriză într-o frenezie de pene, la câţiva paşi de uşa din faţă. Înainte ca fata să aibă ocazia de a se elibera din strânsoarea lui, Angelicul păşi peste prag. Aripile i se prinseră de tocul uşii, căci intrarea era prea îngustă pentru a permite şi trecerea ei, şi trecerea aripilor lui, dar Ninsianna râse. Se strecurară prin uşă la un unghi ciudat, lăsând în urmă o dâră de pene.

- Soţia mea, spuse el, lăsând-o jos.

- Soţul meu, răspunse ea, ridicându-se pe vârfuri pentru a-l săruta.

Priviră amândoi cu atenţie camera prea mică. Şi înăuntru era la fel de înnebunitor de cald ca afară.

- Casă dulce casă, zise Ninsianna fără prea mult entuziasm.

- Pentru moment, spuse Mikhail. Măcar până când reuşesc să construiesc casa visurilor noastre.

Casa pe care şi-o imagina nu semăna deloc cu celelalte din sat. Tavanul avea să fie înalt, pentru a-i permite să îşi întindă aripile, şi aveau să pună multe ferestre pentru a prinde briza. Bucătăria avea să fie suficient de mare încât să încapă toată familia – cu *mulţi* copii – şi toţi prietenii, iar baia avea să fie una reală, cu apă curentă. Pentru a ridica o asemenea construcţie avea nevoie de timp, însă. Şi pentru a face rost de timp trebuia să se grăbească şi să termine antrenamentele sătenilor, astfel încât să se poată ocupa de *ei înşişi!*

- Văd că părinţii noştri ţi-au mutat lucrurile de aici, spuse Ninsianna. Bănuiesc că le-au dus în camera mea?

- Unde o să dormim foarte, FOARTE aproape unul de celălalt!

O trase mai aproape şi îi sărută gâtul până când ea izbucni în râs. Camera Ninsiannei era foarte mică, iar patul era şi mai mic. Nu avea să aibă suficient loc să îşi întindă aripile fără să le izbească de perete.

Sunetul unor voci îi atenţionă că nu mai erau singuri. Părinţii Ninsiannei se întorseseră de la câmp în momentul în care îi văzuseră pregătindu-se de aterizase. Atât Immanu cât şi Needa cărau coşuri pline cu foloasele muncii *lor,* ale muncii de familie, pe care o depuseseră cu doar câteva luni în urmă. Dintr-un motiv sau altul, totul părea *în ordine* acum.

- Bine aţi venit acasă! spuse Needa, îmbrăţişându-i şi sărutându-le obrajii amândurora. Bănuiesc că aţi avut parte de o lună de miere roditoare?

- Mama! exclamă Ninsianna, roşind la auzul trimiterii.

- Fac tot ce pot, doamnă, răspunse Mikhail, zâmbing larg şi trăgând-o pe Ninsianna mai aproape pentru o îmbrăţişare.

Pentru cineva care se străduise atât de mult să îşi ţină libidoul în frâu, îi plăcea *mult* să facă dragoste cu soţia lui.

- Mikhail! exclamă din nou Ninsianna. Eşti *mai rău* decât ea!

- Cina o să fie gata într-o oră, anunţa mama. Mikhail, crezi că ai putea să mergi să mulgi capra?

Mikhail mârâi. El, Colonel al Forţelor Speciale Angelice, cel mai aprig războinic pe care îl văzuse vreodată acest sat, aşa-zisa sabie a zeilor care conduceau galaxia, pierdea de fiecare dată bătălia cu foarte recalcitranta capră de lapte. Indiferent ce încerca, să o ispitească cu mâncare, să o forţeze sau să o tortureze, capra nu voia să coopereze. De obicei, sfârşea prin a vărsa cam tot atâta lapte cât mulgea.

- Un bărbat înţelept trebuie să înveţe să *convingă* o femeie circumspectă, spuse Immanu, privindu-l cu subînţeles. E singura ta slăbiciune...

- Capra? întrebă Mikhail.

- Nu... darul persuasiunii, zise Immanu, arborând cea mai enigmatică privire de şaman posibilă. Un lider înţelept nu trebuie să ştie doar cum să îşi înfrângă inamicii în luptă, ci şi cum să îi convingă. Trebuie să depăşeşti această slăbiciune.

Mikhail medită o vreme la cuvintele criptice ale lui Immanu, după care zâmbi larg:

- Sună ca o scuză ca să mă faci pe *mine* să mulg capra în locul tău.

- Şi asta, râse Immanu.

O oră mai târziu, cu o ghirlandă de urme de copite pe pantaloni, Mikhail se aşeză la masă alături de restul familiei şi încercă să afle ce se mai întâmplase când lipsiseră din sat.

- Alalah şi Pareesa au ţinut ore de antrenament pentru mânuirea arcului cu războinicii de elită, spuse Immanu. Se descurcă destul de bine.

- Şi Jamin?

Ninsianna îi remarcă privirea dură şi îl strânse de mână.

- Dragule... avem nevoie de el. E cel mai bun războinic din sat.

- Jamin nu o să mânuiască nici un arc şi nici altceva pentru o vreme, zise Immanu. A încercat să o necăjească pe Pareesa. Mica ta *çok puan ile mızrak* nu prea a arătat milă.

Çok puan ile mızrak... sulița cu vârfuri nenumărate. Sau, după cum o numea *el* în glumă, „mica armă de distrugere în masă". De când fusese luată ostatică și scăpase, Pareesa își dedicase tot timpul învățării artei războiului.

- Ați discutat despre asta cu căpetenia? întrebă Mikhail.

- Căpetenia a fost de partea Pareesei, răspunse Immanu. Jamin nu ar trebui să îi submineze autoritatea descurajând războinicii de la a se antrena.

- Bun, pufni Mikhail satisfăcut.

- Ar trebui să îți protejezi spatele în preajma lui, zise Needa cu o expresie îngrijorată. Dacă prinde vreodată ocazia să te atace...

- Știu.

Își reprimă impulsul de a merge și a *sugruma* fiul căpeteniei.

- Și cum a rămas cu ceilalți recruți?

- Căpetenia *însăși* i-a antrenat, zise Immanu mândru. Le-a arătat că noi, ăștia mai în vârstă, încă mai stăpânim câteva trucuri bunicele.

Terminaseră de luat cina pălăvrăgind despre ce se mai întâmplase în absența lor. Nerăbdător să ajungă în cameră, Mikhail își luă soția îmbujorată de mână, le ură noapte bună părinților ei și o trase pe scări, încercând din răsputeri să nu facă *prea mult* zgomot în timp ce își izbea aripile de pereți.

Capitolul 51

ΔΥƏΠΔΠϚ

Data Galactică Standard: 152,323.08 D.Î.
Haven-1: Palatul Împăratului Etern
Comandant General Suprem Jophiel

JOPHIEL

Un bot maro, ca de dragon, se iți din dreptul uşii în care Jophiel aştepta, flancată de două gărzi Cerubime care primiseră ordinul de a o aduce înăuntru imediat ce ajungea. În momentul în care o zări, Dephar rânji mulţumit.

- Aa! Jophiel! Intră!

Dragonul Mu'aqqibat deschise uşa larg, iar ochii urii îi căpătară o strălucire şi mai puternică, fiind însemnul unei creaturi pre-transcendentale.

- Îl găseşti în locul lui obişnuit.

Jophiel îi mulţumi dragonului lipsit de aripi, zvelt şi înalt asemenea şerpilor care flancau caduceul lui Asclepius, simbol al cunoaşterii şi al înţelepciunii, în ambele părţi.

Dephar o făcuse întotdeauna să se simtă binevenită, chiar şi atunci când venea pe nepusă masă şi întrerupea studiile Împăratului din cauza vreunei urgenţe militare. Îl mută pe Uriel, care dormea, pe şold, în aşa fel încât să poată saluta cum se vine geniul ştiinţific al Împăratului, şi îl întrebă pe Dephar despre *propriul* studiu înainte de a-şi face drum prin labirintul de cuşti.

Era un spaţiu care părea să vibreze, iar totul era aruncat alandala, în ciuda eforturilor depuse de armata de tehnicieni laboranţi care încercau să menţină totul în ordine. Jophiel îl găsi pe Împărat aplecat deasupra unui experiment, cu halatul de laborator încheiat complet aiurea. Nu se lăsă jignită de faptul că acesta nu îi remarcă prezenţa de îndată. Muncă Împăratului necesita concentrare absolută.

- Şşşş! spuse el. E pe punctul de a ecloza.

Împăratul îi făcu semn să se apropie de incubator, pentru a fi martora creaţiei aflate în progres. Nişte ouă ca de piele, de dimensiunea unui pumn, aparţinând probabil unei şopârle, unei broaşte ţestoase sau unui şarpe se cutremurau pe măsură ce începeau să eclozeze. Aşa îl iubea Jophiel cel mai mult. În laborator, purtând haine şifonate, care arătau de parcă ar fi dormit în ele, ocupat până peste cap cu crearea unor diferite forme de viaţă.

- Ce sunt? întrebă ea, privind o gheară care scobea coaja unuia dintre ouă.

- Gourocki de pe Gemini-28, răspunse Împăratul, concentrându-se. Dragoni de pământ în miniatură. Aproape dispăruți. I-am îmbunătățit un pic. Să vedem dacă modificarea îi va ajuta să supraviețuiască.

- Care e îmbunătățirea?

- Doar un mic reglaj, zise el. Tu să-mi spui!

Primul pui de dragon ieși cu greu din coaja lui, tânguindu-se. La scurt timp după aceea, îl urmară alte două duzini. Cu toții arătau identic, cu excepția ultimului, care nu ecloza. Împăratul luă oul și îl studie atent.

- Ar *trebui* să eclozeze, zise el perplex. Testele mele au arătat că toate ouăle conțin embrioni în dezvoltare.

- Nu îmi dau seama care e îmbunătățirea, spuse Jophiel. Nu mă prea pricep la gourocki.

- Să vedem cum reacționează mama lor.

Trase o cușcă mai mare aproape, până când ușile li se suprapuseră, după care le deschise, permițându-i gourockului adult, de mărimea unui câine, ale cărui ouă fuseseră îmbunătățite, să își vadă progeniturile.

- Haide, mămico... o încurajă Hashem. Hai să vedem dacă-ți plac puiuții cei noi!

Mama gustă aerul cu limba ei bifurcată și intră în cușcă, întinzându-și ghearele pe sol, pentru a-și menține echilibrul. Era o creatură care evoluase într-un mediu uscat. Își recunoscu ouăle și își analiză puii. Adulmecând în mod specific, scăpătă un strigăt reptilian pentru a-și chema progeniturile aproape de ea.

- Ah, acum văd! șopti Jophiel, uimită de subtilitatea modificării pe care o adusese Împăratul. Au labe palmate și pielea arată puțin diferit. Pot supraviețui într-un climat mai umed!

- Și sunt și mai deștepți! Gemini-28 se confruntă de la o vreme cu schimbări climatice. Nivelul mării crește. În scurtă vreme, nu vor mai avea mult teren uscat pe care să se deplaseze. Puii aceștia vor supraviețui unui mediu mlăștinos.

Pe măsură ce îi priveau, ultimul ou rămas începu și el să se cutremure. O gheară mică își făcu loc prin coajă. Jophiel șopti:

- Haide, micuțule...

Ultimul pui ecloză și el, dar evoluția sa de la o creatură deșertică la una adaptată mlaștinilor era mult mai extremă. În vreme ce frații săi aveau labe ușor palmate și pielea mai netedă, aceasta prezenta trăsături acvatice mult mai pronunțate. Picioarele îi erau mai mari, complet palmate, asemenea unor înotătoare; pielea îi era la fel de moale ca a unei broaște, iar coada avea o aripioară care să îi permită să alunece în apă. Capul îi căpătase o formă mai aerodinamică, astfel încât să poată înota fără prea mult efort, dar și să adăpostească un creier semnificativ mai mare. Mama gourock sâsâi și lovi puiul cu coada, respingându-l. Puiul gourock se chirci la pământ și schieună.

- Și astea sunt consecințele faptului că mă joc cu lucrarea Celei-Care-Este, spuse Hashem, ridicând mica șopârlă și punând-o într-o cușcă separată.

Milioane de astfel de cuşti stăteau aliniate de-a lungul pereţilor laboratorului, fiind dovada experimentelor constante.

- Bietul de el, spuse Jophiel, trăgându-l mai aproape pe Uriel. Mama lui nu l-a vrut.

Împăratul oftă.

- Obişnuiam să cred că pot pur şi simplu să creez viaţă şi că totul va fi bine, zise el. Dar pe măsură ce îmbătrânesc, îmi dau seama că *toată lumea* are nevoie de o familie.

O privi pe Jophiel în ochi.

- Ce ar trebui, deci, să facem pentru a rezolva problema?

- Aş vrea să îmi prezint demisia, domnule, spuse ea. Acum că bebeluşul îmi ocupă atât de mult timp, nu îmi dau seama cum aş mai putea să apăr Alianţa.

Împăratul îi zâmbi meditativ.

- Mi-ar *plăcea* să îţi pot îndeplini această dorinţă.

- Nu e o dorinţă, zise Jophiel. Vreau să mă trimiteţi la *Curtea Marţială*.

- Eşti cel mai de încredere consilier al meu, spuse Hashem. Fără *tine*, mi-e teamă că Alianţa se va destrăma.

- Dar hibrizii refuză deja să îşi mai predea copiii! protestă Jophiel. Cer să li se permită să îşi crească şi ei copiii aşa cum o fac *eu*. Vă rog, domnule! Concediaţi-mă ca pe un trădător şi condamnaţi-mi acţiunile. Împărăţia dumneavoastră depinde de asta!

- Numai Shay'tan ar căuta un ţap ispăşitor, oftă Împăratul. Asta e greşeala *mea*, deci eu trebuie să suport consecinţele.

- Dar domnule!

- Dar nimic, zise el. Demisie respinsă. Voi delega o bonă Delphinium care să te ajute în permanenţă cu Uriel câtă vreme eşti la comanda navei. Iar în momentul de faţă pun cap la cap o echipă de experţi care să stabilească cum le pot permite şi *celorlalţi* hibrizi ai Alianţei să îşi vadă copiii fără a pune în pericol stabilitatea flotei.

- Dar eu o să...

- Alegi să iubeşti, spuse Hashem cu fermitate. E noua mea politică. Tu vei fi primul meu subiect de probă. În final, sper să pot aplica politica în întreaga galaxie.

- Să aleg să iubesc? întrebă Jophiel, neştiind ce să spună. Cum ar trebui să funcţioneze asta?

Ochii aurii ai lui Hashem sclipiră.

- Nu am nicio idee, spuse el. Va trebui pur şi simplu să improvizăm odată cu mersul lucrurilor.

Mintea lui Jophiel trecu imediat în revistă toate *dificultăţile* pe care o astfel de politică i le-ar cauza, cu atât mai mult dacă s-ar aplica şi pentru restul flotei. Fusese deja forţată să ferească de aceste dificultăţi înainte, când venise la Împărat pentru a-l implora să îi dea concediu de maternitate, şi pierduse. Problemele nu dispăruseră doar pentru că Uriel fusese pe punctul de a muri.

Însă...

Inimii ei nu îi *păsa...*

- Dacă insistați, domnule...

Împăratul zâmbi larg.

- Îți recomand de asemenea să promovezi acel incredibil de eficient asistent personal pe care îl ai... cum îl cheamă?... Căpitan Klik'rr, la gradul de Major, spuse el. Dacă e nevoie de șase creaturi evoluate natural pentru a înlocui un singur hibrid, atunci va trebui să începem să repartizăm o jumătate de duzină de asistenți ca să compensăm perioada de inactivitate. A sosit timpul să promovăm rasele mai noi la grade superioare în armată. Nu crezi?

- V-vă mulțumesc, Eminența Voastră!

Ceea ce îi oferise era deja superior celor mai nebunești visuri ale ei.

- Acum lasă-mă să-ți văd fiul acela grozav!

Pe parcursul următoarei ore, Împăratul se jucă cu Uriel și puse mintea lui Jophiel la contribuție pentru idei care să le permită raselor hibride – cele care alcătuiau fundamentul împărăției – să aibă mai mult acces la proprii copii. La un moment dat, unul dintre tehnicienii Împăratului intră în laborator pentru a duce mama și puii șopârlă înapoi pe Gemini-28 și a-i elibera în sălbăticie.

Conversația ajunse apoi la subiectul preferat al Împăratului – experimentele asupra ADN-ului care stătea la baza vieții. Noile caracteristici genetice pe care tocmai le adăugase gourockilor aveau să fie dominante. În decursul a câteva generații, cei mai mulți dintre gourocki aveau să moștenească adaptarea, ceea ce avea să le permită să supraviețuiască schimbărilor climatice. Tuturor mai puțin micuțului care fusese respins de mama lui. Dacă propria mamă îl respinsese, șansele de a fi acceptat de un partener erau mici. A-l trimite înapoi pe tărâmul matern pentru a muri era lipsit de sens.

Când se pregăti să plece, Jophiel primi un cadou de la Împărat.

- Poftim, zise el, întinzându-i cușca gourockului. Toată lumea are nevoie de o familie. Poate că Uriel se va bucura să aibă un dragon de apă drept animăluț de casă!

Capitolul 52

August – 3.390 î.Hr.
Pământ: Satul Assur

SHAHLA

Oamenii care locuiau în apropierea râului se îmbăiau cel puțin o dată pe zi, de două ori atunci când căldura devenea insuportabilă și de trei ori într-o zi ca aceasta. În mod normal, Shahla se îmbăia acolo unde bărbații îi puteau admira formele în timp ce stătea culcată sub soarele fierbinte al Mesopotamiei, cu stropii de apă sclipindu-i pe sfârcuri. Azi, însă, căutase adăpost în amonte. Își așeză capul în poala Gitei, plângând.

- De ce nu te desparți de el odată? întrebă Gita.

- *Mama* spune că trebuie să fac *sacrificii,* spuse Shahla printre sughițuri, ca să aduc *prestigiu* familiei.

Gita pufni.

- Voi doi sunteți ca apa și uleiul, spuse ea. Nu te *respectă.*

Atinse urma roșie de pe obrazul Shahlei – locul în care Jamin o lovise.

- Tu vorbești?! Pe tine te bate tatăl tău.

- Măcar eu sunt suficient de deșteaptă încât să îl evit, zise Gita.

- Nu e vina lui Jamin, suspină Shahla. M-a rugat să îl ajut să își bandajeze mâna și i-am spus că nu ar fi trebuit să o lovească pe Pareesa.

- Asta nu înseamnă că trebuie să te lovească pe *tine!*

Gita scormoni prin bocceluță și scoase o perie; una care care îi aparținuse cândva Shahlei și avea un dinte rupte. Shahla i-o dăruise fetei singuratice la scurtă vreme după ce tatăl ei se reîntorsese în sat. Ceilalți copii, acum bărbați și femei mature, îi batjocoreau prietena ciudată, dar ei nu înțelegeau pornirea care o determinase să o ia pe Gita sub aripa ei.

Shahla închise ochii în timp ce Gita îi perie părul.

- Cântă-mi, te rog, o imploră ea.

Gita începu să îngâne o melodie.

Un sentiment de *pace* cuprinse trupul Shahlei în timp ce Gita cânta; era ca o privighetoare cu aripi terne, al cărei tril era în egală măsură o expresie a jalei și un far care putea lumina până și cea mai întunecată noapte. În mintea ei pătrunseră imagini ale unui templu magnific, din piatră, înconjurat de preotese îmbrăcate în alb, care duceau flori la un altar. Îi depuseră florile la picioare și i le împletiră în păr.

Gita mângâie vânătaia pe care Jamin o lăsase pe chipul Shahlei. Carnea i se înfioră. În vis, preotesele îi înfăşurau rănile în pânză şi aur.

Aşa îşi imaginase că avea să se simtă căsătorindu-se cu Jamin. Fără să mai fie nevoită să îşi vândă trupul în schimbul favorurilor acordate tatălui ei, fără să se mai ploconească în faţa mamei ei, care, indiferent ce ar fi făcut, nu o considera suficient de bună.

Gita se opri din a-i peria părul. Oftând, Shahla se ridică în fund.

- E vina Ninsiannei, zise ea. L-a vrăjit.

- Probabil că *într-adevăr* a făcut-o, răspunse Gita, dar asta nu e o scuză pentru comportamentul lui.

- Ai crede că vrei să fie din nou cu Ninsianna, replică scurt Shahla.

- Ninsianna poate să îl ţină *în frâu,* spuse Gita. Tu nu ai putut niciodată.

Shahla smulse peria din mâna Gitei. Făcea asta des, ori de câte ori se enerva - îşi lua cadourile înapoi. Dar Gita nu se plânsese niciodată.

O pereche de ochi negri, nesfârşiţi, priviră drept prin ea. Shahla se cutremură. Uneori, Gita îi amintea de un păianjen care aşteaptă tremuratul muştei prinse la marginea pânzei.

- Dadbeh te iubeşte, zise Gita cu blândeţe. Jamin nu simte altceva decât ora în momentul ăsta.

- Într-o bună zi, Jamin o să fie Căpetenie, spuse Shahla, înălţându-şi bărbia. A zis că atunci când o să se întâmple asta, o să se căsătorească cu mine.

- Dacă te-ar iubi cu adevărat, ripostă Gita, te-ar fi luat de soţie imediat ce a început să se culce iar cu tine.

- Tatăl lui se opune, zise Shahla.

- Căpetenia Kiyan nu vrea altceva decât ca fiul lui să fie fericit, spuse Gita. Dacă Jamin l-ar întreba, sunt sigură că şi-ar da acordul. Numai zeiţa ştie de câte ori a insistat tatăl tău pentru uniunea asta!

- Tatăl lui o să îl *dezmoştenească* dacă o să afle ce a făcut, spuse Shahla.

Gita ridică brusc capul.

- Ce?

Shahla îşi acoperi gura cu mâna. *Drat!*

Cea mai bună prietenă a ei o studie cu atenţie, sfredelind-o cu ochii negri, clarvăzători. Shahla îşi dorea cu disperare să i se destăinuie cuiva, dar nu îndrăznea. Nu doar Jamin ar fi fost pedepsit dacă s-ar fi aflat, ci şi *ea.*

Jamin ar fi *ucis-o* dacă ar fi aflat...

- Vreau să spun... se bâlbâi ea. Vreau să spun, dacă ar afla că Jamin a vrut să o *omoare* pe Pareesa când a lovit-o.

Gita îşi dădu ochii peste cap.

- Toată lumea din sat ştie asta, râse ea. Practic, i-a răpit orice urmă de bărbăţie în faţa oamenilor lui.

- Iar apoi *eu* i-am amintit de asta, zise Shahla, atingându-şi obrazul învineţit.

Îi înapoie peria Gitei.

- Îmi cânți, te rog? se tângui ea. Din nou?

De data aceasta, Gita îi fredonă unul dintre „cântecele de marș" pe care războinicii le intonau când cărau găleți de la Râul Hiddekel, cu brațele întinse, pentru a-și întări mușchii, în formație perfectă spre câmpurile care așteptau să fie udate.

Un zâmbet lumină starea neplăcută a Shahlei.

- Și tu mă acuzi pe *mine* că mă agăț de o cauză pierdută?

- La ce te referi?

- Crezi că nu știu că ți-a picat *rău* cu tronc soțul Ninsiannei?

Gita făcu o pauză, privind în depărtări. Shahla aproape că putea *simți* cum aerul din jurul lor se schimba în timp ce prietena ei lua o decizie care avea să îi schimbe viața.

- Nu e vorba despre asta, zise ea. Pur și simplu am *obosit* să fiu mereu o victimă. Aș vrea să mă duc și eu la cursul lui de autoapărare și aș vrea să vii și *tu* cu mine.

Gita îi strânse mâna de parcă avea de gând să o convingă să o însoțească pentru a nu fi obligată să se ducă singură. *Singură.* Shahla nu mai văzuse niciodată în viața ei o ființă mai abandonată și mai singură decât fata aceasta cu ochii negri pe care nimeni din sat în afara *ei* nu catadicsea vreodată să o bage în seamă.

Buza îi tremură.

- Soția unei Căpetenii trebuie să arate susținere, spuse ea cu glas tremurând.

Judecând după tresărirea dezamăgită a buzei Gitei, Shahla înțelese că prietena ei avea să meargă și singură.

Își coborî apoi vocea și șopti:

- În plus, dacă vin, Jamin o să mă omoare.

Capitolul 53

August – 3.390 î.Hr.
Pământ: Satul Assur
Colonel Mikhail Mannuki'ili

MIKHAIL

De obicei, când se făcea atât de cald, îşi găsea refugiul în curenţii de aer printre care putea zbura, dar astăzi aerul era atât de fierbinte şi de uscat, încât se simţea de parcă zbura într-un cuptor încins. Mikhail viră spre vest, până când ajunse la râu, după care se îndreptă spre sud, alunecând pe un curent ceva mai răcoros. Acesta îl purtă dincolo de locul în care se întorcea de obicei, spre zona în care se termina teritoriul Assurului şi începea cel al Eshnunna. Nimeni nu venea pe aici; puţini se aventurau dincolo de câmpuri dacă nu voiau să vâneze. Chiar şi aşa, o potecă bine bătătorită se prefigurase printre stufăriş.

Mikhail se îndreptă spre sol şi analiză calea impregnată în pământ. Urmele se asemănau destul de bine cu cele pe care i le lăsase Mica Nemesis peste tot pe pantaloni în acea dimineaţă, dar erau însoţite şi de altele provenind de la două fiinţe umane, dintre care una părea să fie un copil. La câţiva centimetri de râu, urmele se uscau, sugerând faptul că se prăjiseră toată ziua sub căldura soarelui.

- Poate că a fost cineva din Eshnunna? murmură Mikhail. La o distanţă atât de mică de graniţă, caprele i-ar fi putut aparţine oricui.

Se lansă înapoi în aer, aşteptându-se ca urmele să se îndrepte spre sud, dar în realitate înaintau spre uscat. Dispăreau abia când pământul devenea pietros şi uscat.

Ceasul Angelicului răsună chiar în acel moment, amintindu-i că plănuise un antrenament cu războinicii în jumătate de oră. Drat! Trebuia să se întoarcă mai târziu ca să dea de urma caprelor misterioase.

Se grăbi înapoi spre sat, aflat la o oră de zbor spre sud, şi coborî la sol lipicios şi transpirat. Siamek le ordonase deja războinicilor de elită să conducă încălzirea.

- Ce te-a reţinut? îl întrebă el pe Mikhail.

- Am găsit nişte urme de capre, răspunse acesta. La graniţa dintre Assur şi Eshnunna.

Siamek privi spre sud cu o expresie gânditoare.

- Asta e la cale de o zi, spuse el. Două, dacă păstoreşti capre.

- Ar putea să fie una dintre turmele *noastre?* întrebă Mikhail.

- Mă îndoiesc, răspunse Siamek. Ale noastre au rămas mai aproape de sat de când am avut parte de raid.

- Deci Eshnunna?

- Posibil, zise Siamek.

- Cine își adapă caprele acolo *de obicei?* întrebă Angelicul.

Siamek ridică din umeri.

- Nu am nicio idee, spuse el. Jamin ne-a spus să nu patrulăm în zona aia. E la distanță prea mare de sat ca să ne preocupe.

Tirdard, care îndrumase noii recruți cu pricepere printr-o serie teribilă de exerciții de încălzire, își încheie partea. Recruții se așezară morocănoși în formație, lipsiți de vlagă, transpirați și secătuiți după o zi de muncă în soare.

- Bine, domnilor... și *doamnelor,* începu Mikhail. V-ați adus bețele?

Noii recruți mormăiră.

- Am făcut asta deja cât ai lipsit, se plânse Ipquidad, un meșteșugar.

- Când o să facem ceva *interesant?* întrebă un olar tânăr și incompetent pe nume Ebad. Mereu facem aceleași lucruri. Lovim. Aruncăm. Cărăm găleți de la râu.

- Da, adăugă un alt meșteșugar, Yaggit. Când o să facem ceva care să aibă *sens?*

Mikhail aproape că începu să spună: *Repetiția e mama învățăturii,* dar petrecuse deja suficient timp printre oameni încât să înțeleagă că aceștia se asemănau, din multe puncte de vedere, copiilor. Ori de câte ori o antrena pe Pareesa, era nevoit să integreze și noțiuni *noi* în lecție pentru a-i întreține interesul și pentru părțile mai plictisitoare, dar necesare; iar *ea* era un învățăcel devotat. Bărbații aceștia veniseră doar pentru că primiseră ordin de la Căpetenie.

- Începând de mâine, zise el, o să începem să vă arătăm cum să faceți patrule, astfel încât războinicii de elită – arătă către bărbații care conduseseră încălzirea – să aibă mai multe *informații* despre planurile inamicilor.

Anunțul îi liniști pe unii dintre recruți, dar alții începură să se plângă:

- Trebuie să îmi plivesc câmpul!

- Eu nu pot să mă îndepărtez prea mult, nevasta mea e bolnavă.

- Cine o să îmi mulgă turma cât lipsesc?

Din nefericire, olarul incompetent spuse:

- Eu merg!

- Bine, fie! răspunse Mikhail exasperat. Îi vom grupa pe cei care trebuie să rămână în apropiere cu războinicii din divizia a doua, dar ceilalți vor începe rotațiile pentru patrule întinse pe mai multe zile.

Asta îi mulțumi *pe toți,* inclusiv pe războinicii de elită care erau supărați că trebuie să stea aproape de sat și să îi dădăcească pe noii recruți. Începând din acel moment, Mikhail voia să știe exact *cine* le călca teritoriul.

Continuă lecția de acolo unde o lăsase Căpetenia, formând o linie defensivă cu o suliță. Doar că nu *aveau* suficiente sulițe pentru toată lumea. Și nici nu era tocmai realist ca fermierii să aibă sulițe la ei dacă erau atacați pe câmp – *majoritatea* celor din neamul Ubaid erau fermieri. Sosise vremea să îi învețe ceva ce putea fi aplicat de *toți*.

Apucă un baston obișnuit, care ajungea undeva la nivelul umărului și era tăiat dintr-un copac de acacia.

- Baza pregătirii Cherubime constă în abilitatea de a te apăra cu mâinile goale, zise Mikhail. Odată ce stăpânești arta luptei de acest fel, se adaugă și arme făcute din materiale folosite în viața de zi cu zi.

Își ridică bățul.

- Indiferent unde mergeți, există șanse mari să puteți găsi un băț.

- De ce nu ne putem folosi sulițele? pufni Firouz.

- Și ce faci odată ce rămâi fără?

Mikhail își înfoie aripile suficient încât să îl vadă pe Firouz tresărind. Iată. Eu... masculul Alfa... Tu... asculți. Ah, cât ura jocul acesta! Își strânse aripile la spate imediat ce războinicul de elită se întoarse la locul lui.

- Întindeți-le astfel încât să aveți cel puțin o distanță de un băț între voi.

Exemplifică modalitatea corectă de a ține bățul:

- Apucați bățul undeva la mijloc – trecu printre rânduri, corectând greșelile. Nu ar trebui să arate foarte diferit față de un baston obișnuit. Dar dacă vă *obișnuiți* să îl purtați așa, veți putea trece pe poziție rapid.

Ca prin ceață, răsuci bățul conform unui ansamblu de fente și lovituri imaginare. Un murmur apreciativ străbătu rândurile de învățăcei. Era un set cu totul diferit de mișcări în comparație cu loviturile de suliță mortale pe care li le arătase Căpetenia în absența sa.

Îi puse să strige „unu" sau "doi" și apoi îi grupă în funcție de numere ca să exerseze unii cu alții... era un tric pe care îl învățase pentru a amesteca războinicii de elită cu luptătorii de divizia a doua și recruții cei noi, anulând astfel toate obiceiurile sociale inutile privind „pozițiile" și „rangul". Participanții la antrenament exersară loviturile până când antrenamentul căpătă un ritm satisfăcător.

Kiaresh, „doica", se apropie cu pași mari, având un băț în mână.

- Ai adunat un adevărat harem, spuse el, privind către războinice.

- Nu vor decât să se apere.

- Ceea ce *vor* e să facă rost de un soț, îi zise bărbatul mai în vârstă cu un rânjet lacom. S-a dus vorba în sat că cea mai rapidă cale pentru o fată să facă rost de un pețitor e să vină la cursul *tău*.

Mikhail privi către cele 36 de femei care se adunaseră și roiau în jurul Pareesei ca niște albine. De când li se alăturase și verișoara Ninsiannei, Gita, Mikhail evitase să interacționeze cu fiecare dintre ele de teamă să nu provoace gelozii.

- Pare să le pese mai mult de compania *celorlalte* decât de bărbați.

Kiaresh râse și îl lovi prietenește pe una dintre aripi.

- Amice, pentru cineva atât de inteligent, ești incredibil de naiv!

Prefăcându-se că se uita în altă parte, Mikhail analiză modul în care femeile tot aruncau pe furiș către bărbați același gen de privire scurtă de care se folosea Ninsianna ori de câte ori voia să facă temperatura soțului ei să crească. Bărbații, pe de altă parte, păreau să se dea în spectacol chiar *mai mult* decât femeile. Poate Kiaresh chiar avea dreptate...

De parcă ar fi fost invocată dintr-un vis, Ninsianna veni dinspre râu, cărându-și arcul în mâini și o gâscă grasă și frumoasă pe umăr. Se așeză pe o piatră și îi aruncă un zâmbet foarte larg. Mikhail își reprimă impulsul de a se lansa către ea pentru a o săruta, însă întregul corp îi fu cuprins de furnicături, conștient fiind de prezența femeii.

Își roti bățul într-o kata de antrenament orbitor de rapidă. Acum *el* se dădea în spectacol...

- Pareesa? o chemă el pe partenera lui în miniatură. Poți să mă ajuți să arăt ceva?

Pareesa îi răspunse în limba Cherubimă: *Yorokobi, kyōshi to.* Cu mare plăcere. Încă de când observase că el vorbea în Cherubimă atunci când își pescuia mișcări de antrenament din memoria recalcitrantă, insistase să o învețe și pe ea numele tuturor manevrelor în această limbă.

- Întocmai cum am exersat mai devreme, da? zise el.

- *Hai, sensei wa,* spuse ea cu un zâmbet larg. Da, maestre. Sunt pregătită.

Mikhail își mânui arma în așa fel încât să o atingă pe a Pareesei, într-o serie complicată de lovituri și parări. La început, ținti cu grijă, dar pe măsură ce fata se adaptă la forța loviturilor lui, înteți ritmul pentru a o pune mai bine în mișcare. Pareesa se lansa asupra lui cu o ferocitate care nu îl mai surprindea de mult.

- Hei! Hei! Hei! râse Mikhail. Nu te întinde mai mult decât ți-e kiltul, mică zână.

Pareesa se lansă brusc într-o manevră care *nu* făcea parte din rutina de antrenament. Îl lovi pe umăr, după care dansă înapoi din calea lui.

- Lent mai ești! îl tachină ea.

Judecând după cearcănele care i se prefigurau sub ochi, drăcușorul petrecuse toată noaptea exersând o mișcare pe care Mikhail i-o arătase abia ieri.

- Ești sigură că vrei să faci asta de față cu toată lumea? o întrebă el.

- Arată-mi cea mai bună lovitură a ta!

Mikhail aruncă o privire către Ninsianna, care îi urmărea cu o expresie uluită.

- Ține minte, ai *cerut-o,* o avertiză el pe Pareesa.

Își răsuci bățul ca pe un titirez, apoi îl smuci în sus pentru a smulge arma din mâna fetei. În același timp, o agăță cu piciorul în dreptul genunchiului și își duse brațul în dreptul pieptului ei pentru a o pune la pământ. Pareesa ateriză pe jos cu un oftat surprins. Mikhail își îndreptă vârful ciomagului către gâtul ei.

- Cedezi?

Pareesa zăcea acolo, clipind cu uimire.

- Bănuiesc, mormăi ea. De vreme ce sunt deja *moartă*.

Ceilalți râseră, fiind în mare parte mulțumiți că Pareesa își primise pedeapsa binemeritată.

- A fost o moarte *demnă*.

Se întinse ca să o ajute să se ridice. Pareesa râse în timp ce se îndrepta țanțoș spre celelalte femei. Șase dintre bărbații tineri o luară peste picior, lovind-o pe spate și făcând comentarii răutăcioase despre abilitățile ei de luptă.

- Toată lumea, pe echipe! ordonă Mikhail. E vremea să exersați ceea ce v-a arătat Pareesa.

În timp ce războinicii exersau, Ninsianna veni agale înspre Mikhail. Doar își imagina sau chiar își unduia șoldurile într-un mod cicălitor?

- I-ai căzut cu tronc, știi, nu? zise ea.

- Cui?

- Pareesei. I-ai căzut cu tronc, repetă Ninsianna zâmbind. De ce crezi că se antrenează așa din greu?

- Serios? întrebă Mikhail, încruntându-se. De unde știi?

- Pot să-i văd aura spirituală, îți amintești?

Se folosi de acoperirea pe care i-o oferea una dintre aripi și îl pișcă posesiv de spate.

- E o fetiță...

- E un războinic feroce într-un corp de copilă, spuse Ninsianna. Și are *exact* aceeași vârstă pe care o aveam și eu când mi-a căzut pentru prima oară cu tronc un bărbat mai în vârstă, adăugă ea, iar ochii îi sclipiră la umbra unui surâs enigmatic.

- O, exclamă Mikhail, ridicând o sprânceană. Un bărbat mai în vârstă? Cine?

Zâmbetul Ninsiannei deveni și mai larg; își coborî privirea și se uită la soțul ei pe furiș, pe sub sprâncenele care îi acopereau ochii ca un voal – o privire care reușea de fiecare dată să facă inima Angelicului s-o ia la goană.

- De ce? Ești gelos? îl tachină.

- Da, recunoscu Mikhail.

- Li se întâmplă tuturor, râse ea. Fată tânără. Bărbat atrăgător. Ești un norocos. Ai ocazia să te bucuri de Pareesa ținându-se după tine ca un cățeluș amorezat.

I se puse un nod în stomac.

- Cum o refuz fără să îi rănesc sentimentele?

- Foarte delicat, spuse Ninsianna. Sau o să te urască din tot sufletul.

Mikhail mormăi. *Ultimul* lucru de care avea nevoie era ca primul și cel mai devotat susținător al lui să se întoarcă împotriva lui chiar când avea cea mai mare nevoie de ajutor.

- Deci cum ar trebui să rezolv asta?

Ninsianna arătă către băiatul olarului, Ebad, care se ținuse după Pareesa luni întregi.

- Roag-o să te ajute să antrenezi cei mai incompetenţi novici, zise ea, şi cam o duzină dintre prietenii lor cei mai nepricepuţi. Aşa o să scapi de două probleme odată.

- Pareesa o să îi devoreze cu fulgi cu tot, răspunse el. Nu o să fie prea fericită că i-am pus pe cineva atât de inept ca Ebad pe cap.

- Dar el o să înveţe... pentru ea, zise Ninsianna. Iar ea o să devină mai bună tocmai în felul ăsta. Spune-i că vrei să o facă drept favoare specială, pentru că te temi că altfel o să se omoare de unul singur.

Ei, *asta* chiar nu era o minciună!

- O să mă gândesc la asta, spuse Mikhail.

- O să *faci* asta, râse Ninsianna.

- Cum am avut atâta noroc încât să dau de o soţie aşa de deşteaptă ca *tine?* zâmbi el larg.

- Ai căzut din cer, îţi aminteşti? răspunse ea. În fine... Trebuie să mă duc să jupoi pasărea asta ca să o pregătească mama pentru cină. Ne vedem în câteva ore?

Mikhail se aplecă să o sărute, zăbovind asupra buzelor ei dulci. Ninsianna îl muşcă uşor de buza de jos şi se lipi de el. Dorinţa îi furnică tot corpul, făcând lumea din jur să se evapore.

Zgomotul beţelor lovindu-se unele de celelalte şi gemetele de durere încetară. Strigăte şi replici batjocoritoare răsunară din spatele grupului. Printre muncile câmpului, antrenamentele cu noii războinici, consultările cu Căpetenia privind apărarea satului şi ajutorul oferit lui Alalah şi lui Behnam pentru a îndrepta stângăciile de la antrenamentele arcaşilor, Mikhail părea să nu mai găsească niciodată suficient timp de petrecut cu soţia lui, nici măcar acum, când erau căsătoriţi şi împărţeau acelaşi pat.

Se desprinse nu tocmai dornic de ea şi reveni la muncă, privind cum fesele îndrăzneţe ale Ninsiannei se legănau în drumul lor spre treburile casei.

- În regulă, toată lumea, spuse el. Acum vom învăţa cum se formează *corect* o patrulă.

Capitolul 54

August – 3.390 î.Hr.
Pământ: Satul Assur

JAMIN

Se procopsiseră cu cele trei femei Margian după ce Amoriții îl trăseseră pe sfoară şi Pareesa îi atrăsese înapoi în sat. După înfăţişare, păreau străine, având părul mult mai închis la culoare chiar şi decât coama *lui* ondulată şi neagră; se îmbrăcau ciudat, pielea le era palidă, ca de ambră, iar ochii lor întunecaţi aveau o formă neobişnuită. De vreme ce nimeni nu ştia *unde* se afla acest „şes măreţ şi ierbos" pe care îl descriau, *el* primise sarcina de a dădăci musafirii nepoftiţi până când tatăl său reuşea să îşi dea seama cum să îi trimită acasă.

Slujnica tatălui, Urda, o bătrână severă, cu o dispoziţie arţăgoasă, aşeză pe masă un prânz simplu, alcătuit din pită, piure de linte asezonat cu usturoi şi ulei, diferite fructe şi un ulcior cu ceai rece, de plante. Femeile îşi exprimară recunoştinţa întâi faţă de bucătar, apoi faţă de Căpetenie, folosindu-se de mâini pentru a accentua puţinele cuvinte Ubaide pe care le învăţaseră. Graţios, rupseră o bucată de pâine şi o înmuiară în piureul de linte. Indiferent de cât de mult ura să le aibă acolo, Jamin era nevoit să admită că aveau maniere fără cusur.

- Găsit... casă? întrebă cea mai mare dintre surori, Fatma, într-o Ubaidă stricată.

- Scuze, nu, răspunse tatăl lui Jamin, clătinând din cap. Nimeni nu ştie.

Îşi clătină degetul în semn de „nu", după care îşi acoperi ochii şi urechile cu mâinile pentru a arăta că, până în acel moment, niciuna dintre cunoştinţele lui nu auzise vreodată de Margiana.

Sora mijlocie, Seyahat, îşi şterse ochii cu mantia de lână frumos brodată. Fără Ninsianna acolo, ca să traducă ceea ce se spunea, până şi prânzul în compania celor trei femei devenea o provocare frustrantă. Cea mai tânără dintre fete, Norhan, cumnata celorlalte, arăta către diferite obiecte şi îl ruga pe *el* să îi spună cum se numesc, după care repeta denumirile în propoziţii stângace. Jamin era furios, dar continua să îi spună cuvintele oricum, ca să îşi mulţumească tatăl.

Aproape terminaseră de mâncat când fură întrerupţi de o bătaie în uşă. Varshab deschise, după care îşi vârî capul în sufragerie.

- E Mikhail, zise el. Şi Kiaresh. Ar vrea să vorbiţi despre programul de patrulare.

- *Eu* stabilesc patrulele, mârâi Jamin.

- Şi în mod evident nu o făceai corespunzător, din moment ce inamicul ne-a străpuns zidurile, răspunse Căpetenia cu duritate.

Ignoră privirea răutăcioasă a lui Jamin şi îi spuse lui Varshab să îi invite pe cei doi înăuntru. Spre deosebire de vizitele anterioare, de această dată Varshab nu se mai obosi să le ia armele. Cele trei femei Margian se refugiară ca nişte păsări speriate în colţul cel mai îndepărtat al încăperii.

- Domnule, zise demonul înaripat, aş vrea să vă cer permisiunea de a duce recruţii cei noi în patrulă în perimetrul exterior al teritoriului nostru.

- Vrei să spui teritoriul *nostru,* îl întrerupse Jamin.

- Jamin... mârâi tatăl lui.

Angelicul nu răspunse provocării. Dincolo de foşnetul subtil al aripilor, nenorocitul se prefăcu că nu auzise nimic.

- Patrula întregului perimetru necesită un drum de câteva zile, rânji bătrânul prostănac. Cel puţin când nu ai aripi. Având în vedere cât de instabile sunt lucrurile, nu vreau să ne compromitem apărarea.

- Atunci o patrulă mică la graniţa de sud? întrebă Mikhail. Am dat de nişte urme suspecte de capre care duceau la râu. Era un drum bine bătătorit, care ducea spre uscat, în direcţia deşertului, nici în nord, nici în sud, ca şi cum ar fi fost parcurs de un păstor Ubaid.

Frica năvăli înăuntrul lui Jamin. Acela era locul în care Marwan îşi adăpa turma în fiecare vară...

- E o pierdere de vreme, izbucni el. E cale de două zile dinspre sat.

- Una singură dacă alergi, îl contrazise Kiaresh.

Căpetenia îşi trecu degetele prin barbă, gânditor.

- Crezi că sunt Halifieni? întrebă el.

- *Cineva* este, spuse Mikhail. Bănuiesc că vin noaptea, pentru că nu am văzut pe nimeni în zonă pe timpul zilei. Judecând după urme, e vorba de un bărbat şi un copil.

- Câte capre?

- O turmă însemnată, zise Mikhail. Suficient de mare încât să întreţină un grup de corturi.

- Probabil sunt doar păstori din Eshnunna, pufni Jamin.

- *Sper* că sunt, zise Mikhail. Dar dacă nu, cred că măcar ar trebui să investigăm. Tu nu crezi?

Ce putea să spună? *Eu ştiu deja cine e?*

- Da, răspunse Jamin fără entuziasm.

- De câţi oameni ai nevoie? îl întrebă Căpetenia pe Mikhail.

- Asta depinde de *dumneavoastră,* domnule. Câţi oameni aţi fi dispus să îmi daţi?

Drat! Dacă Mikhail izgonea Halifienii, sau, *şi mai rău,* prindea vreunul dintre ei pentru interogatoriu, *cu siguranţă* aveau să-i spună despre tratat şi *probabil* aveau să dea de gol şi înţelegerea pe care o făcuse cu Amoriţii pentru a o răpi pe Pareesa.

Tatăl lui îl privi pe Mikhail, apoi pe *el,* şi apoi pe Kiaresh. Ochii îi căpătară o expresie precautăă.

- Aceste decizii sunt luate de obicei de *Muhafiz,* spuse arătând către Jamin şi aducându-l în centrul atenţiei.

Cele mai negre scenarii se perindară prin mintea lui Jamin. Oare tatăl lui ştia deja despre Amoriţi? Ăsta era un soi de plan care să îl dea de gol? Îl analiză pe Angelic – ce nenorocit rece! Nu puteai niciodată să îţi dai seama ce gândea. Dar Kiaresh părea entuziasmat, în timp ce tatăl lui părea mai mult curios.

- Doi Halifieni? întrebă Jamin. Crezi că e vorba de un bărbat şi un băiat?

- Aşa arătau urmele, zise Mikhail. Nu am nicio idee peste ce o să dăm când o să ajungem acolo.

Un bărbat şi un băiat? Poate reuşea să ajungă înaintea Angelicului şi a „patrulei" lui ridicole şi să îi mituiască pe cei doi să plece. Ceea ce însemna că trebuia să aleagă cei mai lenţi şi mai *incompetenţi* oameni. Evident că Mikhail insista întotdeauna să facă pe comandantul războinicilor lui de elită ca să îi antreneze pe cei incompetenţi. Avea nevoie să trimită oameni care nu vorbeau Halifiană. Kiaresh rupea câteva cuvinte, la fel şi Siamek, deci îi trebuia o scuză ca să îi ţină acasă, dar restul războinicilor de elită abia de ştiau câteva înjurături.

Ce idiot! Avea să îi îndeplinească dorinţa lui Mikhail...

- Ia-i pe Dadbeh şi Firouz, spuse el. Ei cunosc zona destul de bine. Şi câţiva dintre războinicii cei mai noi. Cum le spui tu grupurilor tale?

- Unităţi, spuse Mikhail. O unitate e formată din şase oameni.

- Ia două unităţi formate din războinici care nu sunt nici din divizia întâi, nici din divizia a doua, zise Jamin. Poţi să pleci mâine dimineaţă. Vreau ca ceilalţi luptători să rămână aproape de sat, nu să hălăduiască după capre imaginare.

Nenorocitul îl „salută" cu una dintre mişcările lui ridicole de Alianţă.

- Întocmai cum doriţi, spuse Mikhail formal, *Muhafiz.*

- Bun! aprobă Căpetenia, strângând din mâini. Iar tu o să îi conduci.

Jamin aproape că se îneca.

- Ce?

Cele trei femei Margian cu ochi ca de bufniţe aprobară din cap, de parcă ar fi înţeles capcana în care tocmai fusese atras.

- Nu pot!

- De ce nu?

Căută rapid o scuză.

- Din cauza mâinii, spuse şi o ridică pentru a-şi arăta bandajul. Căţeluşa lui m-a *rănit,* în caz că ai uitat.

- Mikhail va fi şi el acolo, îl contrazise tatăl lui. O să te apere şi pe tine.

Nenorocitul înaripat îşi ascunse rânjetul superior în spatele nesuferitei ăleia de expresii impenetrabile.

- Va fi bine pentru toată lumea, adăugă Căpetenia cu un zâmbet larg. Era şi timpul ca voi doi să începeţi să lucraţi împreună. Tu poţi să îi conduci, iar Mikhail va fi mâna ta dreaptă.

Pe naiba...

Dar nu îi putea spune asta tatălui său, cel puţin nu până când nu îşi rezolva cea mai recentă dramă. Tot ce trebuia să facă era să găsească o scuză pentru a se desprinde de grup, ca să găsească păstorii, să îi avertizeze să plece, iar apoi să revină la timp pentru a-l batjocori pe Mikhail că le-a irosit timpul.

- Iar când vă întoarceţi în sat, continuă Căpetenia, am o idee pentru un *alt* exerciţiu care să vă ajute la moral.

Îşi purtă braţul pe după umerii lui Jamin.

- E ceva la care fiul meu se pricepe extraordinar de bine.

- La ce vă gândiţi? întrebă Mikhail.

- O turmă de gazele tocmai şi-a început migraţia anuală, zise tatăl lui Jamin.

- Vreţi să organizaţi o vânătoare?

- Da, răspunse Căpetenia. Satul rămâne fără resurse de carne. E timpul să ne refacem rezervele.

Jamin se abţinu cu greu să nu înjure.

- Alege treizeci dintre recruţii cei noi, zise tatăl său. Jamin o să te înveţe cum să te furişezi pe lângă animale şi să pui capcane, iar *tu* poţi să îl înveţi pe *el* cum să folosească arcul.

Mikhail nu părea nici pe departe mai încântat decât Jamin în legătură cu „vânătoarea" asta stupidă, dar adoptă o expresie neutră şi spuse:

- Întocmai cum doriţi.

În timp ce vorbeau, cea mai tânără dintre femeile Margian, Norhan, se apropie să atingă arcul pe care Mikhail îl pusese pe masă. Îl ridică şi îl manevră cu mişcări profesioniste. Conform spuselor Ninsiannei, femeile pretindeau că Amoriţii deprinseseră arta mânuirii arcului pentru *ele*. Sau, mai precis, pentru oamenii lor.

Norhan arătă către Mikhail, către arc şi apoi către tapiţeria împletită. *Animalele* surprinse pe tapiţerie alcătuiau o sesiune de vânătoare Ubaidă. Folosindu-se de Ubaida ei stricată, arătă către Mikhail şi zise:

- Tu. Jumătate – arătă imaginea unui vultur. Noi, jumătate – arătă un animal mai mare, pe care îl vânau uneori pentru carne şi coada lui valoroasă, foarte preţuită de tămăduitori. Jumătate – arătă către Jamin.

- Cal, zise el.

- Noi, jumătate *cal*. Tras arc. Pe cal.

Trase arcul, care nu avea nicio săgeată, şi se prefăcu că trage. În timpul acesta, imită nechezatul unui cal.

- Aveți oameni care sunt jumătate om, jumătate cal? întrebă tatăl lui Jamin.

Ochii migdalați ai lui Norhan se arătară confuzi, încercând să comunice cu prea puține cuvinte.

- Nu. Jumătate om, jumătate cal, ZEI, spuse ea. Ca el, arătă către Mikhail. Noi, Margiani, noi – se prefăcu că dansează prin cameră – nu zei. Margianii *stau* pe cal, călăresc, trag arc. Sunt ca zei.

Privi îndelung către Căpetenie, cu o expresie triumfătoare la reușita de a fi purtat ceea ce semăna cel mai mult cu o conversație reală dintre toate discuțiile pe care le avuseseră de când Pareesa le lăsase pe toate trei în această casă.

Tatăl lui Jamin îl privi atent pe Mikhail.

- Voi *aveți* ființe jumătate om, jumătate cal de unde provii?

- Nu cred, spuse Mikhail. Dar dacă am avea, nu îmi amintesc.

Capitolul 55

Data Galactică Standard: 152,323.08 D.Î.
Teritoriul Alianței
Generalul Kunopegos al Cavaleriei Centauri

KUNOPEGOS

Generalul decorat cu patru stele, care comanda Cavaleria Centauri, îl privea de *sus* pe prim-ministrul Alianței... literal. Generalul General Kunopegos se folosea *acum* de diferența de înălțime pentru a transmite cât de nemulțumit era de nebunia pe care încerca să o facă Lucifer.

- Vrei să mă reproduc cu *aia?* mârâi Konupegos. Cum se presupune că o să reușesc *asta?* E de zece ori mai mică decât mine!

Privi mânios către Lucifer, încrucișându-și brațele musculoase în dreptul pieptului masiv.

- Cu multă grijă, spuse Lucifer, dând nepăsător din mână, de parcă ar fi fost o nimica toată. Femeile umane sunt capabile să... cum să explic delicat? Să se adapteze... adăugă în grabă. Sau, dacă preferi așa, avem la dispoziție tehnologia necesară pentru inseminare artificială. Oricum, mânzul va fi scos cu unsprezece săptămâni în avans și va sta o vreme la incubator.

- Nu-mi place ideea ca mânzul meu să se nască prematur, spuse Konupegos.

- Ei bine, dacă vrei să continui să încerci cu metodele Împăratului...

Lucifer își duse mâna în lateral, de parcă ar fi spus: *E extincția ta, până la urmă...*

Pe măsură ce acesta vorbea, toate încercările nereușite de reproducere de care avusese parte în ultimii ani se prefigurau în mintea lui Kunopegos. La fel și iapa pe care o ceruse de soție în secret, sfidând decretul „fiți roditori și înmulțiți-vă". Îl abandonase după ce și a șasea tenativă eșuase. Imaginea fu urmată de umilința pe care o resimțise pentru faptul că fusese trecut pe lista neagră. Și de modalitățile prin care iepele îl evitau când intrau în călduri, pentru a nu fi nevoite să refuze ofițerul aflat la conducere.

- Am încercat toate soluțiile și au dat greș!

Câteva scântei țâșnirà din copita lui Konupegos în momentul în care aceasta se izbi de punte. Iar de când am fost trecut pe lista neagră, femelele nu mai acceptă nici măcar o hârjoneală cu mine! Chiar dacă *nu* sunt în călduri!

Ochii îi alunecară spre femeia pe care Lucifer o adusese la bord cu el, îmbrăcată într-o haină fără nicio formă, care o acoperea din vârful creştetului şi până la degetele de la picioare – era micuţă chiar şi pentru standardele Angelice. Arăta mai degrabă ca o păpuşă decât ca o fiinţă care i-ar putea purta fiii.

- Mulţi mânji se nasc prematur în mod natural, spuse Lucifer. Rămân o vreme în incubator şi nu prezintă niciun efect secundar. Dacă vrei un mânz, trebuie să accepţi nişte compromisuri.

- De ce nu poate Împăratul să îi crească de la bun început în incubator? se plânse Kunopegos. Funcţionează de minune pentru speciile inferioare.

Pe parcursul celor mai bine de cinci sute de ani pe care îi petrecuse ca ofiţer al cavaleriei Centauri, îl ajutase *personal* pe Împărat să dea naştere vieţii pe planete sterile şi să îndrume acele tărâmuri spre evoluţia simţurilor, de la bacterii producătoare de oxigen în iazuri până la cele mai evoluate specii. Împăratul crea viaţă oriunde mergea, dar, dintr-un motiv sau altul, cu cât speciile erau mai evoluate, cu atât rata de succes era mai mică.

- Împăratul nu a reuşit să reproducă un element critic din perioada timpurie de gestaţie. Îi putem ajuta pe mânjii care vin pe lume prea devreme – vocea lui Lucifer căpătă un ton plin de amărăciune -, dar nu le putem înlocui mamele.

Kunopegos îi aruncă o privire secundului său, deliberând dacă să îi dea semnalul de a inventa un apel de urgenţă fals ca să se poate căra de acolo fără să îl jignească pe însuşi fiul Împăratului.

Chiar lua în considerare propunerea lui Lucifer?

- Deci e o iapă cu experienţă? întrebă el. Sau mânză?

- Mă tem că e mânză, spuse Lucifer, iar ochii lui sclipiră de parcă ar fi avut un gând care îl entuziasma. Va trebui să ai grijă să nu îi faci rău.

O mânză neatinsă? Dispusă să se împerecheze? Cu *el?*

- M-aş simţi mai bine dacă aş şti că are experienţă, spuse Kunopegos reticent. Mă tem că o să o rănesc.

- Femeile umane preferă să rămână cu un singur armăsar şi să îşi crească puii în turmă, explică Lucifer. Cu excepţia cazurilor în care iapa rămâne văduvă de tânără. Să spunem doar că iepele nu sunt tocmai dispuse să îşi lase familiile. Deci primeşti o mânză sau nimic.

- Îşi cresc singure puii? întrebă Kunopegos neîncrezător. Nu îi lasă la cea mai apropiată academie de pregătire pentru tineri, ca iepele Centauri?

- Oamenii sunt animale de turmă, spuse Lucifer.

În timp ce vorbea, în mintea lui Kunopegos se ivirî imagini în care galopa prin câmpurile navei alături de un mânz superb, cu ochi ca ai *lui.* Pe spatele lui, femeia asemănătoare unei păpuşi alăpta o mânză nou-născută, cu un păr negru ca tăciunele şi ochi migdalaţi, ca ai *ei.* Se îndreptau împreună spre răsărit, un armăsar şi turma sa, la fel ca strămoşii ce îşi crescuseră altădată familiile.

- Deci cum trebuie să procedez? întrebă Kunopegos. Intru în țarc cu o revistă porcoasă și îi dau fiola medicului-șef?

- Nu, nu! râse Lucifer. A fost antrenată să te satisfacă. Am plănuit vizita aceasta în așa fel încât să coincidă cu perioada ei de fertilitate maximă. Ar trebui să afli dacă împerecherea a fost de succes în trei zile.

- Și *tu* ce vrei la schimb?

Prim-ministrul Alianței rareori acorda favoruri fără să se aștepte la o recompensă.

- Tatăl meu a avut soluția la dilema noastră în tot timpul acesta, cloncăni Lucifer, dar a preferat să ne lase să murim în loc să încalce prohibiția lui stupidă legată de tărâmurile cu semințe.

În timp ce Lucifer vorbea, în mintea lui Kunopegos apăru un coșmar pe care îl avusese în repetate rânduri de când fusese trecut pe lista neagră. Se făcea că alerga pe o pajiște, urmărind o turmă care se îndrepta spre marginea unei stânci. Îi striga pe cei din turmă, îi implora să se oprească, dar ei continuau să se îndrepte în galop spre propria moarte. În vis, privea în jos către nenumăratele trupuri frânte de Centauri, toate strivite de pietrele de jos. Întotdeauna se trezea cuprins de o sudoare rece, iar inima îi tropăia la gândul înfricoșător că ar putea rămâne ultimul din specia sa.

- Împăratul a știut unde sunt dintotdeauna? întrebă Kunopegos, trântind o copită de punte și făcând să țâșnească scântei. Mi-am bătut capul pentru problema asta timp de 500 de ani!

- Nu Hashem le-a ajutat să evolueze, zise Lucifer. Shay'tan a făcut-o. Tatăl meu i-a cetat tărâmul acela lui Shay'tan în urmă cu mai multe milenii. Shay'tan ar vrea să... cum să spun... să îi dea peste nas tatei deschizând acel tărâm uman pentru comerț.

- Hashem chiar are de gând să ne lase să dispărem?

Kunopegos se simțea de parcă tocmai îl împușcase cineva îl aruncase cineva de pe nava represurizată. Nu. Nu *putea* să fie adevărat!

- Ți-a ordonat să începi să promovezi rasele evoluate mai noi pe poziții pe care *noi* obișnuiam să le ocupăm, zise Lucifer. Noi suntem înlocuiți.

Inima lui Kunopegos se prăbuși până în copite. *Era* adevărat. Avusese dovezile înaintea ochilor în tot acest timp și refuzase să le vadă. Privi către prim-ministru și se cutremură. Ochii reci, argintii ai lui Lucifer străluceau cu o anume emoție. Furie? Nu. Satisfacție nestăpânită...

- Am primit ordinul de promovare, zise Kunopegos. Am auzit că Comandantul General Suprem Jophiel a amenințat că o să își dea demisia dacă Hashem nu face niște concesii cu privire la programul lui nebunesc de reproducere.

- Împăratul a omis faptul că a ascuns rasa primordială, zise Lucifer. Chiar mai ai încredere în explicația lui acum?

- Deci ce vrei la schimb - Kunopegos arătă către mica femelă – dacă accept acest dar?

- Doar să păstrezi secretă existența ei, zise Lucifer, până când am ocazia de a-mi muta toate piesele de șah pe poziții.

- Am văzut cu toții ce i s-a întâmplat *ultimului* hibrid care a încercat manevra asta.

Nu mai adăugă și faptul că hibridul în discuție era nimeni altul decât tatăl biologic al lui Lucifer.

- Doar o să depun o petiție la Parlament ca să deschidem tărâmul uman spre comerț, spuse Lucifer, dar va fi nevoie de timp ca să obțin susținere pentru anulare. E important ca noi, hibrizii, să ne exprimăm la unison și să îi transmitem Împăratului că nu îi vom permite să ne marginalizeze până dispărem.

- Depui o petiție la *Parlament,* sublinie Kunopegos. Nu am de gând să susțin o revoluție armată.

- Desigur că nu! indignarea prefăcută a lui Lucifer nu îi atinse și ochii. Până la urmă, vorbim de tatăl meu. Acum – arătă către cei doi Angelici masivi care îl însoțeau peste tot – ți-ar plăcea să îți cunoști proaspăta soție?

Cei doi Angelici aduseră femeia mai aproape. Aceasta rămase docilă, ca o iapă bătrână, în timp ce Kunopegos se învârti în jurul ei și o analiză din toate unghiurile. Îi atinse obrazul, aproape de ochii negri, migdalați.

- Coama îi e atât de neagră și pielea aproape galbenă...

- Oamenii vin în tot felul de forme, zise Lucifer. La fel ca strămoșii *tăi,* până să se încrucișeze selectiv.

Unul dintre predecesorii lui Kunopegos avusese pete albe; altul avusese piele ca de căprioară. Mulțumită programului de reproducere, *toți* hibrizii își cunoșteau acum descendența, dar însemnele care îi deosebeau se pierduseră de zeci de mii de ani. Fără să-și dea seama, Kunopegos strânse mâna omenească a mânzei în mâna lui, mare și maro.

Spre deosebire de *majoritatea* speciilor din galaxie, ea nu tresări.

- Are un nume? întrebă el.

- Aigiarn, spuse Lucifer. Înseamnă lună strălucitoare. Provine dintr-un trib nomad de locuitori ai stepei, care trăiesc printre cei care au contribuit la cealaltă jumătate a ADN-ului nostru, caii. Va fi extrem de fericită să te călărească pe spate.

Kunopegos necheză surprins.

- Vrei să spui că în acea colonie a lui Shay'tan se găsesc și strămoșii noștri ecveștri? întrebă el, bătând entuziasmat din copite. De ce nu ne putem reproduce cu *ei,* la fel ca Mer-Levi?

- Vai! cloncăni Lucifer. Ființele umane aveau deja simțuri când Împăratul a decis să se joace cu ADN-ul lor, dar strămoșii voștri ecveștri nu sunt cu nimic mai simțitori decât strămoșii noștri aviari.

- Dar Leviatanii...

- Erau deja vag simțitori, îl întrerupse Lucifer. Împăratul a mutat câțiva dintre strămoșii lor pe un teritoriu nou după ce le-a alterat ADN-ul, iar apoi i-a uitat.

Asta nu era un secret. Kunopegos era suficient de bătrân încât să îşi amintească vremea în care o navă a Alianţei investigase o semnătură energetică neobişnuită într-o zonă îndepărtată a galaxiei şi descoperise o rasă de mamifere acvatice simţitoare, descendente ale aceloraşi creaturi care contribuiseră la jumătate din ADN-ul speciei Merfolk. În perioada care trecuse de la pierderea planetei Nibiru, tărâmul de origine al oamenilor, specia Levi evoluase, ajungând în faza de creaturi complet raţionale, şi reuşise să călătorească în spaţiu. Veştile fuseseră şi bune, şi rele. Specia Merfolk nu mai era pe cale de dispariţie, dar nici nu mai era... ei bine... Merfolk. După câteva generaţii de căsătorii cu Leviatanii, copiii Mer-Levi nu mai semănau deloc cu hibrizii pe jumătate umani din care se trăgeau.

- Împăratul nu a considerat că ar merita să înzestreze caii cu raţiune, spuse Lucifer. Dacă te reproduci cu un animal, puii vor avea deficienţe mentale.

- Dar femeile umane vor naşte pui în regulă?

- Măcar din punctul de vedere al raţiunii, da, spuse Lucifer. Cu toate că jumătate dintre mânjii tăi vor semăna mai mult cu această femei. Vei face un sacrificiu pentru a garanta supravieţuirea propriei specii.

- Dacă asta e singura modalitate ca linia mea de sânge să nu dispară, atunci aşa o să fac.

Întorcându-se spre femeie, Kunopegos luă decizia finală.

- Haide, mânza mea frumoasă. Să ne cunoaştem mai bine!

Aigiarn se urcă pe jumătatea ecvestră a spatelui său şi îl lovi în laterale, pentru a-l îndemna să alerge. Coapsele care îi cuprindeau spatele erau sigure pe ele şi puternice. Toate temerile lui se stinseră. Asta nu era vreo floare fragilă şi exotică.

- Oooo, ţopăi el ca un mânz tânăr. Poate că o să mă bucur niţel de hârjoneala asta!

Zâmbetul de cunoscător al lui Lucifer nu se reflectă şi în privire.

- Ihaa!

Aigiarn îi plesni pulpele, îndemnându-l la galopul de pe păşunea comunală, premergător împerecherii.

Capitolul 56

MAR.TU, cei ce nu ştiu de grâne...
MAR.TU, cei ce nu cunosc nici casă, nici oraş,
Ţopârlanii munţilor...
MAR.TU, cei ce dezgroapă trufe...
Şi cei ce nu-şi pleacă genunchii (spre a cultiva pământul),
Cei ce mănâncă carne crudă,
N-au nicio casă-n viaţa lor
Şi nu sunt îngropaţi la moarte.

— Scriere sumeriană despre tribul Amorit

Septembrie – 3.390 î.Hr.
Pământ: Satul Assur
Colonel Mikhail Mannuki'ili

MIKHAIL

Se dovedi a fi ceva mai *mult* de un drum de o zi, având în vedere povara celor doisprezece recruit noi, care păreau a fi şi cei mai *incompetenţi*. Ajunseră la graniţă cu mult după lăsarea întunericului. Mikhail le arătă cum să îşi camufleze bivuacurile[38] în vreme ce Jamin, Firouz şi Dadbeh îngenunchiară deasupra urmelor de animale, analizându-le la lumina lunii.

- Mikhail are dreptate, spuse Dadbeh. Urmele astea par să fie făcute aproape în fiecare zi.

- Probabil e doar cineva din Eshnunna, mormăi Jamin.

- Atunci de ce ne-ai mai adus aici? întrebă Firouz.

- Fiindcă vreau să îi arăt tatei că Mikhail habar n-are ce face, spuse Jamin.

Toţi cei trei bărbaţi se întoarseră către Angelic, aruncându-i priviri ostile. Fără Siamek, care servea de obicei drept intermediar, războinicii reveniseră automat la obiceiul lor de-o viaţă de a-şi urma *Muhafizul.*

Mikhail verifică direcţia vântului, după care le arătă învăţăceilor săi cum să construiască un punct de observaţie în direcţia în care bătea vântul, dinspre zona de unde se adăpau caprele.

- Pregătiţi-l aici şi aşezaţi frunzele cu faţa în *sus,* explică el. Aşa cum cresc în mod natural. Dacă le aşezaţi cu faţa în jos, asta o să atragă atenţia inamicului.

---

[38] *Bivuac:* punct de campare temporar, de obicei ascuns.

- Aşa? întrebă Ipquidad. Adolescentul înalt şi dolofan avea nevoie de ceva mai multe tufişuri ca să se ascundă.

- De ce nu a venit Pareesa? întrebă Ebad, fiul olarului.

- Ce întrebare stupidă, spuse Ipquidad, uitându-se nemulţumit spre Jamin şi arătând apoi către propria mână. Toţi cei doisprezece recruiţi îşi ascunseră rânjetele.

- *Muhafizul* a ales echipa de patrulă, spuse Mikhail.

- Crezi că va trebui să *luptăm* împotriva lor? întrebă Ebad.

- Nu e vorba decât un adult şi un băieţel, zise Mikhail. O să aflăm cine sunt, iar dacă nu provin de aici, o să le ordonăm să plece.

- Şi ce facem dacă sunt Halifieni?

- Nu am venit decât ca să îi alungăm, spuse Mikhail.

- Halifienii sunt duşmanii noştri.

- Aşa că vreţi să omorâţi *copii?*

Tinerii se gândiră o clipă, după care dădură din cap în semn de nu.

- Eu nu vreau să omor pe *nimeni,* spuse Ipquidad. Nu vreau decât să ne lase în pace.

- Nu toţi cei care ne-au atacat erau Halifieni, zise Mikhail. Unii erau Amoriţi, unii proveneau din alte triburi. Nu e *niciodată* acceptabil să ţinteşti civili.

Noii recruţi murmurară în semn de aprobare. Erau nerăbdători să înveţe şi altceva decât exerciţiile de bază, tare plicticoase, dar nu la fel de nerăbdători să se implice în lupte adevărate.

- Câţi ai omorât? vru să ştie Ipquidad.

- De când am ajuns aici? întrebă Mikhail.

- Nu, înainte. Îţi aminteşti vreo altă bătălie?

Mikhail privi îndelung către lună.

- Am *o* amintire, spuse el. Şopârle. Au rănit o prietenă.

- Câte ai omorât?

- Doar una, spuse Mikhail. Din câte îmi amintesc. Dar cred că am omorât mult mai mult.

- Abia aştept să fiu şi *eu* suficient de bun încât să îmi omor inamicii, zise Yaggit, cel mai competent dintre cei incompetenţi.

- Nu te grăbi aşa de tare să curm o viaţă, spuse Mikhail. Pe mine mă apasă. Fiecare dintre ele.

Liniştea se aşternu între ei. Mikhail îi ajută să îşi termine adăposturile, după care spuse:

- Dormiţi. O să fiu eu primul pluton.

Jamin, Dadbeh şi Firouz se întinseră să doarmă separate de ceilalţi. Mikhail înaintă câteva zeci de metri spre inima uscatului, de-a lungul drumului pe care aveau să vină probabil caprele. Secundele se scurseră; domnea sentimentul acela de grăbeşte-te-dar-aşteaptă dinaintea oricărei bătălii. Mikhail şopti o rugăciune de concentrare pe care îşi amintea că o învăţase de la Cherubimi. În timp ce o rostea, totul căpătă o strălucire slabă, albăstrie.

Ninsianna numea asta „magie". El o numea capacitatea minţii de a se concentra asupra informaţiilor de care avea nevoie pentru a supravieţui. Greierii zumzăiră; broaştele orăcăiră cu nesaţ; liliecii se lansară în căutarea insectelor; iar în apa râului, ceva mare – cel mai probabil un crocodil – aştepta în locul în care caprele aveau să vină să se adape.

Angelicul privi îndelung spre stele. Oare el de pe care venise? Şi de ce, în toate aceste luni, nu venise niciunul dintre semenii săi să îl caute?

Un sunet moale, atât de slab încât la început îl confundă cu un şoarece, alunecă printer tufişuri, dincolo de râu. Cu sabia pregătită, Mikhail îşi întinse aripile şi sari fâlfâind deasupra intrusului.

Jamin ţipă când îl văzu pe Angelic coborând la pământ.

- Ce faci? întrebă Mikhail.

- Nu mai poate omul să îşi facă nevoile?

- Nu eşti cam departe pentru asta?

- Eşti *tata* cumva? mormăi Jamin.

- Eşti *Muhafiz,* zise Mikhail. Poţi să faci ce vrei.

Jamin înaintă ofensat printre tufişuri, după care reveni, făcând un mare spectacol din modul în care îşi rearanja kiltul. Apoi, năvăli înapoi spre zona de dormit, mult mai zgomotos decât fusese când se strecurase printre tufe.

Ebad îi luă locul la patrulat. Mikhail se cuibări în propriile aripi şi adormi foarte repede. Nu îi plăcea să lase garda jos în compania cuiva pe care nu cunoştea aşa de bine, având în vedere cât de silenţios se strecurase Jamin printre tufişuri mai devreme; nu părea imposibil de crezut că nenorocitul ar fi putut încerca să îl înjunghie în somn. Ebad, însă, în ciuda incompetenţei sale absolute, părea să îl admire.

După ceea ce părură a fi doar câteva minute, Ebad îl zgâlţâi pentru a-l trezi.

- Domnule, şopti el. Cred că văd ceva…

Drogul binecunoscut al fricii şi al exaltării îi puse sângele în mişcare. Ebad arătă către orizont.

- Acolo.

- Eu nu văd nimic.

- Mai uitaţi-vă, zise Ebad. Cred că am văzut o torţă.

Priviră amândoi în direcţia aceea pentru câteva minute bune. La un moment dat, o zări…

- Credeţi că e păstorul nostru?

Mikhail analiză lumina care pâlpâia. Era în mod clar o torţă. Dar ce îl îngrijora şi mai mult se prefigura mai la sud; o cantitate semnificativă de *fum* care se înălţa din spatele dealului, evident vizibilă la lumina lunii.

- E un foc de tabără, spuse el, arătând către deal. Unul destul de mare, judecând după fum.

- Ce fum?

Mikhail îi arătă cum să își aleagă un punct de referință și apoi să scaneze cerul nopții în căutarea fumului. Nu fusese vizibil până când luna nu înaintase spre vest – de aceea nu îl observase și *el* când patrulase.

Îl lovi prietenește pe Ebad pe spate.

- Bună treabă, spuse. Trezește-I pe ceilalți. Eu o să zbor înainte ca să văd cine a campat la granița noastră.

Mikhail se lansă în aer, zburând la înălțime mica pentru ca luna să nu îi scoată în evidență aripile pe fundalul cerului. Când se apropie de lumina pâlpâitoare, observă un bărbat care purta o robă Halifiană și un băiat nu mai mare de nouă ani, dirijând caprele spre râu. Cu *așa* ceva se puteau descurca și recruții lui. Ce îl îngrijora pe el era cine fusese atât de curajos încât să aprindă un foc așa de mare la sud.

Cu un fremătat al aripilor, zbură spre dealul care masca focul grupului necunoscut și se furișă spre vârf. În valea de la poale, un grup de mercenari cu înfățișare dură – opt, după numărătoarea sa – dormea lângă foc. Lângă ei, cinci, nu, șase femei stăteau legate.

Mikhail rezistă impulsului de a descinde între ei de îndată și de a-i ucide. Aceasta era o misiune de *antrenament*. Mai mult decât orice, voia să îi arate lui Jamin că *știa* ce face. Strecurându-se înapoi în josul dealului, își întinse aripile și zbură înapoi.

Toți bărbații erau treji când ajunse la râu. Noii recruți se fâțâiau prin jur, fără direcție, în timp ce Jamin și cei doi războinici de elită ai săi pregăteau o ambuscadă. Fâlfâind din aripi, Mikhail coborî la sol.

- Am găsit ceva, spuse el. Opt mercenari, șase femei.

- Era păstorul? întrebă Jamin.

- Am dat peste un bărbat și un băiat, zise Mikhail. Nu erau parte din același grup. Mercenarii sunt pe o altă cărare.

- Cum... Jamin privi către aripile lui. Nu mai contează. Deci cum ar trebui să *ajungem* la mercenarii ăștia, tu, înaripatule, adăugă sarcastic, dacă noi nu putem să zburăm?

Mikhail privi către noii recruți. Putea să jure că Jamin alesese în mod deliberat cei mai *puțin* competenți recruți pentru a-i grăbi eșecul. Ucenicii nu erau nici pe *departe* gata să facă față unui grup de opt mercenari înrăiți.

- Zbor înapoi spre Assur și aduc restul oamenilor, zise el. Dacă plec acum, o să ajungă în zece ore.

- Pe lumină, pufni Jamin. Asta *dacă* mercenarii o să mai fie acolo.

Dadbeh and Firouz se apropiară pentru a asculta planul.

- Erau Halifieni?

Ochii celor doi sclipeau cu furie.

- Amoriți, cred, spuse Mikhail. Judecând după robele colorate.

Ceva din atitudinea lui Jamin se schimbă.

- Amoriți? întrebă el.

- Da.

- Nu putem să îi lăsăm să scape!

Mikhail arătă către noii recruți.

- Nu sunt nici pe *departe* gata să facă față unei asemenea mase de mușchi.

- Dar ce, ți-e *frică,* tu, sabie a zeilor? îl tachină Jamin.

- Frică, nu...

- Ce credeți? li se adresă Jamin direct recruților. Îi depășim numeric, în raport de doi la unu. Acești *mercenari* au omorât unsprezece dintre oamenii noștri. Sunteți prea *lași* ca să îi puneți la punct?

- Nu! spuseră recruții.

Ochii întunecați ai lui Jamin străluciră victorioși.

- Ți-ai primit răspunsul, zise el.

- Sugerez să...

- *Eu* sunt *Muhafizul,* mârâi Jamin. Ce sugerezi tu este *irelevant.*

Mikhail își reprimă impulsul de a strânge de gât adunătura asta pompoasă de bălegar care era Jamin. Asta era ceea ce căpetenia își dorea – ca *el* și fiul lui să lucreze împreună. Doar o viață întreagă orientată spre disciplină și abilitatea de a-și urma întotdeauna comandantul îl oprea din a ignora titlul lui Jamin și a-l trimite direct la Hades.

- Cum doriți, spuse el printre dinți. Domnule.

Își stricară rapid adăposturile și înaintară în josul râului, spre locul în care Mikhail descoperise a doua cărare. Străduindu-se din răsputeri, se îndreptară spre inima uscatului, cu noii recruți gâfâind în încercarea de a ține pasul cu Jamin, Dadbeh și Firouz. Cerul începu să se lumineze.

- Grăbiți-vă, îi îndemnă Mikhail pe recruți. Trebuie să atacăm înainte să răsară soarele.

Ajunseră la dealul de pe care Angelicul cercetase zona. Amoriții dormeau adânc în jurul focului de tabără. Jamin le prezentă planul său lui Firouz și Dadbeh. Mikhail așteptă și partea *lor* de plan, dar războinicii de elită îi ignorară.

- Femeile acelea sunt din neamul Ubaid? întrebă Ipquidad, arătând spre ele.

- Trei dintre ele, da, șopti Ebad. Nu sunt sigur de celelalte. Nu le recunosc hainele.

- Sunt din Assur? întrebă Yaggit.

- Nu le recunosc, spuse Ipquidad.

- Nici eu, zise Ebad.

- Nu contează, interveni Mikhail. Sunt luate ostatic. Le vom elibera.

Le prezentă un plan prin care aveau să susțină războinicii de elită și, câtă vreme Amoriții erau distrași, să elibereze femeile.

- Omorâți dacă e nevoie, spuse Mikhail, dar nu vă riscați propriile vieți. Dacă putem, aș vrea să îi capturăm vii.

- De ce? întrebă Ebad. Ei n-au nicio ezitare în a-i omorî pe ai *noștri.*

- Vreau să aflu *unde* ne duc femeile.

Noii recruți dădură din cap. Două unități. Fiecare cu șase bărbați. Doisprezece în total. Niciunul dintre ei nu avea *niciun fel* de experiență de luptă. Mikhail dădu fiecărui grup câte o sarcină diferită. Dadbeh și Firouz începuseră deja să se strecoare spre tabără, în spatele lui Jamin, grăbindu-se pentru a lovi înainte de răsărit.

Era de datoria *lui* să se asigure că mica lui „turmă de șacali" rămânea în viață.

- În regulă, șopti el. Să mergem.

Se furișă în liniște, dorindu-și din *tot sufletul* să fi putut zbura, să fi coborât în mijlocul inamicilor și să îi fi nimicit în secunda în care ar fi încercat să își folosească armele.

Păcat că Pareesa nu e aici. Sigur i-ar fi liniștit din câteva mișcări.

Poate că Ninsianna avea dreptate? Poate că într-adevăr ar *trebui* să își împovăreze mica protejată cu sarcina de a conduce acești tineri de o incompetență lipsită de speranță?

Jamin, Firouz și Dadbeh se pregătiră pentru saltul final.

Mikhail își scoase sabia din teacă. Își strânse degetele pe mâner, simțind căldura metalului.

- Ține-te de propria luptă, prietene, șopti el. Rămâi întotdeauna cu oamenii tăi.

Începu să îngâne rugăciunile care îl ajutau să se concentreze în luptă. Picioarele neîndemânatice ale recruților, respirația lor mult prea zgomotoasă, duhoarea lor copleșitoare de transpirație și frică, toate se disipară în timp ce Angelicul își concentra atenția asupra unei singure sarcini: să elimine dușmanul.

- Haiaaaa! strigă Jamin.

Năvăli cu sulița la înaintare. El, Firouz și Dadbeh înjunghiară câte un inamic înainte ca aceștia să aibă șansa de a reacționa și se lansară apoi asupra următorilor.

Ceilalți mercenari săriră în picioare.

- Ahh! urlară Amoriții.

Una dintre unitățile lui Mikhail atacă unul dintre Amoriți, lovind stângaci, de parcă ar fi înțepat un bursuc, în timp ce a doua unitate se repezi să elibereze femeile. Între timp, Jamin elimină al doilea inamic.

- Da! exclamă el, agitându-și sulița însângerată.

Se lansă asupra celui de-al treilea. Ninsianna avea dreptate. Ar fi *putut* fi mai puternici dacă reușeau să se înțeleagă...

Dadbeh și Firouz îl încercuiră pe cel de-al cincilea Amorit. Când lucrau împreună, cei doi erau imposibil de oprit.

Unul dintre Amoriți se aruncă spre spatele lui Edbad...

- Ai grijă!

Zburând pe jumătate, Mikhail sări între Ebad și Amorit. Opri sulița bărbatului cu propria sabie.

- A, ne întâlnim din nou, înaripatule, spuse Amoritul într-o Ubaidă stricată. Era îmbrăcat mai elegant decât ceilalți bărbați, purtând o bandană de piele de-a curmezișul robei colorate, în dungi. În acea bandană avea prinsă o jumătate de duzină de cuțite mici, confecționate din os.

- Nu-mi amintesc să fi avut plăcerea de a ne cunoaște, spuse Mikhail deplasându-se în cerc, cu sabia întinsă în față pentru a para următoarea mișcare a dușmanului.

- Sunt Rimsin, fiul lui Kudursin, spuse Amoritul. Ne-am întâlnit acum câteva nopți.

Bărbatul se lansă asupra lui. Mikhail se feri ca într-un dans din calea sa. Își amintea bărbatul care alergase pe poartă; cel pe care Jamin îl urmărise, dar nu reușise să îl oprească. La momentul acela, îl catalogase drept căpetenia grupului. Mikhail și Amoritul continuară să se miște în cerc, așteptând o greșeală a adversarului.

- De ce ne luați femeile? întrebă Mikhail.

- Aș putea să te întreb *același* lucru.

- Cum adică?

Amoritul se lansă asupra lui. Aproape prea rapid pentru a fi văzut, unul dintre cuțitele bandanei de la pieptul său sări direct în cealaltă mână. Lovi cu sulița, după care completă cu lama cuțitului. Mikhail se feri din calea sa și respinse sulița cu sabia. Amoritul îl tachină:

- Se pare că neamul tău are un apetit de nestăvilit pentru femei, pentru că zeii-șopârlă au stabilit că trebuie să le ducem femei fertile din toate grupurile de vârstă la schimb pentru trei *darici* de aur bucata.

- Mincinosule!

Mikhail încercă să îl lovească.

- Spun doar adevărul, zise Amoritul, arătând către cineva din spatele lui. Dacă nu mă crezi, întreabă-l pe trădătorul care ne-a angajat să te ucidem pe *tine*.

O suliță apăru de nicăieri și se înfipse în pieptul Amoritului. Amoritul căzu la pământ, cu mâna în dreptul inimii. Se luptă să respire și încercă să vorbească. Cu mâna tremurândă, arătă către omul care îl omorâse.

Jamin...

- De ce ai făcut asta? urlă Mikhail. Era pe punctul de a ne spune ce aveam nevoie să știm!

- Era *inamicul* nostru, șuieră Jamin, iar acum este *mort*.

Mikhail înghenunchie lângă Amorit.

- Spune-mi, zise el, apăsând pe rana bărbatului. Spune-mi, te rog. Ce știi despre oamenii mei?

Bărbatul răsuflă greoi. Respirația lui se împiedică într-un gâlgâit însângerat. Se holbă cu ochi panicați în timp ce sângele i se scurgea din trup. Încercă să vorbească, dar nu mai reuși să articuleze nimic prin bolboroseala sângelui.

Muri...

... lăsându-l pe Mikhail la fel de neștiutor ca la începutul luptei.

Angelicul se ridică, ignorând aclamările vesele ale bărbaților care eliberau femeile și se mândreau cu trupurile neînsuflețite ale celor opt inamici uciși. O furie adâncă îi străbătu corpul. Privirea i se îngustă ca într-un tunel întunecat, concentrându-se doar asupra țintei sale. Combătu impulsul copleșitor de a *distruge*.

Mikhail arătă către Jamin.

- Aveam *nevoie* de informațiile alea!

Jamin adoptă o poziție de luptă.

- Mi-au atacat *satul,* șuieră el.

Se mișcau în cerc, ca doi lei cu intenții ucigașe. Printre războinici se așternu liniștea. Suspinând înfricoșate, femeile se strânseră unele în altele.

Mikhail își umflă aripile.

- Ar fi putut să ne spună unde să găsim celelalte femei!

- Ai *auzit* ce a zis, șuieră Jamin. Neamul *tău* e cel care le cumpără.

Cu o străfulgerare, Jamin își pregăti cuțitul. Năvăli în direcția lui Mikhail.

Mikhail se feri cu o mișcare ca de dans.

Fiecare fibră a ființei sale urla: UCIDE-L!!! Dar dacă l-ar fi atins câtuși de puțin, nu numai că *el* ar fi rămas fără casă, dar la fel ar fi pățit și *soția* sa...

Se forță să își coboare sabia, după care o *așeză* înapoi în teacă.

- Din respect pentru *tatăl* tău, zise el printre dinți, nu o să pun mâna pe tine. Dar nu mă provoca.

- Sau ce?

- Sau o să termin ce *ar fi trebuit* să fac din prima zi în care te-am întâlnit.

Jamin se aruncă direct spre inima Angelicului. Mikhail împinse lama la o parte și scăpă un strigăt în clipa în care obsidianul ascuțit îi zgârie bicepsul. Jamin îl încercui. Fir-ar să fie, omul ăsta chiar era rapid. *Trebuia* să îl facă pe nenorocit să se poarte rațional.

- Oprește-te! strigă el în timp ce Jamin se lansa pentru încă un atac.

De *această* dată, remarcă o zonă neprotejată. În momentul în care se feri, își strecură brațul pe sub cotul lui Jamin, înșfăcă mânerul cuțitului și păși înapoi, ținând acum în mână arma lui Jamin.

Jamin încercă să îl înjunghie, dar își dădu seama că avea mâinile goale.

- Ah!

Se repezi la Mikhail, cu capul înainte, și îl acoperi cu o ploaie de împunsături și lovituri. *Damantia!* Omul ăsta era mai scund decât Angelicul, dar era *puternic...*

Mikhail mormăi în momentul în care una dintre lovituri îi nimeri bărbia.

Ducându-și un picior în spatele genunchiului lui Jamin, reuși să îl pună la pământ, cu fața înainte, și să îi răsucească brațul la spate.

Jamin urlă:

- O să te omor! O să te omor!

Mikhail îşi ridică privirea. Atât Firouz, cât şi Dadbeh aveau suliţele îndreptate spre pieptul lui.

- Nu l-am rănit, zise Mikhail. Nu am făcut altceva decât să mă apăr.

- Omorâţi-l! strigă Jamin.

Cei doi războinici de elită ezitară.

Noii recruţi se aliniară în spatele *lor,* doisprezece la unu. Ebad, apoi Ipquidad şi ceilalţi îşi ridicară suliţele tremurător, îndreptându-l împotriva aşa-zişilor lor „lideri".

- Nu faceţi asta, zise Ebad. Jamin l-a atacat *pe el.*

- Da, spuseră şi ceilalţi recruţi.

Dadbeh şi Firouz se înţeleseră din priviri.

- Lasă-l să se ridice, spuse Firouz, arătând către Jamin.

- O să ne asigurăm că nu mai face asta, adăugă Dadbeh.

- Ai cuvântul nostru, ziseră amândoi.

Mikhail îşi slăbi strânsoarea şi, asemenea cuiva care eliberează o cobra, sări înapoi, cu o mână pe mânerul sabiei. Jamin se ridică şi îşi frecă bărbia învineţită.

- Aţi auzit *toţi* ce a zis Amoritul, spuse Jamin, agitând un deget acuzator în direcţia Angelicului. A zis că neamul lui Mikhail e cel care ne cumpără femeile.

Firouz şi Dadbeh schimbară o privire.

- Eu eram ocupat omorându-l pe *ăla,* arătară ei către unul dintre Amoriţii morţi.

- Şi *tu?* îl întrebă Jamin pe Ebad.

- Noi eliberam femeile.

- Şi voi?

- *Noi* eram ocupaţi luptându-ne cu *ăla,* ziseră mai mulţi recruţi, arătând către un cadavru.

- Dar *tu?* îl întrebă Jamin pe Ipquidad. Tu erai chiar în spatele meu!

- Eu mă luptam cu *ăla,* arătă Ipquidad către unul dintre Amoriţii morţi. Singurul lucru pe care l-am auzit a fost cum strigam eu însumi.

Jamin îl privi cu ochi negri, plini de ură.

- Verificaţi-le buzunarele. Amoritul a zis că ne vindeau femeile pe aur. Găsiţi-l şi aşa o să avem *dovada* că ne-am găsit *adevăratul* inamic.

Războinicii căutară printre hainele celor ucişi şi găsiră tot felul de obiecte de contrabandă: mărgele de lapislazuli, zeci de săgeţi, dar nici măcar o urmă de aur care să dovedească că aceşti bărbaţi avuseseră vreo legătură cu vreo societate avansată din punct de vedere tehnologic. Furios, Jamin lovi trupul Amoritului pe care îl înjunghiase în piept.

- Nenorocitule!

Aşezându-şi capa în jurul umerilor într-o manieră tipică unui *Muhafiz,* le ordonă oamenilor săi să îşi strângă lucrurile şi, fără să îi aştepte, începu lungul marş spre casă.

Capitolul 57

Data Galactică Standard: 152,323.09 D.Î.
Sector Tango: Nava amirală „Jehoshaphat"
General Abaddon alias „Distrugătorul"

ABADDON

Trei fire albe. Cuprins de cea mai profundă fericire pe care şi-o putea aminti inima sa, Abaddon le numără din nou. Trei fire albe. Nu două, nu patru, ci trei îi împodobeau buclele castanii care îi alunecau pe spate.

El îşi îngropă nasul în scobitura gâtului ei şi îi inhală parfumul de hCG.[39] După 630 de ani de eşecuri, mirosul ei era atât de ameţitor încât nu putea suporta să stea departe de ea. Îşi aşeză mâna pe abdomenul ei, încă plat în ciuda faptului că bebeluşul pe care el îl putea *mirosi* creştea în pântec.

- Ai scăpat de greţuri, *mo grá*? o întrebă el, atingând umbrele albăstrii care îi apăruseră sub ochi cam de când începuse să se împleticească până la toaletă în fiecare dimineaţă şi să vomite.

Neputând purta această luptă *în locul* ei, făcea singurul lucru pe care îl putea face: o strângea în braţe câtă vreme se chinuia să verse, îi dădea părul la o parte şi îi ştergea faţa înainte de a o duce înapoi în pat pentru a se cuibări până când îi revenea culoarea în obraji.

Ochii căprui, ca de mahon, îi zâmbiră înapoi. Se simţea mai bine. Lucifer sugerase că rasa primordială nu era prea inteligentă, dar ea învăţase deja zeci de fraze simple. Poate că îl percepea drept mai mult decât moşneag spălăcit?

- M-ai făcut cel mai fericit bărbat din lume, îi şopti el la ureche.

Buzele ei se arcuiră într-un zâmbet în timp ce el îi muşca uşor lobul urechii. Împăratul îi privase specia de aşa ceva, de acest sentiment exaltant al împreunării dintre două inimi, dintre două suflete.

- Soţ, zise Sarvenaz, iar fruntea i se încreţi în semn de concentrare. Tu nu... lucru... târziu?

Inima lui tresări fericită la auzul alintului interzis. Acesta fusese cel de-al doilea cuvânt pe care soţia lui îl învăţase, imediat după ce învăţase să îi spună numele.

- Ah, *chol beag*, spuse el, trăgând-o mai aproape. Ştii că trebuie să plec. Alianţa nu se poate apăra singură.

Femeia îi strânse piciorul posesiv cu al ei. Era un joc pe care îl jucau în fiecare dimineaţa, când el se pregătea să plece. Îi *plăcea*, cu toate că era

---

[39] *hCG:* Gonadotropină corionică umană, un hormon produs de placentă după implantare.

pentru prima oară în cariera sa de 630 de ani în care ajunsese să întârzie la muncă. Având în vedere statutul pe care îl avea, cine l-ar fi putut admonesta?

- Nu știu ce am făcut să te merit. Te porți de parcă orice aș face ar fi minunat.

- Soț... Sarvenaz se chinui să găsească un cuvânt potrivit. Soț este...

Își strecură degetele printre penele gri ale aripilor lui.

- Nu, spuse ea. Soț este... își mușcă buză.

Dacă era suficient de răbdător cu ea, de obicei găsea o cale de a comunica.

- Soț este... *énas theós*.

Îi atinse aripile din nou. Abaddon își strânse aripa în jurul ei.

- Se numește aripă, *mo grá*. Împăratul Etern ne-a înzestrat specia cu ele pentru a-l proteja.

- Nu doar aripă.

Strălucirea din ochii ei arăta că reușise să găsească un cuvânt potrivit pentru ce voia să spună.

- Oamenii Sarvenaz... făcu o mișcare din mână, de parcă ar fi fost o păpușă care vorbea.

- Spun? Vorbesc? Zic? trecu Abaddon în revistă posibilele cuvinte.

- Oamenii Sarvenaz spun-vorbesc-zic. Oamenii tăi. Oamenii Sarvenaz spun-vorbesc-zic... oamenii tăi.

Femeia repetă fraza de mai multe ori, până când Abaddon își dădu în sfârșit seama ce încerca să spună.

- Oamenii tăi au povești despre neamul meu?

- Da! zise Sarvenaz cu un zâmbet triumfător. Oamenii Sarvenaz spun-vorbesc-zic *povești* despre oamenii lui soț. Îngeri.

- Și ce spun poveștile astea?

- Oamenii lui soț... Sarvenaz făcu un gest cu mâinile de parcă ar fi imitat razele soarelui.

Continuă să se exprime prin limbajul semnelor, ducându-și o mână la frunte, buze și inimă. Ceea ce transmitea susținea ceea ce spusese Lucifer, că tărâmul lor se afla undeva în Imperiul Sata'anic.

- Nu pot să cred că Shay'tan te-a lăsat să pleci.

O strânse mai tare. Ochii lui Sarvenaz străluceau victorioși. Putea să simtă că deja câștigase jocul de zi cu zi chiar înainte să scoată artileria grea.

Abaddon oftă mulțumit, semnalându-și astfel înfrângerea deplină. Subordonații săi erau suficient de talentați încât să țină lucrurile în mișcare. Servise deja mult mai mult decât perioada obligatorie de 500 de ani în armata Alianței. Imediat ce Lucifer își obținea anularea dorită în Parlament, intenționa să își prezinte demisia și să se pensioneze. Nu știa câți ani mai avea de trăit, dar plănuia să îi petreacă dând viața tuturor urmașilor pe care îi putea oferi soția lui.

- Soț... spun-vorbesc-zic... poveste?

Ochii ei străluceau a curiozitate. Cu toate că avea un vocabular limitat, analiza tiparul limbajului folosit de el și își îmbogățea gama de cuvinte cu fiecare poveste.

Avea oare idee cât de norocoasă era să fi scăpat de dragonul bătrân care ar fi subjugat-o în cultura Sata'anică? Da. Avea să îi spună *acea* poveste chiar azi.

- Ai văzut vreodată o femeie Sata'anică?

Sarvenaz își scutură capul. „Bărbat" și „femeie" erau două dintre cuvintele pe care le învățase cel mai devreme și recunoștea șopârlele Sata'anice atunci când Abaddon îi arăta poze cu ele.

- Shay'tan ține femeile închise în zona Hades pentru ca bărbaților să nu le vină vreo idee și să fugă.

Sarvenaz urmărea cum gura lui forma cuvinte și buzele i se mișcau în tăcere, imitând tot ce recunoștea. Așa își dădea și el seama cât de mult înțelegea *cu adevărat*. Pentru toate formele de mită pe care le refuzase de-a lungul anilor – bani, putere, chiar poziții de conducere în lumea lui Shay'tan -, bătrânul dragon nu ar fi putut să îi trimită un obiect de șantaj mai tentant decât această femeie care se agăța de fiecare cuvânt pe care îl rostea.

- Eu sunt unul dintre puținii cetățeni ai Alianței care le-a văzut vreodată, spuse el. Odată, într-o confruntare de la graniță, am capturat un distrugător Sata'anic. Am intrat în el și știi ce am găsit?

Sarvenaz zâmbi, mimând în liniște cuvintele „Alianță" și „găsit".

- Am găsit un general Sata'anic în zona de lansare, spuse Abaddon, îndesându-și cele trei soții și o mână de ouă neclocite într-o capsulă de salvare concepută pentru două persoane. Având în vedere că Shay'tan ține toate femeile în haremuri, pe teritoriile lor, știam că prinsesem într-adevăr un general cu grad foarte înalt.

- Sata'an ... general? Sarvenaz arătă către uniforma pe care Aabaddon o așeza în fiecare seară pe spătarul scaunului, pentru a nu se boți.

Cu toate că *denumirile* rangurilor militare ale Alianței o zăpăceanu, chiar înțelesese ideea că exista o ierarhie pe navă, iar *el* era în fruntea ei.

- Da, spuse Abaddon. General. Ca mine. După ce i s-a descărcat arma cu impulsuri și nu a mai avut nicio armă cu care să mă atace, și-a scos sabia și s-a așezat între mine și familia lui. M-a implorat să îl omor pe el, dar să le permit soțiilor și copiilor săi să scape. Am stat de vorbă câteva minute despre dorința lui de a-și proteja familia și cât regreta că reticența sa de a se despărți de ea le pusese viețile în pericol.

Urmări cu privirea conturul maxilarului lui Sarvenaz și modul în care sprâncenele ei se înălțară pe măsură ce el povestea. Până să îl întâlnească pe acel general Sata'anic, considerase că toate șopârlele erau niște monștri. Începând din acea zi, însă, începuse să compare etica Sata'anică cu cea a hibrizilor și, sincer, uneori simțea că cei din specia lui erau inferiori.

-Mi-a fost milă de el, spuse Abaddon. Generalul le-a ordonat soțiilor lui să continue să se strecoare în capsula de salvare. Când a închis ușa și a programat coordonatele locului în care puteau ateriza în siguranţă, ele plângeau, dar l-au ascultat. Imediat ce capsula a părăsit nava, generalul a îngenunchiat, şi-a lăsat sabia să cadă şi şi-a aplecat capul ca să îl pot decapita dintr-o singură lovitură.

- Soţ... omorât... general? se încruntă Sarvenaz.

Aha! Deci *chiar* înţelegea!

- Da, zise Abaddon. L-am omorât. Nu pentru că îl uram, ci pentru că îl respectam prea mult ca să îi ştirbesc onoarea predându-l pentru interogatoriu. Dacă aş fi făcut-o, Shay'tan i-ar fi pedepsit familia aruncând-o în stradă.

Sarvenaz dădu din cap, iar fruntea i se descreţi. Deşi Abaddon se îndoia că femeia înţelegea exact *de ce* alesese să lase familia să scape, părea să înţeleagă că îi purta un respect deosebit generalului. Abaddon arătă către sabia care stătea sprijinită lejer de acelaşi scaun pe care îşi ţinea şi uniforma.

- Până în ziua de azi, onorez amintirea generalului lui Sata'an purtând această sabie.

Sarvenaz zâmbi şi se cuibări mai aproape de el, mângâindu-i abdomenul plat şi musculos şi privindu-l cu o expresie lacomă.

- Trebuie să merg la muncă acum, *mo grá*, spuse el.

Femeia scoase artileria grea, coborându-şi mâna la joncţiunea dintre picioarele Angelicului. Gemând satisfăcut, el se „ridică" la apel. În mâinile ei, era uşor manevrabil, dar avea *propriile* arme în acest război încântător pe care îl purtau în fiecare dimineaţă.

Îi muşcă şi sărută gâtul până când femeia izbucni în râs. Ah! Cât de mult iubea să o audă râzând! Pentru o specie care tindea spre seriozitate, râsetele ei erau ca un drog. Îi umpleau inima de bucurie.

Îşi frecă nasul de gâtul ei şi numără încă o dată, pentru a fi sigur. Trei fire albe. Orice ar fi născocit Lucifer, planul pălea în lumina darului pe care îl primise. În sfârşit avea o parteneră. O parteneră care nu voia să îl părăsească; şi *în sfârşit* avea să fie tată.

Bătrânul general jură că nu avea să o piardă *niciodată...*

Indiferent de preţ.

Capitolul 58

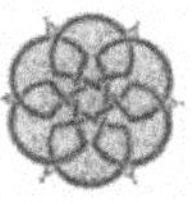

Data Galactică Standard: 152,323.09 D.Î.
Imperiul lui Sata'an: Hades-6
Locotenent Apausha

Lt. APAUSHA

Palatul Lordului Ba'al Zebub se afla la o aruncătură de băţ de capitala lui Shay'tan, Dis. Cu toate că nimeni nu *îndrăznea* să construiască ceva comparabil cu iubitul împărat şi zeu (Biblia Sata'anică includea o scriptură despre un guvernator planetar care avusese tupeul de a ridica un turn ce rivaliza cu al lui Shay'tan), existau, totuşi, anumite căi de a te diferenţia fără a declanşa spiritul competitiv al bătrânului dragon. Ba'al Zebub îşi perfecţionase competiţia, aducând-o la rang de artă prin faptul că păstra înălţimile doar *puţin* mai mici decât ale lui Shay'tan...

...iar apoi continua construcţia *sub pământ...*

Locotenentul Apausha îşi recăpătă brusc atenţia când gărzile de la poarta de intrare a lui Ba'al Zebub îi cerură datele personale.

- Apausha, fiu al lui Isawi, zise el. Am venit pentru raport.

Tânărul gardian se uită atent la ecranul calculatorului.

- Aici scrie că sunteţi fiul lui... Salahadin?

Apausha îşi încleştă pumnul, dar se forţă să îşi menţină o expresie indescifrabilă. *Desigur* că Ba'al Zebub avea datele *neoficiale,* nu cele pe care tot restul armatei deţinea permisiunea de a le accesa.

- Aceea e o greşeală, domnule, zise Apausha. Sunt fiul lui Isawi. Un funcţionar public de rang inferior, dar *loial.*

Gardianul apăsă pe ecran şi apoi chemă un alt paznic să îi ţină locul — era o şopârlă mult mai bătrâne, ai cărei solzi ridaţi rivalizau cu cicatricile din luptă ale lui Apausha. Bătrânul paznic, care purta o pereche de ochelari ce îi făceau ochii să îi semene cu ai unui gândac, privi la ecran. Ochii săi verzi-aurii se holbară.

- Sunteţi fiul Generalului Suprem Salahadin?

- Nu, domnule, spuse Apausha. Împăratul, slăvit fie-i numele — făcu gestul de rugăciune Sata'anic — ne-a scăpat de acea umilinţă stabilind ca mama să se căsătorească cu Isawi înainte ca ouăle noastre să clocească.

Paznicul îl scrută atent.

- Am servit sub comanda tatălui tău, spuse el. A fost un bărbat curajos. Cel mai curajos pe care l-am întâlnit.

- Salahadin este *mort,* spuse Apausha cu asprime. A murit fără onoare.

Gardianul mai vârstnic se întoarse spre cel tânăr.

- Apausha, fiu al lui Isawi, are o programare. Te rog să notezi în dosarul lui că dorește să fie recunoscut după numele tatălui *vitreg* data viitoare când solicită acces în castelul Lordului. Deși, dacă aș fi în locul lui – bătrâna șopârlă îi întâlni privirea – aș cerceta povestea *adevărată.*

- Da, domnule, răspunse gardianul.

Pregăti un document de securitate, după care chemă un aprod să îl conducă pe Apausha la castel. Aprodul îl conduse prin palatul somptuos, trecând în curte. Acolo, Ba'al Zebub se întreținea cu niște oameni de afaceri dubioși, ne-șopârle, pe care îi folosea drept paravan pentru a extrage bani din cuferele bătrânului dragon. Apausha știa acest lucru deoarece *el* era cel care transporta rezerve ciudate de pe teritoriul inamic pe o planetă recent anexată, după care le trecea *în* Imperiu drept tribut din partea acelei planete.

Comercianții navali nu puneau întrebări dacă voiau să rămână în viață...

- Prezent la raport, domnule! spuse Apausha, strângându-și coada pe partea stângă, netezindu-și creasta dorsală în semn de supunere și prezentându-se atent.

În loc să spună „pe loc repaus", cum ar fi făcut orice lider militar, Ba'al Zebub îl obliga de fiecare dată să mențină acea poziție până când începea se tremure din cauza efortului. Emirul Sata'anic se deplasă greoi în jurul său, făcând ca duhoarea cărnii proaspăt consumate să i se ivească din toți porii corpolenți. Apausha rezistă impulsului de a-și scoate limba lungă, bifurcată. Nu ar fi făcut altceva decât să *înrăutățească* putoarea.

Ba'al Zebub se întoarse legănat la cei doi oameni de afaceri, fără să îi spună vreun cuvânt, se așeză și își termină discuția, lăsându-l pe Apausha să mențină poziția de început în lumina orbitoare a soarelui. Cei trei bărbați își înfigeau cuțitele și furculițele într-un soi de animal mort și gătit, după care le îndesau în propriile guri. Șopârlele de rang inferior mâncau uneori pește și insecte; doar castele superioare aveau dreptul la mamifere.

Apausha rezistă impulsului de a-și șterge transpirația. Era un joc binecunoscut acesta prin care Ba'al Zebub își intimida subordonații de față cu un anume public. După cam douăzeci de minute, cei doi oameni de afaceri dădură mâna cu Ba'al Zebub și fură escortați în afara palatului de unul dintre aprozi.

Ba'al Zebub se cufundă înapoi în scaunul tapițat.

- Să înțeleg că ai încheiat livrarea cu succes? întrebă el.

- Da, Eminența Voastră, spuse Apausha. Prim-ministrul Alianței a părut mulțumit.

- A preluat livrarea *el însuși?*

- Da, domnule.

Gușa grăsană a lui Ba'al Zebub se deschise larg, într-un rânjet dințat.

- Pariez că te-a tratat ca pe un soi de *rege,* nu-i așa? râse el.

- Angelicii au fost cordiali, îşi alese Apausha cuvintele cu grijă. Păreau să aprecieze mărinimia zeului nostru.

Ba'al Zebub izbucni într-un râs gutural.

- Şi au mai cerut? întrebă el?

- Da, domnule, spuse Apausha. Au spus că sunt dispuşi să accepte oricât de multe puteţi trimite.

- Ah, cu siguranţă sunt! râse Ba'al Zebub. Doar că vor plăti *scump* pentru următoarea livrare.

Apausha îşi răsuci coada. *Ştia* ce avea să ordone Ba'al Zebub şi nu voia să o facă. Nici oamenii lui nu voiau.

Se înclină mai adânc, mai respectuos decât o făcuse în faţa *oricui,* cu excepţia Împăratului Shay'tan *însuşi....*

- Domnule, zise el, eu şi oamenii mei am fost martorii a ceva ce cred că ar trebui să ştiţi.

- Ce? întrebă Ba'al Zebub, înfigându-şi tacâmurile într-o altă bucată de carne.

- Lucifer, domnule... spuse Apausha cu glas tremurând. A *violat* femeile acelea. Aproape în faţa noastră! Îmi e greu să cred că Împăratul nostru – fie ca mii de raze de soare să îi lumineze milostenia – ar permite ca *orice* femeie să sufere cruzimea pe care am văzut-o noi pe acea navă!

Ba'al Zebub mestecă mai departe carnea şi o înghiţi; apoi râgâi.

- A *plătit* ce am cerut? întrebă el.

- Da, domnule, spuse Apausha. Trei sute de milioane de credite, domnule, achitabile în *darici* Sata'anici.

- Şi mi-ai *adus* aurul ăsta? întrebă Ba'al Zebub.

- Da, Eminenţa Voastră, răspunse Apausha. E descărcat chiar acum de pe nava mea.

- Atunci vreau să iei zece mii de *darici,* mârâi Ba'al Zebub, să te întorci pe navă, să mergi *înapoi* unde e planeta asta „Pământ", să îi predai aurul Generalului Hudhafah şi să îi spui că vreau de *zece ori* mai multe femei, cât de repede eşti în stare să-ţi mişti coada solzoasă de la un capăt al galaxiei în celălalt.

- Dar Eminenţa Voastră...

- Dar nimic!!! explodă Ba'al Zebub, o masă de muşchi şi grăsime care se ridică în picioare.

În ciuda taliei sale, era o şopârlă *extrem* de periculoasă.

- Eu sunt plătit să îndeplinesc dorinţa lui Shay'tan, iar *tu* eşti plătit să faci ce îţi spun eu. *Nu* ca să gândeşti!

Apausha tremura...

- Dar domnule...

- Asta dacă nu vrei ca soţia *ta* să aibă parte de aceeaşi soartă ca mama ta? şuieră Ba'al Zebub.

Apausha rezistă impulsului de a sări la nenorocitul acela grăsan şi de a-i înfige furculiţa în gât. Trebuia să se gândească la Marina acum şi, dacă avea noroc, poate că avea să le redea copiilor *săi* – odată ce îi concepea – o zecime din numele respectabil pe care *propriul* lui tată biologic îl pătase.

Își înclină capul.

- Ați cerut să vă transmit *tot* ce observăm, spuse Apausha. Cum acționați pe baza acestor informații este decizia dumneavoastră.

Ba'al Zebub răsuflă puternic. Grăsanul nenorocit nu îl *plăcea,* dar nimeni altcineva în afară de *el* nu putea pilota *Peykaap* prin căldurile prin care o făcea el zi de zi. Lordul se așeză înapoi și sorbi din băutura sa fermentată, după care chemă un aprod.

- Condu-l pe locotenentul Apausha înapoi la nava sa, spuse Ba'al Zebub. Are permisie de trei zile ca să își vadă soția, iar apoi el și oamenii săi trebuie să revină la lucru.

Aprodul se înclină adânc și spuse:

- Da, Înălțimea Voastră.

Îl conduse pe Apausha în liniște pe poarta din față. Când trecură prin dreptul gardianului bătrân, cel care îl cunoscuse pe tatăl său *adevărat,* acesta îl salută crispat pe Apausha – genul de salut pe care îl faci în fața unui general de patru stele.

Era vremea să se întoarcă în Sectorul Zulu și să aducă mai multe femei umane...

Capitolul 59

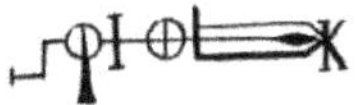

Data Galactică Standard: 152,323.09
Orbită: Haven-1
Colonel Raphael Israfa

RAPHAEL

Raphael salută „acul" biomecanic folosind dispozitivul de traducere pentru a comunica cu această formă de viață ciudată. Chiar dacă, de obicei, formele de viață din Calea Lactee tindeau să se încadreze într-una dintre cele șase categorii de bază, uneori ceva nu se potrivea cu ceea ce știau ei. Navele ac intrau în această categorie. Ca rămășițe ale unei civilizații mărețe care se dezvoltase și decăzuse într-o galaxie îndepărtată, acestea reprezentau o sinergie ciudată de biologie și tehnologie.

Navele-ac erau creaturi cu simțuri, blânde, al căror nivel de inteligență corespundea celui al unui humanoid de cinci ani. Ascultătoare și ușor de mulțumit, acestea trebuiau îngrijite asemenea unor copii. Oricât și-ar fi *dorit* Raphael ca biomecanoizii aceștia naivi să fie îngrijiți pentru că acesta era lucrul corect de făcut, adevăratul motiv pentru care navele-ac erau răsfățate era că aceste creaturi transdimensionale puteau sări instantaneu de la un capăt al galaxiei la celălalt. A doua cea mai rapidă cale de transport, care se numea FTL și era mai rapidă decât lumina însăși, necesita săptămâni, poate chiar luni pentru același traseu.

- Hei, prietene! E vremea să mergi să te joci cu prietenul tău de pe nava lui Jophiel, zise Raphael. Ți-ar plăcea?

Mica ființă se lovi entuziasmată cu nasul de mâna lui Raphael.

- Poftiți masca de oxigen, domnule.

Port-drapelul Zzz'ler îi întinse echipamentul de suport pentru respirație. Navele ac asigurau doar transportul și căldura, nu și suportul necesar supraviețuirii, astfel că oxigenul era o necesitate.

- E vremea să mă dezbrac.

Raphael își dădu jos straturile exterioare ale uniformei și pantofii înainte de a se coborî în marsupiul zvelt. Mantoidul îl ajută să își înghesuie aripile în compartiment, strivind câteva dintre penele aurii în timpul procesului. Interiorul navei ac era atât de strâmt, încât Raphael nici măcar nu avea spațiu pentru uniforma completă! Dacă ar fi fost mai musculos, ca Generalul Abaddon, sau mai înalt, ca Mikhail, nu ar fi încăput deloc!

Lovi ușor interiorul marsupiului, dându-i navei ac semnalul că putea închide ușile și rezistând impulsului de a ieși din spațiul mic. Zvelții biomecanoizi ofereau călătorii claustrale. Din fericire, puteau sări imediat ce ieşeau din zona de cargo, aterizând suficient de aproape de nava de primire încât timpul petrecut în compartimentul pentru pasageri, înghesuit ca într-un sicriu, era acceptabil de scurt.

- Haide, spuse el cu ajutorul dispozitivului de comunicare vocală instalat în maxa de oxigen, lovind uşor interiorul delicat al navei ac pentru a transmite semnalul pe care creatura fusese antrenată să îl recunoască.

Fiinţa lungă şi zveltă se modelă în jurul lui în timp ce era ghidată către unul dintre porturile pentru torpile. Navele ac erau asemenea porumbeilor mesageri. Preferau să sară încoace şi încolo, de la un loc cunoscut la altul. Cu siguranţă se întâmplase ceva de-a dreptul teribil de determinase o întreagă turmă să sară brusc printre galaxii în urmă cu douăzeci şi cinci de ani. Raphael simţi juxtapunerea derutantă a navei-ac care aluneca în subspaţiu, printre dimensiuni şi direct în zona opusă, pe nava lui Jophiel.

- Mulţumesczeilorcăs-asfârşit, oftă Raphael în clipa în care nava-ac îl eliberă.

Poticnindu-se pe puntea de zbor de pe nava amirală a lui Jophiel, acesta îşi înfoie aripile strivite.

- Poftiţi hainele de schimb, domnule, spuse membrul echipajului de zbor care primise sarcina de a avea grijă de nava sa ac.

- Mulţumesc, Locotenent... Hadraniel, corect?

- Da, domnule, răspunse acesta.

Raphael îşi puse jacheta şi pantofii înainte de a se întoarce la micul şi devotatul său ac. Vorbi cu ajutorul translatorului de voce, pentru ca acesta să îl înţeleagă.

- Mulţumesc, prietene.

Îi gâdilă nasul ca o suliţă. Asta dacă era nas. Nimeni nu ştia sigur.

Fiinţa jucăuşă se zvârcoli şi se răsturnă pe spate, pentru a-i permite lui Raphael să îi mângâie burtica. *Nimeni* nu voia să călătorească cu un ac, dar el şi micul lui ajutor petrecuseră ceva ore împreună în ultima vreme. Mulţumită lui, Raphael avusese parte de o reuşită a ingineriei spaţiale pe care niciun monitor nu ar fi putut-o egala: să fie în colţuri opuse ale galaxiei în aceeaşi zi.

- Locotenentul Hadraniel o să îţi dea liber ca să poţi să te duci la nava ac a Comandantului General Suprem, îi zise Raphael creaturii.

Îşi îndreptă apoi atenţia către membrul echipajului care fusese însărcinat cu îngrijirea sa.

- Unde pot găsi Comandantul General Suprem şi pe fiul meu în această minunată după-amiază?

- Este în apartamentul ei, aşteptându-vă nerăbdătoare să o eliberaţi de activitate, domnule.

Umbra unui surâs trădă amuzamentul lui Hadraniel la gândul că brusca apariţie a unui „aeronaut" de cinci luni adusese cu sine atâta muncă în plus pentru ofiţerul comandant.

În timp ce înainta la bordul navei, Raphael se minună de diversitatea membrilor echipajului: Angelici, Leonizi, Centauri, chiar și Marc-Levi în scaunele lor rulante hidroponice, alaături de reprezentați ai tuturor celorlalte specii care serveau în armata Alianței. Cei mai mulți dintre ei nu-i acordară nici măcar o privire, dar observă expresiile invidioase și răutăcioase pe care câțiva dintre hibrizi i le aruncară. Relația lui cu Jophiel provoca probleme de moral în rândul membrilor flotei. Femelele hibrid refuzau deja să renunțe la copiii lor, în vreme ce masculii hibrid își cereau dreptul de a alege o singură parteneră.

Jophiel avusese dreptate. Cum proceda *ea*, așa proceda întreaga flotă a Alianței.

Raphael salută vioi angajații cu rang inferior, având grijă să nu zâmbească prea larg, dar să nu pară nici prea dur. Aceștia îl salutară înapoi. Raphael își plecă capul în semn de respect. Cu toate că toți urau privilegiile speciale pe care le primise, voia să se asigure că nu aveau niciun motiv să îl disprețuiască *personal*.

În timp ce își făcea drum prin holurile labirintice ale navei amiral a Alianței, medită la modurile în care și-ar putea îndeplini țelul pe termen lung – acela de a o convinge pe Jophiel să îi *accepte* cererea în căsătorie. Ea își făcea griji în legătură cu adoptarea unui standard dublu privind ce voia *ea* și ce voia restul flotei. Încă nu răspunsese cererii ca relația să devină una permanentă.

Raphael chicoti. De fapt, o făcuse... Îi spusese „nu". Dar el nu era genul de ființă care accepta „nu" drept răspuns. Era la fel de determinat să submineze rezistența *ei* pe cât fusese să îl facă pe Mikhail să zâmbească.

Se opri în dreptul ușii pentru a-și îndrepta gulerul și câteva pene rebele, după care apesă pe butonul intercom.

- Poți să intri, anunță Jophiel.

Când păși în încăpere, îl analiză pe comandantul-șef Leonid, Generalul Re Harakhti, care stătea relaxat într-un scaun din fața biroului lui Jophiel. Era enorm, avea o blană aurie și o coamă roșu-maronie, care îl distingea drept *rege* al flotei sale din marina spațială. Dintre toate cele patru ramuri ale armatei, Leonizii aveau înfățișarea cea mai animalică, semănând cu leii Nibiruiani pe care Împăratul îi încorporase în ADN-ul lor. Acea creatură dispăruse, alături de *toate* celelalte ființe de pe Nibiru, dar Leonizii încă trăiau.

Abia, abia...

Câteva grămezi de dosare așteptau în dezordine, contrastând puternic cu grămezile ordonate care îl întâmpinaseră atunci când Comandantul General Suprem îl chemase pentru prima oară în biroul ei și îl întrebase dacă ar vrea să procreeze fiul numărul doisprezece. Angelicul și Leonidul erau aplecați deasupra unui ecran, analizând cele mai recente rapoarte informaționale. La picioarele lui Jophiel, se încâlcise cu burtica în fire și era prins în procesul de a trage calculatorul mamei sale peste propriul cap. Lângă el, ghemuit într-un somn profund, se afla dragonul de apă gourock.

- Raportez după cum ați cerut, domnule! o salută Raphael crispat, la fel cum îl salută și pe generalul Leonid. Domnule!

Zâmbetul sincer ușurat al lui Jophiel îi tăie respirația. Își dădu la o parte un fir de păr alb-blond care îi alunecase din cocul strâns și îi venea în ochi, iar când acesta refuză să stea prins, îl îndepărtă cu un pufăit exagerat.

- Îți ordon să îți iei *fiul* și să îl ții departe de părul meu!!! spuse ea. Se bagă peste tot!

- Fiul MEU? zise Raphael, prefăcându-se indignat.

- Când e obraznic, e fiul TĂU, râse Jophiel.

Uriel îl apucă pe Leonid de coadă și o vârî în gură.

Generalul Re Harakhti izbucni într-un râs cutremurător. Cei mai mulți îl considerau înfricoșător, dar Raphael avea mulți prieteni apropiați din rândul Leonizilor.

- Dacă aveți impresia că asta e complicat, zise Leonidul, așteptați până încep să-i iasă dinții.

Își trase coada cu blândețe din gura bebelușului.

Uriel gânguri.

- Da, domnule! Raphael își luă băiețelul alunecos și îl învârti. Hei, micuțule! A venit tati!

Uriel se întinse spre penele aurii ale lui Raphael, ceea ce făcu o duhoare teribilă să ajungă la nările celui din urmă.

- Eeew! Amice, ai nevoie de un scutec nou!

- I-am zis și eu asta acum douăzeci de minute, spuse Leonidul, agitându-și copita în dreptul nasului sensibil.

- E tot al tău, râse Jophiel. Sunteți liberi! Amândoi! A, și... ia-l și pe *el* cu tine! continuă ea, arătând către gourockul de mărimea unui câine, care sărise în picioare ca o jucărie din cutia muzicală în momentul în care Raphael intrase în birou.

- Da, domnule!

Raphael ridică pumnul micuț al fiului său pentru a saluta în joacă cei doi generali de rang superior înainte de a apuca gourockul de gât și a ieși pe ușă.

- Ia vedem ce facem cu scutecul ăsta...

Jophiel și Leonidul se aplecară din nou spre rapoartele informaționale, încercând să își dea seama ce, în numele lui *Hades,* punea la cale Shay'tan.

Capitolul 60

Septembrie – 3,390 î.Hr.
Pământ: Câmpia Mesopotamiei
Colonel Mikhail Mannuki'ili

MIKHAIL

În fiecare toamnă, turme uriaşe migrau de-a lungul câmpiei formate de aluviuni în căutarea grânelor care creşteau oriunde apele revărsate îşi depozitau sedimetele. Turmele pe care le urmăreau acum erau formate din creaturi pe care cei din neamul Ubaid le numeau *reem.*Gazele de nisip. Creaturi graţioasă, asemănătoare caprelor, care călătoreau împreună, căutând furaje. Chiar dacă vânătoarea de gazele nu aduce acelaşi gen de prestigiu ca uciderea unui animal mare, precum un Auroch, ea putea aproviziona întregul sat cu carne şi reprezenta o ocazie ca cei mai promiţători dintre războinici - atât noi, cât şi vechi – să facă un exerciţiu de „creştere a moralului".

După disputa legată de Amoriţi, Jamin *refuzase* direct să ia parte la vânătoarea organizată de tatăl său. Aşa că acesta selectase treizeci de războinici care să îl însoţească folosindu-se de cea mai democratică strategie posibilă: un concurs. Din toate cele trei divizii fuseseră aleşi aceia care obţinuseră cele mai mari scoruri pentru o serie de abilităţi. Aceasta era cea mai bună metodă de a evita acuzaţii de favoritism.

În timp ce se apropiau de turmă, animalele le detectară mirosul. Zeci de capete ţâşniră în sus, dar războinicii erau prea departe, credeau animalele, pentru a reprezenta o ameninţare iminentă. Aşa că rumegară mai departe.

- Aveţi creaturi de felul ăsta în regatul din care provii tu? întrebă Varshab, garda personală a căpeteniei, trimisă la vânătoare în locul lui Jamin.

- Nu chiar, spuse Mikhail, arătând către elegantele animale. Dar cred că am mai văzut ceva asemănător înainte.

- Nu te lăsa păcălit de dimensiunea lor, se alătură Kiaresh conversaţiei. Or fi mici, dar sunt şi tare rapide.

- Şi sprintene pe teren accidentat, zise Varshab, arătând către o zonă îndepărtată, în care câmpia netedă se înălţa sub forma unui abrupt stâncos pentru a întâlni deşertul. Dacă reuşesc să ajungă acolo, o să dispară cu mult înainte să ne căţărăm după ele.

- Dar asta nu ar trebui să fie o problem pentru *tine,* spuse Kiaresh, făcând un semn spre aripile lui Mikhail.

- Nu e vorba despre *mine,* răspunse Mikhail, privind peste umăr la războinicii mai tineri, care erau nerăbdători să înceapă vânătoarea. Dacă le scapă cina, nu o să mă apuc zbor ca să salvez situația.

Mikhail îi făcu semn lui Siamek să vină mai în față.

- Da, domnule? întrebă acesta.

- Împarte oamenii în trei grupuri, zise Mikhail. Zece războinici pentru fiecare lider.

Cu toate că Siamek nu renunțase încă la expresia lui prudentă, Mikhail nu se putea plânge de modul în care își executa sarcinile. Era un lider performant și competent, poate nu chiar cel mai bun la fiecare exercițiu de mânuire a armei, dar cel mai constant per total. Mai mult decât atât, avea un minim de simț practic și nu prea multă ambiție personală, ci doar atât cât să-și servească satul – două calități importante pentru un secund.

- Cine ar trebui să preia cele trei... ăă... domnule? se opri Siamek înainte să spună „fete". Pareesa se calificase oricum, independent de faptul că era fată, dar Mikhail organizase oricum un concurs separat pentru a se asigura că încă două femei se puteau alătura vânătorii.

- Vreau ca Pareesa să meargă cu Kiaresh, spuse el. Eu o să o preiau pe Azin. Tu ar trebui să o iei pe Gita.

Siamek se albi la față.

- De ce nu pot să o iau eu pe Azin?

- Vreau ca echipele să fie echilibrate din punctul de vedere al abilităților, spuse Mikhail. Știu că Gita abia s-a apucat de antrenamente, dar și-a câștigat poziția pe merit. În plus, a fost pe locul doi la Festivalul Solstițiului. Vreau să fie în echipa ta și a lui Varshab.

Încerca să facă fața acestui joc subtil între a o încuraja pe Pareesa să devină un războinic pe măsură capacităților ei și a *nu* încuraja „pasiunea" pe care se presupunea că o nutrea mica zână pentru el. La început, plănuise să ia începătoarea în grupul *lui,* dar Ninsianna făcuse o scenă, lucru care părea să se întâmple din ce în ce mai des în ultimele două săptămâni, din cauza unei probleme cu stomacul care nu-i dădea pace. Era important să le demonstreze celorlalți războinici că femeile puteau performa sub presiune.

- Se putea și mai *rău,* îl tachină Varshab pe Siamek. Ar fi putut să te pună să îl iei pe Ebad.

Siamek pufni, încercând să nu izbucnească în râs. „Învățăcelul" prețios al Pareesei *nu* se calificase pentru vânătoarea de azi. La fel cum nu se calificaseră nici ceilalți cincisprezece tineri pe care Mikhail îi lăsase pe capul ei pentru antrenamente în plus, inclusiv Ipquidad, Yaggit sau fiii olarilor, țesătorilor și negustorilor pe care Jamin îi cărase după ei la ultima lor „aventură".

- O să supraviețuiești, spuse Kiaresh, lovindu-l prietenește pe Siamek pe spate.

Liderii echipelor făcură un schimb rapid de instrucțiuni, iar Mikhail chemă ceilalți războinici în jurul lui și îi împărți pe grupe.

- Două echipe vor înainta în formație de tip V, pentru a mâna gazelele spre taluz, spuse acesta. Între timp, a treia echipă trebuie să înconjoare creasta aceea pentru a se asigura că nu scapă.

- Dar nivelul râului a scăzut, domnule, zise Siamek. O să se strecoare pe fâșia aceea subțire de uscat.

- Aici intră în joc munca de echipă, spuse Mikhail, arătând către gazelele care rumegau. Echipa unu trebuie să înainteze astfel încât vârful V-ului lor să se întindă în direcția aia. Echipa doi le va bloca din a se întoarce pe aici. Echipa trei le va surprinde când vor încerca să se cațere pe taluz. Această echipă o să aibă avantajul terenului înalt, așa că ar trebui să poată prinde suficiente gazele pentru o vânătoare respectabilă.

Îi pusese să își lase arcurile acasă pentru a fi obligați să lucreze împreună și să se apropie de pradă. Gazelele erau creaturi zvelte. Asta avea să îi determine pe războinici să gândească rapid și să folosească semnalele de comandă pe care le învățaseră pentru a îi informa pe ceilalți în legătură cu pașii următori.

- De ce echipa a treia se ocupă de toată partea cu omorâtul? se plânse Firouz, lipsit de tovarășul lui, Dadbeh, care nu reușise să se califice.

Mikhail îl repartizase în echipa lui Kiaresh, încercând să îi „împrăștie" pe războinicii de elită printre cei mai noi, care erau promițători în materie de ascultare a comenzilor ierarhice.

- Câte gazele reușește un grup de vânătoare de dimensiunea asta să omoare de obicei? întrebă Mikhail.

- Treizeci de oameni? zise Siamek. De obicei prindem fiecare câte una. Jamin prindea mereu două.

- Hai să vedem cu câte ne alegem dacă folosim strategia mea, spuse Mikhail. În cel mai rău caz, cu toții o să ne întoarcem acasă flămânzi.

Cu câteva urale și saluturi de pumn, echipele se împrăștiară. Soarele începu să străbată cerul spre vârf în timp ce așteptau echipa a treia, condusă de Kiaresh, să își ocupe poziția. Cam jumătate de oră mai târziu, Mikhail o zări pe Pareesa cățărându-se pe stânci, ea însăși iute ca o gazelă. Făcându-i un semn cu capul lui Siamek, echipa a doua începu să înconjoare marginea apei, blocând calea gazelelor către râu. Turma începu să se agite și să lovească din copite, simțind apropierea prădătorilor gata de atac.

- Să mergem, își îndemnă Mikhail echipa în momentul în care Siamek îi dădu semnalul.

Echipa unu formă așadar o linie, după care cei mai rapizi dintre membri înaintară cu latura lor din V înspre capătul echipei lui Siamek. Mikhail dirijă latura mai îndepărtată, transmițând o serie de semnale echipei pentru a semnala faptul că era nevoie să își îndrepte linia și să se miște la unison. După cum se aștepta, în momentul în care cele două linii se întâlniră și începură să se deplaseze spre turma de rumegătoare, animalele o luară la goană.

- Haiaaaa! se auzi semnalul lui Mikhail, care îndemna la atac asupra gazelelor. Acestea porniră într-o fugă nebună.

Războinicii primiseră ordinul de a nu-şi lansa suliţele până când gazelele nu se apropiau de taluzul stâncos. Odată ce aveau să ajungă în dreptul obstacolului, experienţa lui Mikhail spunea că jumătate aveau să încerce să se caţere spre o zonă sigură, iar cealaltă jumătate avea să încerce să spargă rândurile din urma lor. Aveau şanse mai mari să le nimerească dacă fugeau *spre* ei, dându-le ocazia de a-şi manevra suliţele în aşa fel încât să ucidă dintr-o singură lovitură, decât dacă fugeau în altă direcţie, obligându-i să se dezarmeze.

- Acum! strigă Siamek, iniţiind vânătoarea.

Războinicii înaintară în rânduri chinuite; nu erau perfecte, dar câţiva dintre ei reuşiră să se apropie în aşa fel încât să se mişte după cum învăţaseră la antrenament. Războinicii de elită tindeau să se înghesuie unii în ceilalţi, dar, în momentul în care gazelele porniră în fugă spre ei, fură obligaţi să se coordoneze mai bine. Cel mai mare dintre masculi strânse flancurile femelelor şi le dirijă spre vârful stâncii, exact aşa cum spusese Varshab că va face. Când gazelele ajunseră la jumătatea dealului, echipa a treia ţâşni de printre stânci şi le sperie, întorcându-le din drum pe jumătate dintre ele – întocmai după cum anticipaseră. Masculul cel mare urmări golurile din rândul lui Siamek şi încercă să scape printre ele.

- Strângeţi rândurile! strigă Mikhail.

Cuvintele lui fură înăbuşite de zgomotul sutelor de copite mici care se izbeau de solul pietros. După cum sperase, gazelele găsiră zonele slabe şi scăpară cu zecile, demonstrând predicile de luni întregi despre *motivele* pentru care era nevoie ca războinicii să se coordoneze mai bine.

Kiaresh îndemnă unul dintre războinicii din echipa a treia să închidă rândul incomplet al echipei a doua şi coborî pe stânci. Firouz se repezi după turma care dispărea.

- Nu! strigă Mikhail în zadar. Trebuie să închizi rândul!

Firouz urmări masculul, încercând să se impună simbolic prin uciderea celei mai masive dintre gazele în loc să se dedice ţintei întregului grup de a prinde cât mai multe posibil. În acest răstimp, Siamek recăpătă controlul asupra echipei sale şi îi făcu semn Gitei să strângă rândul. Întrucât cea mai uşoară rută de scăpare era acum blocată, jumătate dintre gazele începură să se caţere spre zona în care echipa a treia îşi pregătea asaltul, iar cealaltă jumătate încercă să rupă rândurile primelor două echipe.

O căprioară cu doi pui se repezi înspre Mikhail. Acesta îşi ridică una dintre aripi şi îi lăsă să treacă. Immanu spunea că un vânător înţelept îi lasă pe cei mai tineri să scape pentru a avea parte de gazele şi la vânătoarea de anul următor. Un mascul tânăr, cu coarne care sugerau că avea cam un an, se năpusti asupra lui. O masă perfectă. Mikhail înjunghie creatura cu suliţa. Bietul animal se zbătu chinuit, gemând de durere din cauza armei care îi ratase inima. Mikhail scoase suliţa şi aplică lovitura finală. Nu avea nicio problemă cu vânătoarea în sine, dar nu suporta să vadă animalele suferind.

- Uhuu! strigară războinicii pe măsură ce gazelele care încercau să scape se înfigeau în suliţele lor.

- Nu lăsa spaţii printre rânduri! îşi avertiză Mikhail unul dintre colegii de echipă, un bărbat de vârstă mijlocie care părea promiţător deşi spunea că nu mai vânase niciodată.

Bărbatul acoperi golurile pe măsură ce echipa se strângea în jurul gazelelor frenetice asemenea unui lasou.

Mikhail omorî un al doilea mascul tânăr, iar apoi o femelă în vârstă. În jurul lui, ceilalţi membrii ai echipei îi urmară exemplul. Strigătele gazelelor aflate în pragul morţii răzbăteau de pe taluzul stâncos, unde echipa a treia era prinsă într-un proces de măcelărire marcat de o baie de sânge. O altă femelă se repezi în direcţia lui Mikhail, având pântecul umflat.

- Las-o să treacă! strigă Azin. E gestantă. Aduce ghinion să o omori.

Mikhail îşi ridică aripa şi lăsă creatura să treacă. O a doua se strecură şi ea, folosindu-se de reflexele bune pentru a-l depăşi pe Angelic. Immanu îl instructase să nu le permită războinicilor să ucidă întreaga turmă. Aveau voie cel mult o treime, altfel Cea-Care-Este i-ar fi pedepsit pentru lăcomia lor refuzându-le accesul la carne în anul următor. Mikhail numără în grabă şi estimă că aproape ajunseseră la limită. Le mai lipseau câteva, poate.

Un strigăt care îţi îngheţa sângele în vine străbătu aerul – nu era un urlet de gazelă, ci unul de *om*. Un răget cutremurător îl urmă. Dar de unde provenea? Mikhail îşi trecu în revistă războinicii. Echipa unu... zece oameni. Echipa doi... Siamek se opri din a ucide gazele şi arătă către peninsula îngustă unde dispăruse Firouz. Un alt strigăt, urmat de un alt răget.

Céilí mór!

Uitând de gazele, războinicii se repeziră în direcţia în care dispăruse Firouz. Mikhail îşi întinse aripile şi se lansă în aer, zburând deauspra taluzului pentru a vedea de unde proveneau strigătele. Observă cum un animal de pradă mare, cu o coamă aurie, sări în direcţia unui al doilea prădător, care îl trăgea pe Firouz de un picior în timp ce acesta urla.

Bestia era enormă, acoperită de o blană aurie.

Mikhail coborî la sol, cu aripile tremurându-i din cauza amintirii care *voia* să iasă la suprafaţă, dar nu reuşea.

- Doar dă-i drumul!

Îşi întinse mâna spre creatura care îl prinsese pe Firouz de picior, încercând să discute cu ea. Din gâtul creaturii răzbătu un mârâit profund. A doua creatură mârâi şi ea, dezvelindu-şi colţii enormi. Cea mai mare avea coama roşiatică. Lăsă la o parte braţul lui Firouz şi se pregăti să sară la *el*. Firouz urlă şi încercă să se rostogolească deoparte. Femela se năpusti asupra prăzii pe care o abandonase partenerul ei. Era o... o... o...

- Te rog, îi spuse Mikhail creaturii. Putem rezolva asta. Cine e superiorul tău?

Senzația copleșitoare că ar fi trebuit să își *amintească* aceste creaturi îi tulbura mintea.

Cu un răget asurzitor, masculul cel mare sări pe el. De ce îl ataca unul dintre propriii săi tovarăși? Nesiguranța prelungi timpul de reacție al Angelicului. Căzu pe spate, iar ghearele animalului îi săgetară aripile, smulgând smocuri de pene în încercarea de a-l mușca de cap. Dacă stătea în picioare, creatura era de aceeași dimensiune ca *el,* fără aripi, dar, dintr-un motiv sau altul, Mikhail nu se putea gândi la altceva decât la cât de *mică* era în comparație cu dimensiunea pe care ar fi *trebuit* să o aibă.

- Nu mă face să te omor, se rugă el.

Fiecare fibră a ființei sale îl atenționa că ar fi *greșit* să omoare această creatură!

Colții străpunseră pielea uneia dintre aripi, iar ghearele i se împlântară în braț. Nu mai conta ce *credea* că ar fi aceste creaturi. Trebuia să riposteze, altfel avea să moară.

Auzi strigătele celorlalți războinici în momentul în care își scoase cuțitul și se rostogoli, atât el, cât și creatura fiind prinși în brațele adversarului. Masculul masiv era mai greu decât el. Se prăvăli cu putere asupra unei dintre aripi și îl puse pe Mikhail la pământ, direct pe spate. Din colțul ochiului văzu cum ceilalți războinici se repeziră către Firouz, înjunghiind cealaltă bestie. Femela urlă în clipa în care o suliță îi străpunse blana.

- Opriți-vă! strigă Mikhail.

Era *greșit* să ucidă aceste creaturi!

Masculul masiv îi plesni capul; ghearele enorme îi smulseră smocuri de pene și îi pătrunseră carnea. Cuțitul pe care ezitase să îl folosească îi fu smuls din mâini. Era el împotriva bestiei.

- Dă-te la o parte! strigă Varshab la el.

- Nu îl omorâți! se rugă Mikhail.

Se rostogoli în așa fel încât aripile lui să protejeze creatura, împiedicându-i pe războinici să își înfigă sulițele în inima sa. Colții îi zgâriară obrazul, ratându-i ochiul la milimetru. Mikhail înșfăcă fălcile animalului și le despărți; respirația caldă a creaturii i se izbi de chip. Încerca să îl străpungă cu ghearele de la picioarele din față, dar și cele de la picioarele din spate; apropierea dintre ei era colacul de salvare al lui Mikhail, pentru că nu îi permitea creaturii să își înfigă ghearele în nimic altceva în afara aripilor Angelicului. Mikhail se chinuia să lupte, neputând să lovească ființa cu marginile aripilor, asemenea unor ciomege, așa cum nici creatura nu reușea să îl atingă cu ghearele.

Mikhail își căută cuțitul cu privirea și își mișcă mâna, scâncind în momentul în care fălcile enorme se strânseră în jurul încheieturii sale. Lovi animalul în cap cu cealaltă mână și se întinse spre cuțitul pe care îl scăpase.

Creatura îi plesni capul, dezgolindu-și pieptul – o greșeală pe care fiecare cadet din anul întâi învăța să o evite.

Nu mai avea de ales. Pregătirea militară prelu controlul.

Înjunghie creatura direct în inimă.

Urletul de moarte al acesteia reverberă dincolo de însuși sufletul lui, făcându-l și pe *el* să urle la unison. Nu! Împinse animalul de deasupra lui, scoțând cuțitul și acoperind rana cu mâinile pentru a opri sângerarea. Ceilalți războinici se repeziră să ucidă creatura.

- Nu! strigă Mikhail.

Îi dădu la o parte, cu ochii încețoșați în timp ce se ruga de animal.

- Nu muri. Te rog nu muri.

Aștepta să îi explice de ce simțise nevoia de a ataca, dar creatura nu vorbi. În ochii săi aurii și îndurerați se întrezărea o anume inteligență. Respiră, apoi respiră din nou și, în final, se liniști pe veci. Privind îndelung sângele de pe mâini, Mikhail își înălță brațele spre cer.

- De ce? spuse el, agitându-și pumnii spre văzduh. De ce, de ce, de ce?

Războinicii dansau în jurul femelei ucise asemenea unor vulturi, celebrând moartea nobilei creaturi. Pareesa îl ajută pe Firouz să se ridice – era destul de răvășit, dar avea să supraviețuiască. Ceilalți îl loviră prietenește pe spate. Pe obrajii lui Mikhail alunecau lacrimile.

Războinicii încetară să mai sărbătorească în momentul în care își dădură seama că plângea.

- Îmi pare rău, îi spuse el creaturii al cărei nume nu îl cunoștea, dar despre care știa că ar trebui să îl știe.

Privi îndelung către sângele de pe mâinile sale – roșu pe fundalul pielii albe. Își trecu degtele prin blana animalului și își lipi urechea de pieptul său pentru a-i asculta inima. Era mută. Chiar dacă nu își putea aminti numele creaturii și nici unde mai văzuse vreuna asemenea, în sufletul său știa că tocmai omorâse pe cineva de-al lui. Își odihni fruntea pe corpul tovarășului în continuare cald, suspinele îi cutremurară corpul în vreme ce își lăsa aripile să cadă, permițând suferinței acumulate de șapte luni de zile la gândul amintirilor pierdute să se reverse din mintea sa cutremurată.

Războinicii se adunară în jurul lui în liniște, neputând se înțeleagă de ce jelea.

- Mikhail? spuse Pareesa, ducându-și mâna la una dintre aripile Angelicului. Ești bine?

- Nu știu de ce, zise Mikhail printre sughițuri, dar mă simt de parcă tocmai mi-am omorât propriul frate.

- Ăstia sunt lei, explică Pareesa. Niște feline mari. Uneori trebuie să le vânăm, altfel dau iama la capre.

Pareesa își așeză mâna pe umărul lui Mikhail și îl strânse cu o forță surprinzătoare pentru o femeie atât de tânără. Angelicul încercă să oprească suspinele care îi cutremurau pieptul, dar nu putea. Ei nu înțelegeau.

- În locul din care vine el, spuse un glas blând, există lei-oameni, așa cum și *el* e pe jumătate vultur.

Mikhail îşi ridică privirea şi întâlni cei mai negri ochi pe care îi văzuse vreodată, atât de negri încât era imposibil să îţi dai seama unde se termina pupila şi începea irisul. Fata cu ochi negri înghenunchie lângă creatura moartă. Mikhail se cutremură, sufletul fiindu-i dezgolit înaintea acestor ochi negri, fără de sfârşit.

—*Mikhail! Vino să mă găseşti...*

O pereche de ochi negri, iţindu-se dintre frunze.

Un cântec...

O caut, dar deja a plecat...

Era captiv în acei ochi, atât de asemănători cu ai Ninsiannei, doar că în loc să fie aurii, erau negri şi musteau a foame teribilă.

- Sunt doar nişte animale, zise Siamek. Deştepte, tocmai de aia ne şi e frică de ele.

- Ai fost foarte curajos, zise Varshab. Să omori un leu folosindu-te doar de cuţit. Numai cei mai viteji dintre războinici se încumetă să înfrunte un asemenea animal.

Războinicii îşi traseră suliţele afară din corpul femelei şi îşi scoaseră lamele de obsidian pentru a o jumuli.

- Trebuie să îi iei blana şi să o duci în sat, zise Kiaresh.

- Doar Jamin a mai omorât un leu de unul singur, spuse Siamek.

- Noi îi spunem bestiei ăsteia făuritorul de regi, explică Varshab. Numai un lider măreţ are îndrăzneala de a înfrunta un leu de unul singur.

Mikhail îşi trecu degetele prin blana bestiei masive. Nu era creatura cu care o confundase la început. Putea vedea asta acum. Dar în momentul acela... păruse că...

- E doar un animal, zise Pareesa. Vezi?

Nu purta nicio uniformă, niciun însemn al rangului. Ghearele sale erau murdare şi ciobite, nepărând a fi fost vreodată îngrijite, iar blana îi era încâlcită, nu pieptănată.

Degetele labelor erau prea scurte, prea ca de labe, iar degetele mari nu erau opozabile. Ceva din încheieturile şoldurilor şi ale umerilor nu părea în regulă. Orice i-ar fi urlat subconştientul, creatura aceasta nu se potrivea întocmai.

Chiar şi aşa, se aplecă deasupra ei şi îi închise ochii.

- Cred că Gita are dreptate.

Îşi scutură capul, frustrat că amintirea refuza să se elibereze.

- Cred că, în locul din care provin, avem *oameni* care arată aşa.

Îşi ridică privirea pentru a-i mulţumi tinerei care îi dăduse o explicaţie logică pentru strania reacţie emoţională, însă aceasta dispăruse.

Doi dintre războinici îl ajutară pe Firouz să se apropie şontâc.

- Mulţumesc, zise acesta.

Arătă către masculul masiv pe care îl ucisese de unul singur, cel care fusese liderul turmei.

- Îl omorâsem şi îl căram înapoi spre voi când au ieşit leii din spatele ierburilor ălora înalte. Nici măcar nu i-am văzut venind.

Mikhail se ridică.

- Dacă nu te-ai fi desprins de echipă, spuse el, iar aripile îi tremurară de furie, asta nu s-ar fi întâmplat. Trebuia să umpli golurile din formaţie! Nu să te apuci să vânezi pentru gloria personală! Tocmai din cauza asta au murit unsprezece oameni în timpul raidului!

Furia îi cuprinse trupul, implorând să fie eliberată. Putea să o *simtă* acolo, o rană atât de profundă, atât de palpabilă, atât de teribilă şi întunecată încât părea a fi însuşi suflul morţii. Războinicii făcură câţiva paşi înapoi. Firouz se făcu mic de frică.

„Trebuie să îţi controlezi furia. Furia deschide calea către alte lucruri..."

Avertismentul unui maestru Cherubim pe care şi-l amintea doar vag răsună din nou şi din nou în mintea sa, ca o incantanţie menită să îi potolească emoţia. Făcu un pas înapoi, mişcându-şi buzele în timp ce şoptea rugăciunea pe care mentorii săi i-o predaseră pentru a-l ajuta să îşi controleze furia. Emoţia şuiera la suprafaţă, ca un vulcan antic, încercând să erupă. Cherubimii îl învăţaseră că nu trebuia să piardă niciodată controlul asupra furiei lui.

Calmul se revărsă asupra trupului său asemenea apei, calmând ceaunul furios care fierbea chiar la suprafaţă, acoperind rana antică pe care nu îşi amintea să o fi suferit şi şoptindu-i să se odihnească.

„Nu era decât un animal..."

Ar fi fost o abominaţie să ucidă o asemenea creatură nobilă şi să nu folosească fiecare parte a sa după cum voia EA. Nu avea nevoie ca Immanu să îi spună asta. Îi întinse cuţitul Pareesei.

- Eu nu pot să fac asta.

Se întoarse cu spatele pentru a nu vedea războinicii care jupuiau pielea femelei moarte.

- Animalul ăsta seamănă prea mult cu o creatură despre care ştiu că îmi e prietenă. Duceţi-i pielea drept ofrandă căpeteniei şi asiguraţi-vă că atât rămăşiţele masculului, cât şi rămăşiţele femeii sunt îngropate împreună, cu onoruri. Când terminaţi, o să mă întorc pentru ritualurile de înmormântare.

- Dar e doar un animal, zise Kiaresh. De obicei nu facem altceva decât să turnăm nişte apă pe nasul lui înainte să îl jupuim, ca să îi mulţumim zeiţei.

- De data asta o să le îngropaţi cu *onoruri,* spuse Mikhail. Între timp, eu o să zbor în sat şi o să îl aduc pe Immanu.

Având încă sângele propriului frate pe mâini, Mikhail se înălţă în aer pentru a-şi aduce socrul.

Capitolul 63

Data Galactică Standard: 152,322.11 D.Î.
Sector Alfa: Nava amirală „Lumină Eternă"
Colonel Mikhail Mannuki'ili

Cu trei luni înaintea prăbușirii...

MIKHAIL

- Colonel Mannuki'ili, spuse Comandantul General Suprem Jophiel. Am primit informații cum că Imperiul Sata'anic adună resurse în Sectorul Zulu.

- Destul de departe, domnule, zise Mikhail. Zona aceea nu cumva era neexplorată?

- Nu e nimic acolo, spuse Jophiel. Cel puțin nimic despre care să știm noi. Iar acum, de nicăieri, Shay'tan a decis să trimită un cuirasat?

- Ce ordonați, domnule? întrebă el.

- Ia o navă de cercetare și urmărește așa-zișii comercianți, ordonă Jophiel. Află unde se duc și ce pun la cale.

- Zona aceea e prea îndepărtată pentru o navă de cercetare. De unde trebuie să mă lansez?

- Te trimit la un prieten mai vechi, spuse ea. Raportezi Colonelului Israfa, de pe Lumina Eternă. Voi poziționa nava lui amirală la granița dintre Zulu și X, ca să nu trezească prea multe suspiciuni. Aceasta va fi o misiune sub acoperire, trebuie doar să observi, dar Colonelul Israfa va rămâne pe recepție.

Mikhail observă modul în care Jophiel își mângâia inconștient pântecele. Buzele ei se curbară într-un zâmbet trist și timid. Mikhail o cunoștea de prea mult timp ca să se lase dus de nas de atitudinea profesionistă.

- E un bărbat bun, Jophie, îi spuse Mikhail cu blândețe, folosindu-se de alint în locul titlului. Nu ar fi trebuit să îl trimiți atât de departe.

Expresia lui Jophiel deveni mai caldă, iar buzele îi fură cuprinse de un alt fel de zâmbet. Unul nostalgic...

- Ai grijă de el pentru mine, bine? îl rugă ea.

*

Mikhail țâșni în sus, simțindu-se nedumerit pentru o clipă. Camera era prea mică și neluminată, și mirosea mai curând a pământ decât a aer filtrat, la fel ca pe navă. Își coborî privirea asupra zeiței care dormea pe palet, lângă el.

Ninsianna. Soția lui...

Se agăță de amintire și se luptă să nu o scape din gând. De această dată, nu se disipă. Nu contextul, nu motivele, ci simțul copleșitor al *misiunii* îi rămase în minte.

Alături de numele Comandantului General Suprem.

Știa ce avea de făcut.

Capitolul 61

ΔYƆΠΛΤΙϚ

Data Galactică Standard: 152,323.09 D.Î.
Sectorul Alfa: Nava amirală „Lumină Eternă"
Comandant General Suprem

JOPHIEL

Se *străduiau* să rămână atenţi în timp ce ea le comunica datele zilnice, dar până şi cele mai experimentate priviri alunecau continuu spre bebeluşul prins la pieptul ei.

- Pe loc repaus.

Jophiel oftă în timp ce bărbaţii şi femeile ce reprezentau fiecare ramură a armatei înaintau dinspre hangar. Cine ar fi crezut că decizia de a-şi creşte copilul avea să aibă un asemenea impact asupra muncii ei? Născuse doisprezece copii în numele Alianţei, dar asta era prima oară când chiar trebuia să şi crească unul.

Majorul Klik'rr aducea teancul obişnuit de ordine de misiune care trebuiau semnate, rapoarte care trebuiau citite şi decizii care trebuiau luate în legătură cu distribuirea resurselor şi programul trupelor; un contrast foarte puternic cu îndatoririle de mamă.

- Poftiţi cel mai recent raport privind Sectorul Zulu, domnule.

- Mulţumesc, Klik'rr, răspunse Jophiel luând documentul. Aş vrea să văd şi rapoartele privind Sectoarele Romeo, Sierra şi Tango. Să vedem ce pune la cale nenorocitul acela bătrân de Shay'tan!

- Mă voi asigura că ajung pe biroul dumneavoastră până la ora optsprezece, zise Klik'rr.

Experienţa îi spunea că aveau să ajungă mai devreme cu o oră. Klik'rr era foarte muncitor şi eficient, la fel ca *majoritatea* Mantoizilor care serveau sub comanda ei. Având în vedere faptul că 95% din armată era acum alcătuită din specii care *nu* erau hibride, era timpul ca Împăratul să pună la punct un sistem de promovări mai echitabil decât cel actual, în care hibrizii erau promovaţi pentru simplul fapt că numele lor corespundea ramurii militare în care slujeau.

- Ordinul de promovare pe bază de merite, domnule, zise Klik'rr.

Jophiel privi către ordinul general care stabilea că, începând din acel moment, în *toate* ramurile armatei promovările aveau să aibă loc în funcţie de merite, nu conform sistemului bazat pe vârstă, care garantase că hibrizii cu durată de viaţă mai lungă aveau să fie întotdeauna înaintea raselor mai noi, cu perioade de lucru mai scurte. Acest sistem asigurase prestigiul oamenilor lui

Jophiel, dar de asemenea îi făcuse de neînlocuit și forțase Împăratul să nu le accepte concediile de creștere a copilului. Dacă aveau de gând să evite extincția, sistemul acesta trebuia să ia sfârșit.

Jophiel semnă ordinul.

- Specificațiile pentru cele mai noi nave de război, domnule.

Klik'rr îi înmână documentul care impunea ca toate navele noi să fie construite în așa fel încât să poată găzdui o *varietate* de specii, nu doar hibrizi.

Jophiel semnă și acest document.

Klik'rr așeză ultimul document pe smart padul Comandantului și își înclină antenele, privind-o interogativ. Mâna lui Jophiel tremură.

- Nu pot să fac asta, zise ea.

Penele i se înfoiară. Nu mai existase nicio categorie dominată de hibrizi de ani de zile, dar nu voia să fie *ea* cea care să elimine numele rasei hibride care fusese concepută genetic pentru a *alcătui* ramura militară al cărui nume îl dădeau. Pentru moment, aveau să rămână în continuare Forțele Aeriene Angelice, Forțele Leonide de Luptă, Marina Merfolk și Cavaleria Centauri. Jophiel își coborî privirea către Uriel, care dormea liniștit pe pieptul ei. Poate că aceste concesii ale Împăratului aveau să le permită să își salveze specia de pe buza extincției?

Privirea așezată a lui Klik'rr nu trădă nicio urmă de judecată în momentul în care așeză documentul în liniște la fundul grămezii.

- Mulțumesc. Liper.

Jophiel apăsă pe ecran pentru a trece în revistă rapoartele. Majoritatea păreau în regulă, dar Raphael era convins că activitatea navală din ce în ce mai intensă a lui Shay'tan și dispariția lui Mikhail erau legate între ele.

Ceva era în neregulă...

Jophiel avea încredere în instinctul lui Raphael mai mult decât în al ei.

Simplul gând la timpul pe care îl petreceau împreună o făcea să zâmbească, dar chiar în timp ce ei se îmbătau cu propria fericire, Jophiel resimțea fracturile care reverberau înlăuntrul Alianței.

O cadetă însărcinată îi aruncă o privire răutăcioasă. Aproape că îi putea *auzi* gândurile: „*De ce TU poți să ai o familie, dar noi, ceilalți, nu?*"

Se rugă ca Raphael să găsească această „*soluție*" despre care vorbea Împăratul, pentru că, dacă nu o făcea, totul avea să se ducă de râpă...

Capitolul 65

September – 3,390 BC
Earth: Village of Assur

NINSIANNA

Ninsianna se trezi cu bătaia ritmică a inimii lui Mikhail şi zumzetul din artera brahială a braţului pe care îl folosea drept pernă, odihnindu-şi obrazul pe pieptul lui. În timp ce dormea, el îi luase mâna şi o aşezase deasupra inimii sale – mâna lui mare şi puternică mângâind-o blând pe a ei, mai mică. Mikhail era deja treaz şi o privea cu acea expresie pe care o arbora de fiecare dată când îl preocupa ceva. Sătenii erau extrem de încântaţi de abundenţa prăzii pe care o aduseseră şi o împărţiseră între toţi locuitorii – cincizeci şi treci de gazele şi două piei de leu – dar, dintr-un motiv sau altul, Mikhail refuza să vorbească despre asta.

- Bună dimineaţa, îi zise el, mângâindu-i părul.

- Bună dimineaţa, răspunse Ninsianna întinzându-se.

Azi era zi liberă. Nu trebuiau să se ocupe de munca câmpului, să predea la vreun antrenament sau să facă orice altceva decât să petreacă timp unul cu altul. Ninsianna se întinse pentru a-i atinge obrazul.

- La ce te gândeşti?

- Trebuie să mă întorc la navă, spuse el. Cred că îmi amintesc de ce am fost trimis aici.

Un sentiment de groază se cuibări în stomacul Ninsiannei. Se întâmplase ceva important în timpul vânătorii din ziua anterioare. Putea să *vadă* cum lumina care izvora din trupul lui aluneca undeva departe, nemaifiind concentrată asupra ei sau asupra satului.

- De ce?

- Am avut un vis cu o femeie, răspunse Mikhail. Un alt Angelic.

- O iubită? întrebă Ninsianna, mai aspru decât intenţionase.

- Probabil o să ţi se pară că sună nebunesc, dar cred... zise el, scuturându-şi capul. Nu. Era un fel de căpetenie de război?

- Căpetenie de *război?* zise Ninsianna neîncrezătoare. Ca *Jamin?*

- Mai mult de atât, răspunse el. Îi ziceam Comandant General Suprem.

Darul limbilor o ajută să traducă titlul necunoscut în imaginea unei femei strălucitoare, cu aripi albe, stând hotărâtă de-a dreapta unui Zeu bărbos. Sentimentul surealităţii se războia cu gelozia pe care o resimţea.

- Armatele lui Dumnezeu sunt conduse de o *femeie?* bolborosi ea.

- *Cred* că da.

Mikhail privea dincolo de ea, aşa cum făcea de fiecare dată când încerca să îşi amintească trecutul.

- E Angelic, ca mine, doar că aripile ei sunt albe.

Aripi albe... la fel ca Cel Malefic?

- Ce te face să crezi că nu a fost doar un vis? întrebă ea îmbufnată.

O urmă de nedumerire înmuie expresia lui Mikhail.

- Mi-a cerut să urmăresc o *spásárthach*.[40] O, ăă... — se luptă să găsească traducerea potrivită – ceva ce tu ai numi canoe cerească. Una *mare*.

- Poate că *generalul* ăsta te-a trimis să ai grijă de *noi?*

- Poate...

Mikhail nu părea atât de sigur.

Un junghi de *gelozie* o străpunse pe dinăuntru. Oricine ar fi fost acest general, tuşa de roz din lumina spirituală a lui Mikhail trăda faptul că însemna mult mai mult decât o simplă „căpetenie de război" pentru el.

- De ce nu au venit să te ia atunci? întrebă Ninsianna.

- Eram într-o operaţiune sub acoperire când am fost doborât. Pe furiş. Ca un lup care îşi urmăreşte prada prin iarbă. Nu au nicio idee unde să mă caute. Dar faptul că am fost doborât înseamnă că *trebuie* să existe o bază Sata'anică undeva pe planeta asta.

- De ce ar fi oamenii ăştia interesaţi de tărâmul nostru?

- Nu îmi amintesc! zise Mikhail, ridicând tonul a frustrare. Ştiu că am un inamic, dar nu îmi amintesc suficient în legătură cu el ca să pun totul cap la cap! Tot ce îmi amintesc este că e absolut esenţial să îi raportez existenţa acestei baze Comandantului General Suprem Jophiel.

- Dacă le spui că eşti *aici,* spuse Ninsianna cu glas tremurând, nu o să-ţi ceară să pleci?

Mikhail privi pe fereastră.

- În fiecare zi mă macină misiunea aceasta.

Îi ridică bărbia în aşa fel încât să o poată privi direct în ochi.

- Te-ai îndrăgostit de mine pentru că sunt un om de onoare, dar era *datoria* mea să urmăresc acea navă inamică şi să îi raportez mişcările.

- Zeul tău te-a abandonat.

- *Zeul* meu nu ştie unde sunt.

- Cea-Care-Este te-a trimis să ne aperi.

- Nu simt nicio legătură cu zeiţa voastră, zise el, arătând statuia mică, din lut, care se afla pe altarul informal al Ninsiannei. Dar *simt* una cu Împăratul Etern. Chiar dacă nu mi-l *amintesc,* pot să simt legătura în adâncul meu.

Lumina care izvora din el, de un albastru strălucitor, căpătă o nuanţă albă şi contururi aurii, alunecând departe, spre o stea aflată la distanţă. Ninsianna putea să *vadă* legătura despre care vorbea şi ştia că era reală.

---

[40] *Spásárthach:* navă spaţială.

Întotdeauna ştiuse că era reală. Singurul motiv pentru care Mikhail rămăsese era că Cea-Care-Este îi rupsese aripa şi îi furase amintirile.

Îşi ridică privirea spre statuia din lut care îi zâmbea de pe altar.

„*Ai încredere în mine,* părea să îi şoptească aceasta. *Tu porţi unicul lucru pe care şi-l doreşte şi mai mult decât să îşi îndeplinească datoria faţă de zeul lui.*"

- Atunci trebuie să ne întoarcem la nava ta şi să transmitem mesajul, spuse Ninsianna. Am vrut mereu să descopăr cerurile.

Expresia lui Mikhail se schimbă din îngrijorare în entuziasm.

- Cred că mi-am dat seama cum să pun din nou în funcţiune sistemul de comunicare, zise el. Cumva, trebuie să compresez o explozie de date într-o singură rază şi să sper că e îndreptată în direcţia potrivită, ca să ajungă la nava lui Raphael cu puţina putere pe care o mai am la dispoziţie. Asta dacă nava lui mai e în sectorul ăsta. Până la urmă, au trecut şapte luni...

Ninsianna se ridică într-un cot şi privi lung în ochii soţului ei.

- Mikhail... nu înţeleg nicio iotă din ce spui.

- Darul limbilor te părăseşte? se încruntă el îngrijorat.

Ninsianna râse.

- Darul funcţionează foarte bine. Pur şi simplu nu înţeleg cum merge tec-no-lo-gii ta.

- Ah, se lumină chipul Angelicului a înţelegere. Atunci *tu* trebuie neapărat să vii cu mine, ca să te pun la curent cu evoluţiile epocii moderne.

- O să vin pentru că vreau să petrec nişte timp *singură* cu soţul meu, zise Ninsianna, coborându-şi vocea până la o şoaptă.

Îşi lăsă mâna să alunece în jos, pe abdomenul lui Mikhail.

- Nu mai apucăm niciodată să petrecem timp împreună.

Expresia preocupată pe care Mikhail o avusese de când se întorsese de la vânătoarea din ziua precedentă se disipă. În mâinile ei, era moale şi maleabil ca lutul! Mârâind de plăcere, se rostogoli deasupra ei pentru hârjoneala de dimineaţă.

Astfel, chicotelile Ninsiannei şi sunetul aripilor care se loveau de perete fură cele care îi treziră pe părinţii fetei în acea minunată zi de odihnă.

Capitolul 62

Data Galactică Standard: 152,323.09 D.Î.
Haven-3
Prim-ministru Lucifer

LUCIFER

- Sire, spuse Zepar, scuturându-l pe Lucifer pentru a-l trezi. Sire! Treziți-vă! O să întârziați la întâlnirea de dimineață.

Un omuleț cu un ciocan sonic bătea în craniul lui Lucifer. Se simțea de parcă cineva ar fi insistat să îi smulgă creierul din cap și să i-l scuipe înapoi în stomacul neliniștit. Nu din nou! Lucifer mârâi în agonie.

- Nu ai putea să-i anunți că sunt bolnav? scânci Lucifer. Îl durea atât de tare încât nu îndrăznea nici măcar să își deschidă ochii. Am nevoie de un doctor *adevărat* care să îmi examineze capul.

- Nu! ripostă Zepar rapid. Nu puteți, Sire. Dacă îi spuneți vreunui medic al Alianței că ați avut episoade de pierdere a cunoștinței, vă veți pierde funcția.

- Nu îmi mai pasă.

În gâtul său se ridică bila, arzând totul în cale.

- Zepar! Repede! Am nevoie de o găleată!

Își petrecu următoarele douăzeci de minute scuipând bucăți închegate de zeița-știe-ce într-o găleată cu gheață. Tremura prea tare pentru a putea măcar să ajungă la toaletă și să preaslăvească zeul de porțelan. La un moment dat, ceața indusă de vomă se ridică suficient încât să își dea seama că se întorsese la apartamentul luxos de pe Haven-3 și nu mai era pe navă. Într-un sfârșit începu să își recapete echilibrul.

- Spune-mi ce program am azi.

- Trebuie să vă întâlniți cu Ministerul Educației la unsprezece, zise Zepar. Aveți o programare prestabilită pentru împerechere la doisprezece și jumătate, după care trebuie să prindem cursa de ora trei spre Haven-1 și să ne prezentăm la banchetul de la ora șapte, alături de Împăratul Etern.

- Când ne-am întors pe Haven?

Ultimul lucru pe care și-l amintea era acea întâlnire *oribilă* cu canibalii.

- Credeam că am stabilit că o să ținem nava în zona de graniță, pentru ca *târfa* aia să nu ne descopere prin vreo „inspecție sanitară și de securitate".

- Am luat o navă ac noaptea trecută, zise Zepar. Ați băut destul de mult. Poate de aceea vă simțiți rău?

- Desigur.

Binecunoscutul sentiment de groază ieși la suprafață în momentul în care Lucifer își dădu seama că nu avea nicio amintire a revenirii.

- Zepar, ce zi e azi?

- Joi, Sire, spuse Zepar.

- Mă refer la dată, insistă Lucifer. Ne-am mutat atâta dintr-o galaxie în alta, încât m-a zăpăcit diferența de fus orar de pe planete. Ce dată e aici, pe Haven-3?

- Șaptesprezece septmbrie, Sire, spuse Zepar. Ziua de naștere a Împăratului Etern. V-a rugat să vă întoarceți ca să sărbătoriți cea de-a 1.178.432-a aniversare a sa în această seară.

Ce?

Iulie... August... Septembrie... oh... la naiba...

- Poți să mă lași un pic singur, ca să mă îmbrac?

Vocea îi trăda nesiguranța.

- A... și adu-mi raportul pentru întâlnirea de azi cu Ministrul Educației. Nu îmi mai amintesc pentru ce ne întâlnim.

- Cine-și mai amintește? răspunse Zepar, făcând un gest nepăsător cu mâna. Raportul va ajunge în mâinile dumneavoastră în douăzeci de minute.

Zepar îl lăsă singur pentru a se spăla și a se pregăti pentru ziua ce începea.

Opt săptămâni? Cum, în numele lui Hades, îi scăpaseră opt săptămâni din propria viață? Și mai rău... cum îi scăpase ce făcuse în tot acest timp? Ținându-și capul în mâini pentru a-l împiedica din a se sparge în două, Lucifer își consultă dispozitivul electronic ce îi servea drept calendar și trecu în revistă programările pentru a pune cap la cap evenimentele.

Remarcă faptul că fusese livrată a doua serie de femei umane, dar și faptul că se întâlnise cu mai mulți hibrizi de rang înalt care aveau probleme de fertilitate – pe unii dintre ei și-i amintea vag; pe mulți, nu. Totul se potrivea cu planul de a elimina pericolul extincției. Se opri, însă, în dreptul ultimei programări. Mâna îi tremura apăsând înainte și înapoi pe ecran, convins că mahmureala îl făcea să citească greșit.

- Kunopegos e de zece ori mai mare decât o ființă umană, spuse Lucifer îngrozit.

Se întinse imediat spre dispozitivul de comunicare.

- Zepar... am nevoie de tine în jumătate de oră.

Făcu un duș și se îmbrăcă, prefăcându-se pe cât de relaxat putea. Inima îi galopa. Ar trebui să renunțe la funcția sa! *Știa* că ar trebui! Nu era în regulă ca cel mai înalt oficial ales al Alianței să nu își amintească *luni* din viață! Dar, dacă renunța, toate eforturile sale de a răsturna politica tatălui său privind ținuturile cu semințe avea să zboare pe geam. Depindea de *el* să își salveze specia de la extincție!

Ar trebui să discute toate aceasta cu Zepar? Nu. Adânc înăuntrul său, știuse dintotdeauna că Zepar își urmărea doar interesul. Dacă Șeful de personal ar şti cât de rău se pierdea, s-ar descotorosi de el într-o secundă, în favoarea unui alt prinţ-marionetă. Lucifer îşi controlă expresia pentru a părea relaxat.

- Sire, zise Zepar când se întoarse. Sunteţi gata de plecare?

- Nu ştiu cum să spun asta, spuse Lucifer, dar ultimul lucru pe care mi-l amintesc e că trebuia să ne întâlnim cu Generalul Kunopegos. Totuşi, nu ştiu ce s-a întâmplat după. Am nevoie să mă pui la curent cu detaliile întrevederii.

- V-aţi forţat prea tare, răspunse Zepar, aşezându-şi mâna cu empatie pe umărul lui Lucifer. Aţi vrea să anulez întâlnirea de împerechere de la doisprezece şi jumătate? Singurul motiv pentru care am programat-o a fost ca să creez o perdea de fum. Ar arăta ciudat dacă v-aţi pierde brusc interesul în femei. Până la urmă, aveţi o *reputaţie* de întreţinut, Sire.

- No, oftă Lucifer cu o expresie gânditoare. Voi onora programarea. Ar fi frumos dacă aş putea găsi o parteneră raţională *şi* care îmi poate înzestra copiii cu aripi.

Zepar începu să râdă, privindu-l de parcă ar fi glumit.

- Ce e aşa de amuzant? întrebă Lucifer.

- Sire... zise Zepar, ţinându-se de burtă. Sunteţi atât de *dedicat.* Aveţi deja paisprezece copii pe drum. De aceea v-am lăsat nava pe teritoriul neexplorat. Aveţi un întreg harem pe navă.

- Paisprezece?

Lucifer se aşeză şocat pe marginea patului. Da, îşi amintea ceva despre paisprezece femei. Cum ar fi putut uita?

Râsul lui Zepar începu să răsune din ce în ce mai departe.

- Fiecare dintre femeile umane pe care le-aţi dăruit hibrizilor Alianţei e însărcinată, spuse Zepar. Mai bine de treizeci de copii jumătate oameni, jumătate hibrizi aşteaptă să se nască. Iar Împăratul n-are nicio idee! continuă el, scuturându-i umărul. Sire! Sunteţi un erou!

- Sunt un erou, şopti Lucifer.

Îşi răscoli penele albe.

- Da. Desigur. Hai să mergem la întâlnirea aia cu Ministrul Educaţiei.

Pe tot parcursul zilei, Lucifer îşi consultă în paralel calendarul pentru a-şi da seama ce *Hades* făcuse în ultima vreme, ce legi mai dăduse, cu cine mai vorbise şi despre ce vorbise. Zepar inventase nume de cod pentru înţelegerile din culise pe care le mai făceau politicienii pentru a pune rotiţele guvernamentale în mişcare. Fuseseră întocmite o grămadă de rapoarte măsluite în ultima vreme.

Lucifer trecu prin întrevederea cu Ministrul Educaţiei pretinzând că ştie ce face. Întâlnirea de împerechere fu plăcută şi fără evenimente. Nici măcar nu fu nevoit să se folosească de darul său. Abia când ajunse la jubileul pentru ziua de naştere a tatălui său avu o revelaţie – nu îşi pierduse niciodată cunoştinţa la o întâlnire cu el.

Trecu prin zona complexă de securitate care fusese implementată la Palatul Etern încă de când tatăl său revenise din cele mai înalte tărâmuri transcendentale: inspecțiile corporale, scannerul optic, testele pentru timpii de reacție și razele infraroșu. Ce căuta oare tatăl său când făcea toate acele teste? Demnitarii alunecau prin palat, râvnind la un moment petrecut doar cu Împăratul Etern. Lucifer se strecură printre rândurile de simpatizanți, nerăbdător să se predea la mila tatălui său. Indiferent de ce se întâmpla, Împăratul era om de știință. Poate că ar găsi o cale de a rezolva problema.

- Tată, tremură Lucifer, stând în fața Împăratului Etern, pregătit să își arunce soarta la mâna milei lui. Pot să îți vorbesc, te rog? Între patru ochi?

- Nu acum, răspunse Hashem, dând aprobator din cap către coada lungă de simpatizanți care treceau prin dreptul său.

- E foarte important, se rugă Lucifer.

Tremura, dar făcu acel lucru care le era interzis ființelor muritoare: își așeză mâna pe brațul Împăratului.

- Ți-am zis, Lucifer, răspunse Hashem, descotorosindu-se de mâna lui Lucifer ca și cum ar fi alungat o muscă. Nu știu cum să te repar.

- Nu e vorba de problema *aia*.

Lucifer păstră o tonalitate joasă, pentru ca simpatizanții să nu îl audă.

- E altceva. Tată... te rog... Chiar am nevoie de ajutorul tău.

Nu ar fi trebuit să piardă timp așa. Ceva era *foarte* în neregulă cu el, iar Zepar profita de pierderile sale de conștiință pentru cine știe ce scop pe care nu și-l putea închipui. Era imposibil să fie inconștient atâta timp și Zepar să nu își dea seama.

- Majestatea Voastră, se auzi o voce feminină, ca de pisică.

Împăratul se întoarse și zâmbi către ființa de la care provenea. Privirea lui Lucifer o urmă pe a tatălui său, oprindu-se direct asupra ochilor reci ca de gheață ale *târfei* de Jophiel și asupra iubițelului-de-o-zi, Raphael, tatăl celui mai proaspăt bebeluș al său. Se părea că Lucifer nu era *singurul* care tânjea după ceva mai însemnat.

- Jophie! o îmbrățișă Hashem, întorcându-i spatele lui Lucifer. Când o să îi permiți tânărului acesta grozav să te facă femeie respectabilă?

- Șșșș! se înroși Jophiel. Încercăm să fim discreți.

Sângele lui Lucifer începu să fiarbă. Iată-l acolo, cel ce încercase timp de 225 de ani să îndeplinească dorințele tatălui său și să producă urmași, petrecându-și fiecare minut disponibil în care nu își îndeplinea îndatoririle din Parlament pentru a „presta" în numele unui moștenitor legal, iar acum Hashem o îndemna pe Jophiel, singura femeie Angelică ce putea produce copii în mod constant să se sustragă misiunii?

Amintirea tuturor ocaziilor în care își implorase tatăl să acorde atenție problemelor imperiului său îl cutremură. Când mama lui murise, Hashem își luase tălpășița și îl lăsase singur. Apoi, brusc, 200 de ani mai târziu, revenise, îi aruncase o privire lui Jophiel și crease o funcție militară cu totul nouă ca echivalent social al poziției *lui*. Hashem tânjise după atenția femeii Angelic celei reci încă de atunci. Totul din cauza unei asemănări ciudate cu mama lui!

Şi fix aşa îl înlocuise - 200 de ani de serviciu loial în fruntea Alianţei, în toată perioada cât tatăl său lipsise, daţi la o parte şi uitaţi!

Lucifer nici măcar nu se mai obosi să îşi ia la revedere.

Îl contactă pe Zepar prin radio.

- Pregăteşte-mi nava ac, zise el. Mă întorc.

- Dar Împăratul...

- e rahat în ploaie. Sună-l pe Ba'al Zebub. Spune-i că primim fiecare fiinţă umană de care poate să facă rost, fie că e femeie sau bărbat. Nu-mi pasă cât costă.

Capitolul 63

Septembrie – 3.390 î.Hr.
Pământ: locul prăbușirii

MIKHAIL

În ceea ce privea antenele subspațiale, nu prea avea cu ce să se laude, dar *spera* că invenția pe care o improvizase din piesele salvate avea să transmită suficientă putere încât să deschidă o micro gaură de vierme.

Slavă zeilor! Generatorul de găuri de vierme însuși supraviețuise când idiotul ăla de Jamin își aruncase sulița în mănunchiul de antene!

Se ridică de pe spate și își scutură praful de pe aripi.

- Ce face pânza asta de păianjeni? întrebă Ninsianna arătând mănunchiul gros de fire care trecea prin gaura din tavan.

- Transportă fulgerul, zise el.

- Fulgerul albastru?

- Da.

- Către sabia asta de argint?

Mikhail zâmbi larg.

- Vezi? Te prinzi.

Ninsianna îi zâmbi nesigură.

- Încă nu înțeleg cum o să arunce mesajul în ceruri.

- E ca un joc în care prinzi mingea, spuse Mikhail. Eu o să lansez mesajul și o să mă *rog* ca Raphael să fie la capătul celălalt.

- Și dacă nu e? întrebă fata.

- Atunci nu o să primească mesajul, zise Mikhail. O să se învârtă prin ceruri până când îl captează altcineva.

- Cum ar fi inamicul ăsta?

- Poate, se încruntă Mikhail. Dar trebuie să îmi asum riscul.

Buza Ninsiannei tremură. În ciuda bravadei pe care o afișa, Mikhail știa că se temea de ce avea să se întâmple dacă *reușea* să stabilească legătura. Se întinse către ea și o luă de mână.

- O să îți placă la nebunie lumea modernă, o asigură el.

- Și Împăratul tău?

- O să te iubească. Cred...

Încercă să aducă la suprafață o imagine a bărbatului pe care *știa* că îl slujea și despre care legendele lui Immanu spuneau că îl servea, dar de fiecare dată reușea să se gândească doar la ochii aurii ai Ninsiannei.

- Poate că nu sunt suficient de important pentru el încât să-şi bată capul, zise ridicând din umeri. Dar ştiu că Raphael o să te iubească.

- Nici măcar nu ţi-l aminteşti.

- Prea bine, recunoscu Mikhail. Dar, din ce îmi amintesc, e... – încercă să găsească termenul potrivit. Cald?

- Cald?

- Da, zise el. Când mă gândesc la Raphael, se simte *cum trebuie.*

O strânse de mână, după care îi dădu drumul pentru a-şi termina ansamblul de antene. De data aceasta, designul avea să funcţioneze. Era convins. Învăţase reparaţia aceasta undeva. Şi-o amintise în seara precedentă, chiar înainte să o viseze pe Jophiel.

Ninsianna deveni din ce în ce mai tăcută pe măsură ce Mikhail se apropia de sfârşitul designului. Cu o ultimă înşurubare, acesta făcu câţiva paşi înapoi.

- Asta ar trebui să meargă.

- Ce faci dacă Raphael nu e acolo?

- Rămân aici, răspunse şi aripile i se pleoştiră. Dar trebuie să *încerc.*

Ninsianna se întinse şi îi şterse o urmă de vaselină de pe obraz. Oricât se străduia să pară puternică, ochii îi trădau neliniştea. Mikhail o strânse în braţe.

- *Ştii* că eşti comoara mea, nu-i aşa? zise el.

- Mi-ar plăcea să cred asta.

- Nu o să te părăsesc *niciodată.*

- Şi dacă Împăratul ăsta îţi dă un ordin?

- Atunci o să te iau cu mine.

- Şi dacă îţi interzice?

- Atunci o să îmi închei misiunea şi o să mă întorc imediat ce termin, spuse el.

Ninsianna analiză atent – dar nu expresia lui, ci acel lucru pe care ea îl numea lumină spirituală. Orice ar fi văzut, păru să o liniştească. Păşi către tripod.

- Orientează subreflectorul către centura Orion, zise ea.

- Dar *astea* sunt ultimele coordonate pe care le ştiu ale *Răsăritului de Lumină.*

- Raphael e în direcţia *aia,* insistă ea, arătând în altă parte. Dar trebuie să aştepţi, altfel nu o să reuşeşti. E un obiect în cale.

- Cerul e senin, zise Mikhail.

- Nu aici, spuse Ninsianna. Acolo, sus, continuă arătând spre cer. O piatră.

- Un asteroid?

- Da. Îţi stă în cale.

Mikhail îşi dădu seama că nu doar *ea* i se adresa, ci şi zeiţa care vorbea prin intermediul ei sau una dintre *celelalte* zeităţi numeroase şi enervante care se foloseau de ocazia de a-i folosi soția pe post de transmițător radio privat. Ochii Ninsiannei străluceau cu o nuanță auriu-albă.

- Ninsianna, spuse el, apucând-o de umeri. Ce vezi?

- Văd Pământul, zise ea, la trei planete distanță de Soare. Chiar dincolo de noi e o altă planetă, iar apoi, dincolo de ea, e un inel de pietre. Una dintre prietenele astea o să ajungă în cale înainte de apus, iar apoi poți să îl suni pe Raphael.

Mikhail îi luă obrajii în mâini.

- Ninsianna, zise el. Mă sperii când ajungi prea departe.

Lumina din ochii ei își pierdu un pic din intensitate.

- Pot să îl *văd* pe Raphael, spuse ea.

- Serios?

- Da, zâmbi Ninsianna. Are aripi aurii.

În timp ce vorbea, imaginea vagă ce până de curând nu fusese altceva decât o senzație începu să se materializeze, parcă eliberată de ceață.

- Cu dungi roșii pe penele inferioare, zise Mikhail.

- Da, el e, râse Ninsianna. Încă te caută I-a spus…

Expresia ei deveni perplex.

- Ce e? întrebă Mikhail.

- O piedică în vorbire?

- Cum e posibil așa ceva?

Ochii Ninsiannei căpătară o strălucire mai puternică.

- Există un fundament științific pentru tărâmul viselor, glăsui o altă conștiință prin ea. Particulele subatomice care compun universul leagă tot ceea ce există într-o teorie unitară a fizicii. Viața este conștiință materializată în formă fizică. Conștiința este energie pură, este *Cea Neaflată*, care a dat naștere tuturor sufletelor. Orice pereche de minți se poate conecta dincolo de infinitatea timpului și a spațiului, reunindu-și pur și simplu neutrinonii în continuul spațiu-timp...

La naiba! Povestea asta îl speria rău!

- Ninsianna? Ești încă aici?

Fata luă șurubelnița și începu să ajusteze antena lui Mikhail de parcă ar fi lucrat dintotdeauna cu electronice toată viața.

- O să ai la dispoziție doar 0,23 de secunde ca să îți trimiți semnalul înainte să rămâi fără baterie – oricare ar fi fost zeul care hotărâse să o înzestreze cu aceste cunoștințe, acum vorbea prin ea. Înregistrează-ți mesajul și arhivează-l într-un flux de date codat, nu mai mare de 1,23 de gigabytes.

- Am compilat 1,72 de gigabytes, spuse Mikhail.

- Compilarea ta e greșită.

În timp ce termina de lucrat la antenă, Ninsianna continua să debiteze detalii tehnice. Immanu spunea că acesta era un dar, însă *la naiba!* Nu se simțea deloc așa. Își voia soția înapoi.

- Ninsianna, zise Mikhail, luându-i șurubelnița din mâini. Vino înapoi, draga mea. Ai spus că vei veni întotdeauna înapoi.

Putu să *distingă* momentul în care zeul care pusese stăpânire pe soția lui – oricare ar fi fost el – hotărî să o elibereze. Ninsianna se clătină și clipi, având o expresie nedumerită.

- Ce s-a întâmplat? întrebă ea.

- Spuneai ceva despre o teorie unificată a fizicii.

Sprâncenele i se împreunară:

- Nu am nicio idee ce înseamnă asta.

Mikhail o strânse în brațe.

- Potrivit prietenului tău, zise el, trebuie să înregistrez un mesaj mult mai scurt. Vrei să stai lângă mine, ca să te vadă Raphael?

- Ce prieten? întrebă Ninsianna.

- Nu contează, spuse el, sărutându-i obrazul. O să trimitem mesajul și o să sperăm la ce-i mai bun. Dacă nu vin niciodată după mine, pentru mine e perfect în regulă.

Chipul Ninsiannei se lumină.

- Serios?

- Da.

Mikhail o sărută în creștetul capului. O conduse apoi pe navă, spre locul în care meșterise la cameră. *Știuse* că nu va avea timp să prezinte un raport complet. Dar 1,23 de gigabytes? Abia de îi ajungeau pentru o singură imagine.

Așeză camera în așa fel încât să se poată vedea fuzelajul distrus la navei, după care își potrivi arcul și săgețile, o suliță și alte simboluri ale vieții de acum.

- Unde să stau? întrebă Ninsianna.

Nu mai văzuse imagini difuzate până atunci, dar ascultase înregistrarea apelului S.O.S. al lui Mikhail.

- Aici, îi răspunse el, trăgând-o mai aproape. Lângă mine, acolo unde ți-e locul.

Zâmbind larg, ca o pisică ce tocmai a înghițit un șoarece mare și gras, Mikhail își petrecu brațul posesiv în jurul umerilor soției sale și apăsă butonul de înregistrare.

- Raphael, nava mea e varză. Sata'anicii și-au construit o bază pe o navă clasa M cu coordonatele... Z, trei, zero, unu, opt, cinci, doi, nouă... ți-o prezint pe Ninsianna, soția mea... închei transmisia.

Opri dispozitivul.

- Și acum? întrebă Ninsianna.

- Întâi trebuie să arhivez fișierul, zise Mikhail. Apoi, când e gata, îl putem trimite spre Raphael.

- Cum rămâne cu roca din spațiu?

- Doar spune-mi când calea e liberă, zise el, iar eu o să apăs butonul ăsta.

Trecu înregistrează printr-un proces de arhivare, iar apoi, când Ninsianna spuse „aproape", porni generatorul de micro-găuri de vierme.

Electricitatea statică începu să umple atmosfera. Penele lui Mikhail se ridicară țepene. Încetul cu încetul, antena subspațială începu să strălucească, având o lumină albăstrie.

- Ești gata? întrebă el.

- Nu încă, răspunse nu-tocmai-Ninsianna.

Scântei electrice se arcuiră printre crăpăturile fuzelajului. Echipamentul care alimenta antena scrâșni apăsat. Suna de parcă un tren încărcat s-ar fi învârtit în jurul navei. Aerul din jurul lor începu să pulseze.

Spune-mi. Spune-mi. Spune-mi...

Penele fragede se înălțară în foliculii lor.

- Acum! strigă Ninsianna.

Mikhail apăsă butonul „trimite", rugându-se la Împărat, la zeița Ninsiannei și la oricare altă zeitate care i-ar fi putut fi de ajutor.

O juxtapunere stranie, de parcă spațiul însuși s-ar fi contractat brusc, reverberă la bordul navei; la fel de repede pe cât se întețise, însă, curentul electric din interior se opri, lăsându-i în întuneric.

- A mers? întrebă Ninsianna.

Mikhail se folosi de lumina de la ceas pentru a verifica ultima citire.

- Ei, drace, zise el. 1,23 de gigabytes.

Avea Raphael să primească mesajul? Și, dacă îl primea, avea să afle *suficient* încât să își dea seama unde se aflau?

Indiferent de rezultat, Mikhail simți că i se luase o piatră de pe inimă. Trimisese un mesaj. În ceea ce îl privea, misiunea era acum încheiată.

- Lanternele magice nu mai merg, spuse Ninsianna pe un ton plângăreț.

- Cred că asta înseamnă că va trebui să ne gândim la *alte* lucruri pe care să le facem pe întuneric.

O trase mai aproape, semnalându-și dorința de a trece la *noua* sa activitate preferată.

- Crezi că am putea să pipăim pe aici până când ajungem în zona de dormit? întrebă Ninsianna. Brusc, mă simt foarte obosită.

Unul dintre efectele secundare ale călătoriilor pe tărâmul viselor era *epuizarea* pe care Ninsianna o resimțea odată ce se întorcea. Ceea ce voia *el* să facă putea să aștepte. Strângând-o ca pe un dar prețios, o ridică în aer și o cără în brațe până la pat.

Capitolul 64

Data Galactică Standard: 152,323.09 D.Î.
Pământ: Baza înaintată Sata'anică
Locotenent Kasib

Lt. KASIB

Ghearele locotenentului Kasib tremurau în momentul în care bătu la uşa biroului ofiţerului aflat la comandă. Generalul Hudhafah se ridică, înfigând ace de birou într-o hartă a planetei. În fiecare zi descopereau noi teritorii, noi resurse şi noi triburi, care fie trebuiau date pe spate cu promisiuni legate de *minunăţiile* pe care le putea aduce guvernarea Sata'anică, fie trebuiau să le îmblânzească membrii puşi pe hartă pentru a supune întreaga populaţie.

- Domnule, zise Kasib, iar coada îi tresări a îngrijorare. *Jamaran* tocmai a înregistrat un flux de date emanând dinspre planetă.

- De unde provine? întrebă Hudhafah, iar creasta dorsală i se ridică în semn de furie.

- Din zona numită Mesopotamia. Nu a fost suficient de lung încât să izolăm sursa.

- A fost suficient de lung încât să transmită date importante? întrebă Hudhafah.

Ochii săi aurii-verzi, ca de şarpe, se îngustară până căpătară forma unor linii perfecte.

- Nu, domnule, zise Kasib. S-a întrerupt înainte de putea fi recepţionate coordonatele complete. Semnalul a fost extrem de slab. E foarte improbabil ca mesajul să fi ajuns la ţintă.

- Bun, expiră Hudhafah. Ultimul lucru de care avem nevoie e o navă amirală plină de hibrizi care să apară pe-aici să investigheze.

Generalul arătă către o adunătură de ace de pe hartă.

- Nu cumva aia e una dintre zonele dinspre care răzbat zvonuri despre cineva care ar organiza triburile să lupte împotriva aliaţilor noştri?

- Ba da, domnule, spuse Kasib. Nu am putut localiza rămăşiţele navei Angelicei. Credeţi că a supravieţuit prăbuşirii?

Generalul Hudhafah apucă un alt an, unul roşu, care semnaliza posibile forţe inamice, şi se înţepă distras în deget, prea uşor pentru a sângera.

- Când ai de-a face cu hibrizi, zise el, trebuie să îţi imaginezi inimaginabilul.

- Credeţi că ar trebui să ne trimitem forţele să îi dea de urmă?

Hudhafah privi îndelung acele mici şi negre adunate în jurul Bazei Înaintate Sata'anice, apoi grupul şi mai mic care se mişca înainte şi înapoi între crucişătorul *Jamaran* de pe orbită şi planeta respectivă. Kasib ştia ce îl îngrijora: faptul că resursele le erau deja împinse la limită.

- Ce recompensă am pus pe capul liderului tribului ăluia din apropierea locului din care a răzbătut semnalul? întrebă Hudhafah.

- Zece *darici* din aur, domnule, spuse Kasib.

- Măreşte recompensa de patru ori, zise Hudhafah dezvelindu-şi colţii. Un sac întreg de aur. Dacă *avem* de-a face cu un Angelic, atunci să îi lăsăm pe oameni să omoare singura creatura care ne-ar putea împiedica să le anexăm planeta.

- Slăvit fie Shay'tan! salută Kasib, ducându-şi mâna la cap, la bot şi la inimă într-un gest universal de preamărire a bunăvoinţei Împăratului şi zeului lor.

Capitolul 65

Septembrie – 3,390 BC
Pământ: locul prăbușirii Crash Site

NINSIANNA

Atât de confortabil...

Ninsianna se împotrivi trezirii, desfătându-se cu căldura visătoare a pieptului ferm și a aripilor moi pe care le avea soțul ei.

- Bună dimineața, leneșo, spuse Mikhail, zâmbindu-i din toată inima. În ritmul ăsta, o să întârziem acasă.

- Dar e așa cald și bine! scânci Ninsianna, alintându-se în îmbrățișarea penelor călduțe. Nu vreau să plec!

- Am putea să mai rămânem o zi, spuse el, îngropându-și chipul în scobitura gâtului ei. Cine ar fi crezut că viața într-o societate agrară poate fi atât de aglomerată?

Ninsianna mormăi. Visul de noaptea trecută – care din fericire nu fusese un coșmar – îi amintise cu hotărâre că nu trebuia să stea în calea *adevăratei* misiuni a soțului ei, anume aceea de a-i ajuta neamul să se împotrivească Celui Malefic. Din fericire, de când își trimisese mesajul, aura spirituală a lui Mikhail revenise asupra lumii acesteia – asupra lumii *ei*. Sau, mai precis, asupra *ei*. Nu trebuia să cadă pradă ispitei de a-l pune să răspundă tuturor capriciilor sale, așa cum de altfel părea perfect mulțumit să procedeze pentru tot restul vieții.

Ninsianna îi zâmbi cu regret.

- Trebuie să antrenezi sătenii. Și i-am promis mamei că o ajut să strângă sevă dintr-o tufă de smirnă ca să facă pasta care alungă spiritele rele dintr-o rană infectată.

Cu un sărut, Mikhail își slăbi strânsoarea, permițându-i să se desprindă de căldura aripilor pufoase. Imediat ce se ridică, Ninsianna își simți stomacul dându-se peste cap. Suspinând exasperată, fata alergă la baie.

- Ești bine? întrebă Mikhail urmând-o.

- Da, răspunse ea printre sughițuri.

Mikhail îi strânse părul și i-l dădu la o parte din față până când termină de vomitat; apoi, pregăti o cârpă udă și îi șterse fața cu blândețe. Ninsianna se sprijini de el, bucurându-se de căldura trupului său în timp ce stăteau împreună, tolăniți pe podeaua băii.

Ceruse un semn, iar Cea-Care-Este i-l dăduse.

- E din cauza a ceva ce ai mâncat? o întrebă Mikhail.

- Nu, e perfect normal.

- Normal? zise Mikhail. Ai fost amețită în fiecare dimineață de ceva vreme, iar acum vomiți. O să zbor înapoi în sat să o aduc pe mama ta.

- Nu e nimic ce poate face mama în legătură cu asta.

- Poate îți pregătește un ceai?

Ninsianna nu era sigură cum avea să primească Mikhail vestea, cu toate că *bănuia* că și el își dorea la fel de mult pe cât își dorea și *ea.* Se întoarse pentru a da ochii cu el, astfel încât să îi vadă reacția.

- Sunt grețuri matinale.

- Grețuri matinale? Ce te face să îți fie greață dimineața?

Dură o clipă până să-și dea seama că Angelicul nu avea nicio idee ce se întâmpla.

- *Tu* m-ai făcut să îmi fie greață, zise ea.

- *Eu?* întrebă el, iar trăsăturile sale frumoase și elegante fură umbrite de o nedumerire îngrozită. Ce am făcut greșit?

Ninsianna își duse o mână în dreptul buzelor pentru a-și reprima chicotelile. Iată, o creatură a cerurilor care nu pricepea noțiuni fundamentale de biologie.

- Ce e așa amuzant?

- Nu ai observat că mă simt rău de săptămâni bune?

- Ai spus că nu e nimic, spuse Mikhail. Ești bolnavă?

- Mikhail... sunt însărcinată.

- Poftim?

- O să avem un copil.

- Un copil? Cum s-a putut întâmpla asta?

Părea atât de perplex, încât Ninsianna nu se mai putut abține și izbucni în râs.

- Îmi amintesc foarte clar pasiunea cu care am făcut dragoste de câteva ori bune, spuse ea. Ți-a scăpat cumva?

- Nu... dar...

- Și apoi îmi amintesc gemetele și aripile tale care se loveau de pereți. Sau sunetul ăla haios pe care îl faci când ejaculezi...

- Dar...

- Și apoi mai e și fața aia foarte amuzantă pe care o faci când încerci să îți controlezi pasiunea... cam... așa, continuă ea, încercând să imite cât mai bine fața pe care o făcea când atingea punctul culminant.

- *Nu* fac o asemenea față, spuse Mikhail. Sau da?

- Da, o faci, zise Ninsianna. Și o iubesc. Și te iubesc. Iar acum o să avem și un copil pe care să îl iubim.

- Dar...

Mikhail reuși în sfârșit să proceseze cuvintele pe care i le spunea soția sa. Un zâmbet entuziasmat îi lumină chipul. Se întinse spre ea și o strânse în brațe.

- Serios?

- Serios, răspunse Ninsianna odihnindu-şi obrazul pe pieptul lui.

- Speram că o să se întâmple, dar... wow! Aşa de repede?

O ridică şi o purtă în braţe până la zona de dormit. O aşeză pe pat cu grijă, de parcă ar fi fost cel mai preţios lucru din lume, iar apoi se întinse lângă ea şi o înveli cu una dintre aripile sale. O privi în ochi cu o expresie de mulţumire deplină.

Ninsianna se cuibări lângă el, desfătându-se cu sentimentul de a fi iubită de un înger.

- Mikhail? întrebă ea?

- Hmmm?

- Crezi că bebeluşul nostru va avea aripi?

Capitolul 66

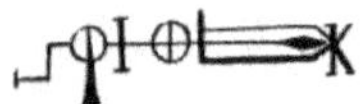

Data Galactică Standard: 152,323.09 D.Î.
Sector Zulu: Nava Amirală „Răsărit de Lumină"
Colonel Raphael Israfa

RAPHAEL

- Colonel Israfa, spuse Majorul Glicki , am recepționat o transmisiune slabă din sectorul Zulu. E în proces de dezarhivare chiar acum.

- Pune-o pe ecran imediat!

Raphael sări din scaun în clipa în care imaginea prietenului său cel mai bun apăru pe ecranul central. Trecuseră șapte luni. Mikhail era încă în viață!

Părul îi crescuse, iar uniforma îi părea neîngrijită, dar în rest nu arăta prea rău.

„Raphael, nava mea e varză. Sata'anicii și-au construit o bază pe o navă clasa M cu coordonatele... Z, trei, zero, unu, opt, ... (hârâit puternic)"

- Pornește-o din nou! ordonă Raphael. Am nevoie de coordonatele alea!

- Îmi pare rău, domnule, spuse Glicki. Doar asta a reușit să trimită. Având în vedere cât de slab e semnalul și faptul că poziția noastră e diferită față de cea în care ne aflam când l-am pierdut, e o minune că a reușit să ne contacteze chiar și așa!

- Domnule? zise Sergentul Sachiel, un alt Angelic, arătând către femeia minionă, cu părul negru, care stătea lângă Mikhail. Credeam că Colonelul Mannuki'ili a pornit singur în misiune.

Raphael privi imaginea înghețată pe ecran cu mai multă atenție. Mikhail avea brațul strâns în jurul unei Angelice frumoase, cu părul închis la culoare și trăsături chiar mai întunecate decât cele ale prietenului său. În plus, Mikhail zâmbea, ceea ce nu se întâmpla prea des. Se prăbușise oare pe o planetă pe care trăia încă o colonie de Serafimi cu trăsături întunecate? Dar avusese impresia că dispăruseră cu toții...

- Mărește imaginea, scanează femeia și compar-o prin recunoașterea facială cu toți Angelicii cunoscuți, ordonă Raphael. Poate reușim să îi izolăm poziția așa.

- Domnule?

Tremurul din glasul lui Glicki răzbătu în pofida dispozitivului mecanic de amplificare a vocii. Proiectă imaginea mărită încă o dată.

- Ar trebui să aruncați o privire aici...

Mai mări o dată secvența, concentrându-se asupra femeii. Se scurseră câteva momente până când înțeleseră cu toții realitatea pe care o aveau în față.

- Aia e cumva...? întrebă Port-drapelul Zzz'lrr.

- Naiba să mă ia! exclamă Sergentul Sachiel.

- Nu se poate! zise un alt Mantoid.

Cuprinși de o neîncredere paralizantă, se holbau cu toții la imaginea înaltă de 25 de metri a femeii umane lipsite de aripi care stătea lângă Colonel.

- Glicki! strigă Raphael. Fă-mi legătura cu Comandantul General Suprem Jophiel! Alfa, prioritate unu! *Nu* îmi pasă cu ce e prinsă! Spune-i că trebuie să vorbesc cu ea imediat!

- Domnule... are o întâlnire programată cu Împăratul Etern, spuse Glicki. Ce ar trebui să spun ca să o scot de acolo?

- Spune-i lui Hashem că am găsit soluția de care avea nevoie! izbucni Raphael fericit. Colonelul Mannuki'ili a găsit Sfântul Graal!

Epilog

Data Galactică Standard: 152,323.09 D.Î.
Tărâmurile transcendentale
Împăratul Etern Hashem

ÎMPĂRATUL ETERN HASHEM

- Monstru nenorocit!!! strigă Hashem imediat ce o porţiune suficient de mare a conştiinţei sale se materializă pentru a forma o gură. Cât timp ai ţinut rasa primordială umană ascunsă de mine?

- Asta e ceva ce doar *eu* ştiu, răspunse Shay'tan pe un ton prietenos, stând în faţa tablei de şah galactice. Şi *tu* trebuie să afli.

- Zeiţă!!! strigă Hashem.

De vreme ce EA nu îşi făcu apariţia, o chemă din nou.

Hashem, care de obicei era o fiinţă temperată, slobozi un val necaracteristic de injurii care ar fi făcut chiar şi o colonie Maridă de piraţi să se ruşineze. Nu era născut ieri, aşa că îşi putea da seama când *el* devenea piesa de şah manevrată în jocul etern dintre Cea-Care-Este şi Cel-Care-Nu-Este. „Camera" în care el şi Shay'tan se întâlniseră nici măcar nu era o cameră, ci o creaţie artificială, formată în conştiinţa Celei-Care-Este. Era imposibil ca ea să nu ştie ce se petrecea!

- Dacă aştepţi să mă certe cineva, zise Shay'tan, ascuţindu-şi nonşalant ghearele, atunci te plângi la zeitatea greşită. Toată lumea ştie că Cea-Care-Este e cea mai mare trişoare din lume. Cum crezi că l-a împiedicat în toţi aceşti ani pe Cel-Care-Nu-Este să distrugă universul?

Hashem privi piesele de şah împrăştiate pe tablă. Într-o clipită, jocul fusese dat peste cap. Oricine reuşea să preia controlul asupra tărâmului uman, avea să subjuge întreaga galaxie. Fără o infuzie nouă de materie genetică, armatele sale hibride aveau să dispară. Pe de altă parte, dacă ar fi avut acces nestingherit la rasa primordială, Hashem ar fi putut crea o *nouă* generaţie de super-soldaţi care să îl alunge pe Shay'tan din galaxia sa o dată pentru totdeauna.

Deodată, observând piesele negre care îi înconjurau calul alb, Hashem zâmbi. Tărâmul oamenilor *nu* era cuprins între graniţele niciunuia dintre imperii. Stătea la dispoziţia oricui! Armata care reuşea să preia controlul asupra tărâmului prima avea să câştige. Singura problemă era că Shay'tan ştia *exact* unde se afla planeta şi deja organizase o bază acolo, în timp ce

Hashem, nu. Trebuia să *găsească* afurisita aceea de planetă şi să îl împiedice pe Shay'tan să trimită întăriri.

- Cal alb la sector Zulu trei, spuse Hashem, ridicându-şi piesa şi făcând un salt în formă de L către sectorul Zulu, în care îi dispăruse şi primul cal.

Hashem se retrase treptat de pe tărâmul transcendental, înainte ca Shay'tan să aibă timp să protesteze. Trebuia să îşi mobilizeze forţele pentru ceea ce se anunţa a fi cea mai mare bătălie pentru o planetă cu resurse critice dată de la Al Doilea Război Galactic încoace.

Începutul volumului al IV-lea − „Prin mijlocul pietrelor scânteietoare"

AVANPREMIERĂ:
Prin mijlocul pietrelor scânteietoare

Data Galactică Standard: 152,183.02 D.Î.
Haven 1: Palatul Etern
Împăratul Etern Hashem

> *Te-am pus să fii un heruvim păzitor;*
> *erai pe muntele cel sfânt al lui Dumnezeu*
> *şi umblai prin mijlocul pietrelor scânteietoare*
> *---Ezechiel 28:14*

Cu 240 de ani înainte....

ÎMPĂRATUL ETERN

În laboratorul lui Dumnezeu, unde o proporţie atât de *însemnată* a creaţiei era condusă spre evoluţie, Împăratul Etern Hashem păşea înainte şi înapoi de parcă *el* ar fi fost tatăl care îşi aştepta copilul. Femeia Angelic cu aripi întunecate se zvârcolea în dureri şi striga:

-Are dreptul să ştie!

Hashem aruncă o privire stresată către aparatul care monitoriza bătăile inimii fătului.

-Trebuie să păstrezi existenţa acestui copil secretă, spuse el agitat.

-Ăsta nu e un joc de şah! şuieră Asherah. Shemijaza e soţul meu!

Milenii la rândul, el şi Shay'tan jucaseră şah pentru a-şi rezolva problemele, iar dacă asta nu funcţiona, atunci îşi adunau armatele şi porneau la război. Niciunul dintre ei nu reuşise să preia controlul asupra galaxiei până când, într-o bună zi, cel mai puternic general al lui Hashem pornise o rebeliune. Întrucât nu putuse să se opună Alianţei în mod direct, Shemijaza capturase o serie de planete aflate prea aproape de graniţa bătrânului dragon pentru a le distruge fără a porni un război intergalactic şi începuse să recruteze hibrizi neloiali. Acum că Imperiul lui Sata'an pişca din Alianţa Galactică, *ultimul* lucru de care avea nevoie Hashem era un război civil!

Fiind convingătoare şi frumoasă, având părul negru şi aripi asemenea, precum şi ochi atât de albaştri încât păreau să imite culoarea cerului din Haven, Asherah păruse soluţia genială care să ademenească liderul rebel înapoi în sânul Alianţei.

-Se presupunea că o să negociezi un tratat! o certă Hashem. Nu să te măriţi cu el!

-Numai aşa ar fi *semnat!*

-Asta ar legitima Al Treilea Imperiu! strigă Hashem. Nu îi pot permite lui Shemijaza să aibă parte de un moştenitor!

Asherah respira rapid, dar superficial pe măsură ce contracţiile i se intensificau.

-Sunt Serafim, se rugă ea. Te rog! Când ne-am consumat căsătoria, viaţa mea a devenit legată de a lui!

-Eşti doar pe *jumătate* Serafim, o corectă Hashem. Poţi supravieţui dacă alegi să faci asta, ceea ce ai şi demonstrat venind *aici.*

Asherah îşi strânse burta şi slobozi un urlet.

-Shemijaza avea dreptate! Specia noastră e pe cale de dispariţie şi tu nu faci *nimic* să ne ajuţi!

Părul alb şi dezordonat al lui Hashem ţâşni spre exterior în clipa în care înşfăcă fulgerul şi îl împinse blând spre pământ. Ceea ce cândva fusese simbolul iscusinţei sale ca genetician, a abilităţii sale de a modela viaţă, devenise acum un monument al propriei incompetenţe. Genele care dădeau naştere trăsăturilor animalice ale armatelor sale erau recesive; pentru a le menţine, fusese obligat să îşi încrucişeze armatele până în punctul în care îşi pierdusără funcţia de reproducere. Acum nu mai avea nimic; nici puterile transcendentale, nici cele mai bune metode de fertilizare in vitro nu putusără rezolva problema.

Şi nici măcar nu era *adevărata* problemă... But that wasn't the *real* problem...

...*adevărata* problemă era că se temea că Shemijaza preaslăvea un zeu mult mai puţin altruist.

-Modurile în care mă tot depăşeşte sunt pur şi simplu prea *inteligente*, se răsti Hashem. Cu genele *tale,* copilul lui Shemijaza va fi mai evoluat genetic decât însuşi tatăl lui.

-Nu am văzut niciun sacrificiu pe viu, spuse Asherah, niciun semn de puteri transcendentale.

-Nu *asta* ai spus când ai apărut la uşa mea!

Asherah apucă barele de metal ale patului pe măsură ce noua contracţie se accentua.

-Shemijaza are pierderi de cunoştinţă, dureri de cap, probleme de temperament, zise ea. E *bolnav!* Nu malefic! Singurul malefic pe care îl *văd* e un zeu bătrân şi egoist care ar lipsi un copil de tată!

Mai multe pene negre zburară în toate direcţiile în timp ce femeia se lupta cu instinctul de a se lansa în zbor. Copilul venea, indiferent dacă Hashem îşi dorea ca el să existe sau nu.

-Văd capul copilului, Majestatea Voastră, îi întrerupse Dephar, geneticianul şef, care servea drept moaşă.

Asherah îşi dădu capul pe spate şi strigă numele soţului.

Strigătele ei răscoliră sentimente pe care Hashem nu le mai trăise – poate că era milă? Neavând la îndemână cuvintele potrivite pentru a o convinge că asta era ceea ce trebuia să facă, recurse la un gest pe care nu îl mai făcuse de când încetase să mai fie muritor.

-Ia-mă de mână, Asherah, şi lasă-mă pe mine să îţi port durerea.

Mâna i se încălzi acolo unde atinse pielea femeii. Senzaţia îl ardea pe interior, trezind o nevoie de muritor pe care o uitase de mult.

Lacrimile alunecau pe obrajii Asherei în timp ce îşi concentra atenţia spre sinele interior, încercând să stabilească o legătură cu soţul ei prin conexiunea telepatică pe care o formau Serafimii cu partenerii lor. Hashem făcuse eforturi uriaşe pentru a-l convinge pe liderul rebel că soţia sa era moartă. Dacă Shemijaza afla nu numai că Asherah era în viaţă, ci şi că tocmai îi născuse un fiu, ar fi fost în stare să radă Alianţa de pe faţa universului pentru a o lua înapoi. Având în vedere că Shay'tan îi seca deja resursele, Hashem nu îşi mai putea permite sub nicio formă un război pe un al doilea front!

-Zeiţă!!! strigă Hashem în eter. Nu ştiu cum să opresc asta!

Mirosul de ozon umplu laboratorul. O lumină aurie străluci, în figura unei femei înalte, zvelte, cu urechi ascuţite şi aripi voalate. EA îşi îmbrăca formă materială doar arareori, fiindcă o făcea vulnerabilă, dar era esenţial ca acest copil să rămână un secret.

-Fiică favorită, zise Cea-Care-Este, nu ţi-aş cere să faci acest sacrificiu dacă soarta universului nu ar depinde de asta. Ki te-a avertizat că Shemijaza este întinat atunci când i-ai intonat Cântecul pentru a-ţi concepe fiul.

-Da, suspină Asherah cu tristeţe.

Hashem resimţi o urmă de invidie. De ce primise o muritoare acces la *Cântecul Creaţiei*, dar el, nu? Şi chiar de la Ki însăşi? De la mama Celei-Care-Este?

-Eminenţa Voastră, zise Dephar, făcând o plecăciune plină de evlavie. Copilul e blocat în canalul de naştere.

-O să îl aduc pe lume chiar eu.

EA îşi aşeză mâna pe abdomenul umflat al Asherei.

-Împinge, fiica mea. Vreau să întâlnesc acest prinţ al lui Tyre.

Copilul alunecă în braţele EI, care îl aştepau. Nu plânse, aşa cum făceau alţi bebeluşi atunci când ieşeau din pântecul mamei, ci îşi întinse mânuţele către chipul EI în timp ce Dephar îi tăia cordonul ombilical şi gânguri ceva ce suna a „*Inanna*".

Buzele zeiţei se arcuiră într-un zâmbet – sincer, de această dată -, căci întrezărise ceva ce o mulţumea din cale-afară.

-Bine ai revenit, *Luciferi,* Aducătorul de Lumină, spuse zeiţa şi privi Serafimul care suspina. Fii recunoscător, tinere prinţ, căci acest muritor te iubeşte suficient de mult încât să te ţină ascuns de tatăl tău *adevărat.* Tot ceea ce există depinde de cum vei reuşi tu să *nu* cazi în mâinile lui Moloch.

EA se apropie de Asherah, gata să o izbăvească de amintirea Shemijazei, însă Asherah îi lovi mâna, dând-o la o parte. Dephar scăpă un oftat la vederea tupeului Serafimului.

-Nu îndrăzni să faci jocul ăla al amintirilor cu mine! zise Asherah, ridicându-se în patul de copil de parcă ar fi fost o regină. O să fac întocmai cum mi-ai cerut, dar într-o bună zi, eu și Shemijaza ne vom reîntâlni!

Hashem se înfioră. Poate că Cea-Care-Este era atotputernică, însă Asherah înțelegea regulile jocului de ansamblu, care subjuga până și zeii mai bătrâni, ca el. Cu toate că nu era suficient de evoluată genetic încât să atingă imortalitatea de una singură, Serafimul era prea aproape de perfecțiune pentru a putea fi manipulată împotriva voinței sale.

-Așa să fie, răspunse Cea-Care-Este înfășurând bebelușul într-o pătură și întinzându-i-l lui Hashem. Tu trebuie să protejezi acest copil cu prețul vieții tale de nemuritor.

-Da, Eminența Voastră, spuse Hashem, făcând o plecăciune. Îl voi crește de parcă ar fi propriul meu fiu.

Ochii zeiței ardeau cu o lumină aurie, semn al puterii. Smucindu-și aripile voalate, EA se îndepărtă pâlpâitoare de tărâmul material.

Hashem își coborî privirea asupra copilului care tocmai trecuse în grija lui. Acesta avea trăsăturile faciale delicate ale mamei sale, dar și aripile albe ca zăpada, precum și părul blond-alb al tatălui său. În loc să aibă ochii albaștrii, îi moștenise pe cei ai lui Shemijaza – argintii ca luna – o amintire genetică a unei linii de sânge pe care cu toții o considerau dispărută.

Steaua dimineții...

Hashem se cutremură, cu toate că evoluase de multă vreme dincolo de capacitatea de a resimți frigul. Shemijaza îl depășise. Îl depășise și pe Shay'tan. Depășise toate creaturile din galaxie, inclusiv pe Cea-Care-Este. Asherah îl avertizase cu privire la o *nouă* amenințare care adulmeca terenul din jurul liderului răzvrătit, una într-atât de înfricoșătoare încât determinase ființa pe jumătate Serafim să își abandoneze partenerul.

Steaua dimineții...

O linie de sânge chiar mai antică decât Cea-Care-Este. Ferească Cerul ca Moloch să pună mâna pe copilul lui Shemijaza!

-Asherah? spuse Hashem, prezentând bebelușul în fața Serafimului îndurerat. Fiul tău...

-Pleacă de-aici! ripostă Asherah, ghemuindu-se în poziție fetală. L-ai vrut, acum îl ai!

Nu era deloc bine pentru copil să fie respins de propria mamă. Hashem știa din experiența sa de genetician că cei mai mulți dintre copiii respinși nu făceau altceva decât să se zvârcolească și apoi mureau.

Bebelușul îl privea, iar ochii săi argintii și misterioși erau plini de încredere.

Steaua dimineții...

Cea mai frumoasă, cea mai înfricoşătoare, cea mai *periculoasă* linie descendenţă pe care putea un genetician visa să o studieze.

Hashem privi toate invenţiile reci şi sterile pe care le crease în laborator, alături de miliardele de creaturi pe care le ghidase către forme de viaţă mai înalte. Cea-Care-ESTE îi dăduse *lui* premiul, şi nici Shay'tan, nici însuşi tatăl copilului nu ştiau asta!

Tot ce trebuia să facă era să se asigure că nu afla Moloch...

Linkuri de cumpărare:
https://wp.me/P2k4dY-1lF

Prezentare

În zorii timpurilor, doi adversari antici se luptau pentru controlul Pământului. Un singur bărbat s-a înălţat, pe atunci, de-a dreapta oamenilor. Un soldat al cărui nume ni-l amintim şi astăzi...

Mikhail are o nouă misiune: să antreneze războinicii pentru a se opune răpirilor misterioase. Dar drumul de la soldat la general n u e niciodată simplu, cu atât mai mult când fiul Căpeteniei îţi subminează autoritatea. Provocările se complică şi mai mult atunci când află că „demoni-şopârlă" au pus o recompensă pe capul lui Mikhail.

Ninsianna a crezut că rugăciunile i-au fost ascultate atunci când un bărbat a căzut din ceruri şi a jurat să îi apere satul. Dar când un rival pune la îndoială onoarea lui Mikhail, acest lucru nu doar că divizează satul, ci zguduie şi încrederea Ninsiannei.

Între timp, în ceruri, zvonurile legate de un tratament împotriva extincţiei iminente a Angelicilor ajunge la urechile armatelor disperate ale Împăratului. Raphael primeşte sarcina de a găsi „Sfântul Graal", fără a şti că Lucifer face deja troc în numele soluţiei. O moarte tragică provoacă o confruntare epică, gata să frângă cerurile.

Linkuri de cumpărare:
https://wp.me/P2k4dY-11F

Buletin informativ

Dragă cititorule,

Sper că ți-a plăcut „*Aici nu e loc pentru îngeri căzuți*". Dacă dorești să primești o notificare atunci când voi lansa „*Fructul interzis*", te invit să te abonezi la NEWSLETTER-ul meu, iar eu îți voi trimite un e-mail când va fi gata!

Drept răsplată, odată ce vei confirma abonarea, vei primi acces instant către ediția digitală gratuită a volumului *Ceasornicarul: O Nuvelă*, disponibilă în format .epub, .mobi sau .pdf. Îți promit că nu vei primi niciodată mesaje spam din partea mea și că informațiile tale personale vor rămâne confidențiale. Folosesc MailChimp, așa că te poți dezabona oricând.

La-o gratuit când te înscrii aici: >>
https://wp.me/P2k4dY-16O

Rezumat:

—Întreabă cum poți câștiga o oră în timp—

Mary O'Connor are probleme mult mai mari decât faptul că ceasul ei s-a oprit la 03:57 p.m. Când îl duce la un ceasornicar amabil, ea află că a câștigat un premiu aparte, șansa de a retrăi o singură oră din viața ei. Dar soarta are reguli stricte cu privire la modul în care cineva se poate cufunda în trecut, inclusiv avertismentul că Mary nu poate face nimic care ar crea un paradox în timp. Va reuși ea să se împace cu greșeala pe care o regretă cel mai mult în această lume?

Un moment din timpul tău, te rog...

Te-ai bucurat citind această carte? Dacă da, aș fi foarte recunoscătoare dacă ai revedea site-ul oricărei librării din care ai achiziționat-o și ai lăsa o recenzie în scris. Fără bugetul de publicitate al unei edituri mari, cele mai multe cărți nu înapoiază costul de producție. Cu excepția cazurilor în care... cititorii ca tine răspândesc ideea ca le-a plăcut.

Mulțumesc!

FRAGMENT:
Un înger gotic de Crăciun

Câştigător al eFestivalului "Words Best of Independent eBook Awards"- Cea mai bună povestire a anului 2014

Rămăşiţele vechilor suferinţe nu sunt niciodată lăsate în urmă...

Părăsită de prietenul ei în Ajunul Crăciunului, Cassie Baruch crede că poate pune capăt suferinţei sale izbindu-se cu maşina de un copac bătrân. Dar atunci când un înger superb, cu aripi întunecate, apare şi îi spune "asta nu e vreo afurisită de poveste de dragoste paranormală, copilo", îşi dă seama că moartea nu îi rezolvă problemele. Poate Jeremiel să o ajute să scape de rămăşiţele problemelor din trecut şi să îşi regăsească liniştea?

Această reinterpretare modernă a mitului îngerilor păzitori îmbină "O colindă de Crăciun" şi "O viaţă minunată", într-o încercare de a le oferi oamenilor speranţa că îşi pot stăpâni şi depăşi trecutul.

"Foarte puţine cărţi mă înduioşează până la lacrimi, dar aceasta a reuşit într-o manieră glorioasă. Mesajul ei este redat cu umor şi graţie. Minunat!" – recenzia cititorului

"M-a făcut să îmi pese. Şi m-a făcut să plâng. Sunt foarte, foarte recunoscătoare pentru final." - recenzia cititorului

"O carte care m-a înduioşat ca nicio alta." - recenzia cititorului

"Încă o dată, Anna transformă cuvintele în aur. Întorsătura gotică a acestei "Colinde de Crăciun" moderne este spectaculoasă..." - recenzia cititorului

"Dacă aş putea, aş acorda acestei poveşti un număr infinit de stele! Această carte mi-a provocat fiori." -recenzia cititorului

Află mai multe >> http://wp.me/P5T1EY-x3

Despre Autor

Anna Erishkigal este un avocat care se recuperează și scrie ficțiune drept alternativă la ideea de a se întoarce acasă de la tribunal și a-și supune copiii vreunui interogatoriu. Creează sub un pseudonim, astfel încât colegii săi să nu îi pună la îndoială pledoariile, considerând că ar fi la rândul lor rodul ficțiunii. În cele mai multe cazuri, dreptul *este*, după câte se pare, pură ficțiune. Însă avocații preferă să își numească activitatea „apărare plină de zel a clientului".

Șansa de a analiza cotloanele cele mai întunecate ale ființei umane face posibilă construirea unor personaje ficționale interesante, acel gen de personaje pe care îți dorești fie să le încarcerezi, fie să scrii despre ele acasă. În ficțiune, poți jongla cu faptele fără a-ți face prea multe griji privind adevărul. În pledoariile legale, dacă propriul client te minte, ești pus într-o situație stupidă în fața judecătorului.

Cel puțin în ficțiune, dacă un personaj devine supărător, îl poți omorî...

Alte cărți de
Anna Erishkigal

„Ceasornicarul (o nuvelă)"
„Un înger gotic de Crăciun"

Saga „Sabia Zeilor"
(fantezie epică)
„Eroi de Demult (o nuvelă)"
„Sabia Zeilor"
„Aici nu e loc pentru îngeri căzuţi"
„Fructul interzis"
„Prin mijlocul pietrelor scânteietoare"

Mai multe cărți în limba română:
http://wp.me/P5T1EY-oU